KB215604

PRIDE AND PREJUDICE

오만과 편견

JANE AUSTEN

소담 클래식 003

오만과 편견

펴 낸 날 | 2025년 5월 28일 초 판 1쇄

지 은 이 | 제인 오스틴
옮 긴 이 | 임병윤
펴 낸 이 | 이태권

책임편집 | 정지원
북디자인 | 김혜수

펴 낸 곳 | 소담출판사
서울특별시 성북구 성북로5길 12 소담빌딩 301호 (우) 02880
전화 | 02-745-8566   팩스 | 02-747-3238
등록번호 | 1979년 11월 14일 제2-42호
e - mail | sodambooks@naver.com
홈페이지 | www.dreamsodam.co.kr

ISBN 979-11-6027-478-3 (03840)
      979-11-6027-474-5 (세트)

오만과 편견

제인 오스틴

PRIDE AND PREJUDICE

JANE AUSTEN

나쁜 마음을 품었거나 누군가를 불행하게 하려는
의도가 없다고 해도, 결국 일은 잘못될 수 있고
누군가는 불행해질 수도 있어.

CONTENTS

상당한 재력을 갖춘 미혼의 남자라면 틀림없이 결혼을 원할 것이라는 사실에는 누구나 다 고개를 끄덕일 것이다. 이런 조건의 남자가 이웃으로 이사를 오게 되면, 그의 성격이나 생각이 어떻든 간에, 이런 고정관념에 젖어 있는 이웃 사람들은 자기 딸들 중에서 누구와 잘 어울릴지, 천생배필은 누구일지 떠들썩해지기 마련이다.

"여보, 당신!" 어느 날, 베넷 부인이 남편에게 다급히 말을 걸었다. "네더필드 파크에 드디어 사람이 들어왔대요. 소식 들으셨어요?"

베넷 씨는 금시초문이라는 투로 답했다.

"그게 말이에요. 롱 부인이 방금 다녀가면서 얘기를 해 주잖아요, 글쎄."

베넷 씨는 아무 말도 하지 않았다.

"그 집에 누가 이사 왔는지 궁금하지도 않아요, 당신은?" 말하고 싶어 안달난 부인의 목소리가 앙칼지게 변했다.

"당신, 아주 이야기하고 싶어 안달이 난 것 같군. 내가 듣지 않겠다고 한 건 아니잖소."

베넷 부인은 기다렸다는 듯 이야기를 쏟아 냈다.

"있잖아요, 여보. 롱 부인의 말로는 네더필드에 이사 온 사람은 잉글랜드 북부에서 온 청년인데, 재산이 상당하대요. 지난 월요일에 사륜마차를 타고 와서 집을 둘러봤는데, 집이 무척 마음에 들었는지 두말 않고 그 자리에서 모리스 씨와 계약을 했다네요. 성 미카엘 축일(Michaelmas, 9월 29일) 전까지는 이삿짐이 들어오고, 하인들은 다음 주말쯤 도착할 거라더군요."

"이름이 뭐래요?"

"빙리라네요."

"유부남이에요, 아니면 미혼?"

"미혼이겠죠! 틀림없어요, 여보! 미혼인 데다 엄청난 재력가라니! 연 수입이 4, 5천 파운드라니까요. 딸들한테 이보다 좋은 일이 어디 있겠어요!"

"그게 무슨 말이오? 우리 애들하고 무슨 상관이 있다고 그러는 거요?"

"이봐요, 베넷 씨! 당신은 정말 재미라고는 없는 남편이에요. 그 청년이 우리 딸 중 한 명과 결혼하게 될지 누가 알아요?"

"그 사람이 여기로 이사 오는 목적이 그거랍디까?"

"목적이라니요! 참, 무슨 말씀을 그렇게 하세요! 그 청년이 우리 딸들 중 한 명과 사랑에 빠지지 말란 법이라도 있어요? 그러니까 당신은 그 사람이 이사를 오는 즉시 한번 찾아가 보세요."

"난 전혀 내키지 않으니, 당신과 아이들이나 갔다 오구려. 아니면 아이들만 보내든가. 그게 더 나을 것 같군. 딸들보다는 당신이 더 멋있어서 빙리 씨가 애들보다 당신에게 더 관심을 가질

지도 모르니 말이오."

"어머, 웬 마음에도 없는 칭찬을 다 하시네요. 하기야, 한때는 나도 꽤 아름다웠지요. 지금은 뭐, 새삼스레 꾸밀 필요도 없지만요. 말만 한 딸을 다섯이나 둔 처지에 멋 부릴 일이란 이제 다 지나간 셈이죠."

"하기야, 그렇게 다 큰 자녀들을 두고도 아름다움을 유지하는 여자가 어디 흔하겠소."

"그렇지만, 여보. 빙리 씨가 이사를 오면 당신이 꼭 한번 찾아가 보세요."

"분명히 말하지만, 난 그럴 생각이 없소."

"하지만 딸들 생각은 하셔야죠. 최소한 우리 아이들과 어울릴 수 있는 사람인지는 알아봐야 하잖아요. 윌리엄 경과 루카스 부인 내외가 방문하기로 한 것도 순전히 그 이유 때문이에요. 당신도 알잖아요. 그분들이 새로 이사 온 사람을 먼저 찾아가는 분들이 아니란 거. 그러니까 제발 당신도 꼭 가셔야 해요. 당신이 안 가는데 어떻게 우리 모녀들만 찾아갈 수 있겠어요?"

"당신은 너무 생각이 많아서 탈이야. 당신이 다녀오구려. 내 장담하건대 빙리 씨도 무척 반길 거요. 그가 누구를 마음에 들어 하든, 우리 딸아이 하나와 결혼하게 되면 진심을 담아 축하한다는 편지를 내가 써 줄 테니 말이오. 물론 우리 귀여운 리지(엘리자베스의 애칭) 칭찬도 덧붙여야겠지."

"제발 그런 말씀은 하지도 마세요. 리지가 다른 아이들보다 나은 게 뭐가 있다고요? 제인만큼 예쁘기를 해요, 아니면 리디아처럼 성격이 좋길 해요? 그 애들에 비하면 절반에도 못 미치는데, 당신은 늘 리지 편만 들잖아요."

"그 애들이야, 뭐 내놓을 만한 게 있어야 말이지. 하나같이 어리석고 무식하기는 다른 집 딸들과 똑같으니. 하지만 리지는 다르지. 다른 애들하고는 달리, 그 애는 영민한 데가 있거든."

"여보! 어떻게 자기 딸들에게 그렇게 심한 말을 할 수가 있어요? 내가 화내는 게 그렇게 재미있어요? 내가 지금 신경쇠약 상태라는 건 전혀 생각도 안 하시는 거죠!"

"여보, 그건 아니오. 내가 당신의 그 신경질을 얼마나 오래 신경 써 왔는데. 그건 말하자면 내 오랜 친구지요. 당신의 이런 소리를 들은 지도 어언 20년은 족히 되었으니 말이오."

"흥! 당신은 내 고통을 몰라요."

"하지만 당신은 그 고통을 떨쳐 내고 오래오래 살아서, 한 해에 4천 파운드씩 버는 젊은 녀석들이 마을로 몰려드는 것을 봐야 하지 않겠소."

"당신이 고집을 부리며 만나 보지 않겠다는데, 그런 청년이 스무 명이나 온들 무슨 소용이 있겠어요."

"걱정 마시오! 정말로 스무 명이 온다면, 그때는 내 일일이 다 찾아가 볼 테니."

베넷 씨는 날카로운 재치와 사람을 비꼬는 듯한 성향, 신중하면서도 변덕스러운 기질이 뒤섞인 복잡한 성격의 인물이었다. 그래서 23년을 함께 살아 온 아내조차도 그의 속마음을 헤아리기 어려웠다. 반면, 베넷 부인은 속내가 쉽게 드러나는 편이었다. 이해력이 부족하고, 교양이나 지식도 모자랐으며, 변덕스러운 성격이었다. 못마땅한 일이 있으면 금세 신경질적으로 굴었고, 그때마다 스스로를 신경쇠약이라 여겼다. 그녀는 딸들을 시집보내는 일을 일생의 과업으로 여겼고, 유일한 낙이라면 이웃을 찾아다니며 마을 소문에 대해 수다를 떠는 것이었다.

- 2 -

빙리 씨를 처음으로 방문한 사람들 틈에는 베넷 씨도 끼어 있었다. 그는 아내에게는 끝까지 가지 않겠다고 시치미를 떼었지만, 사실 속으로는 이미 방문할 마음을 품고 있었던 것이다. 그래서 베넷 씨가 방문을 마치고 집으로 돌아온 그날 저녁까지도 베넷 부인은 그 사실을 감쪽같이 모르고 있었다. 그러다 그 사실은 다음과 같은 대화 중에 우연히 드러나고 말았다. 둘째 딸이 모자를 손질하고 있는 모습을 물끄러미 바라보던 베넷 씨가 문득 이렇게 말했다.

"그 모자, 빙리 씨가 마음에 들어 하면 좋겠네, 리지."

"빙리 씨가 좋아할지 안 할지, 그걸 어떻게 아신단 말이에요?" 베넷 부인이 발끈하며 말했다. "찾아가 보지도 않으셨으면서!"

"어머니도 참." 엘리자베스가 나섰다. "모임에 나가면 그분을 만나게 될 거잖아요. 게다가 롱 부인이 소개해 주시겠다고 아예 약속도 하셨고요."

"말은 그렇게 했지만 롱 부인을 믿을 수 있어야지. 자기도 조카딸이 둘이나 있는데. 이기적인 데다 얼마나 위선적인 여자라고. 난 그 여자의 말이라면 도무지 신뢰가 안 가."

"나 역시 그래요." 베넷 씨가 맞장구를 쳤다. "아무튼 당신이 그 여자에게 신세를 지지 않은 건 정말 다행이오."

베넷 부인은 남편 말에 아예 대꾸하지 않기로 마음먹었지만, 결국 참지 못하고 딸 하나를 붙잡고 잔소리를 퍼붓기 시작했다.

"기침 좀 그만해, 키티. 제발! 신경이 곤두서서 미치겠어. 내 신경을 다 찢어 놓으려는 거니, 뭐니."

"기침도 좀 때를 가려가며 해야지." 베넷 씨가 거들었다. "키티는 꼭 하지 말아야 할 때 기침을 하는군."

"누군 뭐 재미있어서 이러는 줄 아세요?" 키티가 발끈하면서 맞받았다.

"리지, 다음 무도회는 언제지?"

"보름 후에요."

"그래, 맞다니까!" 베넷 부인이 목소리를 높이며 말했다. "롱 부인은 그 전날까지도 돌아오지 않을 텐데. 그러니 그 여자가 소개해 준다는 건 말도 안 되지. 게다가 그 여자가 빙리 씨랑 직접 아는 사이도 아닌 것 같고."

"그렇다면 여보, 당신이 친구를 통해서 빙리 씨를 롱 부인에게 먼저 소개해 주면 되지 않겠소."

"이보세요, 베넷 씨! 정말 말도 안 되는 소리는 그만하세요. 내가 그 사람을 알지도 못하는데, 어떻게 소개를 해요? 왜 그렇게 사람을 못살게 구는 거예요!"

"당신의 그 꼼꼼함은 역시 알아줘야 한다니까. 뭐, 보름 정도 알고 지낸 사이로는 턱도 없긴 하지. 그 정도로는 사람 됨됨이를 파악하기 어렵긴 하니까. 그렇지만 우리가 가만히 있다 보면, 결국 다른 사람이 데려가는 거 아니겠소? 그렇게 되면 결국은 롱 부인의 질녀들이 틀림없이 빙리 씨와 가까워지게 될 텐데. 그러니 당신이 그 일에 미온적이라면 그 여자는 당신에게 고마워하겠지만, 내가 나서는 수밖에 없을 것 같군."

딸들은 모두 아버지의 얼굴을 바라보았고, 베넷 부인은 혼자 목소리를 높였다.

"말도 안 되는 소리! 정말 터무니없어요!"

"무슨 뜻으로 그렇게 딱 잘라 말하는 거요?" 남편이 목소리를 높였다. "내가 나서서 소개하는 형식이 말이 안 된다는 소리요, 아니면 그 형식을 따지는 게 말이 안 된다는 소리요? 그런 뜻이라면 난 전혀 생각이 다르오. 메리, 너는 어떻게 생각하니? 넌 생각도 깊고, 책도 많이 읽고, 좋은 문구들도 잘 적어 두곤 하잖니."

메리는 그럴듯한 대답을 하고 싶었지만 마땅한 생각이 떠오르지 않았다.

"메리가 생각을 정리하는 동안 다시 빙리 씨 이야기나 해 봅시다." 베넷 씨가 말했다.

"빙리 씨 얘기는 지긋지긋해요." 아내가 소리를 질렀다.

"이런, 참 유감인데. 그럴 줄 알았으면 진작 말하지 그랬소. 오늘 아침에라도 그렇게 말했더라면 내가 그 사람을 찾아갈 일도 없었을 텐데 말이오. 나 원 참! 그래도 실제로 만나 본 이상 그냥 없던 일로 넘기기에는 좀 그렇지 않소?"

아니나 다를까, 그의 말에 모녀들은 일제히 깜짝 놀랐고, 그중에서도 베넷 부인의 반응이 가장 컸다. 처음에는 너무 기쁜 나머지 한껏 호들갑을 떨더니, 이내 애초부터 그럴 줄 알았다는 듯 수선을 피워대기 시작했다.

"우리 베넷 양반, 당신은 정말 좋은 분이시죠! 결국은 제 청을 들어주실 줄 알았다니까요. 당신이 우리 딸들을 얼마나 사랑하시는데, 그런 만남을 마다하시겠어요. 참, 이렇게도 기쁠 수가! 그리고 오늘 아침에 그렇게 다녀오시고는 지금까지 입도 뻥긋 안 하신 것도, 얼마나 재미있냐고요!"

"키티, 애야. 이젠 마음껏 기침해도 되겠구나."

베넷 씨는 이렇게 말하면서 방을 나갔다. 기뻐서 쉴 새 없이 말을 쏟아 내는 아내의 대책 없는 수다에 질려 버린 탓이었다.

"얘들아, 너희 아버지는 정말로 좋은 분이셔." 문이 닫히기 무섭게 베넷 부인이 말했다. "아버지의 저런 자상함에 너희들이 제대로 보답이나 할 수 있을지 걱정이구나. 이 엄마도 마찬가지지만 말이야. 사실, 우리 나이쯤 되면 매일 새로운 사람을 만나고 여기저기 돌아다니는 게 그렇게 즐겁지만은 않단다. 하지만 너희들을 위해서라면 우리가 무엇인들 못 하겠니. 우리 귀여운 리디아, 나이는 네가 제일 어리지만 다음 무도회에서는 아마 빙리 씨가 너에게 춤을 청하지 않을까 싶구나."

"문제없어요. 나이는 제가 제일 어리지만, 키는 제일 크잖아요." 리디아가 당돌하게 말했다.

그날 저녁은 빙리 씨가 언제쯤 베넷 씨의 방문에 답례를 해 올지, 또 언제쯤 그를 저녁 식사에 초대해야 할지를 놓고 이런저런 추측과 수군거림 속에서 흘러갔다.

- 3 -

베넷 부인은 다섯 딸들의 도움을 받아 그 문제에 대해 이것저것 물어봤지만, 남편에게서 빙리 씨에 대해 만족할 만큼의 충분한 이야기를 들을 수는 없었다. 모녀들은 노골적으로 질문을 던지거나, 교묘하게 말을 돌리거나, 넌지시 추측을 해 보는 등의 온갖 방법을 동원해 베넷 씨를 압박했지만, 그는 노련하게 그들의 질문 공세를 피해 나갔다. 결국 그들은 이웃 루카스 부인의 말을 통해 간접적으로 알아볼 수밖에 없었다. 루카스 부인의 말은 상당히 희망적이었다. 윌리엄 경은 빙리 씨를 무척 마음에 들어 한다고 했다. 그는 아주 젊고 잘생긴 데다 예의 바르고 싹싹한 사람이었으며, 다음 모임에는 친구들도 여럿 데려올 거라고 했다는 것이다. 이보다 더 좋을 수는 없었다! 무도회를 자주 다니다 보면, 금세 사랑에 빠지게 마련이니까. 그들은 모두 빙리 씨의 마음을 사로잡겠다는 희망에 부풀어 들떠 있었다.

"우리 딸들 중 누구라도 네더필드에서 행복하게 사는 모습을 볼 수만 있다면, 얼마나 좋을까요." 베넷 부인이 남편에게 넌두리하듯 말했다. "다른 아이들도 하나같이 좋은 혼처를 만날 수 있다면, 더 이상 바랄 게 없겠죠."

며칠 후, 빙리 씨는 베넷 씨의 방문에 대한 답례로 그를 찾아와 서재에서 약 10분가량 함께 시간을 보냈다. 그는 베넷 씨의 딸들이 모두 미모가 뛰어나다는 소문을 들은 터라, 그들을 직접 만나 보기를 기대하고 있었다. 하지만 그녀들의 아버지 외에는 누구도 모습을 드러내지 않았다. 오히려 여자들 쪽이 더 운이 좋았다. 이층 창문 너머로 파란 웃옷을 입고 검은 말을 탄 그의 모습을 내려다볼 수 있었기 때문이다.

얼마 지나지 않아 저녁 식사 초대장이 보내졌고, 베넷 부인은 오랜만에 집안 살림 솜씨를 뽐낼 기회를 잡았다며 만반의 준비를 하고 있었다. 그러나 빙리 씨의 답신이 오면서 이 모든 것들을 연기해야만 했다. 답장에는 그가 다음 날 시내로 들어가야 해서 감사하지만 부득이 초대에 응할 수 없다는 내용이 담겨 있었다. 베넷 부인은 무척 당황했다. 하트퍼드셔에 도착하자마자 시내로 나가야 할 일이 있다는 게 도무지 이해되지 않았던 것이다. 그러면서 그녀의 바람과는 달리, 그가 언제나 이곳저곳으로 옮겨 다니기만 하다가 네더필드에서도 자리를 잡지 못하는 것은 아닌가 하는 걱정이 밀려왔다.

빙리 씨가 런던에 간 것은 무도회에 데려올 친구들을 만나기 위한 것일 거라는 루카스 부인의 말에, 베넷 부인은 크게 안도했다. 얼마 지나지 않아, 이번 모임에 빙리 씨가 숙녀 열두 명과 신사 일곱 명을 동반해 참석할 것이라는 이야기가 들려왔다. 베넷 씨의 딸들은 그렇게 많은 여자가 온다는 사실에 부담을 느꼈다. 그러나 무도회 바로 전날, 런던에서 오는 숙녀들이 열두 명이 아니라 고작 여섯 명에 불과하다는 소문이 돌았고, 그마저도 다섯은 그의 누이들이고 나머지 한 명은 사촌이라는 이야기에 모두 마음이 한결 가벼워졌다. 그리고 실제로 무도회장에 도착한 빙리 씨의 일행은 모두 다섯 명뿐이었다. 빙리 씨 본인과 그의 두 누이, 큰 매형 그리고 또 한 명의 젊은 청년이었다.

빙리 씨는 잘생긴 외모에 신사다운 풍모를 지닌 사람이었다. 서글서글한 인상에 몸가짐에서는 여유와 편안함이 느껴졌다. 그의 두 누이 역시 단아하고 귀족적인 분위기를 풍기는 세련된 여성들이었다. 매형인 허스트 씨는 겉보기에만 멀쩡한 신사였다. 그러나 빙리 씨의 친구 다아시 씨는 세련된 태도와 큰 키, 잘생긴 외모 그리고 고상한 분위기까지 두루 갖춘 인물로, 무도회장에 들어서자마자 모든 이의 시선을 단번에 사로잡았다. 특히 그가 등장한 지 5분도 채 되지 않아, 연 수입이 무려 1만 파운드에 달한다는 소문이 퍼지면서 사람들의 관심은 더욱 집중되었다. 장내의 신사들은 그를 두고 같은 남자이지만 아주 멋진 분이라고 칭찬을 마다하지 않았고, 여자들끼리는 빙리 씨보다도 훨씬 멋있다고 쑥덕댔다.

그렇게 그날 저녁 무도회의 전반부 인기를 온통 독차지하던 그였지만, 그의 태도가 사람들에게 불쾌감을 주면서 평판은 순식간에 뒤바뀌었다. 그의 거만하고 주변 사람들을 깔보는 듯한 뻣뻣한 태도 때문에, 더비셔에 아무리 막대한 재산이 있다 한들 무례하고 밥맛 떨어지는 인물이라는 조소와 함께 친구인 빙리 씨하고는 비교할 가치조차 없다는 악평을 면할 수 없었다.

반면, 빙리 씨는 무도회에 참석한 주요 인사들과 금세 친분을 쌓아 갔다. 그는 쾌활하고 진솔했으며, 매번 빠지지 않고 춤을 추었고, 무도회가 일찍 끝나는 것을 못내 아쉬워하며 다음번에는 자신이 네더필드에서 무도회를 열겠다고 말했다. 그의 이런 호감 가는 성품은 당연히 사람들의 호의를 끌 수밖에 없었다. 정말이지, 그의 친구와는 완전히 딴판이었다!

다아시 씨는 허스트 부인과 한 번 그리고 빙리 씨의 누이와 한 번 춤을 추었을 뿐 다른 어떤 여자와도 춤을 추려고 하지 않았다. 나머지 시간 동안 그는 무도회장을 무심하게 서성이며 일행 중 누군가와 간간이 대화를 나누는 데 그쳤다. 그에 대한 평가는 이미 끝난 것이나 다름없었다. 그는 더없이 거만하고 기분 나쁜 인물로 찍혀 버렸고, 모두들 다음 무도회에서 다시는 그의 얼굴을 보지 않기를 바랐다. 그중에서도 특히 베넷 부인은 다아시 씨에 대해 유난히 강한 반감을 품게 되었다. 처음에는 단지 그의 행동거지가 기분 나쁜 정도였지만, 그가 그녀의 딸 중 한 명을 노골적으로 무시하는 바람에 극도의 혐오감을 갖게 된 것이다.

신사들의 수가 턱없이 모자랐기 때문에 엘리자베스 베넷은 두 번이나 춤을 추지 못하고 자리에 앉아 있었다. 그러고 있는 동안 다아시 씨가 가까이 서 있었기 때문에 빙리 씨와 나누는 대화를 들을 수 있었다. 빙리 씨는 다아시 씨에게 춤을 권하려고, 방금 전 춤을 추다 말고 이쪽으로 다가온 참이었다.

"이봐, 다아시. 자네가 춤추는 것을 꼭 봐야겠네. 춤도 안 추고 이렇게 어슬렁거리기만 하면 어쩌자는 건가. 이러느니 차라리 춤을 추는 편이 훨씬 나아."

"분명히 말하지만, 나는 이쯤에서 됐네. 잘 알지도 못하는 파트너와 억지로 춤추는 걸 내가 얼마나 싫어하는지 자네도 잘 알지 않나. 이런 식의 무도회는 도무지 성미에 안 맞아. 자네 누이들은 이미 파트너가 정해져 있고, 다른 여자들과 춤을 추는 건 마치 무슨 잘못을 저지르는 기분이 든단 말이지."

"자네, 왜 이렇게 까탈스럽게 구는 건가!" 빙리가 언성을 높였다. "자, 얼마나 멋진가! 내 생에 오늘 저녁만큼 이렇게 멋진 숙녀들을 많이 만나 본 적은 없을 걸세. 이건 빈말이 아니야. 게다가 자네도 보다시피 출중한 미모를 가진 여자들도 제법 많잖아."

"자네야 여기 딱 한 명뿐인 미인과 춤을 추고 있었으니, 당연히 그렇게 생각하겠지." 다아시 씨가 베넷 씨의 맏딸을 쳐다보며 말했다.

"아! 저런 미인은 정말 처음일세! 그렇지만 자네 바로 뒤에 앉아 있는 그녀의 동생도 꽤 예쁘다네. 게다가 틀림없이 아주 상냥할 것 같고 말이지. 내 파트너에게 자네를 소개해 달라고 해보겠네."

"누굴 말하는 거야?" 다아시 씨는 고개를 돌려 잠시 엘리자베스를 쳐다보다 눈이 마주치자 얼굴을 돌리며 냉담하게 말했다. "그런대로 봐 줄 만은 하군. 하지만 나를 유혹할 만큼은 아니네. 난 지금 다른 남자들에게 딱지 맞고 앉아 있는 여자를 구제해 줄 그런 기분은 아니란 말일세. 이제 자네나 파트너에게로 돌아가 그녀의 아름다운 눈을 즐기게나. 여기 이렇게 있어 봤자 시간 낭비일 뿐일세."

빙리 씨는 다시 춤을 추러 돌아갔고, 다아시 씨도 자리를 떠났다. 엘리자베스는 그에 대해 과히 편치 않은 마음으로 그대로 앉아 있었다. 그러나 친구들에게는 이 일을 재미있는 이야기인 양모두 털어놓았다. 그녀는 명랑하고 활달한 성격이라, 우스운 이야기라면 마냥 즐거워하는 사람이었기 때문이다.

그날 밤, 가족 모두는 유쾌한 분위기 속에서 저녁을 보냈다. 네더필드 일행이 맏딸에게 깊은 호감을 보였다는 사실을 베넷 부인이 직접 확인했기 때문이었다. 빙리 씨는 제인과 두 번이나 춤을 추었고, 그의 누이들 역시 그녀에게 각별한 호의를 보였다. 제인은 어머니처럼 호들갑을 떨지는 않았지만, 어머니 못지않게 만족스러워하는 듯했다. 엘리자베스는 그런 제인의 마음을 누구보다 잘 읽어 낼 수 있었다. 메리는 자신을 두고서 누군가가 빙리씨 누이에게 '이 지방에서는 가장 교양 있는 처녀'라고 말하는 것을 들었다. 캐서린과 리디아도 다행히 파트너들이 있어 춤을 추었는데, 무도회에서 그들의 관심사는 그 정도가 전부였다. 그들은 그렇게 모두 들뜬 마음으로 롱번으로 돌아왔다.

롱번은 그들이 살고 있는 마을이었고, 그들은 이 마을에서는 유서 있는 집안이었다. 집으로 돌아오니 베넷 씨는 아직 자지 않고 있었다. 그는 책만 보면 시간 가는 줄 모르는 사람인 데다, 이번 저녁 무도회는 워낙 큰 기대를 모았던 터라 제법 호기심이 생겼기 때문이다. 베넷 씨는 아내가 빙리 씨를 보고 와서 상당히 실망하기를 은근히 바랐지만, 곧이어 아내의 입에서 나온 이야기는 그의 기대와는 전혀 딴판이었다.

"오! 여보!" 방으로 들어서면서부터 베넷 부인은 수선을 떨었다. "정말 멋진 저녁이었어요. 무도회는 또 얼마나 대단했다고요. 당신도 오셨으면 좋았을 텐데요. 제인이 무도회장을 완전히 사로잡았답니다. 믿기지 않을 정도예요! 모두가 제인을 보고 너무 예쁘다고 입을 모으는 데다, 빙리 씨 눈에도 제인이 아주 아름다워 보였던 모양이에요. 그래서 함께 두 번이나 춤을 췄어요. 여보, 생각 좀 해 보세요. 그분이 글쎄, 두 번이나 우리 애와 춤을 췄다니까요! 게다가 그분에게서 두 번씩이나 청을 받은 사람은 우리 제인밖에 없었어요. 처음에는 루카스 양에게 청하더군요. 그녀와 함께 춤추는 모습에 눈에 쌍심지가 돋았었지만, 그분은 루카스 양이 전혀 마음에 들지 않았던 것 같아요. 사실, 당신도 알다시피 어디 그럴 마음이나 생기겠어요. 그러다 제인이 춤을 추는 모습에 빙리 씨가 그만 홀딱 반해 버렸던 거죠. 누구냐고 묻더니 소개를 받고는, 바로 제인에게 다음 곡의 춤을 청한 거 있죠. 그다음에는 킹 양과, 그다음에는 마리아 루카스와, 그리고 다시 제인하고 한 번 더 춤을 추었죠. 그러고는 리지와 춤을 췄고, 그리고 불랑제(커트릴 춤의 제5단계)는……."

"그 친구가 나를 조금이라도 생각했다면 그렇게까지 춤을 추지는 않았겠지!" 남편은 짜증 섞인 목소리로 말했다. "제발 그 파트너 얘기 좀 작작하시오. 처음 출 때 발목이라도 삐었으면 좋았을걸."

"아니, 여보!" 베넷 부인은 지지 않고 말을 이어갔다. "나는 그분이 마음에 쏙 듭디다. 어쩜 그렇게 잘생겼을 수가 있을까요!

또 누이들은 얼마나 우아하던지. 그렇게 멋지고 화려한 옷은 정말 처음 봤단 말이에요. 허스트 부인의 드레스에 달린 그 레이스는 정말……."

여기서 부인은 다시 입을 닫아야 했다. 베넷 씨가 더는 듣고 싶지 않다며 화를 내다시피 했기 때문이다. 그래서 그녀는 할 수 없이 화제를 돌렸다. 이번에는 다아시 씨가 얼마나 무례했고, 그것 때문에 얼마나 놀랐는지를 치를 떨며 다소 과장되게 늘어놓았다.

"하지만 말이에요." 그녀는 말끝에 덧붙였다. "리지가 그런 위인이 마음에 들지 않는다고 해서 손해 볼 것은 분명 없잖아요. 정말이지, 기분 나쁘고 소름 끼쳐서 입에 담기도 싫은 사람이에요. 얼마나 거만하고 콧대 높은지 도저히 참을 수가 없더라고요. 이리 갔다 저리 갔다, 자기가 뭐 제일 잘난 줄 알고 휘젓고 다니는 꼬락서니라곤! 뭐, 그 정도로는 자기하고 춤추기에는 모자란다는 둥! 당신이 함께 가서서 한번 혼쭐을 내줬어야 했는데 말이에요. 정말이지, 밥맛 떨어지는 인간이에요."

- *4* -

제인과 엘리자베스가 단둘이 남게 되자, 그동안 빙리 씨에 대한 칭찬을 조심스러워하던 제인은 마침내 그를 깊이 사모하고 있다고 털어놓았다.

"그분은 정말 귀감이 될 만한 청년이야. 분별 있고 성격도 좋고, 활기차고. 게다가 그처럼 정중한 태도는 처음 봤어! 그런데도 전혀 부담스럽지 않고 아주 편안한 느낌이 들었어. 정말 완벽한 양갓집 자제였어!"

"게다가 잘생겼잖아. 정말 젊은 남자라면 그분같이 생겨야겠지. 그래서 그분은 완벽하다는 거야." 엘리자베스가 맞장구를 쳤다.

"그분이 두 번째로 춤을 청했을 땐 온몸이 사시나무 떨리듯 했단 말이야. 그런 영광은 상상도 못했는데."

"그래? 난 그럴 줄 알았는데. 사실 언니랑 나랑 제일 다른 점이 바로 이런 거야. 언니는 그런 일에 너무 놀라지만, 난 안 그래. 그분이 언니한테 다시 춤을 청한 건 너무도 당연한 일이잖아. 그분 눈에는 언니가 무도회장에 있던 그 어떤 여자보다도 훨씬 더 예뻐 보였을 테니까. 그러니 그 정도의 호의에 고마워할 필요도 없어. 뭐 어쨌든, 너무 괜찮은 분인 건 확실해. 그러니까 좋아해도 괜찮을 것 같아. 언니가 예전에는 그분보다 훨씬 못한 사람들도 꽤나 좋아했잖아."

"얘, 리지!"

"왜! 언니도 알잖아. 언니는 사람을 너무 쉽게 좋아하잖아. 언니 눈에는 세상이 전부 착하고 좋아 보이는 것 같아. 언니가 누구를 흉보는 걸 나는 한 번도 본 적이 없다니까."

"섣불리 남을 비난하고 싶지는 않아서 그런 거야. 그렇지만 난 언제나 내 생각대로 솔직히 말한다고."

"그래, 그건 인정해. 그러니 더 신기하다는 거야. 언니처럼 분별력 있는 사람이 어떻게 다른 사람의 어리석고 말도 안 되는 면들을 그렇게 못 알아볼 수가 있느냐 말이야! 어디를 가도 솔직한 척하는 사람들은 넘쳐나잖아. 발에 차일 정도로 많지. 그러나 정말 위선이나 어떤 꿍꿍이 없이 솔직하게 모든 사람을 좋게 보고, 나쁜 점은 절대로 들추지 않는 사람은 내가 보기엔 이 세상에 언니밖에 없어. 그러니 언니는 빙리 씨의 누이들도 당연히 마음에 들겠지? 누이들은 빙리 씨보다는 좀 못 미치는 것 같던데."

"처음엔 나도 그렇게 생각했어. 그러나 대화를 나눠 보면 알겠지만 정말 좋은 분들이야. 빙리 양은 오빠와 함께 지내며 집안 살림도 맡을 거래. 그런 멋진 이웃을 몰라본다면 그건 큰 실수지."

엘리자베스는 조용히 언니의 말을 듣고 있었지만, 그 말을 모두 곧이곧대로 받아들이고 있지는 않았다. 무도회에서 빙리 씨의 누이들이 보인 행동을 떠올리면, 전반적으로 기분이 좋지는 않았다. 엘리자베스는 제인보다 관찰력이 뛰어나고, 올곧은 성격에 남의 시선에 휘둘리지 않는 단단한 소신을 가진 사람이었다. 그런 그녀의 생각으로는 빙리 씨 누이들에 대한 언니의 평가를 도저히 받아들일 수 없었다. 그들이 매우 세련된 숙녀들이라는 건 인정할 수 있었다. 그들은 기분이 좋을 때는 꽤 싹싹한 태도를 보이기도 했고, 마음이 내킬 때는 다른 사람의 기분도 충분히 고려할 줄 아는 사람이었다. 하지만 동시에 거만하고 콧대가 높았다. 그들은 그런대로 미인이었으며, 시내에 있는 명문 사립학교에서 교육을 받았고, 2만 파운드나 되는 재산을 가지고 있으면서 늘 그 이상 분수에 넘치는 생활을 하며 언제나 상류계층의 사람들과 사귀었다. 그러다 보니 모든 면에서 자신들의 기준으로 판단하며 다른 사람을 깔보는 경향이 있었다. 그들은 잉글랜드 북부의 꽤 명망 있는 가문의 출신이었고 그에 걸맞은 자부심도 갖고 있었지만, 사실 그들 남매의 재산은 장사를 해서 벌어들인 돈이었다.

빙리 씨는 부친으로부터 10만 파운드에 달하는 유산을 물려받았다. 그의 부친은 생전에 토지를 구입하고 싶어 했지만 뜻을 이루지 못했고, 빙리 씨도 부친과 같은 생각을 가지고 있어 가끔 적당한 주州를 물색해 보기도 했었다. 하지만 이제는 멋진 저택과 농장의 사용 권리를 확보한 터라, 그의 느긋한 성격을 잘 아는 사람들 사이에서는 그가 네더필드에 눌러앉아 여생을 보내고 토지 구입은 자식 세대로 미뤄 버리는 게 아니냐는 말까지 나올 정도였다.

빙리 씨의 누이들은 그가 언젠가는 자신만의 토지를 소유하기를 바라고 있었다. 그러나 이제 세를 내며 살고 있는 것일 뿐인데도 빙리 양은 조금도 싫은 기색 없이 빙리 씨의 살림살이를 돌봐 주고 있었고, 재력가라기보다는 상류층 집안으로 시집을 간 누이 허스트 부인도 적응이 되자 빙리 씨 집을 마치 자기 집처럼 편하게 생각하고 있었다.

빙리 씨가 네더필드에 관심을 갖게 된 건 우연이었다. 네더필드의 집을 한번 둘러보라는 권유에 귀가 솔깃해져 찾아갔을 당시, 그는 성년이 된 지 겨우 두 해도 지나지 않은 젊은 나이였다. 그는 30분 정도 집 안팎을 둘러보고는 집의 위치와 큼직한 방들에 만족했고, 더욱이 집주인이 집 자랑을 늘어놓는 바람에 그 자리에서 바로 계약을 결정하고 말았다.

빙리 씨와 다아시 씨는 성격은 전혀 달랐지만, 두 사람의 우정은 오랜 세월 동안 변함이 없었다. 자신과는 완전히 대조적인 성격을 가진 데다 그런 성향에 대해 아무런 불만도 느끼지 않는 다아시 씨였지만, 그는 빙리 씨의 편안하고 개방적이며 온화한 성품을 무척이나 좋아했다. 빙리 씨 역시 다아시 씨의 변함없는 우정에 확고한 신뢰를 갖고 있었으며, 그의 판단을 매우 존중했다. 이해력에 있어서는 다아시 씨가 더 뛰어났다. 물론 그렇다고 해서 빙리 씨가 부족하다는 뜻은 아니었지만, 다아시 씨가 확실히 머리 회전이 빠른 편이었다. 그는 거만하고 괴팍한 성격이었지만 본래 내성적인 사람이었고, 예의는 있었으나 사람들에게 호감을 주는 성격은 아니었다. 이런 점에서는 친구인 빙리 씨가 훨씬 나았다. 빙리 씨는 어디서든 쉽게 사람들의 호감을 샀지만, 다아시 씨는 언제나 사람들의 기분을 상하게 만드는 쪽이었다.

메리턴에서 열렸던 무도회에 대한 두 사람의 반응만 보아도, 그들의 성격 차이는 분명히 드러났다. 빙리 씨는 자신이 만난 사람들 중 가장 좋은 사람들이었고, 그곳의 여성들은 최고로 아름다웠다고 말했다. 모든 사람들이 친절하게 대해 주었고, 자신에게 많은 관심을 보였으며, 격식에 얽매이거나 어색하지도 않아서 금세 친근감을 느꼈다고 했다. 그리고 베넷 양(제인을 두고 말함)에 대해서는 그보다 더 아름다운 천사가 어디 있겠느냐고 했다.

　반면에 다아시 씨는 전혀 다른 반응을 보였다. 사람들만 많았을 뿐 아름다운 여성이나 품위 있는 사람은 거의 찾아볼 수 없었다고 했고, 조금이라도 관심이 가는 사람도 없었으며, 자기에게 호감을 보이거나 다가오는 사람도 없었다고 했다. 베넷 양의 미모는 인정하지만, 웃음이 너무 헤프다고도 했다.

　허스트 부인과 그의 누이들 역시 다아시 씨의 의견에 일부 동의하면서도, 베넷 양을 칭찬하면서 마음에 들어 했다. 그들은 베넷 양을 상냥한 아가씨라고 표현하며, 당연히 좀 더 사귀어 봐야 한다는 데 이의가 없었다. 이렇게 베넷 양은 상냥한 아가씨로 평가되었고, 빙리 씨는 누이들의 그런 호의적인 평가가 있었기 때문에 자기가 생각하는 그대로 베넷 양을 생각해도 될 것만 같았다.

5

롱번에서 멀지 않은 곳에 베넷 일가와 특별히 가깝게 지내는
한 집안이 있었다. 그 댁의 윌리엄 루카스 경은 한때 메리턴에서
상업에 종사했으며, 당시 꽤 상당한 재산을 모았고, 시장市長으
로 재직하던 시절에는 국왕에 대한 헌신적인 봉사로 기사 작위
도 수여받았다. 윌리엄 경은 아마 자신의 그런 지위를 대단하게
여긴 모양이었다. 자기가 하는 장사 일과 조그만 장터 마을에 사
는 것이 신물 난 것이다. 결국 그는 모든 것을 정리하고 메리턴
에서 약 1마일 정도 떨어진 곳으로 가족들과 함께 이사했고, 그
때부터 그 집은 '루카스 로지'로 불렸다. 그는 자신이 이제는 존
엄한 사람이란 사실을 즐기며, 장사 일을 벗어나 오직 세상 사람
들에게 정중하고 품위 있는 모습을 보이는 일에 만족하며 살았
다. 사실 그는 자신의 지위에 대한 자긍심은 대단했지만 그렇다
고 거만하게 굴지는 않았고, 누구에게나 자상한 관심을 보이는
사람이었다. 천성적으로 온화하고 친근감이 있으며 자상한 성품
인 데다, 성 제임스(런던의 왕궁)에서의 알현으로 인해 더욱 정중
한 품위를 갖추게 되었다.

루카스 부인은 약삭빠르다기보다는 성격이 온화하고 다정한
사람이었기 때문에 베넷 부인은 그녀를 좋은 이웃이라 여기고

있었다. 루카스 경 부부에게도 자녀들이 있었는데, 그중 맏딸은 생각이 깊고 총명한 스물일곱 살의 아가씨로 엘리자베스와는 절친한 친구 사이였다.

루카스 댁 자매들과 베넷 가의 자매들이 함께 모여 무도회의 뒷이야기를 나누는 것은 언제나 빠질 수 없는 중요한 일과나 마찬가지였다. 무도회 다음 날 아침, 루카스 댁 자매들이 롱번을 찾아와 서로 이야기를 나누었다.

"그날 저녁은 시작이 참 좋았지, 샬럿." 베넷 부인이 상냥하면서도 차분히 루카스 양에게 말했다. "제일 먼저 네가 빙리 씨의 눈에 들었잖아."

"네, 하지만 그분은 두 번째 파트너가 더 마음에 드셨던 것 같아요."

"아! 제인 말이로구나. 두 번이나 같이 춤을 췄으니까. 분명히 제인이 마음에 쏙 들기는 했던 것 같은데. 아니, 분명 그랬을 거야. 그렇다는 얘기도 좀 들었거든. 하지만 누가 알겠니. 그나저나, 로빈슨 씨 이야기는?"

"빙리 씨와 로빈슨 씨가 나누는 이야기를 들었으니, 그 이야기를 좀 해 달라는 말씀이시죠. 제가 아까 말씀 안 드렸던가요? 로빈슨 씨가 빙리 씨에게 무도회가 마음에 들었는지, 무도회장 안의 숙녀들이 다들 예쁘지 않으냐, 그중 누가 제일 예쁘게 보였느냐고 묻더군요. 그러자 마지막 질문에 대해 빙리 씨가 이렇게 답했어요. '그야 당연히 베넷 씨 댁 큰따님이지. 그건 두말할 나위 없는 사실 아닌가'라고 말이죠."

"어머나! 그럼, 조금 전 이야기가 사실이라는 거잖아. 그래, 정말 그렇단 말이지. 그렇지만 뭐, 그냥 흐지부지될 수도 있잖아, 안 그래?"

"일라이자(엘리자베스의 애칭), 네가 엿들은 말보다는 내가 엿들은 이야기가 훨씬 확실하지?" 샬럿이 말했다. "다아시 씨의 말을 굳이 빙리 씨 말처럼 귀담아들을 필요는 없지 않아? 가엾은 일라이자! 다아시 씨가 '그런대로 봐 줄 만은 하군'이라고 했다면서, 정말 너무했지."

"다아시 씨의 무례함 때문에 마음 상해 있는 우리 리지한테, 그런 얘긴 좀 그렇지 않니? 그런 기분 나쁜 사람의 마음에 들었다고 해 봤자, 그건 오히려 재수 없는 일 아니겠어? 어젯밤 롱 부인한테 들었는데, 30분이나 바로 옆에 앉아 있으면서도 입도 뻥긋 안 했다는구나."

"그 말이 정말이에요, 어머니? 잘못 들으신 것 아니에요?" 제인이 물었다. "다아시 씨가 롱 부인에게 말을 건네는 걸 분명히 제가 봤거든요."

"아, 그건 롱 부인이 참다못해 네더필드가 얼마나 마음에 드는지 물으니까 하는 수 없이 대답했던 거야. 그런데 말을 시켰다고 굉장히 화가 난 얼굴이었다고 하더구나."

제인이 다시 말했다.

"빙리 양의 말로는, 그분은 아주 가까운 사이가 아니면 좀처럼 말을 하지 않는대요. 그 대신 가까운 사람들하고 있을 때는 무척 싹싹하다고 하더라고요."

"난 하나도 믿기지 않는구나, 얘야. 그렇게 싹싹한 사람이면, 왜 롱 부인에게 한마디도 건네지 않았겠니? 하지만 조금은 짐작이 가는구나. 사람들마다 그 사람이 오만하기 이를 데 없다고 하잖니. 롱 부인이 소유한 마차가 없어서 무도회에 올 때 세를 내어 타고 왔다는 소리를 필경 들었던 게야."

"롱 부인에게 말을 건네지 않은 건 그렇다 치고요." 루카스 양이 말을 이었다. "하지만 일라이자하고는 춤을 추었어야죠."

"다음에 기회가 있잖니, 리지." 베넷 부인이 말했다. "난 그런 위인과는 춤추지 않겠어. 내가 너라면 말이야."

"맞는 말이에요, 어머니. 그 사람과는 절대로 춤추지 않을 거예요."

"그분의 도도함은 말이죠, 다른 사람들의 오만과는 달리 저로서는 그렇게 기분 상하는 정도는 아니에요." 루카스 양이 말했다. "충분히 그럴 수 있는 일이라고 생각해요. 명문가 출신에다가 재력도 있고, 마음만 먹으면 무엇이든 다 할 수 있는 그렇게 젊고 멋진 남자라면 그 정도 도도하게 구는 건 당연히 이상한 일이 아니죠. 말하자면, 그분은 충분히 도도할 만한 자격이 있다는 거죠."

"하긴 그렇지." 일라이자가 맞장구를 쳤다. "그날 내 자존심만 건드리지 않았어도, 그 정도의 오만쯤은 그냥 웃어넘길 수 있었을 거야."

"오만이라는 건 말이죠." 자신의 논리적인 사고에 자부심을 느낀 메리가 말을 꺼냈다. "누구에게나 다 있는 감정이라고 생각해요. 제가 지금까지 읽은 수많은 책을 통해 얻은 확신인데, 그 감정은 누구에게나 있고, 또 너무 쉽게 그런 태도가 드러나죠. 그러니까 실제로 그럴 만한 자질이 있든, 아니면 자기 생각뿐이든 이런저런 이유로 거의 모든 사람들이 오만함을 갖고 있는 거예요. 허영심과 오만은 얼핏 비슷해 보이지만, 사실은 전혀 다른 성질이에요. 허영심은 없는데 자존심이 강한 사람도 있잖아요. 자존심이 자기 자신에 대한 스스로의 평가라고 한다면, 허영심은 남들로 하여금 자신을 자기 생각대로 평가해 주기를 바라는 욕구인 거죠."

"제가 다아시 씨만큼 부자라면, 자존심 가지고 누가 뭐라고 해도 눈 하나 깜짝 안 할 거예요. 저는 사냥개들을 잔뜩 기르면서 날마다 포도주 한 병쯤은 마셔댈 거예요." 누이들과 함께 온 새파랗게 어린 루카스 군이 목청을 높였다.

"그러다 보면 주량 이상으로 과음을 하게 될 텐데." 베넷 부인이 그의 말을 잘랐다. "내 눈에 들키면 곧바로 술병을 빼앗아 버릴 거야."

루카스 군은 그렇게는 안 될 거라고 우겼고, 베넷 부인은 반드시 그럴 거라고 맞받았다. 두 사람은 서로 헤어질 때까지 이런 실랑이를 주거니 받거니 했다.

6

그로부터 얼마 지나지 않아, 롱번의 여자들이 네더필드의 여자들을 방문했다. 이 방문은 이전에 있었던 빙리 씨의 방문에 대한 일종의 답례였다. 상쾌한 느낌을 주는 베넷 양의 태도에 허스트 부인과 빙리 양은 점점 더 호감을 느꼈다. 그녀의 어머니는 눈살을 찌푸리게 만들고 아래 동생들에게는 말조차 붙이고 싶지 않은 분위기였지만, 제인과 엘리자베스에게는 좀 더 가까이 다가가려는 태도가 역력했다. 제인으로서는 그들의 그런 관심이 무척 기쁜 일이었다. 하지만 엘리자베스는 그들이 자기 가족을 대하는 태도 속에서 오만함을 느꼈고, 그들이 제인을 대할 때조차도 크게 다르지 않다는 것을 알아차릴 수 있었다. 그러니 당연히 그들이 좋아질 리 없었다. 그들이 제인에게 친절하게 구는 것도, 단지 빙리 씨가 제인을 좋아하기 때문에 그 영향으로 그럴 뿐이라는 생각이 들었다.

두 사람이 함께 있는 모습을 볼 때마다, 빙리 씨가 제인을 특별하게 대한다는 건 누구나 다 느낄 정도였다. 엘리자베스는 제인이 첫 만남부터 빙리 씨에게 품었던 그 미묘한 감정에 푹 빠져 있다는 것과, 그를 깊이 사랑하고 있다는 것을 분명하게 알 수 있었다. 그렇지만 그런 감정이 세상 사람들에게 쉽게는 드러나지 않을 것이라는 생각에, 그녀는 혼자 미소를 지었다. 제인은 지나칠 정도로 감성적이기는 해도 침착한 성격에다가 한결같이 명랑한 태도를 내보이므로 남의 일에 참견하기 좋아하는 사람들의 눈에는 좀처럼 그런 낌새가 내비치지는 않을 것이 분명했기 때문이다. 엘리자베스는 이런 생각을 친구인 루카스 양에게 털어놓았다.

"하긴 재미있기는 하겠지." 엘리자베스의 이야기에 샬럿 양이 대꾸했다. "그렇게 세상 사람들의 눈을 속일 수 있다면 말이야. 하지만 그렇게까지 감정을 꼭꼭 숨기고 있다 보면, 때로는 손해가 될 수도 있어. 여자가 사랑하는 사람에게조차 그런 식으로 감정을 숨기다가는 그 사람을 붙잡을 기회를 놓쳐 버릴지도 몰라. 그리고 나서야 세상이 덧없다느니, 인생이 암울하다느니 말해 봤자 어디 상처받은 마음이 달래지겠어? 사람이 누군가에게 애정을 느끼게 되는 데는, 상대에게 감사하는 마음이나 허영심이 상당 부분 자리 잡고 있는 것이거든. 그렇기 때문에 그런 감정들이 그대로 내버려지면, 그 사랑은 점점 불안해질 수도 있는 거야. 누구나 사랑은 자연스럽게 시작할 수 있지. 아주 작은 감정만으로도 충분한 거야. 하지만 상대의 마음을 확인하지 못한 채로 끝까지 사랑을 이어가는 사람은 극히 드물다고 봐야 해. 그러니까 여자가 자기 감정을 표현하는 편이 어느 면에서든 훨씬 낫다는 거야. 내가 보기엔 빙리 씨가 네 언니를 좋아하는 건 확실해. 그렇지만 네 언니가 빙리 씨에게 그런 감정 표현으로 자극을 주지 않는다면, 그의 마음도 단순한 호감 그 이상으로는 좀처럼 발전하지 못할지도 몰라."

"아니, 언니는 정말로 있는 그대로의 감정을 그분께 보여 주고 있어. 내 눈에도 보일 만큼인데, 그분이 그걸 못 느낀다면 정말 둔한 사람이라고 할 수밖에 없지."

"일라이자, 그분이 너처럼 언니의 성격을 잘 아는 건 아니잖아."

"하지만 여자가 어떤 남자를 마음에 두고 있으면서 굳이 그 감정을 숨기지 않으면, 당연히 남자도 그 마음을 느끼게 되는 거 아닐까?

"그럴 수도 있겠지, 남자가 그 여자를 만날 기회가 충분하다면 말이야. 그렇지만 빙리 씨와 제인이 자주 만난다고 해도 오랜 시간을 단둘이 보내 본 적도 없었고, 게다가 언제나 북적이는 성대한 모임에서 겨우 마주치는 정도이니 매번 서로 충분히 대화를 나누는 것조차 힘들고 말이야. 그러니까 아주 짧은 시간이라도 만나는 동안은 그분의 마음을 사로잡을 수 있도록 최선을 다해야 해. 일단 그렇게 마음을 사로잡게 되면, 그다음부터는 제인의 생각대로 여유를 두고 사랑을 키워 나갈 수 있는 거니까."

"멋진 방법이야." 엘리자베스가 말을 받았다. "오직 결혼이 목표라면 말이지. 나도 만약 부자 남편을 얻겠다는, 아니 그냥 어떻게든 결혼이라도 하겠다는 마음이 든다면 당연히 그런 방법을 택했을 거야. 하지만 제인 언니는 그런 마음이 아니거든. 또 계획적으로 움직이는 스타일도 아니고. 아직도 빙리 씨에 대한 감정이 어느 정도인지 모르는 데다, 그런 감정을 가져도 되는 건지조차 모르는 상태야. 빙리 씨를 알게 된 것도 불과 보름 전이잖아.

메리턴에서 춤을 네 번쯤 췄고, 그분 댁에서 아침에 한 번 마주쳤고, 지금까지 같이 식사한 것도 합해 봐야 네 번밖에 안 돼. 이 정도로는 그분의 성격을 제대로 알 수 있다고는 할 수 없잖아."

"꼭 그렇다고만 할 수는 없지. 그저 식사만 네 번을 한 거라면 식성 정도나 파악했겠지만, 두 사람이 나흘 저녁을 함께 보냈다는 걸 생각해야 해. 나흘이면 서로에 대해 꽤 많은 것을 알 수 있는 시간이잖아?"

"그럴지도. 적어도 두 사람 모두 커머스(카드놀이의 일종)보다는 벙탕(카드놀이의 일종)을 더 좋아한다는 건 분명히 알았겠지. 하지만 다른 중요한 면들에 대해서는 아직 그렇게까지 드러내 보이지는 않은 것 같아."

"아무튼," 샬럿이 말을 이었다. "난 정말 제인이 잘되기를 바라고 있어. 솔직히 내일이라도 당장 제인이 빙리 씨와 결혼하게 된다면, 일 년 내내 그분의 성격을 연구하고 결혼한 것만큼이나 행복해질 수 있는 기회를 얻는 거라고 생각해. 결혼 생활의 행복은 전적으로 어떤 배우자를 만나느냐에 달려 있는 거니까. 결혼 전에 서로 성격을 잘 알고 있다거나, 성격이 비슷하다고 해서 그들이 더 행복해질 수 있는 것은 결코 아니야. 오히려 그런 부부들은 시간이 지나면서 반드시 성격 차이를 드러내게 되고, 결국엔 불화로 이어지기 쉽거든. 그러니까 한평생을 함께할 사람이라면 결점은 되도록 모르는 편이 더 나아."

"웃기지 마, 샬럿. 그건 말도 안 돼. 네 말이 얼마나 터무니없는지 너도 잘 알잖아. 게다가 그게 네 일이라면, 너도 절대 그렇게 하지는 않을 거야."

언니에 대한 빙리 씨의 관심에만 온 정신이 쏠려 있던 엘리자베스는 친구가 자신을 흥미로운 눈길로 바라보고 있다는 사실을 전혀 알아차리지 못했다.

다아시 씨는 처음에는 그녀가 예쁘다는 것을 좀처럼 인정하려 하지 않았다. 무도회장에서도 그녀를 무덤덤하게 대했고, 그 뒤에도 마주칠 때마다 그녀를 바라보는 그의 눈빛에는 비아냥거림이 담겨 있었다. 그런데 그녀의 얼굴에는 예쁜 데라고는 없다며 자신뿐만 아니라 친구들에게도 떠벌려 놓고 보니, 갑자기 그녀의 까만 눈동자가 아름답게 보이기 시작했고 그녀의 얼굴에서 남다른 총명함이 느껴졌다. 이런 감정이 생기자 그녀의 다른 모습들도 새롭게 다가왔다. 몸매가 완벽한 건 아니라는 것을 예리한 눈썰미로 꿰뚫어 보기는 했지만, 사뿐사뿐하고 발랄한 걸음걸이가 자꾸 눈앞에 어른거리기 시작했다. 그녀의 태도가 사교계에 어울리지 않는다고 여겼지만, 꾸밈없는 명랑함에 마음이 끌리기 시작했다.

그러나 그런 사실을 엘리자베스는 전혀 알지 못했다. 그녀에게 다아시 씨란, 어디서든 사람들과 잘 어울리지 못하고 자신을 예쁘지 않다고 여겨 함께 춤추는 것을 거절했던 남자일 뿐이었다. 다아시 씨는 엘리자베스에 대해 좀 더 알고 싶어졌다. 그래서 그녀와 직접 이야기를 나눌 기회를 엿보며, 그녀가 다른 사람들과 나누는 대화에 귀를 기울이고 있었다. 그런 그의 모습은 엘리자베스의 신경을 거슬리게 했다. 이 일은 윌리엄 루카스 경의 저택에서 열린 매우 성대한 파티 자리에서 벌어진 일이었다.

"다아시 씨가 무슨 생각으로 저러는지 모르겠어." 엘리자베스가 샬럿에게 푸념하듯 말했다. "포스터 대령과 내가 나누는 이야기에 왜 자꾸 신경을 쓰는 거지?"

"그야 다아시 씨 본인만이 알겠지."

"하지만 정말로 계속 저러면, 그때는 내가 그의 속내를 다 꿰뚫어 보고 있다는 걸 보여 줄 수밖에 없어. 그의 눈빛은 언제나 비아냥거리는 것처럼 보여. 그래서 내가 무례하게 굴지 않으면, 내가 먼저 불편해질 것 같아."

잠시 후, 다아시 씨가 그들 쪽으로 다가왔는데, 그들에게 말을 걸어올 기색은 전혀 아니었다. 그때 루카스 양이 엘리자베스에게, 그녀의 마음을 그에게 어디 한번 늘어놓아 볼 수 있겠냐고 부추겼고, 이 말에 발끈해진 엘리자베스가 다아시 씨를 쳐다보며 말했다.

"다아시 씨, 방금 전의 제 이야기가 괜찮지 않았나요? 포스터 대령님께 메리턴에서 무도회를 열어 달라고 조르고 있었거든요."

"대단한 열정이시군요. 무도회는 언제나 숙녀분들을 열정적으로 만들기는 하니까요."

"정말 너무하시는군요."

"이제는 엘리자베스를 조를 차례네." 루카스 양이 말했다. "피아노 뚜껑을 열려고 하거든, 일라이자. 그다음엔 뭘 해야 하는지 알지?"

"너는 친구치고는 정말 이상한 사람이야! 사람들만 있으면 아무 데서나 연주하며 노래를 하라고 하니 말이야. 만약 내가 음악적인 허영심이라도 있다면 너는 정말 너무나 멋진 친구였겠지만, 사실 나는 일류급의 연주에 익숙한 분들 앞에 앉아 연주하고 싶은 마음은 없거든."

하지만 루카스 양이 끝내 고집을 부리자, 엘리자베스는 마지못해 말했다.

"그래, 알았어. 꼭 그래야만 한다면 어쩔 수 없지." 그러고는 다아시 씨를 한번 흘겨보고 이렇게 말했다. "여기 계신 분들이 모두 잘 아시는 속담이 있죠. '뜨거운 죽을 식히기 위해서는 숨을 들이마셔라.' 그러니 저도 노래를 부르기 전에 심호흡을 좀 해야겠네요."

그녀의 노래는 썩 뛰어난 편은 아니었지만 사람들의 마음을 즐겁게 했다. 두어 곡을 부른 뒤에도 한 곡만 더 불러 달라고 청하는 사람들이 있었는데, 그녀가 말할 틈도 없이 누이인 메리가 피아노 앞을 가로막고 앉았다. 메리는 자매들 중에서도 특별히 드러낼 것이 없는 평범한 존재였기에, 그 보상으로 지식과 교양을 쌓는 데 열심이었고 언제나 그것을 남에게 드러내려는 성향이 강했다.

메리는 타고난 재능이 있는 것도 아니고 고상한 취미를 지닌 것도 아니었다. 허영심으로 인해 이것저것 열심히 하긴 했지만, 그것이 오히려 잘난 체하고 우쭐대는 모습으로 비치면서 좋지 않은 평판을 낳는 원인이 되었다. 엘리자베스는 수수하고 꾸밈없는 자태였으므로 피아노 솜씨는 메리에게 훨씬 못 미쳤지만, 사람들은 메리가 연주할 때보다도 훨씬 더 즐겁게 그녀의 노래를 들어 주었다. 한편 메리는 긴 협주곡을 마친 뒤 다시 스코틀랜드와 아일랜드 곡을 이어서 연주했고, 청중들의 찬사에 기뻐했다. 하지만 그 곡들은 원래 그녀의 자매들이 신청했던 것인데, 정작 그 자매들은 노래에는 관심도 두지 않은 채 루카스 집안사람들 몇몇과 두세 명의 사관들과 함께 어울려 방 한구석에서 열심히 춤을 추고 있었다.

다아시 씨는 이렇게 무의미하게 저녁 시간을 흘려보내는 것이 못마땅한 듯, 심드렁한 표정으로 입을 꾹 다문 채 그들 곁에 서 있었다. 그는 자기 생각에만 너무 몰두한 나머지, 윌리엄 경이 곁에 다가온 것도 알아차리지 못했다. 이윽고 윌리엄 경이 그에게 말을 걸었다.

"젊은 사람들에게는 정말 멋진 파티지요, 다아시 씨! 정말 춤만한 게 없어요. 춤이야말로 사교계 최고의 멋진 사교술이니까요."

"지당하신 말씀입니다. 게다가 사교성이 부족한 사람도 즐길 수 있는 장점이 있죠. 야만인조차 춤은 출 줄 아니까요."

윌리엄 경은 그저 미소만 지었다.

"친구분이 춤을 아주 멋지게 추시더군요." 빙리 씨가 춤추는 장면을 본 윌리엄 경이 잠시 후 말을 이었다. "그리고 귀하께서도 이 방면에는 상당히 능하신 걸로 압니다, 다아시 씨."

"경께서는 제가 메리턴에서 춤추는 걸 보셨군요."

"네, 봤습니다. 꽤 인상적이었어요. 성 제임스 궁의 무도회에는 가끔 참석하십니까?"

"한 번도 참석한 적 없습니다."

"그곳에서 춤추는 것이 왕실에 대한 경의 표현이라고는 생각지 않으십니까?"

"그런 식의 경의는 피할 수만 있다면, 어느 장소에서든 하고 싶지 않습니다."

"댁은 시내에 있는 것으로 알고 있습니다만?"

다아시 씨는 고개를 끄덕였다.

"나도 한때는 시내에 자리를 잡아 볼까 생각한 적이 있었죠. 최고층 사람들과 교류해 보고 싶기도 했고요. 하지만 런던의 분위기가 아내에게 어울릴지 잘 모르겠더군요."

윌리엄 경은 다아시 씨의 반응을 기다리며 잠시 뜸을 들였지만, 그는 전혀 대답할 기색이 없었다. 그런데 바로 그때 엘리자베스가 그들 쪽으로 다가오는 것을 본 윌리엄 경은 문득 그녀에게 아주 멋진 소개를 해 주어야겠다는 생각이 들어 그녀를 불렀다.

"오! 일라이자 양, 왜 춤을 추지 않고 계시죠? 다아시 씨, 이 아리따운 숙녀분을 귀하의 파트너로 꼭 소개해야겠습니다. 물론 이렇게 아름다운 숙녀분 앞에서 거절하실 리는 없겠지요."

그러면서 윌리엄 경은 그녀의 손을 잡아 다아시 씨에게 건네려 했고, 다아시 씨는 당황하긴 했지만 싫지는 않은 기색이었다. 하지만 그 순간, 엘리자베스가 갑자기 손을 빼며 어이없다는 표정을 지으며 말했다.

"전 춤추고 싶은 마음이 조금도 없어요. 춤출 상대를 찾기 위해 이쪽으로 온 게 아니라는 걸 두 분께서 꼭 알아주셨으면 합니다."

다아시 씨는 정중하게 예를 갖추며 그녀의 손을 잡는 영광을 베풀어 달라고 간청했지만 헛수고였다. 엘리자베스는 단호했고,

윌리엄 경이 그녀의 마음을 돌려 보려 애를 써 봤지만 아무 소용이 없었다.

"일라이자 양, 그대의 아름다운 춤을 보고 싶어 하는 이 사람의 바람을 그렇게 거절하다니 너무하신 걸요. 이 신사분도 이런 유흥을 그리 즐기는 편은 아니지만, 우리를 위해서라면 반 시간쯤은 기꺼이 내어 주실 텐데 말입니다."

"다아시 씨는 정말 친절한 분이니까요." 엘리자베스는 이렇게 말하면서 웃음을 지어 보였다.

"그렇다마다! 그렇다고 해도 다아시 씨가 이렇게 정중한 태도를 보이는 건 너무도 당연한 일 아니겠습니까. 이렇게 아름다운 파트너를 어찌 마다하실 수 있겠습니까?"

엘리자베스는 짓궂은 표정을 지으며 그를 외면해 버렸다. 그러나 그녀의 그런 냉랭한 태도에도 다아시 씨는 불쾌하기는커녕 오히려 흡족한 기분을 느끼는 중이었다. 그때, 빙리 양의 목소리가 들려왔다.

"무슨 생각을 하고 계신지 제가 한번 맞춰 볼까요?"

"아마 모르실 텐데요."

"며칠 밤을 이런 식으로, 그것도 이런 사람들 틈에서 보내야 한다는 것이 너무 지긋지긋하다고 생각하고 계시는 것 아니에요? 정말 저도 동감이에요. 이토록 지겨운 적은 한 번도 없었어요! 재미라고는 없는 데다 시끄럽기만 하고, 하나같이 별 볼 일 없는 위인들이 모두 저 잘났다고 허세를 부리는 꼴이라니! 그들에 대해 선생님의 혹평도 좀 들려주세요. 다 들어 드릴게요."

"전혀 잘못 짚으셨는데, 어쩌죠? 저는 지금 꽤 기분 좋은 생각에 잠겨 있었습니다. 아름다운 여성의 맑은 눈동자에서 느끼는 달콤한 환희를 깊이 음미하고 있는 중이었답니다."

이 말이 채 끝나기도 전에 빙리 양은 그의 얼굴을 뚫어지게 쳐다보았는데, 그 표정 속에는 과연 그 눈동자의 주인이 누구인가 하는 궁금함이 가득 담겨 있었다. 다아시 씨는 거리낌 없이 그 여자의 이름을 밝혔다.

"엘리자베스 베넷 양이죠."

"엘리자베스 베넷 양이라고 하셨어요? 굉장히 놀랄 일이군요! 언제부터 그녀를 그렇게 생각하게 되신 거죠? 그럼, 제가 축하 인사를 드릴 수 있는 건 언제쯤인가요?"

"역시 그렇게 말씀하시는군요. 여성들의 상상력이란 정말 놀랍습니다. 호감이 순식간에 사랑으로, 그리고 그 사랑은 곧장 결혼으로 이어지니 말입니다. 빙리 양도 그렇게 반응하실 줄 알았습니다."

"아니, 정말 진지하게 생각하고 계신 거라면 이제 거의 성사된 거나 다름없네요. 장모님 되실 분도 참 멋지시던데, 언제든 펨벌리에서 함께 지낼 수도 있을 테니까요."

빙리 양은 제 흥에 겨워 이렇게 떠들어 댔지만, 다아시 씨는 덤덤한 표정으로 그녀의 이야기를 듣고 있을 뿐이었다. 그러한 다아시 씨의 태연한 모습에, 빙리 양은 뭔가 확신을 얻은 듯 수다를 멈출 줄 몰랐다.

7

베넷 씨의 재산은 연 수입이 약 2천 파운드에 불과한 부동산 정도였고, 그마저도 남자 상속인이 없다는 이유로 먼 친척뻘 되는 남자에게 상속되게 되어 있어서 딸들에게는 불행한 일이었다. 베넷 부인의 재산이라고 해 봐야 그녀 자신이 혼자 쓰기에 넉넉한 정도일 뿐 남편에게 특별히 도움이 될 만한 규모는 아니었다. 그 재산은 메리턴에서 변호사로 일하던 그녀의 아버지가 남겨준 4천 파운드였다.

그녀에게는 아버지 밑에서 서기 일을 하다 그 자리를 이어받은 필립스라는 사람과 결혼한 여동생과, 런던에서 사업을 크게 일구고 있는 남동생이 하나 있었다.

롱번 마을은 메리턴에서 겨우 1마일 거리였기 때문에, 베넷 가의 딸들이 바람을 쐬러 다니기에는 딱 안성맞춤이었다. 그들은 보통 일주일에 서너 번씩 메리턴으로 나섰고, 오가는 길목에 있는 이모 댁이나 여성용품 상점에 들르곤 했다. 그중에서도 집안에서 가장 나이가 어린 캐서린과 리디아는 언니들보다 훨씬 자주 이모 댁을 찾았다. 언니들보다 시간이 많은 데다, 특별한 일없을 때는 산책 삼아 메리턴까지 다녀오면 오전 시간을 즐겁게 보낸 후에 저녁에 이야깃거리를 만들어 올 수도 있기 때문이었다. 시골 마을이라 새로운 뉴스거리가 드문 편임에도, 그들은 늘 이모에게서 들은 이런저런 소식을 집으로 가져오곤 했다. 특히 최근에는 근처에 주둔 중인 의용군 부대가 큰 관심거리였는데, 그들에 관한 온갖 이야기에 푹 빠져 있었다. 그들은 겨우내 머무를 예정이었고, 메리턴이 바로 그들의 본부였다.

캐서린과 리디아는 필립스 부인 댁을 들락거리며 흥미로운 이야기들을 날마다 집으로 옮겨왔다. 매일같이 사관들의 이름과 가문, 출신지 등에 관한 정보가 하나씩 더해졌고, 곧 사관들의 숙소에 대한 소문이 돌기 시작했다. 마침내는 직접 사관들과 마주치는 일도 생겨났다. 필립스 부인은 사관들을 일일이 만나 보았고, 캐서린과 리디아는 이모를 통해 처음 듣는 이야기들에 신이 났다. 그들의 관심은 오직 사관들뿐이었다. 빙리 씨의 막대한 재산 이야기가 나오면 어머니야 생기가 돌았지만, 두 딸에게는 눈앞에 어른거리는 기수旗手의 멋진 제복에 비하면 아무 감흥도 없는 이야기였다.

어느 날 아침, 사관들 이야기로 떠들썩한 두 딸의 대화를 듣고 난 베넷 씨가 못마땅하다는 듯 말했다.

"너희들 얘기를 듣고 있자니, 정말 세상에서 제일 멍청한 애들 같구나. 전부터 그러려니 하고 생각은 했다만, 지금 보니 정말 가관이야."

캐서린은 어안이 벙벙해 말을 잇지 못했지만, 리디아는 아버지의 말에 아랑곳하지 않고 여전히 카터 대위가 정말 멋있다는 둥, 그가 내일 아침에 런던으로 떠나니 오늘 중으로 한번 볼 수 있었으면 좋겠다는 둥 이런 이야기를 계속해서 늘어놓았다.

"아니 여보, 어쩜 그렇게 거침없이 당신 딸들을 멍청이라고 할 수 있어요? 다른 집 자식이라면 몰라도, 자기 자식한테까지 그렇게 말하다니요."

"아무리 내 자식이라도 멍청한 건 멍청하다고 할 수밖에."

"그래도 사실 우리 애들은 하나같이 다 똑똑하단 말이에요."

"이 점에 있어서만큼은 당신과 내가 의견이 다르군. 아무리 사소한 문제라도 늘 의견이 일치한다고 생각했었는데, 우리 막둥이 두 딸이 꽤나 어리석다고 생각하는 점에서는 당신과 전혀 다르니 말이오."

"이봐요 베넷 씨, 이런 어린애들이 어떻게 우리 세대와 같은 생각을 할 수 있겠어요? 애들이 우리 나이가 되면 그땐 당연히 지금의 우리처럼 사관들 얘기 같은 건 하지 않겠죠. 저도 빨간 제복이 너무너무 좋던 시절이 있었죠. 사실 아직도 그 마음이 남아 있긴 해요. 그리고 젊고 멋진, 그것도 연 수입이 5, 6천 파운드나 되는 대령이 우리 딸아이 하나를 마음에 들어 한다면 마다할 이유는 전혀 없죠. 요전 날 밤 윌리엄 경 댁에서 본 제복 차림의 포스터 대령은 정말이지, 너무 멋졌어요."

"어머니, 이모님이 그러시는데 포스터 대령님과 카터 대위님은 왓슨 양 집을 처음 오셨을 때만큼 자주 들르지는 않으신대요. 요즘은 클라크 씨네 서점에서 자주 눈에 띈다고 하시더군요."

리디아의 말에 베넷 부인이 뭐라고 대꾸하려던 순간, 하인이 베넷 양 앞으로 온 편지를 들고 들어와 이야기가 끊겼다. 그 편지는 네더필드에서 온 것이었고, 편지를 갖고 온 하인이 답장을 기다리고 있다고 했다. 베넷 부인의 눈은 기쁨으로 빛났고, 제인이 편지를 읽는 중이었는데도 쉴 새 없이 물어댔다.

"제인, 얘야, 누구한테서 온 거니? 무슨 내용이야? 뭐라고 썼는데? 응? 제인, 빨리 얘기해 봐. 어서 좀, 얘야."

"빙리 양이 보냈어요."

제인은 이렇게 말하곤 그 내용을 큰 소리로 읽어 내려갔다.

친애하는 벗에게

오늘 저녁 루이자와 저를 생각해서 함께 식사에 참석해 주세요. 당신이 와 주는 호의를 베풀지 않는다면, 우리는 틀림없이 평생 서로를 미워하며 지내게 될 거예요. 하루 종일 두 여자가 얼굴을 맞대고 있다 보면 결국 티격태격하게 될 테니까요. 이 편지를 받는 즉시 와 주시면 고맙겠습니다. 오빠와 다른 신사분들은 사관들과 함께 식사하기로 했답니다. 그럼 이만 줄일게요.

캐롤라인 빙리

"사관들하고 식사를 한대요!" 리디아의 목소리가 높아졌다. "그렇게 중요한 걸 이모는 왜 말해 주지 않으셨을까?"

"바깥에서 식사라니, 그거 참 유감이구나." 베넷 부인이 서운한 듯 말했다.

"마차를 타고 가도 될까요?" 제인이 물었다.

"아니다, 얘야. 그냥 말을 타고 가는 게 나을 것 같구나. 하늘을 보니 비가 올 것 같은데, 그러면 그 댁에서 하룻밤 묵을 수도 있잖니."

"좋은 생각이네요." 엘리자베스가 말했다. "그 댁에서 언니를 집까지 데려다주지 않는다면 말이에요."

"맞아! 그런데 남자분들이 메리턴까지 가는 데는 빙리 씨마차를 쓸 테고, 허스트 씨 집에는 마차를 끌 말들도 없잖니."

"차라리 코치(대형 마차_역주)로 가는 건 어떨까요?"

"하지만 얘야, 아버지께서 말들을 내주실 리가 없잖니. 농장일에 써야 하니까. 여보, 그렇죠?"

"내 개인적인 용도보다는 농장에 쓰는 게 우선이지."

"아버지께서 오늘 말을 쓰신다면, 어머니의 목적은 이루어지는 셈이네요." 엘리자베스가 말했다.

엘리자베스는 아버지를 슬쩍 떠 보아 결국 마차에 쓸 말들은 농장에서 써야 한다는 얘기를 끌어냈다. 그래서 제인은 말을 타고 갈 수밖에 없었다. 어머니는 곧 비가 올 거라는 여러 근거를 들며 기분 좋게 제인을 문까지 배웅했다. 그 바람은 적중했다. 제인이 떠난 지 얼마 지나지 않아 비가 쏟아지기 시작했던 것이다. 여동생들은 언니가 걱정됐지만, 어머니만큼은 얼굴에 웃음꽃이 피었다. 비는 쉴 새 없이 저녁 내내 퍼부었고, 제인이 돌아오지 못할 거라는 것은 확실해 보였다.

"정말, 내 예상이 딱 맞았지!"

베넷 부인은 마치 자신이 비를 내리기라도 한 듯, 몇 번이고 그 말을 반복했다. 다음 날 아침, 그녀의 계획이 멋지게 성사되었다는 소식을 받았을 때의 기쁨은 이루 말할 수 없을 정도였다. 아침 식사가 거의 끝나갈 무렵, 네더필드에서 온 하인이 엘리자베스에게 편지를 전하러 온 것이다.

리지에게

오늘 아침부터 몸이 몹시 좋지 않아. 어제 비를 흠뻑 맞은 탓인 것 같아. 이곳 분들은 친절하게도 내가 회복되기 전까지는 돌아가지 못하게 하는구나. 심지어 존스 선생님에게 진찰까지 받으라고 하거든. 그러니까 존스 선생님이 다녀가셨다고 해서 놀라지는 마. 별다른 이상은 없고, 목이 조금 붓고 두통도 약간 있는 정도야.

언니로부터

"이것 좀 봐요, 당신!" 엘리자베스가 큰 소리로 편지를 다 읽자 베넷 씨가 입을 열었다. "만약 당신 딸이 중병에라도 걸리거나 아니면 죽기라도 한다면, 그게 다 빙리 씨를 어떻게 해 보려고 당신이 시킨 데서 생긴 일이니 슬퍼할 것도 없겠군."

"참, 그 애가 죽긴 왜 죽어요. 그깟 감기 정도론 아무도 안 죽어요. 그분들이 잘 보살펴 주실 거예요. 그곳에 있는 동안은 아무 일 없을 거예요. 마차가 준비되는 대로 내가 한번 가 봐야겠어요."

엘리자베스는 언니가 너무 걱정되어, 마차도 없는 상황에서 언니를 직접 찾아가기로 마음먹었다. 그녀는 말을 탈 줄 몰랐기 때문에 가려면 걸어서 가는 수밖에 없었다. 그녀는 그 생각을 입 밖에 내었다.

"어쩜 그런 말도 안 되는 소리를 하니?" 어머니가 언성을 높였다. "이 진흙탕 길을 걸어서 간다고? 그곳에 도착했을 때 네 꼴이 어떨지는 생각 안 해 봤니?"

"저는 제인 언니만 만나면 돼요. 그게 다예요."

"이 아비에게 눈치 주는 말 같구나, 리지." 아버지가 말했다. "마차를 갖고 오라고 말이야."

"그런 건 절대 아니에요. 그냥 걷고 싶을 뿐이에요. 마음만 먹으면 먼 거리도 아니죠. 겨우 3마일인데, 저녁 식사 전까지는 돌아오겠어요."

"언니의 자상함은 정말 알아줘야 해." 메리가 말했다. "하지만 매사 충동에 앞서 이성적으로 생각해 봐야지 않겠어. 내 생각이지만, 오늘 같은 날씨에 굳이 그렇게까지 갈 필요가 있을까?"

"메리턴까지는 우리도 언니랑 같이 갈게."

캐서린과 리디아가 나서자 엘리자베스는 그렇게 하자고 했고, 세 자매는 함께 길을 나섰다.

"부지런히 가면, 카터 대위님이 떠나기 전에 얼굴이라도 뵐 수 있지 않을까?" 리디아가 말했다.

메리턴에 이르러 그들은 헤어졌다. 두 막내딸은 자주 가던 사관 부인의 숙소로 들어갔고, 엘리자베스는 혼자서 계속 걸었다. 그녀는 빠른 걸음으로 넓은 밭들을 수없이 지나며, 조급한 마음에 울타리의 계단(stile, 사람만 넘을 수 있고 가축은 못 다니게 만든 담벼락의 층계_역주)과 웅덩이를 훌쩍훌쩍 뛰어넘었다. 마침내 네더 필드 저택이 보이는 곳에 이르렀을 때는, 발목은 시큰거리고 속 양말은 흙투성이인 데다 얼굴은 열기로 화끈거렸다.

엘리자베스는 아침 식사를 하고 있는 방으로 안내되었다. 그 곳에는 제인만 보이지 않을 뿐 모두가 모여 있었는데, 그녀가 나타나자 모두들 화들짝 놀라는 표정이었다. 이렇게 이른 아침에, 그것도 이처럼 궂은 날씨에, 그녀가 혼자서 3마일을 걸어왔다는 사실이 허스트 부인과 빙리 양에게는 도저히 믿기지 않는다는 안색이었다. 그런 표정에서 엘리자베스는 자신이 멸시당하고 있다는 느낌을 받았지만, 겉으로는 모두가 그녀를 아주 정중하게 맞아 주었다. 빙리 씨는 정중함을 넘어 자상한 태도를 보였고, 그의 친절하면서도 따뜻한 마음씨가 그대로 묻어났다. 다아시 씨는 거의 말을 하지 않았고, 허스트 씨는 아예 입을 다물고 있었다. 다아시 씨는 열기로 발그레해진 엘리자베스의 화사한 얼굴이 예쁘다고 생각하면서도, 그렇다고 이런 날씨에 그녀가 먼 길을 혼자서 걸어온 것이 과연 잘한 일인가를 고민하고 있었고, 허스트 씨는 그저 아침 식사 외에는 아무 생각도 없었다.

엘리자베스가 제인의 증세에 대해 이것저것 물어보았지만 그들의 대답은 명확하지 않았다. 제인은 간밤에 잠을 제대로 자지 못했고, 지금은 일어나 있긴 하지만 열이 심해 방 밖을 나가기에는 무리라는 정도였다. 엘리자베스는 곧바로 제인에게 안내되었고, 언니의 얼굴을 보자마자 얼굴이 밝아졌다. 제인 역시 엘리자베스가 들어서는 모습을 보고 무척 반가워했는데, 사실 누군가 찾아와 주기를 바라는 마음이 있었지만 편지에는 그런 속내를 숨겼던 것이다. 그러나 제인은 오래 이야기를 나눌 수 있는 상태는 아니었다. 빙리 양이 두 자매를 남겨 두고 자리를 비우자, 제인은 이 집 식구들이 자신을 무척 정성껏 보살펴 주고 있다는 감사의 말만 간신히 몇 마디 했을 뿐 다른 말은 거의 없었다. 엘리자베스도 잠자코 언니를 돌보는 데만 집중했다.

아침 식사가 끝나자, 빙리 자매가 제인의 방을 찾았다. 엘리자베스는 그들이 언니를 진심으로 걱정하며 보살핀다는 생각에, 점점 그들에게 호감이 생기는 것을 느꼈다. 의사가 와서 제인을 진찰하고는 예상대로 심한 독감이라며 정성껏 간호해야 회복될 수 있다고 말했다. 의사는 제인에게 다시 침대에 눕도록 권하고 약을 처방했다. 제인은 몸에 열이 오르고 머리가 심하게 아팠기 때문에 그의 지시를 순순히 따랐다. 엘리자베스는 한순간도 언니 곁을 떠나지 않았다. 다른 여성들도 자리를 비우는 일이 거의 없었는데, 사실 남자들이 외출 중이어서 다른 방에 있어도 특별히 할 일이 없기도 했기 때문이었다.

시계가 세 시를 알리자, 엘리자베스는 이만 돌아가야겠다는 생각이 들었다. 그녀가 마지못해 그 말을 꺼내자 빙리 양은 마차를 내어 주겠다고 제안했고, 두 사람 사이에 잠깐 실랑이가 오가더니 엘리자베스는 결국 못 이기는 척 승낙했다. 빙리 양이 그처럼 호의를 베푸는 것은 마차를 내어주는 대신에 엘리자베스더러 얼마 동안만이라도 좀 더 머물러 있어 달라는 청을 하는 것이라고, 제인이 엘리자베스를 이해시켰기 때문이었다. 엘리자베스는 그 호의에 감사한 마음으로 기꺼이 응했고, 하인 하나가 롱번으로 그 사실을 전하러 다녀온 뒤 곧 그녀의 옷가지가 도착했다.

　다섯 시가 되자 엘리자베스와 빙리 양은 옷을 갈아입기 위해 방을 나왔고, 여섯 시 반에 엘리자베스는 저녁 만찬에 참석하였다. 식사 중에 그녀에게 정중한 질문들이 쏟아졌고, 특히 빙리 씨가 언니에 대해 보이는 따뜻한 관심과 배려는 엘리자베스를 흐뭇하게 했다. 하지만 제인의 병세가 조금도 나아지지 않았기 때문에 어느 하나 시원히 답해 주지는 못했다. 이에 빙리 자매는 제인 걱정에 얼마나 가슴이 아픈지, 독감에 걸린다는 것이 얼마나 끔찍한 일인지, 자신들이 그런 병에 걸린다면 얼마나 지긋지긋할지 하는 말들을 서너 번 하고 나서는 곧 제인에 대해서는 아예 생각조차 않는 듯한 모습들이었다. 제인이 눈앞에 없자 이처럼 쉽게 무관심해져 버리는 그들의 태도에 엘리자베스는 '그러면 그렇지' 하며, 처음에 그들에게서 느꼈던 고까운 감정을 되새겼다.

　그래도 그들 가운데 빙리 씨만큼은 엘리자베스가 흡족한 마음으로 바라볼 수 있었다. 제인을 걱정하는 그의 모습은 진심이었고, 엘리자베스에게도 세심한 배려를 아끼지 않는 모습에 무척 기분이 좋았다. 빙리 씨의 그런 태도 덕분에, 다른 사람들이 그녀를 불편한 이방인쯤으로 여기는 분위기를 참아 낼 수 있었다. 빙리 씨 외에는 누구도 그녀에게 관심을 기울이지 않았다. 빙리 양은 온통 다아시 씨에게 정신이 팔려 있었고, 그녀의 언니도 마찬가지였다. 그리고 허스트 씨, 이 양반은 엘리자베스가 옆에 앉아 있는데도 그저 먹고 마시고 카드놀이하는 데만 정신이 팔린 나태한 위인이었으므로, 엘리자베스가 래구(스튜 요리, 고기, 야채, 향료 등을 섞어 만듦_역주)보다는 담백한 음식을 좋아한다는 사실을 알고 나서도 그녀에게 아무런 말도 건네지 않았다.

저녁 식사가 끝나자 엘리자베스는 곧장 제인의 방으로 돌아갔다. 그녀가 식당을 나서자마자 빙리 양은 엘리자베스에 대해 험담을 늘어놓기 시작했다. 예의라고는 눈곱만큼도 없고, 오만하고 고집스러운 데다 말솜씨도 엉망이며, 옷맵시도 볼품없고, 고상한 기품이나 아름다움은 전혀 찾아볼 수 없는 여자라고 헐뜯었다. 허스트 부인도 이에 동조하며 한마디 덧붙였다.

"딱 잘라 말해서, 호감 가는 구석이라곤 전혀 없는 여자야. 하지만 걷는 것 하나만은 아주 대단하지. 오늘 아침의 그 꼴은 정말 두고두고 잊히지 않을 거야. 마치 미친 여자 같았다니까."

"정말 그랬어, 루이자. 너무 놀라서 얼굴을 둘 데가 없더라니까. 아니 도대체 뭐 하러 쫓아온단 말이야! 제 언니가 독감에 좀 걸렸다고 그 진흙탕 길을 그렇게 허겁지겁, 꼭 쫓아와야 하냐고! 손질도 하지 않은 뒤엉킨 그 머리칼 하고는!"

"맞아, 그리고 그 속치마는 또 어떻고. 너도 봤니? 6인치쯤 위까지 온통 흙투성이였잖아. 틀림없어. 그걸 가리려고 가운을 내렸던 모양인데, 소용없었지."

"루이자 누님이 아주 정확하게 보셨나 봐요." 빙리 씨가 말했다. "하지만 저로서는 전혀 개의치 않았습니다. 오늘 아침 집으로 들어서는 엘리자베스 양의 얼굴이 무척 화사해 보인다는 생각만 들었거든요. 흙 묻은 속옷 따위는 전혀 눈에 들어오지 않던데요."

"선생님은 분명 보셨을 거라고 생각합니다, 다아시 씨." 빙리 양이 말했다. "그리고 선생님의 누이가 그런 흉한 모습을 내보이는 것을 보고 싶지는 않은 거란 생각이 들더군요."

"그야 당연하죠."

"3마일이든, 4마일이든, 5마일이든 간에, 거리야 어떻든 종아리까지 흙투성이가 되도록. 그것도 혼자서, 정말 혼자서 걸어오다니! 분명 무슨 꿍꿍이가 있는 거야. 내가 보기엔 그 잘나고 도도한 독립심을 과시하려는 것 같은데, 정말 예의라고는 눈곱만큼도 모르는 촌닭이라니까."

"언니에 대한 우애는 보기 좋았습니다만." 빙리 씨가 말했다.

"조금 걱정되는군요, 다아시 씨." 빙리 양이 거의 속삭이듯 말했다. "오늘 이 호들갑 때문에 그녀의 예쁜 눈동자에 대해 선생님이 느끼셨던 호감이 상처를 입지나 않았는지 말입니다."

"천만에요!" 다아시 씨가 답했다. "오히려 그렇게 뛰어온 덕분인지 눈이 더 빛나 보이던걸요."

이 말에 잠시 정적이 흘렀고, 허스트 부인이 다시 입을 열었다.

"전 제인 베넷 양이 참 마음에 들어요. 정말 온화한 성격이잖아요. 진심으로 좋은 혼처를 만나기를 바란답니다. 하지만 부모님도 그렇고, 친척들도 신분이 낮은 사람들이라 쉽지 않을까 봐

염려되네요."

"전에 그 댁의 이모부가 메리턴에서 변호사로 일하신다고 들었죠?"

"맞아요. 그리고 또 한 분은 치프사이드 근처 어딘가에 사신다고 하던데요."

"정말 대단하네요." 빙리 양이 받아쳤고, 두 자매는 한바탕 웃어댔다.

"설령 치프사이드에 그 이모부들이 넘쳐난다고 해도, 그들이 손해 볼 건 없잖아요." 빙리 씨가 목소리를 높였다.

"하지만 현실적으로는 그런 배경 때문에 지위 있는 남성과의 결혼 가능성이 확실히 낮아진다는 거겠지." 다아시 씨가 대꾸했다.

이 말에 빙리 씨는 아무 말도 하지 않았다. 그의 누이들은 맞장구치며, 그들에게는 소중한 친구라던 제인의 친척들의 신분이 낮다는 사실을 놀림감으로 한동안 시간 가는 줄 모르고 즐겁게 떠들어 댔다.

한껏 들뜬 분위기가 좀 가라앉자, 그녀들은 식당을 나와 곧바로 제인의 방으로 가서는 한참을 머물렀고, 다시 커피를 마시러 자리를 옮겼다. 제인이 여전히 차도가 없어 엘리자베스는 언니 곁을 떠나지 않으려 했고, 늦은 저녁이 되어서야 언니가 잠든 것을 확인하고는 한숨 돌릴 수 있었다. 엘리자베스는 아래층으로 내려가는 것이 썩 내키지 않았지만, 예의상 내려가는 것이 옳다는 생각이 들었다. 응접실로 들어서니 모두가 루(카드놀이의 일종_역주)에 열중해 있었다. 사람들이 그녀도 함께 어울리기를 청했지만 돈을 거는 게임일까 염려가 되어 언니를 돌봐야 할지 모른다는 구실을 달아 잠시 책을 읽으며 조용히 있겠다고 사양했다. 허스트 씨는 놀란 듯한 얼굴로 그녀를 쳐다보며 말했다.

"카드놀이보다 책이 더 좋단 말이에요? 그거 참 놀라운 일이군요."

"엘리자베스 베넷 양은 말이에요." 빙리 양이 끼어들었다. "카드놀이를 무척 싫어하죠. 그녀에게 책 읽는 것 외에는 재미있는 일은 전혀 없나 봐요."

"그게 꼭 칭찬이 될 일도, 비난받을 일도 아닌 것 같은데요." 엘리자베스가 목소리를 높였다. "제가 책을 많이 읽는 것도 아니고, 책 외에도 재미있는 건 얼마든지 있으니까요."

"언니를 간호하는 일이 즐거우신가 봅니다." 빙리 씨가 말했다. "이제 곧 언니께서 몸이 나아질 테니, 그 기쁨이 더 커지겠지요."

엘리자베스는 빙리 씨의 따뜻한 말에 진심으로 감사를 표하고는 책 몇 권이 놓여 있는 테이블 쪽으로 걸어갔다. 그러자 빙리 씨는 얼른 다른 책들을 더 가져다주겠다고 하며, 서재에 있는 책이라면 어떤 것이든 모두 내어놓겠다고 했다.

"책을 좀 더 많이 구비했더라면 베넷 양에게도 도움이 되고 저로서도 체면을 세울 수 있을 텐데 말입니다. 하지만 제가 게으른 탓에, 얼마 되지 않은 이 책들조차 다 읽지 못하고 있습니다."

엘리자베스는 방 안에 있는 책만으로도 충분하다고 몇 번이나 말했다.

"전 도무지 이해가 안 가요." 빙리 양이 말했다. "아버지께서 남기신 책이 고작 이 정도밖에 안 된다니 말이에요. 펨벌리 저택의 서재는 정말 훌륭하다면서요, 다아시 씨!"

"그럴 수밖에 없죠. 몇 세대에 걸쳐 모은 책들이니까요."

"게다가 선생님이 손수 모으신 것도 상당하죠. 틈만 나면 책을 사시잖아요."

"요즘 같은 시대에 가문의 장서를 소홀히 여긴다는 건, 제게는 도무지 이해되지 않는 일입니다."

"소홀히 하다니요! 선생님은 그렇게 아름답고 훌륭한 곳에 사시니 당연히 무엇 하나 소홀히 해서는 안 되겠지요. 오빠, 다음에 집을 지을 때는 제발 펨벌리 저택의 반이라도 따라가게 하세요."

"그러면야 좋지."

"근처의 땅을 사고 펨벌리를 본떠 집을 지으라고 진심으로 말해드리고 싶어요. 잉글랜드에서 더비셔주州만큼 멋진 곳은 없으니까요."

"기꺼이 그러지. 만약 다아시가 내어놓을 의향만 있다면, 아예 펨벌리 저택을 통째로 사 버리는 것도 괜찮지 않겠어?"

"현실성 있는 이야기를 하세요, 오빠."

"정말이야, 캐롤라인. 펨벌리를 흉내 내느니 아예 사 버리는 편이 더 현실적이지 않을까?"

엘리자베스는 오가는 이야기에 정신이 너무 산만해져, 책에는 거의 집중할 수가 없었다. 결국 책을 치우고 카드놀이가 벌어지고 있는 테이블로 가서는 빙리 씨와 그의 누이 사이에 자리를 잡고 그 모습을 지켜보았다.

"다아시 양은 지난봄보다 키가 많이 컸겠죠?" 빙리 양이 다아시 씨에게 물었다. "제 키 정도 되나요?"

"글쎄요, 엘리자베스 베넷 양과 비슷하거나, 조금 더 클 거예요."

"정말 다시 만나 보고 싶어요! 누굴 만나서 그렇게 즐거웠던 적은 없었거든요. 그 용모에, 자태에, 또 그 나이에 얼마나 교양이 넘치던지! 그녀의 피아노 연주는 정말로 예술이었어요!"

"난 도무지 이해가 안 가." 빙리 씨가 말했다. "젊은 여자들은 하나같이 잘도 참으면서 그렇게 많은 걸 다 배워내니 말이야."

"젊은 여자들이 모두 교양이 있다고요? 오빠, 그게 무슨 말씀이에요?"

"그래, 다들 그렇다는 거야. 모두들 그림도 그리고, 자수도 놓고, 주머니도 뜨고 말이지. 이 중에 어느 하나라도 빠지는 여자는 난 지금까지 본 적이 없어. 그리고 분명한 건, 처음엔 누구나 그 여자를 두고 '교양이 있다'라고 말한다는 거지."

"자네가 열거한, 사람들이 흔히 말하는 그 교양은 말일세, 맞는 말이기는 하나 너무 지나친 감이 있네." 다아시 씨가 말했다. "그 기준이라면 주머니를 뜨는 것 외에는 아무것도 모르는 여자나, 자수밖에 놓을 줄 모르는 여자도 다 교양이 있다는 말이 되어 버리거든. 난 여자에 대한 평가 기준이 대체적으로 자네와는 전혀 다르네. 내가 아는 여자들 중에 정말로 교양 있는 여자를 꼽으라면, 겨우 여섯 명이나 될까 모르겠네."

"저도 꼭 같은 생각이에요." 빙리 양이 말했다.

"그렇다면, 교양 있는 여자라는 선생님의 평가를 받으려면 정말 많은 조건들을 갖춰야 하겠네요." 엘리자베스가 끼어들었다.

"네, 정말 많은 조건이 충족되어야 하죠."

"그야 당연하죠!" 그의 충실한 조수인 양 빙리 양이 목소리를 높였다. "흔한 소양 몇 가지를 조금 안다고 해서 교양 있다는 말을 들을 수는 절대로 없죠. 그런 말을 들으려면 적어도 악기 연주와 노래, 그림, 무용, 현대어에 대한 완벽한 지식까지 두루 갖춰야 해요. 그뿐만 아니라 맵시 있는 걸음걸이, 우아한 목소리, 세련된 화술과 얼굴 표정에 이르기까지 어디 하나 빠지는 데 없이 특별한 무언가가 있어야 하죠. 그렇지 않고서야 교양이라는 말은 가당치도 않아요."

"그 모든 것을 갖춰야 할 뿐만 아니라 더 중요한 자질도 있어야겠죠." 다아시 씨가 덧붙였다. "바로 폭넓은 독서를 통해 쌓은 성숙한 지적 사고죠."

"이제야 선생님이 말씀하신 교양 있는 여성분이 겨우 여섯 명이라는 말씀이 이해가 가네요." 엘리자베스가 말했다. "아니, 오히려 그 모든 것을 갖춘 여성을 한 사람이라도 알고 계시다는 게 저로서는 더 놀라운걸요."

"어떻게 같은 여자이면서 그런 모든 자질을 갖춘 여자는 없다고 단정하는 듯한 심한 말을 하는 거예요?"

"그런 여성을 본 적이 없으니까요. 말씀하시는 재능과 취미, 열정과 기품을 두루 갖춘 여성을 저는 아직 만나 본 적이 없거든요."

허스트 부인과 빙리 양은 하나같이 언성을 높이며 엘리자베스의 말에는 무언가 부당한 의도가 숨어 있는 것 같다고 힐난했다. 그들 주위에도 이런 자질을 갖춘 여자는 얼마든지 있다고도 덧붙였다. 그렇게 옥신각신 하는 와중에 허스트 씨가 카드놀이에 집중이 안 된다며 투덜대면서 제발 그만들 좀 하라고 했다. 그러자 대화는 뚝 끊겼고, 엘리자베스는 곧바로 그 방을 나와 버렸다.

그녀가 문을 닫고 나가자, 빙리 양이 입을 열었다. "엘리자베스 베넷은 남자들 앞에서 스스로 여성을 깎아내림으로써 그들의 환심을 사려는 유형의 여자예요. 그런 식으로 많은 남자들의 환심을 살 수야 있겠지요. 하지만 너무 유치하고 비굴하다는 생각이 드네요."

"분명한 건 말이죠." 다아시 씨가 말을 받았다. 빙리 양이 일부러 자신을 의식하며 한 말이라는 걸 알고 있었기 때문이었다. "여성들이 남성의 환심을 사기 위해 가끔 부끄러운 줄도 모르고 행동할 때가 있는데, 그런 행동에는 항상 비열한 면이 따르기 마련입니다. 어떤 행동이든 다른 의도가 깔려 있다면 그것은 이미 비열한 거죠."

빙리 양은 다아시 씨의 말에서 무언가 불편한 기색을 느꼈는지, 더 이상 이 주제를 계속해서 거론하지는 않았다.

엘리자베스가 다시 식당으로 들어섰을 때, 그녀는 제인의 병세가 더 악화되어 곁을 떠날 수 없다고만 전했다. 빙리 씨는 곧바로 존스 씨를 불러야겠다고 했고, 그의 누이들은 시골 의사로는 아무런 도움이 되지 않을 거라며 급히 시내에서 저명한 의사를 모셔 와야 한다고 주장했다. 이에 대해 엘리자베스는 굳이 그럴 필요는 없다고 말하면서도, 빙리 씨의 의견에는 어느 정도 공감하는 듯했다. 결국 이들은 내일 이른 아침까지 상태를 지켜보고, 제인의 병세에 분명한 호전의 기미가 안 보인다면 존스 씨를 불러오자고 의견을 모았다.

빙리 씨는 마음이 몹시 무거웠고, 그의 누이들도 마음이 너무나 아프다고 했다. 하지만 두 누이들은 저녁 식사 후 이중창을 부르며 울적한 기분을 털어냈지만 빙리 씨는 아무리 해도 가라앉은 기분을 전혀 달랠 수 없었는데, 병중에 있는 제인과 동생인 엘리자베스를 모든 정성을 다해 보살펴 주라고 가정부에게 지시를 내리는 것이 고작이었다.

9

엘리자베스는 그날 밤 제인 곁에 있었다. 다음 날 아침 꼭두새벽부터 하녀를 통해 전해 온 빙리 씨의 안부 인사에 이어, 얼마 지나지 않아 세련된 예절을 갖춘 두 명의 여자들을 통해 빙리 씨의 누이들이 보내 온 병문안 인사에는 그럭저럭 기분 좋은 응대를 해 줄 수 있었다. 이렇게 마음은 조금 놓였지만, 엘리자베스는 롱번으로 전갈을 보내 어머니가 직접 와서 제인의 병세를 살펴봐 줄 것을 빙리 씨 댁에 요청했다. 즉시 전갈이 전해졌고, 그 내용은 곧바로 수용되었다. 베넷 부인이 두 막내딸을 대동하고 네더필드에 도착했을 때는 빙리 씨 댁의 아침 식사가 막 끝난 직후였다.

만일 제인의 상태가 몹시 안 좋았더라면 베넷 부인은 마음이 몹시 아팠겠지만, 막상 딸의 얼굴을 보는 순간 그렇게 심각한 상태는 아니라는 것에 안도했다. 그러자 제인의 건강이 회복되면 아마도 곧장 네더필드를 떠나야 한다는 계산에, 제인이 빨리 회복되지 않았으면 좋겠다는 생각까지 들었다. 그러니 빨리 언니를 집으로 데려가자는 엘리자베스의 청이 귀에 들어올 리 없었다. 마침 거의 같은 시각에 도착한 의사도 환자가 움직이는 건 좋지 않다고 했다.

제인 곁에 잠시 앉아 있던 베넷 부인과 세 딸은 빙리 양이 들어와 아침 식사가 끝난 방으로 안내하자 그녀를 따라 자리를 옮겼다. 빙리 씨는 베넷 부인 일행을 맞이하며, 제인의 병세가 생각보다 심각하지는 않을 거라는 점을 다시 한번 확인시켜 주려 애썼다.

"사실 좀 걱정이 되네요, 선생님." 베넷 부인이 말했다. "우리 애가 상당히 안 좋아 보여요. 움직이기도 힘들 정도라네요. 존스 선생님도 절대 움직이지 말라고 하시더군요. 어쩔 수 없이 좀 더 폐를 끼치게 될 것 같습니다."

"움직이다니요!" 빙리 씨의 목소리가 갑자기 커졌다. "그건 절대 안 될 말씀입니다. 제 누이도 절대 반대할 거예요."

"저희들을 믿으세요, 부인." 빙리 양은 정중하면서도 다소 냉담한 말투로 말했다. "따님께서 저희 집에 머무는 동안 정성을 다해 보살펴 드릴게요."

베넷 부인은 한참이나 장황하게 감사를 표한 뒤에도 다시 몇 마디를 덧붙였다.

"이처럼 좋은 분들이 아니었더라면, 우리 애가 어찌 되었을지 누가 알겠어요. 정말 많이 아픈 데다, 무척 괴로워하거든요. 워낙 참을성이 강한 아이라 그냥 참고 있는 거죠. 정말, 그 애가 성격이 얼마나 좋은지는 말로 다 못해요. 다른 딸들에게도 늘 말한답니다. 언니를 반만이라도 닮으라고요. 빙리 씨 댁은 방도 참 훌륭하고, 저기 내려다보이는 자갈길도 전망이 무척 근사하네요. 이 네더필드 같은 곳이 또 어디 있겠어요? 지금은 잠시 세 들어 계신 걸로 알고 있는데, 잠시 계시다가 급히 떠나실 생각은 아니시겠죠?"

"제가 하는 일이라는 게 모두 그렇게 급하답니다. 그래서 제가 네더필드를 떠야겠다고 마음먹는다면, 아마 5분 안에도 떠날 수 있을 겁니다. 하지만 현재로서는 이곳에 자리를 잡았다고 생각하고 있습니다." 빙리 씨가 답했다.

"그러실 거라 생각했어요." 엘리자베스가 말했다.

"아니 제 마음을 아신다고요?" 빙리 씨가 그녀 쪽을 돌아보며 큰 소리로 말했다.

"물론이죠. 그것도 아주 훤히요."

"듣기 좋으라고 하시는 말씀이겠죠. 하지만 이렇게 쉽게 제 속내를 들켜 버리다니, 유쾌한 일만은 아니군요."

"어쩌다 그렇게 된 거겠죠. 그렇다고 해서 선생님의 그런 성격보다는 복잡하고 알기 어려운 성격이 꼭 더 바람직하다는 말은 아니에요."

"리지야, 여기가 어딘 줄 알고 그런 말을 하니? 집에서처럼 네 멋대로 굴면 안 된다." 베넷 부인이 따끔하게 말했다.

"미처 몰랐군요." 빙리 씨가 얼른 엘리자베스의 말을 받아 계속했다. "성격 연구에 조예가 깊은 줄은요. 성격 연구는 분명 재미있는 일이죠."

"맞아요, 특히나 복잡 난해한 성격이 제일 재미있어요. 적어도 그런 재미를 제공한다는 점만은 그런 성격의 장점이라고 할 수 있겠네요."

"시골에서는 그런 연구에 필요한 다양한 성격을 접하기가 아무래도 쉽지 않겠죠." 다아시 씨가 말했다. "시골 분들은 이웃 간에 별 변화가 없는 아주 제한적인 교제만 하실 테니까 말입 니다."

"하지만 사람들 자체가 워낙 변덕스럽다 보니까 시골 사람들 사이에서도 늘 새로운 성격을 만나 볼 수 있어요."

"정말로 그래요." 다아시 씨가 '시골 분'이라고 한 말에 발끈한 베넷 부인의 목소리가 높아졌다. "시골에서도 도시 못지않게 다 양한 성격들이 넘쳐난답니다."

베넷 부인의 큰 목소리에 모두가 놀랐고, 다아시 씨는 잠시 부 인을 쳐다보다가 입을 다문 채 고개를 돌려 버렸다. 베넷 부인은 그런 다아시 씨의 표정에서 그를 완전히 눌러 버렸다는 생각에 계속해서 의기양양하게 말을 이어갔다.

"제가 보기에는 런던이라고 해서 시골보다 크게 나은 것도 없 어요. 기껏해야 상점들이나 공공장소가 많다는 것뿐이죠. 그렇 지 않나요, 빙리 씨?"

"시골에 있을 땐 시골을 떠나기가 싫고, 도시에 있을 땐 도시대 로 또 떠나기 싫어지죠." 빙리 씨가 대답했다. "시골이나 도시나 나름대로 다 좋은 점이 있어요. 저야 어디에 있든 다 좋습니다."

"아, 그건 선생님께서 성품이 좋으시기 때문이죠. 하지만 저 신 사분은……." 다아시 씨를 쳐다보며 베넷 부인이 말했다. "시골이 란 데는 전혀 사람 살 곳이 못 된다고 생각하시는 것 같더군요."

"어머니, 그건 잘못 생각하신 거예요." 어머니 때문에 얼굴이 빨개진 엘리자베스가 나섰다. "다아시 씨는 전혀 그런 분이 아니에요. 그저 시골에서는 도시만큼 다양한 사람들을 만나기는 어렵다고 말씀하셨을 뿐이에요. 그건 사실이잖아요."

"그야 맞지. 누가 아니라고 하던? 하지만 그분 말대로라면 우리 이웃에는 많은 사람을 만날 수 없다는 건데, 이보다 더 큰 이웃이 어디 있겠니. 내가 알기로는 스물 하고도 넷이나 되는 집안과 함께 식사를 나누는 사이인데 말이다."

빙리 씨는 엘리자베스를 생각해 나오려는 웃음을 간신히 참고 있었다. 그의 누이는 그렇게까지 섬세한 성격은 아니었는데, 다아시 씨를 쳐다보며 의미심장한 웃음을 지어 보였다. 엘리자베스는 어머니의 관심을 다른 데로 돌리기 위해 자신이 집을 떠나온 이후로 샬럿 루카스 양이 롱번을 찾아온 적이 없었느냐고 물었다.

"그래, 어제 샬럿이 아버지와 함께 다녀갔어. 윌리엄 경은 정말 인자하신 분이지. 그렇지 않나요, 빙리 씨? 어쩜 그렇게도 멋이 넘쳐나시는지! 점잖으면서도 거리감도 없고, 누구하고나 이야기도 잘 나누시잖아요. 그분이야말로 내가 생각하는 교양 있는 사람의 전형이에요. 하지만 자기 잘난 맛에 입도 벙긋 안 하는 사람들, 그런 사람들이야말로 교양이 뭔지도 모르는 거죠."

"샬럿하고 집에서 같이 식사했어요?"

"아니, 한사코 집에 가야 된다고 하더구나. 집에 가서 민스파이(얇게 썬 고기를 넣은 파이_역주)를 만들어야 했던 모양이야. 빙리씨, 저희 집은 매사를 잘 알아서 처리하는 하인들을 두고 있답니다. 그래서 우리 딸아이들은 좀 다르게 키웠죠. 물론 누구나 자기 나름대로 판단하는 기준이 있겠죠. 아무튼 루카스 댁 따님들도 아주 훌륭한 규수들이에요. 그다지 예쁘지 않은 게 좀 아쉽지만요! 그렇다고 샬럿이 전혀 매력이 없다는 말은 절대로 아니랍니다. 여하튼 그녀는 우리의 소중한 친구이니까요."

"아주 상냥한 숙녀분 같더군요." 빙리 씨가 말했다.

"그럼요, 정말 그렇죠. 하지만 예쁘지는 않다는 건 인정해야겠죠? 루카스 부인도 그런 말씀을 자주 하시거든요. 그러면서 제인이 예쁘다고 저를 얼마나 부러워하는데요. 제 자식 자랑 같아 좀 조심스럽지만, 제인만큼 예쁜 아이도 보기 드물죠. 이건 제 생각만이 아니라 누구나 다 인정하는 사실이에요. 그 애가 겨우 열다섯 살일 때인데, 시내에 있는 제 동생인 가디너의 집을 방문했던 한 신사가 우리 애를 너무나 좋아한 나머지, 우리가 그 집을 떠나오기 전에 그분이 청혼을 할 것 같다고 동생 댁은 자신을 하더군요. 그러나 그렇게 되지는 않았어요. 우리 애가 너무 어리다고 생각했던 것 같더군요. 그래도 그분이 우리 애에게 시를 몇 편 써 줬는데, 참 아름다운 시였답니다."

"그러고는 그분의 관심도 식어 버렸죠." 엘리자베스가 서둘러 말을 막았다. "그런 식으로 흘러가 버리는 애정이야 부지기수 아니겠어요. 시로 사랑을 그렇게 마무리하는 방식을 처음 생각해 낸 사람은 대체 어떤 위인이었을까요?"

"저는 시가 사랑을 키워 주는 묘약이라고 생각하고 있습니다만." 다아시 씨가 말했다.

"흔들리지 않는, 건강하고 아름다운 사랑에 대해서라면 그렇겠죠. 이미 건강한 사랑은 뭐든지 양분으로 삼을 수 있으니까요. 하지만 겨우 마음이 조금 가는 정도의 그런 얄팍한 사랑이라면, 멋진 소네트 한 편으로도 순식간에 사라져 버릴 수 있는 것 아니겠어요?"

엘리자베스의 말에 다아시 씨는 그저 미소만 지었다. 잠시 대화는 끊겼고, 엘리자베스는 혹시 어머니가 또다시 쓸데없는 말을 꺼내지 않을까 하는 마음에 가슴을 졸였다.

베넷 부인은 무척 말을 하고 싶었으나 무슨 말을 꺼내야 할지 몰랐다. 그녀는 빙리 씨에게 제인에게 베풀어 준 호의에 대해 연신 감사의 말을 전하고, 리지까지 폐를 끼치게 되어 미안하다고 했다. 빙리 씨는 조금의 가식도 없는 정중한 답례를 했고, 그러자 빙리 양도 어쩔 수 없이 의례적인 인사말을 다소곳이 건넸다. 그런 그녀의 모습이 그리 품위 있어 보이진 않았지만, 베넷 부인은 흡족해하며 곧 마차를 부르라고 했다. 이 말이 떨어지자마자 두 막내딸이 앞으로 나섰다. 두 자매는 이번 방문 내내 줄곧 둘이서만 쑥덕거렸는데, 빙리 씨가 처음 이사 왔을 때 네더필드에서 무도회를 열겠다고 약속한 것을 상기시켜 보자고 입을 맞췄고, 결국 제일 막내인 리디아가 그 일을 맡기로 한 것이었다.

리디아는 체형이 좋고 성숙해 보이는 열다섯 살의 소녀로, 고운 피부에 서글서글한 인상을 지니고 있었다. 베넷 부인은 이런 리디아가 무척 마음에 들어 어릴 때부터 사람들 앞에 내세우기를 좋아했다. 리디아는 활기찬 성격에 선천적인 자존심도 강했으며, 일전에 이모부가 베푼 만찬에서 리디아의 자연스러운 기품에 사관들이 호감을 보인 바가 있었기 때문에, 더욱 자신감에 차 있었다. 그러니 무도회 이야기를 꺼내는 것은 리디아에게 별로 어려운 일이 아니었고, 그녀는 불쑥 빙리 씨에게 그때 한 약속을 상기시키며 만약 그 약속을 지키지 않는다면 너무나 수치스러운 일이 될 거라고 말했다. 갑작스러운 요청이었지만 이에 대한 빙리 씨의 대답은 베넷 부인을 몹시 기쁘게 했다.

"분명히 말씀드립니다만, 저는 언제든지 그 약속을 지킬 준비가 되어 있습니다. 언니께서 완쾌되시면 언제든 좋으니 무도회 날짜를 정해 주시죠. 언니가 병중인데 춤을 출 수는 없지 않겠습니까."

얼굴이 환해진 리디아가 말했다.

"그럼요, 언니가 나을 때까지 기다리는 게 맞죠. 그리고 그때쯤이면 분명히 카터 대위께서 다시 메리턴에 오실 거예요." 리디아는 다시 말을 덧붙였다. "선생님께서 무도회를 여신 뒤에는 포스터 대령님께도 무도회를 열어 달라고 부탁드릴 거예요. 만약 무도회를 열지 않으신다면 큰 수치가 될 거라고 조를 참이거든요."

그렇게 해서 베넷 부인과 두 막내딸은 떠났고, 엘리자베스는 곧장 제인 곁으로 돌아갔다. 그녀 자신과 식구들의 행동에 대한 평가는 빙리 씨의 두 누이와 다아시 씨의 몫이었는데, 다아시 씨는 특히 쉴 새 없이 엘리자베스의 '아름다운 눈'을 비꼬아 가며 헐뜯는 빙리 양의 종용에도 불구하고, 그 입방아 잔치에 함께 어울리지 않았다.

10

그날도 전날과 다르지 않게 지나갔다. 허스트 부인과 빙리 양은 오전 내내 대부분의 시간을 환자 곁에서 보냈고, 제인은 비록 회복 속도가 빠르지는 않았지만 조금씩 호전되고 있었다. 저녁 무렵, 엘리자베스는 거실에서 그들과 함께 시간을 보냈다. 하지만 루 게임은 벌어지지 않았고, 다아시 씨는 편지를 쓰고 있었다. 그 옆에서는 빙리 양이 줄곧 그의 편지 쓰는 모습을 지켜보며 다아시 씨의 누이에게 자신의 안부를 전해 달라고 끊임없이 졸라댔기 때문에, 그는 좀처럼 편지 쓰는 데 집중할 수 없었다. 허스트 씨와 빙리 씨는 피케(카드놀이의 일종_역주)에 열중했고, 허스트 부인은 그 모습을 지켜보고 있었다.

엘리자베스는 뜨개질을 하며 다아시 씨와 그 옆에 앉은 빙리 양 사이에 벌어지는 일을 무척 흥미로운 눈길로 지켜보고 있었다. 다아시 씨의 필체가 참 좋다는 둥, 행간이 너무 가지런하다는 둥, 편지가 참 길기도 하다는 둥, 쉬지 않고 떠드는 빙리 양과 그녀의 칭찬에는 아랑곳하지 않고 무심하게 편지를 써 내려가는 다아시 씨의 모습은 묘한 흥미를 자아 냈고, 이는 두 사람에 대한 엘리자베스의 생각을 정확히 뒷받침해 주는 장면이기도 했다.

"이런 편지를 받는 다아시 양은 얼마나 좋을까!"

다아시 씨는 아무런 대꾸도 하지 않았다.

"정말 글씨를 빨리 쓰시네요."

"아닙니다. 오히려 느린 편이죠."

"한 해에 쓰시는 편지가 무척 많겠죠. 사업상 편지도 많으실 테고요. 그런 편지는 생각만 해도 지긋지긋해져요."

"그러니 그런 편지를 빙리 양이 아닌 제가 쓰는 것이 다행인 셈이죠."

"동생분께 제가 무척 보고 싶어 한다고 꼭 써 주세요."

"이미 부탁하신 대로 썼습니다."

"펜이 그게 뭐예요. 제가 고쳐 드릴게요. 펜 고치는 건 제가 자신 있거든요."

"고맙습니다만, 저는 항상 제 손으로 수리를 한답니다."

"어쩜 그렇게 글씨가 가지런할 수 있죠?"

다아시 씨는 여전히 말이 없었다.

"동생분에게 하프 솜씨가 늘었다는 얘기를 듣고 제가 기뻐하더라고 전해 주세요. 그리고 화판에 새긴 예쁜 조각은 너무너무 환상적이었다고, 그랜틀리 양의 것은 도저히 따라올 수 없다고도 전해 주세요."

"다음번 편지에 그 기쁨을 전하는 게 어떨까요? 지금은 적어 넣을 만한 자리가 없어서요."

"그래요. 그건 별로 중요한 일은 아니니까요. 우리는 1월에 만나기로 되어 있거든요. 그런데 선생님은 동생분에게 항상 그렇게 멋진 편지를, 그토록 길게 쓰나요?"

"대개는 길게 쓰는 편입니다. 하지만 늘 멋있는지는 저로서는 알 수 없는 일이죠."

"긴 편지를 쉽게 쓸 수 있는 분의 편지는 멋질 수밖에 없다는 게 저의 믿음이랍니다."

"캐롤라인, 그런 말을 한다고 다아시 씨가 좋아할 것 같아?" 오빠인 빙리 씨가 버럭 소리를 질렀다. "그가 편지를 쓴다는 건 아주 힘든 일이야. 네 음절짜리 단어들을 수도 없이 짜내야 하니까! 내 말 맞지, 다아시?"

"내 문체야 자네하고는 완전히 다르지."

"어휴!" 빙리 양이 탄식하듯 말했다. "찰스 오빠는 정말 아무렇게나 편지를 써요. 내용도 절반쯤은 빼먹고, 잉크는 뒤범벅돼서 정말 지저분하답니다."

"생각이 너무 앞서다 보니 펜이 따라가지 못해서 그런 거야. 그래서 편지를 받은 사람이 내가 전하려는 뜻을 이해하지 못하는 일도 때로는 생기는 거겠지."

"빙리 선생님, 이렇게 겸손하시니 누가 뭐라 하겠어요." 엘리자베스가 말했다.

"겸손한 척하는 것만큼 사람을 기만하는 일도 없죠." 다아시 씨가 말했다. "그건 대개 자신의 생각을 아무 생각 없이 내뱉는 데 불과하고, 때로는 은근히 자신을 과시하는 수단이 되기도 합니다."

"그럼 방금 내가 보인 겸손은, 그 둘 중에 어떤 것이었을까?"

"간접적인 자기 과시지. 자네는 사실 편지 쓸 때의 결함을 은근히 자랑처럼 여기고 있으니까. 그런 결함이 생각은 빠른데 글씨가 따라가지 못하는 데서 기인하는 거라 여기고, 그게 크게 자랑할 일은 아니더라도 최소한 사람들의 관심을 제법 끌 거라는 생각은 하고 있다는 거야. 무엇이든 빠르게 해치울 수 있는 능력을 가진 자는 그것을 아주 대단한 것으로 여기지. 그 일을 제대로 해냈는가는 종종 아예 관심 밖이고 말이지. 오늘 아침 베넷 부인에게 네더필드를 떠나기로 마음만 먹으면 5분 만에 떠날 수 있다고 한 말에도 자네 스스로에 대한 일종의 과신과 자화자찬이 담겨 있었네. 나중에 반드시 그렇게 해야 한다는 부담을 안으면서, 자네 자신에게나 다른 누구에게도 현실적으로 아무런 득이 되지 못하는 그런 경솔한 언행이 뭐 그리 칭찬할 만한가 해서 하는 말일세."

"아니!" 빙리 씨의 언성이 높아졌다. "이건 너무하지 않는가. 아침에 했던 너저분한 말들을 밤이 되어서야 들춰내다니. 하지만 내 명예를 걸고 말하는데, 아침에 나 자신을 두고 했던 말은 빈말이 아니었고, 지금 이 순간에도 진심이네. 그러니 여자분들 앞에서 잘난 척하려고 괜히 경솔한 말을 했다고는 생각하지 말아 주게."

"그래, 빈말은 아니었겠지. 하지만 나는 자네가 그 말처럼 정말 총알같이 네더필드를 떠나지는 않을 거라고 확신하네. 자네 성격은 내가 아는 어떤 친구보다도 즉흥적인 면이 있어서 말이지. 만약 자네가 네더필드를 떠나려고 말에 오르려는 순간, 한 친구가 '빙리, 다음 주까지는 머무는 게 좋지 않을까?'라고 말한다면,

자네는 아마 그대로 남겠지. 그리고 또 누가 한 번 더 말리면 한 달이라도 눌러앉아 버릴걸.”

“선생님 말씀은 단지, 빙리 선생님께서 자신의 본래 성격과는 다른 말씀을 하셨다는 의미겠죠. 그런데 그런 취지를 좀 지나칠 정도로 말씀하시는 것 같군요.” 엘리자베스가 목소리를 높였다.

“정말 반가운 말씀을 해 주시네요.” 빙리 씨가 말했다. “저 친구의 말을 제 성격이 부드럽다는 뜻으로 좋게 해석해 주시다니요. 그런데 저 친구는 그런 뜻으로 말한 게 아니었을 겁니다. 저 친구는 제가 그런 상황에서 단호하게 거절하고 바람처럼 말을 타고 사라져 버려야만 저를 분명히 높이 평가할 테니까요.”

“그렇다면 다아시 씨는 빙리 선생님이 경솔하게 말했더라도 자기 말을 지키기 위해 끝까지 고집을 부리는 게 더 낫다고 보는 걸까요?”

“이거 참, 저로서는 정확히 말씀드리기 어렵네요. 다아시가 직접 대답해야겠지요.”

“나는 인정하지도 않은 걸 내 생각이라고 하고는 이제 나더러 설명을 하라고 하는군. 하지만 베넷 양의 말씀을 곧이곧대로 인정한다고 해도, 베넷 양께서는 이런 점은 생각해 보셔야 합니다. 가령 그가 다시 집으로 돌아가 떠날 계획을 미루길 바라는 어떤 친구가 있다면, 그 친구는 단지 그렇게 되기를 바라는 것일 뿐입니다. 다시 말해, 그렇게 하는 게 타당한 일인지에 대해서는 아무런 근거나 이유도 제시하지 않은 채 그냥 한번 요청해 본 것이지요.”

"선생님께서는 친구의 설득에 선뜻 혹은 쉽게 넘어가 주는 것을 전혀 좋게 보지 않으시는 것 같군요."

"확신도 없이 따르는 것을 두고 서로의 의견이 맞았다고 할 수는 전혀 없는 것이죠."

"다아시 선생님, 제가 보기엔 선생님께서는 친구 사이의 우정이나 애정의 힘을 전혀 고려하지 않으시는 것처럼 보여요. 친구에게 호감을 갖고 있다면, 그 친구의 요청을 선뜻 받아들이는 법이죠. 굳이 친구의 세세한 설명이 없어도요. 그렇다고 특별히 지금 선생님께서 염두에 두고 계신, 빙리 선생님의 경우를 두고 하는 말은 아니에요. 지금 여기서 왈가왈부할 일이 아니라, 빙리 선생님이 어떤 모습을 보일지는 실제 그런 상황에 처해 보면 더 잘 알 수 있겠지요. 다만 일반적인 친구 관계에서, 한 친구가 다른 친구의 그다지 중요하지 않은 결심을 바꾸기를 바랄 때 그 이유조차 들어 보지 않고 무조건 응하는 것은 옳지 않다고 보시는 거겠죠?"

"이 문제를 계속 논의하기에 앞서 두 친구 사이의 친한 정도는 물론이고, 그런 요청의 내용을 중요도에 따라 보다 더 정확하게 정리를 하는 것이 바람직하지 않을까요?"

"좋은 말씀!" 빙리 씨가 큰 소리로 말했다. "그럼 하나하나 다 말해 주겠나? 두 사람의 키나 체격까지도 빠뜨리지 말고 말일세. 베넷 양, 이런 요소들이 생각보다 설득에 꽤 중요한 영향을 미친답니다. 분명히 말씀드리자면, 다아시 저 친구가 저보다 저렇게 키가 크지 않았다면 그를 존경하는 제 마음은 지금의 절반도 안 되었을 겁니다. 정말로 다아시 이 친구만큼 저에게 두려운 존재는 없답니다. 물론 때와 장소에 따라 조금 달라지긴 하지만요. 특히 그가 할 일 없이 시간을 보내는 일요일 저녁, 그의 집에 있을 때는 정말이지 너무너무 두렵습니다."

다아시 씨는 빙긋이 웃었지만, 엘리자베스는 그가 꽤나 화가 나 있다는 느낌을 받았기에 웃음을 자제했다. 빙리 양은 다아시 씨가 모욕을 받았다는 생각에 은근히 화가 나서, 왜 그런 말 같잖은 농담을 하느냐며 오빠를 넌지시 쏘아붙였다.

"무슨 뜻인지 알겠어, 빙리." 다아시 씨가 말했다. "논쟁은 싫다는 거지. 그러니 이 문제도 여기서 그만하자는 거고."

"그렇다고 할 수 있지. 논쟁은 꼭 말다툼하는 것 같아서 말이야. 내가 자리를 비울 때까지 만이라도 자네와 베넷 양이 논쟁을 미뤄 준다면 정말 고맙겠어. 그런 다음에 두 사람이 나에 대해 하고 싶은 말을 마음대로 하라고."

"그런 청이라면 저로서는 흔쾌히 받아들이죠. 그리고 다아시 선생님도 편지를 마저 쓰시는 것이 좋을 것 같네요." 엘리자베스가 말했다.

다아시 씨도 엘리자베스의 의견을 받아들여 쓰던 편지를 마무리했다.

편지 쓰기를 끝낸 다아시 씨는 빙리 양과 엘리자베스에게 음악을 들려 달라고 청했다. 빙리 양이 재빠르게 피아노 쪽으로 다가가 엘리자베스에게 연주해 달라고 정중히 청했지만, 엘리자베스 역시 정중하면서도 다소 진지하게 사양하자 빙리 양이 먼저 피아노 앞에 앉았다.

허스트 부인은 빙리 양과 함께 노래를 불렀다. 그들이 그렇게 노래를 부르는 동안 엘리자베스는 피아노 위에 놓인 서너 권의 악보를 뒤적이고 있었는데, 다아시 씨가 자신의 얼굴을 무척 자주 유심히 바라보고 있다는 것이 문득 의식이 되었다. 자신이 어떻게 저처럼 대단한 남자의 관심의 대상이 될 수 있는지 도무지 이해되지 않았고, 자신을 싫어하기 때문에 쳐다보는 것이라고 생각하기에도 뭔가 이상했다. 결국 그녀는, 다아시 씨의 기준에서 볼 때 자신이 이 자리에 있는 다른 사람들보다 못되고 고약한 구석이 있기 때문에 저런 눈으로 쳐다보는 것이라고 생각할 수밖에 없었다. 그런 식으로 생각하는 편이 그녀로서는 마음이 편했다. 어차피 그에게 인정을 받고 싶을 만큼 그에게 호감을 가지고 있는 건 결코 아니었기 때문이다.

이탈리아 노래를 몇 곡 연주한 뒤, 빙리 양은 생동감 넘치는 스코틀랜드 가곡으로 분위기에 변화를 주었다. 그러자 잠시 후 다아시 씨가 엘리자베스 곁으로 다가와 말을 건넸다.

"베넷 양, 릴(스코틀랜드 고지의 사람들이 즐겨 추는 경쾌한 춤_역주)을 출 이런 멋진 기회를 무척 잡고 싶지 않으신가요?"

엘리자베스는 미소만 지을 뿐, 아무런 대답도 하지 않았다. 그녀가 침묵하자 다아시 씨는 약간 당황한 얼굴로 다시 물었다.

"아!" 엘리자베스가 답했다. "조금 전에도 물으셨잖아요. 지금 당장은 뭐라고 대답해야 할지 잘 모르겠어요. 당신은 제가 '네'라고 대답하길 바라시겠죠. 그러면 제 취향을 속으로 비웃으면서 즐거워하실 거라는 걸 저는 알아요. 하지만 저는 그런 식의 속셈을 깨뜨리고, 저에 대한 멸시를 감춘 사람들의 기대를 무너뜨리는 걸 늘 즐기는 편이거든요. 그러니 이제는 릴을 추고 싶은 마음이 전혀 없다고 말하겠어요. 자, 이제 저를 경멸하고 싶으시다면 그렇게 하세요."

"그럴 생각은 추호도 없습니다."

그가 화를 낼 것이라고 은근히 기대했던 엘리자베스는 그가 오히려 정중하게 대응하자 어이가 없었다. 하지만 엘리자베스의 그런 태도에는 상냥함과 장난기가 섞여 있었기 때문에 쉽게 모욕적으로 받아들일 만한 것은 아니었다. 게다가 다아시 씨는 어떤 여성에게서도 엘리자베스만큼 깊이 마음을 빼앗겨 본 적이 없었다. 만약 그녀의 가문과 친척들의 신분이 그렇게 낮지만 않았다면, 자신이 오히려 엘리자베스에게 틀림없이 거절당했을 것이라는 생각이 들 정도였다.

이런 기류를 감지한 빙리 양은 질투심이 끓어올랐다. 그녀는 소중한 친구 제인이 하루빨리 병에서 회복되기를 더더욱 갈망했는데, 그래야 엘리자베스를 쫓아 버릴 수 있을 거라 여겼기 때문이다.

빙리 양은 종종 다아시 씨와 엘리자베스의 결혼을 상정하고, 그런 두 사람의 결합에서 과연 어떻게 해야 다아시 씨가 행복할 수 있을지를 꼬치꼬치 들추며 이야기하곤 했다. 그것은 다아시 씨로 하여금 진절머리가 나게 하여 엘리자베스가 싫어지도록 만들려는 의도였다.

"이렇게 하셔야겠죠."

다음 날, 가로수가 무성한 길을 두 사람이 함께 산책하던 중에 빙리 양이 말했다.

"이런 경사가 생긴다면, 장모 되실 분께는 조용히 입을 다물고 계시는 게 득이 된다고 눈치를 좀 주셔야 할 거예요. 그리고 처제들에게는 사관들 뒤를 졸졸 따라다니는 버릇 좀 고치게 하셔야 겠고요. 그리고 제가 이렇게 미묘한 문제까지 말씀드리는 게 적절한지는 모르겠습니다만, 그다지 큰 문제는 아니라 해도 자만심과 무례함이라고나 할까요, 부인 되실 분 있는 그런 기질도 잘 다스리셔야겠죠."

"제 가정생활의 행복을 위해 더 조언해 주실 말씀이 또 있으십니까?"

"물론 있죠! 필립스 처 이모부 내외분의 초상화를 펨벌리 화랑에 걸어 두세요. 판사이신 선생님의 종조부님 초상화 옆에요. 두 분은 같은 직업을 갖고 계시잖아요. 다만 하시는 일이 다를 뿐이죠. 하지만 사랑하는 엘리자베스의 초상화만큼은 아예 그릴 생각도 하지 마세요. 어느 화가가 그처럼 아름다운 눈을 제대로 그려 낼 수 있겠어요?"

"사실, 그 눈이 지닌 분위기를 담아낸다는 건 쉬운 일이 아니겠죠. 그래도 그 멋진 눈동자의 색이나 형태, 속눈썹 같은 건 어떻게든 그려 낼 수 있겠죠."

바로 그때, 그들은 역시 같은 산책길에 나선 허스트 부인과 엘리자베스를 마주쳤다.

"두 분이 산책 중일 줄은 몰랐네요."

혹시 그들이 자신의 이야기를 엿들은 건 아닌가 하는 마음에 다소 당황한 얼굴로 빙리 양이 말했다.

"세상에, 정말 그런 법이 어디 있어!" 허스트 부인이 대답했다. "온다 간다 말도 없이 두 사람만 그렇게 나가 버리다니 말이야."

그러면서 허스트 부인은 다아시 씨의 한쪽 팔을 잡고는, 엘리자베스를 혼자 걷게 내버려두었다. 길은 세 사람이 겨우 나란히 걸을 수 있을 만큼 좁았다. 다아시 씨는 예의에 어긋난다고 느끼고는 얼른 말했다.

"네 사람이 함께 걷기엔 길이 너무 좁군요. 큰길 쪽으로 가는 게 좋겠네요."

그러나 엘리자베스는 그들과 동행하고픈 마음이 조금도 없었기에, 웃으며 말했다.

"아니에요. 그러실 것 없어요. 그냥 그대로 걸으시죠. 세 분이 함께 걸으시는 모습이 참 보기 좋아요. 정말 한 폭의 그림 같네요. 제가 끼면 그 멋진 그림을 망쳐 버릴 것 같아서요. 이따 뵐게요."

그러고는 엘리자베스는 경쾌한 걸음으로 뛰어가 버렸다. 그녀는 이틀 정도만 있으면 집으로 돌아갈 수 있다는 부푼 마음으로 주위를 돌아다녔다. 그날 저녁에는 제인도 두어 시간 정도는 방을 나와 있어도 괜찮을 만큼 이미 병세에 많은 차도가 있었다.

11

저녁 식사를 마친 뒤 여자들이 먼저 자리를 뜨자, 엘리자베스는 곧장 제인에게로 달려 올라갔다. 그러고는 언니의 몸이 찬 공기에 노출되지 않도록 신경을 쓰면서 그녀를 앞세워 거실로 함께 내려왔다. 그러자 빙리 씨 댁 두 자매는 몇 번이고 반갑다는 인사를 하며 제인을 극진히 맞아 주었다. 남자들이 나타나기 전까지 그 한 시간 동안, 빙리 씨 댁 두 자매의 모습은 그 어느 때보다도 엘리자베스의 마음에 들었다. 그들은 꽤 수준 있는 화술을 보여 주었는데, 어떤 무도회 장면을 아주 생생하고 정확하게 묘사하고 거기서 일어난 사건을 재치 있게 얘기했으며, 알고 지내는 주위 사람들에 대해서는 신랄한 풍자와 조롱도 서슴지 않았다.

그러나 남자들이 들어오자, 제인에게 줄곧 극진한 관심을 보이던 그녀들의 태도에 변화가 생겼다. 빙리 양의 시선은 곧장 다아시 씨를 향했고, 그가 방 안으로 들어서기도 전에 말을 걸 기회를 엿보았다. 다아시 씨는 곧바로 제인에게 정중히 병세가 호전된 것을 축하하며 인사말을 건넸다. 허스트 씨도 제인에게 가볍게 고개를 숙이며 "정말 기쁩니다"라고 말했다. 빙리 씨의 인사에는 따뜻한 마음이 고스란히 배어 있었다. 그는 진심으로 기뻐했고, 또한 자상했다. 처음 30분 동안 그는 제인이 바뀐 실내 공기에 몸이 상하지 않을까 염려되어 불을 지폈다. 그러고는 제인을 문 쪽에서 멀리 떨어뜨리기 위해 벽난로 맞은편 자리로 앉혔다. 그리고 그녀 곁에 앉아서 다른 사람에게는 거의 이야기를 건네지 않았다. 맞은편 구석에 앉아 뜨개질을 하며 그 모습을 빠짐없이 지켜보던 엘리자베스의 마음은 더없이 흐뭇했다.

차를 다 마신 뒤 허스트 씨는 처제에게 가볍게 눈치를 주며 카드놀이를 하자고 했지만 무시당하고 말았다. 그녀는 다아시 씨가 카드놀이를 별로 좋아하지 않는다는 사실을 간파하고 있었기 때문이었다. 허스트 씨는 이내 노골적으로 카드놀이를 제안했지만, 그것마저도 거절당했다. 그녀는 아무도 카드놀이를 원하지 않는다고 단호하게 허스트 씨에게 말했는데, 좌중 모두가 침묵을 지키는 모습이 그녀의 말을 뒷받침하는 것처럼 보였다. 놀 거리가 없어 무료해진 허스트 씨는 소파에 길게 드러누운 채 잠이 들고 말았다. 다아시 씨는 책을 집어 들었고, 빙리 양도 역시 책을 들었다. 허스트 부인은 멍하니 자기 팔찌와 반지를 만지작거리다가, 가끔씩 빙리 씨와 제인이 나누는 대화에 끼어들곤 했다.

빙리 양은 자신이 읽는 책보다도 오히려 다아시 씨가 책을 어떻게 읽고 있는지에 온통 관심이 가 있었다. 그러면서 쉬지 않고 그에게 질문을 해대거나, 그의 책을 넘겨 보곤 했다. 하지만 그녀가 아무리 그렇게 해도 다아시 씨는 전혀 대화를 나누려 하지 않았고, 그녀가 묻는 말에만 응답할 뿐 계속해서 책만 읽고 있었다. 오로지 다아시 씨가 읽고 있는 책의 다음 권이라는 이유로 고른 책을 통해 즐겁게 시간을 보내려던 시도에 지쳐 버린 빙리 양은 크게 하품을 하며 말했다.

"이렇게 책과 함께 저녁 시간을 보내니 참 즐겁네요! 역시 책 읽는 즐거움만 한 것이 없어요! 책 읽는 것 말고는 금방 싫증이 나 버리죠! 나중에 저의 집을 갖게 되면, 아주 멋진 서재가 꼭 있어야 해요. 아니면 정말 못 견딜 거예요."

아무도 그녀의 말에 대꾸하지 않았다. 그러자 그녀는 다시 한 번 하품을 하고 책을 치워 버린 뒤, 무언가 재미있는 일이 없을까 하는 표정으로 방 안을 둘러보았다. 그러다가 오빠가 제인에게 무도회에 대해 이야기하는 것이 들리자, 갑자기 오빠를 쳐다보며 말했다.

"있잖아요, 오빠, 정말로 네더필드에서 무도회를 열 생각이에요? 오빠가 결정을 내리기 전에 여기 계신 분들에게 의견을 들어 보는 게 어때요? 제 생각이 틀리지 않았다면, 그 무도회에서 즐거워하기보다는 벌을 받는 것처럼 느껴질 분이 분명 이 자리에 있을걸요?"

"그게 다아시를 두고 하는 말이라면." 빙리 씨의 목소리가 높아졌다. "무도회가 시작되기 전부터 잠을 자고 싶다면, 그냥 자게 내버려두지 뭐. 하지만 무도회는 이미 결정된 일이야. 그러니 니콜라스가 화이트 수프를 충분히 준비하기만 하면, 난 곧장 초대장부터 돌려야 해."

"그런 무도회라면 저도 당연히 좋아요." 그녀가 대답했다. "뭔가 색다른 방식으로 진행되는 무도회라면 말이에요. 그런데 대개 그런 무도회들은 정말 지루하기 짝이 없죠. 그날은 차라리 춤보다는 대화를 주로 나누는 게 훨씬 더 나을 것 같다는 생각이 들어요."

"그게 더 나을 수도 있겠지, 캐롤라인. 하지만 그러면 무도회 특유의 멋이 없어지잖아."

빙리 양은 아무런 대답도 하지 않다가, 잠시 후 자리에서 일어나 방 안을 서성였다. 그녀의 자태는 우아했고, 걸음걸이도 매우 멋스러웠다. 이런 행동이 모두 다아시 씨를 의식한 것이었지만, 그는 여전히 꼼짝하지 않고 책에만 몰두해 있었다. 자신의 의도가 무산되자 실망에 빠진 빙리 양은 또 다른 시도를 해 보기로 마음먹고, 엘리자베스를 돌아보며 말했다.

"엘리자베스 베넷 양, 저처럼 방 안을 한번 돌아 보지 않겠어요? 같은 자세로 너무 오래 앉아 있다가 이렇게 움직여 보니, 기분이 새롭네요."

엘리자베스는 뜻밖의 제안에 잠시 당황했지만 곧 수락했다. 빙리 양은 겉으로는 예의를 차리는 듯했지만, 사실은 자신이 의도한 바를 이뤄 낸 셈이었다. 다아시 씨가 쳐다봤기 때문이다. 엘리자베스가 느낀 것만큼이나, 다아시 씨 역시 그녀에 대한 빙리 양의 친절이 사뭇 이상하다는 느낌에 자신도 모르게 책을 덮어 버렸다. 곧 함께 어울리자는 청을 받았으나, 그는 선뜻 내키지 않았다. 그러면서 두 사람이 방 안을 함께 왔다 갔다 하는 데에는 두 가지 동기가 있을 수 있지만, 자신이 그 자리에 끼게 된다면 어느 쪽이든 방해가 될 것이라고 말했다.

"무슨 뜻으로 저런 말을 한 걸까?"

빙리 양은 그의 말이 어떤 의미인지 알고 싶어 견딜 수가 없었다. 그래서 엘리자베스에게 그 뜻을 이해할 수 있느냐고 물었다.

"전혀 모르겠어요. 하지만 분명한 건, 우리를 비아냥거리는 뜻일 거예요. 그러니 아무것도 묻지 않는 게, 저분을 실망시켜 드릴 수 있는 가장 확실한 방법일 거예요." 엘리자베스가 대답했다.

그러나 빙리 양은 어떤 일에서든 다아시 씨를 실망시키고 싶지 않았다. 그래서 그에게 두 가지 동기가 무엇인지 설명해 달라고 졸랐다.

"그야 기꺼이 설명해 드리죠." 다아시 씨는 그녀의 말이 끝나기가 무섭게 대답했다. "두 분께서 저녁 시간을 이렇게 걸으면서 보내려고 하는 데에는 두 가지 가능성이 있을 겁니다. 각자 서로에게 말 못 할 사정이 있어 은밀히 이야기를 나누려고 하거나, 다른 하나는 걸을 때의 모습에 대해 대단한 자신감을 갖고 계셔서 뽐내고 싶기 때문이죠. 첫 번째 경우라면 제가 끼어들면 두 분의 이야기를 크게 방해하는 것이 될 테고, 두 번째 경우라면 저는 그냥 난롯가에 앉아 감상하는 편이 훨씬 낫기 때문이죠."

"오, 이럴 수가!" 빙리 양이 소리쳤다. "이렇게 지독한 말은 정말 처음이에요! 이렇게 속을 뒤집어 놓으시다니, 제가 어떻게 갚아 드려야 하죠?"

"그야 어렵지 않죠. 그러실 마음만 있다면요." 엘리자베스가 말했다. "똑같이 맞받아쳐서 같이 괴롭히고 성가시게 하면 돼요. 귀찮게도 하고, 놀려대기도 하시고요. 두 분이 가까운 사이시니, 그 정도는 익숙하시잖아요."

"하지만 전 도저히 모르겠어요. 가까운 사이이긴 해도 그렇게까지는 할 수 없어요. 조용하고 평온한 분을 어떻게 괴롭히겠어요? 안 돼요, 그래 봤자 눈썹 하나 까딱하지 않으실걸요. 게다가 비웃는 건 더 어렵죠. 비웃을 거리도 없는데 억지로 비웃다가는 오히려 우리 속내만 드러나고 말 테니까요. 그냥, 다아시 선생님 혼자 잘난 체하시게 두는 게 낫겠어요."

"아, 그러니까 다아시 선생님을 비웃어서는 안 된다는 말씀이군요!" 엘리자베스가 목소리를 높였다. "참 대단한 장점이네요. 계속 그러길 바라요. 저로서는 그런 분들을 많이 안다는 것은 큰 손해가 될 수도 있어요. 저는 정말로 비웃는 걸 좋아하니까요."

"빙리 양은," 다아시 씨가 입을 열었다. "저를 너무 높이 평가하고 계신 겁니다. 아무리 현명하고 훌륭한 사람이라 해도, 아니 아무리 현명하고 훌륭한 행동이라 해도 농담을 인생 최고의 즐거움으로 여기는 사람에게는 웃음거리가 될 수 있지요."

"맞아요." 엘리자베스가 그의 말을 받았다. "그런 사람들이 분명히 있죠. 하지만 전 그런 부류의 사람이 아니에요. 현명하고 훌륭한 것을 비웃을 생각은 조금도 없어요. 어리석고, 말도 안 되고, 변덕스럽고, 앞뒤가 맞지 않는 언행은 정말로 저를 즐겁게 하죠. 그런 것들에 대해서는 언제든지 비웃어 줄 수 있어요. 하지만 선생님은 그런 면이 없어 보이네요."

"그런 점이 전혀 없는 사람은 아마 없을 겁니다. 하지만 저는 훌륭한 이해력을 흔히 웃음거리로 만들어 버리는 그런 어리석은 짓만은 하지 않으려 평생 노력해 왔습니다."

"허영심과 자존심 같은 것 말이죠."

"그렇죠. 허영심은 정말 어리석은 것이죠. 하지만 자존심은 좀 다릅니다. 실제로 남보다 정신적으로 우월한 사람들은 그 자존심을 잘 다스릴 줄 알지요."

엘리자베스는 웃음을 감추기 위해 고개를 살짝 돌렸다.

"다아시 선생님에 대한 시험이 끝난 모양이군요." 빙리 양이 말했다. "그래, 성적이 어때요?"

"다아시 선생님에게는 나무랄 데가 없다는 걸 충분히 확인했어요. 스스로 솔직하게 그걸 말씀해 주시니까 말이에요."

"아닙니다. 그건 과찬이십니다. 저에게도 결점은 많습니다. 다만, 이해력이 부족하지는 않다고 생각합니다. 저도 제 성격은 장담하지는 못합니다. 제 생각에는 제가 너무 양보를 모르는 것 같습니다. 확실히 그것 때문에 사람들이 불편해하는 것 같아요. 다른 사람의 어리석음이나 잘못을 곧바로 잊어버려야 할 때도, 저는 좀처럼 잊지 못하거든요. 저를 화나게 한 일은 물론이고요. 아무리 다른 사람이 노력해도, 제 감정은 좀처럼 움직이지 않죠. 이런 저를 두고 원한을 잘 품는 성격이라고 할지도 모르겠습니다. 한번 눈 밖에 나면, 그게 영원히 간답니다."

"그건 정말 결점인데요!" 엘리자베스가 큰 소리로 말했다. "한번 품은 앙심을 끝까지 버리지 못하는 것은 아주 큰 성격적 결함이에요. 하지만 선생님은 스스로 그걸 잘 알고 계시잖아요. 그러니 제가 정말 뭐라고 할 수가 없네요. 이젠 그만하죠."

"어떤 성격이든 어느 정도의 사악한 면이 있다고 저는 믿습니다. 아무리 교육을 잘 받아도 어쩔 수 없이 드러나는 타고난 성격적 결함 같은 것 말입니다."

"그럼 선생님의 경우는 모든 사람을 싫어하는 성향이겠군요."

"그렇다면 당신은 의도적으로 사람들을 오해하는 성향이겠군요." 다아시 씨가 웃으면서 말을 받았다.

"음악이나 좀 즐기면 어떨까요?" 자신을 빼놓고 나누는 두 사람의 대화에 진력이 난 빙리 양이 큰 소리로 말했다. "언니, 형부 깨워도 괜찮겠지?"

허스트 부인은 주저 없이 그렇게 하라고 했고, 피아노 연주가 시작되었다. 다아시 씨는 엘리자베스와 나눈 대화를 잠시 다시 생각해 봤지만 마음이 언짢지는 않았다. 그러면서 엘리자베스에게 지나치게 관심을 보이는 것 같은 자신의 모습이, 문득 불안한 느낌으로 다가왔다.

- 12 -

　다음 날 아침, 엘리자베스는 언니와 상의 끝에 그날 안으로 마차를 보내 줄 수 있는지 어머니에게 편지를 보냈다. 그러나 베넷 부인의 계산으로는 제인이 그곳에 간 지 꼭 일주일 되는 다음 화요일까지는 두 딸이 네더필드에 머무르기를 바랐기 때문에, 그 이전에 그들이 집으로 돌아오는 것이 반가울 리 없었다. 그래서 베넷 부인의 답장은, 적어도 엘리자베스에게는 속상한 내용이었다. 그녀는 하루라도 빨리 집으로 돌아가고 싶었기 때문이다. 베넷 부인은 다음 주 화요일 이전에는 마차를 내어 주기가 어렵다는 전갈을 보내왔고, 추신에서는 만약 빙리 씨 댁에서 좀 더 있어 달라고 붙잡는다면, 집 걱정은 말고 흔쾌히 그러라고 덧붙였다. 그러나 엘리자베스는 더 이상 머물지 않겠다는 마음을 굳히고 있었고, 그들이 더 있어 달라고 붙잡을 거라는 기대도 하지 않았다. 오히려 필요 이상으로 오래 폐를 끼치고 있다고 질시나 받지 않을까 걱정되었기 때문에, 제인에게 서둘러 빙리 씨에게 마차를 빌리라고 재촉했다. 결국 두 자매는 그날 오전 중으로 네더필드를 떠나기로 한 계획을 빙리 씨 댁에 알리고 마차를 부탁하기로 했다.

　이 소식이 전해지자 여러 가지 걱정스러운 말들이 오갔고, 다음 날까지만이라도 더 머물러 달라는 간청이 몇 차례 있었기에 제인의 마음이 흔들렸다. 결국 떠나는 일정은 다음 날로 연기되었다. 일이 이렇게 되자, 빙리 양은 더 있어 달라고 붙잡았던 것이 후회가 되었다. 제인에 대한 애정보다 엘리자베스에 대한 질투와 질시가 훨씬 더 컸기 때문이었다.

이 집의 가장인 빙리 씨는 그들 자매가 그렇게 빨리 떠나려고 하는 게 못내 섭섭한 나머지, 그렇게 가다가는 아직 제대로 낫지도 않은 몸을 해칠 수도 있다고 여러 차례 제인을 설득해 보았지만, 제인은 한번 마음먹은 일에는 물러서지 않는 성격이었다.

다아시 씨에게는 그것이 반가운 소식이었다. 엘리자베스가 네더필드에 너무 오래 머물렀다는 생각이 들었기 때문이다. 그녀에게서 느낀 매력은 단순한 호감 이상의 감정으로 번지고 있었다. 그로 인해 빙리 양은 엘리자베스를 무례하게 대하고 있고, 자신에게도 부쩍 성가시게 굴고 있다는 느낌이 들었다. 그는 이제 엘리자베스로 하여금 그의 감정을 좌지우지할 수 있다는 생각을 들게 하여 그녀를 우쭐하게 만드는 그 어떠한 관심의 표현도 드러내지 않도록 주의해야겠다고 단단히 마음먹었다. 그렇게 결심한 이상, 과연 그 결심을 끝까지 지킬 수 있을지, 아니면 그냥 흐지부지될지는 마지막 날의 자신의 행동이 그 관건이 될 수 있다는 판단이 들었다. 자신의 의지를 관철하기 위해 그는 토요일 내내 엘리자베스에게 열 마디도 채 하지 않았고, 딱 한 번 둘만 있는 반 시간 동안에도 아주 진지한 모습으로 책 읽는 데에만 몰두를 했을 뿐 그녀에게는 눈길 한번 주지 않았다.

일요일 아침 예배 후, 거의 모든 사람들이 밝은 표정으로 작별 인사를 나누었다. 빙리 양은 제인에게 지극한 애정을 보여 주었을 뿐 아니라, 엘리자베스에게도 아주 상냥하게 대했다. 헤어질 때 는 제인을 다정하게 껴안으며 롱번에서든 네더필드에서든 다시 만나게 되면 반가울 거라고 말했고, 엘리자베스의 손을 잡기까지 했다. 엘리자베스도 가벼운 마음으로 그 집 사람들과 작별했다.

집에 돌아온 두 딸을 맞이하는 어머니의 표정은 별로 반가워 보이지 않았다. 베넷 부인은 딸들이 일찍 돌아온 것이 도무지 이 해되지 않았고, 자기 말을 듣지 않고 말썽을 부린 것이 괘씸하단 생각을 하며 제인이 또 감기에 걸릴 것만 같다는 걱정 섞인 불 만을 품었다. 그러나 아버지는 말씀은 몇 마디 없었지만 두 딸을 보고 무척 반가워하는 기색을 보였다. 그는 두 딸이 가족 안에 서 차지하는 비중을 실감하고 있었다. 가족들이 모두 모인 저녁 대화에서도 제인과 엘리자베스가 없었을 때는 활기도 없고 이성 적인 대화도 이루어지지 않았던 것이다.

메리는 예전과 다름없이 화성학和聲學과 인간성 탐구에 몰두 해 있었는데, 그녀는 새로운 구절을 인용해 가족들을 경탄시키 기도 하고, 케케묵은 도덕률에 관한 새로운 견해들을 들려주기 도 했다. 캐서린과 리디아는 저들만의 정보를 가지고 있었다. 지 난주 수요일부터 연대에서는 여러 가지 사건과 소문이 나돌고 있었다. 사관들 몇 명이 이모부 댁에서 식사를 했고, 사병 하나 가 매를 맞았으며, 포스터 대령이 곧 결혼할 것 같은 낌새가 보 인다는 것이었다.

"여보!" 다음 날 아침 식사 중에 베넷 씨가 아내에게 말했다. "오늘 저녁 준비는 잘 시켜 놓았겠죠? 우리 식구 외에 한 사람 자리가 더 필요할 것 같소."

"누가 온다는 말씀이세요, 여보? 올 사람이 있을 것 같진 않은데요. 샬럿 루카스 양이라면 또 모르겠지만, 그 애는 우리 집 음식이 입에 잘 맞잖아요. 하지만 이렇게 자주 찾아오지는 않을 텐데."

"내가 말하는 사람은 우리 집을 처음 방문하는 신사분이라오."

베넷 부인의 눈이 빛났다.

"처음 오시는 신사분이라면, 빙리 씨잖아요! 맞죠? 아니, 제인 얘야, 넌 어쩜 한마디 귀띔조차 해 주지 않니. 이런 앙큼한 것 같으니! 그럼, 빙리 씨가 온다는데 내가 어찌 기쁘지 않겠어. 그런데 이걸 어째, 야단났네! 오늘은 생선이 딱 떨어졌는데. 리디아, 얘야. 초인종 좀 눌러 봐. 힐에게 얘기해야겠다. 당장 말이야."

"빙리 씨가 아니오." 베넷 씨가 말했다. "나도 아직 한 번도 만나 본 적이 없는 분이오."

이 말에 식구들 모두가 놀랐다. 그래 놓고 베넷 씨는 아내와 다섯 딸들이 이구동성으로 물어대는 모습을 지긋이 즐겼다.

아내와 딸들의 호기심 가득한 성화를 즐긴 뒤, 그가 입을 열었다.

"한 달 전쯤에 이 편지를 받았지. 그리고 두 주 전에 답장을 보냈는데, 꽤 미묘한 문제라서 일찍 손을 쓰는 게 좋을 것 같았거든. 우리 친척인 콜린스 군에게서 온 편지인데, 내가 죽고 난 뒤 마음만 먹으면 너희 모두를 곧바로 이 집에서 내쫓을 수도 있는 사람이야."

"아니, 여보!" 그의 아내가 소리를 질렀다. "도저히 참고 들을 수가 없군요. 그 지긋지긋한 사람 얘기는 그만하세요. 당신 재산이 우리 아이들도 아닌 다른 사람에게 빼앗기다시피 상속된다니, 세상에 이런 가슴 아픈 일이 어디 있단 말이에요. 내가 만약 당신이라면 옛날에 벌써 무슨 수를 썼을 거예요."

제인과 엘리자베스는 어머니에게 한정상속限定相續의 근본 취지에 대해서 설명해 주려고 했다. 이전에도 여러 차례 설명한 적이 있었지만, 베넷 부인의 생각과 상식으로는 도저히 납득할 수 없는 문제였다. 그럴 때마다 그녀는 딸이 다섯이나 되는 집안의 재산을, 전혀 관심이라곤 두지 않았던 남자에게 빼앗긴다는 것은 너무도 잔인한 일이라며 악담을 퍼부었다.

"아주 불공정한 면이 있다는 건 분명하지." 베넷 씨가 말했다. "콜린스가 롱번의 재산을 상속받는 것에 대해 죄책감을 느끼는 건 어쩔 수 없겠지. 하지만 이 편지를 보면, 자기 속마음을 꽤 솔직하게 털어놓고 있어서 어느 정도 이해는 되더군."

"천만에요. 절대로 못 해요. 뻔뻔스럽기도 하지. 어떻게 당신에게 그런 편지를 보낼 수가 있죠? 대단한 위선이군요. 난 그런 위인들은 딱 질색이에요. 자기 아버지가 했던 것처럼 당신과 계속 싸움이나 하지, 이게 뭐 하는 짓이래요!"

"글쎄, 그래도 이 친구는 자식으로서 어떤 책임을 져야 할지를 고민했던 것 아니겠소. 자, 들어 봐요."

존경하는 베넷 씨께

저의 선친과 귀하 사이에 있었던 불화 때문에 제 마음은 늘 불편했습니다. 이제 선친께서 불행히도 세상을 떠나셨고, 저는 두 분 사이의 불미스러운 관계가 치유되기를 간절히 바라고 있습니다. 그러나 선친께서 언제나 그토록 싫어하시던 분과 제가 가까이 지내는 것이, 선친의 유지를 심히 거스르는 일은 아닌가 하는 생각에 이런 제 자신을 잠시 시간을 갖고 되돌아보게 되었습니다.

"부인, 이것 보시오. 바로 여기요."

그러나 지금은 이 문제에 대해서는 마음을 굳혔습니다. 그것은 다름이 아니라 제가 부활절에 안수례를 받고, 루이스 드 버그 경의 미망인이신 라이트 오너러블(the Right Honourable, 백작 이하의 귀족, 추밀 고문관, 런던 시장 등에 붙이는 존칭_역주) 캐서린 드 버그 부인의 각별한 보살핌을 받는 행운을 입어, 그분의 넓으신 자비로 이곳 교구의 귀중한 목사직을 맡게 되었기 때문입니다. 이곳에서 저는 그분에 대한 깊은 감사의 마음으로 성심을 다해 행동할 것이며, 자발적으로 잉글랜드 국교회 교의에 따라 제전과 의식을 거행하고 주관할 것입니다. 또한 성직자로서 저의 힘이 닿는 데까지 모든 가정이 축복을 받아 화목할 수 있도록 앞장서서 노력하는 것이 저의 의무라고 생각합니다. 사정이 이러하오니 저의 이런 선의의 인사를 넓은 아량으로 받아 주시고, 제가 롱번의 한정상속인이 되는 것을 너그럽게 이해해 주시며, 화해의 상징인 이 올리브 나뭇가지를 받아 주시리라 믿습니다. 저로 인해 소중한 따님들께서 피해를 입으시는 것 같아 몸 둘 바를 모르겠습니다. 사과의 말씀을 전하며, 가능한 모든 방법을 통해 그에 대한 보상을 해드릴 것을 약속드립니다. 이 문제에 대한 자세한 사항은 다음에 말씀드리겠습니다. 제가 귀댁을 방문하는 데 이의가 없으시다면, 월요일인 11월 18일 오후 네 시까지 찾아뵙고 토요일까지 한 주간 폐를 끼치고자 합니다. 그 기간이 저로서는 가장 적당한 때라서 그렇습니다. 만일 다른 목사님이 일요일 예배를 대신 맡아 주신다면 하루 정도 자리를 비우는 것에 대해 캐서린 부인께서도 너그러이 양해해 주실 것입니다. 부인과 따님들에게도 안부 전해 주시기 바랍니다.

10월 15일

켄트 주州 웨스트햄 시외의 헌스퍼드에서,

윌리엄 콜린스

"자, 네 시가 되면 평화의 사자인 이 친구가 온다는 말이군." 베넷 씨는 편지를 접으며 말했다. "아주 성실하고 예의 바른 젊은 이임에 틀림없어. 분명 괜찮은 만남이 될 거야. 특히 캐서린 부인이 그를 또다시 우리에게 보내 줄 정도로 관대하시다면 말이지."

"애들에 대해 쓴 내용을 보니, 어느 정도 생각이 있는 사람 같군요. 애들에게 어떻게든 보상을 하겠다고 한다면, 굳이 말릴 필요야 당연히 없겠죠."

"이분이 우리의 몫을 어떤 방식으로 보상하겠다는 건지 구체적으로는 알 수 없지만, 그런 마음을 갖는 것 자체가 자기 명예를 중시하기 때문이겠죠." 제인이 말했다.

엘리자베스는 콜린스 씨가 캐서린 부인에게 보여 준 각별한 존경심과 언제든 필요할 때는 자신의 교구에서 일어나는 모든 세례와 결혼식 그리고 장례식까지도 주관하겠다는 그의 친절한 마음씨에 꽤 감동을 받았다.

"참 특이한 분 같아요." 엘리자베스가 말했다. "도대체 어떤 사람일까요? 편지 문체에서 꽤 도도한 기색이 느껴졌어요. 그런데 한정상속인이 된 걸 사과하면서도, 그 지위를 포기할 생각은 전혀 없는 것 같네요. 과연 믿을 만한 인물일까요, 아버지?"

"글쎄, 나는 별로 그럴 것 같지 않구나. 하지만 반대라면 오히려 좋을 테고. 편지를 보면 비굴한 면과 거만한 면이 묘하게 뒤섞여 있는 것 같은데, 가능성은 어느 정도 있을 것 같기도 하고. 빨리 만나보고 싶구나."

"문장력만큼은 흠잡을 데가 없어요. 올리브 가지를 화해의 상징으로 사용한 건 전혀 새삼스러운 것이 아니지만, 표현은 멋있었어요." 메리가 말했다.

캐서린과 리디아는 그 편지에도, 편지를 보낸 사람에게도 전혀 관심이 없었다. 그들의 친척이 빨간 군복(영국 고관의 제복_역주)을 입고 나타날 리 만무했고, 이미 수 주째 다른 색의 제복을 입은 남자들과 웃고 떠든 기억으로 충분했기 때문이었다. 베넷 부인에게 콜린스 씨의 편지는 그에 대한 반감을 상당히 누그러뜨리는 계기가 되었다. 침착한 태도로 그를 맞이할 준비를 하는 그녀의 모습에 오히려 남편과 딸들이 놀랄 정도였다.

콜린스 씨는 약속 시간을 정확히 지켜 도착했고, 가족들 모두 그를 매우 정중하게 맞이했다. 베넷 씨는 거의 말이 없었지만, 베넷 부인과 딸들은 거리낌 없이 그와 대화를 나누었다. 콜린스 씨 역시 대화에 적극적이었고, 조용히 있을 성격도 아닌 듯했다. 그는 큰 키에 체격이 제법 있는 스물다섯 살 청년으로, 침착하면서도 당당한 분위기에 몸가짐은 상당히 격식을 차린 편이었다. 자리에 앉은 지 얼마 되지도 않아 그는 베넷 부인에게 훌륭한 딸들을 두신 것에 경의를 표하고, 딸들의 미모에 대해서도 익히 들어 알고 있었지만 실제로 만나 보니 소문보다 더 미인들이라고 추켜세웠다. 그리고 때가 되면 틀림없이 좋은 가문으로 시집가는 모습을 부인께서 보시게 될 거라는 말도 빼놓지 않았다. 지나치게 격식을 차린 그의 말투가 탐탁하지 않은 사람도 있었지만, 칭찬이라면 전혀 마다하지 않는 베넷 부인은 선뜻 그의 말을 받아 주었다.

"참 자상도 하시네요! 저도 정말 그렇게 되기를 바란답니다. 만약 그렇지 못하다면 우리 애들이 얼마나 가엾겠어요. 세상일이라는 게 너무너무 이상하게 꼬이기도 하니까요."

"댁의 재산이 한정상속되는 것을 두고 하시는 말씀 같군요."

"아, 네, 맞아요. 우리 애들이 참 안됐죠. 이것만은 인정하시겠죠. 물론 그게 당신 탓이라는 말은 아니에요. 세상엔 이런 일이 흔하다는 걸 저도 잘 알고 있으니까요. 다만, 일단 한정상속이 되고 나면 그 재산이 어떻게 될지 모른다는 게 문제예요."

"무슨 말씀인지 잘 알겠습니다. 따님들의 고생을 말입니다. 그 문제에 대해 드리고 싶은 말씀이 많습니다만, 너무 앞서다 일을 망칠까 조심하는 중이랍니다. 하지만 따님들에 대한 배려를 준비하고 있다는 것만은 확실히 말씀드릴 수 있습니다. 지금으로서는 이 정도로만 말씀드리죠. 좀 더 서로를 알아가게 되면, 그때 가서 말씀을……"

저녁 식사를 알리는 소리에 그의 이야기는 중단되었다. 딸들은 서로를 바라보며 미소를 지었다. 콜린스 씨가 감탄한 것은 그녀들뿐만이 아니었다. 거실, 식당 그리고 집 안의 모든 가구를 둘러보며 끊임없이 칭찬을 늘어놓았다. 그의 그런 모습이, 언젠가는 이 모든 것이 자신의 소유가 될 것이라는 생각에서 비롯된 것이라 여겨지지만 않았더라면, 그의 칭찬은 베넷 부인을 감동시키고도 남았을 것이다. 그는 식사에 대해서도 찬사를 빼놓지 않았다. 도대체 어느 따님이 이렇게 훌륭한 음식을 만들었는지 무척 궁금해했다. 하지만 이번만큼은 베넷 부인이 그의 말을 바로

잡았다. 그녀는 자기 집안이 훌륭한 요리사를 둘 수 있는 형편이 충분히 되기 때문에, 딸들이 부엌일을 할 필요는 없다고 다소 퉁명스럽게 말했다. 콜린스 씨는 그녀의 기분을 상하게 한 것 같아 사과를 했다. 그녀는 부드러운 목소리로 전혀 그렇지 않다고 말했지만, 그의 사과는 거의 15분 동안이나 계속해서 반복되었다.

- *14* -

식사를 하는 동안 베넷 씨는 거의 말을 하지 않았다. 그러나 하인들이 물러나자, 이제는 손님과 이야기를 나눌 때라고 생각한 그는 콜린스 씨가 흥미로워할 만한 화제를 꺼냈다. 그에게 좋은 후원자가 생겨 참으로 다행이라며, 그의 장래를 후원하고 생활을 돌봐 주는 캐서린 드 버그 부인의 성의는 정말 진심인 것 같다고 말했다. 이보다 더 좋은 화제는 있을 수 없었다. 캐서린 부인에 대한 콜린스 씨의 칭송은 청산유수와도 같았다. 부인에 대한 이야기가 나오자 그는 유별날 정도로 엄숙한 몸가짐과 근엄한 표정을 지으며, 그렇게 상냥하면서도 정중하게 대해 주는 귀족은 본 적이 없다고 말했다. 자신은 부인 앞에서 이미 두 번의 설교를 하는 영광을 누렸는데, 그때마다 부인은 우아한 미소와 함께 찬사를 보냈다고 했다. 또한 부인이 로징스로 자신을 두 번이나 식사에 초대했으며, 지난 토요일 저녁에는 커드릴(카드놀이의 일종_역주)을 하는데 인원이 부족하다며 사람을 보내 자신을 불렀다고도 했다. 자기 주변에 많은 사람들은 캐서린 부인이 거만하다고 여기기는 하지만, 자신이 보기에는 정이 넘치는 분이라고 했다. 부인은 언제나 다른 귀족 신사들을 대할 때와 전혀 다름없는 태도로 자신을 대해 주었으며, 자기가 사교 모임에 참석하거나 가끔 친척들을 찾아보기 위해 1, 2주 정도 교구를 비우는 것에 대해서도 전혀 개의치 않는다고 했다. 게다가 배우자를 신중히 고르기만 한다면, 가능한 한 빨리 결혼을 하는 것이 좋겠다고 자기에게 조언까지 해 주었다고 말했다. 한번은 자신의 누추한 목사관까지 찾아와 개조 중이던 내부를 모두 돌아보고 칭찬을 아끼지 않았으며, 이층 다락방의 선반에 대해서는 직접 의견까지 제시한 적이 있다고 했다.

"모든 면에서 정말 사리에 맞고 자상하신 분이네요." 베넷 부인이 말했다. "그리고 정말 마음씨도 너그러우신 분 같군요. 사실 귀부인들 중에는 그런 분이 드물거든요. 부인께서 계시는 곳은 댁과 가까운가요?"

"저의 조그마한 집은 공원 안에 있는데, 그 공원은 작은 오솔길 하나를 사이에 두고 로징스 파크와 마주 보고 있습니다. 바로 캐서린 부인께서 거주하시는 곳입니다."

"미망인이라고 하셨던 것 같은데, 가족은 있나요?"

"따님이 한 분 계시는데, 그분이 로징스와 그 외의 상당한 재산을 상속받을 예정입니다."

"아하!" 베넷 부인이 고개를 끄덕이며 말했다. "그런 따님은 부모를 잘 만나서 너무 행복하겠어요. 어떤 분인가요? 미인인가요?"

"참으로 매력이 넘치는 숙녀분이죠. 캐서린 부인의 말씀으로는 드 버그 양은 세상의 그 어떤 여성보다도 훨씬 빼어난 진정한 아름다움을 갖추고 있다고 하시는데, 명문가 출신의 기품에 그런 자태까지 갖추었다는 겁니다. 안타깝게도 몸이 좀 약해서 다양한 교양을 습득하는 데는 어려움이 있지만, 그렇지만 않았다면 틀림없이 두루 교양을 다 갖추었을 거라고 하더군요. 그 따님의 교육을 맡았고 지금도 그분들과 함께 사는 부인에게서 들은 이야기입니다. 그 따님은 정말 상냥하며, 이따금 조랑말이 끄는 작은 마차를 타고 수줍은 듯한 모습으로 제 집 앞을 지나다니곤 한답니다."

"그 따님은 국왕을 배알한 적이 있나요? 궁정에서 그분 이름을 들어 본 기억이 없어서요."

"가엾게도 건강이 좋지 않다 보니 시내 출입을 하지는 못한답니다. 언젠가 캐서린 부인께 이렇게 말씀드린 적이 있죠. 따님이 참석하지 않는 영국의 왕궁은 가장 빛나는 보배를 잃어버린 것과 다름없다고요. 부인께서는 이런 이야기를 좋아하시는 것 같더군요. 기회가 있을 때마다 이런 식으로, 부인께서 언제나 흡족해하시는 제법 고상한 찬사를 드릴 수 있는 저 역시 기쁘답니다. 저는 가끔 캐서린 부인께 따님의 아름다움은 마땅히 공작부인이 되기 위해 태어나신 것 같으며, 아무리 높은 신분의 남자라 해도 그녀를 무시 못 할 것이고, 오히려 따님으로 인해 더 크게 출세를 할 것이라는 말씀을 드린 적이 있습니다. 그리 대단치도 않은 이런 정도의 찬사에도 부인께서는 기뻐하십니다. 그러니 저로서도 그런 부분에 각별히 신경을 써야 하는 것이겠죠."

"제대로 판단했구먼. 또 교묘하게 비위를 맞추는 재주가 있다는 것은 다행이지. 내가 하나 물어봐도 되겠나? 그렇게 비위를 맞추는 말들은 그 자리에서 즉흥적으로 떠오르는 건가, 아니면 미리 생각해 두는 건가?" 베넷 씨가 말했다.

"주로 그때그때 떠오르는 말을 하는 편이죠. 물론 가끔은 일반적인 상황에 맞는 고상한 찬사들을 미리 정리해 두었다가 사용하는 경우도 있기는 합니다. 하지만 그럴 때에도 미리 준비한 말처럼 들리지 않도록 언제나 유의하고 있답니다."

베넷 씨가 예상한 그대로였다. 그의 사촌은 기대했던 그대로 너무나 얼빠진 친구였다. 그는 그 말을 듣는 내내 짜릿한 기쁨을 느끼면서도, 겉으로는 더없이 굳은 표정을 견지한 채 혼자서만 속으로 그 기쁨을 즐기고 있었다. 그러다가 엘리자베스를 향해 한번 슬쩍 눈길을 보내기도 했다.

차가 준비될 즈음 베넷 씨의 그런 기쁨은 그 정도로도 충분했다. 손님을 응접실로 다시 데려가는 그의 표정은 즐거워 보였다. 차를 다 마신 뒤에는 딸들에게 책을 좀 읽어 주지 않겠느냐고 손님에게 청했다. 콜린스 씨는 기꺼이 수락했고, 한 권의 책이 준비되었다. 그러나 그 책을 보는 순간 그는 깜짝 놀랐다. 어느 모로 보나 순회 서점에서 빌려온 것이 분명했기 때문인데, 그는 소설은 절대 읽지 않는다고 양해를 구했다. 키티는 그런 그의 얼굴을 빤히 쳐다보았고, 리디아는 실망한 듯 탄식을 내뱉었다. 다른 책들이 준비되었고, 잠시 생각을 하던 그는 포다이스의 설교집을 골랐다. 그가 책을 펼치는 순간 리디아는 하품을 했고, 그가 비록 틀에 박힌 근엄한 표정으로 읽기는 했지만 세 페이지를 채 읽기도 전에 리디아가 불쑥 말을 끊으며 방해를 했다.

"어머니, 필립스 이모부가 리처드를 내쫓을 거라고 하는데, 이야기 들으셨어요? 그러면 또 포스터 대령님이 데려가실 거라는데요. 토요일에 이모에게 직접 들은 이야기예요. 내일 메리턴으로 가서 이야기를 더 들어 봐야지. 또 시내로 나가신 데니 선생님이 언제 돌아오시는지도 물어봐야지."

리디아는 두 큰언니로부터 입 다물고 있으라는 눈치를 받았다. 그러나 잔뜩 기분이 상한 콜린스 씨는 책을 내려놓으며 말했다.

"요즘 들어 부쩍 실감하고 있습니다만, 젊은 아가씨들이 깊이 있는 내용의 책에는 정말 관심이 없는 것 같습니다. 심지어 자신들에게 큰 유익이 될 수 있는 책까지도 말입니다. 저로서는 정말 이해할 수 없습니다만, 솔직히 그들에게 성경의 가르침만큼 유익한 것이 어디 있겠습니까. 그러나 이처럼 어린 숙녀에게까지 강요할 수는 없는 것이겠지요."

그러고는 베넷 씨를 돌아보며 둘이 주사위 놀이를 하는 게 어떻겠느냐고 물었다. 베넷 씨는 그의 제안을 받아들이며, 역시 딸들은 그들끼리 놀게 내버려두는 게 가장 좋은 방법이라고 말했다. 베넷 부인과 딸들은 리디아의 무례에 대해 아주 정중히 사과하면서, 다시는 그런 일이 없을 테니까 계속해서 책을 읽어 주실 수 없겠느냐고 청했다. 그러나 콜린스 씨는 리디아를 괘씸하게 생각하는 것도 아니고, 또 그녀의 행동에 불쾌해진 것도 아니라며 다른 테이블에 자리를 잡고 주사위 놀이를 준비했다.

- 15 -

콜린스 씨는 지각 있는 인물은 아니었다. 교육이나 사교 경험을 통해서도 그의 부족한 천성은 조금도 개선되지 않았다. 자신의 삶의 대부분을 무식하고 인색한 아버지 밑에서 보낸 영향인 듯했다. 대학을 다니긴 했지만 꼭 필요한 과목만 이수했을 뿐, 유익한 지식은 거의 갖추지 못했다. 아버지 밑에서 철저히 복종하며 자란 탓에 비굴한 성격과 태도가 몸에 밴 데다, 얄팍한 생각에서 나오는 성직자라는 자만심, 뜻하지 않게 일찍 얻게 된 재산에서 비롯된 거만한 자존심으로 그 결핍을 보상받으려는 기색을 역력히 보였다. 아주 우연한 기회로 헌스퍼드의 목사 자리가 비었을 때 캐서린 드 버그 부인에게 소개되었고, 부인의 높은 신분에 대한 경외심과 자신을 후원해 주는 그녀에 대한 지대한 존경심이, 목사로서의 권위와 교구장으로서의 권능에 대한 자긍심과 뒤섞이면서 그를 오만하면서도 아첨을 일삼고, 자존심을 내세우면서도 비굴함은 감추지 못하는 이중적인 인물로 만들어 버렸다.

이제 그는 훌륭한 집과 상당한 수입이 있기 때문에 결혼을 해야겠다고 생각했다. 그래서 롱번의 베넷 씨 가족과 화해를 시도하며, 아내감까지 염두에 두고 있었다. 이 댁의 딸들이 소문처럼 아름답고 사랑스럽다면, 그중 한 명을 골라잡을 생각이었던 것이다. 이것이 그녀들의 아버지의 재산을 자신이 상속하는 것에 대한 보상이라는 바로 그 계획이었으며, 그는 스스로 이를 일종의 속죄라고 여겼다. 그리고 그는 이 계획을 너무나 적절하고 타당한, 아주 훌륭한 구상이라고 생각하고 있었는데, 자기 입장에서는 사심 없이 베푸는 대단한 관대함이라고 생각했다.

이 댁의 딸들을 보고 난 뒤에도 콜린스 씨의 계획은 변함이 없었다. 베넷 양의 아름다운 얼굴을 보자 그 마음은 더욱 굳어졌고, 응당 나이가 가장 많은 딸이어야 한다는 생각도 확고해졌다. 그래서 첫날 저녁에는 제인을 점찍었다. 하지만 다음 날 아침이 되자 그의 마음에 변화가 생겼다. 아침 식사 전에 베넷 부인과 15분 정도 마주 앉아 이야기를 나누었는데, 자신의 목사관 이야기를 시작으로 자연스럽게 그 안주인을 롱번에서 찾고 싶다는 말로 이어지자, 베넷 부인은 겉으로는 친절한 미소와 함께 그의 말을 격려하는 듯했지만 그가 점찍은 제인만은 안 된다는 언질을 내비쳤기 때문이다.

"그 아래 동생들에 대해서는 장담할 수 있는 건 아니지만……. 마음에 두고 있는 사람은 없는 것 같은데……. 그렇다고 꼭 그렇다는 것은 아니고요. 하지만 맏딸에 대해서는 말씀을 드려야 할 것 같아서요……. 그 애는 머지않아 약혼하게 될 것 같거든요."

콜린스 씨는 제인에서 엘리자베스로 상대를 바꾸기만 하면 그만이었다. 그리고 곧 그렇게 되었다. 베넷 부인이 난롯불을 사르고 있는 그 짧은 시간에 그는 쉽게 마음을 바꾸었다. 엘리자베스는 나이와 미모 면에서 모두 제인 다음이었기 때문에, 자연스럽게 그녀가 새로운 대상이 된 것이었다.

베넷 부인은 흐뭇한 마음으로 자신이 던진 말을 되새기며, 머지않아 두 딸을 결혼시킬 수 있을 것 같다는 생각이 들었다. 전에는 말조차 꺼내기 싫었던 사내가 지금은 그만 부인의 마음에 쏙 들어온 것이다.

리디아는 메리턴에 가겠다는 생각을 실제로 실행에 옮겼고, 메리를 제외한 나머지 언니들 모두가 함께 가겠다고 했다. 콜린스 씨도 그들과 동행하게 되었는데, 이는 그를 서재에서 쫓아 버리고 혼자만의 시간을 갖고 싶었던 베넷 씨의 요청에 따른 것이었다. 아침 식사 이후로 콜린스 씨가 그를 졸졸 따라다니다시피 했는데, 겉으로는 장서에 있는 책들 중 폴리오판(folio, 2절판_역주) 책 한 권에 관심을 보이는 듯했지만, 사실은 헌스퍼드에 있는 그의 집과 정원에 대해 거의 쉴 새 없이 자랑을 늘어놓았기 때문이었다. 그런 그의 행동에 베넷 씨는 마음이 무척 불편했다. 서재는 늘 조용하고 편안한 그의 안식처였기 때문이었다. 그가 엘리자베스에게 이야기했듯이, 집 안의 다른 공간에서는 어리석고 제 잘난 것밖에 모르는 위인들과 마주칠 수밖에 없지만 서재만큼은 그런 위인들의 꼬락서니를 보지 않아도 되는 곳이었기 때문이다. 그래서 그는 재빨리 콜린스 씨에게 딸들의 외출에 동행해 달라고 부탁한 것이었다. 콜린스 씨 역시 책을 읽기보다는 산책을 하며 수다를 떠는 쪽이 더 어울리는 사람이었기에, 기다렸다는 듯이 얼른 책을 덮고 그들을 따라나섰다.

시시한 이야기를 잘난 체하며 늘어놓는 콜린스 씨의 허세와 예의상 맞장구를 쳐 주는 베넷 씨 따님들의 이야기 속에 어느덧 그들은 메리턴 마을 어귀에 들어섰다. 이제 두 막내딸의 관심사는 콜린스 씨가 아니었다. 두 자매는 곧바로 사관들을 찾느라고 거리를 바쁘게 둘러보기 시작했다. 그리고 아주 예쁜 모자나 상점 진열장에 놓인 최신 유행의 모슬린이 아니면 그들은 아예 눈길조차 주지 않았다.

그러나 얼마 지나지 않아 한 청년이 그들의 시선을 사로잡았다. 처음 보는 청년으로 한 사관과 맞은편 길을 걸어오고 있었는데, 신사다운 기품이 넘쳐 보였다. 그와 함께 걷고 있던 사관은 리디아가 런던에서 언제 돌아오는지 궁금해했던 바로 그 데니 씨였고, 그는 지나치면서 이쪽을 향해 가볍게 고개를 숙여 인사했다. 모두가 처음 보는 데니 씨 옆 청년의 준수한 용모에 넋이 나간 채, 그가 누구인지 몹시 궁금해했다. 그의 정체를 알아내기로 한 키티와 리디아는 건너편 상점에 볼일이 있는 척하며 길을 건넜는데, 인도에 막 올라서려는 순간 운 좋게도 마침 가던 길을 되돌아오던 두 청년과 딱 마주쳤다. 그러자 데니 씨는 주저하지 않고 인사를 건네며, 친구인 위컴 씨를 소개하고 싶다고 했다. 위컴 씨는 전날 시내에서 함께 돌아왔는데, 같은 부대에 배속되어 데니 씨는 무척 기쁘다고 했다. 그는 위컴 씨에게 군복이 무척 잘 어울린다며, 제복만 입는다면 더할 나위 없이 멋질 거라고 했다. 잘생긴 얼굴에 멋진 체격 그리고 아주 부드럽고 세련된 태도까지, 어느 하나 모자람이 없는 완벽한 청년이라며 아낌없는 칭찬을 덧붙여 소개했다. 소개가 끝나자 위컴 씨는 기꺼이 말을 건네려 했는데, 너무나 예의 바르면서도 가식이란 찾아볼 수 없는 자연스러운 태도였다.

네 사람은 길가에 서서 즐겁게 이야기를 나누고 있었다. 그런데 갑자기 말발굽 소리가 나서 돌아 보니, 다아시 씨와 빙리 씨가 말을 타고 오는 것이 보였다. 숙녀들의 모습을 알아본 두 사람은 곧장 다가와 늘 하던 방식으로 인사를 건넸다. 먼저 빙리 씨가 제인 양에게 인사를 했고, 인사를 마치자 그는 지금 제인 양의 안부를 묻기 위해 마침 롱번으로 가던 길이라고 했다. 다아시 씨는 빙리 씨를 따라 가볍게 고개를 숙여 인사하면서도 애써 엘리자베스의 눈을 피하려 했다. 그런데 두 사람이 위컴 씨를 발견한 순간 우연히 엘리자베스의 눈에 들어온 두 사람의 표정은, 어떻게 이런 곳에서 맞닥뜨릴 수 있는가 하는 놀라움 그 자체였다. 두 사람 모두 얼굴빛이 확 변했는데, 한 사람은 하얗게 질렸고 다른 한 사람은 붉게 상기되었다. 그러다 잠시 후 위컴 씨가 가볍게 모자를 만지며 인사하자, 다아시 씨도 그제야 겨우 인사를 했다. 도대체 두 사람 사이에 무슨 일이 있는 것일까? 도무지 감을 잡을 수 없었지만, 그렇다고 알아보지도 않고 그냥 지나칠 수도 없는 일이었다.

잠시 후 빙리 씨는 조금 전의 상황을 눈치채지 못했는지, 인사를 하고는 말에 올라 친구와 함께 가 버렸다.

데니 씨와 위컴 씨는 숙녀들과 함께 길을 걸어 필립스 씨 댁 문 앞까지 이르렀다. 그때 리디아가 함께 들어가자고 간곡하게 청했을 뿐만 아니라 필립스 부인도 창문을 활짝 열어젖히고 왜 들어오지 않느냐며 큰 소리로 재촉했지만, 그들은 곧바로 작별 인사를 하고 돌아섰다.

필립스 부인은 조카딸들을 만나는 일이 언제나 즐거웠다. 게다가 두 큰 조카는 오랫동안 보지 못했기 때문에 특히 더 반가웠다. 그녀는 베넷 씨 댁에서 그들을 데려오기 위해 마차를 보내지 않았기 때문에 그들이 돌아온 줄도 모르고 있었는데, 길에서 우연히 만난 존스 씨 가게의 점원이 베넷 자매가 네더필드에서 돌아왔으니 더 이상 약을 보낼 필요가 없다고 말해 주지 않았더라면 자기는 그 사실을 까맣게 모를 뻔했다고 말했다. 그러면서 왜 그렇게 갑작스럽게 돌아오게 되었는지 무척 놀랐다며 수선을 떨고 있었는데, 제인이 콜린스 씨를 소개하는 바람에 그녀도 그에게 인사를 해야만 했다. 필립스 부인은 매우 정중하게 그를 맞이했다. 콜린스 씨는 그녀와는 전혀 초면임에도 이렇게 불쑥 찾아뵙게 되어 무척이나 죄송하다며, 그녀보다 더욱 정중한 태도로 인사를 했다. 자기를 소개한 조카분들하고 아무리 친한 사이라고는 하지만 그래도 결례가 아닐 수 없다고 하면서 은근히 그들과의 친분을 과시하기도 했다.

필립스 부인은 콜린스 씨의 지나칠 정도로 깍듯한 예우가 오히려 부담스러웠다. 하지만 곧 이 초면의 신사에 대한 그녀의 관심은 또 한 사람에 대한 감탄에 찬 질문들에 의해 깨지고 말았다. 위컴 씨에 대한 질문이 이어졌지만 조카들에게는 데니 씨가 그를 런던에서 데려왔고 그가 주州 부대의 중위로 임관될 것이라는, 그들이 이미 알고 있는 것 외에는 말해 줄 것이 없었다. 필립스 부인은 지난 한 시간 동안 거리에서 그가 걷는 모습을 계속 지켜보고 있었다고 했다. 만약 위컴 씨의 모습이 보였다면 키티와 리디아도 틀림없이 계속 그렇게 쳐다봤을 것이었다. 그러나 불행히도 그 순간 창밖에는, 위컴씨와 비교해 보면 '어리석고 멋없어 보일 수밖에 없는' 사관들 몇몇이 지나가고 있었다.

그들 중 몇 명은 다음 날 필립스 씨 가족과 식사 약속이 되어 있었는데, 필립스 부인은 롱번에서 온 조카들이 그 자리에 참석하겠다고 한다면 남편에게 위컴 씨를 직접 찾아보고 꼭 초대하라고 말하겠다고 약속했다. 이 말에 모두들 찬성했는데, 필립스 부인은 재미있는 제비뽑기 게임을 하며 가볍게 웃고 놀다가 따뜻한 식사나 좀 하게 될 것이라고 말했다. 생각만 해도 콧노래가 나올 정도로 즐거운 일이었고, 인사를 나누며 헤어지는 그들의 얼굴은 생기가 넘쳐흘렀다. 방을 나서면서도 콜린스 씨는 거듭 죄송하다는 말을 했는데, 필립스 부인은 전혀 당치 않는 말씀이라고 시종일관 정중한 태도로 그의 말을 받아 주었다.

집으로 돌아오는 길에 엘리자베스는 자기가 목격한 두 신사 사이에 있었던 일에 대해 제인에게 말해 주었다. 두 신사 중 누군가 잘못한 것처럼 보였지만 평소의 제인이라면 어느 한쪽이든, 혹은 두 사람 모두를 옹호하려고 했을 것이다. 그러나 이번만큼은 그녀도 엘리자베스와 마찬가지로 그들의 그런 행동을 도무지 이해할 수 없었다.

집에 도착하자마자 콜린스 씨는 필립스 부인의 예의와 친절에 대해 찬사를 늘어놓았고, 베넷 부인은 그의 말에 무척 흐뭇해했다. 그는 캐서린 부인과 그 따님 외에 그처럼 우아한 기품을 지닌 부인을 본 적이 없다고 하면서, 필립스 부인이 자신을 극진히 환대해 주었을 뿐만 아니라 일면식도 없는 자신을 다음 날 저녁 식사에까지 특별히 초대해 준 것에 대해 감격을 감추지 못했다. 자신이 베넷 가와 친척 관계라 그럴 수도 있을 거란 생각이 들기도 했지만, 지금까지 살아오면서 그처럼 따뜻한 환대를 받아 본적은 없었다고 했다.

- *16* -

　딸들과 이모 사이에 있었던 약속을 아무도 반대하지 않았기 때문에, 자신이 찾아뵈러 온 베넷 씨 내외를 저녁 내내 남겨 두고 외출하는 것이 마음에 걸린다고 주저하자, 모두가 괘념치 말라고 다독였다. 그렇게 하여 콜린스 씨와 다섯 딸들은 대형 마차를 타고 적절한 시각에 메리턴에 도착했다. 막 거실로 들어서려던 다섯 딸들은 위컴 씨가 필립스 이모부의 초청을 받아들여 지금 집에 와 있다는 말을 듣고 매우 기뻐했다.

　모두가 자리를 잡고 앉자, 콜린스 씨는 느긋하게 실내를 둘러보며 감상을 늘어놓기 시작했다. 그는 실내의 크기와 가구의 규모에 꽤 감명을 받은 듯, 자신이 마치 여름철에 사용하는 로징스의 작은 식당에 앉아 있는 기분이라고 말했다. 처음에는 그 말이 그다지 큰 칭찬으로 들리지 않던 필립스 부인이었지만, 콜린스 씨가 곧 로징스가 어떤 곳이며 그 소유주가 누구인지, 또 캐서린 부인의 거실 중 하나에는 벽난로 하나만 해도 8백 파운드가 들었다는 등의 말을 하자 비로소 그의 말이 칭찬이었다는 걸 이해하게 되었다. 그런 연유로, 설령 그가 이 집을 로징스의 가정부 방과 비교했다고 해도 별로 불쾌해할 이유는 없겠다는 생각이 들었다.

　콜린스 씨는 다른 신사분들이 합석할 때까지 줄곧 캐서린 부인의 너그러움과 그녀의 저택의 웅장함에 대해 필립스 부인에게 자세히 이야기했다. 그러면서 가끔은 자신이 살고 있는 아담한 집과 새로 수리하고 꾸민 부분에 대해서도 즐겁게 자랑을 늘어놓았다. 그는 필립스 부인이 귀를 기울이고 있다는 것과 이야기를 들을수록 자신을 점점 더 높이 평가하는 눈치라는 것을 알아차렸다. 실제로 그녀는 이 모든 이야기를 될 수 있는 대로 이웃들에게 빨리 알려야겠다고 마음먹고 있었다. 한편 콜린스 씨의 말에는 별 관심이 없고, 악기 외에는 특별히 하고 싶은 것도 없는 다섯 딸들에게는 이 시간이 너무나 지루했다. 그들은 벽난로 선반 위에 놓여 있는, 그들이 직접 아무렇게나 만들어 본 중국풍 도자기를 만지작거리며 신사분들을 기다리고 있었다.

어쨌든 시간이 흘러, 신사분들이 모습을 드러냈다. 위컴 씨가 방으로 들어섰을 때 엘리자베스는 이전에 그를 보며 떠올렸던, 또 그 이후로 그를 생각하면서 보낸 찬사들이 조금도 지나치지 않았다는 생각이 들었다. 주 부대의 사관들은 대체로 평판이 좋고 기품 있는 인물들이었는데, 오늘은 그중에서도 가장 뛰어난 사람들이 참석했던 것이다. 위컴 씨는 체격이나 용모, 몸가짐, 걸음걸이에 이르기까지 다른 사관들과는 비교가 안 될 정도로 빼어났고, 포도주 냄새를 풍기며 따라 들어온 넓적한 얼굴에 답답한 인상을 지닌 필립스 이모부와는 역시 비교가 안 될 정도로 훨씬 멋져 보였다.

위컴 씨는 행복하게도 거의 모든 여성들의 시선을 한몸에 받는 남자였다. 엘리자베스는 그런 위컴 씨가 바로 자기 옆자리에 앉았다는 사실에 행복했다. 자리에 앉자마자 상냥한 어투로 곧 말을 건네는 위컴 씨의 모습에서, 엘리자베스는 비록 그날 저녁 이 장마가 시작될 것 같은 습한 날씨였음에도, 흔하고 따분하며 아주 상투적인 화젯거리라 할지라도 말하는 이의 화술에 따라 얼마든지 재미있게 들릴 수 있다는 생각이 들었다.

여성들의 관심을 끄는 면에서 보자면, 위컴 씨나 사관들과 비교해 볼 때 콜린스 씨는 완전히 찬밥 신세나 다름없었다. 확실히 젊은 여자들에게 그는 아무것도 아니었다. 다만 필립스 부인이 가끔 그의 말에 귀를 기울여 주었고, 부인은 섬세하게도 그런 그에게 커피와 머핀을 다른 사람들보다 더 듬뿍 대접했다.

카드놀이를 위한 테이블이 준비되자, 콜린스 씨는 부인에게 보답하는 심정으로 휘스트(카드놀이의 일종_역주)에 한자리 끼여 앉으면서 말했다.

"저는 지금은 이 놀이를 잘할 줄 모릅니다만, 곧 틀림없이 잘할 수 있을 겁니다. 저의 생활환경이라는 것이……."

필립스 부인은 자신의 청을 고분고분 따르는 그가 무척 고마웠지만, 그 까닭을 물어볼 겨를은 없었다.

휘스트 게임을 하지 않던 위컴 씨는 엘리자베스와 리디아가 있는 테이블로 가서, 마치 그들의 청을 기다렸다는 듯 흔쾌히 두 사람 사이에 앉았다. 처음에는 리디아가 워낙 단호하게 말하는 성격이어서, 그녀가 위컴 씨를 마치 독점하려는 것처럼 보였다. 하지만 제비뽑기 놀이도 무척 좋아하는 그녀였기에, 곧 게임에 푹 빠져 내기를 걸고 딴 돈에 환호를 지르는 바람에 위컴 씨에게만 신경을 쓸 수는 없었다. 그 덕분에, 게임의 일반적인 규칙에만 신경을 쓰며 설렁설렁 참여하던 위컴 씨는 엘리자베스에게 말을 건넬 여유가 있었고, 엘리자베스도 그의 말에 기꺼이 귀를 기울였다. 하지만 그녀가 정말로 듣고 싶었던, 다아시 씨와 그가 알게 된 내력에 대해서 이야기를 들을 수 있을 거라는 기대는 별로 하지 않았다.

그런데 그녀의 호기심은 뜻하지 않게 풀리게 되었다. 위컴 씨가 직접 그 이야기를 꺼낸 것이다. 그는 네더필드가 메리턴에서 얼마나 떨어져 있는지 물었고, 그녀의 대답을 들은 후 다소 머뭇거리며 다아시 씨가 그곳에 머문 지 얼마나 되었느냐고 물었다.

"한 달쯤 됐어요."

엘리자베스는 이렇게 대답하고, 혹시 그가 말을 멈춰 버릴까 싶어 말을 덧붙였다.

"그분은 더비셔에 아주 큰 재산을 가지고 계시다고 들었어요."

"네." 위컴 씨가 대답했다. "그곳에 있는 그의 재산은 대단하죠. 거기서 나오는 한 해 수입만 해도 족히 만 파운드는 될 겁니다. 다아시 씨에 대해 저보다 더 확실히 이야기해 줄 수 있는 사람은 아마 없을 거예요. 저는 아주 어린 시절부터 그의 집안과 특별한 관계를 맺고 있었으니까요."

엘리자베스는 자신도 모르게 놀란 표정을 지었다

"어제 우리 두 사람이 마주쳤을 때의 냉랭한 분위기를 보셨을 테니, 지금 제 말을 들으시고 놀라시는 것도 무리는 아니죠. 혹시 다아시 군과는 잘 아는 사이입니까?"

"뭐, 알고 싶은 만큼은요." 엘리자베스는 살짝 열을 내며 목소리로 높였다. "그분과 한 집에서 나흘간을 지낸 적이 있었어요. 그런데 매우 무례하다는 인상을 받았죠."

"제가 뭐라고 말씀드릴 수는 없군요." 위컴 씨가 말했다. "그 친구가 어떻다는 평가에 대해서는, 저는 그럴 만한 자격이 없습니다. 워낙 오랜 세월 동안 그를 속속들이 잘 알고 있다 보니 제 평가가 객관적일 수 없겠지요. 그렇다면 공정한 평가가 나올 리도 없겠고요. 그래도 당신이 내린 평가는 많은 사람들을 놀라게 할 수도 있겠습니다. 아마 다른 데서는 이렇게 분명하게 말씀하시지는 않을 것 같군요. 여기서는 가족끼리라 가능하신 거겠죠."

"분명히 말씀드리지만, 네더필드라면 몰라도 그 외에 어디에서든 저는 똑같이 말할 수 있어요. 하트퍼드셔에서 그분을 좋아하는 사람은 아무도 없답니다. 모두가 그의 오만한 태도에 치를 떨 정도이니까요. 그래도 제가 이렇게 말하는 건, 다른 사람들보다는 그나마 나은 편일 거예요."

"제가 굳이 유감인 척할 필요는 없겠지요." 잠시 뜸을 들이던 위컴 씨가 다시 입을 열었다. "다아시든 누구든 터무니없는 평가를 받는 게 아니라면 말입니다. 하지만 그 친구를 이렇게 제대로 평가하는 일은 거의 없다고 해야겠죠. 세상 사람들은 그의 재력과 지위에 눈이 멀었거나, 아니면 그의 도도하고 고압적인 태도에 압도되어, 결국 그가 원하는 대로 그를 평가할 뿐이니까요."

"그분을 잠깐 뵈었을 뿐이지만, 제가 보기에는 성격이 그리 원만한 분은 아닌 것 같아요."

위컴 씨는 그저 고개만 끄떡거릴 뿐이었다.

"어떻습니까? 그 친구가 이곳에 오래 머무를 것 같나요?"

잠시 후, 위컴 씨가 기회를 보아 말을 꺼냈다.

"잘 모르겠어요. 하지만 제가 네더필드에 있는 동안에는 그분이 다른 곳으로 떠난다는 이야기는 듣지 못했어요. 그분이 근처에 있다고 해서 선생님께서 주 부대에 정을 붙이지 못하거나 하시는 건 물론 아니실 테죠."

"전혀 아닙니다! 다아시 그 친구 때문에 제가 물러나야 할 이유는 없어요. 제가 보기 싫으면 그 친구가 떠나야죠. 우리 사이가 좋은 편은 아닙니다. 그리고 그 친구와 마주치는 일이 저로서는 언제나 불편하고 힘들기는 하지만, 제가 그를 피할 이유는 전혀 없습니다. 오히려 할 말은 제가 더 많습니다. 사람을 아주 이상하게 대하는 그의 비뚤어진 생각도 그렇고, 지금의 그의 인간성을 생각하면 가슴이 아플 정도로 유감스럽습니다. 베넷 양, 고인이 되신 그의 부친께서는 참으로 훌륭한 분이셨어요. 저에게도 각별히 잘해 주셨죠. 그래서 다아시 군과 함께 있을 때면 그분에 대한 수많은 감회가 떠올라서 마음이 너무 아프답니다. 다아시 군이 나에게 했던 추한 행동들은 말로 다 할 수가 없습니다. 하지만 저로서는 그가 부친의 소망을 저버리지 않고 그분의 유지를 욕되게 하지만 않는다면, 무엇이든 다 용서할 수 있을 것 같은 심정입니다."

엘리자베스는 이야기가 점점 더 흥미로워지면서 열심히 귀 기울였지만, 워낙 미묘한 문제라 더 이상은 물을 수 없었다.

위컴 씨는 이후 메리턴과 그 주변 지역 사람들, 그들의 사교 활동 등 보다 일상적인 화제로 대화를 이어갔다. 지금까지 본 것들에 대해 꽤 만족스러워하는 듯했고, 특히 사교에 대해서는 점잖으면서도 아주 은근한 눈빛으로 이야기했다.

"좋은 사람들과 지속적인 사교를 할 수 있으리라는 기대감 때문이었죠." 위컴 씨가 덧붙였다. "사실은 그게 제가 주 부대로 배속받으려 했던 주된 동기였습니다. 그 부대는 제가 헌신할 수 있는 가장 훌륭한 곳이라고 생각했어요. 데니 그 친구가 부대의 숙사宿舍와 메리턴 사람들과의 두터운 친분 그리고 그분들의 대단한 배려에 대해 귀가 닳도록 이야기하곤 해서, 저도 더욱 솔깃해졌죠. 솔직히 말씀드리면, 전 지금 사람들과의 교제가 꼭 필요합니다. 저는 지금 실의에 빠져 있고, 혼자서는 벗어나기 힘들 것 같습니다. 일이 있어야 하고, 사람들과 어울리지 않으면 안 되는 상황이에요. 군인이 되겠다고 생각했던 것은 아니지만, 제 상황엔 오히려 적격인 것 같습니다. 사실 저는 지금쯤 교회 목사가 되어 있어야 합니다. 어릴 적부터 그런 교육을 받으며 자랐거든요. 그리고 조금 전에 언급한 그 친구가 반대하지 않았더라면, 지금쯤 저는 꽤 많은 녹봉을 받는 목사직에 있었을 겁니다."

"정말인가요?"

"네, 돌아가신 다아시 군의 부친께서 다음 대의 유력한 목사직 승계권을 저에게 유증遺贈으로 남기셨죠. 그분은 저의 대부이셨고, 저를 또한 무척 아껴 주셨어요. 그분의 보살핌은 말로 다 표현하기 어렵습니다. 그 자리를 저에게 넘기겠다는 뜻을 공공연히 밝히셨고, 실제로 그렇게 될 줄로도 여기셨죠. 하지만 그 목사직은 결국 다른 사람에게 넘어가 버렸습니다."

"말도 안 돼요!" 엘리자베스가 큰 소리로 말했다. "어떻게 그럴 수가 있죠? 유언을 그렇게 무시해도 되는 건가요? 법적인 구제 방안을 찾으시지 그랬어요."

"유언장의 형식상 결함으로 인해 법적으로 구제받을 수 있는 희망은 전혀 없었습니다. 명예를 중시하는 사람이라면 유언의 취지를 의심한다는 것은 있을 수 없는 일이었겠지만, 다아시 군은 의도적으로 의문을 제기했죠. 그 유언 내용을 단순한 조건부 추천에 지나지 않는 것이라고 주장하며 아무런 근거도 없이 제 주장을 터무니없고 파렴치하다고 몰아붙였고, 제가 이미 자격을 상실했다고 억지를 부렸습니다. 2년 전 그 자리가 비었을 때 저는 마침 승계할 나이가 되었죠. 그런데 결국 다른 사람이 그 자리를 차지하고 말았습니다. 제가 그 자격을 잃을 정도의 잘못을 저질렀다는 건 도저히 납득할 수 없는 일입니다. 물론 제가 다소 발끈하는 성격이고, 부주의한 면도 있는 건 사실입니다. 그리고 그의 인격에 대한 제 생각을 다른 사람들에게 말한 적도 있고, 또 그에게 직접 지나칠 정도로 스스럼없이 얘기한 적도 있었겠죠. 잘못이라면 그것이 전부입니다. 사실 우리는 서로가 성격이 너무 달라서, 그는 저를 몹시 싫어하죠."

"정말 충격적이네요! 그분은 사람들 앞에서 망신을 톡톡히 당해야겠어요."

"언젠가는 그렇게 될 겁니다. 하지만 제가 나설 수는 없어요.

그 친구의 부친을 생각하는 한, 제가 직접 그를 공격하거나 폭로할 수는 없습니다."

엘리자베스는 그의 그런 마음이 존경스러웠고, 그렇게 말하는 그가 더더욱 멋지게 보였다.

"하지만 도대체 어떤 동기 때문이었을까요? 그분이 그처럼 파렴치한 행동을 하게 된 것이요."

잠시 후 그녀가 물었다.

"저에 대한 철저한 적개심 때문입니다. 그 적개심은 어느 정도는 질투심에서 비롯된 것이 분명합니다. 그의 선친께서 저를 그렇게까지 아끼지 않으셨더라면, 아들인 그도 저를 그렇게 심하게 대하진 않았을 겁니다. 하지만 저에 대한 아버지의 각별한 애정이 아주 어릴 적부터 그를 심술나게 만든 거죠. 일종의 경쟁심 같은 것이었지만, 우리 둘 사이에서 아버지가 저를 자주 편애하는 걸 그는 참을 수가 없었던 겁니다."

"다아시 씨가 이렇게까지 나쁜 분일 줄은 몰랐어요. 그분에게 조금의 호감도 없었지만, 그렇다고 그렇게까지 나쁘게 보지는 않았거든요. 단지 주위 사람들을 깔보는 성향이 좀 있는가 보다 했을 뿐인데, 그런 악의적인 복수를 부당하게 저지를 정도로 인면수심人面獸心의 인간일 줄은 몰랐어요!"

몇 분간을 곰곰이 생각하던 그녀가 다시 입을 열었다.

"그래요. 생각나는군요. 언젠가 네더필드에서 자기는 한번 원한을 품으면 좀처럼 용서하지 않는다고 자랑처럼 말했던 적이 있었어요. 그분, 정말 무서운 성격을 가진 사람이군요."

"그 문제에 관해서는 제 입에서 무슨 말이 나올지 저도 모르겠습니다." 위컴 씨가 대답했다. "저도 제 입장에서만 말하겠죠."

엘리자베스는 다시 깊은 생각에 잠겼다가, 이내 탄식하듯 말했다.

"친구이자, 자기 아버지가 대부이며 그토록 아끼던 사람을 어떻게 그렇게 대할 수가 있는 거예요!"

그녀는 '이토록 사람의 마음을 끄는 준수한 용모를 가진, 선생님과 같은 분을 어떻게……' 하고 덧붙일까도 생각했지만, 대신 이렇게 말했다.

"그리고 또, 선생님 말씀대로라면 어린 시절부터 그렇게 가깝게 지내던 친구를 말이에요!"

"우리 둘은 같은 교구의 같은 장원에서 태어났습니다. 유년 시절 대부분을 함께 보냈죠. 같은 집에서 지내고, 같은 놀이를 하며 자랐고, 같은 부모님의 사랑을 받았습니다. 제 아버지께서는 댁의 이모부인 필립스 씨께서 성공하신 일과 비슷한 일을 아주 어릴 적부터 하고 계셨지만, 돌아가신 다아시 부친의 일을 돕기 위해 모든 것을 내려놓고 펨벌리의 자산을 관리하는 데 평생을 바치셨습니다. 다아시 군의 부친께서는 그런 제 아버지를 무척 신뢰하셨고, 두 분은 속마음까지 털어놓는 아주 가까운 친구 사이와 같았습니다. 선친께서는 저의 아버지께서 자산을 잘 관리해 주신 데 대해 늘 감사하다고 자주 말씀하시곤 하셨죠. 그러다가 저희 아버지께서 돌아가시기 직전에는 저에게 목사 자리를 마련해 주시겠다고 직접 약속하셨습니다. 제 생각에는 그것이 아버지에 대한 감사의 빚을 갚는다는 생각이자 저에 대한 애정의 표시인 것 같았습니다."

"참 이상하군요!" 엘리자베스의 목소리가 커졌다. "혐오스럽기도 하고요! 그렇게 자존심이 강한 분이, 그 다아시 씨가 어떻게 선생님에게는 그처럼 비열해질 수 있죠? 그런 정도의 동기 때문에 어떻게 그렇게 자존심을 버려 가며 위선적인 행동을 할 수 있는 건지, 도무지 이해가 안 가요. 정말 위선적이라는 말밖에 나오지 않는군요."

"참 좋은 지적이십니다." 위컴 씨가 말을 받았다. "사실 그의 모든 행동은 자존심에서 비롯되었다고 할 수 있죠. 그리고 자존심은 종종 훌륭한 친구처럼 그에게 큰 힘이 되어 주기도 했죠. 무엇보다도 그 자존심이 그의 장점이죠. 하지만 누구든 모순적인 면은 있지 않겠습니까. 게다가 그가 저에게 저지른 행동에는 자존심보다도 더 중요한 어떤 충동이 작용했던 것이라고 봅니다."

"그런 말 같잖은 자존심이 그분 자신에게 무슨 득이 된단 말이에요?"

"되고 말고요. 자존심 때문에 그는 자주 관대함을 베풀고 씀씀이도 후해지죠. 예를 들면 돈을 아낌없이 나누어 준다거나 친절을 베풀고, 소작인들을 도와주고 가난한 사람들을 구제한 적도 있지요. 가문에 대한 자존심과 아버지에 대한 자부심이 매우 강한 아들로서, 그런 자존심이 그 동기가 된 거죠. 가문을 욕되게 하지 않고, 세간의 평판을 해치지 않으며, 펨벌리 가문의 위신과 권위에 손상을 주지 않으려는 마음이 가장 큰 이유입니다.

그는 또 형제들에 대한 자존심도 강해요. 물론 오빠로서의 애정도 어느 정도 있겠지만, 주로 그 자존심 때문에 그의 누이를 아주 정성껏 돌보는 겁니다. 가장 자상하고 멋진 오빠라고 사람들이 그를 치켜세우는 소리를 아마 듣게 되실 겁니다."

"누이동생인 다아시 양은 어떤 분이에요?"

그는 머리를 흔들었다.

"귀여운 여자라고만 해 두죠. 다아시 댁의 사람을 나쁘게 말하는 건 저로서도 괴로운 일이니까요. 하지만 그녀도 오빠 못지않게 자존심이 강한 사람입니다. 정말 대단한 자존심이죠. 어렸을 때는 귀엽고 말을 잘 듣는 아이였어요. 저를 무척 따르기도 했고요. 몇 시간씩 함께 놀아 주기도 했습니다. 하지만 지금은 제게 아무 의미도 없는 존재예요. 그녀는 멋진 숙녀입니다. 열여섯 살쯤 되었을 겁니다. 제가 알기로는 교양도 상당한 수준일 겁니다. 아버지가 돌아가신 후에는 런던에서 사는데, 어떤 부인과 함께 지내며 그 부인에게 교육을 받고 있다고 들었습니다."

여러 차례 이야기가 끊어지면 다른 화제를 떠올리곤 하던 엘리자베스는 다시 한번 처음의 이야기로 돌아가지 않을 수 없었다.

"그런 분이 빙리 선생님하고 친하다는 게 놀랍군요. 성품이 그토록 온화하고 다정하신 빙리 씨께서 어떻게 그런 사람과 친구가 될 수 있을까요? 서로 마음이 맞을 수 있다는 게 이해가 안돼요. 참, 빙리 씨는 아세요?"

"전혀 모릅니다만."

"그분은 정말 부드럽고 온화한 성품을 지닌 매력적인 분이죠.

그분은 다아시 씨의 본모습을 아마 전혀 모르실 거예요."

"그럴 가능성이 크겠죠. 하지만 다아시 군은 마음만 먹으면 누구에게나 호감을 살 수 있어요. 그런 재능은 분명히 있으니까요. 그럴 만한 가치가 있다고 판단되면, 사람을 대하는 태도도 달라지죠. 어느 모로 보나 자신에게 조금도 뒤지지 않는 지위의 사람들을 대할 때는 자신보다 낮은 사람을 대할 때와는 완전히 다른 사람이 되니까요. 하지만 자존심만큼은 절대 굽히지 않습니다. 그렇지만 부호들과 어울릴 때는 씀씀이도 시원시원하고, 공정하고 성실하며, 합리적이고 인격적인 태도를 보입니다. 아마 그런 자리에서는 편안한 사람이라는 이야기도 듣겠죠. 물론 상대방의 재력과 겉모습을 살피며 처신하긴 하겠지만요."

얼마 지나지 않아 휘스트 게임이 끝났고, 일행은 다른 테이블로 모여 앉았다. 콜린스 씨는 엘리자베스와 필립스 부인 사이에 자리를 잡았다. 필립스 부인은 으레 하듯이 게임 결과가 어땠는지 콜린스 씨에게 물었고, 그 결과는 아주 좋지 않았다. 콜린스 씨가 점수를 모두 잃었던 것이다. 하지만 그 결과에 대해 필립스 부인이 안쓰러운 표정을 짓자 그는 그것쯤은 아무것도 아니라며, 돈은 중요하지 않으니 걱정하지 말라고 진지하면서도 정중하게 여러 번 말했다.

"괜찮습니다, 부인. 카드놀이를 하다 보면 이런 일은 늘 있는 법 아니겠습니까? 그리고 저는 겨우 5실링을 잃었을 뿐입니다. 이런 말을 하기 어려운 사람들도 있겠지만, 저는 캐서린 드 버그 부인 덕분에 이런 사소한 일에는 그다지 신경 쓰지 않는 법을 배웠답니다."

콜린스 씨가 말하는 동안, 위컴 씨는 그를 유심히 쳐다보았다. 한참을 그렇게 보던 그는 콜린스 씨가 드 버그 집안과 잘 아는 사이냐고 엘리자베스에게 조용히 물었다.

"캐서린 드 버그 부인께서 최근 그분에게 목사직을 주셨어요. 그분이 처음에 어떻게 부인의 눈에 들었는지는 잘 모르겠지만, 오래된 사이는 분명 아닌 것 같아요." 그녀가 대답했다.

"그럼 캐서린 드 버그 부인과 앤 다아시 부인이 자매간이고, 캐서린 부인이 다아시 군의 이모라는 사실도 알고 계시겠군요."

"아니요, 금시초문이에요. 저는 캐서린 부인의 친척들에 대해서는 아는 것이 전혀 없답니다. 캐서린 부인에 대해서도 겨우 그저께 처음 들었을 뿐이에요."

"부인의 딸인 드 버그 양은 아주 막대한 재산을 물려받을 겁니다. 그리고 그녀와 그녀의 사촌 오빠가 재산을 합칠 거라는 얘기가 돌고 있죠."

이 이야기에 가여운 빙리 양의 모습이 스치면서 엘리자베스는 웃음이 나왔다. 다아시 씨가 이미 다른 사람과 결혼하기로 되어 있다면 그녀의 정성은 허사일 것이고, 그의 누이에 대한 찬사도 아무 의미가 없을 거라는 생각이 들었기 때문이다.

"콜린스 씨는," 엘리자베스가 말했다. "캐서린 부인과 그 따님을 무척 높이 평가하더군요. 그런데 부인에 대해 말씀하신 내용을 들어 보면, 그 존경심이 오히려 자신을 비굴하게 만들고, 부인이 그를 후원해 주기는 하지만 독선적이고 거만한 분이라는 생각이 들게 하는 면들이 있더군요."

"부인께서 어느 정도는 그런 면들이 있으시죠." 위컴 씨가 대답했다. "몇 해 동안 만나 뵙지는 못했지만, 예전부터 부인이 전혀 마음에 들지 않았다는 기억은 분명합니다. 무척 독선적이고 오만하며, 무례했던 것으로 기억하거든요. 사람들은 부인을 아주 합리적이고 똑똑한 분이라고들 하지만, 그건 아마도 부인의 지위와 재산 그리고 또 한편으로는 권위적인 태도와 부인의 조카에 대한 자부심 때문에 그런 평가를 받는 거겠죠. 다아시 군은 자신의 모든 친척은 당연히 최고로 지적인 사람들이라는 생각에 빠져 있는 친구이기도 하고요."

엘리자베스는 상당히 일리 있는 이야기라는 생각이 들었다. 두 사람은 서로 만족스러운 분위기 속에서 대화를 이어갔고, 그러는 사이 저녁 식사가 준비되며 카드놀이는 끝이 났다. 이후 위컴 씨는 다른 숙녀들과도 대화를 나누었다. 식사 시간엔 너무 시끄러운 탓에 대화가 거의 불가능했지만, 위컴 씨의 태도는 모두를 기쁘게 했다. 그가 하는 이야기에는 멋진 화술이 담겨 있었고, 행동 하나하나에 기품이 느껴졌다.

이모 집을 나오는 순간부터 엘리자베스의 머릿속은 위컴 씨 생각으로 가득했다. 집으로 돌아오는 길에도 줄곧 그와 그가 한 말만 떠올랐지만, 막상 그의 이름조차 꺼낼 틈이 없었다. 리디아와 콜린스 씨가 끊임없이 떠들어 댔기 때문이다. 리디아는 제비뽑기 놀이와 자기가 따고 잃은 피시(물고기 모양으로 만든 점수를 나타내는 도구_역주)에 대해 쉴 새 없이 재잘거렸고, 콜린스 씨는 필립스 내외분이 친절하다느니, 휘스트 게임에서 잃은 것은 전혀 개의치 않는다느니, 저녁상에 올랐던 요리들을 하나하나 되뇌면서 자기 때문에 자리가 비좁지는 않았는지 등의 이야기를 늘어놓았는데, 이야기가 너무 많아서 마차가 롱번에 도착할 때까지도 끝나지 않았다.

17

다음 날, 엘리자베스는 위컴 씨와 나누었던 이야기들을 제인에게 들려주었다. 제인은 놀라워하면서도 관심 있는 표정으로 이야기를 들었다. 그녀는 다아시 씨가 빙리 씨의 친구로 어울리지 않는 사람이라는 말을 선뜻 믿을 수는 없었지만, 위컴 씨처럼 친절한 청년의 말을 의심한다는 것도 그녀의 성격상 어려운 일이었다. 위컴 씨가 그처럼 무례한 대우를 정말로 잘 참아 냈다는 사실만으로도 고운 마음씨의 제인은 그에게 호감을 느꼈다. 이런 성격의 제인이다 보니 두 사람 모두를 좋게 생각하고, 각각의 입장을 옹호하며, 달리 이해가 되지 않는 것들은 모두 우연이나 오해로 돌려 버리는 수밖에 없었다.

"두 분 사이에 우리가 알지 못하는 오해가 있었던 건 아닐까? 이해가 얽힌 사람들이 두 분을 이간질했을 수도 있잖아. 그런 원인이나 사정을 우리로서는 알 길이 없지만, 그러니 누가 옳다 그르다 말할 수도 없겠지." 제인이 말했다.

"그래 맞아! 그런데 언니, 그 이해관계가 있다는 사람들은 과연 누구를 말하는 걸까? 그리고 두 분 중 누가 옳은지도 분명히 해야 하지 않을까? 그렇지 않으면 어느 한 분을 나쁜 사람으로 생각할 수밖에 없으니까 말이야."

"나보고 실컷 웃어대도 좋아. 하지만 그렇다고 해도 내 생각은 바뀌지 않아. 리지야, 자기 아버지께서 그처럼 아끼셨던 사람에게 그런 짓을 하고 있다면 다아시 씨는 정말 치사한 사람이 아니겠어? 더구나 아버지께서 목사직까지 주기로 약속한 사람에게 말이야. 도저히 있을 수 없는 일이지. 조금이라도 자존심이 있고 인정 있는 사람이라면 그런 짓은 절대로 할 수 없어. 절친했던 친구에게 그런 배신을 하다니, 도저히 있을 수 없는 일이야."

"나는 위컴 씨가 어젯밤에 한 이야기를 꾸며 낸 것이라는 생각보다는, 빙리 씨가 다아시 씨에게 속고 있다는 생각이 더 들어. 위컴 씨는 관련된 사람의 이름이나 사건 등을 모두 거침없이 말했거든. 만약 그게 사실이 아니라면 다아시 씨가 진상을 밝히겠지. 그리고 말하는 그분의 표정도 진지했어."

"정말 어렵고 머리 아픈 문제구나. 판단하기 힘든 일이야."

"판단하기 힘들다고? 다 빤히 보이는데 왜 그래."

그러나 제인도 한 가지 생각만은 분명했다. 빙리 씨가 정말 속고 있다면, 진상이 드러날 때 그가 무척 괴로워할 것 같다는 것이었다.

그때 관목 숲 쪽에서 부르는 소리가 들려와 두 자매는 하던 이야기를 멈추었는데, 그곳에는 바로 그들 이야기의 당사자인 사람들이 와 있었다. 빙리 씨와 그의 두 누이가 오랫동안 고대해 온 네더필드 무도회에 그들을 초대하기 위해 직접 온 것이었다. 무도회는 다음 주 화요일로 예정되어 있었다. 그의 두 누이는 가까운 친구를 다시 만났다고 무척 기뻐했다. 제인을 본 지가 몇 년은 된 것 같다며, 그동안 어떻게 지냈느냐고 거듭해서 물었다. 하지만 다른 가족들에게는 거의 눈길을 주지 않았다. 베넷 부인을 애써 피하려 했고, 엘리자베스에게도 몇 마디 건네지 않는 데다, 그 외 가족들에게는 전혀 말을 걸지 않았다. 일행은 오래 머무르지 않고 떠났는데, 두 누이가 자리에서 벌떡 일어나는 바람에 빙리 씨는 꽤나 당황한 듯했다. 그녀들은 베넷 부인의 인사를 받고 싶지 않다는 듯 서둘러 나가 버렸다.

베넷 집안의 모든 여자들은 네더필드 무도회를 즐거운 마음으로 그려 보았다. 베넷 부인은 이 무도회는 제인을 위한 것이라며 혼자 들떠 있었고, 무엇보다 초대장을 보내온 것이 아니라 빙리 씨가 직접 찾아왔다는 것에 너무 뿌듯해했다. 제인은 두 친구들과의 유쾌한 저녁 시간과 그녀들의 오빠인 빙리 씨의 자상한 배려를 마음속으로 그려 보았다. 그리고 엘리자베스는 위컴 씨와 실컷 춤을 추며 다아시 씨의 표정과 행동을 관찰하다 보면 모든 것을 확실히 알 수 있을 거란 즐거운 생각을 했다. 캐서린과 리디아는 어떤 일이나, 아니면 특정한 사람을 찍어서 무도회를 즐길 생각은 아니었다. 물론 엘리자베스와 마찬가지로 위컴 씨와 춤추려는 생각은 갖고 있었지만, 결코 그 한 사람으로 만족할 그녀들이 아니었기 때문이다. 그들 생각에 무도회는 어쨌든 무도회였으니까. 이번엔 메리조차 무도회 참석을 마다하지 않을 기세였다.

"오전 시간만 혼자 있을 수 있다면 그것으로 충분해요." 메리가 얘기했다. "이따금 저녁 모임에 참석하는 것이 결코 희생이라고 생각하진 않아요. 사람은 누구나 다 교제가 필요하니까요. 가끔은 사람들과 어울려 즐겁게 보내는 것은 누구에게나 바람직한 일이라 생각해요."

평소에는 콜린스 씨에게 좀처럼 불필요한 말을 건네지 않는 엘리자베스도 기분이 좋아서인지 그에게 빙리 씨의 초대를 수락할 의향이 있는지, 그렇다면 그날 저녁의 무도회에 참석하는 건 어떠한지 뜻하지 않게 물어보게 되었다. 그런데 콜린스 씨는 전혀 망설임 없이 초대를 받아들였고, 대주교나 캐서린 드 버그 부인으로부터 질책을 받을까 봐 걱정하는 기색도 보이지 않아 엘리자베스는 오히려 놀랐다.

"제 의견입니다만," 콜린스 씨가 말했다. "인품 있는 젊은이가 존경하는 분들을 위해 마련한 이런 무도회는 전혀 나쁜 거라고 생각하지 않습니다. 저는 춤을 사양하지 않으며, 그날 저녁 우리 친척 숙녀분들 모두와 춤을 출 수 있는 영광이 있기를 바랍니다. 그리고 이 기회를 빌려 청하는 겁니다만, 엘리자베스 양, 특별히 처음 두 번은 저와 함께 춤춰 주시겠습니까? 제가 이렇게 청하는 이유와 이런 청이 제인 양을 싫어해서가 아니라는 점을 그녀는 이해해 주시리라 믿습니다."

엘리자베스는 영락없이 걸려든 느낌이었다. 그녀는 처음 두 번의 춤은 위컴 씨와 추기로 단단히 마음을 먹고 있었다. 그런데 위컴 씨가 아닌 콜린스 씨라니! 그녀의 명랑한 얼굴이 그때만큼 일그러진 적은 없었다. 하지만 어떻게 해 볼 도리가 없었다. 위컴 씨와의 즐거운 시간은 어쩔 수 없이 조금 뒤로 미룰 수밖에 없었고, 콜린스 씨의 청을 아주 정중하면서도 우아하게 받아들였다. 그녀는 콜린스 씨의 청에는 다른 의도가 있는 것 같아 마음이 더더욱 불편했다. 엘리자베스는 많은 자매 가운데에서 자신이 헌스퍼드 목사관의 안주인 감으로 선택받았다는 사실과 그렇게 되면 보다 적당한 방문객이 없을 때면 자기가 로징스의 커드릴 놀이의 빈자리나 채워 주는 일을 할 수도 있다는 사실에 처음에는 무척 어이없었다. 그가 점점 더 엘리자베스에게 친절을 베풀고, 그녀의 재치와 밝은 성격을 여러 번 칭찬하는 것을 보고 그 의도가 분명해졌다. 자신의 그런 매력에 달려드는 콜린스 씨가 고맙기는커녕 어이가 없을 정도였는데, 얼마 있지 않아 어머니까지 두 사람이 결혼하게 되면 엘리자베스 자신에게도 아주 큰 득이 될 것이라고 넌지시 설득하려 했다. 하지만 엘리자베스는 그런 언질에는 대꾸하지 않았다. 대답을 했다가는 필시 심각한 언쟁이 벌어질 것 같았기 때문이었다. 콜린스 씨가 자기에게 결코 청혼을 하지 않을 수도 있으며, 그가 청혼을 해 오기 전까지는 아무리 그 문제로 다투어 봐야 쓸데없는 일이기도 했다.

만약에 네더필드 무도회를 준비하며 수선을 피우지 않았다면 두 막내딸은 하루하루가 너무나 지루했을지도 모른다. 초청을 받은 날부터 무도회가 열리는 날까지 쉬지 않고 비가 내렸기에 메리턴에 소풍 한번 나가볼 수 없었기 때문이었다. 이모와 사관들, 그 외의 어떤 새로운 소식도 전혀 들을 수 없었다. 네더필드에서 신을 슈로즈(구두장식_역주)도 집사를 시켜 사들였다. 엘리자베스 역시 날씨 탓에 위컴 씨를 만날 기회가 미뤄지면서 힘들게 참고 있었을지도 몰랐다. 다행히 화요일에 무도회가 예정되어 있었기에 키티와 리디아는 금요일, 토요일, 일요일 그리고 월요일을 그렇게 꾹 참고 보낼 수 있었다.

18

네더필드의 거실에 들어서며 삼삼오오 모여 있는 붉은 제복의 사람들 속에서 위컴 씨를 찾아보았지만, 그 어디에서도 그의 모습은 보이지 않았다. 그제야 엘리자베스는 혹시 그가 오늘 참석하지 않은 것은 아닐까 하는 생각이 들었다. 다아시 씨와의 일 때문일까 하고 생각했지만, 그래도 그가 반드시 나타날 거라는 생각은 변함이 없었다. 그녀는 평소보다 더 신경을 써서 옷을 차려입었고, 오늘을 기회로 위컴 씨의 마음을 완전히 사로잡겠다는 각오까지 하고 있었으며, 그 일이 오늘 저녁 중으로 이루어질 것이라는 확신도 있었다. 하지만 문득, 빙리 씨가 사관들을 초대하면서 다아시 씨의 심기를 고려해 위컴 씨를 의도적으로 빠뜨린 것은 아닐까 하는 의문이 떠올랐다. 물론 꼭 그런 이유는 아니었지만, 그가 분명히 참석하지 않았다는 사실은 그의 친구인 데니 씨가 확인해 주었다. 리디아가 그를 몹시 졸라댔기 때문이었는데, 위컴 씨는 일이 있어 그 전날 시내로 갈 수밖에 없었고 아직 돌아오지 않았다는 것이었다. 그러고는 데니 씨는 의미심장한 미소를 보이며 덧붙였다.

"그 친구가 이곳에 있는 어떤 신사 한 분을 피하고 싶은 마음이 아니었다면, 일이 있다고 해서 굳이 이 시각에 그렇게 다른 곳으로 가지는 않았을 겁니다."

리디아는 이 말을 듣지 못했지만, 엘리자베스는 분명히 들었다. 그러자 그녀는 처음 짐작했던 대로 위컴 씨가 참석하지 않는 것은 다아시 씨 때문이라는 확신이 들었다. 갑작스러운 실망감에 더해 다아시 씨에 대한 적개심이 한층 날카로워졌고, 잠시 후 그가 다가와 친절하게 안부를 묻자 그녀는 도저히 정중하게 인사를 받아 줄 수 없었다. 다아시 씨의 말에 귀를 기울이고, 관용과 인내로 그를 대하는 것 자체가 위컴 씨를 모욕하는 것만 같았다. 엘리자베스는 그와는 단 한마디도 하지 않겠다고 마음먹고, 불쾌한 기색을 감추지 않은 채 그를 외면해 버렸다. 그런 기분은 빙리 씨를 대할 때에도 이어졌다. 아무것도 모르면서 다아시 씨 편만 든다는 생각이 들자, 엘리자베스는 그에게조차 분노와 실망을 느낄 수밖에 없었다.

그러나 엘리자베스는 불쾌한 모습이 어울리지 않는 성격이었다. 비록 그날 저녁의 기대가 산산이 무너졌지만, 그런 감정에 오래 매여 있을 그녀가 아니었다. 그녀는 일주일 동안 만나지 못했던 샬럿 루카스 양에게 자신의 울적한 기분을 모두 털어놓은 뒤, 곧 화제를 콜린스 씨의 이상한 성격 쪽으로 돌려 루카스 양이 흥미를 가질 수 있도록 유도했다. 그렇지만 처음 두 번의 춤은 엘리자베스를 곤혹스럽게 했다. 그것은 정말 치욕적인 춤이었다. 서투르고 둔하기만 한 콜린스 씨는 정신은 차릴 생각은 않고 변명만 해댔다. 자기가 뭘 잘못하고 있는지도 모른 채 엉터리로 춤을 추는 그의 모습에, 엘리자베스는 말할 수 없는 창피와 수모를 느졌다. 아무리 파트너를 난처하게 만들려 해도 이보다 더 괴롭게 하기는 힘들 것 같았다. 그와의 춤에서 벗어나던 순간, 엘리자베스는 마치 날아갈 듯한 기분이 들었다.

엘리자베스는 그다음에 어떤 사관과 함께 춤을 추었다. 위컴 씨 이야기를 하면서 모두가 그를 좋아한다는 말에 그녀의 마음은 다시 한결 가벼워졌다. 춤이 끝난 후, 그녀는 샬럿 루카스 양에게 돌아갔다. 서로 한참 이야기를 나누고 있는데, 다아시 씨가 불쑥 나타나 엘리자베스에게 춤을 청했다. 정말 느닷없이 손을 내미는 바람에 그녀는 얼떨결에 그만 승낙해 버리고 말았다. 춤이 끝나자 그는 곧바로 가 버렸는데, 그녀는 그렇게 정신없는 행동을 해 버린 자신이 몹시 불쾌해 어쩔 줄 몰랐다.

샬럿 양이 그녀를 달래느라고 애를 썼다.

"아마도 무척 좋은 분일 거야."

"큰일 날 소리 하지 마! 불행도 그런 불행이 없을걸! 작심하고 미워하는 사람더러 좋은 분이라니! 그런 악담은 제발 하지 말아 줘."

그러나 다시 춤이 시작되고 다아시 씨가 다가와 엘리자베스에게 춤을 청하자, 샬럿 양은 그녀에게 위컴 씨가 마음에 든다고 해서 그보다 몇 배나 능력 있는 사람 앞에서 불쾌한 모습을 보이는 그런 어리석은 짓은 하지 말라고 귓속말로 충고하지 않을 수가 없었다. 엘리자베스는 아무런 말도 하지 않고, 춤추는 무리 속으로 들어갔다. 자신이 이렇게 다아시 씨와 마주 설 수 있을 정도의 위엄 있는 여자라는 사실에 스스로 놀랐고, 주변 사람들이 자신을 바라보는 표정에서 똑같이 놀라고 있다는 것을 느낄 수 있었다. 두 사람은 아무 말 없이 한동안 서 있었다. 엘리자베스는 이런 침묵이 춤을 두 번 다 출 때까지 계속될 것 같은 생각이 들어, 처음엔 그냥 침묵을 지키기로 마음먹었다. 그런데 갑자기 상대편으로 하여금 먼저 말을 꺼내게 하는 것이 그에게는 더 큰 벌이 될 거라는 생각이 들어 춤에 대해 아주 짧게 이야기를 했는데, 그는 가볍게 대답하고는 다시 말이 없었다. 몇 분이 흐른 뒤, 엘리자베스는 다시 한번 말을 걸었다.

"이제 그쪽에서 말씀하실 차례 아닌가요, 다아시 선생님? 제가 춤에 대해 이야기했으니, 선생님께서는 무도회장의 규모라든지, 몇 쌍이 참석했다느니 하는 이야기를 하셔야 하는 거 아니에요?"

다아시 씨는 미소를 지으며, 그녀가 원하는 대로 무엇이든 이야기하겠다고 했다.

"좋아요. 지금은 그 정도로 해 두죠. 아마 이야기를 하다 보면 공적인 무도회보다는 개인적으로 여는 무도회가 훨씬 더 즐겁다는 말이 제 입에서 나올지도 몰라요. 하지만 당분간은 이야기하지 않아도 좋아요."

"그럼, 춤을 출 때는 반드시 이야기를 해야 하나요?"

"때로는 그렇죠. 다들 대화를 나누잖아요. 함께 춤을 추면서 반 시간 동안 아무 말도 하지 않는 건 이상하지 않나요? 그리고 될 수 있으면 말을 적게 하려고 애를 쓰는 어느 한 편을 배려하기 위해서라도, 미리 대화 주제를 준비해 두는 게 예의 아닐까요?"

"지금은 당신의 감정을 달래는 말씀입니까, 아니면 제 기분을 맞춰 주시려는 건가요?"

"둘 다죠." 엘리자베스는 짓궂게 대답했다. "선생님과 저는 성격이 꽤 비슷하다고 항상 생각했거든요. 비사교적이고, 말수가 적은 데다, 방 안 가득한 사람들을 깜짝 놀라게 하면서 우리가 한 말이 마치 금언처럼 후세에 전해질 가능성이 있지 않은 한, 아예 입도 열지 않으려는 성격 같은 거요."

"지금 말씀하신 건, 댁과는 전혀 관계없는 성격입니다." 그가 말을 받았다.

"제 성격이 얼마나 그런지, 저는 말씀드릴 수 없어요. 물론 댁께서는 아주 멋지게 묘사하셨다고 생각하시겠지만요."

"저도 제가 한 말에 대해서는 뭐라 변명할 생각 없습니다."

다아시 씨는 아무런 대꾸도 없었다. 그 뒤로 춤이 끝날 때까지 두 사람은 아무런 말이 없었는데, 그러다 이윽고 그는 엘리자베스와 그녀의 자매들이 메리턴으로 자주 산책을 가는 편인지 물었다. 그녀는 자주 가는 편이라고 대답한 뒤, 갑작스러운 충동을 억누르지 못하고 말을 덧붙였다.

"언젠가 그곳에서 선생님을 뵈었을 때, 저희는 마침 새로운 분을 소개받고 있었죠."

그 말에 다아시 씨는 곧바로 반응을 보였다. 그의 얼굴은 한층 더 오만한 기색을 띠었지만, 말은 없었다. 마음이 약해진 엘리자베스는 말을 더 이어가지 못했고, 그런 자신을 속으로 나무랐다.

잠시 후, 다아시 씨가 입을 열었다. 거북한 기색이 느껴지는 어투였다.

"위컴 씨는 사람들과 잘 어울릴 수 있는 훌륭한 예절을 갖추고 있죠. 하지만 그렇게 사귄 사람들과 좋은 관계를 오래 유지할 수 있는지는 확신하기 어렵군요."

"선생님과의 우정이 깨어진 그분이 참 안됐더군요." 엘리자베스는 단호하게 말을 받았다. "그 일로 그분은 평생을 가슴 아파하실 것 같더군요."

다아시 씨는 아무런 대답이 없었다. 그는 화제를 돌리고 싶은 듯했다. 바로 그때 윌리엄 루카스 경이 그들 곁으로 다가왔다. 그곳을 지나 방 맞은편으로 가려던 참인 것 같았다. 하지만 다아시 씨를 보자 그는 아주 정중하게 인사를 하고 그의 춤 솜씨와 파트너에 대해 찬사를 보냈다.

"정말 즐거웠습니다. 다아시 씨. 이렇게 멋진 춤은 흔히 볼 수 있는 게 아니죠. 정말 일류의 춤 솜씨입니다. 아름다운 파트너분께서도 전혀 손색이 없으시고요. 자주 이런 즐거움을 맛볼 수 있다면 얼마나 좋겠습니까. 일라이자 양(그녀의 언니와 빙리 씨를 흘깃 쳐다보며), 특히 좋은 일이 있을 때 말입니다. 그땐 정말 모두가 축하를 아끼지 않겠죠! 전 그저 다아시 선생께 부탁드리는 겁니다. 하지만 방해가 되고 싶진 않군요. 젊은 숙녀분과의 달콤한 대화를 방해한 셈이니 칭찬받을 일은 아니겠지요. 숙녀분의 그 맑은 눈도 저를 탓하는 듯하니 말입니다."

그가 뒤에 말한 내용은 다아시 씨의 귀에 거의 들어오지 않았다. 하지만 자신의 친구에 대해 넌지시 던진 윌리엄 경의 말에 꽤 충격을 받았는지, 아주 심각한 표정으로 함께 춤을 추고 있는 빙리 씨와 제인 양을 바라보았다. 그러나 곧 정신을 차리고 엘리자베스를 보며 말했다.

"윌리엄 경께서 방해하신 덕분에 우리가 나누던 이야기를 잊어버렸군요."

"우리가 이야기를 나누기나 했나요? 서로 이야기도 없는 두 사람에게 방해가 될 게 있었겠어요? 두세 가지 화제를 꺼내긴 했지만, 결론난 건 하나도 없죠. 이젠 또 무슨 이야기를 하시겠어요?"

"책에 관한 건 어떻습니까?" 그가 웃으면서 물었다.

"책이요? 아니에요! 분명 우리는 같은 책을 읽지도 않을 테고, 설령 읽는다 해도 느끼는 건 또 다를 테니까요."

"그렇게 생각하시다니 유감입니다. 하지만 그렇다고 해도, 적어도 화젯거리가 없는 것은 아니지 않습니까. 서로의 상반된 의견을 비교해 볼 수 있을 테니까요."

"안 돼요. 무도회장에서 책 이야기를 할 수는 없죠. 제 머릿속은 다른 일로도 항상 꽉 차 있거든요."

"언제나 눈앞에 보이는 것에만 그렇게 마음을 쏟으시나 보군요?" 그는 의아한 표정으로 말했다.

"네, 언제나 그래요."

그녀는 그렇게 대답했지만, 사실 자신이 무슨 말을 하고 있는지도 몰랐다. 이미 그 주제는 까맣게 잊고 있었고, 잠시 후 그녀의 입에서는 전혀 뜻하지 않은 말이 불쑥 튀어나왔다.

"이렇게 말씀하신 적이 있죠, 다아시 선생님? 선생님은 조금의 용서도 모르시고, 한번 품은 원한은 좀처럼 풀리지 않는다고 말이에요. 그럼, 원한을 품을 때는 무척 신중하셔야 하지 않을까요?"

"물론입니다." 그는 단호한 목소리로 대답했다.

"그리고 편견에 사로잡혀 분별력을 잃으시면 안 되겠죠?"

"당연히 그래야겠죠."

"자신의 판단을 절대 바꾸지 못하는 사람이라면, 처음부터 반드시 올바른 판단을 해야 하지 않겠어요?"

"그런 말씀을 하시는 의도가 뭔가요?"

"그냥 선생님 성격이 좀 그렇다는 얘기예요." 그녀는 심각한 표정을 애써 지우며 태연한 척 말했다. "그걸 분명히 하고 싶었을 뿐이에요."

"그렇게 해서 얻는 건 뭔가요?"

그녀는 고개를 저었다.

"도무지 이야기가 안 되는군요. 선생님께서 너무 엉뚱한 말씀만 하시니 제가 무슨 말을 해야 할지 모르겠어요."

"저도 알고 있습니다." 그가 굳은 표정으로 말했다. "저에 대해서 엇갈린 온갖 이야기들이 나돌고 있다는 것을 말입니다. 그러니부디, 지금 이 자리에서 제 성격에 대해 뭐라고 하시지는 말아 주셨으면 합니다. 그러다 보면 우리 사이만 멀어질 것 같으니까요."

"그렇지만 지금 말씀드리지 않으면, 다시는 그런 기회가 없을 것 같은데요."

"당신의 이런 즐거운 기회를 제가 어찌 뒤로 미루게 할 수 있겠습니까."

그는 차갑게 말했다. 그러자 엘리자베스도 더 이상 말을 잇지 않았고, 두 사람은 춤이 끝나자 말없이 헤어졌다. 비록 그 정도는 달랐지만 두 사람 모두 불편한 마음이었다. 다아시 씨의 가슴속에는 그녀를 향한 열정이 있었기에 그녀를 쉽게 용서할 수 있었지만, 대신 그의 불편한 심기는 엉뚱한 사람을 향해 있었다.

두 사람이 헤어진 지 얼마 되지 않아, 빙리 양이 엘리자베스에게 다가와 아주 새침한 표정을 지으며 말을 걸었다.

"이봐요, 일라이자 양, 조지 위컴 씨가 상당히 마음에 드시나 보죠. 댁의 언니께서 줄곧 저에게 그분 이야기를 하시면서 이것저것 참 여러 가지를 물으시더군요. 그런데 다른 이야기를 하느라 잊으셨는지, 그분의 아버님이 돌아가신 다아시 선생님 부친의 청지기였다는 사실은 빠뜨리셨더군요. 제가 우정 어린 충고를 드리자면, 그분 말씀을 다 곧이곧대로 믿지는 마세요. 다아시 선생님께서 그분을 핍박하고 있다는 이야기는 새빨간 거짓말이에요. 오히려 정반대죠. 다아시 선생님은 언제나 그분에게 아주 잘해 주셨어요. 사실은 위컴 씨 쪽에서 선생님께 함부로 굴었던 거랍니다. 자세한 사정은 잘 모르지만, 분명한 건 다아시 선생님이 비난받을 이유는 전혀 없다는 거예요. 다아시 선생님은 조지위컴 씨의 이름이 다른 사람 입에 오르내리는 것조차 힘들어하시죠. 제 오빠도 사관들을 초대하면서 그 사람만 빼 버릴 수는 없어 고민하셨는데, 결국 그 사람 스스로 꽁무니를 빼는 바람에오빠는 한결 마음이 가벼워졌던 거였죠. 이 지방으로 온 것 자체가 다아시 선생님께 큰 무례를 범한 것이겠죠. 어떻게 그런 생각을 할 수 있었는지 이해가 안 되네요. 일라이자 양, 좋아하시는 분의 본색이 이렇다니 참 안됐군요. 하지만 그 사람의 출신 내력을 생각해 보면, 당연히 그 정도밖에 더 되겠어요?"

"그분 출신 내력이 그러니 나쁜 분일 수밖에 없다는 말씀이군요." 엘리자베스가 발끈하며 말했다. "단지 그분의 부친께서 고故 다아시 선생님의 청지기였다는 이유만으로 그분을 비하하고 있으니 말입니다. 그리고 그 사실은 이미 그분께서 저에게 직접 말씀하셨어요."

"미안해요, 제가 괜한 참견을 했나 봐요. 그래도 당신을 생각해서 드린 말씀이었어요." 빙리 양은 조소를 머금은 표정으로, 고개를 돌리며 말했다.

"뻔뻔스럽기는!" 엘리자베스는 혼잣말로 중얼거렸다.

'그런 비열한 짓거리로 내 마음을 흔들 수 있다고 생각하다니, 큰 오산이지! 그렇게 해 봤자 네가 의도적으로 사실을 왜곡한다는 것과 다아시 씨가 나쁜 위인이라는 것만 드러날 뿐이야.'

그러고는 엘리자베스는 언니를 찾아보았다. 제인도 같은 문제로 빙리 씨에게 묻고 있던 참이었다. 제인은 무척 흡족한 듯 밝게 미소를 지으며 엘리자베스를 맞았고, 이날 저녁의 무도회가 무척 만족스러웠다는 것이 그녀의 표정에 역력히 드러났다. 엘리자베스는 그런 언니의 기분을 느끼고는, 그 순간 제인의 행복을 위한 너무나도 멋진 기회라는 생각이 들어 위컴 씨에 대한 감정이나 그를 나쁘게 말하는 사람들에 대한 분노 그리고 다른 모든 이야기는 잠시 접어 두기로 했다.

"어떤 이야기였어?" 엘리자베스는 언니 못지않게 환한 미소를 지으며 물었다. "위컴 씨에 대해 들은 이야기 말이야. 아마 즐거움에 취해서 다른 사람 얘기는 귀에 들어오지도 않았겠지만 말이야. 그래도 그랬다면 내가 용서할게."

"아니야." 제인이 대답했다. "내가 그분을 왜 잊어버리니. 다만 시원한 얘기를 들을 수 없어서 그래. 빙리 선생님도 그분의 과거를 속속들이 아시는 건 아니었어. 다아시 선생님과의 불화에 대해서도 사정을 전혀 모르신대. 그래도 친구로서 다아시 씨의 올바른 행실, 성실함 그리고 명예를 중시하는 점에 대해서는 증인이 되어 주겠다고 하셨어. 한편으로는 위컴 씨가 다아시 씨로부터 그처럼 필요 이상의 좋은 대우를 받을 자격이 없다는 것만은 틀림없다고 하셨고. 그리고 조금 미안한 얘기지만, 빙리 씨와 그 누이들의 말로는 위컴 씨는 결코 존경할 만한 청년은 못 되는 것 같아. 위컴 씨는 너무 경솔해서 다아시 선생님에게서 대접을 받지 못하는 것도 어쩌면 당연하다는 생각도 들거든."

"빙리 선생님이 위컴 씨를 아는 것은 아니잖아."

"그건 그래. 요전에 메리턴에서 처음 인사를 나누었을 뿐이니까."

"그렇다면 그 얘기들은 전부 다아시 선생님한테 들은 내용 그대로겠네. 그만하면 충분해. 그런데 목사 자리 문제에 대해서는 뭐라고 하셨어?"

"다아시 선생님에게 여러 차례 듣기는 했지만, 자세한 상황은 정확히 기억나지 않는다고 하셨어. 그래도 조건부 승계였던 걸로 알고 있다고 말씀하시더라."

"빙리 선생님의 진실성을 의심하는 건 아니야." 엘리자베스가 말했다. "하지만 단지 빙리 선생님의 몇 마디 말씀만 듣고 모든 걸 그대로 믿을 수는 없다는 점은 이해해 줘야 해. 빙리 선생님이 친구를 옹호하는 모습은 정말 보기 좋아. 하지만 그분이 사건의 전말을 다 아시는 건 아니잖아. 더구나 그마저도 대부분은 친구인 다아시 선생님한테서 들은 거니까. 그러니 난 다아시 씨와 위컴 씨에 대해서는, 이전에 생각했던 대로 생각할 수밖에 없겠어."

이렇게 말하고는 엘리자베스는 화제를 바꿔, 서로 전혀 감정적인 이견 없이 즐겁게 나눌 수 있는 이야기를 꺼냈다. 그녀는 빙리 씨의 호의에 대해 내비치는 제인의 즐겁고도 겸손한 희망에 진심으로 귀를 기울이면서, 그런 언니의 희망에 확신을 더해 주기 위해 최선을 다해 이야기했다. 빙리 씨가 그들 사이에 끼어들자, 엘리자베스는 자리를 비켜 루카스 양에게로 갔다. 루카스 양은 마지막 파트너와의 춤이 즐거웠는지 물었고, 엘리자베스가 막 대답을 하려는 순간 콜린스 씨가 그들에게 다가왔다. 콜린스 씨는 기뻐 어쩔 줄 모르는 얼굴로 엘리자베스에게 방금 알게 된 기막힌 사실을 털어놓았다.

"정말 우연히 알게 되었죠. 지금 이 방에 제 후원자의 가까운 친척이 한 분 계시다는 걸요. 그 신사분이 이 댁의 젊은 안주인께 자기의 사촌인 드 버그 양과 그녀의 어머니인 캐서린 부인의 이름을 말하는 걸 우연히 들었습니다. 이런 일이 다 있다니, 얼마나 신기한지 모르겠어요! 아마도 캐서린 드 버그 부인의 조카일 겁니다. 그런 분을 이런 모임에서 만나게 될 줄 누가 상상이나 했겠습니까? 제가 그분께 인사를 드리려던 바로 그 순간에 이 사실을 알게 되었으니 얼마나 감사한 일입니까. 그분을 미처 알아보지 못했던 건 저의 불찰이지만, 그런 관계를 전혀 몰랐으니 분명 양해해 주실 거고 제 사과도 받아 주실 거라 믿습니다."

"다아시 선생님과 직접 인사를 나누시겠다는 건 아니죠?"

"전 직접 인사를 드릴 겁니다. 진작 인사를 드리지 못한 것을 사과드려야죠. 그분은 틀림없이 캐서린 드 버그 부인의 조카분입니다. 그리고 일주일 전, 부인께서 아주 건강하셨다는 소식은 제가 분명히 전해 드릴 수 있어요."

엘리자베스는 애써 그의 그런 생각을 단념시키려고 했다. 다른 사람의 소개 없이 직접 인사를 한다면 다아시 씨는 그것을 자신의 이모에 대한 경의로 보기보다는 오히려 무례하게 여길지도 모른다고, 그리고 두 사람이 서로 인사를 나눌 이유도 전혀 없으며 설령 인사를 하게 되더라도 그건 지위가 높은 다아시 씨 쪽에서 먼저 해야 한다고 조심스레 설득해 보았다. 그러나 콜린스 씨는 이미 마음을 굳힌 듯한 표정으로 그녀의 말을 들었고, 그녀의 말이 끝나자 이렇게 대꾸했다.

"엘리자베스 양, 당신이 이해하고 계시는 범위 내에서는 저는 모든 일에 대한 당신의 탁월한 판단력을 더없이 높이 평가하고 있습니다. 하지만 세속적으로 규정되어 있는 격식과 성직자의 예법 사이에는 큰 차이가 있다는 것을 말씀드리지 않을 수 없습니다. 그리고 성직자의 지위는 그 위엄에 있어서 세속의 가장 고귀한 지위에 버금간다는 것이 제 생각입니다. 물론 그 위엄에 걸맞은 겸손함도 함께 갖춰야 하겠지만요. 그러니 이 일에 있어서는 제 양심이 이끄는 대로 행동할 수 있도록 내버려두시길 바랍니다. 저로서는 중요한 의무를 실천하는 일이기도 하니까요. 당신의 충고를 따르지 못하는 점은 부디 너그러이 이해해 주세요. 다른 모든 일에 있어서는 당신의 충고를 제 삶의 지침으로 삼고 있으니까요. 하지만 지금 이 문제에 관해서 어떻게 하는 것이 옳은지는, 교육의 정도와 꾸준한 학습이라는 측면에서 보았을 때 당신처럼 젊은 숙녀보다는 성직자의 위치에 있는 제 판단이 더 정확하리라 생각합니다."

콜린스 씨는 허리를 숙여 인사한 뒤, 다아시 씨를 향해 당당하게 걸어갔다. 엘리자베스는 다아시 씨가 그런 그를 어떻게 맞이하는지 유심히 지켜보았다. 그런 식의 인사를 받는다면, 놀라는 것은 너무나 자명한 일이었다. 콜린스 씨는 엄숙하게 인사한 뒤 먼저 말을 꺼냈다. 비록 한 마디도 들리지 않았지만, 무슨 이야기가 오가는지 훤히 알 것 같았다. 그의 입술 움직임으로 봐서는 '사과' '헌스퍼드' '캐서린 드 버그 부인' 등의 말들을 하고 있는 듯했다. 다아시 같은 위인에게 그런 모습으로 자신을 내보이는 콜린스 씨의 모습을 보자, 엘리자베스는 속이 상했다. 다아시 씨는 처음엔 콜린스 씨를 사뭇 이상하다는 표정으로 바라보다가, 콜린스 씨가 마침내 말을 멈추고 여유를 주자 마지못해 정중한 척하며 짧게 답례를 했다. 하지만 콜린스 씨는 개의치 않고 다시 이야기를 이어갔고, 점점 말이 길어지자 다아시 씨의 얼굴에는 분명한 경멸의 기색이 떠올랐다. 그리고 이야기가 끝나자, 그는 가볍게 고개만 끄덕이고는 그 자리를 떠나 버렸다. 콜린스씨는 엘리자베스가 있는 곳으로 돌아왔다.

"제가 받은 대접은 그런대로 만족스러웠습니다. 다아시 씨는 제 인사를 무척 반가워하시는 것 같았고, 아주 정중하게 대해 주셨습니다. 심지어 이런 칭찬까지 해 주셨습니다. 캐서린 부인은 사람 보는 눈이 아주 뛰어나기 때문에, 그분의 총애를 받는 분이라면 분명 남다른 분일 거라고요. 정말 멋진 말씀이었죠. 전반적으로 그분이 아주 마음에 들었습니다."

콜린스 씨에 대한 관심이 남김없이 싹 사라진 엘리자베스는 언니와 빙리 씨 쪽으로 시선을 돌려, 두 사람의 모습을 유심히 바라보았다. 눈앞에 펼쳐지는 기분 좋은 장면들을 보며, 엘리자베스는 언니 못지않게 행복감을 느꼈다. 그녀는 참된 사랑으로 맺어진 결혼의 행복감으로 충만한 집에 보금자리를 마련한 언니의 모습을 그려 보았다. 그런 상황이 된다면, 빙리 씨의 두 누이에 대해서조차 좋은 감정을 품을 수 있을 것 같다는 생각이 들었다. 어머니의 생각 역시 자신과 같으리라고 짐작할 수 있었고, 그렇기에 그녀는 어머니와 거리를 두어야겠다고 생각했다. 어머니가 너무 많은 이야기를 늘어놓는 것이 싫었기 때문이었다. 그래서 모두가 만찬 테이블에 둘러앉자 서로의 이야기가 들릴 수밖에 없었기 때문에 그녀는 무척 곤혹스러웠다.

아나나 다를까, 어머니가 루카스 양을 붙잡고 숨김없이 생각나는 대로 이야기를 늘어놓았다. 특히 제인이 곧 빙리 씨와 결혼하게 될지도 모른다고 말할 때는, 엘리자베스의 속이 뒤집힐 지경이었다. 어머니는 그 이야기를 하면서 한껏 생기가 넘쳤고, 그 결혼으로 따라올 여러 가지 이점을 쉴 새 없이 늘어놓았지만 지친 기색이라곤 조금도 없었다. 그렇게 매력적인 젊은 신사가, 그것도 그렇게 부자인 분이 겨우 3마일 떨어진 곳에 산다는 사실이 마음에 드는 첫 번째 이유였고, 그분의 두 누이가 제인을 무척 좋아하며, 틀림없이 자기 못지않게 두 사람의 결혼을 바라고 있으니 마음이 편하다는 것이었다. 게다가 제인이 결혼하게 되면 나머지 동생들도 다른 부잣집 남자들과 결혼할 기회가 많아질 거라는 기대까지 덧붙였다. 마지막으로 결혼하지 않은 딸들의 문제를 제인에게 맡겨 버리면, 이제는 내키지 않는 자리에 굳이 나가지 않아도 되니 자신의 나이에 얼마나 기쁜 일이겠냐고 했다. 이런 상황이 되는 것을 기쁘게 여겨야 하는 것은 어쩌면 당연한 예의처럼 여겨질 수 있겠지만, 베넷 부인은 제아무리 나이가 들어도 가만히 집에만 있으면 좀이 쑤실 성격이었다. 그녀는 말을 맺으면서 루카스 양에게도 그와 같은 좋은 기회가 있기를 바란다고 말했지만, 속으로는 승리감에 도취되어 어림없는 일이라고 굳게 믿고 있었다.

엘리자베스는 어머니에게 너무 성급한 말을 한다고 눈치를 주고, 아무리 기뻐도 그렇지 다른 사람들에게는 들리지 않도록 목소리를 좀 낮추라고 설득해 봤지만 아무 소용이 없었다. 맞은편에 앉아 있는 다아시 씨가 주요한 내용을 다 듣고 있는 것 같아

속이 상해 견딜 수 없었다. 어머니는 오히려 엘리자베스에게 왜 쓸데없이 성가시게 하느냐고 나무랐다.

"다아시 씨가 도대체 뭐라고 그러니? 왜 내가 그 사람 눈치를 봐야 해? 그 사람 귀에 거슬린다고 해서 우리가 꿀 먹은 벙어리라도 되어야 할 만큼 그런 대단한 존재라도 된다는 거야?"

"제발, 어머니, 목소리 좀 낮추세요. 다아시 선생님의 심기를 건드려서 득 될 건 하나도 없어요. 괜히 그분 친구에게까지 어머니 점수만 깎일 뿐이에요."

하지만 엘리자베스가 아무리 이야기해도 소용없었다. 어머니는 여전히 주위 사람들이 다 들을 수 있는 목소리로 자기 생각을 떠벌렸다. 엘리자베스는 창피하기도 하고 화가 나기도 해서 얼굴이 달아올랐다. 그녀는 어쩔 수 없이 다아시 씨 쪽으로 자꾸만 눈길이 갔는데, 그럴 때마다 그녀의 염려대로 다아시 씨는 화가 난 듯 보였다. 다아시 씨는 어머니 쪽을 계속해서 쳐다보진 않았지만, 분명 어머니의 말에 신경을 곤두세우고 있는 것 같았다. 처음에는 경멸과 분노가 담긴 표정이었지만, 차츰 착잡하면서도 심각한 표정으로 변해 갔다.

그렇게 떠들던 베넷 부인도 마침내 이야기할 거리가 떨어졌다. 베넷 부인이 즐겁게 늘어놓는, 정작 자신과는 무관한 이야기들을 억지로 들어 주느라 연신 하품만 하던 루카스 양은 홀가분해진 기분으로 식어 버린 햄과 닭고기를 맛보았다. 엘리자베스도 비로소 살 것만 같았다. 그러나 이런 조용한 시간도 오래가지는 못했다. 저녁 식사가 끝나자 자연스럽게 노래 이야기가 나왔고,

겨우 한두 번의 청에 메리가 선뜻 나서는 모습이 엘리자베스는 안타까웠다. 그녀는 몇 번이나 눈치를 주고, 안타까운 표정으로 간곡히 말리려 했지만 소용이 없었다. 메리는 그런 엘리자베스의 마음을 전혀 이해하지 못했고, 사람들 앞에서 자신을 드러낼 수 있다는 사실만으로 마냥 즐거울 뿐이었다.

메리는 노래를 부르기 시작했다. 그녀를 바라보는 엘리자베스의 마음은 몹시 쓰렸다. 그래도 동생이 몇 소절 부르는 것을 꾹 참고 지켜보았다. 하지만 노래가 끝난 뒤 메리는 인내하고 기다린 언니의 기대를 저버렸다. 자리에 앉아 있는 사람들의 예의적인 박수를 메리는 다시 한 곡 더 불러 달라는 뜻으로 받아들였고, 30초 정도 있다가 다시 노래를 시작했기 때문이었다. 그러나 메리의 역량은 이런 자리에서 노래를 소화할 정도는 못 되었다. 성량은 모자랐고, 몸짓은 부자연스러워 보였다.

엘리자베스는 너무나 곤혹스러웠다. 그녀는 제인은 어떻게 견디고 있나 싶어 쳐다보았는데, 제인은 아주 태연한 얼굴로 빙리 씨와 즐겁게 이야기를 나누고 있었다. 반면 빙리 씨의 두 누이들은 서로 눈짓을 주고받으며 경멸을 숨기지 않았고, 다아시 씨는 개의치 않는 듯 여전히 굳은 표정으로 앉아 있었다. 엘리자베스는 아버지를 바라보며, 메리가 이대로라면 밤새도록 노래를 계속할 것 같으니 좀 말려 달라는 눈짓을 보냈다. 아버지는 그 뜻을 이해하고, 메리가 두 번째 노래를 마치자 큰 소리로 말했다.

"아주 잘했다, 메리. 그만하면 충분히 즐거웠단다. 이제 다른 아가씨들에게도 실력을 발휘할 기회를 줘야겠지."

메리는 못 들은 척했지만, 약간 당황한 기색이 역력했다. 엘리자베스는 그런 동생에게도, 또 나서 준 아버지에게도 미안한 마음이 들었다. 하지만 한편으로는 이렇게까지 신경을 썼는데도 허사가 되지는 않을까 하는 걱정이 들기도 했다. 어쨌든, 그렇게 해서 노래의 순서는 다른 사람에게로 넘어갔다.

"만약 저에게," 콜린스 씨가 말했다. "노래할 수 있는 기회가 주어진다면, 저는 기꺼이 가곡 한 곡을 들려 드리고 싶습니다. 음악은 아주 순수한 오락이며, 성직자의 품위를 떨어뜨리는 것이 아니라고 생각하기 때문이지요. 물론 음악에 지나치게 많은 시간을 쏟는 것이 바람직하다는 뜻은 아닙니다. 그 외에도 성직자가 관심을 기울여야 할 일들이 많으니까요. 교구의 목사가 되면 할 일이 참 많습니다. 먼저, 자기 자신에게 도움이 되고 후원자에게도 손해가 나지 않도록 십일조 교구세에 관한 협정을 체결해야 합니다. 손수 설교문도 작성해야 하고, 그 외에도 교구의 살림과 건물을 돌보고 정비하는 데만도 남은 시간이 모자랄 정도입니다. 교구 건물은 언제나 안락하게 유지해야 할 의무가 있지요. 또한 모든 사람에게, 특히 자신을 발탁해 준 분에 대해 관심을 기울이고 그 편의를 보살피는 것은 결코 소홀히 할 수 없는 일이라고 생각합니다. 교구 목사라고 해서 그 의무를 면할 수는 없습니다. 만약 그런 분의 가문 일원에게 존경심을 표할 기회를 놓친다면, 그건 제대로 된 사람이라고 보기 어렵겠지요."

그는 다아시 씨에게 허리를 숙여 인사를 하고 말을 맺었다. 그 소리가 너무 큰 나머지 방 안에 있는 많은 사람들이 깜짝 놀라는 한편, 우스운 듯 웃음을 지었다. 누구보다도 베넷 씨가 속으로 쾌재를 부르는 듯했고, 베넷 부인은 아주 조리 있는 이야기였다고 콜린스 씨를 칭찬했다. 그녀는 루카스 양에게도 그가 아주 명석하고 훌륭한 청년이라고 소곤거렸다.

엘리자베스에게는, 마치 그녀의 가족들이 오늘 저녁을 위해 부끄러운 모습들을 다 보여 주기로 미리 약속을 하고 왔더라도 이보다 더 생생하게, 멋지게 각자의 역할을 수행할 수는 없을 것만 같았다. 하지만 제인과 빙리 씨를 생각하면, 그래도 다행인 점이 있었다. 빙리 씨가 그런 민망한 광경을 전부 다 보지는 못했던 데다, 일부를 봤다 해도 크게 기분 나빠하는 것 같지 않았기 때문이다. 그러나 그의 두 누이와 다아시 씨는 분명히 그녀의 가족을 흉볼 것이라는 생각에 엘리자베스는 몹시 마음이 상했다. 입을 굳게 다문 다아시 씨의 경멸 어린 표정이나, 웃으며 수군거리는 두 누이의 조소 모두 그녀에게는 똑같이 참기 힘든 일이었다.

그 이후의 저녁 시간은 엘리자베스에게 조금도 즐겁지 않았다. 콜린스 씨는 바로 옆에 앉아 진절머리가 나도록 끈질기게 그녀를 괴롭혔다. 콜린스 씨가 그렇게까지 했음에도 엘리자베스와 다시 춤을 출 기회는 얻지 못했지만, 그로 인해 엘리자베스 역시 다른 사람과 춤을 출 기회를 잃었다. 그녀는 그에게 다른 여성과 춤을 추도록 정중히 권유해 보았고, 방 안의 어떤 젊은 아가씨든 소개해 주겠다고도 했지만 콜린스 씨는 그녀의 말을 듣지 않았다. 그가 말하길, 자기는 춤에 대해서는 전혀 관심이 없으며 세심한 관심을 보여 그녀의 마음을 붙잡는 것이 자기에게 가장 중요한 일이므로, 저녁 내내 그녀 바로 곁에 머물러야 한다는 것이었다. 아무리 설득해도 그는 고집을 꺾지 않았다. 그래도 다행히 친구인 루카스 양 덕분에 엘리자베스는 겨우 숨을 돌릴 수 있었다. 루카스 양은 자주 그들의 대화에 끼어들어, 자연스럽게 콜린스 씨의 관심을 자기 쪽으로 유도해 주었기 때문이다.

엘리자베스는 적어도 다아시 씨의 기분 나쁜 관심을 더 이상 받지 않아도 되었다. 가끔은 그가 아주 가까운 거리에서 혼자 서 있을 때도 있었지만, 그녀에게 다가와 말을 거는 일은 없었다. 그녀는 그 앞에서 위컴 씨에 대한 그녀의 호감을 넌지시 내비쳤었기 때문에 저런다고 생각했고, 그런 그의 모습이 고소하다는 생각도 들었다.

파티가 끝난 뒤, 롱번 가 일행은 베넷 부인의 꿍꿍이 때문에 다른 사람들이 모두 돌아간 뒤에도 15분간이나 더 마차를 기다려야 했다. 그동안 그들은 빙리 가의 사람들이 자신들이 얼른 돌아가 주기를 무척 바라고 있다는 느낌을 받았다. 허스트 부인과 빙리 양은 피곤하다는 말을 연신 늘어놓으며 손님들을 서둘러 보내 버리고 자기들끼리 있고 싶다는 기색을 노골적으로 드러냈다. 말을 걸려고 할 때마다 그들은 외면해 버렸는데, 그로 인해 전체 분위기는 더욱 무거워졌다. 콜린스 씨가 빙리 씨와 그의 누이들에게 파티가 너무 훌륭했고 환대가 극진했다며 입이 아프도록 찬사를 쏟아 냈지만, 어색한 분위기는 전혀 나아지지 않았다. 다아시 씨는 입을 굳게 다문 채로 있었고, 베넷 씨도 묵묵히 그 상황을 즐기고 있었다. 오직 빙리 씨와 제인만이 다른 사람들과 떨어져 조용히 이야기를 나누고 있었다. 엘리자베스도 허스트 부인과 빙리 양과 마찬가지로 입을 다문 채 침묵을 지켰고, 심지어 리디아마저도 너무 지친 나머지 "아이, 너무 피곤해."라고 말하며 크게 하품을 했을 뿐 입을 다물고 있었다.

이윽고 그들이 자리에서 일어나 작별 인사를 나눌 때, 베넷 부인은 매우 정중한 말투로 가까운 시일 내에 빙리 댁 식구들을 롱번에서 다시 만나 보기를 희망한다고 전했다. 그리고 특별히 빙리 씨에게는, 초대장과 같은 형식을 갖추지 않고서도 언제든 가족의 저녁 식사에 함께해 준다면 자신들은 더없이 기쁠 것이라고 덧붙였다. 이에 빙리 씨는 무척 기뻐하며, 다음 날부터 며칠 동안 런던에 다녀올 예정이지만 돌아오는 대로 빠른 시일 내에 꼭 찾아뵙겠다고 약속했다.

베넷 부인은 무척 흡족해했다. 그녀는 살림살이 준비며, 새 마차, 결혼 예복 등 필요한 것들을 준비하는 시일을 고려해도 3, 4개월 정도면 틀림없이 제인이 네더필드에서 자리 잡는 것을 볼 수 있으리라는 즐거운 확신 속에 그 집을 떠났다. 게다가 또 한 명의 딸을 콜린스 씨와 결혼시키는 일에 대해서도 꼭 같은 확신이 들었는데, 제인만큼은 아니었지만 역시 상당히 만족했다. 그녀에게 엘리자베스는 가장 밉상스러운 딸이었기 때문에 사람으로 보나 신랑감으로 보나 콜린스 씨가 엘리자베스에게는 오히려 과분하다고까지 생각하고 있었다. 물론 빙리 씨와 네더필드에는 도저히 비교조차 되지 않는 인물이었지만 말이다.

19

다음 날, 롱번에서는 새로운 장면이 펼쳐졌다. 콜린스 씨가 정식으로 고백을 한 것이다. 다가오는 토요일이면 휴가가 끝나는 만큼, 더 이상 시간을 끌 필요가 없다고 생각했기 때문이었고, 그런 상황에서 거절당할지는 않을까 하는 망설임 같은 것도 그에게는 전혀 없었다. 그는 이런 일에는 반드시 지켜야 하는 절차들을 생각하며, 아주 정중하게 일을 시작했다. 아침 식사 후, 베넷 부인과 엘리자베스 그리고 그 밑의 딸 한 명이 함께 있는 자리를 본 콜린스 씨는 베넷 부인에게 정중히 말을 꺼냈다.

"오늘 오전 중으로 댁의 어여쁜 따님인 엘리자베스 양과 단둘이 이야기를 나눌 수 있는 영광을 간청드립니다만, 부인의 의향은 어떠신지 알고 싶습니다."

엘리자베스가 놀란 나머지 얼굴만 붉히며 말을 하기도 전에, 베넷 부인은 얼른 대답했다.

"그럼요! 물론 좋고 말고요. 리지도 틀림없이 기뻐할 거예요. 반대할 이유가 없잖아요. 애, 키티야, 위층으로 올라가렴."

하던 일거리들을 주섬주섬 챙기며 막 나가려던 베넷 부인을 향해 엘리자베스가 소리쳤다.

"어머니, 어디 가세요? 제발 가지 마세요. 콜린스 씨도 이해하실 거예요. 저분이 저한테만 따로 하실 말씀이 뭐가 있다고요? 그렇다면 저도 같이 나갈 거예요."

"아니, 무슨 소리야, 리지. 그 자리에 꼼짝 말고 그대로 있어."

엘리자베스가 화가 나 당황한 얼굴로 정말 나갈 것 같은 기세를 보이자, 베넷 부인은 말을 덧붙였다.

"리지, 분명히 말하는데 여기 남아서 콜린스 씨 말씀을 들어야 해."

엘리자베스는 어머니의 강요를 굳이 거스르려 하지는 않았다. 잠시 생각해 보니, 될 수 있으면 조용하고 빠르게 이 일을 끝내는 편이 훨씬 현명하다는 판단이 섰기 때문이다. 한편으로는 곤혹스럽고, 또 한편으로는 우스꽝스럽기까지 한 상황이라 그녀는 다시 자리에 앉아 하던 일을 계속하며 태연한 척하려 애썼다. 베넷 부인과 키티는 방을 나갔고, 두 사람이 나가자마자 콜린스 씨는 이야기를 시작했다.

"이건 사실입니다. 엘리자베스 양, 당신의 수줍어하는 모습은 당신을 더욱 돋보이게 하지, 결코 흠이 아닙니다. 이렇게 수줍은 듯 거절하는 태도조차도 더욱 아름다워 보이는군요. 하지만 저는 이미 존경하는 당신의 어머님께 허락을 받고 말씀드리고 있는 것입니다. 그러니 제 진심을 의심하지는 마십시오. 당신께서 타고난 세심한 성격으로 일부러 모르는 척하시는 거겠지만 말입니다. 이미 저의 마음을 분명히 말씀드렸기에 오해하시지는 않겠지요. 이 집에 들어선 순간, 저는 당신을 제 인생의 반려자로 택했습니다. 제가 감정에 사로잡혀 해야 할 말을 잊어버리기 전에 결혼하고자 하는 이유부터 말씀드리는 것이 나을 것 같군요. 그리고 아내감을 찾기 위해 하트퍼드셔로 오게 된 이유도 함께요.”

지극히 엄숙한 태도였지만 지나치게 감정이 실린 목소리로 말하는 콜린스 씨의 모습에 엘리자베스는 하마터면 웃음을 터뜨릴 뻔했다. 엘리자베스는 그가 잠시 말을 멈춘 사이, 그의 말을 막을 기회를 놓쳐 버렸다. 그는 다시 말을 이었다.

“제가 결혼을 결심하게 된 첫 번째 이유는, 저처럼 안정된 환경에서 생활하는 목사라면 마땅히 교구 사람들에게 결혼의 모범을 보여야 한다고 생각했기 때문입니다. 두 번째 이유는, 결혼을 통해 저 자신도 더욱 행복해질 수 있으리라고 확신하기 때문입니다. 그리고 세 번째 이유는, 사실 이 점을 가장 먼저 말씀드렸어야 했지만, 영예롭게도 제가 후원자로 모시고 있는 고귀한 부인의 각별한 조언과 격려가 있었기 때문입니다. 그분은 저의 결혼에 관해 두 차례나 매우 자상한 의견을 말씀해 주셨습니다. 물론 제가 여쭤지도 않았는데 말이지요. 제가 헌스퍼드를 떠나오기 전 바로 그 토요일 밤이었습니다. 커드릴 놀이를 하는 도중에 젠킨슨 부인이 드 버그 양의 발판을 손질하고 있었는데, 그때 캐서린 부인께서 이렇게 말씀을 하시더군요. ‘콜린스 씨, 결혼을 하셔야죠. 당신 같은 목사는 결혼을 반드시 해야 해요. 적당한 신부를 고르세요. 제 생각을 존중하신다면 기품 있는 여자가 좋겠네요. 그리고 당신을 위해서는 살림을 잘하고 내조에 능한 여자가 좋겠죠. 부잣집 규수보다는 적은 수입으로도 가계를 잘 꾸려가는 여자 말이에요. 제 의견은 이래요. 될 수 있는 대로 빠른 시일 안에 그런 여성을 찾아 헌스퍼드로 데려오세요. 그러면 제가 그녀를 찾아가 보죠.'라고 말입니다. 이처럼 캐서린 드 버그 부인의 관심과 호의는, 제가 결혼을 통해 얻게 될 여러 이점 중에서도 결코 작지 않은 부분입니다. 직접 뵙게 되면, 부인께서 제가 말씀드리는 것 하고는 비교가 안 될 정도로 훌륭하신 분이라는 것을 아시게 될 겁니다. 그리고 부인께서는 당신의 재치 있고 활발한 성격을 틀림없이 마음에 들어 하실 겁니다. 특히 그분의 신분에 대해 깊은 존경심을 표하며 조용하고 다소곳한 태도를 보이신다면, 더욱 마음에 들어 하실 겁니다. 바로 그런 이유에서 제가 결혼을 결심하게 된 것입니다. 그러면 제 이웃에도 분명히 고운 자태의 여성분들이 많은데, 왜 거기가 아니고 여기 롱번에서 신붓감을 찾느냐고 물으실 수도 있겠지요. 하지만 그 이유는 분명합니다. 존경하는 당신의 아버님께서 돌아가시면, 물론 앞으로도 오랫동안 별고 없으시겠지만 말입니다. 이 롱번의 재산은 제게 상속되게 되어 있지 않습니까. 그렇다면 이 집안의 따님을 제 아내로 맞아들여야만 따님들의 손실을 가능한 한 줄일 수 있을 거라고 생각했기 때문입니다. 물론 이 일은 아주 불행한 상황이 있고 난 뒤의 이야기입니다만, 앞서 말씀드린 것처럼 그 또한 오랜 시간이 지난 후의 일이겠지요. 이것이 바로 제가 롱번에 오게 된 동기입니다. 그리고 이런 말씀을 드린다고 해서 저를 이상하게 보시지는 않겠지요? 그러면 이젠 남자다운 박력 있는 모습으로 저의 불타는 연정을 보여드리는 일만 남았군요. 전 재산 따위에는 전혀 관심이 없습니다. 당신의 아버님께 그런 요구를 드릴 생각도 없고, 설령 그런 생각이 있더라도 그분께서 받아들이실 리 없다는 것도 잘 알고 있습니다. 그리고 당신의 몫이라고 해봐야, 그것도 당신 어머님께서 돌아가셔야 권리가 확정되는 것이지만, 4퍼센트에 해당하는 천 파운드가 전부죠. 그러니 그 문제에 대해서는 앞으로도 침묵을 지키겠습니다. 그리고 우리가 결혼하게 된다면, 저는 결코 옹졸하게 따지거나 질책하는 일은 절대로 없을 겁니다."

이제는 더 이상 그의 말을 가만히 듣고 있을 수 없었다.

"너무 성급하시네요." 엘리자베스가 큰 소리로 말했다. "전 아직 아무런 대답도 드리지 않았어요. 시간 끌 필요 없이 분명히 말씀드릴게요. 저에게 보내 주신 호의에는 감사드리고, 청혼을 해 주신 것도 저의 영예로 생각합니다. 하지만 거절한다는 말씀 외에는 드릴 말씀이 없네요."

"그런 얘기는 전부터 알고 있습니다." 콜린스 씨는 손사래를 치며 대답했다. "젊은 숙녀분들은 처음 청혼을 받을 때면 속으로는 좋으면서도 거절하는 척하는 것이 일반적이라는 것을요. 때로는 두세 번까지도 말입니다. 그렇기 때문에 저는 방금 하신 말씀에 실망하지 않습니다. 머지않아 제 아내가 되어 주시리라 믿고 있습니다."

"무슨 말씀이세요!" 엘리자베스는 소리쳤다. "그렇게 분명히 말씀드렸는데도 그런 생각을 하시다니, 참 이해할 수 없네요. 다시 한번 분명히 말씀드리죠. 세상에 그런 여자가 있을지 모르겠지만, 저는 두 번째 청혼에 자신의 행복을 덜컥 맡겨 버리는 그런 여자가 아닙니다. 제 거절은 진심이에요. 저는 선생님과 결혼해서 행복할 수 없어요. 저 역시 선생님을 행복하게 해드릴 수 있는 사람이 절대 아니에요. 또 있죠. 선생님의 후원자이신 캐서린 드 버그 부인께서 만약 저를 직접 보신다면, 그분이 기대하시는 신붓감으로 저의 모습을 하나부터 열까지 모두 못마땅하게 여기실 테니까요."

"캐서린 부인께서 정말로 그렇게 생각하실 것 같습니까?" 콜린스 씨는 매우 심각한 표정으로 말했다. "하지만 그분의 성품으로 봐서는, 당신을 못마땅하게 여기실 이유는 전혀 없을 것 같은데요. 제가 그분을 다시 한번 친히 뵐 때는 당신이 겸손하고 알뜰하며, 또 그 외에도 훌륭한 자질들을 많이 갖추고 있다는 사실을 꼭 말씀드리겠습니다."

"이봐요, 콜린스 씨, 저를 그렇게 치켜세우실 필요는 없어요. 그냥 제 판단에 맡겨 주세요. 그리고 제가 드리는 말씀을 있는 그대로 받아들여 주셨으면 해요. 부디 행복하게, 부유하게 사시길 바랍니다. 저는 당신의 청혼을 거절하는 것이 오히려 당신을 위한 최선의 선택이라고 믿어요. 저에게 청혼하는 과정에서 저희 가족에 대한 당신의 그 미묘한 감정들은 어느 정도 해소되셨을 거라고 생각해요. 롱번의 재산은, 언젠가 손에 들어오게 되면 그때 차지하시면 되는 것이고요. 그에 대한 죄책감 같은 것은 가지실 필요도 없겠죠. 그러니 이제 이 이야기는 여기서 마무리하는 것이 좋겠습니다."

엘리자베스는 이렇게 말하고 자리에서 일어나 그대로 방을 나가려 했다. 그러자 콜린스 씨가 뒤따라 다음과 같은 말을 던졌다.

"제가 다시 이 문제를 말씀드릴 때에는, 지금보다는 더 반가운 대답을 들을 수 있기를 바랍니다. 그렇다고 지금 당신의 말씀이 심하다는 뜻은 아닙니다. 처음 청혼을 받은 여성분들은 으레 습관적으로 거절을 한다는 것을 알고 있으니까요. 그리고 여자들의 그 미묘한 심리를 아주 잘 보여 주신 당신의 반응은, 오히려 제게 큰 용기를 주었습니다."

"정말이지 콜린스 씨, 너무너무 어처구니가 없군요. 지금까지 제가 드린 말씀이 용기를 북돋우는 소리처럼 들리셨다면, 도대체 제가 어떻게 말해야 진짜 거절하는 건지 알아들으시겠어요?"

엘리자베스는 제법 격앙된 목소리로 말했다.

"저의 청혼을 거절하시는 것은 그냥 해 보시는 말이라고 저는 믿고 싶습니다. 제가 그렇게 믿는 이유는 단순합니다. 제 청혼이 당신이 받아들일 수 없을 만큼 보잘것없지도 않고, 결혼 생활의 환경 역시 상당히 높은 수준이라고 생각되기 때문입니다. 저의 지위와 드 버그 집안과의 친분 그리고 이 댁과의 관계 등을 고려해 봐도 제가 월등히 좋은 조건임은 분명합니다. 그리고 이 점도 깊이 생각해 보셔야 합니다. 당신은 매력이 넘치는 분이긴 하지만, 제가 다시 청혼을 하게 될지는 확신할 수 없습니다. 당신의 유산 몫이 너무 적기 때문에, 아무리 매력 있고 사랑스러운 점이 있다고 해도 좋은 청혼을 받지 못할 가능성이 큽니다. 그러니 당신의 거절은 진심이 아니라고 결론을 내릴 수밖에 없습니다. 품위 있는 여성분들이 으레 그러하듯이, 한 번 거절함으로써 제 마음을 더더욱 애태우려 하신 거라고요."

"분명히 말씀드리지만, 저는 훌륭한 분을 괴롭히는 듯한 그런 식의 품위는 흉내조차 내고 싶지 않아요. 그런 말씀보다는 제 말을 진심으로 받아들인다고 해 주시는 것이 제게는 더 큰 찬사입니다. 정중한 청혼에는 진심으로 감사드립니다. 하지만 도저히 받아들일 수가 없어요. 제 감정이 조금도 허락하지 않네요. 좀더 쉽게 말씀드릴까요? 이젠 제발 저를, 당신을 애태우기 위해 일부러 품위 있는 척하는 여자로 생각하지 말아 주세요. 대신, 진심에서 우러나오는 진실을 이야기하는 올바른 생각을 지닌 여자로 생각해 주세요."

"무슨 말을 하셔도 매력적이군요!" 그는 목소리를 높여 말했지만, 표정에는 멋쩍은 기색이 역력했다. "양친께서 허락하신다면, 그때는 제 청혼을 거절하시기 어려울 겁니다."

이처럼 말을 바꾸며 끈덕지게 물고 늘어지는 그의 모습에, 엘리자베스는 완전히 정이 떨어져 입을 꾹 다문 채 나와 버렸다. 그녀는 만약 그가 계속해서 자신의 거절을 애정 표현의 일환이라 고집한다면, 아버지께 말씀드려야겠다고 결심했다. 아버지께서는 단호하게 그의 청혼을 물리치실 것이고, 적어도 그때만큼은 그런 거절을 품위 있는 여자의 가식이나 교태 정도로 오해하지는 못할 것이라는 생각이 들었다.

20

콜린스 씨는 자기의 청혼이 성공적이라는 생각에 잠겨 있었지만, 그 시간은 오래가지 않았다. 이야기의 결과가 궁금해 현관을 서성이고 있던 베넷 부인이 엘리자베스가 문을 나와 빠른 걸음으로 자기 곁을 지나 계단 쪽으로 올라가는 것을 보고는 곧장 식당으로 들어왔기 때문이다. 그녀는 자신들과 콜린스 씨가 보다 가까운 사이가 되었다며, 자신과 콜린스 씨 모두에게 축하할 일이라고 한껏 떠들어 댔다. 콜린스 씨도 똑같이 기쁜 얼굴로 축하를 주고받았다. 그러고는 엘리자베스와 나눈 이야기의 요점을 그녀에게 들려주었다. 엘리자베스가 자신을 거듭 거절한 것은 그녀의 수줍은 성격과 지극히 섬세한 기질 탓일 것이라 생각했기 때문에, 그는 결과에 대해 나름대로 만족하고 있었다.

그러나 콜린스 씨의 이런 이야기는 베넷 부인을 놀라게 했다. 딸이 청혼을 거절한 것이 사실은 그를 자극하기 위한 의도였다고, 콜린스 씨처럼 생각해 버리면 마음이 편할 수도 있었지만 그녀는 그렇게 믿을 수 없었다. 그래서 콜린스 씨에게 자신의 생각을 말하지 않을 수 없었다.

"그렇지만 안심하세요, 콜린스 씨." 이야기 끝에 그녀가 덧붙여 말했다. "리지 마음을 틀림없이 돌려놓겠어요. 제가 직접 얘기할 생각이에요. 리지는 고집도 세고 어리석은 면도 좀 있어서, 자기한테 이익이 되는 걸 잘 몰라요. 하지만 제가 잘 타이르면 분명 알아들을 겁니다."

"말씀을 막아서 죄송합니다만," 콜린스 씨가 큰 소리로 말했다. "그녀가 정말로 고집이 세고 어리석다면, 성직자인 제게 어울리는 아내가 될 수 있을지는 다시 생각해 봐야겠습니다. 저 같은 사람에겐 결혼 생활의 행복이 매우 중요하기 때문입니다. 그녀가 제 청혼을 거절한 것이 진심이라면, 강요할 것까지는 없을 듯싶습니다. 그런 성격적 결함이 있다면, 저를 위해 그다지 큰 내조가 되지는 않을 것 같아서 말입니다."

"정말 제 말을 크게 오해하셨군요." 베넷 부인은 당황하며 말했다. "리지는 이런 문제에만 고집이 센 것뿐이에요. 다른 일에서는 너무너무 상냥한 아이예요. 제가 지금 당장 남편에게 가서 그 애와 함께 이 일을 곧바로 매듭짓게 할게요."

그녀는 콜린스 씨가 대답할 틈도 주지 않고 곧장 남편에게 달려갔다. 그리고 서재 문을 열며 들어서자마자 소리쳤다.

"여보, 저 좀 보세요. 지금 큰일 났어요. 당신이 나서서 리지에게 콜린스 씨와 결혼하라고 설득하셔야 해요. 얘가 안 하겠다고, 고집을 부리고 있잖아요. 서두르지 않으면 콜린스 씨도 마음이 변해 리지를 포기할지도 몰라요."

베넷 씨는 책을 읽다 말고 문을 열고 들어서는 아내를 빤히 바라보았다. 그녀가 그렇게 떠들어 대는 와중에도, 그의 눈빛은 여전히 태평하고 별 관심이 없어 보였다.

"무슨 이야기인지 하나도 모르겠소." 아내의 호들갑이 잠시 가라앉자, 그가 말했다. "그래서 하고 싶은 말이 뭐요?"

"그야 물론 콜린스 씨와 리지 문제죠. 리지는 콜린스 씨와 결혼을 안 한다고 하고, 그러자 콜린스 씨도 리지를 포기할 것처럼 말하고 있다니까요."

"그럼, 나더러 어쩌란 말이오? 성사될 가능성도 전혀 없어 보이는데."

"당신이 직접 리지를 타일러야죠. 콜린스 씨와 반드시 결혼해야 한다고 말이에요."

베넷 부인이 초인종을 누르자, 엘리자베스가 서재로 불려왔다.

"어서 오너라." 딸이 들어오자 아버지가 말했다. "중요한 이야기가 있어서 불렀단다. 콜린스 씨가 너에게 청혼했다던데, 그게 사실이냐?"

엘리자베스는 그렇다고 대답했다.

"그래, 좋다. 그런데 네가 거절했다지?"

"네, 아버지."

"그럼 됐다. 이제 요점을 말하지. 네 어머니는 한사코 그 청혼을 받아들여야 한다고 하는구나. 내 말이 틀린 건 아니지요, 부인?"

"맞아요. 그렇지 않으면 다시는 저 애를 안 볼 거예요."

"엘리자베스, 어떤 선택을 하든 너는 불행하겠구나. 오늘부터 너는 이 아비나 어미, 둘 중 하나는 못 보게 될 테니 말이다. 네 어머니는 콜린스 씨와 결혼하지 않으면 널 안 보겠다 하고, 나는 결혼을 하면 너를 안 볼 테니까 말이다."

엘리자베스는 아버지가 문제를 그런 식으로 정리해 버리자 웃음을 터뜨렸다. 하지만 남편도 당연히 자기 뜻과 같을 거라 믿었던 베넷 부인은 크게 놀랐다.

"여보, 도대체 그게 무슨 말씀이세요? 저한테는 리지가 결혼하도록 만들겠다고 약속해 놓고 말이에요."

"여보, 두 가지만 부탁드리오." 남편이 대답했다. "첫째, 이 문제에 대해 내 생각을 멋대로 판단하지 말아 주시오. 둘째, 이 서재를 좀 나가 주시오. 가능한 한 빨리 나 혼자 있게 해 주면 정말 감사하겠소."

남편의 말에 크게 실망한 베넷 부인이었지만, 그럼에도 자신의 뜻을 굽히지 않았다. 엘리자베스를 달래기도 하고 겁을 주기도 하며 거듭거듭 설득하려 했다. 또 제인을 자기편으로 끌어들이려 했지만, 제인은 온갖 애교를 부리며 끼어들기를 피했다. 엘리자베스도 때로는 아주 진지하게, 때로는 웃음으로 넘기며 어머니의 닦달을 견뎌 냈다. 그때그때 반응은 달랐지만, 그녀의 결심만큼은 조금도 흔들리지 않았다.

그 사이 콜린스 씨는 혼자 앞서 있었던 일을 조용히 되짚어 보고 있었다. 하지만 자신이 상당히 잘났다고 생각하고 있기 때문에, 엘리자베스가 청혼을 거절한 진짜 이유를 이해할 수는 없었다. 자존심이 다소 상하기는 했지만, 그 일로 크게 마음이 아프지는 않았다. 엘리자베스에 대한 감정 역시 마음 깊은 곳에서 우러난 진심은 아니었기에, 그녀가 어머니에게 심하게 꾸중을 들을 거라고 예상하면서도 전혀 안쓰럽다는 생각은 들지 않았다.

이처럼 집안 분위기가 어수선한 가운데, 샬럿 루카스 양이 집을 찾아왔다. 현관에서는 리디아가 그녀를 맞이했다. 리디아는 뛸 듯이 반기며 속삭이듯 말했다.

"정말 잘 왔어요. 지금 재미있는 일이 벌어지고 있거든요. 오늘 아침에 무슨 일이 있었는지 아세요? 콜린스 씨가 리지 언니에게 청혼을 했어요. 그런데 언니는 계속 거절만 하고 있어요."

샬럿 양이 채 대꾸도 하기 전에 키티가 나타나, 리디아와 똑같은 이야기를 들려주었다. 그들이 식당으로 들어서자, 그곳에 혼자 있던 베넷 부인 역시 같은 이야기를 꺼내며 루카스 양에게 자기를 도와달라고 부탁했다. 친구인 리지를 설득해 가족 모두가 바라는 대로 청혼을 받아들이게 해 달라는 간청이었다.

"제발 부탁이다, 샬럿." 부인은 우울한 목소리로 이렇게 덧붙였다. "내 편은 아무도 없고, 아무도 날 도와주려 하지 않아. 난 정말 쓰러질 것만 같단다. 이렇게 신경이 약한 나를 걱정해 주는 사람은 아무도 없어."

마침 제인과 엘리자베스가 들어오는 바람에, 샬럿 양은 굳이 대답하지 않아도 되었다.

"그래, 마침 오는구나." 베넷 부인이 말을 이었다. "어쩜 저렇게 태연할 수가 있니. 가족들이 어떻게 되든 상관없이, 제 고집대로만 해놓고 말이야. 하지만 잘 들어, 리지. 앞으로도 이런 식으로 모든 청혼을 다 거절할 생각이라면, 남편이란 건 애초에 기대하지도 말아야 해. 그리고 분명히 말하지만, 네 아버지가 돌아가신 다음엔 널 부양해 줄 사람이 누가 있겠니? 나는 절대 널 거둘 수 없어. 이건 경고야. 바로 오늘부터 너하고 모녀지간은 끝났어. 아까 서재에서도 말했지만, 다시는 너와 말하지 않을 거야. 두고 보렴. 틀림없이 내 말을 지킬 테니까. 어미 말을 이렇게도 안 듣는 자식하고 무슨 말을 더 하겠니. 내가 아무하고나 떠들어 대는 걸 좋아하는 줄 알아? 나처럼 신경이 쇠약한 사람은 떠드는 것이 고역이라는 걸 모르니? 누가 내 고통을 알아주겠니? 하기야, 만사가 다 그렇지. 내가 불평하지 않고 있으니 누가 알기나 하겠어."

딸들은 모두 그런 어머니의 푸념을 묵묵히 들었다. 설득하거나 위로해 봤자 어머니의 화만 더 돋울 뿐이라는 것을 잘 알고 있었기 때문이다. 그래서 베넷 부인은 아무 방해도 받지 않고 계속해서 말할 수 있었다. 마침 그때 콜린스 씨가 안으로 들어섰다. 평소보다 더 뻣뻣한 자세로 들어서는 그를 보자, 부인은 딸들을 보며 말했다.

"자, 모두 분명히 말해 두겠는데, 입 다물고 있어. 콜린스 씨와 단둘이 이야기 좀 해야 하니까."

엘리자베스는 조용히 방을 빠져나갔고, 제인과 키티도 곧 뒤따라 나갔다. 리디아만 그 자리에 그대로 서 있었는데, 끝까지 이야기를 들어 볼 심산이었다. 샬럿 양은 콜린스 씨가 과하게 정중한 인사를 건네며 그녀와 그녀의 가족의 안부를 꼬치꼬치 캐묻는 바람에 거의 붙잡혀 있는 듯한 상황이 되자, 나중에는 호기심이 생겨 창가로 가서 안 듣는 척 서 있었다. 베넷 부인은 짐짓 슬픔에 찬 듯한 목소리로 콜린스 씨를 불렀다.

"아! 콜린스 씨!"

"부인, 이 문제는 다시는 거론하지 않으셨으면 합니다." 그가 대답했다. "댁의 따님을 원망할 생각은 추호도 없습니다."

그의 목소리에는 불쾌한 기색이 역력했다.

"어쩔 수 없이 잘못된 일은 우리 모두 단념해야 하는 일입니다. 운 좋게도 이른 나이에 성직에 발탁된 저 같은 사람에게는 특히 더 그렇습니다. 저는 이미 마음속으로 따님을 단념했습니다. 따님께서 제 청혼을 받아들였더라도 과연 제가 정말 행복할 수 있었을까 의문이 드는 점도, 단념하게 된 중요한 이유라 할 수 있습니다. 거절당한 호의는 그 가치가 어느 정도는 사라지기 시작할 때 가장 쉽게, 그리고 깨끗하게 체념할 수 있다는 사실을 저는 종종 봐 왔습니다. 부인께서는 제가 귀댁에 무례를 범했다고는 생각하지 않으시겠지요. 부인과 베넷 씨 두 분께 부모로서의 권위로 저를 도와 달라고 청하지도 않은 채, 이렇게 따님에 대한 마음을 거두는 것 말입니다. 두 분이 아니라 따님에게 거절의 말을 듣고는 이런 모습을 보이는 제가 괘씸하게 느껴지실 수도 있겠지만, 누구나 허물은 있는 법 아니겠습니까. 저는 지금껏 제 성의를 다했다고 자부합니다. 저의 목적은 사랑스러운 동반자를 얻고자 한 것이었습니다. 어떻게 하면 귀댁에 도움이 될 수 있을까 하는 생각을 깊이 하면서 말입니다. 그리고 저의 행동에 조금이라도 불손한 점이 있었다면, 정중히 사과를 드립니다."

21

콜린스 씨의 청혼에 대한 이야기는 이제 거의 끝나가고 있었다. 엘리자베스는 그저 그에 뒤따르는 불편한 감정과 어머니의 가끔씩 터져 나오는 역정을 참아 내기만 하면 되었다. 콜린스 씨는 어색하거나 낙심한 기색도 없이, 또 엘리자베스를 피하려는 모습도 없이, 다만 뻣뻣한 자세로 입을 다문 채 불만스러운 표정을 짓고 있을 뿐이었다. 그는 엘리자베스에게 거의 말을 걸지 않았고, 그 일이 있은 후로는 스스로 생각해도 끈질기다 싶을 만큼 하루 종일 샬럿 루카스 양에게 관심을 보였다. 루카스 양이 그의 말을 귀담아들어 주었기 때문에 이는 가족 모두에게, 특히 엘리자베스에게는 때맞춰 큰 도움이 되어 주었다.

다음 날도 베넷 부인의 불편한 심기는 가라앉지 않았고, 몸도 편치 않아 보였다. 콜린스 씨 역시 여전히 자존심이 상한 듯 화가 나 있는 모습이었다. 엘리자베스는 기분이 상한 그가 좀 더 일찍 떠날 수도 있을 거라는 기대를 해 보았지만, 조금도 그럴 기색은 보이지 않았다. 그는 토요일에 떠날 예정이었고, 그때까지 머무를 생각인 듯했다.

아침 식사 후에 숙녀들은 메리턴으로 산책을 나섰다. 위컴 씨가 돌아왔는지 알아볼 겸, 네더필드 무도회에 참석하지 않아 아쉬웠다는 말도 전할 겸 해서였다. 마을 어귀에 들어서던 중 그들은 위컴 씨와 마주쳤고, 함께 이모 댁을 찾게 되었다. 무도회에 참석하지 못해 미안하고 속상했다는 그의 말에, 모두가 그를 걱정했다는 이야기도 오갔다. 하지만 위컴 씨는 엘리자베스에게 자신이 일부러 파티에 참석하지 않은 것이라고 털어놓았다.

"이런 생각이 들었습니다. 무도회 날짜가 다가오면서, 다아시 군과 마주치지 않는 것이 낫겠다고 말입니다. 같은 방에서, 오랜 시간 파티를 치르는 건 저로선 견디기 힘든 일이었고, 그 모습이 저뿐만 아니라 다른 분들까지도 불편하게 만들 수 있다고 생각했습니다."

엘리자베스는 잘한 판단이었다며 위컴 씨를 치켜세웠다. 그들은 여유를 가지고 그 문제에 대해 충분히 의견을 나누었을 뿐만 아니라, 서로에게 정중한 칭찬을 주고받을 시간도 충분히 가질 수 있었다. 위컴 씨와 사관 한 명이 함께 롱번까지 동행했는데, 걸어오는 동안 위컴 씨는 특별히 엘리자베스에게만 신경을 쏟았기 때문이었다. 그가 그들과 동행한 것은 말 그대로 일석이조―石二鳥였다. 엘리자베스는 그의 동행 자체가 그녀에 대한 존중의 표현이라는 것을 알고 있었고, 그녀의 부모님에게 자신을 소개할 수 있는 아주 좋은 기회이기도 했기 때문이었다.

집에 돌아온 지 얼마 되지 않아 베넷 양 앞으로 한 통의 편지가 도착했다. 그것은 네더필드에서 온 것이었고, 곧바로 개봉되었다. 봉투 안에는 여성의 아름다운 필체로 쓰인, 곱게 다림질된 작은 편지 한 장이 들어 있었다. 엘리자베스는 편지를 읽는 언니의 안색이 변하면서 특정 구절을 유심히 바라보는 것을 알 수 있었다. 다시 표정이 돌아온 제인은 편지를 치워 버리고, 평소의 밝은 얼굴로 좌중의 대화에 참여하려고 했다. 그러나 엘리자베스는 신경이 쓰여 위컴 씨조차도 의식되지 않을 정도였다. 위컴 씨 일행이 떠나자마자 그녀는 제인에게 위층으로 따라오라는 눈짓을 했다. 두 사람이 방에 들어서자, 제인은 편지를 꺼내며 말했다.

"캐롤라인 빙리에게서 온 편지야. 내용을 읽고 나서 정말 놀랐어. 지금쯤이면 그 집 사람들은 네더필드에 없을 거래. 시내로 가는 중이고, 다시 돌아올 생각도 없다는 거야. 캐롤라인이 뭐라고 썼는지 들어 봐."

그러면서 제인은 첫 문장을 큰 소리로 읽었다. 그들은 곧 오빠를 뒤따라 시내로 들어갈 것이며, 그날 저녁은 허스트 씨 집이 있는 그로스베너가에서 식사를 할 거라는 내용이었다. 다음 내용은 이랬다.

'저는 하트퍼드셔를 떠나는 것을 아쉬워할 마음이 전혀 없어요. 다만, 저의 소중한 친구인 당신과 헤어지는 것만은 정말 아쉽네요. 하지만 언젠가는 우리가 함께했던 그 즐거운 시간을 다시 나눌 날이 올 거라 믿어요. 그동안은 서로가 흉금 없는 편지를 자주 주고받으면서 만나 보지 못하는 아픔을 달래야겠죠. 틀림없이 그렇게 해 주시길 바라겠어요.'

이 청산유수 같은 문장을 엘리자베스는 위선적으로 느끼며 심드렁하게 듣고 있었다. 그들이 갑작스럽게 떠난 것은 놀랍긴 했지만, 그렇다고 애석할 일도 아니었다. 그들이 네더필드를 떠난다고 해서 빙리 씨까지 거기 있어서는 안 된다는 법은 없다는 생각이 들었다. 또 그들과의 교제가 단절되는 마음의 아픔도, 제인이 빙리 씨와 즐겁게 지내다 보면 곧 잊혀질 거라고 여겨졌다.

"안됐네." 잠시 후, 엘리자베스가 말을 꺼냈다. "친구들이 떠나기 전에 언니가 한번 만나 보지 못했다는 게 말이야. 하지만 빙리 양이 그토록 기대하는 그 행복한 시절이, 생각보다 훨씬 빨리 올 수도 있다고 봐야 하지 않을까? 친구로서 만나는 기쁨보다 시누이로서 새롭게 만나는 즐거움이 훨씬 더 클 테니까 말이야. 그들이 붙잡아 둔다고 해서 빙리 선생님이 꼭 런던에만 머무를 것 같지는 않아."

"캐롤라인은 아주 단호하게 말했어. 이번 겨울엔 아무도 하트퍼드셔로 돌아오지 않겠다고 말이야. 그 부분을 읽어 줄게. '어제 오빠가 떠나실 때만 해도, 런던에서의 일은 3, 4일이면 마무리될 거라고 생각하시는 것 같았어요. 하지만 우리들 생각은 전혀 달랐답니다. 오빠가 시내에 들어가면 굳이 서둘러 다시 나올 이유가 없다고 생각했죠. 그래서 우리가 따라 들어가기로 한 거예요. 그래야 오빠도 낯선 호텔에서 멍하니 시간을 허비하지 않아도 되니까요. 그리고 저희와 가까운 많은 분들도 겨울을 나기 위해 그곳에 와 계세요. 당신도 이곳에서 같이 어울리고 싶다는 이야기를 듣고 싶지만, 아마 그럴 가능성은 없겠지요. 하트퍼드셔에서의 크리스마스가 늘 그렇듯 변함없이 즐겁기를 진심으로 바란답니다. 멋진 남성들이 곁에 가득해서, 저희 세 사람이 없어진 쓸쓸함도 지워질 수 있기를 바랍니다.' 이걸 보면 분명하잖아." 제인이 덧붙였다. "그분은 이번 겨울엔 돌아오지 않을 거라는 말이잖아."

"빙리 양이 그분을 돌아오지 못하게 하려는 게 분명해."

"왜 그렇게 생각해? 그분 스스로 결정한 게 분명한데. 그분은 자기 일은 자기 뜻대로 하는 분이야. 하지만 이게 전부가 아냐. 정말 속상한 내용이 있는데, 너한테는 숨길 이유가 없으니까 말해 줄게. '다아시 선생님은 자기 여동생을 정말 보고 싶어 하세요. 솔직히 말하면, 우리도 그녀를 다시 만나게 되기를 무척 바라고 있어요. 조지아나 다아시의 아름다움과 우아함 그리고 교양을 따라올 여성은 정말 드물다고 생각하거든요. 루이자 언니와 제가 그녀에게 품고 있는 애정은, 그녀가 우리의 올케가 될지도 모른다는 희망 때문인지 더욱 각별하게 느껴진답니다. 제가 이 점에 대해 제 감정을 예전에 말씀드린 적이 있는지 잘 기억은 나지 않지만, 이제 떠나는 마당이니까 솔직히 말씀드리고 싶어요. 그리고 이런 제 말을 섭섭하게 여기지 않으셨으면 해요. 제 오빠는 오래전부터 그녀를 무척 좋아하고 있었습니다. 이젠 그녀와 더욱 자주 만나게 될 테니, 기회도 훨씬 많아질 거예요. 상대 쪽에서도 두 사람의 결합을 몹시 바라고 있어요. 제가 동생이라서 하는 얘기가 아니라, 오빠는 정말로 모든 여성의 마음을 사로잡을 수 있는 분이거든요. 모든 환경이 이처럼 호의적이고 걸리는 것도 없으니, 많은 사람들이 기뻐할 그런 일이 곧 이루어질 거라는 즐거운 생각에 제가 빠져 있는 것도 무리는 아니겠지요?'

리지, 넌 이 부분을 어떻게 생각하니?" 제인이 편지를 다 읽고 난 뒤 물었다. "이 정도면 충분하지 않아? 캐롤라인은 내가 올케가 될 거라고는 생각하지도 않고, 바라지도 않는다는 뜻 아니야? 자기 오빠가 나에게 관심이 없다고 믿고 있고, 내가 그분에게 어떤 감정을 가지고 있다면 조심하라는 식으로 주의를 주는 거잖아. 참 친절도 하지! 너는 다르게 생각해?"

"그래, 난 전혀 다르게 생각해. 내 얘기 한번 들어 볼래?"

"그럼, 어서 말해 봐."

"짧게 얘기할게. 빙리 양은 자기 오빠가 언니를 사랑하고 있다는 걸 알고 있어. 그런데 그녀는 오빠가 다아시 양과 결혼하기를 바라고 있어. 그녀는 오빠를 잡아 둘 목적으로 시내로 따라 들어간 거야. 그래 놓고 지금 그분은 언니에게 관심이 없다며 언니를 설득하려는 거지."

제인은 고개를 저었다.

"언니, 정말이야. 내 말이 틀림없어. 그분과 언니가 함께 있는 모습을 본 사람은 누구도 그분의 애정을 의심하지 못해. 빙리 양도 마찬가지야. 그 정도로 둔하지는 않거든. 다아시 씨에게서 자기 오빠의 애정의 절반만 느꼈어도 그녀는 곧장 결혼 의상을 주문했을 거야. 아무튼 핵심은 이거야. 자기들에 비해 우리 집안은 재산도 없고 영예도 모자란다는 거지. 그리고 그런 식의 결혼이 한 번 있으면 자기도 다음에 다아시 씨와 보다 쉽게 결혼할 수 있다는 생각 때문에 다아시 양과 오빠가 맺어져야 한다고 더 안달하는 거야. 뭔가 교묘한 꿍꿍이가 있는 게 틀림없어. 드 버그 양이 방해만 안 된다면 성공할지도 몰라. 하지만 언니, 빙리 양이 자기 오빠가 다아시 양을 무척 좋아하고 있다고 말한다고 해서 언니에 대한 그분의 마음이 화요일에 언니와 헤어질 때보다 조금이라도 달라진 건 아닐까, 아니면 언니를 사랑하기보다는 그쪽 여자를 더 사랑하고 있는 것이라는 그녀의 설득에 그분이 넘어가는 것은 아닐까 하고 심각하게 생각하지는 마."

"빙리 양의 성격에 대한 우리의 생각이 똑같다면, 너의 여러 가지 설명에 내 마음은 정말 편해지겠지. 하지만 넌 그녀를 잘 모르고 하는 이야기야. 캐롤라인은 의도적으로 누구를 속일 수 있는 성격이 아니야. 그러니 이번 일은 그녀가 뭔가 잘못 알고 있다고 바랄 수밖에 없을 것 같아." 제인이 대답했다.

"좋아. 그보다 더 속 편한 생각은 없겠지. 언니는 내 말에 위로를 받고 싶은 생각은 없을 테니까. 그래, 그녀가 착각에 빠진 거라고 철석같이 믿어 봐. 그래야 그녀에게 친구의 도리를 다하는 거니까. 또 언니 마음도 편하겠지."

"하지만, 리지, 일이 아무리 잘 풀린다고 해도, 친구든 누이든 모두가 다른 여자와 결혼하기를 비는 그런 사람을 받아들여서 과연 내가 행복할 수 있을까?"

"그건 언니 스스로 결정할 문제지." 엘리자베스가 말했다. "언니가 깊이 생각해 봤는데도, 그분의 아내가 되는 행복보다는 그분 누이들의 뜻을 거스르는 슬픔이 더 크다면, 그때는 내가 무슨 수를 써서라도 언니가 그분을 거절하도록 만들게."

"어쩜 그런 말을 하니?" 제인의 입가에 엷은 미소가 돌았다. "그들이 반대하는 소리에 속이 상하는 건 이루 말할 수 없지만, 그렇다고 내가 쉽게 위축될 성격은 아니잖아."

"그야 그렇겠지. 만약 그렇지 않았다면, 나도 언니 처지를 이렇게까지 안타깝게 여기진 않았을 거야."

"그렇지만 그분이 이번 겨울엔 아예 돌아오지 않으신다면, 내가 뭘 결정할 필요도 없겠지. 앞으로 6개월 동안 어떤 일이 일어날지는 아무도 모르잖아!"

빙리 씨가 다시는 돌아오지 않는다고 생각하니 엘리자베스는 그가 무척 괘씸하게 느껴졌다. 이번 일은 캐롤라인이 자신의 소망을 드러낸 데 지나지 않는다는 생각이 들었다. 그런 바람을 아무리 분명하게, 또 아무리 교묘하게 포장해도 빙리 씨처럼 주관이 확고한 청년의 마음이 흔들릴 거라고는 전혀 생각되지 않았다.

엘리자베스는 언니에게 이 문제에 대한 자신의 생각을 아주 강하게 설명했고, 다행히도 곧 그 효과가 나타났다. 제인은 본래 낙담하는 성격은 아니었고, 때로는 애정에 대해 회의적인 모습을 보이기도 했지만, 시간이 지나면서 빙리 씨가 네더필드로 돌아와 자신의 모든 소망을 채워 줄 거라는 희망을 차츰 품게 되었다.

그들은 어머니에게는 빙리 씨 가족이 떠났다는 사실만 알리고, 빙리 씨와 관련된 세부 내용으로 괜히 놀라게 하는 말자고 의견을 모았다. 그러나 부인은 가족들이 떠났다는 소식만으로도 안색이 크게 어두워졌고, 모두가 친해지려는 이 시점에 그런 식으로 떠나 버린 것이 너무나 애석한 일이라고 한탄했다. 그러나 얼마 지나지 않아 부인은 곧 빙리 씨가 돌아와서 롱번에서 식사를 하게 될 거라는 생각으로 마음을 달랬다. 그러고는 생각을 정리한 뒤 밝은 얼굴로 말하길, 빙리 씨가 가족 식사에 초대를 받은 것은 두 번뿐이지만 음식은 두 차례의 성찬을 내놓겠다고 했다.

22

베넷 씨 가족은 루카스 경 댁에서 함께 식사를 했다. 그날도 루카스 양은 콜린스 씨의 이야기에도 변함없이 정중하게 귀를 기울여 주었다. 엘리자베스는 틈을 봐서 그녀에게 고마움을 전했다.

"네 덕분에 그분의 기분이 풀렸어." 엘리자베스가 말했다. "어떻게 고마움을 표현해야 할지 모르겠어."

샬럿 양은 자기가 도움이 되어서 기쁘다며, 다소 시간을 낸 보람을 느낀다고 친구에게 말했다. 아주 상냥한 샬럿 양이었지만, 그녀의 친절은 엘리자베스가 전혀 예상하지 못한 결과를 낳게 되었다. 그녀의 목적은 오직 콜린스 씨의 관심이 엘리자베스에게 다시 가지 않도록, 자기에게로 끌어들여 붙잡아 두려는 것이었다. 루카스 양의 의도는 그런 것이었다. 일은 잘 되어 가는 것처럼 보였는데, 저녁 늦게 헤어질 때 콜린스 씨가 그렇게 갑작스레 하트퍼드셔를 떠나겠다고 말하지만 않았어도 샬럿 양은 모든 것이 다 잘 되었다고 여길 뻔했다. 그러나 그녀는 콜린스 씨 특유의 불같고 막무가내인 성격을 제대로 파악하지 못했던 것이다. 그는 다음 날 아침 일찍, 아주 은밀히 롱번 가를 빠져나와 곧바로 루카스 영지로 달려갔고 그녀에게 사랑을 고백해 버렸다.

콜린스 씨는 엘리자베스 자매들이 눈치챌까 봐 마음을 졸였다. 그가 나가는 걸 보면 자기 속내를 들킬 것만 같았고, 일이 성공할 기미가 보이기 전까지는 절대 들키고 싶지 않았다. 샬럿 양에게서도 그런 느낌을 받았으므로 성공할 것 같은 느낌과 또 그렇게 생각할 이유도 있었지만, 수요일의 청혼 소동 이후로 콜린스 씨는 무척 의기소침해 있었기 때문이었다. 그렇지만 그는 매우 극진한 환대를 받았다. 루카스 양은 2층 창문에서 그가 집 쪽으로 다가오는 모습을 보자마자, 재빨리 밖으로 나가 마치 우연히 오솔길에서 마주친 듯 그를 맞이했다. 그러나 그녀는 그처럼 대단한 사랑의 웅변이 그 자리에서 그녀를 기다리고 있을 줄은 생각지도 못했다.

콜린스 씨의 장황한 말이 너무 길어 시간적 여유가 없기도 했지만, 두 사람은 아주 짧은 시간 안에 서로 만족할 만큼 모든 것을 결정지어 버렸다. 그들이 집으로 들어설 즈음, 콜린스 씨가 루카스 양에게 자신이 세상에서 가장 행복한 남자가 될 그날을 정해 달라고 조르고 있었다. 물론 그런 간청은 몇 차례쯤은 거절하는 것이 예의였지만, 그녀는 그의 행복감을 굳이 꺾고 싶지는 않았다. 그리고 콜린스 씨는 천성적으로 타고난 우둔한 성격이다 보니, 그가 청혼하는 모습을 계속해서 보고 싶어 하는 여성은 없을 정도로 멋이라곤 찾아볼 수 없었다. 루카스 양은 오직 '결혼하고 싶다'는 단순한 생각으로 그의 청혼을 받아들인 것이었기 때문에 결혼이 얼마나 빠르게 이루어지느냐는 그녀에게 별로 중요하지 않았다.

윌리엄 루카스경 부부는 곧 콜린스 씨에게서 결혼 허락을 요청받았고, 그들은 기꺼이 승낙해 주었다. 콜린스 씨의 현재 형편을 보았을 때, 물려줄 재산이 많지 않은 자기 딸에게는 아주 적절한 혼처였기 때문이다. 더불어 장래에는 그의 재산이 크게 불어날지도 모른다는 기대감도 있었다. 루카스 부인은 즉시 예전하고는 사뭇 다른 기대감으로, 베넷 씨가 앞으로 몇 해나 더 살까 하고 계산하기 시작했다. 그리고 윌리엄 경이 이 결혼을 승낙한 결정적인 이유는 콜린스 씨가 롱번 가의 소유주가 되는 날에는 자신들이 성 제임스에 참석하는 것도 훨씬 수월해질 거라는 생각 때문이었다. 결국 이처럼 여러 면에서 이점이 많은 결혼을 앞두고 온 가족이 기뻐하는 것은 당연한 일이었다. 여동생들은 평소보다 한두 해 더 일찍 사교계로 데뷔할 수 있다는 희망을 품었고 사내아이들은 샬럿이 노처녀로 늙어 죽는 것은 아닌가 하는 걱정을 덜게 되었다.

당사자인 샬럿은 비교적 침착한 편이었다. 어쨌든 목표를 이룬 만큼, 다시 곰곰이 생각해 볼 여유가 생긴 것이다. 여러 가지 생각을 정리해 보면 대체로 만족스러웠다. 콜린스 씨는 분명히 사리 분별이 부족하고, 마음에 드는 사람도 아니었다. 그와 함께 있는 것은 지루했으며, 그의 애정 역시 진심보다는 겉치레에 가까웠다. 그럼에도 그녀는 여전히 그를 남편감으로 생각했다. 그녀는 남자나 결혼 생활 자체를 그다지 중요하지 않게 생각하면서도, 결혼이 언제나 목표였다. 결혼만이 교양은 있지만 재산이 없는 젊은 여성에게 품위를 잃지 않으면서 할 수 있는 유일한 생계 준비였고, 비록 행복을 장담할 수 없다 하더라도 가난에서 벗어날 수 있는 최상의 대비책이었다. 그녀는 이제 그 대비책을 확보해 놓은 것이다. 스물일곱의 나이에, 예쁘다는 소리를 제대로 들어 보지 못한 그녀로서는 모든 것이 커다란 행운으로 느껴졌다. 다만 가장 마음에 걸리는 점은, 그 누구보다도 소중한 친구인 엘리자베스가 이 일로 인해 깜짝 놀랄 것이 분명하다는 사실이었다. 엘리자베스가 이 상황을 이상하게 여길 것이며, 자신을 비난할지도 모를 일이었다. 자신의 결심이 흔들릴 일은 없겠지만, 그런 비난에 자신의 감정이 무척 상할 것만은 틀림없었다. 그녀는 엘리자베스에게 직접 알려 줘야겠다고 마음먹었다. 그래서 콜린스 씨가 저녁 식사를 위해 롱번으로 돌아갈 때, 가족들 앞에서는 자신들의 일에 대해 전혀 눈치채지 못하게 행동해 달라고 당부했다. 콜린스 씨는 비밀을 지키겠다고 굳게 약속했다. 하지만 그 약속을 지키는 일은 결코 쉽지 않았다. 콜린스 씨가 오랜 시간 집을 비운 것에 대해 가족들은 궁금증을 감추지 않았고, 그가 돌아오자마자 노골적인 질문들이 쏟아졌다. 그는 그 질문을 피해 나가느라 머리를 굴려야 하기도 했지만, 자신의 사랑이 성공한 것을 떠벌리고 싶은 마음을 억누르느라 상당한 자제력을 발휘해야 했다.

콜린스 씨는 다음 날 아침 일찍 떠날 예정이었기 때문에 베넷 씨 가족들의 얼굴을 볼 시간이 없었다. 그래서 그는 잠자리에 들기 전에 작별 인사를 미리 나누었다. 베넷 부인은 다른 목적이 있더라도 그가 롱번을 방문할 때면 언제든 다시 볼 수 있기를 바란다며, 아주 정중하고 다정한 태도로 말했다.

"부인, 이 초대의 말씀은 너무나 감사합니다. 제가 그토록 기다리던 말씀을 해 주시니 말입니다. 가능한 한 빠른 시일 내에 그렇게 찾아뵐 수 있도록 노력하겠습니다."

그의 대답에 모두가 깜짝 놀랐다. 그가 이렇게 빨리 다시 오겠다는 말이 조금도 반갑지 않았던 베넷 씨는 서둘러 말을 끊었다.

"하지만 캐서린 부인이 여기 오는 것을 반대할 염려는 없는 건가, 목사님? 후원자의 비위를 거스르는 것보다는 친척들에게 조금 소홀한 편이 낫지 않겠는가 말일세."

"이처럼 자상하게 충고해 주시니 정말 감사합니다. 부인의 허락 없이 그런 경망한 행동은 하지 않을 테니 안심하셔도 됩니다."

"조심 또 조심하게. 어떤 일이 있어도 그분의 심기만은 건드리지 말게. 자네가 다시 이곳에 오는 걸 그분이 달가워하지 않는다면, 사실 그럴 가능성이 높긴 하지만, 그냥 조용히 집에 있게나. 우리는 정말 아무렇지도 않으니까 마음 편히 생각하게나."

"염려 마십시오. 이렇게 자상하게 생각해 주시니 정말 고맙습니다. 이에 대한 감사의 말씀뿐만 아니라 하트퍼드셔에 제가 머무는 동안 베풀어 주신 모든 호의에 대해서 도착하는 대로 꼭 편지를 드리겠습니다. 따님들과는 그리 머지않아 다시 만나게 될 테니 따로 인사를 드릴 필요는 없을 것 같습니다만, 모두 건강하고 행복하시길 바랍니다. 물론 엘리자베스 양께도 말입니다."

모두가 정중하게 작별 인사를 나누고, 여자들은 자리를 물러났다. 그들은 모두 콜린스 씨가 조만간 다시 돌아올 생각을 하고 있다는 사실에 놀랐다. 베넷 부인은 콜린스 씨의 그런 생각을 두고, 그가 아래 딸들 중 한 명에게 청혼하려는 게 아닌가 하고 지레짐작하고는 메리를 설득하면 그의 청혼을 받아들일지도 모른다는 생각이 들었다. 메리는 자매들 중 누구보다도 콜린스 씨의 능력을 높이 평가하고 있었으며, 그의 생각에는 어떤 우직한 면이 있었는데 그녀는 그런 점에 자주 감동을 받곤 했다. 그녀의 생각으로는, 비록 자기만큼 뛰어난 머리는 결코 아니지만 자기가 해 온 방식대로 책을 읽으며 스스로를 발전시켜 나간다면, 콜린스 씨는 아주 훌륭한 배필이 될 수 있을 것도 같았다. 그러나 다음 날 아침, 모두의 기대는 완전히 무너지고 말았다. 아침 식사가 막 끝날 무렵 루카스 양이 찾아왔고, 엘리자베스에게 전날 있었던 일에 대해서 은밀히 이야기했기 때문이다.

엘리자베스는 최근 이틀 사이, 콜린스 씨가 그녀의 친구를 사랑하고 있을지도 모른다는 생각을 한 번 해 본 적이 있었다. 그러나 자신이 그를 받아들일 수 없었던 것처럼, 샬럿 역시 그의 마음을 받아들이지는 못했을 거라고 여겼다. 그래서 엘리자베스가 느낀 놀라움은 너무나 컸고, 처음에는 예의고 뭐고 생각할 겨를이 없이 그만 고함을 질러 버렸다.

"콜린스 씨와 약혼했다고? 샬럿, 그건 말도 안 돼!"

이처럼 곧바로 비난이 날아오자, 침착하게 말을 이어가던 루카스 양은 순간적으로 어찌할 바를 모르는 표정이 되었다. 하지만 어느 정도 예상했던 반응이었기에, 곧 다시 침착함을 되찾고 조용히 말했다.

"왜 그렇게 놀라는 거니, 일라이자? 콜린스 씨가 운 나쁘게 네게 성공하지 못했다고 해서, 다른 여자의 호의도 받을 수 없다고 생각하는 거야?"

엘리자베스는 어렵사리 냉정을 되찾고 마음을 가다듬은 후, 두 사람의 결혼은 자신에게도 감사한 일이며 그녀의 무한한 행복을 빈다고 확고한 태도로 말했다.

"네 기분이 어떤지 알겠어." 샬럿이 대답했다. "놀랐겠지. 정말 많이 놀랐을 거야. 최근까지만 해도 콜린스 씨는 너와 결혼하고 싶어 했으니까. 하지만 시간을 갖고 차분히 생각해 보면, 내가 왜 이런 결정을 내렸는지 충분히 이해하게 될 거야. 너도 알다시피, 난 사랑 따윈 몰라. 예전부터 그랬고. 난 단지 안락한 가정이 필요해. 콜린스 씨의 성격, 그의 친척들 그리고 그분의 현재 지위를 생각해 볼 때, 나 역시 다른 사람들이 결혼 초기에 기대하는 정도의 행복은 충분히 누릴 수 있을 거라는 생각이 들었어."

"그야 그렇겠지." 엘리자베스가 조용히 대답했다.

그들은 잠시 어색한 분위기 속에 있다가 다른 가족들이 있는 곳으로 갔다. 샬럿은 얼마 지나지 않아 자리를 떴고, 엘리자베스는 혼자 남아 조금 전에 그녀가 한 말을 되새겨 보았다. 꽤 오랜 시간이 지나서야 엘리자베스는 이 결혼이 너무나 어울리지 않는 일이라는 생각을 어느 정도 떨칠 수 있었다. 불과 사흘 사이에 두 사람에게 청혼했다는 것도 이상한 일이었지만, 그가 실제로 승낙을 받아 냈다는 사실은 더더욱 희한한 일이었다. 샬럿의 결혼관이 자기와는 사뭇 다르다는 것은 알고 있었지만, 그것을 실행에 옮기며 세속적인 이익을 위해 결혼에 수반되는 소중한 많은 감정들을 포기할 수 있으리라고는 도저히 생각조차 하지 못했기 때문이었다. 샬럿이 콜린스 씨의 아내가 되는 모습을 생각하니, 엘리자베스는 모욕감이 치밀었다. 자신의 품위를 떨어뜨리고 자기 자신을 낮추는 선택을 한 친구의 모습에 무척 속이 상했고, 그 친구가 자신이 선택한 운명 속에서 결코 조금도 행복할 수 없으리라는 생각에 마음이 더욱 괴로웠다.

- 23 -

엘리자베스는 어머니와 자매들과 같이 앉아서 조금 전 샬럿에게 들은 이야기를 곱씹고 있었다. 자신이 그 이야기를 꺼낼 자격이 있는지 고민하던 중, 윌리엄 루카스 경이 딸의 부탁을 받아 약혼 소식을 전하러 찾아왔다. 그는 몇 차례 인사말을 나눈 뒤, 두 집안이 인연을 맺게 된 것을 진심으로 기쁘게 생각한다며 말을 이었다. 그의 이야기를 들은 베넷 가족은 놀라움과 함께 쉽게 믿기지 않는다는 반응을 보였다. 예의를 차리기보다는 감정을 억누른 채, 그것은 완전히 착각이라고 잘라 말했다. 그리고 평소에도 경솔하고 이따금 버릇없게 굴던 리디아는 따지다시피 거칠게 쏘아붙였다.

"아니, 윌리엄 선생님. 어떻게 그런 말씀을 하세요? 콜린스 씨가 리지 언니랑 결혼하고 싶어 했던 걸 정말 모르셨단 말이에요?"

궁정을 드나들며 몸에 밴 중후함이 없었다면, 윌리엄 경도 이런 대접에 화를 내지 않고 참기는 어려웠을 것이다. 그러나 그는 끝까지 점잖게 말을 이어갔다. 그는 자신의 이야기가 사실이라는 것을 믿어 달라고 하면서도, 가족들의 억지 같은 말도 정중하게 참고 들어 주었다.

이처럼 불쾌한 상황에서 윌리엄 경을 벗어나게 할 책임이 자기에게 있다고 느낀 엘리자베스가 나서서, 샬럿에게서 이미 같은 이야기를 직접 들었으며 그의 말이 사실임을 확인해 주었다. 그러고는 시끄럽게 떠들어 대는 어머니와 동생들을 막기 위해, 윌리엄 경에게 진심 어린 축하의 말을 건넸다. 제인도 함께 축하를 전했다. 그들은 윌리엄 경에게 콜린스 씨의 훌륭한 성품과 헌스퍼드가 런던에서 적당히 가까운 거리라는 점 등, 이 결혼이 가져다줄 여러 가지 행복에 대해 많은 이야기를 풀어놓았다.

베넷 부인은 사실 너무나 어이가 없어 윌리엄 경이 있는 동안은 말도 제대로 하지 못했다. 그러나 그가 자리를 뜨자마자, 쉴새 없이 말을 쏟아 내기 시작했다. 우선 이번 일은 도무지 믿을 수 없다며, 윌리엄 경이 샬럿에게 속고 있는 것이 분명하다고 했다. 이어 두 사람은 절대로 행복할 수 없을 것이며, 이 혼인은 곧 깨질지도 모른다고도 했다. 그렇지만 이 일로 인해 확실히 알게 된 것이 두 가지 있다고 말했다. 하나는 엘리자베스 때문에 이런 속상한 일이 벌어졌다는 것이었고, 또 하나는 모두가 자기를 너무 괴롭힌다는 것이었다. 베넷 부인은 온종일 이 두 생각으로 마음이 상해 있었고, 아무리 달래고 위로해도 소용이 없었다. 하루가 지났는데도 그녀의 분한 마음은 좀처럼 가라앉지 않았다. 일주일이 지나서야 엘리자베스를 닦달하지 않고 볼 수 있었고, 한 달이 지나서야 겨우 윌리엄 경 내외에게 불손한 태도를 보이지 않고 이야기할 수 있었다. 그리고 딸들에 대한 서운한 마음이 풀어지기까지는 몇 달의 시간이 더 필요했다.

베넷 씨는 이번 일로 기분이 상하진 않았다. 오히려 이런 일이 생긴 것이 잘된 일이라고 했다. 그는 지금까지는 샬럿 루카스가 그럭저럭 사리 분별이 있다고 생각했었지만, 이번 일로 그녀가 자기 아내와 똑같이 멍청하며 자기 딸보다도 더 어리석다는 사실을 알게 되어 참으로 기쁘다고 했다.

제인은 이번 혼담에 상당히 놀랐다고 했다. 그러나 놀란 마음을 늘어놓기보다는 두 사람의 행복을 진심으로 바란다고 했다. 엘리자베스가 그럴 가능성은 없다고 설득해 보았지만, 그녀는 듣지 않았다. 키티와 리디아는 루카스 양이 조금도 부럽지 않았다. 그들은 콜린스 씨가 내세울 만한 점이라야 성직자 신분뿐이라고 생각했다. 그들은 기껏해야, 메리턴에 퍼뜨릴 흥미로운 이야깃거리가 생겼다는 정도로 생각할 뿐이었다.

루카스 부인은 딸에게 좋은 혼처가 생긴 기쁨을 이야기하면서, 베넷 부인에게 우쭐거리고 싶은 마음이 들었다. 그래서 그녀는 평소보다 더 자주 롱번을 들락거리면서 자신의 기쁜 마음을 늘어놓곤 했지만, 베넷 부인의 일그러진 표정과 퉁명스러운 말투에 그런 즐거운 마음이 싹 달아났을지도 모를 일이었다.

엘리자베스와 샬럿은 서로 그 문제에 대해 언급하지 않도록 신경을 썼다. 엘리자베스는 이제 더 이상 샬럿에게 예전처럼 속마음을 털어놓을 수 없겠다는 생각이 들었다. 친구에게 실망한 이후 언니 제인이 더욱 각별하게 느껴졌고, 언니의 정직함과 고상함에 대한 믿음은 절대로 흔들리지 않을 것이라고 확신했다. 그러자 이런 언니의 행복이 날이 갈수록 점점 더 걱정되었다. 빙리 씨가 떠난 지 벌써 일주일이 지났는데도 돌아온다는 소식이 전혀 들리지 않았기 때문이었다.

제인은 캐롤라인에게 즉시 답장을 보내 놓고, 다시 한번 소식이 오기를 손꼽아 기다렸다. 그러던 중, 콜린스 씨가 보냈다는 감사의 편지가 화요일에 베넷 씨 앞으로 도착했다. 마치 한 해 동안 꼬박 폐를 끼치거나 한 것처럼, 구절구절마다 온갖 격식을 갖춘 감사의 표현을 늘어놓았다. 그는 먼저 지난 일에 대해 자신은 추호도 양심에 거리낄 것이 없다고 밝히고, 계속해서 기뻐 어쩔 줄을 모르는 표현들로 이웃의 사랑스러운 루카스 양과 사랑의 결실을 맺게 되어 행복하다고 했다. 그리고 롱번을 다시 한번 찾아달라는 그들의 청을 흔쾌히 수락한 것도, 사실은 루카스 양과의 만남을 기대했기 때문이라는 설명까지 덧붙였다. 그러면서 그로부터 2주 후의 월요일에 다시 찾아뵐 수 있기를 바란다고 전했다. 캐서린 부인이 자신의 결혼을 진심으로 찬성하고 있으며, 가능하면 빠른 시일 내에 결혼식을 올리기를 바란다고 전했다. 그는 캐서린 부인의 이런 뜻이라면, 자신을 이 세상에 가장 행복한 남자로 만들어 줄 그날을 앞당기자는 데에 루카스 양 역시 조금의 이견도 없을 거라 믿는다고 덧붙였다.

콜린스 씨가 하트퍼드셔로 돌아온다는 소식은 이제 베넷 부인에게 더 이상 반가운 일이 아니었다. 오히려 그녀는 남편만큼이나 불편한 기색을 숨기지 않았다. 그가 루카스 로지가 아닌 롱번으로 온다는 사실이 도무지 이해되지 않았고, 그것은 그녀에게 몹시 불편하고 괴롭기까지 한 일이었다. 베넷 부인은 건강이 좋지 않을 때 집에 손님을 맞아야 하는 것이 너무나 싫었다. 특히 연인들이 찾아오는 것은 더더욱 질색이었다. 베넷 부인은 이런 식의 불평을 늘어놓았지만, 빙리 씨가 오랫동안 돌아오지 않아 느끼는 실의에 비하면 아무것도 아니었다.

제인은 물론이고, 엘리자베스도 이 일에 무척 마음이 상해 있었다. 하루하루가 속절없이 흘러갔지만, 빙리 씨의 근황에 대한 소식은 여전히 들려오지 않았다. 다만 그해 겨울에는 빙리 씨가 네더필드에 돌아오지 않을 것이라는 짧은 소문이 메리턴에 나돈 게 전부였다. 베넷 부인은 이 소문에 있는 대로 화가 치밀어 올랐는데, 틀림없이 무슨 꿍꿍이가 있는 거짓말이라고 다짐하듯 말했다.

엘리자베스까지도 점점 불안해지기 시작했다. 하지만 그녀의 걱정은 빙리 씨가 제인에게 무관심할 것이라는 두려움이 아니라, 그의 누이들이 어쩌면 그를 제인에게서 떼어놓는 데 성공할지도 모른다는 느낌에서 비롯된 것이었다. 이런 생각은 제인의 행복을 위협하는 것이고, 언니에 대한 빙리 씨의 변함없는 사랑에 대한 모독이라고 여겨 애써 떨쳐 내려 했지만 그 불안감이 자꾸만 떠오르는 것을 어찌할 수가 없었다. 엘리자베스는 그의 매정한 두 누이와 위압적인 친구가 서로 힘을 합치고 매혹적인 다아시 양과 런던의 온갖 유혹들이 더해진다면, 과연 빙리 씨가 언니에 대한 사랑을 끝까지 지켜 낼 수 있을지 두려운 마음이 들었다.

빙리 씨가 돌아오지 않는 데서 오는 불안감은, 물론 엘리자베스보다 제인에게 더 큰 고통이었다. 그러나 제인은 그 고통을 결코 내색하고 싶지 않았다. 그래서 그녀와 엘리자베스 사이에서는 이 문제에 대해 단 한 번도 이야기가 오간 적이 없었다. 하지만 그렇게 세심하게 신경을 썼음에도, 어머니는 가만있지 않았다. 매시간마다 빙리 씨 이야기를 꺼내며 왜 아직 돌아오지 않느냐고 안달하다가, 급기야 제인에게 그가 돌아오지 않는다면 그녀가 씻을 수 없는 모욕을 당한 것으로 알겠다고 말하라며 종용했다. 제인은 어머니의 이런 다그침에 끊임없이 마음을 다스리며 조용히 참아 냈다.

한편, 콜린스 씨는 예고했던 대로 정확히 2주 후의 월요일에 다시 롱번을 찾았다. 그러나 롱번 사람들은 처음 방문 때만큼 따뜻하게 그를 환대하지는 않았다. 그럼에도 그는 너무 행복해했기 때문에 그런 접대에 별로 개의치 않는 듯했다. 다른 사람들에게 다행스러운 점은, 그가 연애에 열중하다 보니 자주 마주치지 않아도 된다는 것이었다. 그는 하루의 대부분을 루카스 로지에서 지냈고, 가끔은 모두가 잠자리에 들기 얼마 전에 겨우 롱번으로 돌아와 외출이 길어진 것에 대해 장황하게 사과를 하기도 했다.

베넷 부인은 참으로 딱한 처지에 놓여 있었다. 그 혼사에 관한 이야기가 조금이라도 들려오면 속이 상해 미칠 지경이었지만, 어디를 가도 그 이야기뿐이었다. 루카스 양이 눈앞에 얼쩡거리는 것도 참을 수 없었다. 나중에 그녀가 이 집에 들어앉는다고 생각하니 질투심에 더해 혐오감까지 치밀었다. 샬럿이 인사차 올 때마다 그녀가 이 집을 소유할 때를 은근히 기다리는 것이라고 생각했다. 샬럿이 콜린스 씨와 둘이서 소곤거릴 때면, 언제나 롱번의 재산에 대해 이야기하며 베넷 씨가 사망하면 곧바로 자신과 딸들을 집에서 쫓아낼 궁리를 하는 것이 틀림없다고 생각했다. 부인은 남편에게 이 모든 불평을 쏟아 냈다.

"정말, 여보, 샬럿 루카스가 이 집 안주인이 되는 게 말이 된다고 생각하세요? 내가 그 애한테 자리를 내줘야 하고, 그 애가 그 자리를 차지하는 걸 내 두 눈으로 봐야 한다니 말이에요."

"여보, 그런 우울한 생각은 좀 떨쳐 버려요. 다른 기분 좋은 이야기나 합시다. 내가 당신보다 더 오래 살 수도 있다고 생각해 봐요."

하지만 이 말이 베넷 부인에게는 그다지 위로가 되지 못했다. 그래서 그녀는 대답은 하지 않고 하던 이야기를 계속했다.

"이 모든 재산이 그 사람들 손에 들어간다고 생각하니 도저히 참을 수가 없어요. 한정상속이니 뭐니 하는 것만 아니면 이렇게 속상하지도 않을 거예요."

"속상하지 않다고요?"

"그것만 아니면 걱정할 게 하나도 없다는 얘기예요!"

"그래도 당신을 그처럼 태평하게 내버려두지 않는 것은 감사할 일이구려."

"감사라니요, 여보! 한정상속에 뭘 감사해요! 어떻게 자기 딸들 재산을 남에게 넘기고도 그렇게 태연할 수 있는지, 난 도저히 이해가 안 돼요. 그것도 하필 콜린스 씨에게라니! 왜 다른 사람도 아니고 꼭 그 사람이어야 하는 거죠?"

"그건 당신이 알아서 생각하시오."

베넷 씨가 덤덤히 대답했다.

- *24* -

　빙리 양의 편지가 도착하자, 모든 의문은 해소되었다. 겨울 동안 그들 모두 런던에서 머무를 것이라는 말로 시작한 편지는, 오빠가 하트퍼드셔를 떠날 때 지인들에게 작별 인사를 할 시간이 없었던 것이 매우 아쉽다는 말로 끝맺고 있었다.

　희망은 사라졌다. 그것도 완전히 사라져 버린 것이었다. 제인은 집중해서 편지를 마저 읽어 봤지만, 빙리 양의 형식적인 관심 표현 외에는 위안을 받을 만한 내용이 거의 없었다. 편지의 대부분은 다아시 양에 대한 칭찬 일색이었다. 빙리 양은 다아시 양의 여러 가지 매력을 다시금 꼼꼼히 적어 놨고, 그녀와 더욱 친해진 자신을 자랑하듯 이야기했다. 지난번 편지에서 밝힌 그들의 소망이 곧 이루어질 것이라는 예측까지 하고 있었다. 그녀는 또 오빠가 다아시 씨 댁에서 함께 머물게 되었다는 사실을 매우 기뻐했고, 다아시 씨가 새로 가구를 들여놓을 계획을 하고 있다면서 너무나 신나게 이야기하고 있었다.

　제인은 곧바로 이런 내용을 모두 엘리자베스에게 이야기했다. 입을 다문 채 언니의 말을 듣던 엘리자베스의 얼굴에는 분노가 역력히 드러났다. 그녀의 마음은 언니에 대한 걱정과 빙리 씨 일행에 대한 분노 사이를 오락가락했다. 오빠의 마음이 다아시 양에게 기울었다는 빙리 양의 주장은 도무지 믿기지 않았다. 빙리 씨가 제인을 좋아하고 있다는 사실에 대해서는 예전과 다름없이 조금도 의심되지 않았다. 그렇지만 지금껏 빙리 씨를 호의적으로 생각해 온 엘리자베스조차도, 이제는 친구들의 계략에 빠져 자기 행복을 그들의 변덕스러운 뜻에 맡겨 버린 그의 우유부단하고 태평한 기질을 생각하면 화가 아니라 거의 분노를 느낄 정도였다. 자기 행복만을 희생시키는 것이었다면 자기 멋대로 하든 말든 상관하지 않았을지 모르지만, 언니의 행복까지도 함께 휩쓸려 들어갈 것이고 빙리 씨 자신도 틀림없이 이런 사실을 알고 있을 것이기 때문이었다.

결국 이 일은 아무리 오랫동안 생각한다 해도 결국은 소용없는 것이었다. 엘리자베스는 오직 이런 생각밖에 없었다. 빙리 씨의 애정은 정말 사라진 것인가, 아니면 주위 사람들의 영향에 휘둘린 결과일 뿐인가? 그는 제인의 애정을 알고 있었을까, 아니면 전혀 모르고 있었던 것일까? 그러나 사정이 어떻든, 그로 인해 빙리 씨에 대한 엘리자베스의 평가야 크게 달라질 수 있겠지만 언니의 처지는 달라질 것이 없었고 마음은 이미 깊은 상처를 입었다는 생각이 들었다.

이틀쯤 지나자, 제인은 용기를 내어 엘리자베스에게 자신의 심정을 털어놓았다. 그러던 중, 마침 베넷 부인이 네더필드와 그 주인에 대해 평소보다도 더 장황하게 불평을 늘어놓다가 둘만 남겨 두고 자리를 뜨자, 제인은 참지 못하고 터뜨리듯 말했다.

"어머니는 제발 좀 그만하셨으면 좋겠어! 그분 이야기를 자꾸 꺼내면, 내 마음이 얼마나 아픈지 전혀 생각하지 않으시는 것 같아. 하지만 나는 불평하고 싶지 않아. 오래가지는 않을 거야. 곧 그분도 잊힐 테고, 우리도 다시 예전처럼 돌아가면 그만이잖아."

엘리자베스는 그 말이 속마음과는 다르다고 느끼며, 언니를 측은한 눈길로 바라보았지만 어떤 말도 하지 않았다.

"내 말을 못 믿는 거지?" 약간 얼굴이 붉어진 제인의 목소리가 커졌다. "하지만 네 생각은 틀렸어. 그분은 내 기억 속에 가장 소중했던 사람으로 남겠지만, 그게 전부야. 더 이상 바라는 것도, 두려운 것도 없어. 그리고 그분을 원망할 마음도 없어. 하나님께 감사해야 할 일이야. 나는 그런 일로 가슴 아파하지 않으니까. 조금만 지나면 괜찮아질 거야. 난 틀림없이 이겨 낼 테니까."

제인은 곧 조금 더 힘 있는 목소리로 이렇게 덧붙였다.

"이렇게 생각해 버리면 마음이 한결 편해지겠지. 결국은 나 혼자 착각하고 있었던 거라고, 그리고 나 외에는 누구도 상처받은 사람이 없다고 생각하면 말이야."

"제인 언니! 언니는 성격이 너무 좋아서 탈이야. 따뜻한 마음씨에 욕심 없는 모습은 정말 천사 같다니까. 언니에게 어떤 말을 해 줘야 좋을지도 모르겠어. 생각해 보면, 언니를 진심으로 위한다거나 언니에게 뭐 하나 제대로 해 준 적은 한 번도 없는 것 같다는 생각이 들어."

제인은 다른 말은 안 해도 충분히 알겠다며, 동생의 따뜻한 마음씨가 더 착하다고 칭찬했다.

"아냐." 엘리자베스가 말했다. "그건 그렇지 않아. 언니는 세상을 너무 좋게만 보려고 해. 그래서 내가 누군가를 험담하면, 언니는 마음이 상하는 거지. 나는 단지 언니가 너무 순수하다고 생각할 뿐이야. 그런데 언니는 그게 아니라고 하잖아. 내가 너무 지나친 말을 한다든지, 만사를 좋게만 보는 언니의 남다른 성격을 간섭하는 거라고 생각해서는 안 돼. 그럴 필요는 없어. 내가 정말로 좋아하는 사람은 아주 적어. 좋은 사람이라고 생각되는 사람은 그보다 더 적어. 세상은 보면 볼수록 나를 실망시켜. 그리고 모든 인간은 지조가 없다는 사실을 매일같이 확인하게 돼. 또 겉으로 드러나는 장점이나 분별력도 거의 믿을 수 없다는 걸 느끼고 있어. 난 최근에 두 가지 사례를 경험했어. 하나는 말할 수 없지만, 다른 하나는 샬럿의 결혼이야. 이해가 안 돼! 아무리 생각해도 도저히 이해가 안 돼!"

"리지야, 그런 감정은 떨쳐 버려야 해. 그걸 품고 있다간 네 행복을 망치게 될지도 몰라. 넌 사람마다 처지도 다르고 성격도 다르다는 걸 잘 감안하지 않아. 콜린스 씨의 체면과 샬럿의 신중하면서도 착실한 성격을 생각해 봐. 그녀가 대가족의 딸이라는 것을 잊어서는 안 돼. 또 재산이라는 측면에서 보면, 그녀에게는 정말 적절한 혼처였던 거야. 그녀가 콜린스 씨에게 애정과 존경을 느끼고 있다고 믿어 볼 수는 없겠니?"

"언니를 위해서라면 무엇이든 믿고 싶은 심정이야. 하지만 그렇게 억지로 믿는다고 해서 그게 누구에게 도움이 되겠어? 만약 샬럿이 콜린스 씨에게 애정이 있다고 믿는다 해도, 나는 지금처럼 그녀의 감정을 나무라는 것 이상으로 그녀의 생각이 잘

못됐다고 비난하고 있을걸. 언니, 콜린스 씨는 자존심만 세고 거만한 데다, 속이 좁고 어리석은 사람이야. 그가 어떤 사람인지는 언니도 잘 알잖아. 그리고 그런 남자와 결혼한 여자가 올바른 판단을 했을 리는 없다는 점에 대해서도 언니도 동의하잖아. 아무리 샬럿 루카스라 하더라도, 그녀를 그렇게 옹호해서는 안 돼. 단 한 사람을 생각하는 마음 때문에 원칙과 성실의 의미를 변질시켜서는 안 돼. 또 이기심으로 한 행동을 사려 깊었다고 하거나, 그 위험을 모르고 저지른 일을 행복을 얻은 결과라고 말하지 말아 줘."

"두 사람에 대한 네 말은 너무 심한 것 같아." 제인이 대답했다. "두 사람이 행복한 것을 보면, 그땐 너도 지금 한 말이 지나쳤다고 느끼게 될 거야. 하지만 이 이야기는 이제 그만하자. 네가 아까 두 가지 사례를 경험했다고 했잖아. 내 말 맞지? 그런데 리지, 그분의 잘못이라든가, 그분에게 아주 실망했다는 식의 얘기는 하지 말아 줘. 그런 말은 내 마음을 아프게 하니까. 우리에게 의도적으로 해를 입혔다고 섣불리 판단해서는 안 돼. 활기찬 청년에게 언제나 조심스럽고 신중한 행동을 기대하는 건 무리일지도 몰라. 대부분 진실을 보지 못하는 건 사실 우리 자신의 욕심 때문이야. 여자들은 애정을 실제보다 더 과장해서 생각하는 경향이 있잖아."

"그리고 남자들은 여자들이 그런 생각을 갖도록 만들지."

"남자들이 고의로 그런다면, 그건 분명 나쁘지. 하지만 일부 사람들이 말하듯이 세상 남자들 대부분이 그렇다고는 생각하지 않아."

"빙리 씨의 행동이 고의적이라는 건 절대 아니야." 엘리자베스가 말했다. "하지만 나쁜 마음을 품었거나 누군가를 불행하게 하려는 의도가 없었다 해도, 결국 일은 잘못될 수 있고 누군가는 불행해질 수도 있어. 다른 사람의 감정을 헤아리지 못하는 무심한 성격이거나, 결단력이 없는 경우에 주로 이렇게 되거든."

"그럼 빙리 씨의 경우도 둘 중 하나란 말이지?"

"그래, 두 번째 경우야. 하지만 이 이야기를 계속하면 언니가 존경하는 사람들을 흠잡는 꼴이 될까 봐, 언니를 속상하게 할 것 같아. 그러니까 적당한 때에 나를 말려야 해."

"그럼 네 생각에는 그분의 누이들 때문이라는 거니?"

"물론이지. 게다가 그분의 친구까지 동원한 거지."

"그건 믿기 어려워. 그 누이들이 그분에게 그렇게 할 이유가 뭐가 있겠니? 그저 그분의 행복을 바랐을 뿐일 거야. 그래서 만약 그분이 나에게 얽매이게 된다면, 다른 여자들에겐 기회가 전혀 없다고 생각했겠지."

"언니의 첫 번째 생각부터 틀렸어. 그분의 행복 말고도 바라는 게 더 많을 수 있잖아. 그분의 재산과 지위가 더 높아지기를 바랄 수도 있고, 돈 많고 집안도 좋고 자부심 같은 잘난 것들을 두루 갖춘 여자와 결혼하길 바랄 수도 있지."

"그들이 빙리 씨가 다아시 양을 선택하길 바란다는 건 정말 사실일 거야." 제인이 대답했다. "하지만 난 그 이유를 좀 더 좋게 생각하고 싶어. 그들은 나보다 그녀를 훨씬 오래 알고 지냈잖아. 그러니 당연히 그녀가 더 좋게 생각될 테지. 그렇지만, 그들이 무엇을 바라든 오빠의 뜻을 거스른 것 같진 않아. 꼭 반대해야 할 일이 아니라면, 어느 누이가 그렇게 제멋대로 행동하려 하겠어? 빙리 씨가 나에게 애정을 갖고 있다고 그들이 믿고 있다면, 우리 둘을 떼어놓으려고 하지는 않을 거야. 그분이 정말로 그렇다면, 그들은 성공할 수도 없어. 넌 그분의 애정을 전제로 하다 보니, 많은 사람을 몹쓸 인간으로 몰아붙이고 나까지 가여운 인간으로 만들고 있는 거야. 제발 날 괴롭히는 그런 생각은 하지 말아 줘. 난 그분의 애정을 착각했던 걸 부끄럽게 생각하지 않아. 아니, 그분이나 그분의 누이들을 나쁜 사람이라고 오해했을 때 그 뒤에 찾아올 기분을 생각하면 그런 부끄러움은 아무것도 아니야. 그냥 좋게 생각할 수 있게 내버려둬. 그래야 이 상황이 이해되지 않겠니."

엘리자베스는 언니의 이런 요청을 거절할 수 없었다. 그래서 그 이후로는 두 사람 모두 빙리 씨의 이름을 거의 입에 올리지 않게 되었다.

베넷 부인은 여전히 빙리 씨가 돌아오지 않는 것이 이상하다며 투덜댔다. 거의 하루도 빠지지 않고 엘리자베스가 납득할 수 있을 만한 설명을 해 주었지만, 어머니는 여전히 그 이유에 대해 완전히 수긍하지 못하는 눈치였다. 딸은 자신조차도 믿을 수 없는 그 이유를, 어머니에게 이해시키려고 애를 썼다. 제인 언니에 대한 빙리 씨의 애정은 사실 흔히 볼 수 있는 일시적인 호의에 지나지 않았고, 언니를 더 이상 보지 않게 되자 그 감정도 자연스럽게 사라졌다는 것이었다. 하지만 어머니는 설명을 들을 때는 그럴 수도 있겠거니 납득하는 듯했지만, 엘리자베스는 결국 매일 똑같은 이야기를 반복해야 했다. 베넷 부인의 유일한 위안은, 여름이 되면 빙리 씨가 반드시 돌아올 것이라는 희망이었다.

베넷 씨는 이 문제를 좀 다르게 받아들였다.

"그래, 리지야." 어느 날 베넷 씨가 말을 꺼냈다. "언니의 연애가 깨진 모양이구나. 잘됐지 뭐. 결혼과는 달리, 여자들은 때로는 연애에 실패해 볼 필요도 있어. 그러면 생각이 깊어지고, 친구들 사이에서도 자신이 좀 더 특별하다고 느끼게 되거든. 그런데 네 차례는 언제쯤이니? 그렇게 오랫동안 제인에게 뒤처져 있을 순 없잖아. 너도 한번 해 보렴. 여기 메리턴에는 마을 처녀들을 다 차 버릴 만큼 사관들이 득실거리지 않니? 위컴과 한번 사귀어 보렴. 성격도 좋고, 널 분명히 차 줄 것 같은데 말이지."

"고마워요, 아버지. 그러나 저는 그렇게까지 멋진 사람은 아니어도 괜찮아요. 제인 언니와 같은 행운을 아무나 기대할 수는 없잖아요."

"그렇지. 그래도 네가 누구와 사귀든, 언제나 모든 걸 다 알아서 챙기려 드는 정 많은 어머니가 곁에 있다는 걸 생각하면, 마음은 좀 편하겠지."

최근의 속상한 일로 인해 빚어진 롱번 가 식구들의 우울한 기분을 떨쳐 버리는 데는 위컴 씨와의 만남이 큰 도움이 되었다. 가족들은 그를 자주 만났고, 여러 가지 장점 가운데서도 요즘에는 그가 무엇이든 솔직하게 털어놓는 모습이 특히 더 좋아 보였다. 엘리자베스가 예전에 들었던 그 모든 이야기, 다아시 씨에 대해 그가 주장한 여러 가지 권리들, 그로부터 받은 많은 수모 등이 모두에게 알려졌고, 그것들을 터놓고 이야기하게 되었다. 사실 모두가 예전부터 다아시 씨를 끊임없이 혐오해 왔는데, 이제는 정당한 이유가 생겼다는 사실에 기뻐하는 기색이었다.

위컴 씨와 다아시 씨 사이에 하트퍼드셔 사교계에서 알려지지 않은 사정이 있을 수도 있다고 생각한 사람은 제인뿐이었다. 그녀는 유순하고 성실하며 솔직한 성격이었기에 언제나 다아시 씨의 입장도 고려해 봐야 한다며 사정하다시피 했지만, 다른 이들은 모두 다아시 씨를 아주 못된 인간으로 치부하고 있었다.

사랑 고백과 결혼 준비로 한 주가 지나고 토요일이 다가오자, 콜린스 씨는 그의 어여쁜 샬럿과 잠시 헤어지게 되었다. 그러나 이별의 아쉬움은, 곧 신부를 맞이할 준비로 그다지 크게 느껴지지 않을지도 몰랐다. 그가 다시 하트퍼드셔를 찾게 될 때는, 바로 그가 세상에서 가장 행복한 남자가 되는 결혼 날짜가 잡힐 수도 있다는 기대 때문이었다. 콜린스 씨는 롱번의 친척들에게 지난번과 다름없는 정중한 태도로 작별 인사를 건넸다. 베넷 씨의 딸들에게는 건강과 행복을 빈다고 말했고, 베넷 씨에게는 이전처럼 감사의 편지를 보내겠다고 약속했다.

그다음 월요일에 베넷 부인은 남동생 부부를 반갑게 맞이했다. 그들은 예전과 다름없이 롱번에서 크리스마스를 보내기 위해 찾아온 것이었다. 가디너 씨는 현명하고 품위 있는 인물로, 성품이나 교양 면에서 베넷 부인과는 비교할 수 없을 정도였다. 네더필드의 여자들이 그를 보았다면, 장사를 하며 창고나 들여다보고 사는 양반이 어떻게 이처럼 품위 있고 매력적일 수 있는지 눈을 의심했을지도 모를 일이었다. 가디너 부인은 베넷 부인과 필립스 부인보다 몇 살 아래였으며, 귀엽고 총명하며 우아한 사람이었다. 롱번의 조카들이 무척 좋아했고, 특히 두 큰딸과는 각별한 정을 나누었다. 제인과 엘리자베스가 런던에 갈 일이 있을 때면 늘 그녀의 집에 머물곤 했었다.

도착하자마자 가디너 부인은 가져온 선물을 나누어 주고, 최신 유행에 대해 이야기해 주었다. 그러고 나서는 딱히 할 일이 없어 주변의 이야기에 귀를 기울이고 있었다. 베넷 부인은 그동안의 온갖 속상한 일과 불평들을 한껏 늘어놓았다. 지난번 가디너 부인을 마지막으로 본 이후 아주 끔찍한 일을 겪었다며, 두 딸이 결혼 직전까지 갔다가 결국 무산되었다고 말했다.

"제인을 원망하는 건 아니야. 제인은 정말로 빙리 씨와 결혼하려고 했었으니까. 그런데 리지는 어떻게 한 줄 아니? 기가 차서! 생각하기도 싫지만, 그 애가 고집만 좀 안 부렸어도 지금쯤은 콜린스 씨 아내가 되어 있을 거야. 바로 이 방에서 청혼했었다고. 그런데 쟤가 거절을 해 버린 거야. 결국 루카스 부인이 나보다 먼저 딸을 결혼시키게 되었지. 또 롱번의 재산도 고스란히 한정상속으로 넘어가게 생겼고 말이야. 루카스 사람들은 모두가 하나같이 교활해서, 손에 넣을 수 있는 것에는 다 달려든단 말이야. 이런 말을 그들에게 직접 하긴 좀 그렇지만, 사실이 그런 걸. 그 덕분에 나는 신경쇠약에 걸리고, 집에서도 따돌림만 당하는 처량한 신세가 됐지. 이웃이라고 해 봐야 다들 자기밖에 모르는 사람들뿐이고. 그래도 이럴 때 너희가 와 주니까 정말 위로가 돼. 그리고 그 유행한다는 긴 소매 옷 이야기가 무척 듣고 싶기도 하고."

제인과 엘리자베스와 편지를 주고받는 과정에서 이미 주요한 내용을 알고 있던 가디너 부인은 시누이의 말에 가볍게 응대하고는 두 조카를 위로하며 화제를 돌렸다.

나중에 엘리자베스와 단둘이 있게 되었을 때, 그녀는 다시 그 이야기를 꺼냈다.

"제인에게는 꽤 좋은 혼처였던 것 같구나. 일이 잘못되었다니 마음이 안 좋다. 하지만 이런 일은 흔히 있는 일이잖니. 네가 말한 대로, 빙리 씨 같은 젊은 청년이 예쁜 여자와 몇 주간 가까이 지내며 사랑에 빠졌다가도, 우연히 떨어지게 되었을 때 쉽게 그녀를 잊어버리는 이 같은 변덕이야 비일비재하잖아."

"그렇게 생각하면 정말 마음이 편하죠." 엘리자베스가 말했다. "하지만 우리 경우는 그렇지 않아요. 우리가 마음 아파하는 건, 두 사람이 우연히 떨어지게 된 것이 아니라는 거예요. 친구들이 나서서, 남부럽지 않은 재산을 가진 젊은 청년에게 그가 단 며칠 전까지만 해도 열렬히 사랑하던 여자를 잊으라고 다그치는 일은 흔하지 않잖아요."

"그렇지만 '열렬한 사랑'이라는 표현은 너무 고리타분한 데다 믿을 만하지도 않고 의미도 애매해서, 나로서는 감이 잘 잡히지 않는구나. 그런 말은 정말로 진실한 사랑에도 쓰이지만, 만난 지 반 시간밖에 안 된 사람들 사이에서 생긴 감정도 흔히 그렇게 표현하니까. 그럼, 빙리 씨의 사랑은 어느 정도로 열렬했니?"

"그처럼 마음을 쓰는 모습은 처음 봤어요. 다른 여자들은 점점 더 거들떠보지도 않았고요. 그러다 결국 언니에게 완전히 빠져 버렸죠. 두 사람이 만날 때마다 그런 모습은 더더욱 분명해졌거든요. 그분이 주최한 무도회에서는 두세 명의 여자에게 춤을 청하지 않아 그들의 기분을 몹시 상하게 했어요. 저도 두 번쯤 말을 걸었는데, 대답조차 하지 않았던 적도 있었고요. 이보다 더 확실한 징후가 어디 있겠어요? 다른 여자들에게는 관심을 보이지 않았다는 게, 바로 사랑에 빠졌다는 확실한 증거 아니겠어요?"

"그래! 그분의 사랑은 내가 짐작했던 그대로였구나. 가엾은 제인! 그 애가 정말 안됐어. 상심한 마음을 쉽게 이겨 내지는 못할 거야. 차라리 리지 너한테 그런 일이 있었으면 그나마 좀 나았을 걸. 너라면 좀 더 빨리 떨쳐 버리고 말 텐데. 그런데 제인이 우리가 돌아갈 때 함께 간다면, 따라올 것 같니? 환경이 바뀌면 조금은 나아질 수도 있을 텐데. 집을 떠나 있는 것만큼 좋은 방법도 없을 것 같거든."

엘리자베스는 외숙모의 제안이 너무나 기뻤다. 그리고 제인도 순순히 응할 것 같은 느낌이 들었다.

"그 젊은이 생각을 전혀 하지 않다 보면 제인도 조금은 나아지겠지. 우리가 사는 시내는 전혀 다른 곳이고, 만나는 사람들도 다르잖아. 너도 알다시피 우리 가족은 외출을 거의 안 하니까 그 사람들과 마주칠 일도 없을 거야. 그 사람이 일부러 찾아오지만 않는다면 말이지." 가디너 부인이 덧붙였다.

"그럴 일은 절대 없을 거예요. 그분은 지금 친구 집에 사실상 갇혀 있는 거나 다름이 없으니까요. 그리고 다아시 씨는 그분이 런던의 그런 곳으로 제인을 찾아가는 걸 절대로 허락하지 않을 사람이에요. 외숙모, 제가 이렇게 말씀드리는 걸 어떻게 들으실지 모르겠지만요. 다아시 씨는 그레이스처치 가街와 같은 곳이 있다는 얘기를 들었을지는 몰라도, 그곳에 발을 한번 들여놓으면 그 오물을 씻어 내는 데 한 달도 모자라다고 생각할 만한 사람이에요. 그리고 또 한 가지 확실한 건, 빙리 씨는 다아시 씨 없이는 절대로 혼자 돌아다니지 않거든요."

"그거 참 다행이구나. 그렇다면 두 사람이 마주칠 일은 절대 없겠네. 하지만 제인은 그 누이하고 편지를 주고받잖니. 과연 찾아가지 않고 배길 수 있을까?"

"언니는 곧 관계를 완전히 끊을 거예요."

빙리 씨가 제인을 만나지 못하도록 방해받고 있다는 훨씬 더 흥미로운 사실과 함께, 엘리자베스는 이 말도 확신에 찬 태도로 말했지만 다시 곰곰이 생각해 보니, 꼭 불가능한 일만은 아니라는 생각도 들었다. 빙리 씨의 애정이 되살아날 가능성도 있었고 그렇게 되면 그에 대한 주위 사람들의 영향력은, 그보다 훨씬 더 자연스럽게 영향을 미칠 제인의 매력에 의해 힘을 잃게 될 수도 있었기 때문이다. 어쩌면 정말로 그렇게 될지도 모른다는 생각마저 들었다.

제인은 외숙모의 초대를 반갑게 받아들였다. 그리고 이때의 빙리 씨 댁의 사람들에 대한 그녀의 생각은, 캐롤라인이 오빠와 같은 집에 머무는 것이 아니기 때문에 가끔 빙리 씨와 마주치더라도 큰 걱정 없이 그녀와 함께 오전 시간을 같이 보낼 수는 있겠다고 생각하는 정도였다.

가디너 씨 부부는 롱번에 일주일간 머물렀다. 필립스 부부, 루카스 집안사람들 그리고 사관들 덕분에 하루라도 약속이 없는 날이 없었다. 베넷 부인이 동생 부부를 위해 너무나 정성스럽게 대접을 준비한 탓에, 정작 그들은 한 번도 가족들끼리 저녁 식사를 나누는 자리를 갖지 못했다. 집에서 모임이 있을 때면 어김없이 몇몇 사관들이 반드시 참석했고, 그중에는 위컴 씨가 늘 끼어 있었다. 그리고 이럴 때마다 엘리자베스가 위컴 씨를 열심히 칭찬하는 모습을 보고 의아하게 여긴 가디너 부인은 두 사람을 유심히 살폈다. 그녀가 보기에는 두 사람이 심각할 정도로 사랑에 빠진 것은 아니지만, 서로에게 호감을 갖고 있는 것만은 분명한 것 같아서 제법 신경이 쓰였다. 그래서 부인은 하트퍼드셔를 떠나기 전에 이 문제에 대해 엘리자베스와 이야기를 나누고, 그런 식으로 사랑을 키우는 것은 경솔한 일이라고 말할 생각이었다.

위컴 씨에게는 그의 전반적인 능력 외에도 가디너 부인을 기쁘게 하는 또 하나의 이유가 있었다. 그녀가 결혼하기 전인 10여 년 전에 바로 그의 고향인 더비셔에서 한동안 지낸 적이 있었던 것이다. 그래서 두 사람이 함께 알고 있는 사람들이 많았다. 위컴 씨는 5년 전 다아시 씨의 부친이 세상을 떠난 이후로는 그곳에 거의 가지 않았지만, 부인의 옛 친구들에 대해서는 그녀가 알고 있는 것보다는 더 새로운 소식을 전해 줄 수 있었다.

가디너 부인은 펨벌리에 가 본 적이 있었기 때문에 작고한 다아시 씨 아버지의 성격이 어떤지 아주 잘 알고 있었다. 그래서 그에 대한 이야기는 끊임없이 화제가 되었다. 그녀는 펨벌리에 대한 자신의 기억과 위컴 씨가 들려주는 상세한 설명을 비교하며,

고인이 된 다아시 씨 부친의 훌륭한 성품을 기리는 대화를 나누며 그와 함께 즐거워했다. 그러나 지금의 다아시 씨가 위컴 씨에게 한 처사에 관한 이야기를 들은 후, 부인은 그런 행동에 어울리는 어린 시절의 다아시 씨에 대한 평판을 떠올리려 애썼다. 그리고 마침내 그녀는, 자신의 기억으로는 피츠윌리엄 다아시 씨가 어릴 적부터 몹시 거만하고 심술궂은 아이라는 소문을 들은 적이 있다고 말했다.

- 26 -

가디너 부인은 엘리자베스와 단둘이 이야기할 수 있는 적당한 기회가 생기자, 자세하면서도 친절하게 충고를 해 주었다. 부인은 자신의 생각을 솔직히 이야기한 뒤 이렇게 말했다.

"리지야, 넌 생각이 깊은 아이니까 이렇게 충고만 해도 사랑에 빠지는 일은 없으리라고 믿어. 그러니 마음 놓고 솔직히 이야기할게. 이건 중요한 이야기야. 너 스스로 조심해야 하는 거야. 너 스스로 사랑에 빠져서는 안 돼. 그리고 그분을 끌어들여서도 안 돼. 재산이 없으면 경솔하게 그런 사랑에 빠질 수도 있거든. 그분이 어떻다는 이야기는 절대로 아니야. 오히려 아주 관심이 가는 청년이지. 그리고 자기 몫인 그 재산만 있다면 더 이상 바랄 게 없는 사람이라고 생각해. 그러나 너 자신의 감정에 휘말려서는 안 돼. 너는 생각이 깊고, 또 우리 모두는 네가 그렇게 행동하리라고 믿어. 네 아버지께서도 네가 심지가 굳고 함부로 행동하지 않는 아이라고 믿고 계시겠지. 아버지를 실망시켜 드려서는 안 된단다."

"외숙모, 이건 정말로 진지한 문제예요."

"그래, 그러니까 너도 진지하게 행동하기를 바란단다."

"물론이죠. 걱정하시지 않아도 돼요. 조심할 테니까요. 위컴 씨에 대해서도 물론이고요. 될 수 있는 대로 그분이 절 사랑하지 않도록 하겠어요."

"엘리자베스, 지금 네 얘기는 진심이 아냐."

"죄송해요. 다시 말씀드릴게요. 지금으로서는 위컴 씨를 사랑하는 건 아니에요. 네, 분명히 아니에요. 하지만 그분은 제가 만난 사람들 중 가장 마음에 드는 분이에요. 비교할 수 없을 정도로요. 그래서 그분이 정말로 저에게 마음이 있다면…… 전 그런 일이 없기를 바라고 있어요. 경솔한 짓이라는 걸 알거든. 아, 가증스러운 다아시 씨…… 아버지께서 저를 그렇게 생각해 주셔서 정말 고마워요. 아버지의 믿음까지 잃어 버린다면 전 정말 비참해질 거예요. 하지만 아버지는 위컴 씨가 마음에 드시나 봐요. 외숙모, 그러니까 전 어느 분이라도 불행하게 해 드릴 생각은 없다는 거예요. 우리가 매일 보고 있듯이, 사랑만 있다면 젊은 사람들은 당장 재산이 없다고 해서 약혼을 못 한다거나 하는 일은 거의 없죠. 그러니 제가 유혹을 느낄 때, 주위의 많은 사람들과 다르게 현명한 행동을 하리라는 것을 어떻게 장담할 수 있겠어요? 아니면 그런 유혹을 거부하는 것이 현명하다는 생각이나 들겠어요? 그러니 제가 약속드릴 수 있는 것은 성급하게 행동하지 않겠다는 것뿐이에요. 제가 그분의 첫 연인이라고 성급하게 생각하지 않을 거예요. 그분과 함께 있게 되어도 마찬가지일 거예요. 어쨌든 최선을 다할 거예요."

"그분이 여기에 자주 오지 않게 하는 것도 좋을 것 같구나. 적어도 어머니께서 그분을 초대할 생각이 들지 않게 해야겠지."

"전에는 그랬죠." 엘리자베스는 쓴웃음을 지으며 말했다. "정말 맞는 말씀이에요. 그렇게 하지 않도록 하는 것이 현명하겠죠. 하지만 그분이 늘 요즘처럼 자주 오시는 것은 아니에요. 이번 주에 자주 들르신 것은 외숙모 때문이에요. 가까운 손님이 오면 항상 사람들을 불러 모아야 하는 어머니 성격을 외숙모도 잘 아시잖아요. 하지만 정말 제 명예를 걸고 가장 현명하게 처신하겠어요. 자, 이만하면 저를 믿으시겠죠?"

외숙모는 그녀를 믿는다고 했고, 엘리자베스도 외숙모의 자상한 충고에 고마움을 표하며 두 사람은 헤어졌다. 외숙모의 충고는 그런 문제에 대해 서로 낯을 붉히지 않고 해 줄 수 있는 가장 훌륭한 충고이기도 했다.

가디너 씨 부부와 제인이 떠난 지 얼마 되지 않아 콜린스 씨가 다시 하트퍼드셔를 찾아왔다. 하지만 그는 루카스 댁에 머물렀기 때문에 그가 온 것이 베넷 부인에게 크게 불편한 것은 아니었다. 그의 결혼이 빠르게 다가오고 있었으므로, 이제 부인은 어쩔 수 없는 일로 단념하고 있었다. 그리고 심술궂은 말투이긴 하지만, 어쨌든 "잘들 살아 보라지"라는 말도 자주 늘어놓곤 했다. 결혼은 목요일로 잡혔는데, 수요일에 루카스 양이 작별 인사차 방문을 했다. 그녀가 일어나 작별 인사를 하자, 마지못해 행복을 빌어 주는 어머니의 무례한 태도가 너무나 미안해진 엘리자베스는 그녀를 따라 나왔다. 계단을 내려가며 샬럿이 말했다.

"자주 소식 전할 거지, 일라이자?"

"그럼."

"부탁이 하나 더 있어. 날 찾아와 줄래?"

"하트퍼드셔에서 자주 보게 되겠지."

"당분간은 켄트를 떠날 일은 없을 것 같아. 그러니까 헌스퍼드로 와 주겠다고 약속해 줘."

엘리자베스는 찾아가 봤자 그다지 유쾌하지 않을 것 같다는 생각이 들었지만, 거절할 수는 없었다.

"아버지와 마리아가 3월에 오실 예정이거든. 그때 같이 오면 좋지 않겠어, 일라이자? 아버지와 마리아보다 네가 더 반가울 거야." 샬럿이 덧붙였다.

결혼식이 거행되었다. 신랑과 신부는 교회에서 곧바로 켄트로 출발했다. 으레 그렇듯 결혼식장에서는 하고 싶은 말도, 듣고 싶은 말도 많았다. 엘리자베스는 곧 친구로부터 소식을 받았다. 그들은 전과 다름없이 자주 편지를 주고받았지만, 전처럼 서로 솔직한 이야기를 나누지는 못했다. 엘리자베스는 편지를 보낼 때마다, 편안하게 마음속 이야기를 나누던 시절은 끝났다는 느낌이 들었다. 그래도 편지는 꾸준히 쓰기로 마음먹었고, 그것은 지금보다는 지나간 우정을 위한 것이었다.

엘리자베스는 몹시도 기다리던 샬럿의 첫 번째 편지를 받았을 때는 샬럿의 신혼살림은 어떨까, 캐서린 부인은 그녀 마음에 들었을까, 과연 행복하다고 말하고 있을까, 이런 호기심이 없을 수는 없었다. 편지를 읽고 난 엘리자베스는 샬럿이 표현한 모든 것들이 자신이 예상한 그대로라는 생각이 들었다. 샬럿은 주위의 모든 것이 다 마음에 드는 듯 즐겁게 써 내려갔고, 어느 하나 칭찬하지 않는 부분이 없었다. 집이며, 가구며, 이웃들이며, 심지어 도로까지 모두 다 마음에 든다고 했고, 캐서린 부인은 너무나 친절하고 자상하게 대해 준다고 적혀 있었다. 그 내용은 마치 콜린스 씨가 헌스퍼드와 로징스를 칭찬하던 것을 조금 완화해서 그대로 옮겨 놓은 것 같았다. 엘리자베스는 더 많은 것을 알고 싶다면, 결국 그곳을 직접 찾아가 보기 전에는 알 수 없겠다는 생각이 들었다.

제인은 런던에 무사히 도착했다는 소식을 몇 줄 적어 동생에게 보내왔었다. 엘리자베스는 다음번 편지에서는 언니가 빙리 씨 일가에 대한 소식을 보내올 수 있기를 바랐다.

애타게 기다렸던 두 번째 편지는, 세상일이 그러하듯 역시 실망스러운 내용이었다. 제인이 시내로 들어간 지 일주일이 지났는데도 캐롤라인을 한 번도 만나지 못했고, 아무런 소식도 들은 바 없다는 것이었다. 그러나 제인은 롱번에서 캐롤라인에게 보낸 마지막 편지가 무슨 착오로 인해 제대로 전달되지 않은 것 같다고 했다.

'외숙모께서,' 그녀의 편지는 이렇게 이어졌다. '내일 그쪽으로 가신다고 하니, 나도 이 기회에 그로스베너 가를 구경해 봐야겠어.'

그곳을 방문한 제인은 다시 편지를 보내왔다. 그곳에서 빙리 양을 만났다는 것이다.

캐롤라인은 좀 풀 죽은 듯했지만, 나를 보자 무척 반가워하며 런던에 오면서 왜 미리 알리지 않았느냐고 날 책망하더라. 그러니 내 말이 맞았잖아. 지난번 편지는 그녀가 못 받은 거야. 물론 빙리 선생님의 안부도 물었지. 별일 없으시대. 그리고 다아시 씨와는 거의 매일 어울리다시피 하니까 자기들도 얼굴 볼 새가 없다고 하더라. 다아시 양이 오늘 저녁 식사에 오기로 되어 있는데, 한번 볼 수 있으면 좋겠어. 하지만 난 여기 오래 있을 수 없어. 캐롤라인과 허스트 부인이 외출을 하니까 말이야. 머지않아 여기서 다시 그분들과 만나게 되겠지.

이 편지를 읽은 엘리자베스는 고개를 저었다. 언니가 시내에 있다는 사실을 빙리 씨가 아는 것은 운에 맡길 수밖에 없다고 생각했기 때문이다.

4주가 지나갔건만, 제인은 여전히 빙리 씨의 그림자도 보지 못했다. 그렇다고 속상해할 것까지는 없다고 제인은 스스로를 다독였다. 하지만 빙리 양의 무관심한 태도에는 더 이상 무심할 수 없었다. 제인은 보름 동안 매일 아침 집에서 캐롤라인을 기다렸고, 그녀는 매번 저녁이 되어서야 다른 핑계를 대며 나타났다. 금방 돌아가 버리는 그녀와 더욱이 변해 버린 그녀의 태도에 제인은 더 이상 자신의 속마음을 숨길 수 없었다. 제인은 자신의 그런 심경을 엘리자베스에게 보내는 편지에서 이렇게 털어놓았다.

빙리 양에 대한 호의에 내가 감쪽같이 속아 넘어갔다고 솔직히 말한다고 해서, 리지 넌 네 판단이 옳았다고 하면서 날 놀려 대지는 않겠지. 그렇지만 리지야, 이런 말을 한다고 해서 나더러 또 고집을 피운다고는 하지 마. 네 생각이 옳았던 건 사실이지만 그녀가 했던 행동을 생각해 보면, 네가 의심을 한 것도 당연하지만 내가 그녀를 믿었던 것도 당연했던 것 같아. 그녀가 왜 나와 친해지려고 했는지는 도무지 이해가 안 돼. 그렇지만 똑같은 상황이 되면 난 또 한 번 똑같이 속을 것만 같아. 캐롤라인은 어제까지도 찾아오지 않았어. 그동안 한 통, 아니 단 한 줄의 편지도 없었어. 그녀가 찾아왔을 때도 전혀 즐거운 기색이 없었고, 일찍 찾아오지 못한 이유를 의례적으로 짧게 변명한 뒤 다시 만나자는 말 한마디 없이 돌아가 버렸어. 아무리 생각해도 완전히 딴 사람이 된 것 같다는 생각이 들어서, 이제는 그녀와 완전히 절교할 생각이야. 안타깝지만, 이번엔 정말 그녀를 탓해야 할 것 같아. 나를 그런 식으로 대한 건 그녀가 정말 잘못한 거야. 사실 가까워지려고 한 쪽은 그녀였거든. 하지만 그녀가 안됐다 싶어. 아마 그녀도 자신의 잘못을 느낄 테고, 또 오빠를 생각하는 마음에서 그렇게 한 것이 틀림없으니까. 더 이상 내 마음을 이야기할 필요는 없을 것 같아. 또 우리가 이렇게 속상해할 일도 아니지만, 그래도 그녀가 이런 내 마음을 안다면 자신이 나에게 무슨 짓을 했는지는 스스로 깨닫게 되겠지. 그녀에게 오빠는 너무나 소중한 존재이니까, 오빠를 걱정하는 마음은 이해할 수 있고 또 기특하기도 해. 하지만 지금 와서 그런 식으로 두려워하는 건 이해가 안 돼. 만약 빙리 씨가 나에게 조금이라도 관심이 있었다면, 우리는 진작 다시 만났어야 해. 그분은 내가 시내에 있다는 걸 분명히 알고 있을 거야. 빙리 양의 반응을 보면 그래. 그리고 빙리 씨가 분명히 다아시 양에게 마음이 있다고 그녀 스스로 다짐이라도 하듯이 말하는 걸 보면, 정말 그럴 가능성이 있어. 왜 그러는지는 모르겠지만, 성급한 판단일 수 있다는 걸 알면서도 이 모든 게 너무 표리부동하게 느껴져. 하지만 가슴 아픈 생각은 다 지워 버리고, 나에게 앞으로 행복을 가져다줄 수 있는 것만 생각하려고 노력할게. 너의 애정, 외삼촌과 외숙모의 한결같은 친절 같은 것들 말이야. 곧바로 답장해 줘. 빙리 양은 다시는 네더필드로 돌아가지 않겠다고 했고 그 집도 내놓을 거라고 했지만, 말하는 태도에서 확신은 없어 보였어. 이 이야기는 안 하는 게 낫겠어. 헌스퍼드에서 유쾌한 소식이 있었다니 정말 기뻐. 윌리엄 경과 마리아와 함께 꼭 한 번 가 봐. 거기 가면 분명 재미있을 거야.

사랑하는 언니로부터.

이 편지를 읽고 엘리자베스는 마음이 조금 아팠다. 하지만 제인이 적어도 빙리 양에게만큼은 더 이상 속지 않을 것이라는 생각에 기분이 풀렸다. 빙리 씨에 대한 기대는 이제 모두 끝이 났다. 그의 애정이 언니에게 다시 돌아오기를 바라는 마음조차 없었다. 아무리 생각해도 빙리 씨를 좋게 생각할 수 없었다. 엘리자베스는 이런 그의 행동이 결국 자신에게 돌아올 벌이라고 여겼고, 제인에게는 오히려 도움이 될지도 모른다고 생각하면서 그가 하루빨리 다아시 양과 결혼해 버리기를 진심으로 바랐다. 위컴 씨의 말대로라면, 다아시 양은 언니를 저버린 빙리 씨가 두고두고 후회하게 만들 수 있을 여자일 테니까 말이다.

이즈음 가디너 부인은 엘리자베스에게 위컴 씨에 대한 약속을 상기시키며, 그에 관한 소식을 전해 달라고 했다. 엘리자베스에게는 자신보다도 외숙모가 더 만족해할 만한 소식이 있었다. 위컴 씨가 그녀에게 보이던 깊은 관심은 시들해졌고 애정은 이미 사라졌으며, 지금은 다른 여자에게 마음을 쏟고 있었기 때문이었다. 엘리자베스는 이런 변화를 주의 깊게 파악하고 있었다. 그러나 그런 사실을 눈으로 보고, 편지로 쓰면서도 마음이 아프거나 하지는 않았다. 약간 허전한 마음은 있었지만, 재산만 있었다면 자신이 그가 선택했을 유일한 여자였을지도 모른다는 생각에 뿌듯한 자부심도 느껴졌다. 지금 위컴 씨가 마음을 끌기 위해 애쓰고 있는 그 젊은 여자의 매력은 다름 아닌, 갑작스럽게 굴러들어 온 만 파운드의 재산이었다. 샬럿의 경우보다야 명석한 판단이 어려웠겠지만, 그래도 엘리자베스는 경제적 독립을 바라는 위컴 씨를 비난하지는 않았다. 오히려 두 사람의 관계가 이렇게 정리된 것은 더없이 자연스러운 일이었다. 엘리자베스는 위컴 씨도 자기를 포기하는 데는 상당한 마음의 갈등이 있었을 것이라 여겼기에 그렇게 하는 것이 두 사람 모두에게 현명하고 바람직한 일이라 기꺼이 받아들였고, 그랬기 때문에 진심으로 그의 행복을 바랄 수 있었다.

이 모든 사연은 가디너 부인에게 전해졌다. 엘리자베스는 주변의 여러 가지 상황을 알리고 난 뒤에 이렇게 덧붙였다.

"외숙모, 저는 그분을 그렇게 깊이 사랑했던 건 아닌 것 같아요. 그 순수하고 고결한 열정을 제가 정말로 경험했더라면, 지금 그분의 이름만 들어도 혐오스러울 테고, 그분을 향해 온갖 저주를 하고 있겠죠. 그러나 저는 그분뿐만 아니라 킹 양까지도 행복하기를 진심으로 바라는 마음입니다. 그녀에 대해 미운 감정은 조금도 없고, 그녀가 그다지 훌륭하지 않은 여자였으면 좋겠다고 생각하고 싶지도 않아요. 이런 제 마음을 보면, 사랑이었을리가 없죠. 제가 조심했던 것이 효과가 있었어요. 제가 정신없이 그분과 사랑에 빠졌더라면 주변 사람들로부터 관심을 한몸에 받았겠지만, 그런 관심을 받지 못한 것이 아쉽거나 하지는 않아요. 그런 관심은 언젠가 값비싼 대가를 치러야 하는 것일 테니까요. 위컴 씨의 변심을 키티와 리디아가 저보다도 더 속상해하고 있어요. 동생들은 아직 세상 물정을 모르다 보니, 아무리 잘생긴 남자라도 평범한 남자와 마찬가지로 세상을 살아가기 위해서는 경제적인 기반이 필요하다는, 그 쓸쓸한 진실을 쉽게 받아들이지 못하는 거죠."

롱번의 베넷 씨 댁에서는 더 이상 특별한 일이 없었고, 변화라고 해 봐야 메리턴으로 산책을 가는 정도였다. 때로는 비가 와서 땅이 질퍽거리고, 때로는 추운 날씨가 계속되며 1월과 2월이 지나갔다. 3월에는 엘리자베스가 하트퍼드셔로 갈 예정이었다. 처음에는 그곳에 가는 일을 진지하게 생각하지 않았지만, 곧 샬럿이 이 계획을 굳게 믿고 있다는 것을 알고는 점차 그 계획이 즐겁게 생각되면서 가야겠다는 마음을 굳히게 되었다. 오랫동안 보지 못한 탓인지 샬럿이 점점 더 보고 싶어졌고, 콜린스 씨에 대한 혐오감도 누그러졌다. 계획 자체가 새로운 의미를 주기도 했고, 늘 함께 지내는 어머니와 붙임성 없는 동생들과 같이 있는 집도 싫은 구석이 없을 수는 없었기 때문에, 기분 전환을 하는 것 그 자체만으로도 반가운 일이었다. 게다가 가는 길에 제인에게 들를 수 있을지도 모른다는 생각이 들자, 날짜가 다가올수록 혹시나 연기라도 되면 어쩌나 하는 걱정이 될 정도였다. 그러나 모든 일이 원만하게 진행되어 샬럿의 처음 생각대로 되었다. 엘리자베스는 윌리엄 경과 그의 둘째 딸과 동행하게 되었고, 마침 런던에서 하룻밤을 묵는 일정이 추가되어 계획은 더없이 완벽했다.

다만 떠나 있는 딸을 무척 보고 싶어 하실 아버지를 두고 떠나는 것이 엘리자베스에게는 가슴 아픈 일이었다. 아버지는 막상 떠날 때는 무척 섭섭해하며 꼭 편지를 보내 달라고 당부했고, 자신도 답장을 보내겠다고 약속했다.

엘리자베스와 위컴 씨와의 작별은 매우 다정하게 이루어졌는데, 위컴 씨 쪽이 더 다정한 태도를 보였다. 그가 지금은 다른 여자에게 정성을 쏟고 있지만, 엘리자베스는 자기에게 애정을 느끼게 하고 또 그럴 만한 자격을 갖춘 첫 번째 여자이며 자기 말을 들어 주고 동정해 주던, 그리고 자기가 사모했던 첫 번째 여자라는 사실은 그의 가슴에 그대로 남아 있었다. 그는 엘리자베스의 여행이 즐겁기를 빈다고 하면서, 캐서린 드 버그 부인에 대해 미리 생각해 둬야 할 것들을 일러 주고, 부인에 대한 그들 두 사람의 의견이, 그리고 모든 사람들에 대한 의견이 언제나 같을 거라며 작별을 고했다. 위컴 씨의 말투에서 느껴지는 따뜻함과 배려는 엘리자베스로 하여금 앞으로도 그를 흠모하도록 만들 것만 같았다. 그와 헤어지면서 엘리자베스는 그가 독신이든 결혼을 하든, 그녀에게는 다정하고 상냥한 이상적인 남자로 남을 것이라는 생각이 들었다.

다음 날, 함께 여행하는 일행들을 겪으면서 엘리자베스는 위컴 씨에 대한 자신의 생각이 여전히 변함없음을 느꼈다. 윌리엄 경과, 성격은 좋지만 아버지와 똑같이 텅 빈 머리를 가진 그의 딸 마리아가 내놓는 이야기란 하나같이 들을 가치조차 없었다. 마치 덜거덕거리는 마차 소리를 듣는 듯한 느낌만 줄 뿐이었다. 엘리자베스는 멍청함을 어느 정도는 즐기는 편이었지만, 윌리엄 경의 어리석은 면은 너무 오랫동안 봐 왔다. 궁정에서 알현했던 이야기나 기사 작위를 받았던 이야기들도 이제는 신물이 날 지경이었고, 그의 낡아빠진 이야기만큼이나 그가 매번 형식적으로 내보이는 예의도 따분하기 그지없었다.

여행이라고 해 봤자 고작 24마일 거리였고, 아침 일찍 출발했기 때문에 정오 무렵에는 그레이스처치 가에 도착했다. 가디너 씨 댁 문 앞으로 마차가 다가갈 때 제인은 거실 창가에서 그들이 오는 모습을 지켜보다가 그들이 복도로 들어서자, 마중을 나왔다. 엘리자베스는 제인의 얼굴을 요모조모 살펴보더니, 여전히 건강하고 예쁜 얼굴이라며 기뻐했다. 계단에는 어린 사내아이와 계집아이들이 무리를 지어 서 있었다. 사촌인 엘리자베스의 얼굴을 빨리 보고 싶어 응접실에서 기다리지 못하고 나와 있기는 했지만, 그녀를 못 본 지 일 년이나 되다 보니 수줍은 마음에 계단에서 내려오지 못하고 우르르 몰려 있었던 것이다. 모든 게 즐겁고 친절이 넘쳤다. 그날 하루는 정말 즐겁게 흘러갔다. 오전에는 쇼핑하느라 부산했고, 저녁에는 극장 구경을 갔다.

극장에서 엘리자베스는 일부러 외숙모 옆자리에 앉았다. 두 사람은 먼저 제인 이야기를 꺼냈다. 엘리자베스는 자세히 여러 가지를 물었고, 외숙모는 제인이 항상 명랑하게 보이려고 애를 쓰지만 우울해 보일 때도 있다고 말했다. 그 말을 들은 엘리자베스는 놀라기보다는 마음이 아팠다. 그래도 그 상태가 오래가지는 않을 거라고 생각했다. 가디너 부인은 빙리 양이 그레이스처치 가를 방문했던 일과 제인과 나눈 여러 차례의 대화를 이야기해 주었다. 그 대화 내용을 보면, 제인은 진심으로 빙리 씨와의 관계를 단념한 것이 확실해 보였다.

"그런데 엘리자베스," 가디너 부인이 말을 이었다. "킹 양은 어떤 여자니? 위컴 씨가 돈 욕심 때문에 그런다는 건 참 유감이구나."

"외숙모, 결혼에 있어서 돈 욕심하고 신중한 판단 사이에 어떤 차이가 있는 걸까요? 신중하게 판단하고 나면 돈 욕심이 나는 거예요? 지난 크리스마스 때는 위컴 씨와 결혼할까 봐 걱정하셨죠. 혹 신중한 생각 없이 해 버릴까 싶어서요. 그런데 지금은 그분이 겨우 만 파운드를 가진 여자와 결혼하려 한다고, 돈에 눈이 먼 사람처럼 말씀하시잖아요."

"킹 양이 어떤 여자인지 이야기해 준다면, 내 생각도 좀 정리할 수 있을 것 같아."

"아주 좋은 여자라고 알고 있어요. 그녀에 대해 안 좋은 소문을 들은 적은 전혀 없어요."

"그렇지만 그녀의 할아버지가 돌아가시고 유산이 생기기 전까진, 위컴 씨는 그녀를 거들떠보지도 않았잖아."

"그랬죠. 도대체 그가 왜 그랬을까요? 제가 돈이 없어서 제 애정을 받아들이기 어려웠다면, 별로 관심도 없고 저와 마찬가지로 가난한 여자에게 사랑을 구하는 건 대체 무슨 경우예요?"

"하지만 너와 그런 일이 있고 난 뒤에 곧바로 그 여자에게 애정을 쏟는 건, 다소 천박하게 느껴지는구나."

"빈궁한 처지의 남자는 그렇지 않은 사람들이나 지킬 수 있을 만한 그 온갖 고상한 격식 같은 것들을 생각할 겨를이 없는 거죠. 그녀가 싫어하지 않으면 그만이죠. 우리가 뭐라고 할 입장은 아니잖아요."

"그녀가 싫어하지 않는다고 해서, 그 사람의 허물이 없어지는 건 아니지. 오히려 그녀에게 무슨 결함이 있는 건 아닌가 하는 의심만 들게 하잖니. 생각이 모자란다든지, 아니면 감정에 무슨 문제가 있다든지."

"좋아요, 외숙모 마음대로 생각하세요. 그분은 돈밖에 모르고, 또 그녀는 멍청이고."

"아니야, 리지. 내 뜻은 그런 게 아니야. 더비셔에서 그렇게 오랫동안 살았던 청년을 내가 어떻게 나쁘게 말하겠니. 너도 알잖아."

"정말 그렇다면, 전 더비셔에 사는 청년들은 사람 취급도 안 하겠어요. 하트퍼드셔에 사는 제 친한 친구들도 그다지 나을 게 없어요. 그 사람들 생각만 해도 모두 진절머리가 나요. 잘 됐어요. 내일 제가 가는 곳에는 예의나 생각이라곤 찾아볼 수 없는 정말 밥맛 떨어지는 양반이 하나 있죠. 멍청한 사람들과 어울리면 딱 제격일 그런 사람 말이에요."

"리지야, 왜 이러니. 네 말투를 들으니, 무척 실망스러운 일이 있었던 것 같구나."

연극이 끝나고 자리에서 일어서기 전에 엘리자베스는 외삼촌과 외숙모로부터 여름에 떠나기로 한 유람 여행에 같이 가자는 뜻밖의 이야기를 듣고 무척 기뻤다.

"어디까지 여행할지는 아직 정해지지는 않았지만, 아마 호수 지방까지는 가게 될 것 같구나." 가디너 씨가 말했다.

엘리자베스에게 이보다 더 즐거운 일은 없을 것 같았다. 그녀는 곧장 함께 가겠다고 하며 감사의 뜻을 전했다.

"외숙모! 얼마나 즐겁고 신날까요!" 엘리자베스가 신이 난 목소리로 말했다. "새로운 기운이 확 솟는 것 같아요! 실망과 울화는 다 떨쳐 버리자고요. 바위와 산에 비하면 남자들은 아무것도 아니에요. 정말 멋진 시간이 될 거예요. 여행을 마치고 돌아와서는, 무엇 하나 제대로 기억하지 못하는 그런 여행자처럼 되어서는 안 되겠죠. 우리가 갔던 곳을 모두 기억하고, 또 장면을 또렷하게 떠올릴 수 있어야 해요. 호수인지 산인지 강인지 헷갈리는 일은 없어야겠죠. 어떤 광경을 이야기하면서 여기였다 저기였다 하고 입씨름하는 일도 없어야 하고요. 우리들이 처음 내지르는 탄성도 대부분의 여행자들처럼 맥빠진 소리가 되어서는 안 되겠죠."

- 28 -

그다음 날 바깥나들이를 나선 엘리자베스는 마주치는 모든 것이 하나같이 새롭고 흥미로웠다. 그녀는 마냥 즐거운 기분이었다. 제인의 밝은 모습에서 그녀의 건강에 대한 우려를 말끔히 씻어 버린 데다, 북부지방으로의 여행에 대한 기대감이 언제나 그녀를 기쁨에 들뜨게 했기 때문이었다.

큰길을 지나 하트퍼드셔로 향하는 샛길로 접어들자, 일행은 목사관을 찾느라 이리저리 바쁘게 두리번거렸다. 길 한편에는 로징스 파크의 경계를 알리는 말뚝이 죽 늘어져 있었다. 그곳에 살고 있는 사람들에 대해 예전에 들었던 이야기들이 떠오르자, 엘리자베스는 쓴웃음이 나왔다.

마침내 목사관이 눈에 들어왔다. 길을 따라 약간 비스듬하게 펼쳐져 있는 정원과 그 안의 집 한 채, 푸른색의 담장과 계수나무 울타리 등 모든 것들이 목사관에 도착했음을 알리고 있었다. 콜린스 씨와 샬럿은 문 앞까지 나와 있었다. 모두들 고개를 끄덕이며 웃는 사이 마차는 나지막한 문 앞에 멈춰 섰고, 그 문에서 집까지 그리 멀지 않은 길에는 자갈이 깔려 있었다. 잠시 후 그들은 모두 마차에서 내려 서로의 얼굴을 쳐다보며 즐거워했다. 콜린스 부인은 너무나 반갑게 친구를 맞이했다. 그녀의 애정 어린 환대를 받으며, 엘리자베스는 오기를 잘했다고 생각했다.

콜린스 씨의 태도는 결혼 후에도 여전히 변하지 않았다는 것을 금방 알 수 있었다. 틀에 박힌 그의 예의범절은 예전 그대로였고, 그는 한참 동안 엘리자베스를 문 앞에 세워둔 채 그녀의 가족들 안부를 일일이 묻고 확인했다. 그러고 나서 그들은 현관 입구가 아담하게 잘 꾸며져 있다는 그의 말에 잠시 눈을 돌렸다가 곧바로 집 안으로 안내되었다. 거실로 들어서자마자 그는 다시 한번 누추한 곳을 찾아 주셔서 고맙다며 겉치레 인사를 하고는, 다과를 준비하겠다는 자기 아내의 말을 그대로 되풀이했다.

엘리자베스는 그가 자랑깨나 늘어놓으리라는 예상을 하고 있었다. 그가 방의 균형이 잘 잡혀 있고 그 모양과 가구들이 멋지다고 자랑할 때 엘리자베스는 그 말이 특히 자신에게 하는 소리로 들렸는데, 그의 청혼을 거절함으로써 그녀가 어떤 것들을 놓쳐 버렸는지 느끼게 하려는 것 같았다. 엘리자베스는 모든 것들이 깔끔하고 안락하게 보였지만 그런 그의 기분을 맞춰 주지 않으려 아쉬운 기색을 조금도 내비치지 않았다. 오히려 이런 사람과 살면서 어떻게 그렇게 명랑한 모습이 될 수 있는지 의아하다는 눈길로 샬럿을 쳐다보았다. 콜린스 씨는 아내가 당연히 부끄럽게 여길 수밖에 없는 말을 몇 번이고 반복했는데, 그럴 때마다 엘리자베스는 자기도 모르게 샬럿에게 눈길이 갔다. 그녀는 한두 번 얼굴이 발그레해지는 듯했지만, 대부분은 못 들은 척하고 넘겼다.

한참을 앉아 찬장에서부터 벽난로 장식에 이르기까지 방 안

구석구석의 가구를 칭찬하고, 여행 중의 이야기며 런던에서 있었던 일까지 죄다 늘어놓고 난 뒤에야 콜린스 씨는 산책이나 하자면서 일행들을 정원으로 안내해 나갔다. 정원은 넓고 잘 정돈되어 있었고, 콜린스 씨가 손수 가꾸고 있다고 했다. 정원을 손질하는 것이 자신의 가장 고상한 즐거움이라는 것이었다. 엘리자베스는 정원 일이 건강에 좋아서 남편에게 그 일을 자주 권하고 있다는 말을, 얼굴색 하나 바뀌지 않고 하고 있는 샬럿을 보며 그녀가 가상하다는 생각이 들었다. 콜린스 씨가 길이란 길은 모두 앞장서며 직접 안내하고, 칭찬은 혼자서 다 쏟아 내며, 다른 사람이 그의 칭찬에 뭐라고 맞장구칠 여유도 주지 않은 채 온갖 경관을 세세히 설명을 해대는 바람에 일행들은 그 아름다움을 느껴 볼 여유도 없었다. 그는 온 사방에 널려 있는 밭의 수에서부터 가장 먼 밭에 심어진 수목의 수까지 알고 있다고 떠벌렸다. 그러나 그의 정원과 그 마을, 아니 이 나라의 어떤 멋진 경관도 로징스와는 비교조차 안 된다고 덧붙였다. 장원의 경계를 이루고 있는 수목들 사이로 그의 집과 거의 마주 보고 있는 그 모습이 드러났는데, 현대식으로 잘 지어진 건물로 약간 높은 땅 위에 멋지게 자리 잡고 있었다.

콜린스 씨는 정원을 지나 두 개의 목장까지 일행을 데리고 가려 했지만, 서리가 남아 있는 젖은 땅을 여자들의 신발로는 걷기 어려워 결국 발길을 돌릴 수밖에 없었다. 콜린스 씨가 윌리엄 경과 함께 외출한 사이 샬럿은 동생과 엘리자베스를 데리고 집 안을 구경시켰는데, 남편의 간섭 없이 이런 기회를 가진 덕분인지 무척 즐거워 보였다. 크지는 않았지만 아담하고 편리하게 지어진 집이었다. 샬럿의 정갈한 성격만큼이나 모든 것이 깔끔하고 가지런하게 정리 정돈이 되어 있었다. 엘리자베스는 콜린스 씨가 눈에 어른거리지 않으니 만사가 모두 편안한 것 같았다. 샬럿도 즐거워하는 것을 보면서 '그녀도 그를 자주 잊는구나' 하는 생각이 들었다.

엘리자베스는 캐서린 부인이 아직 이곳에 머물고 있다는 이야기를 이미 들은 바 있었다. 저녁 식사 중 다시 그 이야기가 나오자, 콜린스 씨가 끼어들었다.

"엘리자베스 양, 이번 일요일에 교회에서 캐서린 드 버그 부인을 뵐 수 있을 겁니다. 만나 보시면 틀림없이 기쁘실 겁니다. 부인은 상냥하고 겸손하신 분이랍니다. 그리고 예배가 끝나면 틀림없이 무슨 말씀이라도 해 주실 거예요. 제가 장담하건대, 부인께서는 당신이 이곳에 머무는 동안 분명히 당신과 제 처제 마리아를 저희와 함께 초대하실 겁니다. 부인께서는 제 아내인 샬럿을 아주 각별하게 대해 주신답니다. 일주일에 두 번은 반드시 로징스에서 식사를 하니까요. 그리고 돌아올 때도 걸어서 오는 법이라곤 없습니다. 부인께서 항상 마차를 내어 주시니까요. 부인께서 타시는 마차를 말입니다. 하긴, 그분 마차야 여러 대가 있으니까요."

"캐서린 부인은 정말 생각이 깊으시고 존경할 만한 분이세요." 샬럿이 거들었다. "그리고 저희를 아주 세심히 돌봐 주시는 이웃이기도 하죠."

그날 저녁은 주로 하트퍼드셔 소식과 이미 편지로 주고받은 이야기들을 나누며 지나갔다. 이후 방에 혼자 남게 된 엘리자베스는 샬럿이 이런 생활에 얼마나 만족하고 있을까 하는 생각이 들었다. 안내를 할 때의 담담한 그녀의 말투와 남편의 행동을 침착하게 참고 넘기는 그녀의 태도를 떠올리며, 그녀가 이해되면서도 정말 잘 해내고 있다는 생각이 들었다. 엘리자베스는 또 앞으로의 일정이 어떻게 흘러갈지 생각해 보았다. 평소처럼 조용한 나날이 이어질 테고, 콜린스 씨는 여전히 성가신 말과 행동으로 밉상스럽게 끼어들기도 할 거고, 로징스 사람들과 만나 즐겁게 웃고 떠들며 어울리는 날들도 있을 것이다. 이런 생각은 곧 다른 생각들이 떠오르면서 이내 흐릿해졌다.

다음 날 정오쯤 엘리자베스가 산책을 나갈 준비를 하고 있을 때였는데, 갑자기 아래층이 시끄러워지면서 집 전체가 뒤숭숭해졌다. 잠시 귀를 기울이고 있자니, 누군가 그녀를 부르며 계단을 뛰어 올라오는 요란한 발소리가 들렸다. 문을 열어 보니 마리아가 막 계단을 다 올라와 숨을 헐떡이며 흥분한 목소리로 말했다.

"일라이자, 어서 식당으로 와 봐. 지금 야단났다니까! 무슨 일인지는 말 못 하겠어. 빨리 와서 직접 봐!"

엘리자베스가 무슨 일인지 몇 번이나 물었지만, 마리아는 끝내 입을 다물고 말하지 않았다. 궁금해진 엘리자베스는 마리아와 함께 오솔길이 내다보이는 식당으로 급히 내려갔는데, 정원 문 앞에 세워진 아담한 이두마차 안에 앉아 있는 두 명의 여자가 보였다.

"난 또 뭐라고, 돼지들이 정원 안으로 뛰어들기라도 한 줄 알

235

왔네. 그런데 캐서린 부인하고 그 따님뿐이잖아!"

"아니야!" 마리아가 그녀의 착각에 깜짝 놀라며 말했다. "캐서린 부인이 아니야. 저 나이 많은 분은 젠킨슨 부인인데, 그들과 함께 살고 있대. 그리고 다른 한 분이 드 버그 양이야. 잘 봐. 몸이 아주 작잖아. 저렇게 야위고 키가 작을 줄을 누가 알았겠어."

"바람이 이렇게 부는데, 샬럿을 저렇게 오랫동안 밖에 세워 두는 건 너무 무례한 거 아니니? 왜 안 들어오고 저러고 있는 걸까?"

"샬럿 언니 말로는 드 버그 양이 남의 집 안에 들어오는 일은 거의 없대. 그녀가 집 안으로 들어오는 건 대단한 영광이라던데."

"그녀의 모습이 인상적이네." 엘리자베스는 그렇게 말하면서도, 순간 다른 생각이 스쳐갔다. "아픈 것 같기도 하고, 까다로울 것도 같고. 그래, 그 사람에게는 아주 잘 어울릴지도 모르지. 그에게는 천생배필이겠어."

콜린스 씨와 샬럿은 함께 문 앞에 서서 두 여인과 이야기를 나누고 있었다. 윌리엄 경은 현관 길목에 서서 경의에 찬 눈길로 두 사람을 바라보고 있었는데, 드 버그 양이 자기 쪽을 바라볼 때마다 연신 굽신거리는 모습에 엘리자베스는 고개를 돌려 버렸다.

이윽고 이야기가 끝나자 두 여인은 자리를 떠났고, 다른 사람들은 모두 집 안으로 들어왔다. 콜린스 씨는 엘리자베스와 마리아를 보자 곧장 운이 좋다며 축하 인사를 건넸는데, 모두가 그 다음 날 로징스에 식사 초대를 받았다며 샬럿이 그 이유를 설명해 주었다.

이 초대를 받게 되자 콜린스 씨는 더더욱 의기양양해졌다. 의아해하는 손님들에게 자신의 후원자인 부인의 위엄 있는 모습을 드러내 보이고, 그와 그의 아내에 대한 부인의 각별한 관심을 보여 주는 것은 바로 그가 바라던 그대로였다. 거기에다 그런 기회가 이렇게 빨리 온 것만 봐도, 캐서린 부인의 자상함은 그가 어떻게 감사를 해야 할지 모를 정도였다.

"솔직히 말씀드리면," 콜린스 씨가 말을 꺼냈다. "부인께서 일요일에 다과나 하면서 로징스에서 함께 저녁을 보내자고 하셨다면 전 그다지 놀라지는 않았을 겁니다. 제가 아는 부인이시라면 그 정도 호의는 보이실 거라고 기대는 하고 있었죠. 그렇지만 이처럼 관심을 보여 주실지 누가 생각이나 했겠습니까. 여러분이 도착하자마자 곧바로 그 댁에서, 그것도 한 사람도 빼놓지 않고 모두 함께 식사하자고 초대하시다니요."

"이 정도는 그다지 놀랄 일도 아닌 것 같은데. 내 환경이 그렇다 보니 고위층분들의 예절이 어떻다는 건 겪어 봐서 잘 알아요. 궁정에서는 이런 식의 고상한 예법이 흔한 편이죠." 윌리엄 경이 대답했다.

그날 내내, 그리고 다음 날 오전까지도 모두의 화제는 로징스를 방문하는 이야기뿐이었다. 콜린스 씨는 일행들이 멋지게 꾸며진 방이며 수많은 하인들, 진수성찬의 음식에 놀라지 않도록 하기 위해, 어떻게 해야 하는지를 세세하게 주의를 주고 있었다.

여자들이 화장실을 가기 위해 일어설 때, 콜린스 씨가 엘리자베스에게 말했다.

"옷차림은 너무 신경 쓰지 않아도 됩니다. 캐서린 부인은 자신과 따님에게나 어울리는 그런 우아한 옷을 우리에게까지 기대하시는 분은 아니니까요. 그냥 당신의 옷 중 가장 좋은 것을 입고 가면 될 겁니다. 그 정도면 충분하죠. 옷차림이 수수하다고 해서 부인께서 당신을 나쁘게 보시지는 않을 겁니다. 부인은 언제나 신분이 분명히 드러나는 걸 좋아하시죠."

그들이 옷을 갈아입는 동안, 콜린스 씨는 두세 번이나 방문 앞에 와서 서두르라고 재촉했다. 캐서린 부인이 식사 시간에 늦는 것을 무척 싫어한다는 이유에서였다. 부인의 엄격한 성격과 생활 태도에 대한 이야기를 들은 마리아는 사교에 익숙하지 않았기 때문에 완전히 겁을 먹은 상태였다. 그녀는 마치 아버지가 성 제임스 궁에서 알현을 기다리던 당시와 조금도 다름없는 아주 초조한 마음으로 로징스에서의 접견을 기다렸다.

날씨가 맑고 화창해서, 그들은 공원을 가로질러 약 반 마일을 기분 좋게 걸어갔다. 공원마다 나름의 아름다움과 멋스러운 경치를 지니고 있기 마련인데, 엘리자베스도 상당히 많은 것들이 마음에 들었다. 하지만 콜린스 씨가 기대했던 것만큼 감격한 것은 아니었다. 그가 건물 정면으로 나 있는 창문의 개수를 세어

가며, 루이스 드 버그 경이 처음 저 유리들을 끼울 때 얼마나 큰 돈이 들었는지 설명할 때에도 별 감흥이 없었다.

거실로 이어지는 계단을 올라갈 때, 마리아는 한 발 한 발 디딜 때마다 점점 더 겁을 먹는 눈치였다. 윌리엄 경조차도 그리 편안한 안색은 아니었다. 그러나 엘리자베스는 마음을 대범하게 먹었다. 캐서린 부인이 두려워할 만큼 뛰어난 재능이나 놀랄 만한 덕망이 있다는 소리는 들어 본 적도 없었고, 돈과 신분으로 얻은 것에 불과한 그녀의 위엄에 주눅 들 필요는 없다고 생각했기 때문이다.

콜린스 씨가 멋진 조화에 완벽한 장식으로 이루어졌다고 찬탄해 마지않던 현관문을 들어선 그들은 하인의 안내를 받아 대기실을 지나 방으로 들어갔는데, 그곳에는 캐서린 부인과 그의 딸 그리고 젠킨슨 부인이 앉아 있었다. 캐서린 부인은 매우 정중한 태도로 자리에서 일어나 일행을 맞아 주었다. 정식 소개는 콜린스 부인이 하기로 남편과 미리 약속이 되어 있었기 때문에, 콜린스 씨였다면 필요하다고 생각했을 겉치레의 인사말들은 생략한 채 적당하게 인사를 마쳤다.

성 제임스 궁을 다녀온 경험이 있음에도 불구하고 윌리엄 경은 으리으리한 분위기에 완전히 압도되어, 겨우 코가 땅에 닿을 정도로 고개를 숙인 뒤 아무 말도 못 하고 자리에 앉아 버렸다. 그의 딸은 위압감에 눌려 정신을 못 차린 채 눈을 어디에 둘지 몰라 안절부절못하고 있었다. 반면, 엘리자베스는 조금도 위축되지 않은 모습으로 앞에 앉은 세 여자를 침착하게 살펴보았다.

캐서린 부인은 키가 크고 몸집도 컸으며, 윤곽이 뚜렷한 얼굴은 한때는 미인이었을 것처럼 보였다. 그녀에게서는 따뜻함이나 친근감은 느껴지지 않았고, 일행을 대하는 태도에서도 상대의 낮은 신분을 은연중에 상기시키려는 듯한 딱딱함이 묻어났다. 말을 하지 않을 때의 표정과는 달리 말할 때는 매우 권위적이었기 때문에 무척 거만하게 느껴졌는데, 그 모습을 보며 엘리자베스는 문득 위컴 씨가 했던 이야기가 떠올랐다. 그녀가 살펴본 바로는, 캐서린 부인은 그가 했던 이야기 그대로라는 생각이 들었다.

부인을 살펴본 후, 엘리자베스는 부인의 생김새나 행동거지가 다아시 씨와 닮은 점이 있다는 생각이 들어, 시선을 그녀의 딸에게로 옮겼다. 드 버그 양이 너무 마르고 왜소한 체격이라 엘리자베스는 마리아처럼 놀랄 뻔했다. 두 모녀는 얼굴이나 체격에서 전혀 닮은 데가 없었다. 드 버그 양은 창백한 얼굴에 병색이 있어 보였다. 그녀의 얼굴은 못생긴 편은 아니었지만 그렇다고 예쁘다고 할 수도 없었다. 말도 거의 없었고, 가끔 젠킨슨 부인에게 무언가 속삭이는 것이 전부였다. 젠킨슨 부인 역시 외모로 눈에 띄는 점은 없었으며, 드 버그 양이 하는 말에 신경을 곤두세우며 그녀에게 햇볕이 들지 않도록 차양막을 열심히 옮겨 주고 있었다.

몇 분을 앉아 있던 그들은 모두 창가로 자리를 옮겨 바깥 풍경을 내다보았다. 콜린스 씨가 경치의 아름다움을 일일이 설명하자, 캐서린 부인도 이곳은 여름 풍경이 훨씬 더 아름답다고 친절히 이야기해 주었다.

저녁 식사는 너무도 훌륭했다. 콜린스 씨가 장담했던 그대로, 수많은 하인들과 진귀한 식기들이 모두 동원되었다. 또 다른 그의 예측대로 그는 캐서린 부인의 요청에 따라 그녀의 맞은편 주빈석主賓席에 앉게 되었는데, 그는 세상을 살면서 이보다 더 이상 기쁜 일은 있을 수 없다는 듯한 표정을 지었다. 그는 기쁨에 겨운 빠른 손놀림으로 고기를 썰며 연신 찬사를 늘어놓았고, 나오는 음식마다 칭찬하기에 바빴다. 콜린스 씨가 칭찬하고 나면, 이어서 이제는 정신이 좀 든 윌리엄 경이 사위의 칭찬을 그대로 따라 하는 모습이 이어졌다. 이를 바라보며 엘리자베스는 저런 광경을 보고 있는 콜린스 부인의 심정은 어떨까 하는 생각이 들었다.

하지만 캐서린 부인은 그들의 그런 과장된 찬사가 흡족한 듯한 표정이었고, 특히 그들이 처음 먹어 보는 음식이라고 말할 때에는 아주 우아한 미소를 지어 보였다. 식사 중에는 특별히 활발한 대화는 오가지 않았다. 엘리자베스는 기회가 오면 거리낌 없이 대화를 나눌 생각이었다. 그러나 그녀는 샬럿과 드 버그 양사이에 앉아 있었는데, 샬럿은 캐서린 부인의 이야기에 정신이 팔려 있었고 드 버그 양은 식사가 끝날 때까지 그녀에게 한마디도 건네지 않았다. 젠킨슨 부인은 드 버그 양이 너무 적게 먹지는 않는지 신경을 쓰면서 이것저것 먹을 것을 권하다가도, 혹 그녀의 기분이 상한 것은 아닌지 눈치를 살폈다. 마리아는 말할 엄두조차 내지 못했고, 남자들은 그저 부지런히 식사하며 찬사만 늘어놓고 있었다.

응접실로 돌아온 여자들은 캐서린 부인의 이야기를 듣는 것 외에는 거의 할 일이 없었다. 부인은 커피가 나올 때까지 쉬지 않고 말을 이어갔는데, 모든 문제에 대해 단정적인 어조로 자신의 의견을 이야기하는 부인의 태도는 자신의 판단에 대해 다른 사람의 반박을 받아 본 적이 없음을 짐작게 했다. 부인은 샬럿에게 집안 살림에 대해 친근하면서도 자세하게 물어보면서, 그녀처럼 살림 규모가 작은 집에서는 어떻게 꾸려 나가야 하는지 조언을 아끼지 않았다. 심지어 소와 닭을 기르는 방법까지 가르쳐 주었다. 남에게 지시를 내릴 만한 것이라면 부인은 어느 하나 빠뜨리지 않고 지적해야 하는 성미라는 것을 엘리자베스는 알 수 있었다.

부인은 콜린스 씨와 이야기를 나누는 중간중간에 마리아와 엘리자베스에게 여러 가지를 물어왔는데, 특히 엘리자베스에게 집안과 친척들은 어떤 사람인지를 물으며 콜린스 씨에게는 그녀가 예쁘면서도 기품이 있어 보인다고 말했다. 부인은 여러 차례 엘리자베스에게 자매가 몇이고 그 나이들은 어떻게 되며, 그중에 결혼할 사람은 있는지, 다들 인물은 좋은지, 교육은 어디서 받았는지, 아버지는 어떤 종류의 마차를 가지고 있는지, 어머니의 처녀적 이름은 무엇인지 등등을 물었다. 엘리자베스는 이런 그녀의 질문들이 너무 무례하다고 느꼈지만, 아주 침착한 태도로 모두 대답해 주었다. 그러자 캐서린 부인이 이렇게 말했다.

"댁의 아버님 재산은 콜린스 씨에게 상속되는 걸로 알고 있습니다만."

그러면서 부인은 샬럿을 쳐다보며 이렇게 말했다.

"콜린스 씨 댁으로서는 아주 잘된 일이군요. 어쨌든 여자에게 재산이 상속되어야 할 이유는 전혀 없다고 봐요. 루이스 드 버그 경 가문에서는 그럴 필요는 없다는 생각이었지만 말이에요. 참, 피아노 치면서 노래할 줄 알아요, 베넷 양?"

"네, 조금요."

"아, 그래요? 언제 한번 들어 보고 싶군요. 저희 집 피아노는 아주 훌륭하답니다. 아마 댁의 것보다는 훨씬 좋을 거예요. 언제든지 와서 쳐 보세요. 다른 자매들도 음악을 하나요?"

"한 명만 합니다."

"왜 다들 배우지 않고요? 배워 두었으면 좋았을 텐데. 웨브 씨 댁 딸들은 모두 피아노를 칠 줄 알던데요. 그 집 수입이라야 댁의 아버님 수입에도 못 미칠 텐데 말이에요. 혹시 미술은 배우셨나요?"

"아니요, 전혀요."

"아니, 왜요? 그럼 집안 식구 중 누구도 하지 않나요?"

"네."

"참 이상하군요. 하지만 뭐, 기회가 없었겠죠. 저희는 매년 봄마다 훌륭한 선생님을 찾아 시내로 아이들을 데리고 나가는데, 댁의 어머님께서는 그렇게 하지 않으셨나 보군요."

"어머니께서는 그러고 싶으셨을 거예요. 하지만 아버지께서 런던을 워낙 싫어하시는 분이라 그렇게 되었던 것 같습니다."

"그럼, 댁의 가정교사는 그만두었나요?"

"저희는 가정교사를 둔 적이 없습니다."

"아예 가정교사가 없었다고요? 어떻게 그럴 수가 있어요? 딸이 다섯이나 되는데 가정교사도 없이 키웠다니! 정말 처음 들어보는 일이군요. 댁의 어머니께서는 따님들을 교육시키느라 이만저만한 고생이 아니었겠어요."

엘리자베스는 그렇지는 않았다고 대답하며 절로 웃음을 지었다.

"그럼, 누가 따님들을 가르쳤나요? 또 누가 돌봐 주었고요? 가정교사가 없었다면 교육이 소홀할 수밖에 없었을 텐데."

"다른 집들에 비하면 그럴 수도 있겠죠. 하지만 배우고 싶은 것을 배우지 못한 적은 없었어요. 항상 독서를 하도록 교육받았고 필요할 때는 선생님들도 계셨으니까요. 물론 공부를 싫어하는 아이들은 게으름도 피웠지만요."

"그건 그랬겠죠. 하지만 가정교사가 있었더라면 게으름을 피울 수는 없었을 거예요. 제가 댁의 어머님을 미리 알았더라면 가정교사를 두라고 아주 단단히 조언을 드렸을 텐데 말이에요. 꾸준하고 규칙적인 교육 없이는 어떤 성과도 있을 수 없어요. 그리고 그런 역할은 오직 가정교사만이 해낼 수 있는 거죠. 그러고 보니 내가 여러 가정에 그런 가정교사들을 참 많이도 소개해 주었군요. 젊은 사람들에게 적절한 자리를 구해 준다는 것은 언제나 즐거운 일이죠. 젠킨슨 부인의 네 명의 조카에게도 내가 아주 좋은 자리들을 마련해 주었죠. 그리고 엊그제도 누가 부탁하길래 한 젊은 숙녀를 소개해 주었더니, 소개받은 그 집에서 무척 기뻐하더군요. 콜린스 씨, 어제 메트칼프 부인이 고맙다고 인사를 하러 온 얘기를 내가 했던가요? 소개해 준 포프 양을 마치 보배처럼 생각하고 있더군요. '캐서린 부인, 정말 제게 보물을 하나 안겨 주셨어요'라고 하더라고요. 베넷 양, 동생들 중에 사교계에 나가는 사람도 있나요?"

"예, 모두 나갑니다."

"모두요? 다섯 딸이 모두 한꺼번에 사교계에 나간다고요? 이해가 안 되는군요. 엘리자베스 양은 둘째 아닌가요? 그런데 언니가 아직 결혼도 안 했는데 동생들이 나간다고요? 게다가 동생들은 틀림없이 아주 어릴 텐데 말이에요."

"예, 막냇동생은 아직 열여섯도 안 되었어요. 아마 사람들 앞에 나서기에는 너무 어린 나이겠죠. 하지만 언니들이 아직 혼인할 형편이 못 되거나 혼인할 의사가 없다고 해서 동생들이 사교계에 나가지 못하고 오락을 즐기지 못한다면, 그건 가혹하다는 생각이 들어요. 가장 늦게 태어난 동생이라 해도, 젊음을 즐길 권리는 가장 먼저 태어난 언니와 하등 다를 바 없으니까요. 그런 이유로 집에만 가둬 둔다면 정말 안 될 말이죠. 그렇게 하면 자매간의 우애도 깊어지기 어렵고, 서로 마음을 터놓고 이야기할 기회도 점점 줄어들 거예요."

"어쩌면, 나이에 비해 자기 생각이 정말 확고하고 말도 잘하는군요. 나이가 몇 살이죠?"

"다 큰 여동생이 셋이나 있는 저에게 나이를 직접 들으시려는 건 아니시겠죠?"

엘리자베스가 웃으며 이렇게 말하자, 캐서린 부인은 그런 의외의 대답에 무척 놀라는 기색이었다. 엘리자베스는 속으로, 잔뜩 위엄을 실은 부인의 무례한 질문을 이렇게 농담조로 받아넘긴 것은 자기가 처음이 아닐까 하는 생각이 들었다.

"내 보기에는 스물을 넘지는 않을 것 같군요. 그러니 나이를 감출 필요는 없을 텐데요."

"스물한 살은 아직 안 됐어요."

남자들이 자리를 같이하고 차 마시는 시간이 끝나자, 카드 테이블이 마련되었다. 캐서린 부인과 윌리엄 경, 콜린스 씨 부부는 커드릴 놀이를 시작했고, 드 버그 양이 카지노를 하자고 해서 엘리자베스와 마리아는 젠킨슨 부인과 한 조가 되었다. 그들의 테이블은 정말 지루했다. 카드놀이 외에 다른 이야기는 거의 없었고, 그나마 젠킨슨 부인만이 드 버그 양이 덥지는 않은지, 춥지는 않은지, 혹은 빛이 그녀에게 너무 세게 비치지는 않는지 걱정하는 말만 반복했다. 다른 테이블은 한껏 분위기가 올라 있었다. 캐서린 부인이 주로 말을 했는데, 다른 세 사람의 잘못을 지적하거나 자신의 일화를 들려주는 식이었다. 콜린스 씨는 캐서린 부인의 말에 맞장구를 치느라 바빴는데, 점수를 딸 때마다 부인에게 감사 인사를 하고 너무 많이 딴 것 같으면 겸연쩍어 하며 변명까지 늘어놓곤 했다. 윌리엄 경은 별로 말이 없었지만, 캐서린 부인의 일화 속에 나오는 귀한 인물들의 이름을 열심히 머릿속에 담았다.

캐서린 부인과 그녀의 딸이 마음껏 즐긴 뒤 카드놀이는 끝이 났다. 콜린스 부인에게 마차를 타고 돌아가라는 말이 전해지자,

그녀는 감사 인사를 하며 기꺼이 받아들였고 곧 마차가 준비되었다. 모두들 난롯가에 모여 앉아 내일 날씨에 대한 캐서린 부인의 자신감 넘치는 예측을 듣고 있을 때, 마차가 도착했다는 전갈을 받고 일행은 밖으로 나갔다. 연신 감사 인사를 늘어놓는 콜린스 씨와 그에 못지않게 굽실대는 윌리엄 경의 인사가 이어진 뒤, 그들은 그 집을 떠났다. 마차가 출발하자마자 콜린스 씨는 엘리자베스에게 로징스에서 본 모든 것에 대한 소감을 말해 보라고 했는데, 엘리자베스는 샬럿을 생각해 실제로 느낀 것보다 훨씬 좋게 말했다. 엘리자베스가 나름대로 애를 써 가며 더 좋게 이야기를 꾸몄음에도 불구하고, 콜린스 씨는 전혀 만족하지 못하는 눈치였다. 결국 그는 스스로 나서서 캐서린 부인에 대한 찬사를 늘어놓기 시작했다.

    윌리엄 경은 헌스퍼드에 일주일밖에 머무르지 않았지만, 그 짧은 기간에도 딸이 아주 편안하게 지내고 있다는 것과 그런 남편과 이웃을 감당한다는 것이 좀처럼 쉬운 일은 아니라는 사실을 충분히 깨달을 수 있었다. 윌리엄 경이 머무는 동안 콜린스 씨는 오전에 장인을 이륜마차에 태우고 자기 땅을 둘러보는 데 시간을 보냈다. 그러나 윌리엄 경이 떠난 뒤에는 모두가 이전과 같은 일상생활로 돌아갔다. 엘리자베스는 이런 변화 덕분에 콜린스 씨를 마주치는 시간이 줄어든 것이 무척 반가웠다. 그는 아침부터 저녁까지 대부분의 시간을 정원에서 일하거나, 책을 읽고 무언가를 쓰거나, 아니면 자신의 서재에서 길이 내다보이는 창밖을 바라보고 있거나 했기 때문이었다.

    여자들의 방은 집 안 뒤편에 있었다. 엘리자베스는 샬럿이 평소에 식당 방을 잘 사용하지 않는 것이 의아했다. 그 방은 다른 방보다 넓은 데다 바깥 전망도 더 좋았기 때문이었다. 하지만 곧 샬럿이 그렇게 하는 이유를 알게 되었는데, 그런 방에서 콜린스 씨와 같이 이야기하다 보면 그가 자기 방에 지긋이 머물지 않을 거라는 생각 때문이었다. 엘리자베스는 샬럿의 이런 사려 깊은 배려에 고마운 마음이 들었다.

거실에서는 길에서 일어나는 일을 전혀 볼 수 없었기 때문에 무슨 마차가 지나갔다든지, 아니면 드 버그 양의 이륜마차가 지나갔다든지 하는 소식은 오로지 콜린스 씨를 통해서만 들을 수 있었다. 드 버그 양의 마차가 지나갈 때면, 거의 매일 지나다니다시피 하는데도 그는 어김없이 그 사실을 알리러 찾아왔다. 드 버그 양은 가끔 목사관 앞에 마차를 세우고 샬럿과 몇 분간 이야기를 나누곤 했지만, 마차에서 내려 쉬다 가라는 청을 받아들인 적은 거의 없었다.

콜린스 씨는 거의 매일 로징스로 걸음을 옮겼는데, 그의 아내가 동행하지 않아도 되는 날은 그리 많지 않았다. 로징스의 살림도 맡고 있는 것이 아닌가 하는 생각이 들고 나서야, 엘리자베스는 그들 부부가 그렇게 많은 시간을 할애하는 이유를 알 것 같았다. 가끔씩은 캐서린 부인이 몸소 방문하기도 했는데, 그럴 때면 그녀는 응접실에서 일어나는 일을 하나도 빠뜨리지 않고 눈여겨보았다. 살림을 유심히 살피거나 일하는 모습을 지켜보며 이렇게 해 보라거나 저렇게 바꿔 보라는 식으로 충고하기도 하고, 가구 배치가 이상하다느니, 제대로 일하지 못한다느니 하는 지적을 하기도 했다. 그리고 음식을 받을 때면 콜린스 부인에게 그렇게 많이 먹어서 되겠느냐는 투로 나무라는 듯 본인은 조금만 입에 대는 모습을 보이곤 했다.

엘리자베스는 곧 이 귀부인이 그 지역의 치안을 담당하는 권한이 없으면서도 자신의 교구 내에서는 아주 활발히 심판관의 역할을 자처하고 있다는 사실을 알게 되었다. 아주 사소한 사건까지도 콜린스 씨를 통해 그녀에게 전달되고 있었다. 소작인들 사이에서 다툼이 있다든지, 불만이 생긴다든지, 누군가가 너무 궁핍하다든지 하는 소문이 들리면 언제나 그녀가 직접 마을로 내려가서 그들의 이견을 조정하고, 불평을 잠재우고, 꾸짖고 화해를 시키며 마지막엔 돈까지 주고 돌아오곤 했다.

일주일에 두 번 정도는 로징스에서 식사를 했는데, 윌리엄 경이 떠난 뒤에는 카드 테이블이 하나만 펼쳐졌지만 언제나 처음 만찬 때와 다름없는 모습이었다. 다른 집안과의 교류는 거의 없었는데, 이웃들 대부분의 생활양식은 콜린스 씨로서는 도저히 쫓아갈 수 없는 수준이었기 때문이었다. 하지만 엘리자베스에게는 이것이 오히려 나쁘지 않았다. 전반적으로 그녀는 비교적 편안한 시간을 보냈다. 매일 샬럿과 함께 나누는 30분 남짓한 대화가 있었고, 계절에 비해 날씨가 화창한 편이었기에 자주 나가는 바깥 산책이 무척 즐거웠다. 그녀는 공원 한쪽 경계에 있는 탁 트인 조그만 숲을 따라 걷는 것을 특히 좋아했는데, 그곳에는 그늘이 드리워진 멋진 오솔길이 나 있었고 그녀 외에는 아무도 그 좋은 곳을 모르는 것 같았다. 그곳에 있을 때면, 엘리자베스는 캐서린 부인의 호기심으로부터 해방된 듯한 느낌이었다.

이렇게 조용히 지내는 가운데, 엘리자베스가 이곳을 방문한 지도 어느새 보름이 지났다. 부활절이 다가왔고, 그 일주일 전부터 로징스에 새로운 식구가 올 것이라는 이야기가 돌기 시작했다. 그처럼 교제 범위가 극히 좁은 이곳 사람들에게는 그야말로 중요할 수밖에 없는 소식이었다. 엘리자베스는 이곳에 도착하고 얼마 되지 않아, 다아시 씨가 몇 주 내에 그곳에 올 거라는 이야기를 들은 적이 있었다. 엘리자베스는 자기가 아는 사람들을 싫어하는 성격은 아니었지만, 그래도 그가 온다면 로징스에서 모임을 가질 때 새로운 구경거리가 될 것 같다는 생각이 들었다. 특히 그의 사촌인 드 버그 양에게 어떤 태도를 보이는지 관찰하면서 빙리 양의 의도가 얼마나 가망이 없는 것인지를 확인해 보는 것도 재미있을 것 같았다. 이미 캐서린 부인이 다아시 씨를 딸의 배필로 분명히 점찍고 있는 데다, 그가 온다는 이야기를 꺼낼 때면 부인은 늘 매우 흡족한 표정으로 그의 칭찬을 아끼지 않았기 때문이었다. 엘리자베스는 캐서린 부인이 자신과 루카스 양이 이미 다아시 씨를 자주 만나 봤다는 사실을 알게 되면, 무척 화난 표정이 될 것 같다는 느낌이 들었다.

그가 도착했다는 소식은 곧 목사관 사람들에게 알려졌다. 아침 내내 헌스퍼드 큰길 쪽으로 나 있는 오두막집들이 보이는 자리에 서서, 목을 뺀 채 왔다 갔다 하던 콜린스 씨가 그 사실을 가장 먼저 확인했기 때문이었다. 마차가 공원으로 들어서는 것을 본 그는 크게 인사한 뒤, 집으로 달려와 이 엄청난 소식을 전했다.

다음 날 아침, 콜린스 씨는 서둘러 로징스로 인사를 드리러 갔다. 그는 캐서린 부인의 두 명의 조카에게 인사를 해야 했는데, 다아시 씨가 숙부의 작은아들인 피츠윌리엄 대령과 함께 도착했던 것이다. 그리고 콜린스 씨가 두 사람과 목사관으로 함께 돌아왔을 때는 그곳에 있던 사람들은 모두 놀랄 수밖에 없었다. 샬럿은 그들이 길을 건너오는 모습을 남편 방에서 내다보고는 곧장 달려와 말했다.

"정말 대단한 손님들이야. 엘리자베스, 저분들이 이렇게 찾아오신 건 다 네 덕분이야. 나를 보려고 다아시 선생님께서 저렇게 서둘러 오시지는 않을 테니까."

엘리자베스가 그건 말도 안 되는 이야기라고 대답하려던 찰나, 초인종이 울리며 손님들의 도착을 알렸다. 그리고 잠시 후 세 명의 남자가 안으로 들어섰다. 앞장서 들어온 피츠윌리엄 대령은 서른 즈음으로 보였는데, 그리 잘생긴 편은 아니었지만 몸가짐이나 말투는 정말 모범적인 신사였다. 다아시 씨는 하트퍼드셔에서 보았던 그 모습 그대로였다. 콜린스 부인에게는 평소와 다름없이 거리감 있는 태도로 예를 갖춰 인사했고, 엘리자베스에게는 어떤 감정인지는 모르겠지만 무척 침착한 모습으로 인사를 건넸다. 엘리자베스 역시 말없이 그의 인사에 답례만 했다.

곧바로 피츠윌리엄 대령은 양갓집 청년답게 거리낌 없이 편안한 태도로 대화를 시작했고, 아주 유쾌하게 이야기를 이끌어 나갔다. 그러나 다아시 씨는 콜린스 부인에게 집과 정원에 대해 몇 마디 건넨 후, 한동안 아무에게도 말을 걸지 않고 조용히 앉아 있었다. 그러나 마침내 그는 예의를 갖춰 엘리자베스에게 가족들의 안부를 물었다. 그녀는 의례적으로 대답을 한 뒤, 잠시 말을 멈추었다가 이렇게 덧붙였다.

"언니는 최근 석 달 동안 런던에 머무르고 있어요. 그곳에서 한 번도 보신 적이 없나요?"

엘리자베스는 그가 언니를 만나 보지 못했다는 사실을 이미 너무나 잘 알고 있었다. 하지만 혹시 그가 제인과 빙리 씨 사이의 일에 대해 아는 척을 하는지 떠보고 싶었던 것이다. 불행히도 만나 보지 못했다고 말하는 다아시 씨의 표정에서, 약간의 당황스러움이 엿보였다. 그 주제는 더 이상 이어지지 않았고, 잠시 후 두 신사는 자리를 떠났다.

31

목사관 안에서는 피츠윌리엄 대령의 예절에 대해 칭찬하는 소리가 자자했다. 여자들은 앞으로 로징스에 초대를 받게 된다면, 그로 인해 한층 더 즐거운 분위기가 될 것이라고 기대했다. 그러나 초대를 받은 것은 그로부터 며칠이 지나서였다. 손님들이 로징스에 머무는 동안에는 목사관 사람들이 필요치 않았기 때문이었다. 신사들이 온 지 거의 일주일이 다 지난 부활절이 되어서야 그 감지덕지한 초대가 있었는데, 그것도 교회를 나오면서 저녁에 집에 들르라는 말을 한 것이 고작이었다. 지난 한 주 동안 목사관 사람들은 캐서린 부인과 그녀의 딸을 거의 보지 못했다. 그 사이 피츠윌리엄 대령은 몇 차례 목사관을 방문했었지만, 다아시 씨는 교회에서 얼굴을 본 것이 전부였다.

당연히 그 초대는 받아들여졌고, 적절한 시간에 맞춰 그들은 캐서린 부인 댁의 거실로 들어섰다. 부인은 그들을 정중하게 맞이했지만, 이전처럼 반가워하는 기색은 분명 덜했다. 사실 그녀는 조카들만 신경 쓰면서 거의 그들하고만 이야기를 나눴는데, 특히 다아시 씨에게는 누구보다 많은 말을 건넸다.

피츠윌리엄 대령은 그들과 다시 만난 것을 진심으로 반가워하는 듯 보였다. 그는 로징스에서 마주치는 모든 것이 반가웠고, 마

음이 편했다. 무엇보다 콜린스 부인의 어여쁜 친구에게 마음이
사로잡혀 있었다. 그는 엘리자베스 옆에 앉아 켄트와 하트퍼드
셔에 관한 이야기, 여행 이야기와 집에 있을 때 이야기, 새로 나
온 책과 음악 이야기 등을 아주 즐겁게 늘어놓았기 때문에 엘리
자베스는 지금까지 그 방에서 여러 번의 대화를 나누었지만 이
처럼 즐거웠던 적이 정말 없었다. 두 사람이 무척 화기애애하게
이야기를 나누는 모습에 다아시 씨는 물론, 캐서린 부인의 시선
까지 그들에게 향했다. 다아시 씨는 곧 두 사람에게 호기심 어린
눈길을 계속해서 보냈다. 잠시 후에는 캐서린 부인도 다아시 씨
와 같은 기분이 들었는지 결국 참지 못하고 입을 열었다. 그녀는
어떤 말이든 주저할 성격이 아니었기 때문이다.

"무슨 얘기길래 베넷 양에게 그렇게 열심히 이야기하고 있니?
나도 좀 들어 보자꾸나."

"음악 이야기를 나누고 있었습니다." 그는 더 이상 대답을 머
뭇거릴 수 없었다.

"음악? 그렇다면 더 크게 이야기해야지! 음악은 나도 무척 좋
아하니까. 음악 이야기라면 나도 좀 끼어들어야겠어. 잉글랜드에
서 나만큼 음악을 진심으로 즐기고, 또 타고난 취미를 가진 사람
은 드물 거야. 내가 음악을 배웠다면 틀림없이 훌륭한 음악가가
되었을 텐데 말이야. 앤도 몸만 건강하다면 그렇게 될 수 있을 텐
데. 이 애가 음악 공부를 하면 틀림없이 아주 멋진 연주를 할 텐
데 말이지. 조지아나는 요즘 어때, 다아시?"

다아시 씨는 누이의 연주 실력이 많이 좋아졌다고 애정을 담

아 칭찬했다.

"그래, 실력이 늘었다니 참 반가운 소식이구나." 캐서린 부인이
말했다. "그 애에게 꼭 전해 주렴. 아주 열심히 노력하지 않고는
훌륭한 연주는 아예 꿈도 꾸지 말라고 말이야."

"이모님, 그런 걱정은 안 하셔도 됩니다. 그 애는 정말로 쉬지
않고 연습하고 있으니까요."

"그렇다면 다행이구나. 연습이란 아무리 해도 부족한 법이니까.
다음번 편지에서는 어떤 일이 있어도 연습을 게을리해서는 안 된
다고 그 애에게 꼭 당부해야겠다. 내가 젊은 사람들에게 자주 하
는 이야기이지만, 꾸준한 연습 없이는 뛰어난 연주는 절대로 불
가능한 거야. 베넷 양에게도 여러 번 말했듯이, 그녀도 수준 있는
연주를 하려면 더 노력해야만 할 거야. 콜린스 부인은 집에 악기
가 없지만, 내가 누누이 그녀에게 하는 이야기처럼 언제든 로징
스로 와서 젠킨슨 부인 방에 있는 피아노를 쳐도 되지. 그 방이라
면 알다시피 집 안에서 다른 사람에게 방해가 되지도 않으니까."

이모의 말이 무례하다고 느껴진 다아시 씨는 다소 난처한 표
정을 지으며 아무런 대꾸도 하지 않았다.

커피 시간이 끝나자, 피츠윌리엄 대령은 엘리자베스가 자기에
게 연주를 해 주겠다고 한 약속을 잊으면 안 된다고 그녀에게 말
했다. 그러자 그녀는 곧바로 피아노 앞에 가서 앉았다. 대령은 그
녀 곁으로 의자를 끌어다 앉았다. 캐서린 부인은 연주를 반쯤 듣
다 말고, 조금 전처럼 다아시 씨에게 무언가 말을 건넸다. 다아
시 씨는 이모의 이야기를 듣다가 마침내 자리에서 일어나, 평소

처럼 신중한 태도로 피아노 쪽으로 다가갔다. 그는 연주 중인 엘리자베스의 얼굴이 정면으로 보이는 자리에 섰다. 엘리자베스는 그런 그의 행동을 지켜보고 있었는데, 잠깐 곡을 쉬는 틈을 타서 장난스러운 미소를 지으며 말했다.

"다아시 씨, 이렇게 가까이 와서 들으시면 제가 놀랄 거라고 생각하셨나요? 하지만 전 놀라지 않아요. 여동생분께서 아무리 연주를 잘하신다 해도요. 제게는, 다른 사람들이 아무리 절 놀라게 하려 해도 절대로 놀라지 않는 그런 고집 같은 게 있거든요. 누군가 겁을 주면 전 그만큼 용기가 더 난답니다."

"오해하고 계시는 것이라고는 하지 않겠습니다." 그가 대답했다. "제가 정말로 놀라게 하려는 의도가 있었다고는 생각하지 않으실 테니까요. 또 그동안 당신을 겪어 본 바로는, 가끔 마음에도 없는 말씀을 즐겨하신다는 것도 제가 잘 알고 있으니까요."

엘리자베스는 다아시 씨가 자신을 그렇게 표현하자, 기가 차다는 듯 웃으며 피츠윌리엄 대령에게 말했다.

"다아시 씨께서는 저에 대해서 아주 확실하게 선생님께 가르쳐 드릴 작정이신가 봅니다. 제 말은 하나도 믿지 말라고 말이에요. 제 성격을 저렇게 정확히 파악하시는 분에게 걸렸으니, 저도 어지간히 운이 없나 봅니다. 이곳에 계신 분들께는 신용이나 좀 얻고 슬쩍 넘어가나 했는데 말이에요. 다아시 씨, 정말 속이 좁으신 분이군요. 하트퍼드셔에서 있었던 제 흉을 여기서까지 말씀하시다니요. 이쯤 되면 저도 한마디 해야겠네요. 똑같이 무례하게요. 이렇게 대구하는 제 자신이 다 화가 날 정도예요. 그럼 당신 친척들께서 들으면 아주 속이 상할 이야기를 한번 해 볼까요?"

"저는 개의치 않습니다." 다아시 씨가 웃으면서 말했다.

"그가 뭘 잘못했는지 정말 듣고 싶군요. 낯선 사람들과 어울려서 어떤 행동을 했다는 건가요?" 피츠윌리엄 대령이 호기심 어린 표정으로 물었다.

"제가 다아시 씨를 처음 본 건 하트퍼드셔에서 열린 무도회였어요. 그런데 그 무도회에서 어떻게 하셨는지 아세요? 춤을 네 번밖에 안 추셨어요. 기분이 상하실지 모르지만, 어쨌든 사실이니까요. 그날 무도회에는 신사분들이 몇 명 되지도 않았는데도, 겨우 네 번만 추셨죠. 파트너가 없어 춤을 못 추고 앉아 있는 여자들이 한두 명이 아니었던 것을 저는 분명히 기억해요. 다아시 씨, 이건 부인 못하시겠죠?"

"그때 모임에는 저와 같이 간 일행들 외에는 아는 여자분이라곤 아무도 없었어요."

"그건 사실이에요. 그럼 무도회장에서는 그 누구도 소개를 받아서는 안 되겠죠. 그만 됐어요. 피츠윌리엄 대령님, 다음은 무슨 곡을 칠까요? 제목만 말씀하세요."

"그랬겠죠, 제가 소개를 시켜 달라고 하는 게 옳았던 것 같습니다. 전 낯선 사람들에게 먼저 인사를 건네는 성격이 못 되어서 말입니다." 다아시 씨가 말했다.

"이 일을 어떻게 생각하시는지 사촌께 물어볼까요?"

엘리자베스는 여전히 피츠윌리엄 대령의 얼굴을 보며 말했다.

"생각이 깊고 교육도 잘 받으신 분이, 그것도 넓게 세상을 사시는 분이 낯선 사람에게 스스로 인사를 건네지 못하는 이유가 대체 뭘까요?"

"제가 말씀드리죠. 그에게 물어볼 것까지도 없죠. 그냥 귀찮아서 하지 않는 거죠." 피츠윌리엄이 대답했다.

"저는 다른 사람들과 달리, 처음 만나는 사람들과 쉽게 이야기를 나누는 그런 재주는 분명히 없는 것 같아요. 다른 사람의 말에 맞장구를 치거나, 별 흥미도 없는 일에 관심 있는 척하는 걸 잘 못하겠어요. 다른 사람들은 그걸 참 잘 해내던데요."

"다른 여자들은 정말 훌륭하게 피아노를 연주하지만, 제 손가락은 그들처럼 멋지게 움직여 주지 않네요. 힘도, 속도도 부족하고, 표현력도 많이 떨어지죠. 하지만 전 그게 모두 제 책임이라고 생각해요. 제가 애써 연습하지 않는 편이기 때문이죠. 저는 월등하게 뛰어난 연주를 하는 여자들 손보다 제 손이 선천적으로 둔하다고는 생각하지는 않아요."

"아주 지당하신 말씀입니다." 다아시 씨가 웃으면서 말했다. "제 말을 멋지게 받아 주시네요. 다만, 당신의 연주를 듣는 분들이 있다면 그 연주가 수준 이하라고는 생각하지 않을 겁니다. 당신이나 저나 낯선 사람들 앞에 나서는 걸 좋아하지 않으니까요."

그때, 캐서린 부인이 대체 무슨 이야기를 나누는 거냐고 커다란 소리로 묻는 바람에 이야기가 중단되었다. 엘리자베스는 곧바로 연주를 시작했고, 캐서린 부인이 다가와 몇 분 동안 연주를 듣다가 다아시 씨에게 말을 걸었다.

"조금만 더 연습하고 런던에서 좋은 선생님에게 배우기만 한다면, 베넷 양의 연주도 지금보다는 훨씬 나아질 것 같은데. 음악적 감각은 앤보다는 못하지만, 솜씨는 꽤 좋은 편이네요. 앤이 건강해서 음악 공부를 할 수만 있었더라면 정말 훌륭한 연주자가 되었을 텐데."

엘리자베스는 다아시 씨가 그의 사촌 누이에 대한 칭찬에 얼마나 진심으로 공감하는지 알고 싶어 그를 쳐다보았다. 그러나 다른 때와 마찬가지로 이번에도 사촌 누이를 사랑하는 기색은 전혀 없었다. 드 버그 양에 대한 다아시 씨의 모든 행동을 근거로 엘리자베스는 빙리 양에게 희망이 있다는 결론을 내렸는데, 만약 빙리 양이 그와 친척 관계만 된다면 그가 그녀와 결혼을 할 수도 있을 것 같았다.

캐서린 부인은 계속해서 엘리자베스의 연주에 대해 입을 열었는데, 연주 기법과 음악적 감각에 대해 여러 가지를 가르치려 들기까지 했다. 엘리자베스는 인내심을 갖고 정중하게 그녀의 이야기를 들어 주었고, 남자들의 요청에 따라 계속해서 피아노를 연주했다. 그러다 마침내 캐서린 부인의 마차가 준비되었고, 모두가 집으로 돌아갈 준비를 했다.

32

다음 날 아침 콜린스 부인과 마리아는 볼일이 있어 마을로 나가고 없었고, 엘리자베스는 혼자 앉아서 제인에게 편지를 쓰고 있었다. 그런데 초인종 소리에 그녀는 깜짝 놀랐다. 분명히 밖에 누가 온 모양이었다. 마차 소리가 들리지는 않았지만 그래도 캐서린 부인이 아닐까 하는 생각에, 부인이 꼬치꼬치 내용을 캐묻는 것이 귀찮아 쓰다 만 편지를 눈에 안 보이게 치우고 있었다. 바로 그때 문이 활짝 열렸고, 엘리자베스는 깜짝 놀랄 수밖에 없었다. 다아시 씨가, 그것도 혼자서 방 안으로 들어서는 것이었다.

그도 역시 엘리자베스가 혼자 있는 것을 보고 적잖이 당황하는 기색이었는데, 기별도 없이 불쑥 찾아온 것을 사과하며 여자들이 모두 집에 있을 거라고 생각했기 때문이라고 했다.

두 사람은 자리에 앉았고, 엘리자베스가 로징스 사람들의 안부를 묻고 나서는 갑자기 서로 말문을 닫아 버린 듯한 어색한 분위기가 되어 버렸다. 그래서 그녀는 무언가 다른 화제를 꺼내야겠다는 조급한 마음이 들었다. 그 순간, 지난번에 하트퍼드셔에서 그를 보았던 일이 생각나면서 그들이 그렇게 갑작스럽게 떠났던 것에 대해 어떤 이야기를 하는지 들어 보고 싶은 마음에 엘리자베스는 이렇게 말했다.

"다아시 선생님, 지난 11월에 모두들 네더필드를 정말 쏜살같이 떠나셨더군요. 빙리 선생님도 모두들 그렇게 곧장 뒤쫓아오니 반갑기도 하면서도 무척 놀라셨겠어요. 제 기억이 맞다면 바로 그 전날 빙리 선생님이 떠나셨을 테니까요. 선생님께서 런던을 떠나오실 때 빙리 선생님과 누이분들은 별일 없으셨겠죠?"

"물론입니다. 그처럼 생각해 주시니 고맙군요."

더 이상 별다른 대답이 없을 것 같았다. 잠시 기다려 보던 엘리자베스가 다시 입을 열었다.

"빙리 선생님께서는 네더필드로 돌아오실 생각은 거의 없으신 것 같던데요. 혹시 들으신 게 있으신가요?"

"직접 들은 이야기는 없습니다만, 앞으로는 그곳에서 그리 많은 시간을 보낼 것 같지는 않군요. 그에게는 친구들이 무척 많기도 하고, 지금은 특히 그런 친구들과 만남이 부쩍 늘어나는 시기이니까요."

"그분께서 네더필드에 그다지 머무실 의향이 없으시다면, 차라리 그 집을 내놓는 편이 이웃들에겐 더 나을 수도 있겠네요. 누군가가 그 집을 사서 정착할 수도 있을 테니까요. 물론 빙리 선생님께서 그 집을 구하신 건 이웃의 편의보다야 본인을 위한 결정이었을 테니, 집을 내어놓는 여부도 그분의 원칙에 따라 결정하시겠죠."

"적당한 값에 제의가 들어온다면, 당장이라도 그는 집을 내어놓을 수도 있을 것 같습니다."

엘리자베스는 아무런 대꾸도 하지 않았다. 빙리 씨에 대해 더 이상 이야기하기가 두려웠다. 무엇보다도 더는 무슨 말을 꺼내야 할지 떠오르지 않았다. 그래서 입을 꾹 다물고 그가 먼저 이야기하기를 기다렸다.

다아시 씨는 그녀의 분위기를 눈치채고는 곧 말을 이었다.

"이 집은 참 아늑해 보이네요. 콜린스 씨가 헌스퍼드에 부임했을 때, 캐서린 부인께서 이 집에 상당히 많은 공을 들인 걸로 알고 있습니다."

"네, 정말 그런 것 같아요. 이 이상 어떻게 더 친절하게 보살필 수가 있겠어요."

"콜린스 씨는 정말 훌륭한 아내를 맞아들인 것 같군요."

"콜린스 씨 같은 분을 이해하고 받아들이는 여자도 드물지만, 받아들인다고 해도 행복하게 해 줄 수 있는 여자는 더더욱 드물 거예요. 그런 여자를 아내로 맞이했으니, 그분의 친구들이 기뻐하는 것도 당연하겠지요. 제 친구는 정말로 이해심이 깊거든요. 물론 제가 보기엔 샬럿이 콜린스 씨와 결혼한 게 썩 현명한 일이라고는 생각하지 않지만요. 하지만 그녀는 무척 행복해하는 것 같아요. 하긴 이것저것 생각해 보면 그녀로서도 무척 잘된 결혼인 것만은 틀림없어요."

"친정과 친구들로부터 멀지 않은 곳에서 살게 된 것도 무척 잘된 일이겠죠."

"멀지 않은 거리라고 하셨어요? 거의 50마일이나 되는데요."

"50마일이 뭐 그리 먼 거리인가요? 반나절 정도면 갈 수 있는 걸요. 절대로 먼 거리는 아니에요."

"저는 거리가 결혼의 주요 조건 중 하나라고는 생각하지 않아요. 그리고 콜린스 부인이 친정과 가까운 곳에 산다고 보기도 어렵고요."

"그 점이 바로 당신이 하트퍼드셔에 집착하고 있다는 증거죠. 그래서 롱번에서 조금만 벗어나도 멀리 느껴지는 것이겠지요." 이렇게 말하는 다아시 씨의 입가에 미소가 스쳤다.

엘리자베스는 그 말이 무슨 뜻인지 곧 알아차렸다. 다아시 씨는 그녀가 제인과 네더필드를 생각하고 있다고 짐작하고 있음이 분명했다. 그러자 그녀는 얼굴을 붉히며 대답했다.

"여자가 반드시 친정과 가까운 곳으로 시집가야 한다는 뜻으로 말씀드린 건 아니에요. 거리라는 건 상대적인 것이니까요. 여러 가지 여건에 따라 달라질 수도 있고요. 여행 비용 정도는 부담이 안 되는 재산을 가진 집이라면 멀어도 상관은 없겠죠. 하지만 샬럿의 경우는 다르니까요. 콜린스 씨 댁의 수입이 여유가 있긴 하지만, 자주 오가며 여행할 정도는 아니거든요. 그런 면에서 보면, 지금 거리의 절반쯤 되는 곳이라야 샬럿이 친정과 가까운 거리에 있다고 할 수 있겠죠."

다아시 씨가 의자를 그녀 쪽으로 조금 당겨 앉으며 말했다.

"지금 사시는 곳에 그토록 집착하실 필요는 없지 않나요? 어차피 롱번에 영원히 머무를 것도 아닌데 말입니다."

엘리자베스는 잠시 당황한 표정을 지었다. 다아시 씨 역시 약간의 감정 변화가 있었는지, 의자를 다시 뒤로 물리고 테이블 위에 놓인 신문을 집어 훑어보며 한층 냉정한 목소리로 말했다.

"켄트는 마음에 드십니까?"

켄트 주에 대한 이야기는 간결하고 형식적인 말로 오가고 있었는데, 마침 외출을 나갔던 샬럿과 마리아가 돌아와 안으로 들어서는 바람에 두 사람의 대화는 곧 중단되었다. 그들은 엘리자베스와 다아시 씨가 단둘이 이야기를 나누고 있는 모습을 보고 깜짝 놀랐다. 다아시 씨는 엘리자베스가 혼자 있는 줄 몰랐다며 짧게 변명을 했고, 잠시 자리에 조용히 앉아 있다가 이내 자리에서 일어나 나가 버렸다.

"도대체 어떻게 된 일이니?" 다아시 씨가 나가자마자 샬럿이 물었다. "일라이자, 그분이 널 좋아하는 게 분명해. 그렇지 않고서야 이렇게 거리낌 없이 우리 집까지 찾아올 리가 없잖아."

하지만 엘리자베스가 다아시 씨는 말도 별로 없었고 그냥 앉아 있다가 나갔다고 하자, 샬럿도 다시 생각해 보니 다아시 씨가 엘리자베스를 사랑할 리는 없을 것 같았다. 그래서 여러 가지 가능성을 추측해 본 결과, 마땅히 할 일이 없다 보니 그가 방문했던 거라고 생각할 수밖에 없었다. 당시는 일 년 중에서도 특히 무료한 시기라는 것을 고려해 보면 그럴듯한 생각이었다. 모든 야외 운동은 철이 지나 버렸고, 로징스 저택 안에는 캐서린 부인과 책, 당구대뿐이었다. 하지만 남자들이 매일같이 집 안에만 틀어박혀 있을 수는 없었고, 마침 가까운 곳에 목사관이 있어서인지, 아니면 그곳까지 산책하는 게 좋아서인지, 아니면 그곳에 사는 사람들이 좋아서인지는 몰라도 두 사촌은 그때부터 거의 매일 목사관까지 산책을 하고 싶은 마음이 들었다. 그들은 종종 오전 중에 예고도 없이 불쑥 나타났고, 어떤 날은 각자 혼자서, 또 어떤 날은 둘이 함께, 혹은 캐서린 부인까지 동행해 찾아오는 일도 있었다. 피츠윌리엄 대령이 오는 이유는 모두가 알고 있었다. 그는 여기 사람들과 어울리는 것이 즐거웠고, 자신을 호의적으로 대한다는 것도 느끼고 있었기 때문이었다. 엘리자베스 역시 그와 함께 있는 것이 좋았고, 그 역시 그녀에게 분명히 호감이 있다고 느꼈다. 그러면서 한때 좋아했던 조지 위컴 씨가 떠올랐다. 엘리자베스는 두 사람을 비교해 보며, 마음을 사로잡는 매력은 피츠윌리엄 대령이 위컴 씨보다 떨어지지만 훨씬 더 박식한 사람이라는 생각이 들었다.

그러나 다아시 씨가 그렇게 자주 들르는 것은 좀처럼 이해하기 어려웠다. 걸핏하면 십여 분간을 아무 말도 없이 앉아 있는 것을 보면, 누군가와 어울리기 위해 온 것 같지는 않았다. 말을 꺼낼 때조차 그가 하고 싶어서라기보다는 하는 수 없어 하는 것 같았다. 그러니까 자기가 즐거워서 하는 게 아니라 예의상 마지못해 하는 느낌이었다. 그가 활기찬 모습을 보인 적은 거의 없었다. 콜린스 부인은 그런 그를 어떻게 이해해야 할지 몰라 혼란스러웠다. 피츠윌리엄 대령이 가끔 그의 멍한 모습을 보고 농담을 던지는 걸로 보아, 다아시 씨가 평소와는 다르다는 점은 분명했지만 그 이유를 짐작할 수는 없었다.

그러다 그녀는 문득, 이 변화가 사랑 때문일지도 모른다고 생각했다. 그리고 그 사랑의 대상은 엘리자베스일 것이라고 믿고 싶은 마음에 그 징후를 찾아내 보려고 무척 신경을 쏟았다. 그들이 로징스에서 함께 있을 때나, 헌스퍼드를 그가 찾아왔을 때마다 그녀는 그를 유심히 살폈지만 뚜렷한 확증을 잡아내지는 못했다. 분명 다아시 씨가 엘리자베스를 자주 바라보기는 했지만 그의 표정만으로는 알 수 없었다. 진지하면서도 흔들리지 않는 눈길이었지만 애정이라고 단언하기엔 어딘지 모르게 의심스러운 데가 있었고, 때로는 마치 정신이 다른 데 가 있는 사람처럼 보이기도 했다.

샬럿은 몇 차례 엘리자베스에게 다아시 씨가 그녀를 좋아하고 있는 것 같다는 귀띔을 했지만, 엘리자베스는 그때마다 웃으며 가볍게 넘겼다. 샬럿은 기대했다가 실망만 하고 끝날 위험이 있다고 해서 이 문제를 그냥 지나쳐 버리는 것은 당치 않다고 생각했다. 만약 엘리자베스가 다아시 씨가 자신을 사랑하고 있다는 사실을 느끼게 된다면, 지금 그에 대해 품고 있는 그녀의 증오심도 틀림없이 사라질 거라고 믿었기 때문이었다.

엘리자베스를 생각하는 마음에 샬럿은 가끔 피츠윌리엄 대령과 그녀를 결혼시킬 궁리도 해 보곤 했다. 대령은 누구와도 비교할 수 없을 정도로 좋아 보이는 사람이었다. 분명히 엘리자베스를 진심으로 좋아하는 것처럼 보였고, 그의 사회적 지위도 그녀와 잘 어울릴 만큼 적합했다. 하지만 이 모든 장점을 무색하게 만드는 강력한 요소 하나가 다아시 씨에게 있었다. 대령은 감히 꿈도 꾸지 못할 목사 추천권을 다아시 씨가 갖고 있었던 것이다.

33

공원을 산책하는 중에 엘리자베스는 뜻하지 않게 몇 번이나 다시 다아시 씨와 마주쳤다. 엘리자베스는 아무도 오지 않는 외진 산책길에 그가 자꾸 모습을 드러내는 것이 이상하게 느껴졌다. 그래서 그가 앞으로는 그곳에 나타나지 못하게 하려고, 처음에는 의식적으로 그곳은 자기가 즐겨 찾는 산책로라고 이야기해 주었다. 그러니 그 이후에도 또다시 마주친다면, 그건 정말 이상한 일이었다. 하지만 이후에도 그런 일이 반복되었고, 그녀는 결국 세 번이나 같은 곳에서 그를 마주쳤다. 고의적으로 장난을 치는 게 아니라면, 목적을 가진 의식적인 행동인 것 같았다. 처음 마주쳤을 때와는 달리, 그는 이제 의례적인 인사만 나누고 떠나는 것이 아니라 가던 길을 되돌아 엘리자베스와 함께 걷기까지 했다. 그는 결코 말을 많이 하지 않았고, 엘리자베스 역시 그의 말을 받아 주거나 귀를 기울이려고 하지는 않았다.

그러나 세 번째 마주쳤을 때, 그가 별 상관도 없는 이상한 질문들을 하는 바람에 엘리자베스는 무척 당혹스러웠다. 헌스퍼드에서의 생활은 즐거운지, 혼자 산책하는 것을 즐기는지, 콜린스 씨 부부는 행복하다고 생각하는지 등을 물었다. 그리고 로징스 이야기를 하면서 그녀더러 그 집을 다 알고 있는 것은 아니지 않느냐고 말할 때는 언제든 다시 켄트에 오게 된다면 로징스에서 머물러 주었으면 하고 바라는 눈치였다. 그의 말은 그런 뜻을 담고 있는 것 같았다. 그는 과연 피츠윌리엄 대령을 염두에 두고 있는 것이었을까? 엘리자베스는 만약 그렇다면 그가 자신과 대령 사이에 무슨 일이 있지 않냐고 넌지시 이야기를 던진 것이 틀림없다는 생각이 들었다. 이런 생각은 그녀를 무척 곤혹스럽게 했는데, 마침 목사관이 마주 보이는 울타리 문에 다다랐을 때 그렇게 반가울 수 없었다.

그러던 어느 날, 엘리자베스는 산책 중에 최근에 받은 제인의 편지를 다시 읽고 있었다. 제인의 편지 속에 담긴 몇몇 우울한 문장을 곱씹으며 생각에 잠겨 있던 찰나, 이번에는 다아시 씨가 아니라 피츠윌리엄 대령이 자기 쪽으로 걸어오고 있었다. 엘리자베스는 얼른 편지를 감추고는 일부러 미소를 지어 보이며 말했다.

"이 길로 산책하실 줄은 전혀 몰랐어요."

"매년 하던 대로 공원을 산책하는 중이었습니다. 목사관에 잠시 들렀다가 돌아가려 했지요. 그런데 혹시 더 걸으실 생각이신가요?"

"아뇨, 곧 돌아가야 해요."

엘리자베스는 함께 발걸음을 돌려 목사관 쪽으로 나란히 걸었다. 그녀가 먼저 말을 꺼냈다.

"토요일에 켄트를 떠나시는 게 확실한가요?"

"네, 다아시가 다시 연기하지 않는다면요. 전 다아시가 하자는 대로 따라갑니다. 그 친구는 뭐든 자기 뜻대로 처리하는 사람이니까요."

"다아시 씨는 일이 자기 뜻대로 되지 않더라도, 적어도 선택권이 자신에게 있다는 걸 무척 즐거워하는 친구분이시죠. 다아시 씨만큼 자기가 하고 싶은 것을 제 마음대로 하면서 즐거워하는 사람은 아직 본 적이 없어요."

"다아시는 정말 자기 마음대로 해야만 하는 친구입니다. 하지만 누가 그러고 싶지 않겠어요? 다만, 그는 다른 사람들보다 유리한 조건을 갖췄다는 차이뿐이죠. 그는 부자이고, 다른 사람은 그렇지 않잖아요. 가슴에 응어리진 이야기죠. 아시다시피, 작은아들은 자기를 굽히고 부모에게 의지하도록 길들여져야 하니까요."

"제 생각입니다만, 백작의 작은아들이라면 그런 문제는 전혀 모르실 것 같은데요. 그러면 그런 것들을 심각하게 경험해 보신 적이라도 있으신가요? 이를테면, 돈이 없어서 가고 싶은 곳을 못 간다든지, 갖고 싶은 걸 못 얻었다든지 하는 경험 말이에요."

"정곡을 찌르는 질문이군요. 사실 그런 문제로 특별히 힘들었던 적은 없었던 것 같네요. 하지만 좀 더 중요한 문제에 있어서는 돈이 없어 고초를 겪기도 하겠죠. 작은아들들은 하고 싶은 결혼도 마음대로 못 한답니다."

"돈 많은 여자를 찾지 않는 한, 모두 잘들 하시던데요."

"저희는 씀씀이가 크기 때문에 그렇게 돈을 찾을 수밖에 없는 겁니다. 저 같은 신분에서는 돈을 고려하지 않고 결혼하기란 무척 어려운 일이죠."

'날 염두에 두고 하는 소린가?' 엘리자베스는 이런 생각에 얼굴이 붉어졌으나, 곧 침착해지면서 상냥하게 말했다.

"그러면 백작의 작은아들이 결혼 상대에게 바라는 재산은 어느 정도인가요? 위에 형님이 병상에 누워 계신 정도가 아니라면, 5만 파운드 이상을 원하지는 않을 것 같습니다만."

피츠윌리엄도 같은 농담조로 맞받아쳤다. 그러자 대화는 갑자기 끊기고 말았다. 엘리자베스는 가만히 있으면 자신이 그의 말에 기분이 상한 것으로 보일까 봐, 잠시 후 다시 입을 열었다.

"제 생각으로는 다아시 씨가 대령님을 여기로 모시고 온 건, 자기 마음대로 할 수 있는 분이라서 그랬던 것 같군요. 그분은 평생 마음대로 하고 싶어 결혼마저 하지 않을지도 모르겠군요. 하지만 그분의 여동생도 당장은 결혼할 것 같지는 않더군요. 하긴 오빠가 그녀의 유일한 후원자이니 그분은 여동생에게 해 주고 싶은 대로 다 해 주시겠어요."

"아니에요, 그 일은 저와 다아시가 함께 분담하고 있습니다. 저와 다아시가 여동생의 공동 후견인입니다."

"정말이세요? 그럼 어떤 성격의 후견인이죠? 감당하기 힘들지 않으세요? 그 나이의 젊은 여자들은 이따금 다루기가 무척 힘들 때가 있죠. 또 다아시 씨의 기질을 그대로 닮았다면, 그녀 역시 자기 마음대로 하려고 들 것 같네요."

엘리자베스가 말을 잇는 동안, 피츠윌리엄 대령이 자신을 뚫어지게 쳐다보고 있다는 것을 느꼈다. 이윽고 그가 다아시 양이 사람들을 불편하게 만든다고 생각하는 이유가 무엇이냐고 묻자,

엘리자베스는 다아시 양에 대한 자기의 생각이 어느 정도는 사실이라는 것을 직감했다. 그녀는 즉시 대답했다.

"그렇게 놀라실 일은 아니에요. 다아시 양에 대한 안 좋은 소문이 있는 건 전혀 아니니까요. 제가 보기에는 그분만큼 유순한 숙녀도 드물 것 같아요. 제가 잘 아는 허스트 부인과 빙리 양도 그녀를 무척 좋아하더군요. 대령님도 그분들을 아신다고 하셨던 것 같은데요?"

"네, 어느 정도는 알고 있습니다. 빙리 씨는 정말 훌륭한 신사분이죠. 다아시와는 아주 막역한 친구 사이이기도 하고요."

"맞아요. 그런데 다아시 씨는 그분에게 유달리 친절한 것 같아요. 때로는 지나칠 정도로 참견을 하시기도 하죠."

"참견이라! 그래요, 저도 다아시가 빙리 씨 일에 관여하는 편이라고는 생각합니다. 여기 오는 길에 다아시에게 들은 바로는, 빙리 씨가 다아시에게 신세를 많이 졌던 것 같더군요. 하지만 본인에게는 죄송한 말일지도 모르겠습니다. 빙리 씨가 꼭 다아시가 말한 그 사람이라고 단정할 수는 없으니까요. 단지 저의 추측일 뿐이죠."

"그게 무슨 말씀이세요?"

"다아시는 이 이야기가 다른 사람에게 알려지는 걸 아주 꺼리더군요. 특히 여자 쪽 집안에 소문이 돌면 곤란한 일이 생긴다고 생각하는 것 같았습니다."

"누구에게도 말하지 않을게요."

"빙리 씨일 거라고 그냥 한번 추측해 본 것뿐이니까 그렇게 알고 들어 주세요. 다아시가 제게 한 말은 이렇습니다. 최근에 친구 하나가 너무 경솔하게 결혼하려고 해서, 자기가 나서서 그 결혼을 막아 주었다고 좋아했어요. 하지만 그 친구가 누구인지 말하지 않았고, 더 이상 자세한 얘기도 없었죠. 다만, 저는 빙리 씨가 그럴 만한 성격의 소유자라는 생각을 했고, 지난여름 두 사람이 줄곧 같이 있었다는 것을 알고 있었기에 그 친구를 빙리 씨라고 추측했던 것뿐입니다."

"그렇게까지 간섭한 이유는 뭐라고 하던가요?"

"여자 쪽에 대해 반대하는 의견이 많았던 것 같습니다."

"두 사람을 떼어놓기 위해 구체적으로 무슨 수를 썼다던가요?"

"거기에 대해서는 전혀 말하지 않았습니다. 다아시가 한 말은 아까 제가 드린 말씀이 전부입니다."

피츠윌리엄 대령이 웃으며 대답하자, 엘리자베스는 입을 다물고 말없이 걷기만 했다. 하지만 그녀의 가슴속에서는 분노가 끓어올랐다. 잠시 그녀의 얼굴을 살펴보던 그가 무슨 생각을 그리 심각하게 하느냐고 물었다.

"하신 말씀을 다시 생각해 보고 있는 중이에요. 다아시 씨의 행동이 저로서는 좀 거북하게 느껴지는군요. 왜 꼭 자기가 나서서 이래라저래라 해야만 하는 거예요?"

"다아시가 쓸데없는 참견을 했다고 생각하시는군요."

"전 다아시 씨가 친구의 선택에 대해 옳으니 그르니 하면서 결정을 내릴 권한은 없다고 생각해요. 또 자기 멋대로 판단하고 내린 결정이 그 친구를 행복하게 해 준다는 보장이 어디에 있죠?" 엘리자베스는 격앙된 마음을 애써 가라앉히며 말을 이었다. "하지만 자세한 사정을 모르니 그분을 비난할 수도 없겠죠. 그래도 우정이 깊어서 그렇게까지 했다는 말에는 선뜻 동의가 되지 않네요."

"전혀 틀린 말씀은 아닌 듯합니다만, 다아시가 자랑스럽게 여기는 일을 그렇게 폄하해 버리시니 아주 유감인데요."

피츠윌리엄 대령은 농담으로 한 말이었지만, 엘리자베스는 마치 다아시 씨를 그대로 보는 것 같아 말을 받아 주고 싶지 않았다. 그녀는 곧 화제를 돌려 이런저런 다른 이야기들을 주고받으면서 목사관에 도착했다.

피츠윌리엄 대령이 돌아간 뒤, 엘리자베스는 곧장 자기 방으로 들어가 그에게서 들었던 이야기를 혼자 조용히 생각해 보았다. 다아시 씨가 이야기하는 사람이 그녀와 관련이 없는 사람이라고 생각되지는 않았다. 다아시 씨가 그처럼 큰 영향력을 미칠 수 있는 사람이 이 세상에 둘이 있을 수는 없었다. 그가 빙리 씨와 제인을 떼어놓는 일에 틀림없이 관여했을 거라는 생각을 해 오고는 있었지만, 그런 계획과 실행은 주로 빙리 양이 맡았을 거라고 늘 믿었었다. 하지만 그의 허영심으로 보아서는 그가 주범인 것 같았다. 그의 오만과 변덕 때문에 제인이 지금껏 고통을 받아 왔고, 또 여전히 받고 있다는 생각이 들었다. 바로 그가 세상에서 가장 따뜻하고 상냥한 마음씨를 가진 한 여자의 행복을 바라는 마음을 철저히 유린해 버렸으며, 앞으로도 이런 고통이 얼마나 이어질지 모른다는 생각이 들었다.

피츠윌리엄 대령은 '여자 쪽에 대해 반대하는 의견이 많았던 것 같습니다'라고 말을 했었다. 이렇게 강하게 반대를 한 것은 아마도 시골에서 변호사를 하는 이모부와 런던에서 장사를 하고 있는 삼촌 때문일 거라는 생각이 들었다.

'언니 자체를 두고 반대할 리는 없을 거야. 얼마나 사랑스럽고 착한 사람인데! 이해심도 많고 마음씨도 고상하고 몸가짐은 또 얼마나 매력적인데. 아버지에 대해서도 그들이 뭐라 할 수는 없겠지. 약간 괴팍하신 면은 있어도, 다아시 씨조차 무시할 수 없는 능력이 있으신 데다 그와는 거의 비교도 안 되는 인품을 가지신 분이잖아.'

그러나 이런 생각 끝에 어머니가 떠오르는 순간, 엘리자베스는 자신이 다소 없어졌다. 그렇지만 어머니에 대한 거부감 때문에 다아시 씨가 그런다고 생각하기는 어려웠다. 다아시 씨의 오만함은 친구의 처가 되는 집안이 교양이 부족하다는 사실보다는 사회적 지위가 낮다는 사실로 인해 더 큰 수치감을 느꼈을 가능성이 컸다. 이런 생각 끝에 엘리자베스는 한편으로는 다아시 씨의 이런 오만함 때문에, 또 한편으로는 자신의 여동생의 행복을 위해 빙리 씨를 붙잡아 두자는 생각 때문에 그런 짓을 했다는 결론을 내렸다.

이 문제로 마음이 괴로워 눈물을 흘리던 엘리자베스는 나중에는 머리까지 욱신거렸고, 저녁이 되자 통증은 더욱 심해졌다. 마침 다아시 씨의 얼굴조차 보기 싫었기 때문에 엘리자베스는 샬럿을 따라 로징스로 가는 것을 그만두기로 했다. 원래 그들은 로징스에서 차를 마시기로 약속이 되어 있었다. 샬럿은 엘리자베스의 몸 상태가 정말 좋지 않다는 것을 알아차리고 억지로 데려가려 하지 않았고, 남편에게도 강요하지 말라고 사정하다시피 했다. 하지만 콜린스 씨는 엘리자베스가 집에 남아 있는 것이 캐서린 부인의 심기를 거스르는 것은 아닐까 하여 초조해하는 기색이 역력했다.

34

콜린스 부부가 가고 난 뒤, 엘리자베스는 마치 다아시 씨에게 있는 대로 화를 내보려고 작정이나 한 듯, 그녀가 켄트에 머무는 동안 제인에게서 받은 편지들을 모두 꺼내어 다시 꼼꼼히 읽어보았다. 불평을 하거나, 지나간 일을 다시 언급하거나, 괴로운 심정을 털어놓는 구절은 없었지만 편지 내용의 전체적인 분위기와 각 구절에는 평소 제인의 명랑한 문체와는 달리 밝은 느낌이 없었다. 밝은 성격과 평온한 마음으로 누구에게나 친근하게 글을 쓰는 제인이 이렇게 우울한 모습을 보인 적은 거의 없었다. 처음 얼핏 보기에는 아무렇지도 않아 보였지만, 자세히 살펴보니 모든 편지에서 제인의 불안한 마음이 드러나 있다는 것을 엘리자베스는 느낄 수 있었다. 언니에게 이런 불행을 가져다주고도 그것을 뻔뻔하게 자랑스럽게 여기는 다아시 씨를 떠올리자, 언니의 아픔이 더욱 뼈저리게 느껴졌다. 그래도 이틀 뒤면 다아시 씨도 로징스를 떠난다는 사실은 조금이나마 위안이 되었다. 더욱이 2주 후면 그녀도 제인을 다시 만날 수 있고, 그러면 모든 열성을 다해 언니의 기분을 풀어 줄 수 있다는 생각은 더 큰 위안이 되었다.

다아시 씨가 켄트를 떠난다고 생각할 때마다, 피츠윌리엄 대령도 그와 같이 떠나야 한다는 생각이 엘리자베스를 따라다녔다. 대령은 떠나고 싶지 않다고 분명히 말했고 실제로 좋은 사람이긴 했지만, 그가 떠나는 것이 가슴 아프게 느껴지지는 않았다.

한참 이런 생각에 잠겨 있던 엘리자베스는 초인종 소리에 정신이 번쩍 들었다. 그녀는 혹 피츠윌리엄 대령이 아닐까 하는 생각에 가슴이 두근거렸다. 그가 전에도 저녁 늦게 찾아온 적이 있었고, 지금은 특히 병문안을 온 것일지도 모른다는 생각이 들었기 때문이다. 하지만 곧 이런 기대는 사라졌다. 다아시 씨가 문을 열고 안으로 들어서는 것을 보고, 그녀는 무척 놀라면서도 아주 묘한 기분을 느꼈다. 그는 서둘러 들어오자마자 그녀의 건강 상태를 물었고, 몸이 좀 나아졌기를 바라는 마음에 찾아왔다고 말했다. 엘리자베스는 쌀쌀맞게 대답했다. 그는 잠깐 자리에 앉았다가 곧 일어나 방 안을 거닐기 시작했다. 엘리자베스는 놀라긴 했지만 아무 말도 하지 않았다. 그렇게 몇 분간 침묵이 흐른 뒤, 그가 흥분된 모습으로 그녀에게 다가와 말을 꺼냈다.

"아무리 참아 보려 했지만 소용이 없었습니다. 정말 어찌할 수가 없습니다. 제 감정을 도저히 억누를 수가 없군요. 당신을 얼마나 깊이 사모하고 있는지 말씀드리지 않을 수 없습니다."

엘리자베스의 놀라움은 말로 표현할 수 없을 정도였다. 그녀는 붉게 상기된 얼굴에 눈을 동그랗게 뜨고 의아한 눈길로 입을 꼭 다물고 있었다. 그녀의 그런 표정을 보고 자신감을 얻은 그는, 오랫동안 그녀에게 품어 온 자신의 감정을 곧바로 쏟아 냈다. 그는 말은 잘했지만, 자신의 애정을 자세히 드러내는 동시에 다른 감정도 드러냈다. 애정보다 더 열심히 내비친 건 그의 자존심이었다. 엘리자베스가 자기보다 신분이 낮다는 점, 따라서 결혼을 하면 자신의 사회적 지위에 손상을 줄 수 있다는 점, 또 양가 집 안 사이에 존재하는 여러 걸림돌 때문에 마음의 결정을 내리지 못했던 것이라며 감정을 가득 실은 표정으로 진지하게 말했지만, 그런 태도는 청혼에 거의 도움이 되지 않았다.

그에 대한 뿌리 깊은 증오가 있었지만, 엘리자베스도 다아시 씨와 같은 남자의 청혼에 무감각할 수만은 없었다. 그녀의 마음 이 단 한순간도 바뀐 것은 아니었지만, 처음에는 마음의 고통을 받고 있을 그에게 미안한 마음이 들었다. 그러나 다아시 씨의 말 이 이어질수록 화가 치밀어 오르며 그런 마음은 금세 사라졌다. 그녀는 그래도 그의 말이 끝나면 침착하게 대답하기 위해 마음 을 가다듬고 있었다. 그는 엘리자베스에 대한 자신의 강렬한 애 정이 아무리 억누르려 해도 도저히 어찌할 수 없는 것이며, 그 녀가 지금 당장 그 마음의 청혼을 받아들여 줄 것으로 믿는다 고 하며 말을 맺었다. 엘리자베스는 그런 그의 모습을 보면서, 그 가 자신의 청혼을 거절당할 리 없다고 믿어 의심치 않는 표정임 을 쉽게 알 수 있었다. 말투는 조심스럽고 걱정스러웠지만, 그의 표정은 그녀의 수락을 확신하고 있었다. 그러나 그의 이런 모습 은 엘리자베스를 더욱 분노하게 만들 뿐이었다. 이윽고 그가 말 을 마치자, 얼굴이 붉게 달아오른 엘리자베스가 이렇게 말했다.

"이런 경우, 아무리 거절의 뜻을 전하더라도 보여 주신 경의에 대해 일단 감사를 표하는 것이 예의라고 알고 있습니다. 물론 감 사한 마음이 드는 것이 당연하겠지요. 저도 그런 감정을 느낄 수 있다면 지금 당장 감사드리고 싶습니다. 하지만 그럴 수가 없군요. 당신의 호의를 제가 바랐던 것도 아니고, 당신도 분명 마지못해 하신 것일 테니까요. 뜻하지 않게 마음의 고통을 드리게 된 것은 유감입니다. 하지만 제가 일부러 그런 것도 아니고, 또 시간이 조금만 지나면 잊히지 않겠습니까? 오랫동안 애정에 대한 확신을 가로막았던 당신의 그 자존심이라면, 이런 말을 듣고 난 뒤에는 그런 고통쯤이야 쉽게 잊어버릴 수 있을 것입니다."

벽난로에 기댄 채 엘리자베스를 바라보던 다아시 씨는 그녀의 말에 놀람과 함께 분노를 느꼈다. 그의 얼굴은 분노로 창백해졌고, 마음이 동요하고 있다는 것이 여실히 드러났다. 그는 침착한 표정을 지으려 애썼고, 마음이 가라앉을 때까지 입을 꾹 다물고 있었다. 그런 그의 침묵은 엘리자베스를 불안하게 만들었다. 마침내, 그가 착잡한 목소리로 입을 열었다.

"제가 그토록 바라던 대답이 바로 이런 것이었군요! 예의적인 배려는 거의 무시한 채 이렇게까지 거절하시는 이유가 무엇인지 알고 싶습니다만. 하긴, 그게 중요한 건 아니겠지요."

"오히려 제가 묻고 싶군요. 마음에도 없는 말을 하고, 자신의 이성과 인격까지 속여가며 저를 좋아한다고 말씀하신 건, 분명히 제 감정을 상하게 하고 저를 모욕하려는 의도가 아니고 무엇이죠? 그러니 만약 제가 무례했다 하더라도 그럴 만하지 않나요? 그러나 제가 화를 내는 이유는 또 있어요. 다아시 씨도 알고 계실 겁니다. 제가 당신을 싫어하지 않았더라도, 혹은 아무 감정이 없었더라도, 아니 설령 제가 당신을 좋아했더라도 가장 사랑하는 언니의 행복을 거의 영원히 짓밟은 사람을 어떻게 조금이라도 받아들일 마음이 생길 수가 있겠어요?"

이 말을 듣자 다아시 씨는 순간 안색이 달라졌다. 그러나 잠시뿐이었고, 그는 계속해서 그녀의 말을 묵묵히 듣고 있을 뿐이었다.

"제가 당신을 미워하는 이유야 이루 말할 수가 없을 정도로 많죠. 어떤 동기였든 간에 당신이 언니에게 했던 부당하고 비열한 행위는 변명의 여지가 없어요. 두 사람을 떼어놓는 일을 당신 혼자서 한 것은 아니지만, 빙리 씨에게는 변덕스럽고 믿을 수 없는 사람이라는 평판을 얻게 하고 언니에게는 버림받았다는 조롱을 받게 만들면서 두 사람 모두를 그토록 비참하게 만든 일을 주도한 사람이 바로 당신이라는 사실은 부인할 수는 없겠지요."

엘리자베스는 잠시 말을 멈추었다. 전혀 후회하는 기색 없이 담담하게 듣고 있는 다아시 씨를 보고 그녀는 적잖은 분노를 느꼈다. 심지어 그는 그녀의 말이 믿기지 않는다는 듯이 웃음을 지으며 그녀를 바라보았다.

"어디, 사실이 아니라고 부인하실 수 있으세요?"

엘리자베스가 다시 묻자, 그는 짐짓 편안한 얼굴로 대답했다.

"제가 온갖 수단을 써서 제 친구와 당신 언니를 갈라놓았다는 것 그리고 그 결과에 제가 무척 만족하고 있다는 사실을 부인할 생각은 전혀 없습니다. 저는 언제나 제 자신보다도 빙리 군을 더 생각해 왔으니까요."

엘리자베스는 이렇게 점잖은 태도로 모든 것을 인정하는 다아시 씨의 모습을 쳐다보기도 싫었지만, 그의 말뜻은 놓치지 않았다. 그 정도 말로는 그녀의 분노를 가라앉히기에는 턱없이 부족했다.

"하지만 이 일뿐만이 아니에요." 엘리자베스가 계속해서 말했다. "당신을 미워하는 이유는 또 있어요. 이 일이 있기 훨씬 전부터 제 마음은 굳어 있었답니다. 몇 달 전에 위컴 씨로부터 당신의 인성人性에 대해 들었거든요. 이 문제에 관해 하실 말씀이라도 있으세요? 어떤 우정의 허울을 뒤집어쓰고 자신을 변명하시겠어요? 아니면 어떤 감언이설로 다른 사람들을 속이시겠어요?"

"그 친구에 대해서 무척 관심이 많으신가 봅니다."

다아시 씨는 안색이 붉어지며 다소 흥분된 목소리로 말했다.

"그분이 어떤 불행을 겪었는지를 아는 사람이라면, 당연히 관심이 가지 않겠어요?"

"그가 불행을 겪었다고요?" 다아시 씨가 경멸하는 투로 말했다. "그래요, 아주 대단한 불행을 겪었죠."

"다아시 씨가 그렇게 만든 거예요!" 엘리자베스가 힘주어 말했다. "당신이 그분을 지금처럼 빈궁한 처지에 몰아넣은 거잖아요. 그분의 몫으로 마련되어 있던 것들을 당신이 빼앗았고, 그분에게 보상으로 주어진 당연히 그분의 것이었던 재산을 빼앗음으로써 그분의 일생에 있어 가장 중요한 자립의 기회를 망쳐 버렸죠. 당신이 이 모든 일을 다 한 거잖아요! 그래 놓고도 위컴 씨가 왜 불행했느냐고 경멸하듯 조롱할 수 있단 말이에요?"

"바로 이게 저를 보는 당신의 생각이군요!" 빠른 걸음으로 방

안을 가로지르며 다아시 씨가 언성을 높였다. "마음을 굳혔다던 저에 대한 그 평가가 바로 이것이군요! 자세히 말씀해 주신 것에 감사드립니다. 당신의 이런 평가에 따르면 저의 죄는 정말 무겁군요. 하지만," 걸음을 멈추고 엘리자베스 쪽을 쳐다보면서 다아시 씨는 말을 이었다. "오랫동안 고민하고 망설인 끝에 솔직히 털어놓은 저의 고백이 엘리자베스 양의 자존심을 상하게 하지 않았더라면, 저의 이런 죄과는 모르고 넘어갔을 수도 있겠죠. 제가 저의 이런 갈등을 교묘하게 감추고 전혀 다른 생각 없이 무조건 당신을 사랑한다고 믿게 했다면 당신의 이런 통렬한 비난은 없었을지도 모르겠죠. 이성적으로 생각해 봐도, 여러 여건들을 깊이 생각해 봐도, 모든 것을 생각해 봐도 무조건 당신을 사랑하지 않을 수 없다는 식으로 말입니다. 그러나 전 어떤 위선도 증오합니다. 그래서 전 제가 솔직하게 고백한 감정에 대해서 부끄럽지 않습니다. 그렇게 하는 것이 당연하고 또 옳은 일이니까요. 그럼, 당신 집안의 지위가 낮다고 해서 제가 즐거워해야 하는 겁니까? 생활 여건이 저보다는 형편없이 낮은 집안과 결혼을 하고 싶어 하는 제 자신을 자축이라도 하라는 말씀입니까?"

엘리자베스는 순간순간 점점 더 화가 치밀어 올랐지만, 최선을 다해서 침착하게 이야기했다.

"다아시 씨, 당신이 이런 식으로 말씀하신다고 해서 제 마음이 바뀔 거라 생각하신다면 그건 큰 오산이에요. 당신의 태도가 조금만 더 신사다웠더라면, 제가 거절하면서도 미안한 마음쯤은 느꼈을지도 모르죠. 그런데 오히려 그런 마음조차 다 사라지게 만드셨잖아요."

엘리자베스는 다아시 씨가 놀라는 것을 보았다. 그러나 그는 아무 말 없이 가만히 있었고, 그녀는 말을 이어갔다.

"제가 청혼을 받아들이게 하려고 어떤 방법을 쓰셨어도, 저는 결코 받아들이지 않았을 거예요."

다아시 씨는 다시 한번 놀라는 표정이었다. 그녀의 말이 도무지 믿기지 않는다는 듯 쳐다보는 그의 표정 속에는 울분이 섞여 있었다. 그녀의 말은 계속 이어졌다.

"감히 말씀드리자면, 당신을 처음 알게 된 그 순간부터 저는 당신의 태도에서 독선적인 아집과 거만함 그리고 남의 감정은 아랑곳하지 않고 자기밖에 모르는 사람이라는 인상을 너무 강하게 받았죠. 이런 인상 때문에 당신에 대한 확고한 거부감이 생겼고, 그 이후 여러 사건이 겹치면서 당신에 대한 제 증오는 바위같이 단단히 굳어졌습니다. 그리고 당신을 알고 지낸 지 한 달도 채 되지 않아, 누가 뭐라고 하든 이런 사람과는 절대로 결혼하지 말아야겠다는 생각이 들더군요."

"그만하면 됐습니다. 당신의 기분을 충분히 알았습니다. 지금은 그런 제 자신이 그저 부끄러울 뿐입니다. 시간을 너무 오래 빼앗아 죄송합니다. 부디 건강하시고, 행복하시길 바랍니다."

이 말을 남기고 다아시 씨는 급히 방을 나가 버렸다. 잠시 후, 엘리자베스는 그가 현관문을 열고 집을 나가는 소리를 들었다.

엘리자베스는 마음이 몹시 괴로웠다. 그녀는 몸을 가눌 기력도 없어 자리에 앉은 채 30분간을 울었다. 방금 벌어진 일을 되돌아보며 하나하나 생각할 때마다 그녀는 더욱 놀라지 않을 수 없었다. 다아시 씨로부터 청혼을 받았다는 사실, 몇 달 전부터 그가 자신을 사랑해 왔다는 사실 그리고 그의 친구가 언니와 결혼하지 못하도록 했던 바로 그 부담스러운 조건들이 자신에게도 똑같이 작용했을 텐데도 그걸 무릅쓰고 그녀와 결혼하려 했다는 사실이 도저히 믿기지 않았다. 자기도 모르는 사이에 그렇게까지 깊이 사랑받고 있었다는 사실은 그녀를 기분 좋게 했다. 그러나 그의 오만함, 정말로 혐오감을 느끼게 하는 그 오만함과 제인에게 저지른 일을 태연히 인정하는 뻔뻔함, 위컴 씨와 관련한 일에 대해 제대로 된 변명조차 없이 사실을 인정해 버리는 후안무치한 모습, 위컴 씨 이야기를 할 때 드러났던 그의 싸늘한 태도, 스스로 숨기려고도 하지 않는 위컴 씨에 대한 잔혹한 적개심 등 이런 생각들이 일면서, 다아시 씨의 애정을 생각하며 느꼈던 그에 대한 동정심은 곧 사라지고 말았다.

엘리자베스는 여전히 분노에 휩싸인 채 생각에 잠겨 있었다. 그때 캐서린 부인의 마차 소리가 들려왔다. 이런 상태에서 샬럿의 얼굴을 마주친다면 몹시 불편할 것 같다는 생각에, 그녀는 급히 자기 방으로 들어갔다.

35

엘리자베스는 다음 날 아침에 눈을 떴을 때도, 간밤에 잠들 때까지 머릿속을 떠나지 않던 생각들이 여전히 맴돌고 있었다. 여전히 어제 있었던 일의 충격이 아직 가시지 않았다. 다른 생각을 해 보려고 해도 머릿속은 그 일로 가득 차 있었고, 무언가를 하려 해도 도무지 마음이 움직이지 않았다. 그래서 아침 식사 후, 기분 전환이라도 할 겸 곧장 산책을 나섰다. 그녀는 평소 즐겨 걷던 산책길로 가다가, 다아시 씨가 가끔 그 길로 온다는 생각에 발걸음을 멈추었다. 결국 그녀는 공원 쪽으로 가지 않고, 오솔길로 접어들어 큰 공원길에서 멀리 벗어났다. 오솔길 한쪽으로는 여전히 공원의 울타리가 죽 늘어져 있었고, 그녀는 공원 안으로 통하는 한쪽 문을 지나쳐 걸어갔다.

그 오솔길을 두세 번 걷고 나자, 공원의 상쾌한 아침 기운에 이끌려 그녀는 문 앞에 서서 공원 안을 들여다보았다. 그녀가 켄트에서 지낸 5주 동안, 전원의 풍경은 크게 달라져 있었다. 날이 갈수록 나무들은 더욱 짙은 푸르름을 더해갔다. 그녀가 다시 막 발걸음을 내디디려는 순간, 공원 한쪽 끝의 숲속에서 한 남자가 얼핏 보였다. 그 남자는 이쪽으로 걸어오고 있었고, 혹시 다아시 씨일 수도 있다는 생각에 그녀는 얼른 몸을 돌려 되돌아가기 시작했다. 하지만 그 남자가 점점 가까이 다가오더니, 마침내 그녀를 알아볼 수 있는 거리까지 이르자 더 빠르게 걸어오며 그녀의 이름을 불렀다. 걷던 걸음을 멈추지 않은 채 그 소리를 들은 엘리자베스는 분명 다아시 씨의 목소리라는 것을 알아차렸음에도 계속 문 쪽을 향해 걸어갔다. 두 사람은 거의 동시에 그곳에 도착했는데, 다아시 씨가 편지를 불쑥 내미는 바람에 그녀도 별생각 없이 반사적으로 그것을 받았다. 그러자 그가 약간 거만하면서도 침착한 표정으로 말했다.

"숲길을 걷고 있었습니다. 당신과 마주치기를 바라면서요. 이 편지를 꼭 한번 읽어 주시기 바랍니다."

그는 이렇게 말한 뒤 가볍게 인사하고는 곧장 공원의 숲속으로 사라져 버렸다.

편지가 반갑지는 않았지만, 그 안에 담긴 내용이 몹시 궁금했던 엘리자베스는 봉투를 열어 보았다. 놀랍게도, 그 안에는 촘촘한 글씨로 한 면 가득 빽빽하게 채운 두 장의 편지가 들어 있었다. 심지어 봉투 겉면에도 글씨가 빼곡히 쓰여 있었다. 엘리자베스는 오솔길을 따라 걸으며 편지를 읽어 내려갔다. 편지를 쓴 장소와 날짜는 로징스에서 오전 8시라고 되어 있었고, 그 내용은 다음과 같았다.

이 편지를 받으시고 혹시 어제저녁, 당신을 그렇게도 불쾌하게 만들었던 저의 감정 고백과 청혼을 다시 하고 있는 것은 아닐까 걱정하지 않으셨으면 합니다. 저희 두 사람 모두의 행복을 위해서는 될 수 있는 한 빨리 잊어버려야 하는 저의 헛된 소망을 또다시 긁적거려 당신을 괴롭히거나 제 자신을 초라하게 만들고 싶지는 않습니다. 제 성격이 무던하다면 이런 편지를 써서 당신에게 읽어 달라고 할 필요는 없었겠죠. 그랬다면 당신이나 저나 이렇게 힘들여 편지를 쓰거나 읽지는 않을 텐데 말입니다. 그러니 무례를 무릅쓰고 꼭 읽어 보시기를 청하는 저를 이해해 주시기 바랍니다. 물론 편지를 읽기가 거북하실 수 있다는 점은 잘 알고 있습니다. 하지만 그래도 내용만은 제대로 읽어 주시기 바랍니다.

어젯밤 당신은 제게 성격과 내용이 아주 다른 두 가지의 죄과를 지적해 주셨죠. 하나는 두 사람의 감정은 무시한 채 빙리 군과 당신 언니 사이를 제가 갈라놓았다는 것이었고, 다른 하나는 위컴 군의 권리를 무시하고 제 자신의 명예와 인간적 도리를 저버리면서 그의 행복과 장래를 망쳐 놓았다는 것이었습니다. 저의 어린 시절 친구였고, 아버지께서도 끔찍이도 아끼셨으며, 저의 집안의 후원이 없다면 거의 의지할 곳조차 없었던, 그리고 성장해서는 우리의 열성적인 후원을 기대하고 있었던 청년과의 관계를 아무런 이유 없이 의도적으로 단절했다면 큰 죄악이겠지요. 그런 일에 비하면, 겨우 몇 주간의 애정으로 이어졌던 두 젊은이를 갈라놓은 일은 오히려 사소하게 여겨질 수도 있겠습니다.

아무튼 어젯밤에는 그러한 제 행동 하나하나에 대해 정말 가혹한 비난을 마음껏 퍼부으셨습니다만, 제가 왜 그런 행동을 할 수밖에 없었는지, 그리고 그 동기와 정황을 설명드리는 이 편지를 읽고 난 후에는 그 비난을 거두어 주시기를 바랍니다. 저로서는 제가 정당하다고 생각하는 제 입장을 설명드리다 보면 부득이하게 당신의 감정을 상하게 할 수도 있겠지만, 그럴 때도 제가 드릴 수 있는 말씀은 오직 미안하다는 말뿐입니다. 그 점은 어쩔 수 없을 것 같군요. 그 이상의 사과는 의미가 없을 것 같습니다.

제가 하트퍼드셔에 머문 지 얼마 되지 않아, 저 역시 다른 이들과 마찬가지로 빙리 군이 그 지역의 어느 여성보다도 당신의 언니에게 깊은 호감을 가지고 있다는 사실을 알게 되었습니다. 하지만 네더필드에서 무도회가 열리던 그날 저녁까지는, 그 친구가 그렇게까지 심각하게 사랑에 빠져 있으리라고는 생각지도 못했습니다. 이전에도 그가 사랑에 빠지는 모습을 몇 차례 본 적이 있었기 때문입니다. 제가 당신과 춤을 추었던 그 무도회에서 윌리엄 루카스 경이 모두가 두 사람의 결혼을 기정사실로 여기고 있다는 말을 우연히 하는 것을 듣고서야, 저는 처음으로 그런 사실을 알게 되었던 것입니다. 윌리엄 경은 결혼은 시간문제인 듯 이야기했습니다. 그때부터 전 제 친구의 행동을 더욱 유심히 살피게 되었습니다. 그리고 곧 알게 되었습니다. 베넷 양에 대한 그의 애정은 지금까지 그에게서 본 것과는 전혀 다른 진지한 감정이라는 것을요. 저는 당신의 언니도 주의 깊게 살폈습니다. 그녀의 솔직하고 명랑한 표정과 태도는 무척 매력적이었습니다. 그러나 그녀가 빙리 군에게 특별한 애정을 가지고 있다는 느낌은 들지 않았습니다. 그날 저녁 자세히 살펴본 결과, 언니께서 빙리 군의 애정을 즐겁게 받아 주고는 있지만, 그와 똑같은 사랑의 감정은 아니라는 것을 확신하게 되었던 것입니다.

이 점에 대해서 당신의 생각이 저와 다르다면, 제가 잘못 판단하고 있는 것이 틀림없겠지요. 저보다는 언니에 대해 훨씬 잘 아실 테니까 제가 틀렸을 가능성이 더욱 높겠죠. 그렇다면, 만약에 제가 잘못 생각해서 언니에게 그런 고통을 안겨다 주었다면, 당신이 그렇게 화를 내는 것도 당연한 일일 것입니다. 하지만 이 점에 대해 저는 주저 없이 말씀드릴 수 있습니다. 언니의 아주 평온한 표정과 분위기로 봐서는 무척 마음씨가 상냥하게 보이지만, 결코 쉽게 사랑의 감정에 빠질 여자는 아니라는 사실을 아주 자세히 관찰해 보면 확신할 수 있다는 것을 말입니다. 언니에게 빙리 군에 대한 애정이 없다고 제가 믿고 싶어 했던 것은 사실입니다. 하지만 어떤 기대나 두려움 때문에 제가 그렇게 관찰하고, 또 그런 결정을 내린 것은 아니라는 것을 감히 말씀드립니다. 언니에게 애정이 없다고 믿은 것은, 제가 그러길 기대했기 때문이 아닙니다. 저의 믿음은 편견 없는 확신에서 나온 것입니다. 이것은 제가 언니에게 애정이 없기를 바랐다는 사실만큼이나 진실입니다.

제가 두 사람의 결혼을 반대하는 이유는, 어젯밤 제 경우에 그것을 극복하려고 얼마나 큰 심적 고통을 겪었는지 말씀을 드렸던 신분상의 차이만은 아니었습니다. 여자에게 훌륭한 친척이 없다는 사실이야, 저의 경우와 마찬가지로 빙리 군에게도 그다지 큰 흠이 되지는 않기 때문입니다. 그렇지만 제가 반감을 품게 된 데에는 다른 이유가 있었습니다. 이 이유는 저나 빙리 군이나 똑같이 마주치고 있는 것입니다만, 당장 눈앞에 닥친 일이 아니었기에 애써 잊어버리려고 했던 사실입니다. 반드시 말씀드려야 할 내용이지만, 간단히 전하겠습니다. 당신의 어머니 쪽 집안 환경 역시 제게는 그다지 만족스럽지 않았습니다만, 당신의 어머니와 세 동생들 그리고 때때로 아버지께서도 보여 주시는, 너무 빈번하고 거의 동일한 형태로 반복되던, 교양이라고는 찾아볼 수 없는 무례한 행동들에 비하면 그것은 아무것도 아니라고 생각됩니다.

이런 말씀을 드리게 되어 죄송합니다. 당신의 감정을 상하게 했다는 사실에 저 역시 마음이 아픕니다. 가까운 가족들의 결점에 대해 염려하시는 당신의 심정을 이해하고, 제 말씀이 불쾌하게 느껴지시리라는 것도 잘 알고 있습니다. 하지만 당신과 언니, 두 분께서는 그와 같은 비난을 조금도 받지 않도록 행동해 오셨습니다. 이 말은 두 분에 대한 모든 사람들의 칭찬이자, 두 분의 사려 깊은 생각과 성격에 대한 칭송이라 생각하시고 마음을 조금이나마 풀어 주시기를 바랍니다.

아무튼 그날 저녁 이후로 저는 댁의 가족분들에 대한 인식을 굳히게 되었고, 그로 인해 가장 불행한 결혼이 될 수도 있었던 관계에서 제 친구를 구해야겠다는 결심을 하게 되었음을 덧붙여 말씀드립니다. 당신도 기억하시겠지만, 빙리 군은 다음 날 네더필드를 떠나 런던으로 갔으나 곧 돌아올 계획이었습니다. 제가 한 역할을 이제부터 말씀드리겠습니다. 그의 누이들도 저와 똑같이 불안해하고 있었습니다. 곧 서로 같은 생각이라는 것을 알게 되었죠. 그래서 모두가 빙리 군을 한시라도 그 환경에서 빨리 떼어놓아야 한다는 생각에 우리도 곧바로 그를 따라 런던으로 들어가기로 했습니다. 그래서 우리도 런던으로 갔고, 친구에게 그런 결혼에 따르는 여러 가지 안 좋은 점을 일깨워 주는 역할을 선뜻 맡았던 것입니다. 저는 열심히 설명했고, 때로는 강하게 주장하기도 했습니다. 물론 제 충고가 그의 결심을 망설이게 하거나 미루게 하는 데 영향을 주었을 수도 있겠지만, 제가 당신 언니께서 애정을 가지고 있지 않다는 점을 지체 없이 그에게 확신시켜 주지 않았더라면, 두 사람의 결혼을 막을 수는 없었을 것이라고 생각합니다. 빙리 군은 언니께서 자신만큼은 아니더라도 분명히 애정을 갖고 있다고 믿고 있었습니다. 그러나 빙리 군은 선천적으로 아주 유순한 성격으로 의사결정에 있어서는 자신의 의견보다도 저의 의견에 더 의존하는 편입니다. 따라서 그가 착각하고 있다고 설득하는 것은 그리 어려운 일이 아니었습니다. 그렇게 설득하고 난 뒤에는 그가 하트퍼드셔로 돌아가지 않도록 하는 일은 더욱 수월했습니다.

  저는 제 행동을 부끄럽게 생각하지 않습니다. 그간의 모든 일을 돌이켜볼 때 딱 한 가지 불만스러운 점이 있다면, 그것은 당신의 언니께서 런던에 와 계시다는 사실을 일부러 숨기려 했다는 것입니다. 빙리 양이 알고 있었기에 저도 그 사실을 알게 되었지만, 빙리 군은 지금까지도 모르고 있답니다. 물론 두 사람이 만났다고 해서 특별히 나쁜 결과가 있기야 했겠습니까만, 빙리 군이 언니를 다시 만나도 무심할 수 있을 정도로 애정이 식었다고는 보기 어려웠기 때문이었습니다. 이렇게 사실을 숨긴 행위는 아마도 하지 말았어야 할 일이었던 것 같습니다. 그러나 지금도 그렇지만 그 당시에도 그것이 최선의 방법이었다고 저는 생각하고 있습니다. 이 문제에 대해 더는 드릴 말씀이 없습니다. 그리고 어떻게 달리 사과의 말씀을 드려야 할지도 모르겠습니다. 제가 당신의 언니의 마음을 아프게 했다고 하더라도, 그것이 제 불찰은 아닐 것입니다. 그런 행동을 할 수밖에 없었던 저의 동기를 두고 당연히 말도 안 된다고 생각하시겠지만, 아직은 제가 잘못했다고 생각하지는 않습니다.

　보다 더 혹독하게 저를 비난하셨던 위컴 씨에게 위해危害를 가했다는 문제에 대해서는 그와 우리 집안과의 관계를 먼저 설명드려야만 이해하실 수 있을 것 같습니다. 그가 과연 어떤 내용으로 저를 비난했는지는 모르겠습니다만, 제가 이제부터 드리려고 하는 이야기에 대해서는 아주 솔직하게 증언해 줄 분도 있습니다. 위컴 군은 오랜 세월 동안 펨벌리의 전 재산을 관리해 온 아주 훌륭하신 분의 아들입니다. 그분은 아버지께서 믿고 맡기신 소임을 아주 성실하게 수행하셨고, 아버지께서는 그에 대한 보상을 하고 싶어 하셨죠. 그래서 아버지께서는 자신이 대부代父이셨던 위컴 군에게 한없는 사랑을 베푸셨던 것입니다. 학비를 지원해 주었고, 나중에는 케임브리지까지 보내 주셨죠. 부인의 낭비벽으로 인해 언제나 가난할 수밖에 없었던 그의 아버지로서는 아들을 신사로 교육시킬 형편이 못 되었기에, 이 도움은 그에게 대단히 귀중한 것이었습니다.

아버지께서는 언제나 품행이 방정한 이 젊은 친구를 좋아하셨을 뿐만 아니라 그의 자질을 높이 평가하셔서 그가 목사가 되기를 바라셨고, 그에게 목사직을 수여할 생각을 갖고 계셨습니다. 하지만 그에 대한 저의 생각은 아주 오래전부터 아버지와는 달랐습니다. 선천적으로 못된 기질에, 무절제한 생활 습관까지 지닌 그는 가장 가까운 친구에게조차 그것을 조심스럽게 숨겼습니다. 저의 아버지께서야 그런 모습을 보실 기회가 없으셨겠지만, 그가 마음 놓고 행동할 때 동년배였던 젊은 저의 눈은 속이지 못했습니다. 다시 한번 가슴 아픈 말씀을 드려야겠습니다. 아픔의 정도는 당신만이 아시겠지만 말입니다. 위컴 군이 당신에게 어떤 감정을 내보였는지는 모르겠습니다만, 그 감정의 진의가 의심스러운 저로서는 그의 숨겨진 본성을 밝혀드려야만 하겠습니다.

이 말씀을 드리는 또 다른 이유도 있습니다. 훌륭하신 저의 아버지께서는 5년 전에 돌아가셨습니다. 위컴 군에 대한 아버지의 사랑은 돌아가실 때까지도 한결같으셔서, 그의 직업과 관련해 할 수 있는 범위 내에서는 최선을 다해서 그가 성공할 수 있도록 힘써 줄 것을 저에게 유언으로 당부하셨으며, 그가 성직에 나가게 된다면 좋은 자리가 나는 대로 곧바로 그에게 목사직을 주기를 바라셨습니다. 또한 천 파운드의 유산도 그에게 남겼습니다. 그의 아버지는 저의 부친보다 빨리 돌아가셨는데, 이런 일이 있은 지 반년도 안 되어 그는 아무런 수익도 없는 목사직을 받지 않겠다며, 그 대신에 보다 빨리 돈을 벌 수 있는 일을 하고자 하는 자기를 나무라지는 않을 것으로 생각한다는 편지를 보내왔었습니다. 그는 또 덧붙이기를, 법학을 공부할 생각이라며 천 파운드에서 나오는 이자만으로는 그 학비에 턱없이 부족하다는 점을 이해해 달라고 했습니다. 저는 그의 진실성을 믿었다기보다는 그가 진실하길 바랐던 것이었습니다만, 어쨌든 즉시 그의 제안을 받아들였습니다. 저는 위컴 군이 목사가 될 인물은 아니라는 것을 알았던 것입니다. 따라서 문제는 쉽게 해결되었습니다. 만약에 그가 목사직에 임명되는 일이 생기더라도 교회로부터 받게 될 제반 지원에 대한 권리를 포기하는 대신, 그는 3천 파운드를 받아 갔습니다. 이렇게 해서 우리 두 사람 사이의 모든 관계는 정리된 듯 보였습니다.

저는 그가 너무나 사람 같지 않았기 때문에 펨벌리로 초대하지도 않았으며, 런던에서도 그를 만나 주지 않았습니다. 제 생각에 그는 주로 런던에 머물렀던 것 같습니다만, 법학 공부는 단지 구실에 지나지 않았고, 아무런 제약 없이 마음대로 할 수 있었기에 그는 게으르고 방탕한 생활에 빠져 버렸던 것입니다. 약 3년 동안 그에 관한 소식은 거의 듣지 못하고 있었는데, 그를 위해 마련되어 있던 자리의 목사가 죽자 그 자리를 다시 자기에게 추천해 달라는 편지를 보내왔습니다. 그는 자신이 극도로 어려운 처지에 놓여 있다고 강변했는데, 저도 쉽게 그럴 수 있겠다는 생각이 들었습니다. 그는 법학이 정말 돈이 안 되는 학문이라고 하면서, 만약 제가 그 목사 자리를 자기에게 추천해 준다면 이제는 정말로 목사가 되겠다고 굳게 결심했다는 것이었습니다. 당시 그는 제가 그 제안을 받아들일 것이라고 거의 확신하고 있었던 듯합니다. 그는 제가 마땅히 추천할 사람이 없고, 또 제가 존경하는 아버지의 유지를 거스르지 않을 것이라 믿었기 때문이었겠지요. 제가 그의 이런 간청을 뿌리쳤다고, 또 거듭된 그의 요청을 모두 거절했다고 해서 저를 비난하시지는 않겠지요. 그의 처지가 더욱 어려워질수록 저에 대한 적개심도 커져 갔고 저를 욕하는 것은 물론, 다른 사람들에게도 저에 대해 온갖 험담을 늘어놓았을 것은 빤한 일이겠죠. 그 이후로 우리는 정말 서로 아는 체도 하지 않았습니다. 그가 어떻게 살았는지 저는 전혀 알지 못했습니다. 그런데 지난여름 그는 정말 불쾌하게도 다시 제 앞에 불쑥 나타났습니다.

이제 저 자신도 잊어버리고 싶고, 지금과 같은 상황이 아니라면 어느 누구에게도 말하고 싶지 않은 사건에 대한 이야기를 해야겠습니다. 제가 이렇게 많은 말씀을 드리는 만큼, 비밀도 지켜 주시리라 믿습니다. 저보다 열 살이나 어린 제 여동생은 어머니의 조카인 피츠윌리엄 대령과 제가 후견자로 있습니다. 약 일 년 전에 동생은 학교를 그만두고 런던에 그녀를 위해 집을 한 채 마련했습니다. 그러다 지난여름, 동생은 이 집을 관리하는 부인과 함께 램즈기트로 갔습니다. 위컴 군 또한 그곳에 갔습니다만, 이는 분명 의도된 일이었습니다. 위컴 군과 동생 그리고 함께 간 젊은 부인이 이전부터 알고 지낸 사이였다는 사실이 드러났기 때문입니다.

아무튼 우리는 그 부인에게 감쪽같이 속고 말았습니다. 그 부인의 묵인과 협조로 위컴 군은 조지아나에게 접근했는데, 아직 어린 동생에게는 그의 따뜻한 마음씨가 너무 자상하게 느껴져 결국 그를 사랑한다고 굳게 믿게 되었고, 그와 함께 도망치려 했던 것입니다. 동생은 그때 겨우 열다섯 살이었으니, 어린 나이가 문제였다고밖에 할 수 없겠지요. 동생의 경솔함에 대해서는 이미 말씀드렸지만, 흥미로운 것은 그 사실을 제게 알려 준 사람도 바로 동생이라는 점입니다. 그들이 달아나기로 했던 이틀 전, 저도 전혀 뜻하지 않게 램즈기트에서 그들과 함께 지내게 되었는데, 이때 거의 아버지처럼 존경하는 오빠를 슬프게 하고 화나게 할 거라는 생각에 견딜 수 없었던 조지아나가 모든 사실을 제게 털어놓았던 것입니다. 그때의 제 기분이 어땠는지, 또 제가 어떻게 했을지는 짐작하실 수 있으리라 생각합니다. 동생의 체면과 감정을 생각해 그 일이 외부에 알려지지 않도록 했지만, 위컴 군에게는 편지를 보내 즉시 떠나게 했고, 젊은 부인도 물론 해고 했습니다. 위컴 군의 목적은 두말할 것도 없이 동생이 가진 3천 파운드의 돈이었고, 제게 복수하고자 하는 마음도 크게 작용했을 것이라는 생각을 지울 수 없습니다. 하마터면 정말 로 그의 멋진 복수에 당할 뻔했습니다.

엘리자베스 양, 지금까지 위컴 군과 저 사이에 있었던 일 들을 모두 솔직히 말씀드렸습니다. 제 이야기를 전적으로 거 짓이라고 생각하지 않으신다면, 이 시간 이후로는 제가 위컴 군에게 잔인하게 굴었다는 오해는 풀어 주시리라 믿습니다. 그가 어떤 방법으로, 어떤 거짓의 탈을 쓰고 당신에게 접근 했는지는 모르겠습니다만, 당신이 그를 그처럼 생각하는 것 도 어쩌면 당연할지도 모르겠습니다. 당신은 그에 대해 어느 것 하나 아는 것이 없었기 때문에 그가 어떤 사람인지 판단 하기 어려우셨을 것입니다. 그리고 그를 의심하고 싶은 마음 도 분명 없으셨겠지요. 이런 이야기를 왜 어젯밤에 하지 않 았느냐고 생각하실지도 모르겠습니다. 그러나 그때는 제가 너무 정신이 없어 어떤 이야기를 해야 할지조차 알 수 없었 습니다. 제가 드린 말씀이 모두 사실이라는 점에 대해서는 저의 가까운 친척이자 오랜 친구이며, 제 부친의 유언 집행 인의 한 사람으로서 이 일의 전말을 잘 알고 있는 피츠윌리 엄 대령에게 특별히 증언을 부탁할 수도 있습니다. 저에 대 한 증오심으로 제가 드린 말씀을 생각할 가치조차 없다고 생각하신다면, 당연히 피츠윌리엄 대령에 대해서도 신뢰하기 어려우시겠지요. 아무튼 그의 이야기를 들어 보실 수도 있으리라 생각하며, 오늘 아침 중으로 이 편지를 당신께 전할 수 있는 기회를 찾아보겠습니다.

하나님의 축복이 있으시길 빕니다.

피츠윌리엄 다아시 올림

다아시 씨가 편지를 건넬 때, 엘리자베스는 다시 청혼하는 내용이 있으리라고는 기대하지 않았지만, 이 같은 내용이 들어 있을 줄은 전혀 예상하지 못했다. 그런데 그런 내용이 들어 있었으니 그녀가 얼마나 열심히 편지를 읽었으며, 그 과정에서 얼마나 상반된 감정의 갈등을 겪었을지는 쉽게 짐작할 수 있을 것이다. 편지를 읽어 내려가는 그녀의 기분은 뭐라고 표현하기 어려울 만큼 아주 미묘했다. 처음에는 그가 어떤 사과든 다 할 마음인 것 같아 무척 의외라는 생각이 들었지만, 나중에는 조금이라도 수치심이 있다면 마땅히 해야 할 그런 사과조차 할 수 없는 사람이라는 생각이 들었다.

엘리자베스는 그가 하는 말은 모두 믿을 수 없다는 단호한 선입견을 품은 채, 네더필드에서 있었던 일에 관한 내용부터 읽기 시작했다. 이어지는 다음 내용이 너무나 궁금한 나머지, 내용을 거의 이해할 겨를도 없이 서둘러 읽어 내려가다 보니 지금 읽고 있는 문장의 의미조차 제대로 파악하지 못하고 지나갈 정도였다. 언니에게서 빙리 씨에 대한 애정을 찾아볼 수 없었다고 한 그의 말은 즉시 거짓이라고 단정 지었고, 그것이 사실이라 더욱 불쾌했던 두 사람의 결혼을 반대한 가장 큰 이유이자 최악의 이유를 언급한 대목에서는 화가 머리끝까지 치밀어 올라 그나마 그를 이해해 보려 했던 마음마저 완전히 사라져 버렸다. 그가 했던 행위에 대해 그녀가 만족할 만한 사과는 전혀 없었다. 그의 글에서는 반성의 기미는커녕, 오히려 거만하다는 생각만 들었다. 정말 오만하고 무례하기 짝이 없어 보였다.

그러나 이어지는 위컴 씨에 관한 이야기를 보다 정신을 집중하고 읽었을 때는 위컴 씨가 스스로 밝힌 이야기와 놀랄 만큼 똑같은 데다, 만약 그 내용들이 사실이라면 소중히 간직해 온 그에 대한 모든 생각을 내던져야 했기에 엘리자베스의 마음은 더더욱 형용할 수 없을 정도로 괴로웠다. 어이가 없기도 했고, 두렵기도 했으며, 온몸에 전율이 느껴지기도 했다. 그녀는 이 모든 것이 사실이 아니라고 믿고 싶었다. '이건 거짓말이 틀림없어. 그럴 리가 없어! 이건 새까만 거짓말이야!' 그녀는 거듭 이렇게 외쳤다. 그래서 편지를 다 읽었을 때는 마지막 한두 페이지 내용은 제대로 보지도 않은 채 접어서 넣어 버리고 이 편지에 더 이상 신경 쓰지 않겠다고, 다시는 이 편지를 보지 않겠다고 다짐했다.

이처럼 산란한 마음을 어디에 둘지 몰라 엘리자베스는 마냥 걸었다. 그러나 마음먹었던 것과는 달리, 30초도 안 되어 다시 편지를 펼쳤다. 정신을 최대한 집중한 채, 속상함을 참아 가며 위컴 씨에 관한 내용을 꼼꼼히 읽기 시작했다. 그녀는 감정을 억누르며 각 문장의 의미를 한 줄 한 줄 자세히 파악해 나갔다. 펨벌리 가와 위컴 씨와의 관계에 관한 내용은 위컴 씨 자신이 했던 이야기와 똑같았고, 돌아가신 다아시 씨 부친의 위컴 씨에 대한 배려 역시, 비록 그녀가 어느 정도인지는 알지 못했지만 위컴 씨의 말과 정확히 일치했다. 여기까지는 두 사람의 이야기가 같았지만, 유언의 내용에 대해서는 서로 전혀 딴판이었다. 목사직에 관한 위컴 씨의 이야기는 그녀의 기억에 또렷이 남아 있었고, 그 말을 돌이켜 보면서 두 사람 중 한 사람은 철저히 겉과 속이 다른 인물이라고 생각하지 않을 수 없었다.

그녀는 잠시 동안은 위컴 씨를 믿는 자신의 생각이 틀리지 않았을 것이라고 생각했다. 그러나 위컴 씨가 목사직에 관한 제반 권리를 포기하면서 그 대가로 3천 파운드나 되는 거액을 받았다는 그다음 내용을 아주 세심하게 읽고 또 읽었을 때는, 그녀의 마음이 다시 흔들리지 않을 수 없었다. 그녀는 편지를 내려놓고 모든 경우를 공평하게 따져 보며, 각자의 주장에 담긴 타당성을 하나하나 생각해 보았지만 아무런 결론을 내릴 수 없었다. 두 사람 모두 일방적인 주장에 불과할 뿐이었다. 그녀는 다시 한번 더 편지를 읽었다. 그러나 이번에는 한 줄 한 줄 읽어 내려갈 때마다 그전에는 누가 무슨 수를 쓴다고 해도 그 사건에서의 다아시 씨의 행동은 분명히 파렴치했다는 것을 부인할 수 없을 거라고 믿었는데, 이제는 그 모든 일에 있어 그에게는 아무런 잘못이 없을 수도 있다는 생각이 점점 분명해졌다.

다아시 씨가 낭비와 방탕의 책임을 스스럼없이 위컴 씨에게 돌리는 것을 보고 그녀는 매우 큰 충격을 받았으나, 그것이 부당하다는 것을 입증할 수도 없었기 때문에 더더욱 마음이 아팠다. 그녀는 주州 의용군에 입대하기 전의 위컴 씨에 대해서는 아는 바가 전혀 없었다. 그가 입대를 하게 된 것도 그곳에서 우연히 만나 잠깐 사귀게 된 한 청년의 권유 때문이었다. 그 이전의 그의 생활에 대해서는 하트퍼드셔에서 그가 직접 들려 준 이야기 외에는 아는 것이 없었다.

그의 본래 성품에 대해 알아볼 기회가 있었다 해도, 엘리자베스는 굳이 그렇게 하고 싶지는 않았을 것이다. 그의 용모와 음성, 태도만 보고도 그는 모든 미덕을 겸비한 사람이라고 단번에 믿어 버렸기 때문이었다. 그녀는 위컴 씨의 선량함과 성실하고 너그러운 성격을 떠올리려고 애썼다. 그러면 위컴 씨에 대한 다아시 씨의 비난을 떨쳐 낼 수 있을 것 같기도 했다. 아니면 그렇게 그의 훌륭한 성품을 떠올림으로써, 적어도 다아시 씨의 주장처럼 위컴 씨가 여러 해 동안 계속 게으르고 방탕하게 살아왔다는 것을 믿으려 했던 자신의 잠깐의 잘못된 생각에 대해 위로를 받을 수 있을 것 같았다. 하지만 아무리 애를 써 봐도 그런 성품은 떠오르지 않았다. 그녀의 눈앞에 매력 넘치는 위컴 씨의 모습이 곧바로 떠오르기는 했지만, 주위 사람들이 으레 하는 덕담이나 그의 사회적 지위를 의식한 하찮은 시중市中 사람들에게서 얻은 명망 외에는 뚜렷하게 떠오르는 것이 없었다.

한참 동안 이런 생각에 잠겨 있던 엘리자베스는 다시 편지를 계속 읽어 나갔다. 그러나 유감스럽게도, 그다음에 이어지는 다아시 양에 대한 위컴 씨의 음모는 바로 어제 아침 피츠윌리엄 대령과 그녀가 나누었던 대화를 떠올려 보았을 때 사실일지도 모른다는 생각이 들었다. 그리고 편지의 마지막 부분에는 이 모든 내용의 진위를 피츠윌리엄 대령에게서 확인해 보라고 되어 있었는데, 그녀는 대령으로부터 사촌인 다아시 씨의 일이라면 무엇이든 자세히 알고 있다는 말을 들은 적이 있었고, 그의 인격 또한 의심할 여지가 없다고 믿고 있었다. 엘리자베스는 한때 그에게 마음을 줄 수도 있겠다고 생각한 적도 있었지만 처음에는 어색한 감정에 머뭇거리다가, 결국 다아시 씨가 피츠윌리엄 대령이 이 문제에 대해 증언해 줄 것을 확신하지 않았다면 이런 식으로 청혼이라는 모험은 하지 않았을 거라는 생각이 들면서 완전히 마음을 접었던 것이다.

엘리자베스는 필립스 이모부 댁에서 위컴 씨를 처음 만난 날 저녁, 그와 나누었던 이야기들이 하나도 빠짐없이 고스란히 떠올랐다. 그의 표정까지도 생생하게 기억났다. 처음 만난 사람에게 그런 이야기를 하는 것은 예의에 어긋난다는 생각이 문득 들면서, 그때는 왜 그런 생각을 하지 못했는지 스스로도 의아했다. 위컴 씨가 자신을 그런 식으로 드러내 보인 건 야비했다는 생각이 들었고, 그의 말과 행동이 일치하지 않는다는 점도 깨달았다. 그는 분명 다아시 씨와 마주치는 것은 전혀 두렵지 않다고 호언하면서 자신은 절대 떠나지 않을 것이며 다아시 씨가 그곳을 떠나야 한다고까지 말했지만, 그 바로 다음 주에 열린 네더필드 무도회에서는 그를 회피했던 사실이 떠올랐다. 또한 네더필드 사람들이 머무는 동안에는 자신의 이야기를 엘리자베스에게만 했으면서, 그들이 떠난 뒤에는 모든 사람들에게 떠벌렸던 일도 생각났다. 다아시 씨의 부친에 대한 존경심 때문에 다아시 씨의 비리를 폭로할 수 없다고 했던 그가, 다아시 씨의 인격을 깎아내리는 데는 조금의 망설임도 없이 선뜻 나서던 모습도 떠올랐다.

위컴 씨와 관련된 모든 일들이 이제 와서는 너무도 달라 보였다. 킹 양에 대한 그의 호의도 오직 돈만을 노린 가증스러운 의도에서 비롯된 것이었고, 많지도 않은 그녀의 재산을 노린 것을 보면 이것저것 따질 겨를도 없이 닥치는 대로 잡으려 했다는 것을 알 수 있었다. 엘리자베스 자신에게 접근했던 그의 의도 역시 도저히 용서할 수 없는 일이라 여겨졌다. 그가 그녀에게 돈이 많다고 착각했거나, 아니면 그녀가 경솔하게 드러내 보인 호감을 즐기며 남자로서의 허영심을 채우고 있었던 것이라는 생각이 들었다. 아무리 위컴 씨를 좋게 생각하려고 해도 이제는 아니라는 생각만 커져 가고 점점 더 다아시 씨가 옳았을지도 모른다는 확신이 들면서, 오래전에 이 문제에 관련해 빙리 씨가 제인의 질문을 받았을 때 다아시 씨의 결백을 주장하던 기억도 떠올랐다.

다아시 씨는 비록 오만하고 퉁명스러운 태도를 보이긴 했지만 엘리자베스가 그를 알고 지내는 동안에는, 그리고 최근에 상당히 가까워지면서 그런 그의 태도에 어느 정도 익숙해졌던 만큼 그가 파렴치하거나 부당하다는 것을 보여 준 어떤 사례도 없었으며, 불결하고 부도덕한 습성을 드러낸 적도 없었다는 점을 인정하지 않을 수 없었다. 친척들 사이에서 그가 존경을 받고 있었으며, 위컴 씨조차도 그가 오빠로서는 훌륭하다고 인정했었다. 엘리자베스 또한 그가 자주 여동생에게 자상하게 이야기하는 것을 들으며, 그도 따뜻한 마음씨를 지녔다는 생각을 한 적도 있었다. 만약 그의 행실이 위컴 씨가 말한 그대로였다면, 세상의 모든 정의를 부정하는 그런 엄청난 비행이 세상에 드러나지 않을 수는 없었을 것이었다. 또 그런 짓을 저지를 수 있는 사람이 빙리 씨처럼 온순한 사람과 친구가 된다는 것도 도저히 이해할 수 없는 일이었다.

엘리자베스는 점점 더 자신이 부끄러워졌다. 다아시 씨든 위컴 씨든 생각을 할 때마다 자신이 사람 보는 안목이 없었고, 편견에 이끌려 쉽게 한쪽 편을 들었으며, 어리석었다는 자책이 그녀를 괴롭혔다. 엘리자베스는 속으로 깊이 탄식했다.

'아, 정말 부끄러운 짓을 했어! 나는 얼마나 똑똑하다고 자부했던가! 내 판단을 또 얼마나 믿었던가! 언니의 너그럽고 솔직한 마음을 비웃으며, 공연히 남을 불신하면서 내 잘난 체만 했잖아. 정말로 낯부끄러운 일이지! 그래, 얼굴도 못 들 정도야! 내가 사랑에 빠졌다고 해도, 이번처럼 눈이 멀 수는 없었을 거야. 하지만 사랑도 아닌 허영심 때문에 이런 짓을 저지르다니. 두 사람과의 일만 봐도, 누가 관심을 가져 주면 그냥 좋아하고 누가 무시하면 무조건 성질부터 내고. 아예 처음 만날 때부터 뭐가 뭔지도 모르면서 멍청하게 지레짐작이나 하고 있었던 거지. 내 처지도 제대로 알지 못하면서!'

자신에 대한 생각에서 제인에게로, 다시 제인에게서 빙리 씨에게로 그녀의 생각은 꼬리에 꼬리를 물고 이어졌다. 곧 이 문제에 대한 다아시 씨의 설명이 매우 불충분했다는 생각이 들어 편지를 다시 한번 읽어 보았다. 그런데 다시 찬찬히 읽어 보니, 느낌이 이전과는 무척 달랐다. 내용 하나하나마다 다아시 씨의 주장이 옳다는 것을 도저히 부인할 수 없었다. 그는 제인에게서 빙리 씨에 대한 애정이 전혀 느껴지지 않았다고 했고, 그녀는 이내 샬럿이 줄곧 해 왔던 이야기를 떠올리지 않을 수가 없었다. 그리고 다아시 씨가 제인을 정확히 파악하고 있었다는 사실도 부정할 수 없었다. 엘리자베스는 제인이 열정적인 면이 있기는 하지만 좀처럼 그것을 드러내지 않는 성격이며, 분위기나 태도에서도 아주 예민한 그녀의 감수성과는 전혀 어울리지 않게 즐거운 감정조차 안으로 감춰 버리는 면이 있다는 생각이 들었다.

그녀의 가족들을 비난하는 대목에 이르렀을 때는, 그래도 이 정도의 비난은 약과라는 생각이 들기는 했지만 지독한 수치심을 느꼈다. 그의 지적이 너무나 정확했기 때문에 반박조차 할 수 없었다. 다아시 씨가 그녀의 가족에 대해 일찍이 거부감을 갖게 되었던 네더필드 무도회에서 있었던 장면 그대로를 자세하게 언급해 놓은 대목에서, 엘리자베스가 받은 충격은 그가 무도회 당시에 받았던 것보다 더 컸으면 컸지 결코 적지 않았다.

엘리자베스 자신과 언니에 대한 칭찬이 마음에 와 닿지 않은 것은 아니었다. 어느 정도 위로가 되기는 했지만, 다른 가족들이 스스로 초래한 그들에 대한 모멸감을 덜어 줄 수는 없었다. 언니가 저런 지경에 빠져 실의에 잠겨 있는 것도 사실은 가족들이 그 원인이었고, 그들의 무례한 행동이 언니와 자신에게 얼마나 큰 수치를 안겨 주고 있는지를 생각하니 엘리자베스는 지금껏 한 번도 느껴 보지 못했던 극심한 실망감에 휩싸이며 가슴이 무너져 내리는 것만 같았다.

엘리자베스는 오솔길을 걸으며 그동안의 사건들을 하나하나 떠올리고, 각 사건과 주장들의 신빙성을 되짚어 보며, 그처럼 급격하고 심각한 변화를 가능한 한 이해하고 받아들이려 애썼다. 그렇게 갖가지 생각을 다 해 가면서 두 시간 동안 걷고 나니 피로가 몰려오고, 너무 오래 밖에 있었다는 생각이 들어 그녀는 집으로 다시 돌아왔다. 그녀는 예전과 다름없는 밝은 얼굴로 안으로 들어섰는데, 앞선 생각을 계속하다 보면 사람들의 대화에 방해가 될 것 같아 그것들을 떨쳐 버리기로 마음먹은 것이었다.

엘리자베스는 산책을 나간 사이, 로징스에서 두 신사가 각각 다녀갔다는 이야기를 들었다. 다아시 씨는 잠깐 머물다가 가 버렸지만, 피츠윌리엄 대령은 적어도 한 시간 이상을 그녀가 돌아오기를 기다렸다가 나중에는 그녀를 찾으러 산책이나 하겠다면서 밖으로 나갔다는 것이었다. 엘리자베스는 그와 마주치지 못한 것이 아쉽다는 표정을 지었지만 사실은 오히려 다행이라는 생각이 들었다. 이제는 피츠윌리엄 대령이 중요한 것이 아니었다. 오직 그 편지만이 그녀의 머릿속을 가득 채울 뿐이었다.

37

다음 날 아침, 두 신사는 로징스를 떠났다. 콜린스 씨는 그들에게 작별 인사를 하기 위해 먼 오두막까지 나가 있었는데, 그는 최근 로징스에서 우울한 일이 있었음에도 두 사람은 아주 건강해 보였고 기분도 상당히 좋아 보였다는 반가운 소식을 가지고 돌아왔다. 그러고는 캐서린 부인과 그 따님을 위로하기 위해 부랴부랴 로징스로 달려갔다. 그리고 돌아올 때는 싱글벙글한 얼굴이 되어, 캐서린 부인이 그들을 떠나보낸 뒤 몹시 울적해하며 그들 모두와 함께 식사를 하고 싶어 한다는 전언을 갖고 왔다.

엘리자베스는 캐서린 부인을 보며, 만약 자신이 다아시 씨의 청혼을 받아들였다면 지금쯤 자신은 부인에게 미래의 조카며느리로 소개되고 있었을 것이라는 생각이 들었다. 그랬다면 부인이 얼마나 못마땅한 표정을 지었을까 생각하니, 저절로 웃음이 나왔다. '부인은 과연 어떻게 말했을까? 행동은 또 얼마나 어색했을까?' 이런 생각들을 하며 엘리자베스는 혼자 즐거워했다.

첫 번째 화제는 로징스 파티에 사람 수가 줄었다는 것이었다.

"난 정말 너무 허전하게 느껴져요." 캐서린 부인이 말했다. "그들을 떠나보낸 서운한 마음이 어느 누구도 나만큼은 되지 않을 거예요. 나는 그 젊은이들에게 아주 각별한 애정을 가지고 있으니까요. 물론 그 애들도 나를 무척 좋아하지만, 나도 그 애들이 떠나는 게 정말 아쉬웠죠. 뭐, 떠날 때는 늘 그런 법이지만요. 대령 조카는 끝까지 쾌활한 모습을 보이려 했지만, 다아시는 굉장히 섭섭해하는 모습이었어요. 내가 보기엔 지난해보다 더한 것 같더군요. 확실히 그 애는 예전보다 로징스를 더 좋아하게 된 것 같아요."

콜린스 씨가 슬쩍 맞장구를 치며 대화에 끼어들었고, 부인과 딸은 그의 말에 동의하듯 미소를 지어 보였다.

식사를 마친 뒤 캐서린 부인은 엘리자베스가 시무룩해 보인다고 하며, 그것은 그녀가 집으로 돌아갈 날이 얼마 남지 않았기 때문일 거라고 제멋대로 추측하더니 이렇게 덧붙였다.

"만약 그게 이유라면 어머니께 여기서 좀 더 머무를 수 있게 해 달라고 편지를 쓰세요. 그러면 콜린스 부인도 무척 기뻐할 텐데요."

"친절한 말씀에 진심으로 감사드립니다. 하지만 저는 그렇게 할 수 있는 입장이 아닙니다. 다음 토요일까지는 꼭 시내에 들어가야 하거든요."

"아니, 그렇다면 여기서 겨우 6주 동안만 머무는 셈이잖아요. 저는 두 달 정도는 계실 거라고 기대했는데요. 엘리자베스 양이 오기 전에 콜린스 부인에게도 그렇게 말했었죠. 그렇게 일찍 떠나야 할 특별한 이유라도 있나요? 베넷 부인께서도 한두 주쯤은 더 머무르게 해 주실 것 같은데요."

"하지만 아버지께서 허락하시지 않을 거예요. 지난주에도 일찍 돌아오라고 편지를 보내셨어요."

"그건, 어머니가 허락하시면 아버지도 허락하시게 되어 있어요. 본래 아버지들은 딸들에 대해서는 애지중지 신경 쓰지 않으니까요. 그렇다면 만약 이번 달만이라도 더 머무를 수 있다면, 두 분 중 한 분은 내가 런던까지 직접 데려다주겠어요. 6월 초에 일주일 정도 다녀올 일이 있거든요. 도슨이 마부석에 앉는 걸 싫다고 하지 않으니, 한 분 정도는 충분히 탈 자리가 있을 거예요. 그리고 만약에 날씨가 선선하다면 두 분 모두 함께 데려갈 수도 있을 것 같아요. 두 분 다 큰 몸집이 아니니까요."

"친절한 말씀 정말 감사드립니다만, 아무래도 저희는 처음 계획대로 해야 할 것 같습니다."

캐서린 부인은 단념한 듯한 표정을 지었다.

"콜린스 부인, 두 분이 떠나실 때는 반드시 남자 하인 한 사람을 꼭 딸려 보내세요. 내가 빈말하지 않는다는 것 잘 알죠? 난 젊은 숙녀 단둘이 역마차로 여행하는 건 절대 용납이 안 되는 성격이에요. 그건 정말 말도 안 되는 일이죠. 딸려 보낼 사람을 생각해 보세요. 나는 정말 그런 꼴은 못 본답니다. 젊은 숙녀들은 항상 그 지위에 걸맞은 시중과 보호를 마땅히 받아야 하니까요. 질녀인 조지아나가 지난여름 램즈기트에 갔을 때도, 항상 두 사람의 남자 하인을 그녀에게 딸려 보냈죠. 만약 그러지 않았더라면, 돌아가신 펨벌리의 다아시 씨의 따님인 다아시 양과 또 앤 부인의 체면이 말이 아니었을 겁니다. 나는 이런 일들이 무척 중요하다고 생각해요. 콜린스 부인, 존을 이 두 숙녀분과 함께 보내세요. 마침 생각나서 말씀드리게 되어 다행이군요.

정말이지 두 분을 그냥 보냈더라면, 콜린스 부인으로서는 큰 결
례가 될 뻔했어요."

"외삼촌께서 하인을 보내 주실 거예요."

"아, 외삼촌이 계셨군요! 그분에게도 남자 하인이 있었군요. 이
런 일을 챙겨 주시는 분이 계시다니 저도 무척 반갑군요. 어디서
말을 갈아타게 되죠? 아, 물론 브롬리겠죠. 벨 여관에 제 이름을
대면 잘 돌봐 줄 거예요."

캐서린 부인은 이 밖에도 그들의 여행길에 관해 이것저것 많은
것을 물어보았다. 하지만 부인은 자기 질문에 일일이 대답을 기
다리지 않고 말을 이어갔기 때문에, 그녀의 이야기를 따라가려
면 자연히 귀를 기울일 수밖에 없었다. 그래도 엘리자베스는 이
렇게 주의를 기울이는 것이 다행이라는 생각이 들었다. 그렇지
않았다면 머릿속이 너무 복잡해져 자신이 지금 어디에 있는지조
차도 모를 지경이었기 때문이었다. 깊은 생각은 혼자 있는 조용
한 시간에 해야 했다. 엘리자베스는 혼자 있을 때면 언제나 생각
에 잠기며 마음의 평안을 느꼈고, 그래서 하루도 빠짐없이 혼자
산책을 나가곤 했다. 그럴 때면 그녀는 씁쓸한 편지 내용을 곱씹
으며 그 속으로 깊이 빠져들었다.

엘리자베스는 다아시 씨의 편지 내용을 훤히 외워 버릴 정도
가 되었다. 그녀는 문장 하나하나의 의미를 꼼꼼히 음미해 보았
는데, 그럴 때면 다아시 씨에 대한 감정이 왔다 갔다 했다. 거만
한 듯한 말투를 보면 여전히 화가 났지만, 아무런 근거도 없이 그
를 비난하고 경멸했던 자신을 떠올리면 오히려 자신에게 더 화

가 났다. 동시에 실망한 모습의 다아시 씨에게 안쓰러운 마음이 들기도 했다. 그가 보여 준 애정에는 감사하는 마음이 일었고, 그의 너그러운 성격은 존경심마저 느끼게 했다. 그래도 그를 인정할 수는 없었고, 그의 청혼을 거절한 것을 한순간도 후회하지 않았으며, 그를 다시 만나 보고 싶은 생각 역시 눈곱만큼도 없었다.

자신의 지나간 행동을 떠올릴 때마다 엘리자베스는 늘 속상하고 후회스러웠다. 특히 그녀의 가족들의 못난 면들을 생각하면 더욱 불쾌하고 울화가 치밀었다. 도저히 구제불능이라는 생각마저 들었다. 아버지는 그런 딸들을 나무라는 데만 재미를 붙였을 뿐 그들의 경솔한 버릇을 고쳐 보려고 노력해 본 적도 없었고, 어머니는 자신의 생각과 행동부터가 반듯하지 않아 딸들의 잘못이 무엇인지조차 모르고 있었다. 엘리자베스는 종종 제인과 힘을 합쳐 캐서린과 리디아의 경솔한 태도를 바로잡으려 해 보았지만, 어머니가 그들을 감싸고도 한 그들의 행실이 나아질 여지는 전혀 없었다. 마음이 여리고 성격까지 급하며 늘 리디아에게 휘둘리기 일쑤인 캐서린은 언니들의 충고에는 언제나 발끈하며 화를 냈고, 제멋대로 행동하는 데다 조심성도 없는 리디아는 아예 들으려 하지도 않았다. 두 사람 모두 무식하고 게으르며, 허영심까지 있었다. 메리턴에 사관들이 있는 한 그들과 어울려 시시덕거릴 것이고, 롱번에서 메리턴까지 걸어서 갈 수 있을 만큼 가까운 이상 그들은 계속해서 그곳을 들락거릴 것이었다.

머릿속을 가득 채우고 있는 또 하나의 생각은 제인에 대한 걱정이었다. 다아시 씨의 해명을 통해 빙리 씨가 예전에 생각했던 그대로 좋은 사람이라는 사실을 다시 확인하게 되면서, 엘리자베스는 제인의 실연失戀이 더더욱 가슴 아팠다. 그의 사랑은 진실이었다는 것이 밝혀졌고, 친구를 무조건 믿었다는 것이라면 모를까 그 외에는 그를 비난할 이유가 전혀 없었다. 모든 면에서 더할 나위 없고, 온갖 혜택들로 넘쳐나며, 행복이 보장된 그런 결혼을 어리석고 천박한 자신의 가족들로 인해 제인이 놓쳐 버렸다고 생각하자 엘리자베스는 가슴이 미어지는 것 같았다.

이런 마음에 더해 위컴 씨의 본모습까지 드러났으니, 예전에는 이맛살 한번 찌푸리지 않던 그토록 밝은 성격의 엘리자베스였지만 지금은 그 충격으로 인해 좀처럼 웃음을 보이지 않게 된 것도 무리는 아니었다.

그곳에 머무는 마지막 주에는 그들이 처음 이곳에 도착했을 때만큼이나 로징스에서 자주 모임이 열렸다. 떠나기 전날 저녁에도 로징스에서 시간을 보냈다. 캐서린 부인은 다시금 그들의 여행 일정에 대해 세세하게 캐물었고, 짐을 가장 잘 꾸리는 방법에 대해서 일러 주었으며, 가운을 개는 방법에 대해서는 오직 자신이 주장하는 그 방법밖에 없다는 듯 너무나 강변을 했기 때문에, 마리아는 집으로 돌아가자마자 아침에 꾸려 놓았던 짐을 죄다 풀어 다시 싸야겠다는 생각까지 들 정도였다.

그들이 떠날 때 캐서린 부인은 즐거운 여행이 되기를 바란다며 아주 친절하게 작별 인사를 건넸고, 내년에도 헌스퍼드를 다시 찾아 달라는 초대의 말도 잊지 않았다. 드 버그 양 역시 두 사람에게 정중하게 인사를 건네며 작별의 손을 잡아 주었다.

- 38 -

　토요일 아침 식사 시간, 엘리자베스와 콜린스 씨는 다른 사람들이 들어오기 몇 분 전에 먼저 마주쳤다. 그 덕분에 콜린스 씨는 꼭 전하고 싶었던 작별 인사를 할 수 있었다.

　"엘리자베스 양, 이렇게 저희들을 찾아 주신 당신의 호의에 아내가 감사의 마음을 전했는지 모르겠습니다만, 제 아내의 감사를 받지 않고 떠나시지는 않겠지요. 같이 지내는 동안 너무나 즐거웠습니다. 이처럼 누추한 저희 집에 손님을 청한다는 것이 예의가 아니라는 것은 잘 알고 있습니다. 살림이 넉넉하지도 않고 방도 좁은 데다, 하인도 부족하고, 저희도 아는 곳이 많지 않다 보니 당신과 같이 젊은 숙녀분들께는 이곳 헌스퍼드가 무척 따분하게 느껴졌을 것이라 생각합니다. 그럼에도 저희가 당신의 호의에 감사하고 있다는 것과 당신이 무료한 시간을 보내지 않도록 할 수 있는 모든 노력을 다했다는 점만은 믿어 주시길 바랍니다."

　엘리자베스도 성심껏 감사의 마음을 전하며 그동안 무척 행복했다고 말했다. 어느새 6주가 참 즐겁게 지나갔고, 샬럿과 함께한 시간의 기쁨과 베풀어 주신 친절한 호의에 절로 감사의 마음이 우러나온다고 했다. 콜린스 씨는 무척 기뻐하며, 더욱 점잖게 미소를 지으며 대답했다.

"여기 계시는 동안 크게 불편하지 않으셨다니 저로서도 정말 기쁩니다. 나름대로 저희도 최선을 다했다고 생각합니다. 다행히 당신을 상류사회에 소개해 드릴 수 있었고, 로징스 가와의 친분 덕분에 저의 집에서의 무료한 생활에 종종 변화를 줄 수 있었으니, 이번 헌스퍼드 방문이 그리 따분하지만은 않으셨을 거라 생각해 봅니다. 캐서린 부인 댁과 알고 지낸다는 것은 정말 남다른 자랑이고 혜택이며, 아무나 내세울 수 있는 것은 아니랍니다. 그분들과 저희들이 어떤 관계인지 잘 아시지 않습니까. 또 로징스에서 얼마나 자주 만났었습니까? 사실 이 누추한 목사관의 생활이 불편한 것이 한두 가지가 아니지만, 로징스 가와 이런 친분을 나눌 수 있는 한 이곳에 산다고 해서 누구로부터 동정을 받을 일은 아니지요."

엘리자베스는 몇 마디 정중한 인사말로 짧게 마무리하려 했지만, 콜린스 씨는 잔뜩 상기된 감정을 말로는 다 표현하기가 부족한 듯 방 안을 이리저리 걸어 다니며 말했다.

"하트퍼드셔로 돌아가시거든, 저희가 얼마나 잘 지내고 있는지를 그대로 전해 주시기 바랍니다. 당신이라면 충분히 그렇게 하실 수 있을 겁니다. 캐서린 부인이 제 아내에게 얼마나 잘해 주시는지는 매일 보셨고, 제 아내의 표정에도 불행한 구석은 전혀 없어 보이니까요. 아, 방금 한 말은 하지 않는 게 나을 것 같네요. 아무튼 꼭 드리고 싶은 말씀은, 엘리자베스 양도 이다음에 결혼하시게 되면 저희처럼 행복하시기를 진심으로 바란다는 겁니다. 제 아내와 저는 생각이나 생각하는 방식까지 하나같이 똑같답니다. 모든 면에 있어 성격이나 생각까지 놀라울 정도로 닮아 있죠. 우리는 정말 천생연분인 것 같습니다."

엘리자베스는 아주 차분한 어조로, 두 사람의 그런 점은 아주 큰 행복이라며 화목한 가정이 될 것이라고 믿기 때문에 무척 기쁘다고 말했다. 그런데 마침 그 이야기의 당사자인 샬럿이 들어오면서 두 사람의 대화는 끊어졌고, 엘리자베스는 대화가 중단된 것이 오히려 다행이라는 생각이 들었다. 곧 샬럿이 가엾다는 생각이 밀려왔다. 이런 곳에 그녀를 두고 떠나야 한다는 사실이 못내 가슴 아팠다. 그러나 이 모든 것은 샬럿 스스로 선택한 일이었다. 샬럿은 그들이 떠나는 것을 분명히 섭섭해했지만, 그렇다고 그렇게까지 불행해 보이는 것도 아니었다. 집이며 살림살이, 목사의 아내라는 지위, 집에서 기르고 있는 닭과 오리 그리고 로징스 가의 배려에 이르기까지, 그녀는 아직은 이 모든 것에 만족하고 있는 듯 보였다.

드디어 마차가 도착해서 트렁크를 뒤에 매달고 작은 짐들을 마차 안에 싣고 나자, 출발 준비가 다 되었다고 알려 왔다. 서로 다정하게 작별 인사를 나눈 뒤, 엘리자베스는 콜린스 씨의 배웅을 받으며 마차 쪽으로 향했다. 정원을 걸어가는 동안 콜린스 씨는 엘리자베스의 가족 모두에게 안부를 전해 달라고 했고, 지난 겨울 롱번에서 베풀어 준 친절에 대해서도 다시 한번 감사의 말을 전한다고 했다. 그러면서 뵌 적은 없지만 가디너 씨 부부에게도 안부를 전해 달라고 했다. 그의 부축을 받아 엘리자베스가 마차에 오르고, 마리아가 그 뒤를 따랐다. 마차 문을 막 닫으려는 순간, 콜린스 씨가 갑자기 당황하는 표정으로 로징스의 여자 분들에게도 안부 인사를 전해야 하지 않겠느냐고 말하며 이렇게 덧붙였다.

"물론 여기 계시는 동안 그분들이 베풀어 주신 친절에 대해 감사하는 여러분의 마음을 전하고 싶으실 테니, 제가 대신 꼭 전해 드리도록 하겠습니다."

엘리자베스는 그렇게 해 달라고 부탁했다. 그리고 문이 닫히자 마차는 출발했다.

잠시 조용한 시간이 흐른 뒤, 마리아가 갑자기 말을 꺼냈다.

"참 이상해! 우리가 온 게 엊그제 같은데, 그새 참 많은 일이 있었잖아!"

"정말 많은 일이 있었지." 엘리자베스는 한숨을 쉬며 말했다. "로징스에서만 아홉 번이나 식사를 했고, 차도 두 번이나 마셨지! 이야기할 거리도 많겠어!"

그러면서 엘리자베스는 혼자 중얼거렸다.

"그리고 숨겨야 할 이야기들도 얼마나 많을지!"

마차를 타고 가는 동안 별다른 대화도, 별다른 사건도 없었다. 그들은 헌스퍼드를 떠난 지 네 시간쯤 지나 가디너 씨 집에 도착했다. 그곳에서 며칠간 머무를 예정이었다.

제인은 건강해 보였다. 하지만 자상한 외숙모가 그들을 위해 마련해 놓은 여러 가지 행사로 인해 엘리자베스는 제인의 기분을 세심히 살필 여유가 거의 없었다. 그래도 제인은 곧 함께 집으로 돌아가기로 되어 있으니 롱번에 가면 시간을 갖고 충분히 살

퍼볼 수 있으리라는 생각을 했다.

롱번으로 돌아갈 때까지 다아시 씨가 청혼했던 사실을 제인에게 말하지 않고 참는 건 여간 힘든 일이 아니었다. 제인을 깜짝 놀라게 해 줄 수 있는 소식인 데다, 아직 완전히 떨쳐 버릴 수 없는 다아시 씨 같은 남자의 청혼을 받았다는 여자로서의 허영심을 한껏 드러낼 수 있는 일이었기 때문이다. 그러나 어느 정도까지 이야기해야 할지 마음을 정하지 못한 데다, 일단 이야기를 꺼내고 나면 빙리 씨 이야기가 자꾸만 나오게 될 것 같았고, 그러다 보면 오히려 제인의 마음만 더 상하게 할지도 모른다는 걱정 때문에 망설일 수밖에 없었다.

5월 둘째 주, 세 명의 젊은 숙녀들은 그레이스처치 가를 떠나 하트퍼드셔에 있는 어느 마을을 향해 출발했다. 베넷 씨의 마차가 마중을 나오기로 한 여관에 가까워졌을 무렵, 시간을 정확히 맞춘 마부 덕분에 이층 식당에서 바깥을 내다보던 키티와 리디아의 모습이 눈에 보였다. 이 두 아가씨는 맞은편에 있는 여성 모자 상점에 들렀다가 문지기의 행동을 흥미롭게 바라보기도 하고, 샐러드와 오이를 다듬기도 하며 한 시간 이상을 그곳에서 재미있게 보내며 기나리고 있던 중이었다.

언니들을 반갑게 맞이한 그들은 여관의 식량 저장실에서 흔히 볼 수 있는 냉동 고기로 차린 식탁을 자랑스럽게 내보이며 한껏 수선을 떨었다.

"맛 괜찮지? 이건 또 진짜 맛있지 않아?"

"이건 다 언니들 온다고 차린 거야." 리디아가 덧붙였다. "그런데 돈 좀 빌려줘. 저 앞 가게에서 그만 돈이 다 떨어져 버렸거든."

그러면서 그녀는 자기가 산 물건을 꺼내 보이며 말했다.

"자, 봐. 이 모자를 샀어. 썩 예쁘지는 않지만 그냥 사고 싶었어. 집에 가면 뜯어서 다시 더 근사하게 만들 테니까, 두고 봐."

언니들이 그 모자가 보기 싫다고 하자, 리디아는 들은 체도 하지 않고 자기 말만 계속했다.

"그래도 이것보다 훨씬 더 보기 싫은 것들도 몇 개 있었단 말이야. 그런 것들은 더 예쁜 수실을 사서 테두리를 손질하려면 귀찮거든. 그리고 주둔하고 있는 군대가 떠나고 나면, 올여름에는 아무 모자나 쓰고 다녀도 괜찮으니까. 보름 뒤면 떠날 모양이던데."

"정말이야?"

엘리자베스는 너무 반가운 나머지 소리를 지를 뻔했다.

"브리턴 근처로 옮긴다나 봐. 여름에는 우리 다 같이 거기로 놀러 가자고 아빠에게 막 졸라야지! 진짜 멋진 계획이지 않아? 돈도 그렇게 많이 안 들 것 같고. 엄마도 만사 제쳐두고 가자고 하실 거야. 그런 일이라도 없으면 올여름은 정말 지긋지긋할 것 같아!"

엘리자베스는 생각했다.

'그래, 그렇게 가는 건 정말 즐거운 계획이겠지. 우리 형편에도 딱 맞고. 그런데 맙소사! 브리턴이라니, 또 득실거리는 군인들이라니. 한 연대 때문에, 또 매달 열리는 메리턴 무도회 때문에 우리 가족이 이미 엉망진창이 되어 버렸잖아.'

"언니들에게 얘기해 줄 게 있어." 모두들 식탁에 앉았을 때, 리디아가 다시 입을 열었다. "뭔지 알아맞혀 봐. 아주 멋지고 중요한 소식이야. 우리 모두가 좋아하는 분에 대한 이야기거든."

제인과 엘리자베스는 서로의 얼굴을 쳐다봤다. 그러고는 옆에 서 있던 웨이터에게 자리를 비켜 달라고 했다. 그러자 리디아가 웃으며 말했다.

"참, 언니들은 격식도 차리고 신중하기도 하다니까. 웨이터가 들어서는 안 된다는 건데, 그 사람이 관심이나 있겠어? 웨이터는 내가 하려는 얘기보다 훨씬 더 심한 것도 종종 들을 텐데. 그렇지만 너무 못생기긴 했어. 잘 보냈어. 저렇게 긴 턱은 진짜 처음 본다니까. 어쨌든, 이제 얘기할게. 위컴 씨 이야기야. 웨이터가 듣기엔 너무 아까운 이야기 아니야? 위컴 씨가 메리 킹 양이랑 결혼할 염려는 이제 안 해도 돼. 어때, 반가운 소식 맞지? 킹 양은 리버풀에 있는 아저씨 댁으로 가 버렸대. 거기에서 당분간은 오지 않을 모양이야. 이제 위컴 씨는 살았다니까."

"메리 킹 양도 살았지." 엘리자베스가 가볍게 말을 받았다. "돈 때문에 경솔하게 할 뻔한 결혼에서 벗어났으니까."

"위컴 씨를 좋아하면서도 그냥 가 버리다니, 메리는 참 바보 같아."

"두 사람 다 서로에게 별 애정이 없었던 것 같은데."

"위컴 씨가 애정이 없던 건 확실해. 이건 장담할 수 있어. 메리에게 신경 쓰는 걸 한 번도 못 봤거든. 하긴, 그렇게 주근깨투성이에 지저분하고 볼품없는 여자를 누가 거들떠보겠어?"

엘리자베스는 자신이 원래 이런 상스러운 표현은 잘 쓰지 않는 성격이라고 생각하면서도, 킹 양에 대해 사실상 이 표현과 다를 바 없는 생각을 가지고 있었다는 사실을 깨닫자 속이 뜨끔하는 것 같았다.

모두들 식사를 마치자, 언니들이 계산을 하고 곧바로 마차를 불렀다. 잠시 어떻게 앉을지 궁리를 한 끝에, 그들은 상자들과 반

진고리, 짐 꾸러미 그리고 리디아와 키티가 산 반갑지 않은 물건들을 안고 마차에 올라 자리를 잡았다.

"모두들 멋지게 끼여 앉았네!" 리디아가 또 말을 꺼냈다. "모자 진짜 잘 산 것 같아. 사실은 모자 상자가 마음에 들어서 산 거지만. 아무튼 이제 집에 갈 때까지 편하게, 신나게 웃고 떠들면서 가자! 그러니까 먼저 언니들 얘기부터 해 봐. 멋진 남자들은 좀 있었어? 재밌는 일은 없었고? 나는 언니들 중에 한 명은 형부 될 사람을 데리고 돌아오지 않을까, 무척 기대했는데. 제인 언니는 이제 노처녀가 다 됐잖아. 벌써 스물세 살이나 됐는데! 아, 나는 그 나이까지 결혼 못 하고 있으면 창피해서 진짜 못 살 것 같아! 필립스 이모가 언니들 결혼을 얼마나 기다리는지 알기나 해? 이모는 리지 언니가 콜린스 씨와 결혼했으면 좋았을 거라고 하던데. 그런데 난 그 말이 농담이라고 생각하지 않아. 그래, 난 언니들보다 먼저 결혼할 거야! 그러면 무도회 때는 내가 언니들 보호자로 참석할 수도 있잖아. 참, 요전날 포스터 대령님 댁에서 아주 재미있는 일이 있었어! 그날은 키티 언니랑 나랑 그 집에서 하루를 보내게 됐는데, 포스터 부인이 저녁에 조그만 파티를 연다는 거야. 사실, 그동안 부인과 내가 많이 친해졌거든. 그래서 해링턴 댁의 두 딸도 초대했어. 그런데 해리어트가 아파서 펜만 혼자 왔어. 그런데 무슨 일이 있었을 것 같아? 챔벌린한테 여자 옷을 입혔다니까! 사람들을 놀래 주려고! 생각해 봐, 얼마나 웃겼겠냐고! 대령님과 포스터 부인, 키티 언니랑 나, 이모의 가운을 빌리느라 이모까지, 이렇게 우리만 알고 있었지. 아무도 그 사실을 몰랐어. 정말 영락없는 여자였다니까! 데니 씨, 위컴 씨, 프래트 씨에다 남자들 두세 명이 더 있었는데, 그를 전혀 못 알아봤어. 정말, 어찌나 웃음이 나오던지! 포스터 부인도 그냥 넘어가더라고. 우스워 죽는 줄 알았어. 그런데 우리가 너무 웃다 보니 남자들이 좀 낌새를 알아차렸고, 결국 들켜 버리고 말았지."

이렇게 리디아가 이런저런 자신들의 이야기와 우스갯소리를 쏟아 내고 키티도 가끔씩 장단을 맞추는 가운데, 그들은 줄곧 웃으며 롱번까지 왔다. 엘리자베스는 그런 이야기들을 한 귀로 흘려들으려 했지만, 위컴 씨 얘기만 나오면 신경이 쓰이지 않을 수 없었다.

집에서는 모두가 무척 다정스럽게 그들을 반겨 주었다. 베넷 부인은 제인이 여전히 아름다운 걸 보고 무척 기뻐했고, 베넷 씨는 식사 자리에서 엘리자베스에게 몇 번이나 반갑다는 말을 했다.

"리지야, 이렇게 돌아온 걸 보니 정말 기쁘구나."

루카스 씨 댁 사람들 거의 대부분이 마리아를 보러 와서 그간의 이야기도 들으려 했기 때문에, 식당에서 열린 그들의 파티는 꽤 성대했다. 덕분에 화젯거리도 다양했다. 루카스 부인은 식탁 너머로 마리아에게 샬럿의 살림살이와 닭을 포함한 가금류家禽類 등의 재산에 대해 물었고, 베넷 부인은 조금 아래쪽에 앉아 있는 제인에게 최신 유행 이야기를 듣느라, 또 그 이야기를 루카스 댁의 어린 딸들에게 전해 주느라 이래저래 바빴다. 리디아는 아무나 들으라는 듯 좌중에서 제일 큰 목소리로 아침나절에 있었던 재미있는 이야기들을 떠들어 댔다.

"참, 메리 언니도 같이 갔으면 진짜 좋았을 텐데. 얼마나 재미 있었다고! 갈 때는 키티 언니랑 나랑 차일을 모두 걷어 올리고 마차 안에 아무도 없는 것처럼 했는데, 키티 언니가 멀미만 안 했 어도 계속 그렇게 갔을 거야. 그리고 조지 여관에서는 내가 생각 해도 아주 잘했어. 이 세상에서 제일 맛있는 냉동 고기로 요리 를 해서 언니들을 대접했거든. 언니도 갔더라면 그 맛을 봤을 텐 데. 또 돌아올 때는 얼마나 재미있었는지 알아? 절대로 마차 안 에 다 못 탈 줄 알았는데 어떻게든 다 타지더라니까. 어찌나 웃 겼는지, 진짜 죽는 줄 알았어. 집까지 오는 내내 너무너무 재미 있었어. 어찌나 크게 웃고 떠들었는지, 아마 십 리 밖에서도 다 들렸을 거야."

이 말에 메리가 아주 근엄한 표정으로 말했다.

"그런 즐거움들을 하찮게 생각하는 것은 절대 아니야. 어쩌면 여자들이 그렇게 웃고 떠드는 게 당연한 걸 수도 있지. 하지만 난 솔직히 그런 데엔 전혀 흥미가 없어. 그럴 바에야 책이나 보겠어."

리디아는 메리의 말을 한 마디도 듣지 않았다. 리디아는 누구 에게든 30초 이상 귀를 기울이는 적이 없었고, 메리 이야기는 아 예 외면부터 해 버렸기 때문이었다.

오후가 되자, 리디아는 메리턴에 가서 사관들이 어떻게 지내 는지 알아보자며 다른 자매들을 졸라 댔다. 하지만 엘리자베스 가 완강히 반대했다. 베넷 가의 딸들이 집에 돌아온 지 채 반나 절도 안 되어 사관들 꽁무니나 쫓아다닌다면 그게 말이나 되는 소리냐며 나무랐다. 그녀가 반대하는 데는 또 다른 이유도 있었다. 위컴 씨와 다시 마주치는 게 싫었고, 가능하면 영영 마주치지 않겠다는 마음이었다. 주둔 중인 부대가 곧 철수한다는 소식은 그녀에게는 이루 말할 수 없이 반가운 것이었다. 보름 뒤면 부대가 떠날 테고, 그러고 나면 위컴 씨 때문에 마음고생할 일도 더는 없을 거라고 생각했다.

집에 돌아온 지 몇 시간 지나지 않아서 엘리자베스는 리디아가 꺼냈던 브리턴 여행 계획에 대해 아버지와 어머니가 자주 이야기한다는 것을 알게 되었다. 아버지가 그 계획을 허락할 생각이 전혀 없다는 것도 바로 알 수 있었지만, 아버지의 대답이 너무 애매모호하다 보니 어머니는 자주 실망하면서도 그 계획을 포기할 생각이 전혀 없어 보였다.

  엘리자베스는 제인에게 지난번 일을 이야기해 주고 싶은 충동을 더 이상 참을 수 없었다. 그래서 언니와 관련된 내용은 모두 생략하고, 언니가 놀랄 거라고 생각한 그다음 날 아침 다아시 씨와 있었던 주요한 일에 대해서만 이야기해 주었다.

  제인은 예상대로 놀랐지만 누가 엘리자베스를 어떻게 칭찬하든 그걸 당연하게 생각하는 언니로서의 깊은 애정으로 인해 놀라움은 금세 사라지고 다른 감정으로 바뀌었다. 제인은 다아시 씨가 청혼을 하면서 분위기에 어울리지 않게 그런 식으로 감정을 드러낸 건 아쉽게 느껴졌지만, 엘리자베스의 거절로 다아시 씨가 틀림없이 마음의 상처를 받았을 거라 생각하니 더 안됐다는 생각이 들었다.

  "무조건 청혼을 받아 줄 거라고 생각한 건 그분이 잘못했어. 그런 건 내색을 하지 말았어야 했는데. 어쨌든 그런 마음으로 청혼했다가 거절당했으니, 실망도 더 컸겠지."

  "그러니까 말이야. 다아시 씨에겐 정말 미안해. 하지만 그분의 성격을 생각하면, 아마 나를 곧 잊을 거야. 내가 거절했다고 해서 언니가 나를 욕하지는 않겠지?"

  "욕을 해, 내가? 아니야."

"그래도 내가 위컴 씨를 너무 좋게만 말한 건 나무랄지도 몰라."

"아니야. 난 네가 무슨 말을 잘못했다는 건지 모르겠어."

"그렇지만 바로 그다음 날에 있었던 일을 들으면 그렇다고 생각할걸."

엘리자베스는 편지 이야기를 하면서 위컴 씨와 관련 있는 모든 내용을 몇 번이나 들려주었다. 마음이 착한 제인은 큰 충격을 받았다. 그녀는 위컴 씨의 예에서 여실히 드러난, 이런 엄청난 사악함이 이 세상에 퍼져 있다는 걸 아예 생각조차 안 하고 살아갈 수 있는 성격이기 때문이었다. 다아시 씨에 대한 오해가 풀린 건 반가웠지만, 그렇다고 위컴 씨를 통해 세상의 어두운 면을 알게 된 충격까지 달래 줄 수는 없었다. 그녀는 뭔가 오해가 있었을 거라 생각하고 열심히 그것을 찾으려고 했고, 각자 따로따로 좋게 생각해 보려 했다.

"그래 봤자 소용없어. 두 사람 다 옳다고 생각할 순 없잖아. 언니 마음대로 생각해도 돼. 하지만 한 사람만 택해야 해. 두 사람 이야기 중 하나는 분명히 진실이니까. 그런데 요즘엔 나도 어느 쪽인지 생각이 더 왔다 갔다 하거든. 그래도 내 생각에는 다아시 씨의 말이 맞는 것 같아. 그래도 언니는 언니 마음대로 생각해."

그러나 잠시 후 제인이 억지로 웃으며 말했다.

"이렇게까지 충격받은 건 처음인 것 같아. 위컴 씨가 그렇게 나쁜 사람이라니, 도무지 믿기지가 않아. 그리고 다아시 씨는 또 얼마나 안됐니! 리지야, 그분의 마음이 얼마나 아팠을까 한번 생각해 봐. 정말 실망했을 거야. 또 네가 그토록 혐오하고 있었다는 것도 알았을 테고, 게다가 자기 여동생 얘기까지 꺼내야 했으니. 정말 억장이 무너져도 한참 무너졌을 거야. 너도 나랑 같은 생각이지?”

“아니, 처음에는 미안하고 안됐다는 생각이 들었는데, 언니가 이러니까 지금은 그런 마음이 싹 가서 버렸어. 언니는 다아시 씨를 그렇게 감싸려고 할 거고, 그럴수록 나는 점점 더 무관심해지고 덤덤해질 거야. 언니가 이처럼 많이 동정하는데, 나는 좀 아껴야지. 언니가 다아시 씨에 대해 가슴 아파할수록 내 마음은 새 털처럼 가벼워질 것 같아.”

“위컴 씨도 불쌍하지. 생긴 건 정말 착하게 생겼는데 말이야. 또 소탈하면서 기품도 넘쳤고.”

“두 분 교육이 뭔가 크게 잘못된 거야. 한 사람은 더할 나위 없이 훌륭한데, 다른 한 사람은 겉만 번지르르하잖아.”

“예전엔 너도 그렇게 생각했잖아. 사실 나도 다아시 씨에게 그런 위선적인 면이 전혀 없다고는 생각하지 않았어.”

“그건 그냥, 남다른 재치를 한번 부려서 그분에 대한 적대감을 드러내 보이려 했던 거야. 다른 이유가 있었던 것은 아니었어. 그냥 천성이 그렇기도 하고, 싫다는 걸 재치 있게 표현한 거지. 옳은 말 한마디 없이 남을 계속 비방할 수는 있어도, 가끔은 재치 있게 다루지 않고서는 계속해서 다른 사람을 비웃을 수는 없는 법이거든.”

“리지야, 그래도 네가 편지를 처음 읽었을 때는 지금처럼 생각하지 않았잖아.”

"물론 그랬지. 그땐 마음이 너무 불안했어. 너무 불안해서, 불행 속에 빠진 기분이었어. 또 그런 내 마음을 이야기할 사람도 없었잖아. 언니라도 곁에 있었으면 나를 위로해 주고, 내가 그렇게 허영심 많고 어리석은 연약한 여자가 아니라는 것을 일깨워 줬을 텐데. 그때 언니가 얼마나 보고 싶었는지 몰라!"

"아니, 넌 어떻게 다아시 씨한테 위컴 씨 이야기를 하면서 그렇게 심한 표현을 다 썼던 거니? 지금 생각해 보면 정말 말도 안 되는 거잖아."

"정말 그랬어. 하지만 다아시 씨한테 그렇게 혹독하게 말하게 된 건, 내가 그분에 대해 줄곧 편견을 키워 왔던 당연한 결과였어. 그런데 언니의 충고를 듣고 싶은 게 하나 있어. 위컴 씨의 본성을 우리가 아는 사람들에게 모두 알려야 할까, 말아야 할까?"

세인은 잠깐 생각한 후에 대답했다.

"위컴 씨를 그렇게 비참하게 폭로할 이유는 전혀 없잖아. 네 생각은 어때?"

"나도 안 했으면 좋겠어. 다아시 씨도 자기 이야기를 다른 사람들에게 알릴 권한까지 내게 준 건 아니니까. 오히려 그 반대로 자기 여동생 얘기는 절대로 나만 알고 있어야 한다고 당부했거든. 그리고 다아시 씨에 대해서 사람들이 잘못 알고 있었다고 내가 애써 이야기한들, 누가 믿기나 하겠어? 그분에 대한 사람들의 편견은 너무 뿌리가 깊어서 그분이 바른 평가를 받으려면 아마 메리턴 사람들 절반은 죽고 없어져야 가능할지 몰라. 그러니 내가 할 수 있는 일이 아니야. 위컴 씨는 곧 가 버릴 거고, 그러면 그가 어떤 사람이든 여기 사람들한테야 별로 중요한 일은 아니잖아. 언젠가는 진실이 다 드러나겠지. 그러면 우린 그때 가서 몰랐던 사람들을 비웃어 주면 되는 거야. 지금은 아무 말도 하지 않을래."

"네 말이 맞아. 지금 위컴 씨의 나쁜 행실을 공개해 버린다면 그 사람 인생은 완전히 끝장날지도 몰라. 어쩌면 자기가 무슨 짓을 했는지도, 자기 성격이 어떤지도 모르고 있을 수도 있어. 그런 사람을 절망에 빠뜨려서는 안 돼."

어수선했던 엘리자베스의 마음이 이 대화로 많이 진정되었다. 보름 동안 혼자 끙끙 앓아 왔던 두 가지 비밀을 털어놓았고, 또다시 이야기하고 싶어지면 언제든지 제인이 들어 줄 것이기 때문이었다. 그러나 마음 한편엔 여전히 감춰 둔 것이 남아 있었고, 아무리 생각해도 그것만은 털어놓을 수 없었다. 다아시 씨 편지의 나머지 내용은 말할 수 없었고, 빙리 씨가 제인을 얼마나 진심으로 생각하고 있었는지도 이야기할 수 없었다. 이 내용은 오직 혼자만 알고 있어야 하는 일이었다. 제인과 빙리 씨가 서로를 충분히 이해하고 난 뒤라면 이 마지막 비밀을 털어놓아도 될 것 같다는 생각이 들면서, 엘리자베스는 이렇게 중얼거렸다.

"그렇지만 정말로 기적같이 두 사람이 서로를 이해하게 되는 날이 온다면, 그때는 빙리 씨가 나보다 훨씬 더 자상하게 얘기할 테고, 내가 이야기해 봤자 결국 빙리 씨 말을 되풀이하는 것밖에 안 되겠지. 말이라는 게, 가치가 사라지고 나서야 마음대로 할 수 있다는 게 참 재밌는 일이야!"

이제 집에 돌아와 마음이 좀 진정된 엘리자베스는 여유를 갖고 제인의 기분을 찬찬히 살펴보았다. 제인의 얼굴은 어두워 보였다. 그녀는 여전히 빙리 씨를 깊이 그리워하고 있는 듯했다. 한번도 진정한 사랑에 빠져 본 적이 없다고 생각했던 제인이기에 그녀의 애정은 뜨거운 첫사랑의 감정이었고, 또 그녀의 나이와 성격상 쉽게 식어 버리는 첫사랑과는 달리 충실하면서도 지속적인 사랑의 감정이었다. 게다가 제인은 빙리 씨와의 추억을 너무나 소중히 여겨서 자꾸만 그 생각에 빠지곤 했다. 그러다 보니 그녀 자신의 건강에도 해롭고 다른 친구들의 마음까지 무겁게 하는 자신의 그 같은 우울한 감정을 드러내지 않기 위해, 무척 생각도 많이 하고 친구들의 기분에도 신경을 많이 써야만 했다.

하루는 베넷 부인이 이렇게 말했다.

"리지야, 넌 제인의 이 마음 아픈 일을 어떻게 생각하니? 난 이 얘긴 이젠 아무한테도 하지 않으려고 한다. 며칠 전에도 필립스 이모한테 같은 말을 했거든. 그런데 제인이 런던에서 빙리 씨를 만났는지 알 수가 없으니 말이야. 아무튼 그 사람은 아주 돼먹지 못한 청년이야. 제인도 다시는 그 사람을 받아들이지 않을 거야. 이번 여름에 그가 네더필드로 다시 돌아온다는 이야기는 없더구나. 알 만한 사람들에게는 죄다 물어봤는데도 말이다."

"그분은 더 이상 네더필드에서 살 것 같지는 않아요."

"그래, 마음대로 하라지! 오면 누가 반기기나 한대? 어쨌든 난 그 작자가 내 딸 신세를 망쳐 놨다고 계속 떠들고 다닐 작정이니까. 만약 내가 제인이었다면 절대로 가만있지 않았을 거다. 그

332

래, 제인이 상사병을 앓다가 차라리 죽어 버리면 속이 후련하겠어. 그때쯤 되면 그 작자도 자기가 무슨 짓을 했는지 느끼는 게 좀 있겠지."

하지만 어머니의 그런 말은 엘리자베스에게 아무런 위안도 되지 않았고, 대꾸할 말도 없었다.

"그래, 리지야, 콜린스 씨 부부는 잘 살던? 그래, 앞으로도 잘 살아야. 식단은 어떻게 차리던? 샬럿은 알뜰하게 살림하잖아. 제 어머니 반만큼만 야무져도 재산을 꽤 모을 거야. 살림살이에 사치라고는 전혀 없을걸."

"맞아요. 조금도 없어요."

"살림 하나는 아주 똑 부러지게 할 거야, 틀림없지. 지출이 수입을 넘지 않게 잘 챙길 테고, 그래서 돈 걱정은 안 하고 살 거야. 그럼, 그렇게 하는 것이 좋고말고. 그리고 내 생각엔, 네 아버지가 돌아가시고 난 뒤에는 롱번이 자기들 재산이 된다는 이야기도 자주 하겠지. 아버지만 돌아가시면 완전히 자기들 거라고 생각하고 있을 거야."

"그런 이야기를 제 앞에서 할 수는 없잖아요."

"그렇지, 만약 그랬다면 이상하지. 그래도 둘이서는 틀림없이 그런 이야기를 종종 할 거야. 아무튼 법적으로 자기들 재산도 아닌 것을 쉽게 얻을 수 있다면 횡재한 거잖아. 만약 내가 그런 상속을 받게 된다면 나는 부끄러울 것 같은데 말이야."

41

제인과 엘리자베스가 집으로 돌아온 첫째 주가 금세 지나가고, 둘째 주가 시작되었다. 이번 주가 지나면 메리턴에 주둔 중인 부대가 떠나게 되어 있었기 때문에 이웃 마을의 처녀들은 모두 갑자기 의기소침해져 있었고, 마을 전체가 침울할 정도였다. 이런 가운데 유독 베넷 가의 두 큰딸만은 아무렇지도 않은 듯 평소와 다름없이 먹고 마시고 자며 일상을 보내고 있었다. 극도로 실의에 빠져 있던 키티와 리디아는 그런 언니들을 보고 틈만 나면 어떻게 그렇게 무심할 수 있느냐며 힐난했고, 가족 중에 그렇게 몰인정한 사람이 있다는 게 도저히 이해가 안 간다는 태도를 보였다.

"아, 이제 우린 어떻게 해야 해? 어떻게 살아야 하냐고!"

그들은 자주 이렇게 쓸쓸한 탄식을 내뱉곤 했다.

"리지 언니, 어떻게 그런 웃음이 나와?"

어린 두 딸이 마냥 애처로운 어머니는 그들에게 맞장구를 쳐 주었다. 베넷 부인은 25년 전에 비슷한 사건으로 괴로워했던 일을 회상했다.

"나도 밀러 대령의 연대가 떠났을 땐 꼬박 이틀을 울었단다. 난 그때 정말 가슴이 터져 버리는 줄 알았다니까."

"나도 지금 딱 그래요!"

리디아가 소리쳤다. 그러자 베넷 부인이 말했다.

"브리턴까지라도 갈 수만 있다면 얼마나 좋을까."

"맞아요! 브리턴에 갈 수만 있으면 얼마나 좋을까요. 하지만 아빠가 안 보내 주실 거예요."

"해수욕 좀 하면 기분이 확 나아질 것 같은데."

"필립스 이모는 해수욕이 나한테 참 좋을 거라고 하셨어요." 키티가 끼어들며 말했다.

이런 한탄 섞인 소리들이 롱번에서 그치지 않고 들렸다. 엘리자베스는 그런 분위기 속에서 어떻게든 기분을 좀 돌려 보려 했지만, 이런 가족들에 대한 수치심이 그 기분을 앗아가 버렸다. 그녀는 다아시 씨가 왜 그토록 반대했는지를 새삼 이해할 수 있었고, 빙리 씨 일에 그가 참견했던 것도 그 어느 때보다도 용서해 주고 싶은 마음이 들었다.

그런 가운데 리디아의 우울한 기분은 곧 말끔히 사라졌다. 연대장인 포스터 대령의 부인으로부터 브리턴에 같이 가자는 초대를 받았기 때문이었다. 리디아의 이 소중한 친구는 아주 젊은 나이에 최근 결혼한 부인이었다. 두 사람 모두 밝고 명랑한 성격이었기 때문에 서로 쉽게 친해졌는데, 사귄 지 석 달 만에 둘도 없는 친구가 되었다.

환희에 찬 리디아와 포스터 부인에 대한 그녀의 예찬, 베넷 부인의 기쁨과 키티의 울분 등은 말로 표현할 수 없을 정도였다. 키티의 기분 따위는 전혀 아랑곳하지 않은 채, 리디아는 기뻐 어쩔 줄 몰라 하며 온 집 안을 날아다니다시피 돌아다니면서 전보다도 더 크게 웃고 떠들어 댔고, 마주치는 사람마다 축하해 달라며 호들갑을 떨었다. 반면에 초대를 받지 못한 키티는 잔뜩 심술이 나서 응접실에서 신세타령을 늘어놓으며, 횡설수설 말도 안되는 소리를 하고 있었다.

"포스터 부인이 리디아는 초청하고 나는 왜 안 하는지 모르겠어. 내가 친한 친구가 아니라서 그러는 거야? 하지만 나도 충분히 자격이 있잖아. 아니, 내가 먼저 초대받아야지. 내가 두 살이나 더 많은데."

엘리자베스가 알아듣도록 타일러도 보고, 제인이 단념시키려 해 봤지만 헛수고였다. 엘리자베스는 이번 초대로 인해 리디아가 상식도 모르는 아이가 되어 버릴 것 같다는 생각에, 어머니나 리디아와는 달리 조금도 반갑지 않았다. 그래서 나중에 알려져 미움을 받는 한이 있더라도, 리디아를 가지 못하게 해 달라고 아버지에게 살짝 귀띔하지 않을 수 없었다. 엘리자베스는 아버지에게, 리디아는 하나같이 버릇없는 행동만 하고 있으며 포스터 부인 같은 여자를 사귀어서 리디아에게 득이 될 것은 하나도 없다고 했다. 또한 브리턴에 가면 집과는 달리 유혹도 많고, 그런 사람들과 어울리다 보면 오히려 더 버릇이 나빠질 거라고 했다. 아버지는 그녀의 말을 유심히 듣고 나서 이렇게 말했다.

"리디아는 사람들 앞에서 망신을 좀 당해 보지 않고서는 지금 버릇을 고칠 수 없을 거다. 지금처럼 행동하다 보면 결국 가족 체면을 구기고, 가족들에게도 민폐를 끼치게 되겠지."

"리디아가 사람들 앞에서 제멋대로 버릇없이 구는 걸로 인해 우리 가족이 얼마나 큰 피해를 입게 되는지 아버지가 아신다면, 아니 벌써 그렇게 피해를 입고 있지만, 이 일을 그대로 내버려두시지는 않을 거예요."

"벌써 피해를 입었다고? 설마 리디아 때문에 네가 사귀던 남자들이 놀라서 달아나 버리기라도 했다는 거니? 아이고, 우리 불쌍한 리지. 그래도 너무 실망하지는 마라. 그만한 일로 너를 사귀지 못할 정도로 속 좁은 녀석들이라면 아예 섭섭해할 것도 없구나. 그래, 리디아의 멍청한 짓거리 때문에 떨어져 나갔다는 그 한심한 녀석들이 누구인지 이야기나 한번 들어 보자."

"아, 그런 게 아니에요. 그런 일이 실제로 있었다는 말이 아니에요. 지금 제가 이런 말씀을 드리는 건, 이게 단지 한 사람의 문제가 아니라 가족 모두에게 피해가 되는 일이기 때문이에요. 언제나 뻔뻔하게 자기 하고 싶은 대로만 행동하려는 리디아의 천방지축 같은 성격 때문에, 우리 집안 전체의 자존심과 체면이 훼손을 당한단 말이에요. 죄송하지만, 바로 말씀을 드릴게요. 아버지께서 직접 나서서 리디아의 방자한 태도를 꾸짖으시고, 지금 그 애가 하려는 짓들이 당장은 좋아 보여도 결국엔 부질없는 짓이라는 것을 깨우쳐 주셔야 해요. 그렇지 않으면 리디아의 버릇은 정말 고치기 어려워질 거예요. 그런 성격이 굳어져 버린 채 열여섯 살이 되면 그 바람기를 감당하지 못할 테고, 그러면 리디아나 우리 가족 모두 손가락질을 받을 거예요. 그것도 가장 못나고 천박한 종류의 바람기죠. 어리다는 것과 반반한 몸뚱이 말고는 매력이라곤 없는 데다, 무식하고 속이 텅 비어 있다 보니 다른 사람들의 관심을 끌고 싶어 안달하지만, 관심은커녕 오히려 경멸의 대상이 되어 어쩔 줄 몰라 쩔쩔매게 될 거예요. 이런 점은 키티도 위험하긴 마찬가지예요. 그 애는 무엇이든 리디아가 하자는 대로 따라 하거든요. 허영심이 강하고 무식하고 게으르고, 또 버릇은 얼마나 없다고요. 아버지, 한번 생각해 보세요. 그 애들을 아는 사람이라면 누구나 그 애들을 비난하고 경멸할 텐데, 그러면 다른 자매들까지 그런 구설수에 오르내리지 말라는 법도 없잖아요?"

베넷 씨는 엘리자베스의 신경이 온통 이 문제에 가 있다는 것을 알고는 다정스럽게 그녀의 손을 잡으며 이렇게 말했다.

"애야, 너무 마음 쓰지 말거라. 제인과 너를 아는 사람이라면 누구나 너희를 아끼고 칭찬하게 되어 있단다. 멍청한 여동생이 둘 있다고 해서, 아니 셋이라고 해야겠지, 너희를 흉보지는 않을 거다. 리디아를 브라이턴에 못 가게 하면 집 안이 온통 시끄러울 거야. 그러니 그 애를 보내자꾸나. 포스터 대령은 사려 깊으니 그 애가 사고 치지 않도록 잘 보살펴 줄 거고, 또 다행히 리디아도 볼품이 없으니 건드리려는 인간들도 없을 거다. 브라이턴에 가면 여기서 시시덕대던 것보다도 더 못한 대접을 받을 수도 있을 거야. 사관들에게는 그곳에 더 호감 가는 여자들이 많을 테니까 말이야. 그러니 그곳에서 리디아 스스로 자기가 얼마나 못난 존재인지 깨우치게 한다 생각하고 내버려둬 보자꾸나. 어쨌든 그렇게 해도 안 되면, 그땐 그 애를 평생 가두어 두는 수밖에 없겠지."

엘리자베스는 이 대답으로 만족해야만 했다. 그렇지만 그녀의 생각은 변함이 없었기에, 실망감과 서운한 마음을 안고 아버지 방에서 나왔다. 그렇다고 해서 엘리자베스가 이 문제를 자꾸만 생각하며 속을 썩이는 성격은 아니었다. 그녀는 자기 나름대로 할 수 있는 일은 다했다고 생각했다. 그녀는 어쩔 수 없는 일에 초조해하거나 걱정해서 일을 더 크게 만드는 그런 성격은 전혀 아니었기 때문이었다.

리디아와 어머니가 엘리자베스와 아버지가 나눈 대화의 내용을 알았더라면, 그들은 온갖 입심을 총동원해 이루 말할 수 없을 만큼 분노를 쏟아 냈을 것이다. 리디아는 브리턴으로의 방문을 이 세상 최고의 행복이라 여겼다. 리디아는 사관들로 북적이는 흥겨운 해변의 거리를 제멋대로 그려 보았다. 누구인지도 모르는 수십 명의 사관들이 자신에게 관심 어린 시선을 보내는 모습도 그려 보았고, 영내營內 안의 멋진 장면들도 떠올렸다. 줄지어 아름답게 펼쳐져 있는 막사들과 그 안을 가득 채운 젊고 활기찬 사관들 그리고 그들의 눈부신 빨간 제복 등이 눈앞에 아른거렸다. 마지막으로는 천막 아래에서 적어도 여섯 명쯤 되는 사관들과 함께 어울려 즐겁게 노닥거리는 자신의 모습까지 상상해 보았다.

이런 리디아였으니, 만약 엘리자베스가 그녀의 이 같은 기대와 꿈을 무산시키려 했다는 사실을 알았다면 그녀의 기분이 어땠을까? 그런 기분은 아마 거의 같은 생각을 하고 있었을 어머니 정도나 겨우 이해할 수 있었을 것이다. 그나마 리디아가 브리턴으로 가게 된 일은, 결코 그곳에 가지 않겠다고 하는 남편 때문에 생긴 그녀의 우울한 마음에 조금은 위안이 되고 있었다.

또한 리디아와 베넷 부인은 부녀 사이에 오간 대화를 전혀 알지 못한 채 지나갔다. 덕분에 두 모녀는 리디아가 브리턴으로 떠나는 그날까지 별 탈 없이 흥분된 즐거움 속에서 지낼 수 있었다.

엘리자베스는 이제 위컴 씨를 마지막으로 만나게 되었다. 집으로 돌아온 뒤에도 그를 여러 번 마주쳤고, 그러는 동안 그에 대한 감정도 정리되었다. 예전에 그토록 좋아하던 마음은 깨끗이 사라지고 없었다. 처음에는 너무도 좋았던 그의 자상한 배려조차도 가식적으로 느껴질 만큼 염증이 났다. 게다가 지금의 그의 행동은 새로운 불쾌감을 불러일으켰다. 그는 그들이 처음 사귈 때나 했을 법한 애정을 다시금 내보이려 했지만, 헌스퍼드에서 있었던 일 이후로는 그런 행동이 오히려 엘리자베스의 기분만 상하게 할 뿐이었다. 엘리자베스는 자신이 받았던 관심이 그처럼 하찮고 천박한 것이었다는 생각이 들자, 위컴 씨에 대한 모든 관심이 일거에 싹 가셔 버렸다. 그러면서도 겉으로는 아무 내색도 않고 꾹 참고 있었지만, 아무리 오랫동안 관심이 시들었고 또 그 이유가 무엇이든 간에 다시 관심을 보이기만 하면 그녀의 마음은 결국 자기에게로 돌아올 수밖에 없을 거라고 비아냥거리고 있다는 느낌을 지울 수 없었다.

주둔 부대가 메리턴을 떠나기 전날, 위컴 씨는 다른 사관들과 함께 롱번에서 식사를 했다. 엘리자베스는 작별 인사를 하기 전에 위컴 씨의 속을 상하게 해야겠다고 생각했다. 마침 그가 헌스퍼드에 머무는 동안 어떻게 지냈느냐고 물어왔을 때, 그녀는 피츠윌리엄 대령과 다아시 씨가 로징스에서 3주일을 함께 지냈었다고 말하면서, 혹시 대령과 아는 사이냐고 물어보았다.

위컴 씨는 당황하고 불쾌한 표정을 지으면서도 놀란 기색을 감추지 못했다. 하지만 잠시 생각하는 듯하더니, 예전엔 자주 만난 적이 있다며 아주 점잖은 사람이라고 말했다. 그러고는 엘리자베스를 바라보며 사람이 어떻더냐고 웃음을 지으며 되물었다. 그녀는 매우 좋은 분이라는 생각이 들었다고 대답했다. 그러자 위컴 씨는 곧 아무렇지도 않은 얼굴로 다시 물었다.

"그분이 로징스에 얼마나 머무르셨다고 하셨죠?"

"거의 3주 동안이요."

"그럼 그분을 자주 만났겠네요?"

"네, 거의 매일 보다시피 했죠."

"그분은 그의 사촌과는 아주 다르게 행동하죠."

"네, 정말 그래요. 하지만 다아시 씨도 자주 마주치다 보니 점점 나아지는 것 같았어요."

"그렇군요!" 엘리자베스는 그렇게 말하며 탄식하는 듯한 위컴 씨의 표정을 놓치지 않았다. 하지만 그는 이내 절제하며 짐짓 밝은 어조로 물었다. "하나 여쭤 봐도 되겠습니까? 그가 나아졌다는 게 단지 사람을 대하는 태도를 말하는 건가요, 아니면 평소의 태도에서 좀 더 정중한 척하는 걸까요? 왜냐하면 저로서는 그의 본성이 나아졌을 거라고는 도무지 믿기 어렵거든요." 특히 이 마지막 말을 할 때의 그의 어투는 낮고 진지했다.

"네, 맞아요! 제가 봐도 본성이 나아진 건 하나도 없는 것 같더군요."

엘리자베스의 이 말에 위컴 씨는 기뻐해야 할지, 의심해야 할지 갈피를 잡지 못하는 듯 보였다. 엘리자베스의 표정에는 그로 하여금 왠지 모를 두려움과 불안 속에서 귀를 기울이게 만드는 힘이 있었다. 그녀는 계속해서 말했다.

"그분이 나아지는 것 같다고 한 건, 그분의 생각이나 태도가 달라졌다는 뜻이 아니라 그분을 좀 알게 되니까 그분의 성격이 이해가 되더라는 뜻이에요."

위컴 씨는 안색이 달라지며 당황한 기색을 감추지 못했다. 놀란 것이 분명했다. 그는 몇 분 동안 아무 말도 하지 않고 있었다. 그러다 서서히 표정을 가다듬고는 다시 엘리자베스를 바라보며 아주 부드러운 어조로 말했다.

"세가 다아시 군을 어떻게 생각하고 있는지는 잘 아실 테니, 그 친구가 겉으로나마 자신을 바르게 보이려 한다는 말에 제 마음이 얼마나 기쁘겠는지 짐작되실 겁니다. 그런 식으로라도 체면을 유지하려는 태도는 본인에게 별 도움이 되지 않더라도, 다른 사람들에겐 해가 되지 않으니 다행이지요. 제가 당했던 그런 파렴치한 짓만큼은 적어도 남에게 저지르지는 못할 테니 말입니다. 그런데 한 가지 걱정되는 건, 당신이 말씀하신 그런 조심성이 그의 이모님을 방문할 때에만 나타나는 것은 아닐까 하는 겁니다. 다아시 군은 이모님의 의견과 판단을 무척 두려워하거든요. 두 사람이 함께 있을 때는 그가 항상 이모님을 어려워한다는 걸 저는 잘 알고 있습니다. 게다가 다아시 군이 드 버그 양과의 혼인을 반드시 이루고야 말겠다는 마음도 크게 작용하고 있죠. 그 혼인을 무척 바라고 있음은 틀림없으니까요."

이 말에 엘리자베스는 쓴웃음이 나왔지만 가볍게 고개를 끄덕이는 것으로 대답을 대신했다. 엘리자베스는 그가 예전에 화제로 삼았던 다아시 씨에게 당한 자신의 비참한 처지를 상기시키려 하는 의도임을 알았으나, 그 이야기를 들어 주고 싶은 생각은 추호도 없었다. 남은 저녁 시간은 위컴 씨가 평소처럼 활기찬 모습을 애써 보이려는 가운데 흘러갔지만, 더 이상은 엘리자베스에게 남다른 관심을 드러내지는 않았다. 마침내 두 사람은 정중히 인사를 나누며 헤어졌고, 서로 다시는 마주치지 않기를 바라는 마음이었을 것이다.

파티가 끝나자 리디아는 포스터 부인과 함께 메리턴으로 돌아갔다. 그들은 그곳에서 다음 날 아침 일찍 출발하기로 되어 있었다. 리디아를 배웅하는 가족들의 모습은 섭섭하다기보다는 떠들썩했다. 키티만이 홀로 훌쩍였지만, 그 눈물은 슬퍼서가 아니라 시기심에 속이 상해서 흘리는 것이었다. 베넷 부인은 리디아에게 행복한 나들이가 되기를 바란다는 말을 몇 번이나 반복하며, 즐길 수 있을 때는 마음껏 즐겨야 한다고 다짐을 시키듯 말했다. 말을 안 해도 너무나 빤히 알 만한 충고도 빠뜨리지 않았다. 기쁨에 들뜬 리디아가 작별 인사를 너무 요란하게 하는 바람에, 언니들의 다정한 인사말은 아예 들리지도 않았다.

42

엘리자베스가 자기 가족들을 두고 생각했더라면, 부부간의 행
복이나 가정의 화목에 대해 매우 즐겁게 생각하는 마음은 가지
지 못했을 것이다. 젊음과 아름다움은 대체로 사람을 겉보기에
착해 보이게 만들곤 한다. 엘리자베스의 아버지도 그런 젊음과
아름다움 그리고 그 착해 보이는 모습에 끌려 어머니와 결혼했
지만, 어머니는 이해심이 부족하고 속도 좁은 편이어서 결혼하
자마자 어머니에 대한 애정은 차갑게 식어 버렸다. 존경과 신뢰
는 영원히 사라졌고, 행복한 가정에 대한 모든 기대도 산산이 깨
졌다. 그러나 베넷 씨는 아내의 어리석음과 못난 행동을 너그러
이 감싸며 자신의 경솔함으로 초래된 실망감을 위안 삼을 수 있
는 성격은 아니었다. 그는 전원田園을 사랑하며 책 읽는 걸 좋아
했고, 그런 취미에서나 즐거움을 느낄 뿐이었다. 아내의 무지와
어리석음을 두고 그가 놀려대는 재미 말고는, 아내가 그에게 해
주는 것이라고는 거의 없었다. 보통의 남자라면 아내에게서 그런
종류의 즐거움을 기대하지 않는다. 그러나 다른 즐거움의 원천
이 아예 없다면, 이런 여건 속에서조차 즐거움을 찾아 누리는 사
람이야말로 진정한 사색가라 할 수 있을 것이다.

그러나 엘리자베스는 남편으로서 아버지의 부적절한 행동에

대해 늘 눈여겨보고 있었다. 그런 모습을 볼 때마다 마음이 아팠지만, 아버지의 지성과 능력을 존경하고 또 자신에게 보여 주는 애정에 감사했기에 눈에 띄는 점들은 애써 외면하려고 했다. 아버지가 어머니의 부족한 면을 들춰내어 자식들까지도 어머니를 멸시하게 만들 때는 정말로 화가 머리끝까지 날 정도였지만, 계속해서 그렇게 부부 사이의 예의와 도리를 무시해 버리는 것마저 애써 생각하지 않으려고 했다. 그러나 엘리자베스는 부모의 잘못된 결혼으로 자식들이 얼마나 큰 피해를 입을 수 있는지를 지금처럼 절실히 느껴 본 적이 없었다. 또한 제대로만 처신했다면, 비록 어머니의 좁은 소견을 넓히지는 못한다고 하더라도 딸들의 존경은 그럭저럭 받을 수 있을 아버지의 능력과 성품이 엉뚱한 방향으로 흘러가면서 얼마나 많은 문제가 생겨나는지도 절감했다.

엘리자베스는 위컴 씨가 떠난 것은 속이 후련했으나, 부대가 이동한 것이 딱히 즐거울 만한 일도 아니었다. 바깥에서의 파티가 전보다 조금 줄기는 했지만, 집 안에서는 세상만사가 하나같이 따분하다고 투덜대는 어머니와 동생들로 인해 분위기가 완전히 가라앉아 있었기 때문이다. 키티야 머릿속을 어지럽히던 사관들도 떠나고 없으니 조금 지나면 제정신이 돌아온다손 치더라도, 리디아는 아주 나쁜 짓도 마다하지 않을 성격이기에 해수욕장과 남자들이 우글대는 병영兵營이라는 두 가지 위험이 도사리고 있는 환경 속에서 지내다 보면 아둔하고 염치없는 성격만 더 굳어질 가능성이 다분히 있었다.

이런 생각들을 하면서, 엘리자베스는 전에도 가끔 느낀 거였지만 손꼽아 기다리던 어떤 일이 실제로 일어났을 때는 기대만큼의 만족을 느끼지 못하는 것이 일반적이라는 생각이 들었다. 그래서 그런 즐거움을 새롭게 느끼기 위해서는 기대와 희망을 품을 수 있는 어떤 날을 정해 놓고, 다시 그 날을 기다리는 즐거움을 만끽하는 것이 필요하다고 생각했다. 그러면서도 스스로를 위로하며 다시 찾아올 실망을 조용히 기다리는 수밖에 없었다. 엘리자베스는 이제 호수 지방으로의 여행을 생각하며 행복한 기대감에 빠졌다. 어머니와 키티의 불평 때문에 늘 마음이 편치 않았지만, 이 여행 생각만 하면 위안이 되었다. 게다가 제인과 같이 갈 수만 있다면, 그보다 더 완벽할 수는 없을 것 같았다.

　　엘리자베스는 생각에 잠겼다.

　　'무언가 바라는 것이 있다는 게 다행인 일이야. 만약 모든 게 완벽하게 준비되어 있다면, 오히려 실망할 일이 생길 테니까. 그러니 이번에 언니가 동행하지 못해 서운한 마음이 계속 따라다니다 보면, 나 혼자라도 기대했던 모든 것을 한껏 즐기려는 마음이 자연스레 생기겠지. 계획한 대로 여행이 전부 다 즐거울 수는 없는 거야. 그래도 이런 데서 오는 실망감은, 마음을 조금만 다른 데로 돌릴 만한 일이 생기면 쉽게 잊어버릴 수 있으니까.'

　　리디아는 떠나면서 어머니와 키티에게 자주, 그리고 아주 자세히 편지를 쓰겠다고 약속했었다. 하지만 편지는 늘 아주 오랫동안 기다려야 했고, 그나마도 아주 짧게 보내오곤 했다. 어머니에게 보낸 편지에는, 방금 도서관에서 돌아왔는데 어떤 어떤 사관들이 그들을 안내해 주었다는 이야기, 눈이 휘둥그레질 만큼 멋진 장식들을 보았다는 이야기, 새 가운과 파라솔을 샀는데 이것들을 더 자세히 설명하고 싶지만 포스터 부인이 찾아와서 급히 나가 봐야 된다고 하면서 지금 병영을 찾아갈 것이라는 등의 이야기뿐이었다. 키티에게 보낸 편지는 내용이 좀 더 길었지만 정작 읽을거리라고는 더 없었고, 차마 입 밖으로 내놓고 이야기하기엔 낯부끄러운 이야기들로 가득 차 있었다.

리디아가 떠난 지 2~3주쯤 지나자, 롱번에는 다시 건강하고 밝은 분위기가 감돌기 시작했다. 모든 것이 전보다 더 평화롭고 행복해 보였다. 겨울 내내 런던에 나가 있던 가족들도 돌아왔고, 여름옷과 여름에 열릴 무도회 이야기로 떠들썩했다. 베넷 부인은 수다스러운 본래의 모습으로 되돌아와 있었고, 키티도 6월 중순쯤 되자 눈물 없이 메리턴에 다녀올 만큼 마음의 안정을 되찾았다. 엘리자베스는 군 당국이 메리턴에 다시 부대를 배치하는, 정말 심술궂고 잔인한 일이 벌어지지만 않는다면 돌아오는 크리스마스 즈음엔 키티가 하루에 한 번 이상 사관 이야기를 꺼내는 일은 없을 것 같다고 생각했다.

북부의 호수 지방으로 떠나는 여행 날짜가 빠르게 다가오고 있었다. 그런데 여행을 약 보름 앞둔 시점에, 가디너 부인에게서 출발 날짜를 늦추고 여행 일정도 줄여야 할 것 같다는 내용의 편지가 도착했다. 편지에는, 가디너 씨의 사업상의 이유로 7월 중순이 지나야 출발이 가능할 것 같고, 한 달 안에는 런던에도 다녀와야 할 일이 생겼다고 쓰여 있었다. 따라서 당초 계획대로 호수 지방을 여행하기에는 시간이 너무 촉박하고, 설령 강행하더라도 계획했던 만큼 여유롭게 둘러볼 수는 없을 것 같으니 호수 지방 여행은 포기하고 대신 여러 곳을 간단히 둘러보는 일정으로 바꾸는 편이 낫겠다는 것이었다. 또한 편지에서 가디너 부인은 현재 계획상으로는 북부 지방도 더비셔까지만 다녀올 예정이며 그곳은 볼거리가 많아 제대로 보려면 2~3주는 걸릴 것이라고도 했다. 그녀는 그 지역에 대해 무척 매력을 느끼고 있다면서, 예전에 몇 년간 살았던 읍내 마을에서 며칠 동안 머무를 예정이라고 덧붙였다. 그 마을은 매트로크, 체츠워드, 다브데일, 더 피크 같은 유명한 경치만큼이나 그녀의 호기심을 불러일으키는 곳이었다.

엘리자베스는 이만저만 실망한 게 아니었다. 마음은 이미 온통 호수 지방의 경치에 가 있었기 때문이었다. 그녀는 그 정도 시간이면 여행을 충분히 즐길 수 있을지도 모른다는 생각이 들었다. 그럼에도 엘리자베스는 주어진 상황에 만족하려 애썼고, 이런 모습을 보면 확실히 그녀가 밝은 성격임을 알 수 있었다. 그녀는 곧 아무 일도 없었다는 듯 평정을 되찾았다.

'더비셔'라는 말이 나오자 엘리자베스의 머릿속에는 여러 생각이 한꺼번에 떠올랐다. 그녀는 펨벌리와 그곳의 소유주인 다아시 씨를 떠올리지 않을 수 없었다. 엘리자베스는 이렇게 중얼거렸다.

"그래 표 내지 않고 더비셔에 다녀와야지. 그곳에 가게 되면, 그분 몰래 스파 석石을 챙겨와야겠어."

기다리는 시간은 두 배로 늘어나 버렸다. 가디너 씨 부부를 기다리며 꼬박 4주가 흘렀다. 마침내 기다리던 시간이 지나고, 가디너 씨 부부가 네 명의 자녀들과 함께 롱번에 도착했다. 여섯 살과 여덟 살 된 두 명의 여자아이와 그 아래 동생들인 두 명의 사내아이들은 제인이 잘 돌봐 주기로 했는데, 아이들 모두 제인을 무척 따랐다. 제인의 착실하고 다정한 성격은 아이들을 돌보는 데 여러모로 안성맞춤이었다. 그녀는 공부도 가르치고 같이 놀아 주며 아이들을 잘 보살폈다.

가디너 씨 부부는 롱번에서 겨우 하룻밤을 머물고는, 다음 날 아침 엘리자베스와 함께 새롭고 즐거운 것을 찾아 여행길에 올랐다. 그들 모두에게 기쁨이 하나 있었다. 여행 동반자로서 서로를 믿고 의지할 수 있다는 확신이었다. 그들은 불편을 참을 수 있는 건강과 인내심을 지녔고, 무엇이든 긍정적으로 생각하는 성격이었으며, 여행 중에 실망스러운 일이 닥친다 해도 서로를 격려하고 지혜를 나눌 수 있는 자질을 갖추고 있었다.

이 글의 목적은 더비셔나 그들의 여행지인 여러 명승지들을 소개하려는 것이 아니다. 옥스퍼드, 블레넘, 워릭, 케닐워드, 버밍햄 등은 누구나 다 잘 알고 있을 것이다. 여기서는 더비셔 지방의 일부만을 간략히 이야기하고자 한다. 명소들을 거의 대부분 둘러본 뒤, 그들은 가디너 부인이 예전에 살았고 지금도 그녀의 지인들이 제법 많이 남아 있다는 이야기를 들은 램턴이라는 작은 마을로 발길을 돌렸다. 엘리자베스는 외숙모의 이야기에서 펨벌리가 램턴에서 5마일도 채 되지 않는 거리에 있다는 사실을 알게 되었다. 펨벌리는 원래 그들의 여정에서 조금 벗어나 있었지만, 겨우 1, 2마일 정도만 가면 되는 거리였다. 어젯밤 여행 일정을 상의하던 중, 가디너 부인이 펨벌리에 다시 한번 가 보고 싶다고 말했고 가디너 씨가 흔쾌히 받아들였다. 부인은 엘리자베스에게도 의사를 물어보았다.

"얘, 넌 귀가 따갑도록 들었던 바로 그곳을 한 번쯤 보고 싶지도 않니? 네가 아는 사람들과도 인연이 많은 곳이잖아. 알다시피, 위컴 씨가 어린 시절을 보낸 곳이기도 하고."

엘리자베스는 마음이 무거웠다. 펨벌리에 가는 게 썩 내키지 않았고, 별로 볼 것도 없을 것 같다는 말로 그 마음을 돌려 말했다. 으리으리한 저택 구경은 이제 식상하다며, 여러 곳을 돌아다니다 보니 훌륭한 융단이나 자수 놓인 커튼 등도 이젠 흥미가 없어졌다고 핑계를 대는 수밖에 없었다.

가디너 부인은 이런 엘리자베스에게 생각이 짧다며 나무랐다.

"펨벌리가 값비싼 가구들로 치장된 화려한 저택만 있다면 나도 당연히 관심을 안 갖지. 하지만 주변 전원이 정말 멋져. 우리나라에 그렇게 아름다운 숲은 흔치 않다니까."

엘리자베스는 더 이상 말하지 않았다. 하지만 마음은 편치 않았다. 펨벌리를 둘러보는 동안 혹시라도 다아시 씨와 마주칠지도 모른다는 생각이 문득 들었기 때문이다. 두려운 일이었다. 그런 생각만 해도 얼굴이 붉어졌다. 그런 일을 당하느니 차라리 외숙모에게 모든 것을 숨김없이 털어놓는 것이 나을지도 모른다는 생각이 들었다. 하지만 그것도 쉽지 않은 일이었기에, 먼저 펨벌리에 다아시 씨 사람들이 있는지를 은밀히 알아보고, 만약 그들이 집에 있다면 그때 가서 모든 걸 말하자고 마음을 정했다.

그래서 밤이 되자 엘리자베스는 하녀에게 시치미를 뚝 떼고 펨벌리가 그렇게 훌륭한 곳인지, 주인의 이름은 어떻게 되는지, 그리고 약간 불안해하며 이번 여름 동안 가족들이 집에 와 있는지를 물었다. 이 마지막 질문에 대해서는 반갑게도 가족들이 집에 없다는 대답이 나왔다. 그 말을 듣자 그녀의 걱정은 말끔히 사라졌고, 마음이 한결 편해지자 펨벌리를 직접 둘러보고 싶다는 호기심도 커졌다. 다음 날 아침 그 문제에 대한 이야기가 다시 나오고 질문을 받았을 때, 엘리자베스는 아주 태연한 표정으로 사실은 자기도 그 계획을 반대하는 것은 아니라고 재빨리 대답했다.

그리하여 그들은 펨벌리로 가게 되었다.

43

마차를 타고 가며 처음으로 펨벌리 숲의 전경을 바라보는 엘
리자베스의 마음은 어수선하고 불안했다. 드디어 입구를 지나
안으로 들어섰을 때, 그녀의 가슴은 몹시 두근거렸다.

공원은 무척 넓었고, 다양한 풍경이 어우러진 대지가 시야에
펼쳐졌다. 그들은 지형 중 가장 낮은 지점을 지나 넓게 뻗은 아
름다운 숲속을 따라 한참 동안 달려갔다.

엘리자베스는 가슴이 벅차 말이 나오지 않았다. 하나같이 눈
길을 끄는 빼어난 경관에 엘리자베스는 감탄이 절로 나왔다. 마
차가 반 마일 정도를 계속해서 올라가자, 마침내 제법 높은 고지
대인 정상 부근에 이르렀다. 숲이 끝나자 곧 펨벌리 가의 저택이
눈앞에 모습을 드러냈고, 저택 맞은편에는 구불구불한 길이 감
싸고도는 계곡이 길게 펼쳐져 있었다. 저택은 웅장하면서도 우
아한 석조 건물로, 우뚝 솟은 대지 위에 당당한 위용을 드러내고
있었다. 그 뒤로는 높고 울창한 산마루가 둘러싸듯 솟아 있었고,
앞쪽으로는 자연 그대로의 개천이 흘러내려와 큰 하천으로 이어
지고 있었다. 그곳에는 인공적으로 손을 댄 흔적은 어디에도 없
었다. 개천 양쪽의 둑은 조금도 조경을 하지 않은 채 자연의 아
름다움을 고스란히 간직하고 있었다.

엘리자베스는 너무나 기분이 좋았다. 그녀는 이처럼 아름다운 자연의 혜택을 듬뿍 받은 데다, 그 아름다움이 사람의 어설픈 취향에 의해 인위적으로 훼손되지 않고 그대로 보존된 곳은 이제껏 본 적이 없었기 때문이다. 일행 모두가 그곳의 풍광에 감탄을 금치 못했다. 그 순간, 엘리자베스는 문득 이곳 펨벌리의 안주인이 된다는 건 정말 대단한 일일지도 모르겠다는 생각이 들었다.

그들은 언덕을 내려가 다리를 건넌 뒤, 저택 쪽으로 향했다. 바로 눈앞에 있는 저택을 살펴보며, 엘리자베스는 혹시라도 다아시 씨와 마주치는 건 아닐까 하는 불안감이 다시금 엄습했다. 혹시 하녀가 잘못 알고 있었던 것은 아닐까 하는 염려도 들었다. 집을 구경하고 싶다고 하자, 그들은 안으로 안내되었다. 가정부를 기다리는 동안 엘리자베스는 자신이 지금 어디에 와 있는지를 새삼 떠올리며 놀라지 않을 수 없었다.

가정부가 모습을 드러냈다. 엘리자베스가 예상한 것보다 후덕하고 나이가 들어 보였으며, 세련되기보다는 정중하다는 인상을 주는 부인이었다. 그들은 그녀의 안내를 받아 응접실로 들어갔다. 응접실은 사방이 조화를 잘 이룬 아주 넓은 방으로, 멋지게 꾸며져 있었다. 엘리자베스는 잠시 방 안을 둘러본 뒤 창가로 가서 바깥 경치를 감상했다. 그들이 얼마 전에 올라갔다 내려온 숲이 우거진 언덕은 멀리서 보니 더욱 가파르게 보이면서 아름다운 장관을 이루고 있었다. 앞에 펼쳐져 있는 모든 풍경은 멋진 조화를 이루고 있었다. 하천과 둑 위에 흩어져 있는 나무들과 굽이치는 계곡 등 눈에 들어오는 모든 경관을 두루 살펴보는 그녀의 마음은 너무나 즐거웠다. 각기 다른 방마다 창을 통해 보이는 풍경은 조금씩 달랐지만, 어디에서 바라보든 그 아름다움은 여전했다. 방들은 천장이 높고 잘 꾸며져 있었으며, 가구 하나하나가 이 집 소유주의 재력을 여실히 드러내고 있었다. 하지만 가구들은 과하게 화려하거나 번쩍이지 않았고, 로징스의 가구보다는 덜 화려했지만 훨씬 더 고상한 품격이 느껴졌다. 엘리자베스는 그 점에서 다아시 씨의 취향을 높이 평가하지 않을 수 없었다.

'바로 이 집의 안주인이 되었을 수도 있었다니!' 엘리자베스는 생각에 잠겼다. 이 방들도 지금쯤은 낯설지 않고 익숙하게 느껴졌겠지. 이렇게 낯선 사람처럼 어리둥절해 있는 게 아니라, 내가 안주인으로서 외삼촌과 외숙모를 손님으로 맞이하고 있었을 텐데……. 아니야!' 잠시 마음을 가라앉힌 엘리자베스는 다시 생각했다. '절대 그런 일은 없었을 거야. 그런 일이 있었다면 외삼촌과 외숙모와는 멀어졌을지도 몰라. 설령 내가 초대했더라도 허락하지 않으셨을 거야.'

이런 생각 덕분에 엘리자베스는 약간 아쉬움 같은 묘한 감정을 털어 낼 수 있었다.

엘리자베스는 가정부에게 주인이 정말 출타 중인지 물어보고 싶은 마음이 굴뚝같았지만 도무지 용기가 나지 않았다. 그런데 바로 그 순간 외삼촌이 대신 그 질문을 했고, 엘리자베스는 긴장한 나머지 뒤돌아섰다. 레이놀드 부인은 주인은 지금 집에 안 계신다고 하면서 이렇게 덧붙였다.

"하지만 내일은 돌아오실 것 같습니다. 친구분들과 함께 큰 무도회가 있을 예정이니까요."

엘리자베스는 여행 전의 여러 사정을 떠올리며, 그들의 여행 일정이 하루라도 연기되지 않은 것이 너무 다행이라고 생각했다.

가디너 부인이 엘리자베스를 부르며 그림 한 점을 보라고 했다. 엘리자베스가 다가가 보니, 그것은 벽난로 위에 걸린 여러 초상화 사이에 있는 위컴 씨의 그림이었다. 외숙모는 엘리자베스를 보며 그림이 마음에 드느냐고 웃으며 물었다. 그때 가정부가 다가와 그 사람은 돌아가신 주인의 재산 관리인이었던 분의 아들이며, 주인께서 돈을 들여 교육시킨 청년이라고 설명했다. 그러고는 이렇게 덧붙였다.

"지금은 군에 들어갔지만 무척 방탕했다는 이야기가 있더군요."

가디너 부인은 엘리자베스를 쳐다보며 웃었지만 엘리자베스는 따라 웃을 수 없었다.

레이놀즈 부인은 또 다른 그림을 가리키며 말했다.

"저 그림은 저희 주인님입니다. 정말 그분 모습 그대로예요. 조금 전 그림과 마찬가지로, 약 8년 전에 그려진 것입니다."

"주인님의 훌륭한 인품에 대해서는 익히 들어서 잘 알고 있습니다." 가디너 부인이 그림을 바라보며 말했다. "아주 잘생기신 얼굴이네요. 그런데 리지, 이 그림이 실제 그분과 많이 닮았니?"

레이놀즈 부인은 엘리자베스가 주인을 알고 있는 듯한 말을 듣고, 그녀를 바라보는 눈빛이 조금 달라진 듯했다.

"아가씨는 다아시 도련님을 아시나요?"

엘리자베스의 얼굴이 살짝 붉어졌다.

"네, 조금요."

"아주 잘생긴 분이라고 생각하지 않으세요?"

"네, 아주 멋진 분이죠."

"정말 주인님처럼 잘생긴 분은 드물 거예요. 이층 화실에 가 보시면, 이 그림보다 훨씬 크고 훌륭한 초상화를 보실 수 있어요. 이 방은 돌아가신 주인님이 무척 아끼시던 공간이에요. 지금 걸려 있는 그림들도 그때 걸어놓은 그대로예요. 이 그림들을 무척이나 좋아하셨거든요."

이 설명을 들으며 엘리자베스는 위컴 씨가 그들과 한 식구였다는 것을 다시금 실감했다.

레이놀즈 부인은 그다음에 다아시 양의 초상화를 그들에게 보여 주며, 그녀가 여덟 살 때 그려진 것이라고 설명했다.

"그럼, 다아시 양도 오빠를 닮아 예쁘겠군요?" 가디너 씨가 물었다.

"그럼요! 저는 아가씨만큼 아름다운 분은 본 적이 없어요. 거기에 교양도 넘치시죠. 하루 종일 악기를 연주하고 노래를 부르시거든요. 옆방에 가 보시면, 아가씨를 위해 새로 들여놓은 악기들이 있답니다. 주인님께서 선물하신 거랍니다. 아가씨도 내일 주인님과 함께 오실 예정이에요."

편안하고 즐거운 태도로 이것저것 물어보기도 하고 또 말을 거들기도 하는 가디너 씨 때문에 흥이 났는지, 레이놀즈 부인은 계속 이야기를 이어갔다. 우쭐한 마음에서인지, 아니면 주인을 향한 애정에서인지는 몰라도 그녀는 주인과 그의 여동생에 대해 이야기하는 것을 무척 즐거워했다.

"주인께서 일 년 중에 펨벌리에 머무르시는 날이 많은가요?"

"저야 오래 계셨으면 하지요. 그래도 일 년의 절반 정도는 이곳에서 보내십니다. 다아시 아가씨는 여름철이면 늘 여기에 계시고요."

이 말을 들은 엘리자베스는 마음속으로 생각했다.

'물론 램즈기트를 갔을 때는 빼놓고 말이지.'

"주인께서 결혼을 하시면 이곳에서 더 자주 뵙게 되겠군요."

"그럴지도요. 하지만 언제쯤 결혼하실지 알 수가 있어야지요. 주인님께 어울릴 만한 아가씨가 있을지도 모르겠어요."

가디너 씨 부부는 웃음을 지었는데, 엘리자베스는 무심코 이렇게 말해 버렸다.

"그분의 명예를 무척 염두에 두고 하시는 말씀 같군요."

"저는 그저 사실대로 말씀드릴 뿐이에요. 주인님을 아는 사람이라면 누구나 그렇게 말하거든요."

가정부의 대답을 들은 엘리자베스는 칭찬이 너무 지나치다는 생각이 들었는데, 다시 가정부가 덧붙인 말을 듣고는 더욱 어이가 없었다.

"제가 도련님을 네 살 때부터 모셔 왔는데, 그동안 도련님께서 화를 내며 말씀하시는 걸 단 한 번도 본 적이 없답니다."

그 칭찬은 엘리자베스에게 그 어떤 말보다도 뜻밖이었고, 그녀가 가지고 있던 생각과는 상반되는 것이었다. 다아시 씨는 성격이 좋은 편은 아니라고 항상 생각해 왔기 때문이었다. 그녀는 문득 다아시 씨에 대해 좀 더 알아보고 싶다는 호기심이 강하게 일었다. 그래서 그에 관한 이야기가 더 듣고 싶었는데, 고맙게도 외삼촌이 자연스럽게 이야기를 이어 주었다.

"그런 말씀을 들을 수 있는 분은 정말 흔치 않죠. 그런 훌륭한 주인을 모시고 있어 행복하시겠습니다."

"그럼요, 저도 그렇게 생각합니다. 세상을 다 돌아다닌다 해도 그분보다 더 좋은 분은 만나지 못할 겁니다. 어릴 때 착한 사람은 자라서도 훌륭한 어른이 되는 것을 저는 항상 봐 왔습니다. 저희 주인님은 소년 시절에도 그렇게 온순하고 너그러울 수가 없었답니다."

가정부를 쳐다보는 엘리자베스의 눈이 동그래졌다. 그녀는 가정부의 말을 다시 생각해 보았다.

'다아시 씨가 과연 그랬을까?'

"그분의 부친께서도 아주 훌륭한 분이셨다지요?" 가디너 부인이 물었다.

"네, 정말 훌륭하신 분이셨어요. 지금 주인님도 아버님을 꼭 닮으셨죠. 가난한 사람들에게 자상하게 대하시는 것까지 똑같으시답니다."

엘리자베스는 들을수록 놀랍고, 한편으로는 의심이 들면서도 빨리 더 많은 이야기가 나오기를 기다렸다. 그러나 레이놀즈 부인은 다른 이야기를 꺼냈다. 방에 걸린 그림이며, 방의 크기, 가구들의 가격 등에 대해 설명했지만 엘리자베스는 그런 것에는 아무런 관심이 없었다. 가디너 씨는 가정부가 과도하게 주인을 칭찬하는 모습이 일종의 제 식구 감싸기처럼 느껴졌는지 무척 흥미로운 듯한 표정으로 앞에 하던 이야기를 곧 다시 꺼냈다. 그러자 가정부는 널찍한 층계를 올라가는 동안에도 주인의 여러 장점을 조목조목 힘주어 말하며 끊임없이 늘어놓았다.

"그분은 세상에서 가장 훌륭한 지주이시고, 우리들에게는 더 없이 좋으신 분이세요. 자기 자신밖에 모르고 버릇없는 요즘 젊은이들하고는 전혀 다르답니다. 소작인이든 하인이든, 누구 하나 그분을 칭찬하지 않는 사람은 없어요. 물론 주인님을 거만하다고 말하는 사람들이 있기는 합니다만, 저는 전혀 그런 면을 보지 못했답니다. 제 생각에 그건 주인님이 다른 젊은이들과 달리 말씀을 함부로 안 하시니까 그렇게 보이는 게 아닐까 해요."

'정말 입에 침도 안 바르고 칭찬을 늘어놓는군!' 엘리자베스는 속으로 생각했다.

"이렇게 칭찬하다니, 예전에 우리 불쌍한 위컴 씨에게 한 행동하고는 앞뒤가 안 맞잖아." 층계를 올라가던 중, 가디너 부인이 엘리자베스에게 귓속말로 말했다.

"우리가 속았을지도 모르죠."

"그럴 리는 없을 거야. 그 사람 됨됨이로 봐선 근거 없는 말일 리 없어."

이층의 넓은 로비에 도착하자, 일행은 아주 예쁘게 꾸며 놓은 거실로 안내되었다. 최근에 단장한 곳으로, 아래층 방들보다 더 우아하고 깨끗했다. 이 방은 지난번에 다아시 양이 펨벌리에 머물렀을 때 특히 마음에 들어 했던 곳이라 그녀를 기쁘게 해 주기 위해 다아시 씨가 단장을 지시했다고 했다.

"그분은 참 좋은 오빠네요." 엘리자베스는 그렇게 말하며 창가로 갔다.

레이놀즈 부인은 다아시 양이 이 방에 들어서며 환하게 웃던 모습이 눈앞에 선하다며 말을 이었다.

"주인님은 원래 그러세요. 아가씨를 기쁘게 해드릴 수 있는 일이라면 무엇이든 눈 깜짝할 새에 하시죠. 아가씨를 위해서라면 못하실 일이 없는 분이에요."

이제 회랑回廊과 두세 개의 침실만 더 둘러보면 되었다. 회랑에는 훌륭한 그림들이 많이 걸려 있었다. 그러나 엘리자베스는 미술에 대해서는 문외한이었기 때문에 아래층에 있는 것과 같은 그림들은 큰 관심을 두지 않고, 다아시 양이 크레용으로 그린 몇 점의 그림만 구경했다. 그 그림들은 대체로 소재들이 훨씬 흥미롭고 쉽게 이해되는 것들이었다.

초상화가 여럿 걸려 있었지만, 낯선 이들에게 특별히 인상적인 그림은 아니었다. 엘리자베스는 천천히 걸으며 자신에게 익숙한 단 한 사람의 얼굴을 찾았다. 그리고 마침내 그녀의 발길을 멈추게 한 그림이 나타났다. 그 그림 속의 다아시 씨는 가끔 그녀를 바라보며 지어 보이던 바로 그 미소를 머금고 있었고, 그의 얼굴이 놀랄 정도로 실물과 똑같아 보였다. 엘리자베스는 한참동안 그 앞에 서서 생각에 잠긴 진지한 눈빛으로 그림을 바라보았다. 회랑을 나가기 전에도 그녀는 다시 한번 그 그림을 돌아보았다.

레이놀즈 부인은 그 그림이 다아시 씨의 부친이 살아 계셨을 때 그린 것이라고 일러 주었다.

확실히 이때 엘리자베스의 감정은, 두 사람이 한창 가까이 지내던 시기에 그에게 느꼈던 감정보다 훨씬 누그러져 있었다. 그래서인지 레이놀즈 부인이 들려준 그에 대한 찬사를 완전히 무시할 수는 없었다. 그를 오랫동안 지켜본 가정부의 말만큼 신뢰할 만한 게 또 어디 있을까 하는 생각도 들었다. 오빠로서, 지주로서, 또 집안의 주인으로서 다아시 씨는 얼마나 많은 사람들의 행복을 책임지고 있을까 하는 생각도 들었다. 그들의 행복과 고통이 바로 그의 손에 달려 있으며, 또 그 사람들의 이익과 손해도 그의 판단에 따라 좌우되는 것이 아니던가!

가정부의 모든 이야기를 듣고 나니 그의 인품에 대해 호감을 느끼게 되었다. 그의 초상화 앞에 서서 마치 실제처럼 지긋이 그녀를 바라보는 그의 두 눈빛을 마주했을 때, 그가 보여 주었던 애정에 대해 일찍이 느껴 보지 못했던 깊은 감사의 마음을 느꼈다. 엘리자베스는 청혼 당시의 그의 따뜻한 애정이 느껴지면서, 그때 그가 다소 무례하게 표현했던 말들도 이제는 어느 정도 이해가 되는 것 같았다.

일반인에게 개방된 구역을 모두 둘러본 뒤, 일행은 아래층으로 다시 내려왔다. 그들은 가정부에게 작별 인사를 한 후, 현관에서는 정원사의 안내를 받았다.

일행은 잔디밭을 가로질러 하천 쪽으로 걸어갔다. 그러던 중 엘리자베스는 다시 한번 저택을 돌아보았고, 가디너 씨 부부도 발걸음을 멈추었다. 엘리자베스는 그 저택이 언제쯤 지어졌을까 생각하고 있었는데, 바로 그때 건물 뒤편 마구간으로 이어지는 길에서 그 저택의 주인인 다아시 씨가 걸어오고 있었다.

두 사람 사이의 거리는 겨우 20야드도 채 되지 않았고, 그가 너무 갑작스럽게 나타난 탓에 엘리자베스는 그의 시선을 피할 수 없었다. 두 사람의 눈이 곧바로 마주쳤고, 그 순간 두 사람의 뺨은 동시에 발갛게 달아올랐다. 다아시 씨는 기절할 것처럼 너무 놀란 나머지 잠시 얼어붙은 듯 서 있었다. 그러나 곧 정신을 가다듬고 일행에게 다가와 엘리자베스에게 인사를 건넸다. 여전히 당황하는 기색이 역력했지만, 인사하는 태도는 지나칠 만큼 깍듯했다.

엘리자베스는 다아시 씨의 모습을 보자 본능적으로 몸을 돌렸다가, 그가 다가오는 것을 보고는 그대로 자리에 선 채 인사를 받았다. 하지만 당황스러운 마음을 주체할 수가 없었다. 가디너 씨 부부는 다아시 씨를 처음 보기도 하고, 조금 전까지 줄곧 보았던 초상화 속의 인물과 많이 닮기는 했어도 자기 앞에 있는 사람이 다아시 씨인지 확신할 수 없었다. 그러나 정원사의 놀란 표정과 그를 대하는 태도에서 그가 다아시 씨임을 짐작한 듯했다. 두 사람은 다아시 씨가 엘리자베스에게 말을 건네는 동안, 약간 떨어진 곳에 서 있었다.

엘리자베스는 놀라고 당황한 나머지 그를 똑바로 바라보지도 못한 채, 가족들의 안부를 묻는 그의 말에 어떻게 대답해야 할지 몰랐다. 지난번 헤어진 이후 완전히 달라진 다아시 씨의 태도가 너무나 뜻밖이었기 때문에 엘리자베스는 그가 말할 때마다 점점 더 당혹스러웠다. 게다가 이곳에서 그에게 들켜 버린 자신이 너무나 꼴사납게 되어 버렸다는 생각이 자꾸만 머릿속을 맴도는 바람에 엘리자베스에게는 그와 함께 서 있는 몇 분 동안이 정말 곤혹스러운 시간이었다. 다아시 씨 역시 그리 편안해 보이지는 않았다. 그의 말투는 평소의 침착함을 잃고 있었다. 언제 롱번에서 출발했는지, 더비셔에는 얼마나 머무를 예정인지 등을 서둘러 여러 번 묻는 모습으로 보아, 그의 생각 또한 매우 어수선한 것이 분명했다.

그러다 더 이상 할 말이 떠오르지 않은 듯, 그는 잠시 말없이 서 있다가 갑자기 자세를 가다듬으며 작별 인사를 하고 가 버렸다. 그러자 가디너 씨 부부가 엘리자베스에게 다가와서 다아시 씨가 참 잘생긴 사람이라고 칭찬했다. 하지만 엘리자베스는 그 말이 한마디도 귀에 들어오지 않았다. 그녀는 깊은 상념에 젖어 그들 뒤를 묵묵히 따라 걸었다. 그녀는 부끄러움 속에서도 화가 치미는 것을 어찌할 수 없었다.

'펨벌리에 오다니 정말 한심하고 정신 나간 짓이었어! 그분 눈에 내가 얼마나 이상하게 비쳤을까? 그렇게 자존심 강한 남자에게, 이 무슨 치욕스러운 꼴이람! 내가 의도적으로 자기 앞에 나타난 걸로 오해할지도 모르겠지! 도대체 내가 여길 왜 온 거야? 아니, 다아시 씨는 왜 또 온다고 한 그 하루 전날에 갑자기 나타난 거냐고! 우리가 10분만 일찍 나왔더라면, 그분 눈에 띄지 않았을 텐데. 그때 막 그가 도착한 게 틀림없어. 말에서 내렸든, 마차에서 내렸든 바로 그 순간이었겠지.' 엘리자베스는 이 말도 안 되는 만남을 생각하면 할수록 얼굴이 자꾸 달아올랐다. '그처럼 돌변한 그의 행동은 또 무슨 뜻일까? 그가 먼저 말을 걸었다는 것만 해도 놀라운 일이야! 그런데도 가족들 안부까지 정중하게 묻다니!'

엘리자베스에게 그처럼 무게를 잡지 않은 그의 태도도, 그처럼 부드럽게 말하는 것도 그 어쭙잖은 만남이 처음이었다. 또한 로징스 파크에서 편지를 손에 쥐어 주며 내뱉던 그의 마지막 말과는 너무나 대조적이었다. 엘리자베스는 그 모든 변화가 도무지 어떻게 된 일인지, 어떻게 생각하고 이해해야 할지 알 수 없었다.

그들은 개울가를 따라 이어진 아름다운 산책로로 접어들었다. 걸을수록 점점 더 가파른 비탈길이 이어졌고, 드넓고 멋진 숲이 점차 가까워졌다. 그러나 엘리자베스는 한동안 그 풍경을 제대로 느낄 수 없었다. 가디너 씨 부부의 되풀이되는 물음에 기계적으로 대답하고, 그들이 가리키는 풍경에 눈을 돌리는 듯했지만 실제로는 아무것도 눈에 들어오지 않았다. 그녀는 지금 펨벌리 저택에 대한 생각으로 꽉 차 있었다. 어딘지는 모르겠지만, 그 안에 다아시 씨가 있을 것이라는 생각이었다. 엘리자베스는 그가 지금 무슨 생각을 하고 있을지, 자기를 어떻게 생각하고 있을지, 그리고 그동안의 일들이 어떠했던 아직도 자기를 좋아하고 있는지 몹시 궁금했다. 그가 마음의 동요가 없었기 때문에 그렇게 정중할 수 있었던 것이라는 생각도 들었다. 하지만 그의 목소리를 떠올려 보면 그것만은 아닌 듯했다. 자신과 마주친 일이 그에게 괴로움이었을지, 아니면 기쁨이었을지는 알 수 없었지만 적어도 그 역시 마음이 흔들렸다는 건 분명해 보였다.

그러다 결국, 왜 그렇게 정신 나간 사람처럼 멍한 모습을 하고 있느냐는 가디너 씨 부부의 말에 엘리자베스는 정신이 번쩍 들었다. 그녀는 이제 좀 더 처연한 모습을 보여야겠다고 생각했다.

그들은 숲으로 접어들었고, 개울에서 멀어지면서 약간 높은 둔덕에 올라섰다. 그곳에서는 울창한 나무들 사이로 멋진 풍경이 펼쳐져 시원하게 펼쳐졌다. 길게 뻗은 계곡과 그를 감싸는 숲, 맞은편의 동산, 문득문득 보이는 개천이 어우러져 장관을 이루고 있었다. 가디너 씨는 공원 전체를 한 바퀴 돌아보고 싶다고 했지만, 걸어서 돌아보기엔 너무 넓지 않을까 두려워하는 눈치였다. 그러자 정원사가 자랑스럽다는 듯 미소를 지으며, 공원의 둘레가 10마일에 이른다고 말했다. 그 말을 들은 가디너 씨는 미련 없이 단념했고, 그들은 걷던 길을 계속해서 걸었다.

얼마 후에 그들은 숲이 우거진 내리막길을 따라 다시 물가로 나왔다. 그곳은 개울 폭이 가장 좁은 지점으로, 그들은 외나무다리를 건너게 되었다. 다리는 주변의 경관과 아주 잘 어우러진 모습으로 놓여 있어 그 어느 곳보다도 자연 그대로의 정취를 잘 느낄 수 있었다. 여기에서는 계곡이 좁은 협곡을 이루어 겨우 개천이 흐르고 그 양편의 덤불 사이로 좁은 길이 나 있는 정도의 폭밖에 되지 않았다. 엘리자베스는 그 계곡을 따라 굽이굽이 걸으며 모두 둘러보고 싶었다. 그러나 다리를 건너고 나서야 그들이 집에서 꽤 멀리까지 나왔다는 생각이 들었다. 특히 많이 걷는 데 익숙하지 않은 가디너 부인은 더 이상 걷기에는 무리였으며, 빨리 마차가 있는 곳으로 돌아가고 싶어 했다. 엘리자베스는 어쩔 수 없이 이에 따랐고, 그들은 개울 건너편에 있는 집을 향해 가장 빠른 지름길로 들어섰다. 하지만 그들의 걸음은 더뎠다. 낚시를 즐길 기회는 많지 않았지만 평소 무척 좋아하는 가디너 씨가 가끔 물 위로 뛰어오르는 송어에 정신이 팔려 정원사와 그 이야기를 주고받느라 걸음을 지체했기 때문이었다.

그들은 이렇게 느린 걸음으로 돌아오던 중에 다시 한번 깜짝 놀랐다. 엘리자베스 역시 처음 놀랐을 때만큼 당황했다. 다아시 씨가 그들을 향해 다가오고 있었고, 거리도 얼마 되지 않았기 때문이었다. 지금 걷고 있는 이 길은 개울 건너편보다 시야를 덜 가리는 편이라 그의 모습을 쉽게 볼 수 있었다. 엘리자베스는 놀라긴 했지만 적어도 처음 만났을 때보다는 마음의 준비가 되어 있었고, 그래서 그가 일부러 그들을 찾아온 것이라면 이번에는 침착한 모습으로 이야기를 나눌 생각이었다.

엘리자베스는 다아시 씨가 다른 길로 갈지도 모른다는 생각이 잠시 들기도 했다. 길이 굽어지면서 다아시 씨의 모습이 보이지 않았을 때는 정말 그가 돌아간 줄로 생각했다. 그러나 굽어진 곳을 지나자마자, 곧바로 다아시 씨가 그들 앞에 나타났다. 엘리자베스는 그를 흘낏 바라보았다. 그는 여전히 최근에 보여 주었던 정중한 태도를 조금도 흐트러뜨리지 않고 있었다. 엘리자베스도 격식을 차려야겠다고 생각하고, 그와 마주 섰을 때 자연스럽게 주변의 아름다운 경관을 칭찬하기 시작했다.

하지만 즐겁다느니, 매혹적이라느니 하는 말을 이어가던 중 갑자기 불길한 생각이 들었다. 펨벌리에 대한 그녀의 칭찬을 그가 이상하게 오해할지도 모른다는 생각이 들었기 때문이다. 그래서 엘리자베스는 안색을 바꾸며 입을 다물어 버렸다.

가디너 부인은 조금 뒤쪽에 서 있었다. 엘리자베스가 말을 잇지 않자, 다아시 씨는 일행들을 소개해 줄 수 있겠느냐고 그녀에게 물었다. 엘리자베스에게는 전혀 뜻밖의 요청이었다. 다아시 씨가 그녀에게 청혼을 하기까지 자존심 때문에 그토록 걸림돌이 되었던 바로 그 사람들을 소개받으려고 하는 모습을 보면서 엘리자베스는 저절로 웃음이 나왔다.

'저분들이 누구인지 알면 얼마나 놀랄까? 아마 상류층 사람들쯤으로 아는 모양이지.'

엘리자베스는 곧 그들을 소개했고, 자신과의 관계를 밝히면서 슬쩍 다아시 씨의 표정을 살폈다. 혹시 그가 그토록 멸시하던 사람들이라는 사실을 알고 자리를 서둘러 떠나지는 않을까 하는 생각도 들었다. 다아시 씨는 그들이 누구인지를 알고 분명히 놀란 듯했지만 의연한 태도를 유지하고 있었다. 그러고는 물러서기는커녕 가디너 씨에게 다가가 직접 말을 걸며 대화를 나누기 시작했다. 엘리자베스는 기쁨을 감출 수 없었고, 동시에 의기양양하지 않을 수 없었다. 전혀 부끄럽지 않은, 당당해도 될 만한 친척이 자신에게도 있다는 사실을 다아시 씨에게 내보였다는 것이 마음을 한결 가볍게 했다.

엘리자베스는 두 사람의 대화에 잔뜩 귀를 기울였다. 그녀는 외삼촌의 표정과 말투 하나하나에 탄복하지 않을 수 없었다. 그의 말에서는 지식과 취향 그리고 훌륭한 예절이 자연스럽게 배어 나왔다. 그들의 대화는 곧 낚시 이야기로 이어졌는데, 다아시씨는 외삼촌에게 이 근처에 계시는 동안 언제든지 오셔서 낚시를 즐기시라고 했다. 그는 물고기가 잘 잡히는 장소들을 직접 가리키며 낚시 도구까지 준비해 드리겠다고 아주 정중하게 권했고, 엘리자베스는 그 이야기를 듣고 있었다. 엘리자베스와 팔짱을 끼고 걷던 가디너 부인은 그 말에 무척 놀란 표정을 지었다. 엘리자베스는 아무 말도 하지는 않았지만, 다아시 씨의 그런 친절이 꼭 자신 때문인 것 같아 무척 흐뭇했다. 그러나 한편으로는 무척 신경이 쓰이면서, 이런 생각이 계속 맴돌았다.

'그가 저렇게 달라진 이유는 도대체 뭘까? 무슨 연유일까? 나 때문일 리는 없어. 나 때문에 사람이 저렇게 부드러워질 수는 없어. 헌스퍼드에서 내가 몇 마디 나무랐다고 해서 이렇게까지 사람이 변할 수는 없어. 그가 아직도 날 사랑하고 있을 리도 없고 말이지.'

이렇게 두 여자가 앞서고, 두 남자가 뒤따르며 얼마간 함께 걸은 뒤 그들은 개울가로 내려가 희귀한 수중식물을 좀 더 가까이에서 구경했다. 그리고 다시 걸음을 옮기려고 할 때, 일행들 사이에 약간의 변화가 생겼다. 그건 가디너 부인 때문이었는데, 그녀는 아침부터 이어진 긴 산책에 지친 나머지 엘리자베스의 팔만 잡고 버티기 힘들다며 자꾸 가디너 씨에게 부축해 달라고 한 것이다. 결국 엘리자베스는 가드너 부인 대신 다아시 씨와 나란히 걷게 되었다.

잠시 침묵이 흐른 뒤, 엘리자베스가 먼저 입을 열었다. 그녀는 자신이 다아시 씨가 집에 없는 줄 알고 이곳에 왔다는 사실을 분명히 해 두고 싶었다. 그래서 그를 이곳에서 본 것이 너무도 뜻밖이었다는 말을 하며 이렇게 덧붙였다.

"가정부는 분명히 내일까지는 안 돌아오신다고 하더군요. 그래서 우리가 베이크 월을 떠나기 전에 이곳에서 뵐 거라고는 정말 상상도 못했어요."

다아시 씨는 엘리자베스의 말이 모두 맞다고 하며, 집사와 상의할 일이 있어 함께 여행하던 일행들보다 몇 시간 먼저 도착하게 되었다고 설명했다. 그리고 이어 이렇게 말했다.

"일행은 내일 아침 일찍 도착할 예정입니다. 그들 중에는 엘리자베스 양도 잘 아시는 분들이 계시죠. 바로 빙리 군과 그의 누이들입니다."

엘리자베스는 고개만 가볍게 끄덕였다. 그러다 문득, 마지막으로 다아시 씨와 빙리 씨를 언급했던 그날의 기억이 되살아났다. 하지만 다아시 씨의 표정으로 보아, 그는 그때의 일을 특별히 다른 감정으로 떠올리고 있는 것 같지는 않아 보였다. 잠시 후, 그가 다시 말을 이었다.

"일행 중에는 엘리자베스 양을 특히 알고 싶어 하는 사람이 한 명 있습니다. 당신이 램턴에 머무시는 동안 제 누이를 소개해 드리고 싶은데, 무리한 부탁일까요?"

그 같은 제안은 정말로 뜻밖이었다. 엘리자베스는 이 일을 어떻게 받아들여야 할지 몰랐다. 그녀는 직감적으로 다아시 양이 어떤 마음으로 자신과 가까워지고 싶어 한다 해도, 그것은 분명 오빠인 다아시 씨가 먼저 권했기 때문이라는 생각만으로도 만족스러웠다. 왜냐하면 엘리자베스는 그가 이전의 일로 자신을 원망했을 수는 있지만, 자신을 아주 나쁘게 보지는 않고 있다는 사실이 무척 기뻤기 때문이었다.

두 사람은 깊은 생각에 잠긴 채 말없이 걸었다. 엘리자베스는 마음이 편치 않았다. 당연히 편할 리가 없었다. 그러면서도 마음 한편에서는 묘한 기쁨이 일고 있었다. 그가 자신의 여동생을 소개하고 싶다고 말한 것은, 엘리자베스에게는 최고의 경의의 표시라고 생각되었기 때문이었다. 그들은 곧 가디너 부부를 앞질렀다. 그들이 마차에 도착했을 때, 가디너 씨 부부는 2백여 미터나 뒤떨어져 오고 있었다.

다아시 씨는 엘리자베스에게 저택 안으로 들어가자고 권했지만, 그녀가 피곤하지 않다고 하며 버티는 바람에 두 사람은 그대로 잔디 위에 서 있게 되었다. 이런 상황이 되자, 아무 말 없이 그냥 서 있기엔 어색한 분위기가 되었다. 엘리자베스는 무언가 이야기를 꺼내고 싶었지만 생각나는 화제마다 적당치 않다는 생각이 들어 말을 쉽게 꺼내지 못했다. 그러다가 지금까지 여행했던 장소들이 떠올라 다아시 씨에게 매트로크와 다브데일에 관한 이야기를 어렵사리 꺼냈다. 그러나 시간은 더디게 흘렀고, 외숙모의 걸음은 너무 느려 보였다. 결국 가디너 부부가 도착하기도 전에, 엘리자베스는 인내심은 물론이고 대화의 소재도 거의 바닥나고 말았다.

　마침내 가디너 씨 부부가 도착하자, 다아시 씨는 모두에게 안으로 들어가 다과라도 들자고 권했지만 그들은 정중히 사양했다. 그리고 그들은 각자 아주 공손하게 작별 인사를 나누었다. 다아시 씨는 두 여자가 마차에 오르는 것을 부축해 주었고, 마차가 멀리 떠나가고 나서야 엘리자베스는 저택 쪽으로 천천히 걸어가고 있는 그의 뒷모습을 보았다.

　이제 외삼촌과 외숙모가 이야기를 늘어놓기 시작했다. 두 사람 모두 다아시 씨가 기대했던 것보다 훨씬 더 훌륭한 인물이라며 입을 모아 칭찬했다.

　"더할 나위 없이 훌륭한 품행에, 그렇게 예의 바르고 겸손할 수가 없었어."

　가디너 씨가 이렇게 말하자, 부인도 맞장구를 치며 말했다.

　"그분은 뭔가 위압적인 분위기가 있긴 하더군요. 하지만 그분의 분위기가 그렇다는 거예요. 또 그런 점이 오히려 잘 어울리기도 하고요. 이제 나도 그 댁 가정부처럼 말하게 될 것 같아요. 사람들은 그분을 거만하다고들 하지만, 나는 도무지 그런 점은 모르겠다고요."

　"우리를 대하는 그분의 행동을 보고 나는 너무 놀랐어. 친절하다는 말로는 부족할 정도였으니까. 정말 지극한 관심이었지. 그런데 꼭 그럴 필요까지 있었을까? 엘리자베스랑 안다고 해도, 그다지 가까운 사이는 아니었잖아."

　"리지야, 위컴 씨만큼 잘생긴 건 아니었어, 그렇지? 아무래도 얼굴만큼은 위컴 씨보다는 못한 것 같아. 위컴 씨 얼굴이 보통 잘생겼어야 말이지. 그건 그런데, 넌 왜 그분을 그렇게 싫어했던 거야?"

외숙모의 질문에 엘리자베스는 변명할 수 있는 대로 다 늘어놓았다. 켄트에서 그를 만났을 때는 전보다 훨씬 나아졌다고 했고, 오늘 아침처럼 친절한 모습은 자신도 처음 본다고 덧붙였다.

"하지만 그가 친절하기는 하지만, 어딘가 종잡을 수 없는 면이 있는 것 같아. 신분이 높은 사람들은 대개 그런 법이니까. 그래서 낚시하러 오라는 말도 곧이곧대로 믿을 순 없어. 언제 마음이 바뀌어 자기 땅에서 나가라고 할지도 모르니까 말이야."

엘리자베스는 외삼촌 내외가 다아시 씨의 인품을 완전히 잘못 생각하고 있다는 것을 느꼈지만 아무 말도 하지 않았다.

"지금까지 우리가 본 바로는, 위컴 씨에게 했던 것처럼 그렇게 잔인한 짓을 할 사람이라고는 도저히 생각되지 않는구나." 가디너 부인이 말을 이었다. "그렇게 악해 보이는 얼굴이 아니었거든. 오히려 말할 때 입가에 감도는 그 느낌이 참 좋더라. 게다가 얼굴에는 고상한 기품이 있어서 나쁜 사람이라는 인상은 전혀 들지 않았어. 그렇다 해도, 우리를 안내하던 그 후덕한 가정부는 확실히 그분의 인품을 너무 과장했지. 어떤 때는 웃음이 터져 버릴 것만 같더라니까. 아무튼 너그러운 주인이고, 또 사실 하인들 눈에는 아주 덕망 있는 분으로 보이겠지."

여기서 엘리자베스는 위컴 씨에 대한 다아시 씨의 행동을 어느 정도 변호해야겠다는 생각이 들었다. 그래서 그녀는 아주 조심스럽게, 켄트에 있는 그의 친척들에게 들은 바에 따르면 그의 행동은 다르게 해석할 여지가 많다고 했다. 그러면서 하트퍼드셔에서 생각했던 것과는 달리 그의 인성이 그렇게 나쁜 것은 아니며, 위컴 씨 역시 그렇게 좋은 사람은 아니라고 말했다. 이 말을 뒷받침하기 위해 그녀는 두 사람이 얽혔던 금전 거래에 대해 자세히 이야기해 주었는데, 그 이야기를 해 준 사람의 이름은 밝히지 않았지만 매우 신뢰할 수 있는 사람이라는 점은 분명히 했다.

가디너 부인은 놀라면서도 그 이야기에는 흥미를 보였지만, 멀리서 그녀의 즐거운 옛 추억이 담긴 풍경이 눈앞에 펼쳐지고 있었기 때문에 아련한 기억에 빠져들었다. 또 남편에게 주변 경치를 하나하나 손으로 가리키느라 다른 생각을 할 여유가 없었다. 오전 내내 걸은 탓에 무척 피곤했지만 가디너 부인은 점심 식사를 마치자마자 옛 친구들을 찾아 나섰고, 저녁 시간은 오랫동안 만나지 못했던 친구들을 다시 만난 기쁨 속에서 보냈다.

엘리자베스는 그날 일어났던 일들로 머릿속이 가득 차 있었기 때문에 외숙모의 친구들에게 신경 쓸 겨를이 없었다. 그녀는 너무도 뜻밖이었던 다아시 씨의 정중한 태도와, 그리고 무엇보다도 그가 자신의 여동생을 그녀에게 소개하고 싶어 한다는 그 생각에만 사로잡혀 있었다.

44

엘리자베스는 다아시 씨가 그의 여동생이 펨벌리에 도착하는 다음 날 정도에 그녀를 데리고 자신을 찾아올 것이라 생각하며, 그날 오전 동안은 일절 여관 밖을 나가지 않기로 마음먹고 있었다. 그러나 그녀의 예상은 빗나가고 말았다. 엘리자베스의 일행이 램턴에 여장을 푼 바로 다음 날 아침, 다아시 씨 남매가 찾아왔기 때문이다. 일행이 몇몇 새로운 친구들과 함께 여관 주변을 산책하고 돌아온 뒤, 아침 식사를 하기 위해 옷을 갈아입고 있을 때였다. 마차 소리가 들려 창가로 가 보니, 두 남녀를 태운 이륜마차가 거리를 달려오고 있는 것이 보였다. 엘리자베스는 즉시 그 마차가 다아시 씨 일행이라는 것을 알아차렸고, 무슨 일인지 짐작이 갔다.

엘리자베스는 가디너 씨 부부에게 자기가 예상한 대로 그들이 직접 그녀를 찾아온 것이라고 말했지만 그녀도 적잖이 놀란 기색이었다. 가디너 씨 부부는 어안이 벙벙해졌다. 엘리자베스가 당황하며 상황을 설명하는 모습과 지금의 정황 그리고 전날의 여러 일을 종합해 볼 때, 엘리자베스와 다아시 씨 사이의 관계를 새롭게 생각하지 않을 수 없었다. 전에는 전혀 짐작도 못 했지만 그와 같은 방식으로 관심을 보이는 것을 보면, 다아시 씨가 엘

리자베스에게 특별한 감정을 가지고 있다고 생각하는 것 말고는
달리 이해가 되지를 않았다. 이런 새로운 생각으로 가디너 씨 부
부의 머릿속은 꽉 차 있었고, 엘리자베스는 시간이 지날수록 점
점 더 불안해졌다. 자신이 이렇게 불안해하고 있다는 사실조차
당황스러웠지만, 무엇보다 다아시 씨가 감정에 치우쳐 여동생에
게 엘리자베스를 지나치게 칭찬하진 않을까 하는 걱정이 앞섰다.
게다가 잘 보여야겠다는 생각에 평소보다 긴장하고 있었기 때문
에, 혹시라도 사람들을 실망시키지 않을까 하는 걱정도 있었다.

　엘리자베스는 다아시 씨 남매의 눈에 띌까 두려워 창문에서 멀
찌감치 물러섰다. 그녀는 애써 마음을 진정시키려고 방 안을 이
리저리 걸어보았지만, 놀란 표정으로 호기심 가득한 눈길을 보내
는 외삼촌 부부를 마주하자 오히려 마음이 더 산란하기만 했다.

　다아시 양과 그녀의 오빠가 들어섰고, 마침내 이 대단한 소개
가 이루어졌다. 엘리자베스는 다아시 양 역시 자기 못지않게 당
황해하는 모습에 무척 놀랐다. 램턴에 머무는 동안 다아시 양이
상당히 오만하다는 이야기를 들었지만, 막상 만나본 지 몇 분
도 되지 않아 그녀가 매우 수줍은 성격이라는 것을 알 수 있었
다. 다아시 양에게서는 한 마디 이상의 말은 거의 들어 볼 수 없
을 정도였다.

　다아시 양은 키가 크고 체격도 엘리자베스보다 더 컸다. 나이
는 겨우 열여섯이었지만, 균형 잡힌 몸매에 여성스럽고 우아한
외모를 지니고 있었다. 오빠인 다아시 씨만큼 잘생긴 인물은 아
니었지만, 총명하고 선해 보이는 얼굴에 몸가짐은 더할 나위 없

이 공손하고 얌전했다. 엘리자베스는 다아시 양도 그녀의 오빠처럼 자신을 날카롭고 냉정하게 살펴볼 거라고 예상했었는데 전혀 다른 그녀의 면모를 보자 마음이 한결 가벼워졌다.

그렇게 소개가 오고 간 지 얼마 지나지 않아, 다아시 씨는 빙리 씨도 엘리자베스를 만나러 지금 오고 있는 중이라고 말했다. 엘리자베스가 반가움을 표현할 틈도, 마음의 준비를 할 여유도 없이 계단을 빠르게 올라오는 빙리 씨의 발소리가 들려왔다. 곧 이어 그가 방 안으로 들어섰다. 엘리자베스가 품고 있던 빙리 씨에 대한 노여움은 이미 오래전에 사라졌지만, 만약 아직 남아 있었다 해도 다시 만난 그 자리에서 그가 보여 준 진술하고도 정중한 태도에 아마 눈 녹듯 사라졌을 것이다. 그는 예전과 다름없이 자상하게 그녀의 가족의 안부를 물었고, 늘 그랬듯 편안한 시선을 보내며 그녀와 이야기를 나누었다.

빙리 씨는 엘리자베스 못지않게 가디너 씨 부부에게도 큰 관심의 대상이었다. 그들은 오래전부터 그를 만나 보고 싶어 했었다. 자신들과 마주한 사람들의 면면은 그들의 관심을 끌기에 충분했다. 두 내외는 다아시 씨와 엘리자베스가 서로 좋아하는 관계일 수 있다는 생각이 들어 조심스럽고도 진지한 눈길로 두 사람을 각각 관찰해 보았는데, 곧 적어도 한 사람은 분명 사랑을 느끼고 있다는 확신을 갖게 되었다. 엘리자베스의 감정에 대해서는 다소 의문이 남았지만, 다아시 씨의 행동에는 엘리자베스를 향한 사랑이 여실히 드러나고 있었다.

엘리자베스는 마음이 몹시 분주했다. 각 손님들의 기분을 살

퍼야 했고, 자신의 마음도 가라앉혀야 했으며, 모두에게 좋은 인상을 주고 싶었기 때문이었다. 가장 우려를 많이 했던 마지막 문제는 예상보다 훨씬 만족스러웠는데, 그것은 그녀가 신경을 썼던 모든 사람들이 그녀에 대해서 큰 호감을 보여 주었기 때문이다. 빙리 씨는 언제든 그저 즐거워했고, 조지아나도 그 분위기에 자연스레 녹아들려고 했으며, 다아시 씨는 애초부터 무조건 즐거워하려고 작정한 사람 같았다.

빙리 씨를 보자 엘리자베스는 자연스럽게 제인이 떠올랐다. 그녀는 빙리 씨에게서 예전의 모습을 조금이라도 찾아보고 싶었다. 빙리 씨가 전보다 말수가 줄어들었다는 생각도 들었고, 자신을 바라보는 빙리 씨의 시선에는 그가 언니의 모습을 떠올리고 있는 것이라 생각하면서 기뻤던 순간도 몇 번 있었다. 물론 그녀 혼자만의 생각일 수 있었지만, 적어도 제인의 연적이라 할 수 있는 다아시 양에 대한 빙리 씨의 태도만큼은 확신할 수 있었다. 두 사람 사이에는 서로가 특별한 관심을 갖고 있다는 낌새가 전혀 없었으며, 빙리 양의 희망 섞인 말들을 뒷받침할 만한 모습도 찾아볼 수 없었다. 그래서 엘리자베스는 그 점에 대해서는 곧 마음을 놓을 수 있었다.

엘리자베스는 언니에 대한 빙리 씨의 마음이 어떤지 몹시 알고 싶었기 때문에, 일행들이 헤어질 시간이 거의 다 되었을 즈음 아무런 내색 없이 은근히 제인을 생각나게 할 만한 행동을 몇 차례 해 보았다. 빙리 씨에게 의향만 있다면, 그 계기로 언니에 대한 이야기를 꺼낼 것이라는 계산이었다. 다른 일행들이 서로의 이야기에 한참 여념이 없을 때 빙리 씨가 제인을 본 지 너무 오래되었다고 말했는데, 엘리자베스는 그의 목소리에서 진심으로 애석해하는 심정이 느껴졌다. 그리고 그녀가 미처 대답도 하기 전에 그는 다시 이렇게 말했다.

"8개월도 더 되었군요. 11월 26일 이후로는 한 번도 만나 보지 못했으니까요. 우리 모두 네더필드에서 함께 춤을 추었던 그날 말입니다."

엘리자베스는 그가 정확히 날짜까지 기억하는 사실이 반가웠다. 그는 이내 다른 사람들의 주의가 다른 데로 향한 틈을 타, 그녀의 자매들이 모두 롱번에 있느냐고 물었다. 이 질문도 앞선 이야기처럼 가볍게 던지는 것 같았지만, 그의 표정과 태도로 봐서는 상당한 의미를 담고 있었다.

엘리자베스는 다아시 씨를 자주 바라볼 수는 없었지만 한 번씩 시선을 돌릴 때마다 그는 매우 밝은 표정을 짓고 있었고, 그의 말투에서는 주위 사람들을 무시하거나 경멸하는 기색이 전혀 느껴지지 않았다. 엘리자베스는 전날 보았던 그의 달라진 태도가 아무리 일시적인 것이라 하더라도, 적어도 하루는 이어져야 한다고 속으로 생각했다. 사실 다아시 씨가 불과 몇 달 전만 해도 옷깃을 스치기만 해도 무슨 큰 치욕이나 되는 것처럼 여겼던 그런 사람들과 어울리며 좋은 인상을 주기 위해 애쓰는 모습, 엘리자베스뿐만 아니라 과거에는 대놓고 무시하던 그녀의 친척들에게까지 저토록 공손하게 대하는 모습은, 아직도 눈앞에 생생한 헌스퍼드 목사관에서의 지난 모습과는 너무나 큰 차이를 보였기에, 엘리자베스는 적잖은 충격을 받았고 아무리 애써도 그런 내색을 완전히 감출 수는 없었다.

엘리자베스는 네더필드의 가장 가까운 친구들이나 로징스의 고귀한 친척들과 함께 있을 때조차, 다아시 씨가 이렇게까지 하는 모습을 본 적이 없었다. 친해져 봐야 아무런 의미도 없을 수 있고, 지금 어울리고 있는 사람들과 교류하고 있다는 사실을 알게 되면 네더필드나 로징스의 여성들이 조소와 비난을 퍼부을 만한 자리에서 그는 놀랄 만큼 즐거워하며 자존심과 우월감에서 나오는 그의 고고한 태도마저 다 던져 버린 모습이었다.

방문객들은 반 시간 남짓 머물렀다. 그들이 떠나려고 자리에서 일어섰을 때, 다아시 씨는 누이를 불러 가디너 씨 부부와 엘리자베스가 펨벌리를 떠나기 전에 그들을 저녁 식사에 초대하자는 말을 함께 전하면 어떻겠느냐고 말했다. 다아시 양은 초대하는 데 익숙지 않은 듯 수줍어했지만, 오빠의 말에 기꺼이 따랐다. 가디너 부인은 초대에 응하고 싶었지만, 이 초대의 주빈인 엘리자베스의 의향이 궁금해 그녀를 쳐다보았다. 그러나 엘리자베스는 고개를 돌리고 있었다. 가디너 부인은 엘리자베스가 짐짓 회피한 것은 갑자기 당황해 그런 것이지, 초대가 싫어서 그런 건 아니라고 생각했다. 또한 사교를 좋아하는 남편이야 두말없이 승낙할 것을 알았기 때문에, 그녀는 주저 없이 그 초대를 받아들였다. 그렇게 날짜는 이틀 후로 정해졌다.

빙리 씨는 엘리자베스에게 다시 한번 만나길 간절히 바란다며, 아직 그녀에게 할 이야기도 많고 하트퍼드셔에 있는 친구분들의 안부도 알고 싶다고 말했다. 엘리자베스는 빙리 씨가 이러는 것이 제인에 대한 이야기를 듣고 싶어서라는 생각에 흐뭇했다. 다른 이유들도 있었지만, 빙리 씨의 이런 모습 덕분에 그녀는 그들이 떠난 뒤 지나간 반 시간 동안의 일을 떠올리며 마음이 흐뭇했다. 그녀는 사실 정작 그 시간 동안에는 자신이 즐거워하고 있다는 것도 몰랐던 것 같았다. 엘리자베스는 혼자 있고 싶다는 생각이 들기도 하고, 외삼촌과 외숙모가 이것저것 물어보거나 넌지시 떠보는 것도 싫었기에 그들이 빙리 씨에 대해 칭찬하는 이야기까지만 들어 주고는 옷을 갈아입어야 한다며 급히 자리를 피했다.

그러나 엘리자베스로서는 가디너 씨 부부의 호기심을 두려워할 필요가 전혀 없었다. 그들 역시 엘리자베스에게서 억지로 이야기를 듣고자 하는 것은 아니었기 때문이었다. 이제는 예전보다 훨씬 분명하게 엘리자베스가 다아시 씨와 매우 가까운 사이임을 알게 되었고, 그가 그녀를 깊이 사랑하고 있다는 사실도 확신하게 되었기 때문이었다. 그들은 궁금한 점이 많았지만 어떻게 물어야 할지 몰라 조심스러워하고 있었다.

가디너 씨 부부는 이제 다아시 씨에 대해서 자꾸만 좋은 쪽으로 생각하게 되었다. 사실 그들이 직접 만나 본 바로는 어떠한 결점도 찾아볼 수 없었고, 그의 태도는 감동스럽기까지 했다. 만약 오직 자기들이 그에게서 느끼는 것과 그의 가정부가 했던 말만으로 다아시 씨의 인품을 표현하고 다른 일체의 언급이 없다면, 그를 알고 있는 하트퍼드셔의 사람들은 아마 그 사람이 다아시 씨라고는 알아차리지 못했을 것이다. 그들은 이제 가정부의 말이 신뢰할 만하다는 생각이 들었다. 생각해 보면, 네 살 때부터 다아시 씨를 알고 지내 온 데다 태도 역시 후덕한 면이 있는 가정부가 하는 말을 신빙성이 없다며 그렇게 간단히 무시할 건 아니라는 생각이 들었다.

그리고 램턴에서 만난 사람들의 이야기에서도 이러한 생각을 부정할 만한 내용은 사실상 전혀 없었다. 그들의 불평이라고 해 봐야 다아시 씨가 거만하다는 정도였는데, 실제로 그런 면이 있긴 하지만 그 역시 확실하다기보다는 아마도 대대로 저택 사람들과 교류가 거의 없었던 작은 장터 마을 사람들의 불만에 가까운 이야기처럼 들렸다. 그렇지만 다아시 씨가 아주 후덕한 사람으로 가난한 사람들에게 많은 선행을 베풀고 있다는 사실만큼은 모두가 인정하고 있었다.

위컴 씨에 관해서는, 이곳에서 그가 그리 좋은 평을 듣지 못하고 있다는 사실을 엘리자베스 일행은 곧 알게 되었다. 마을 사람들은 위컴 씨와 그를 후원했던 분의 아들인 다아시 씨 사이에 어떤 일이 있었는지는 정확히 알지 못했지만, 위컴 씨가 더비셔를 떠나며 많은 빚을 남겼고 그 빚을 다아시 씨가 나중에 모두 갚아 주었다는 사실을 모두 잘 알고 있었기 때문이었다.

한편 그날 저녁, 엘리자베스는 전날보다도 더 펨벌리에 대한 생각에 깊이 잠겨 있었다. 저녁 시간이 무척 길게 느껴졌지만 그 저택에 있을 한 사람에 대한 자신의 감정을 이리저리 재다 보니 어느새 시간이 훌쩍 지나가 있었고, 잠자리에 들어야 할 시간을 두 시간이나 넘겨서도 감정을 정리하기 위해 애를 쓰고 있었다. 엘리자베스는 그가 미운 것은 확실히 아니었다. 아니, 밉다는 생각은 이미 오래전에 사라졌고, 오히려 그에 대해 증오라고 할 수 있는 감정을 가졌던 것이 부끄럽게 느껴졌다. 처음에는 그의 인품을 인정하는 것이 내키지 않았지만, 다시금 그것을 확신하면서 존경심이 생겼고 이제는 그런 감정조차 싫지 않았다. 게다가 어제 사람들이 그의 성품을 그토록 칭찬하며 무척 좋은 사람이라는 사실을 뒷받침해 주었기 때문에 그가 더욱 친근해진 것 같은 느낌이었다.

그러나 이 모든 사실보다도, 그리고 그에 대한 존경심이나 사람들의 평가보다도 더 중요한, 그녀의 따뜻한 마음에서 우러나오는 감정이 있었다. 그것은 다아시 씨에 대한 감사의 마음이었다. 한때 자신을 사랑했던 것에 대한 것뿐만 아니라, 그의 청혼을 분노에 찬 얼굴로 표독스럽게 내팽개쳐 버리면서 말도 안 되는 비난을 퍼붓던 자신을 이해해 주고 여전히 자신을 사랑해 주는 그의 마음에 대한 감사였다. 서로 마주치면 마치 불구대천의 원수처럼 외면해 버릴 것만 같았는데 오히려 안쓰럽게 생각될 정도로 계속해서 교제를 이어가려 하고, 두 사람의 문제임에도 상스러운 감정 표현이나 이상한 행동은 전혀 없이 그녀의 일행들에게도 좋은 인상을 남기기 위해 애를 쓰며, 그의 누이를 소개해 주려고 노력하는 그의 모습이 떠올랐다. 그처럼 자존심이 강한 남자가 이렇게까지 달라진 모습을 보이는 것이 놀랍기도 하고, 한편으로는 감사하는 마음이 일었다. 그 모습은 분명 사랑, 그것도 아주 열렬한 사랑이었다.

엘리자베스 역시 정확히 뭐라고 말할 수는 없지만 그 감정이 사랑이라는 것을 느꼈고, 그 느낌이 전혀 싫지 않았다. 그녀는 다시 씨를 존경했고 그가 좋은 사람이라고 생각했으며, 그에게 감사했고, 그의 행복에 진심으로 관심을 가지게 되었다. 그러자 문득, 자신이 다아시 씨의 행복에 얼마나 큰 힘이 될 수 있는지 생각하게 되었고, 만약 그가 다시 한번 청혼을 하도록 만들 수 있는 힘이 아직도 그녀에게 남아 있다면, 그것이 과연 두 사람 모두의 행복에 얼마만큼 도움이 되는 것일까 하는 생각이 들었다.

그날 저녁 엘리자베스와 외숙모 사이의 대화에서 다아시 양이 펨벌리에 도착을 한 당일, 그것도 늦은 아침 식사 시간 무렵에 도착하자마자 곧바로 자신들을 찾아온 데 대한 놀라운 성의에 대해 이야기가 오갔다. 자기들 편에서도 비록 똑같이 할 수는 없다고 해도 그에 보답하는 예를 갖춰야 한다는 데 의견을 모았고, 결국 이튿날 아침에 펨벌리를 방문하는 것이 가장 좋은 방법이라는 결론에 이르렀다. 이렇게 해서 그들은 펨벌리를 방문하게 되었다. 엘리자베스는 기뻤다. 그런데 자신이 왜 그렇게 기뻐하는지, 그 이유는 그녀 스스로도 분명히 설명할 수 없었다.

가디너 씨는 아침 식사를 마친 뒤 곧바로 밖으로 나갔다. 그 전날 이미 낚시 계획을 세워 둔 데다, 정오 무렵에는 펨벌리의 몇몇 남자들을 만나기로 굳게 약속이 되어 있었기 때문이었다.

　엘리자베스는 빙리 양이 자신을 싫어하는 이유가 질투심 때문이라는 것이 분명해지자, 펨벌리에 가면 그녀가 틀림없이 아주 달갑지 않게 여길 거라는 생각을 떨칠 수 없었다. 그러면서도 다시 만난 자리에서 빙리 양이 얼마나 예의를 지킬지도 무척 궁금했다.

　펨벌리의 저택에 도착하자, 그들은 홀을 지나 응접실로 안내되었다. 그 방은 여름에도 쾌적한 느낌을 주는 북쪽 전망이 인상적인 공간이었다. 활짝 열려 있는 창문들 사이로 저택 뒤편 언덕의 울창한 숲이 시원하게 펼쳐져 있고, 그 사이사이에 드문드문 자리한 잔디밭 위에는 여기저기 흩어져 있는 아름다운 참나무와 스페인산 너도밤나무들이 한 폭의 그림을 이루고 있었다.

　이 방에서 두 사람은 다아시 양의 응접을 받았다. 다아시 양은 허스트 부인, 빙리 양 그리고 런던에서 함께 살고 있는 부인과 함께 앉아 있었다. 조지아나는 매우 정중하게 그들을 맞이했지만, 극도로 수줍어하며 실수를 할까 봐 몹시 긴장한 모습이었다. 그런 태도는 스스로 열등감을 느끼는 사람들에게는 자칫 거만하고 차갑게 비칠 수도 있을 것 같았다. 그렇지만 가디너 부인과 엘리자베스는 그녀의 그런 성정性情이 이해되면서 동정심을 느꼈다.

허스트 부인과 빙리 양은 의례적인 인사만 건넨 뒤 자리에 앉았고, 곧 어색한 침묵이 흘렀다. 그런 자리에서의 침묵은 언제나 어색하기 마련이었다. 그 침묵을 깨뜨린 사람은 품위 있고 상냥해 보이는 앤슬리 부인이었고, 어떤 이야기든 대화를 이어가려고 애쓰는 그녀의 모습은 허스트 부인이나 빙리 양보다는 훨씬 제대로 교양을 갖췄다는 인상을 주었다. 그리하여 그녀와 가디너 부인이 서로 이야기를 나누기 시작했고, 엘리자베스도 가끔 대화에 끼어들어 도움말을 덧붙였다. 다아시 양 역시 이 대화에 용기를 내어 끼어들고 싶어 했고, 다른 사람들에게는 거의 들리지 않을 만큼 작은 목소리로 가끔 짧은 말을 얼른 내뱉곤 했다.

엘리자베스는 빙리 양이 자기를 유심히 노려보고 있다는 것과 특히 다아시 양에게 한마디라도 건넬 때면 곧바로 신경을 곤두세운다는 사실을 곧 알아차렸다. 빙리 양이 아무리 그런다고 해도 다아시 양과의 앉은 거리가 대화를 나누기에 크게 불편하지 않았다면, 엘리자베스는 그녀와 계속해서 이야기를 나누려고 했을 것이다. 하지만 엘리자베스는 말을 많이 하지 않아도 된다는 게 싫을 리가 없었는데, 자기 생각에 몰두해 있었기 때문이었다. 그녀는 이제나저제나 남자들이 방 안으로 들어서기를 기다리고 있었다. 그녀는 이 집의 주인과 자리를 함께하고 싶은 마음이면서도, 한편으로는 그게 두렵기도 했다. 어느 쪽 마음이 더 큰지 그녀 자신도 알 수가 없었다.

이런 생각을 하면서 15분 정도 앉아 있었는데, 그동안 한 번도 들리지 않던 빙리 양의 목소리가 들려 눈을 들어 보니 그녀가 쌀쌀맞은 말투로 가족들의 안부를 묻고 있었다. 엘리자베스도 똑같이 냉담하면서도 짧게 대답을 했고, 그러자 빙리 양은 더 이상 말을 잇지 않았다.

그러다가 하인들이 냉동 고기와 케이크 그리고 갖가지 싱싱한 제철 과일을 갖고 들어오면서 분위기가 새롭게 바뀌었다. 하지만 이 변화도, 앤슬리 부인이 다아시 양에게 주인으로서의 역할을 상기시키듯 의미 있는 눈짓과 미소를 몇 번씩이나 보낸 다음에야 비로소 이루어졌다. 이제 모두가 함께 할 수 있는 일이 생긴 것이다. 대화를 나누는 일은 모두가 함께 할 수는 없지만, 음식을 함께 나누는 일만큼은 누구에게나 열려 있었기 때문이다. 그들은 곧바로 포도와 복숭아, 배를 피라미드 모양으로 멋지게 쌓아 놓은 식탁 주위에 둘러앉았다.

이렇게 과일을 즐기던 중 다아시 씨가 나타나는 것을 두려워하고 있었는지, 아니면 바라고 있었는지를 분명히 알 수 있는 기회가 엘리자베스에게 찾아왔다. 바로 다아시 씨가 방으로 들어서는 순간이었다. 다아시 씨가 들어서자, 조금 전까지만 해도 그가 오기를 간절히 바라고 있었다고 믿었던 엘리자베스는 정작 그가 나타난 순간 두려움이 앞서는 것을 느꼈다.

앞서 다아시 씨는 저택에서 온 두세 명의 사람들과 낚시를 즐기고 있던 가디너 씨와 잠시 함께 있었는데, 가디너 부인과 엘리자베스가 오늘 아침에 조지아나를 방문할 것이라는 이야기를 듣고 곧장 여기로 온 것이었다. 그러나 다아시 씨가 나타나는 순간 엘리자베스는 마음을 아주 편안하게 먹고 태연한 모습을 보여야겠다고 생각했다. 그런데 이런 마음은 다잡으면 다잡을수록 더 쉽지 않은 법이었다. 좌중의 모든 사람들이 두 사람의 관계에 대해 의심스러운 눈초리를 보내는 데다, 다아시 씨가 방에 막 들어서는 순간부터 그의 행동을 예의 주시했기 때문이었다.

빙리 양은 말을 할 때면 언제나 미소를 가득 머금고 있었지만, 누구보다도 호기심 가득한 표정으로 유심히 다아시 씨를 살폈다. 그녀는 아직 질투심을 버릴 만큼 체념하지 못했고, 다아시 씨에 대한 애정도 여전히 남아 있었기 때문이었다. 조지아나는 오빠가 들어오자 더 말을 많이 하려 애썼고, 엘리자베스는 다아시 씨가 조지아나와 자신이 더 가까워지고 많은 이야기를 나누려고 하는 모습을 보고 싶어 한다는 것을 알 수 있었다. 빙리 양 역시 그것을 알아차렸고, 그에 자극을 받은 그녀는 다른 사람들보다 먼저 말을 꺼냈다. 말투는 공손한 듯했지만, 그 안에는 조소가 가득 담겨 있었다.

"일라이자 양, 주둔하던 부대가 이제 메리턴을 떠나지 않았나요? 가족들에게는 무척 안된 일인 것 같습니다만."

다아시 씨가 있는 자리였기에 빙리 양은 감히 위컴 씨의 이름을 직접 언급하지는 않았지만, 엘리자베스는 즉시 위컴 씨가 떠올랐고 그와 얽힌 여러 가지 일들이 스쳐 지나가며 마음이 잠시 무거워졌다. 그러나 곧 태연한 목소리로 대답하면서, 이렇게 대응하는 것이 빙리 양의 악의적인 의도를 단호하게 차단하는 길이라 여겼다. 엘리자베스는 대답을 하면서 무심결에 다아시 씨를 바라보았고, 그는 무척 상기된 표정으로 그녀를 유심히 쳐다

보고 있었다. 조지아나는 어쩔 줄 몰라 하며 눈도 제대로 들지 못하고 있었다.

빙리 양이 자신이 사랑하는 사람에게 지금 얼마나 큰 마음의 고통을 주고 있는지를 알았더라면, 그녀는 당연히 그런 식으로 암시를 하지는 않았을 것이다. 그러나 빙리 양의 의도는 엘리자베스가 사랑하고 있다고 여기는 위컴 씨를 떠올리게 하여 그녀의 심기를 좀 긁어대고, 그로 인해 엘리자베스의 감정을 드러내도록 유도해 그녀에 대한 다아시 씨의 감정에 상처를 입히고자 했던 것이었다. 이어지는 말은, 아마 부대와 관련하여 엘리자베스의 가족 중 일부가 보였던 어리석고 못난 행동들을 다아시 씨에게 상기시켜 주려는 의도였을 것이다.

빙리 양은 조지아나가 위컴 씨와 함께 달아나려 했었다는 사실은 전혀 모르고 있었다. 다아시 씨는 엘리자베스 외에는 그 비밀을 지킬 만한 사람들에게조차도 일절 그 사실을 말하지 않았던 것이다. 그리고 엘리자베스가 오래전에 그에게서 느꼈던 것처럼, 다아시 씨는 조지아나가 나중에 빙리 가의 일원이 되기를 바라는 마음에서 그 사실을 빙리 씨 집안사람들에게는 특히 비밀로 하려 했던 것이다. 그는 분명 오랫동안 조지아나와 빙리 씨를 맺어 주려는 생각을 품고 있었고, 그 생각은 제인과 빙리 씨를 떼어놓으려 했던 과거의 행동과는 별개의 일이었다. 친구의 행복을 바라는 선의의 마음에서 그 비밀이 드러나지 않도록 더 신경을 쓰는 것 같았다.

그러나 엘리자베스가 침착한 태도를 보이자, 다아시 씨도 곧 마음을 가라앉혔다. 빙리 양은 그 모습에 화가 나고 속이 상했지만, 더 이상 위컴 씨를 떠올리게 할 만한 말을 이어갈 수는 없었다. 조지아나도 잠시 후 안정을 되찾기는 했지만, 여전히 아무 말도 하지 못한 채 말없이 있었다. 조지아나는 오빠의 눈도 제대로 쳐다보지 못했고, 다아시 씨는 위컴 씨와 조지아나 사이의 옛날 사건은 모른 체했다. 다아시 씨는 엘리자베스에 대한 생각을 다른 데로 돌릴 필요가 있었던 탓인지, 오히려 더욱 밝은 표정을 지으며 조지아나를 바라보려 애쓰는 듯 보였다.

이와 같은 질문과 대답이 오가고 난 뒤 얼마 지나지 않아 엘리자베스와 가디너 부인은 자리에서 일어섰다. 다아시 씨가 두 사람을 마차까지 바래다 주는 동안 빙리 양은 엘리자베스의 인간성과 몸가짐, 옷차림에 대해 험담을 늘어놓으려고 했지만 조지아나는 그것을 외면해 버렸다. 그녀는 오빠의 칭찬만으로도 이미 엘리자베스가 좋아졌고, 오빠의 판단이 틀릴 리 없다고 믿고 있었기 때문이었다. 사실 엘리자베스에 대해 다아시 씨가 너무 많은 칭찬을 했기 때문에 조지아나는 그녀가 상냥하고 예쁘게 보일 수밖에 없었다. 그래서 다아시 씨가 응접실로 다시 들어왔을 때, 빙리 양은 조금 전에 하려던 험담을 다시 꺼내지 않을 수 없었다.

"다아시 씨, 오늘 아침 엘리자 베넷의 모습은 정말 꼴불견 아니었어요? 지난겨울 이후로 사람이 그렇게까지 변하다니, 전 그런 사람은 난생처음 봤어요. 피부도 많이 탔고 거칠어졌더군요. 루이자 언니와 저는 차라리 이곳에서 그녀를 다시 만나지 않았더라면 더 나았을 거란 생각까지 들었다니까요."

다아시 씨는 빙리 양의 말에 심기가 몹시 불편했지만 엘리자베스의 피부가 다소 그을린 것 외에는 무엇이 달라졌는지 잘 모르겠다며, 그 정도는 여름철 여행을 하다 보면 응당 있는 일이 아니냐고 냉담하게 대답하는 것으로 그 기분을 억눌렀다.

"저는 말이에요." 빙리 양이 끝까지 물고 늘어졌다. "그녀가 어디가 예쁜 건지 정말 모르겠어요. 얼굴엔 살도 없고, 그렇다고 안색이 밝기나 해요. 그리고 뭐, 잘생긴 구석이 있는 것도 아니잖아요. 코는 품위가 없었고, 콧날이 예쁜 것도 아니고요. 그나마 치아는 괜찮은 편이긴 하지만, 그렇다고 썩 예쁜 것도 아니잖아요. 그녀의 눈을 보고 이따금 예쁘다고 하는 사람들이 있는데, 나는 왜 그러는지 이유를 모르겠어요. 눈매는 째져 있고 그 안엔 심술이 가득한데, 저는 그런 눈은 딱 질색이랍니다. 기품도 없으면서 혼자 잘난 체하는 모습은 정말 눈 뜨고는 못 보겠어요."

빙리 양은 다아시 씨가 엘리자베스를 사랑하고 있다는 사실을 알고 있었기 때문에 이런 방법으로 그의 환심을 살 수 없다는 것도 알고 있었다. 하지만 화가 나면 분별력을 잃게 되는 게 사람인 모양이다. 마침내 다아시 씨가 약간 짜증스러운 기색을 보이자, 빙리 양은 자신의 의도대로 되어 간다는 생각이 들었다. 그러나 다아시 씨는 끝내 입을 다물었다. 이에 그의 입을 열게 할 작정으로 빙리 양은 계속해서 말했다.

"우리가 하트퍼드셔에서 처음 그녀를 알게 되었을 때, 소문대로 아름다운 그녀를 보고 모두 놀랐던 것을 저는 기억하고 있어요. 그런데 어느 날 저녁, 네더필드에서 함께 식사하고 난 뒤에 선생님께서 이렇게 말씀하신 게 특히 기억에 남네요. '예쁘긴 하군요! 그녀의 어머니는 좀 웃긴다고 해야겠죠'라고 하셨지요. 하지만 나중에는 점점 그녀를 좋아하게 되신 것 같았어요. 그리고 한때는 그녀가 정말 아름답다는 생각도 하셨겠죠?"

"그래요." 더는 참지 못하고 다아시 씨가 말을 내뱉었다. "하지만 제가 그렇게 말했던 건 엘리자베스 양을 처음 보았을 때 일입니다. 엘리자베스 양이 제가 아는 사람들 가운데 가장 아름다운 여인 중 한 사람이라고 생각한 지는 벌써 몇 달이나 되었습니다."

그러고 나서 다아시 씨는 자리를 떠나 버렸다. 빙리 양은 결국 자신의 마음만 아프게 되는 이야기를 듣게 되었지만, 그래도 다아시 씨의 입을 열게 했다는 것을 위안으로 삼을 수밖에 없었다.

가디너 부인과 엘리자베스는 숙소로 돌아와 그날 있었던 일에 대해 빠짐없이 이야기를 나누었지만, 정작 두 사람 모두가 가장 관심을 가지고 있는 주제는 쏙 빼놓고 있었다. 그 자리에 있었던 모든 사람들의 표정과 행동을 하나도 빠뜨리지 않고 이야기하면서도, 그들의 가장 큰 관심사인 다아시 씨에 대해서는 언급하지 않았다. 그의 여동생 조지아나와 함께 있던 사람들, 그의 저택, 그날 나온 과일들까지도 빠짐없이 이야기했지만 말이다. 그러나 엘리자베스는 속으로는 가디너 부인이 다아시 씨를 어떻게 생각하는지 무척 알고 싶었고, 가디너 부인 역시 만약 엘리자베스가 그의 이야기를 꺼냈더라면 무척 반가워했을 것이다.

46

엘리자베스는 램턴에 도착한 첫날, 제인으로부터 편지가 오지 않은 것을 보고 무척 실망했다. 다음 날 아침에도 역시 아무 소식이 없어 실망이 이어졌지만, 마침내 사흘째 되는 날에야 그 실망은 끝이 났다. 제인에게서 편지 두 통이 한꺼번에 도착하면서 언니에 대한 서운한 마음도 풀렸다. 그중 한 통은 다른 곳으로 배달이 되었었다는 부인符印이 찍혀 있었고, 엘리자베스가 살펴보니 제인이 주소지를 잘못 적어 보낸 것이어서 놀랄 일도 아니었다.

편지가 도착을 했을 때는 그들이 막 산책을 나갈 준비를 하던 참이었다. 외삼촌 내외는 엘리자베스가 조용히 편지를 읽을 수 있도록 남겨 두고 두 사람만 산책을 나갔다. 엘리자베스는 먼저 잘못 배달되었던 편지를 펼쳤다. 닷새 전에 쓰인 편지였기 때문이다. 편지 앞부분에는 그동안 있었던 조촐한 파티나 초대받은 일들 그리고 마을에서 흔히 있는 소식들이 담겨 있었다. 그러나 후반부에 이르러서는 흥분된 어조로 훨씬 더 중대한 소식을 전하고 있었다. 그 내용은 다음과 같았다.

리지야, 앞서 편지를 쓰고 난 뒤에 전혀 뜻하지 않게 아주 심각한 일이 일어나 버렸어. 네가 놀랄까 봐 걱정되지만, 우리는 모두 괜찮으니까 안심해도 된단다. 지금부터 가여운 리디아에 대한 이야기를 해야겠어. 어젯밤 모두 잠자리에 든 자정에 포스터 대령으로부터 급히 전갈이 왔는데, 리디아가 어떤 사관과 함께 스코틀랜드로 도망가 결혼하려 했다는 거야. 그런데 그 사관이 다름 아닌 위컴 씨라는 거 있지! 우리가 얼마나 놀랐겠니! 하지만 키티는 어느 정도 눈치를 채고 있었던 것 같아. 나는 너무 속이 상해서 죽는 줄만 알았단다. 어쩌면 둘 다 그렇게나 경솔하게 결혼을 해 버릴 수가 있을까!

그러나 나는 잘 될 거라고 믿고 싶어. 위컴 씨의 인격에 대해서는 우리가 잘못 알았지만 말이야. 지금은 그가 경솔하고 가벼운 사람이라는 생각이 들어. 그렇지만 일이 이렇게 되어 버렸다고 해서 꼭 나쁘기만 한 건 아닐지도 몰라. 어쩌면 우리는 기뻐해도 되지 않겠니? 적어도 재산 때문에 리디아를 택한 건 아니잖아. 아버지가 리디아에게 아무것도 물려줄 수 없다는 건 위컴 씨도 잘 알고 있었을 테니. 불쌍한 어머니는 한숨만 내쉬고 계셔. 아버지는 그래도 잘 견디시는 것 같아. 위컴 씨에 대한 안 좋은 이야기들을 두 분에게 하지 않았던 것이 얼마나 다행인지 모르겠어. 우리도 영원히 잊어버려야겠지.

추측하기로는 위컴 씨와 리디아는 토요일 밤 12시경에 떠났다는데, 어제 아침 8시까지 아무도 몰랐다고 해. 두 사람을 찾으러 급히 사람들을 보냈단다. 리지야, 그들은 분명히 여기서 10마일 이상은 벗어나진 못했을 거야. 포스터 대령님이 곧 이리로 오신다더라. 리디아가 대령님의 부인에게 몇 자 적어 놓고 떠난 모양인데, 거기에 자기들 계획을 이야기했는가 봐. 이만 써야겠다. 가여운 어머니를 너무 혼자 내버려둔 것 같아서 말이야. 이것만으로는 무슨 이야기인지 어리둥절할 수도 있겠지만, 나도 내가 뭘 썼는지 잘 모르겠단다.

엘리자베스는 이 편지를 다 읽자마자 다른 것은 생각할 겨를도 없이, 또 자기감정이 어떤지도 모르고 마음이 급해져 즉시 나머지 편지를 뜯었다. 첫 번째 편지를 쓰고 난 하루 뒤에 쓴 것이었으며, 사연은 다음과 같았다.

리지야, 지금쯤이면 서둘러 먼저 보낸 편지를 받아보았겠지. 이 편지에서는 더 자세하게 이야기를 하고 싶다만, 시간이 없는 것도 아닌데 너무 당황하다 보니 글에 조리가 있을지는 잘 모르겠어. 리지야, 무엇부터 써야 할지 잘 모르겠지만, 하여튼 나쁜 소식이고 그래서 이렇게 급히 쓰는 거란다. 위컴 씨와 철없는 리디아 사이의 결혼이 경솔하기는 하지만, 지금 여기서는 두 사람이 정말 결혼식을 올렸는지 여부를 몹시 확인하고 싶어 해. 왜냐하면 그들이 실제로 스코틀랜드로 간 것이 아닐 수도 있다는 이야기들이 너무 많이 들리기 때문이야.

포스터 대령님은 그저께 브리턴을 출발해, 어제 급히 사람들을 여기저기로 보내고 난 직후에 이곳에 도착하셨어. 포스터 부인에게 리디아가 남긴 메모를 보고는, 그들이 그레트나 그린(Gretna Green, 스코틀랜드의 마을 이름. 당시 잉글랜드의 젊은이들이 사랑의 도피를 하여 결혼을 올리던 곳으로 유명했음)으로 갈 것으로 생각했었지만, 위컴 씨는 전혀 그곳에 갈 생각이 없었고 리디아와 결혼할 의사도 없었다고 자신 있게 이야기하는 그의 동료 데니 씨의 말 때문에 상황이 완전 달라져 버렸단다. 이 이야기를 들은 포스터 대령님은 깜짝 놀라 두 사람을 찾기 위해 브리턴을 급히 떠나셨지.

  대령님은 클래펌까지는 그들의 행적을 어렵지 않게 추적하셨지만, 거기서부터는 흔적을 놓치고 말았어. 그곳에서 그들은 엡섬에서 타고 왔던 이륜마차를 버리고 다른 마차를 전세 냈다고 하더라. 그 이후에 들은 이야기는, 런던으로 향하는 길에서 그들을 봤다는 것이 전부야. 나는 뭐가 뭔지 모르겠어. 포스터 대령님은 런던 여기저기에 수소문을 하신 뒤, 하트퍼드셔까지도 직접 들어가셨어. 길이란 길은 다 알아보고 바네트와 해트필드의 여관들을 샅샅이 다 뒤졌지만, 소득은 전혀 없으셨어. 그들 같은 사람이 지나가는 것은 본 적도 없다는 거야. 결국 대령님은 무척 걱정스러운 마음으로 롱번으로 돌아오셨고, 우리에게 아주 듬직하게 위로를 해주셨어. 대령님 내외를 생각하면 정말 마음이 아파. 이건 결코 그분들의 잘못이 아니잖니.

리지야, 여기는 지금 너무 침울한 분위기야. 아버지와 어머니는 최악의 사태까지 생각하고 계시지만, 나는 위컴 씨가 그렇게까지 나쁜 사람이라고는 생각되지 않아. 여러 가지 정황을 보면, 그들은 처음의 계획을 포기하고 런던에서 둘이서만 결혼식을 올린 게 아닐까 싶어. 물론 그럴 일은 없겠지만, 위컴 씨가 우리 자매 중 누구에게 그런 일을 꾸민다고 해도 리디아 말고는 누가 그런 정신 나간 짓을 하겠니? 말도 안 되지.

하지만 포스터 대령님이 두 사람이 실제로 결혼했을 거라고는 믿지 않으시니, 그게 더 마음을 졸이게 만들어. 내가 조심스럽게 말씀을 드려도, 대령님은 고개를 저으시며 위컴 씨는 전혀 믿을 수 없는 사람이라고 단호하게 말씀하시거든. 가엾게도 어머니는 몸이 편찮으셔서 방 안에만 계셔. 움직이면 그래도 좀 나으실 텐데, 아예 밖으로 나오실 생각을 하지 않으신단다. 그리고 아버지께서 지금처럼 속상해하시는 모습을 본 건 정말 처음이야. 철없는 키티는 두 사람이 자기 몰래 그런 일을 꾸몄다며 화를 내고 있어. 하지만 그런 일이야 당연히 비밀로 했을 테니, 이상할 것도 없는데 말이야.

리지야, 그래도 넌 이런 볼썽사나운 꼴을 직접 보지 않아도 되었으니 정말 다행이야. 이젠 처음 받았던 충격도 조금 가라앉았을 테니, 집으로 돌아와 달라는 말을 해도 괜찮겠지? 물론 네 사정이 여의치 않다면 강요하고 싶지는 않아. 내 입장만 생각할 수는 없으니까.

그럼 이만 줄일게. 방금 그러지 않겠다고 해 놓고 다시 이야기를 한다만, 상황이 이렇다 보니 가능한 한 빨리 돌아오라고 부탁하지 않을 수 없구나. 외삼촌 내외분이야 그런 말씀을 드려도 충분히 이해하실 분들이잖니. 사실 외삼촌께는 따로 부탁드릴 일도 있어. 아버지께서는 지금 곧 포스터 대령님과 함께 리디아를 찾으러 런던으로 가시려고 해. 무엇을 어떻게 하시려는지 모르겠어. 하지만 너무 황급한 마음이다 보니 가장 안전하고 현명한 방법이 무엇인지 깊이 생각하실 겨를도 없으신 것 같아. 게다가 포스터 대령님도 내일까지는 브리턴으로 돌아가셔야 한다는구나. 이처럼 위급한 상황일수록 외삼촌의 충고와 도움이 정말 절실해. 그분이라면 내 마음을 두말 않고 이해하실 거라고 믿어. 외삼촌은 누구보다도 탁월한 식견을 가지신 분이시잖아.

"아! 외삼촌, 어디 계셔요?"

엘리자베스는 편지를 다 읽자마자 소리를 지르며 자리에서 벌떡 일어났다. 이 귀중한 시간을 한순간도 허비할 수 없다고 생각한 그녀는 즉시 가디너 씨를 찾아 나서려 했다. 그러나 그녀가 문 앞에 이르렀을 때 하인이 문을 열어 주었고, 그 앞에는 다아시 씨가 서 있었다. 그는 엘리자베스의 창백한 얼굴과 당황한 기색을 보고 무척 놀랐다. 그가 마음을 진정하고 말을 꺼내기도 전에, 머릿속이 온통 리디아 생각으로 가득 찬 엘리자베스가 다급한 목소리로 말했다.

"죄송해요. 지금 가 봐야 해요. 외삼촌을 꼭 찾아야 해요. 지금은 한순간도 지체할 수 없는 일이에요. 한시가 급해요."

"아니, 이런! 도대체 무슨 일입니까?"

다아시 씨는 공손하다기보다는 놀라움과 긴장이 섞인 목소리로 되물었다. 그러고는 이내 침착함을 되찾은 듯한 태도로 말했다.

"붙잡으려는 건 전혀 아닙니다만, 저나 하인을 시키시죠. 저희가 가디너 내외분을 찾겠습니다. 몸이 너무 안 좋아 보여서 혼자서는 무리입니다."

엘리자베스는 잠시 머뭇거렸지만 다리가 후들거렸다. 그녀 혼자서 그들을 찾아 나서 봐야 찾을 수 있을 것 같지도 않았다. 그래서 하인을 불러 가디너 씨 부부를 즉시 찾아 모셔오라고 지시했지만, 너무 숨가쁘게 말한 탓에 하인이 제대로 알아들을 수 없을 정도였다.

하인이 나가자마자 엘리자베스는 몸을 가누지 못하고 자리에 주저앉고 말았다. 안색이 너무 창백해 보였기 때문에 다아시 씨는 그녀를 혼자 두고 나갈 수 없었다. 무언가 위로의 말을 건네야겠다는 생각에, 그는 부드러운 목소리로 말했다.

"하녀를 불러 드릴까요? 뭘 좀 드시면 기분이 나아지실 텐데요. 포도주 한 잔 어때요? 제가 준비하죠. 몸이 너무 안 좋아 보이십니다."

"아녜요, 괜찮습니다." 엘리자베스는 마음을 진정시키려고 애쓰며 말했다. "저에게 무슨 일이 있는 건 아니에요. 걱정 마세요. 방금 롱번에서 끔찍한 소식을 받았는데, 너무 충격을 받은 것뿐이에요."

그녀는 이렇게 말하면서 그만 울음을 터뜨렸다. 그러고는 몇 분 동안 말 한마디 하지 못했다. 다아시 씨는 안절부절못하면서 걱정스러운 말을 하는 둥 마는 둥 하며, 동정 어린 눈길로 묵묵히 그녀를 바라만 보았다. 이윽고 엘리자베스가 다시 말을 꺼냈다.

"조금 전에 제인 언니로부터 편지를 받았어요. 아주 끔찍한 소식이었어요. 숨길 수도 없는 일이에요. 막냇동생이 가족들을 다 버리고 도망을 쳤대요. 그것도 위컴 씨 꾐에 넘어가서 말이에요. 둘이 브리턴에서 도망을 쳤답니다. 위컴 씨를 잘 아시는 분이니까 그다음은 말씀드리지 않아도 잘 아시겠죠. 리디아는 돈도 없고, 훌륭한 친척이 있는 것도 아니고, 위컴 씨를 사로잡을 만한 것은 아무것도 없잖아요. 이젠 리디아를 구할 길이 없어요."

다아시 씨는 너무 놀란 나머지 얼어붙어 버린 듯한 표정이었다. 엘리자베스는 더욱 흥분된 목소리로 말했다.

"제가 그 일을 막을 수도 있었는데 말이에요! 전 위컴 씨의 본색을 알았잖아요. 조금만 그의 성격을 이야기해 줬어도! 가족들에게라도 얘기했어야 했어요! 그가 어떤 사람인지 조금만 알았어도 이런 일은 벌어지지 않았을 거예요! 하지만 엎질러진 물이죠. 이젠 너무 늦어 버렸어요."

"정말 가슴 아픈 일이군요. 너무 놀랍기도 하고요. 그런데 그게 사실이에요? 정말 틀림없는 사실입니까?"

"네, 틀림없어요. 두 사람은 일요일 밤에 브리턴을 빠져나갔대요. 런던까진 종적을 찾았는데, 그 뒤로는 모른다는군요. 스코틀랜드로 가지 않은 것만은 분명해요."

"그럼 지금 어떻게 하고 있죠? 리디아 양을 찾을 방법이라도 있는 겁니까?"

"아버지께서 런던으로 가셨대요. 제인 언니는 편지에서 외삼촌이 즉시 도와주시기를 바라고 있어요. 그리고 30분 안에 저희들은 떠나야 할 것 같아요. 하지만 아무 소용이 없을 것 같아요. 정말 아무 소용이 없다는 걸 전 잘 알아요. 위컴 씨 같은 사람의 마음을 어떻게 돌릴 수 있겠어요. 또 두 사람을 찾을 수나 있겠어요? 전 도저히 못 찾을 것 같아요. 정말 생각만 해도 끔찍해요!"

다아시 씨는 엘리자베스의 말이 틀리지 않다는 듯, 말없이 고개만 설레설레 저었다.

"제가 그 사람 본성을 알았을 때, 그때 내가 어떻게 해야 하는지를 당연히 알았어야 했어요! 그런데 그것도 모르고. 저는 주제넘은 짓인 줄 알았죠. 정말, 이런 실수가 없어요!"

다아시 씨는 입을 다물고 있었다. 그는 엘리자베스의 말을 거의 듣지 않는 듯, 이마를 찌푸린 채 어두운 표정으로 잔뜩 생각에 잠겨서 방 안을 왔다 갔다 하고 있었다. 엘리자베스는 그런 그의 모습을 보는 순간 곧바로 그 의미가 이해되었다. 그녀는 온몸에 기운이 다 빠져 버렸다. 이같이 치욕스러운 집안의 모습을 내보인 데다, 다아시 씨가 그것을 경멸하고 있다고 생각하니 맥이 풀려 버렸다. 그런 그가 이상할 것도 없었고 그를 나무랄 일도 아니었다. 그가 그녀를 사랑하고 있다는 생각도 전혀 위로가 되지 못했고, 마음의 고통을 덜어 주지 못했다. 오히려 그녀가 진정으로 바라고 있는 것이 무엇인지를 정확하게 깨닫게 해 주었다. 그녀의 마음속에서는 사랑이 산산조각이 나고 있는 지금, 그 어느 때보다도 그를 진심으로 사랑하고 있다는 것을 느낀 것이었다.

엘리자베스는 잠시 이런 생각에 잠겨 있었지만, 자신만 생각하고 있을 수는 없었다. 리디아의 일 그리고 그로 인해 가족 전체가 겪고 있는 치욕과 불행을 생각하자, 자신의 고민 따위는 한순간에 잊었다. 엘리자베스는 손수건으로 얼굴을 가린 채 곧 리디아 일 외에는 다 잊어버렸다. 그렇게 몇 분간 깊은 침묵이 흐른 뒤, 다아시 씨의 목소리에 엘리자베스는 정신을 차렸다. 그는 조심스럽게 위로의 말을 건넸다.

"혹시 제가 있는 것이 방해나 되지는 않을까 염려스럽습니다. 그렇게 생각하신다면 제가 진심으로 걱정하고 있다는 말씀조차 변명처럼 들릴까 두렵습니다. 제가 조금이라도 위로가 되어 드릴 수만 있다면 하는 마음뿐입니다. 하지만 제 감정만 앞세워 당신을 괴롭혀서는 안 되겠지요. 꼭 치사를 들으려고 하는 짓 같아서 말입니다. 제 누이가 엘리자베스 양을 손꼽아 기다리고 있습니다만, 이 일로 인해 오늘 펨벌리에는 못 오실 것 같군요."

"아, 그렇군요. 다아시 양에게 저희들의 사과를 대신 전해 주세요. 급한 일이 생겨 곧 집으로 돌아가게 되었다고요. 그리고 이 일은 될 수 있는 대로 말하지 말아 주세요. 그리 오래가지는 않겠지만 말이에요."

다아시 씨는 선뜻 비밀을 지키겠다고 약속했고, 다시 한번 위로의 말을 건넸다. 지금 생각하는 것보다는 더 나은 결과가 있을 것이라며, 가족들께 안부를 꼭 전해 달라고 했다. 그러고는 진지한 눈빛으로 작별 인사를 하고 방을 나갔다.

다아시 씨가 떠나고 난 뒤, 엘리자베스는 더비셔에서 여러 차례 만났던 그 애정 어린 모습으로 다시는 그를 마주할 수 없을 것 같은 느낌이 들었다. 지금까지 그와 있었던 온갖 변덕과 반전으로 얼룩진 모든 일들을 회상해 보니, 전에는 그와의 교제가 끝났다고 좋아하다가 지금은 또 계속 만나고 싶어 하는 자신의 변덕스러운 감정에 스스로 한숨이 나왔다.

사랑이 감사와 존경에서 시작된다고 한다면, 엘리자베스의 이러한 감정 변화는 전혀 이상한 것도 잘못된 것도 아닐 것이다. 그러나 만약 그게 아니고 흔히 말하는 처음 만나 곧바로 반해 버리는 그런 감정과 다를 바 없이 감사와 존경에서 우러나오는 애정 역시 불합리하고 부자연스러운 면이 있다고 한다면, 엘리자베스로서는 처음에는 위컴 씨에게 깊이 빠져 첫 번째 방법으로 접근했다가 실패하니까 하는 수없이 두 번째 방법을 모색하는 것 아니겠느냐는 것 말고는 다른 변명을 할 수는 없을 것이다.

아무튼 엘리자베스는 다아시 씨가 나가는 모습을 쓸쓸히 바라보았다. 사랑이 이렇게 무너져 내리는 것인가 하고 생각하니, 리디아의 치욕스러운 행동이 더욱 괘씸하고 고통스럽게 느껴졌다. 엘리자베스는 제인의 두 번째 편지를 읽고 난 후에는 위컴 씨가 리디아와 결혼할 것이라는 희망은 다 던져 버렸다. 제인 외에는 누구도 그런 기대를 할 사람은 없을 것 같았다. 여기까지 생각하니 더 이상 놀랄 것도 없었다.

첫 번째 편지의 내용을 떠올릴 때만 해도 그녀는 정말로 놀랐었다. 돈이 전혀 없는 상황에서 위컴 씨가 리디아와 결혼하려 한다는 것이 믿기지 않았고, 또 리디아가 어떻게 그런 사람을 좋아하게 되었는지도 도무지 이해할 수 없었다. 그런데 지금은 이 모든 일이 아주 당연하게 느껴졌다. 어쩌면 리디아는 그런 식의 사랑을 무척 해 보고 싶었을 것도 같았다. 리디아가 결혼할 의사도 없으면서 일부러 위컴 씨와 함께 달아난 것 같지는 않았지만, 그녀의 도덕심이나 이해력을 생각하면 그처럼 쉽게 유혹에 빠져 버리는 것이 어쩌면 당연하다는 생각도 들었다.

하트퍼드셔에 부대가 주둔하고 있을 때만 해도 리디아가 위컴 씨를 좋아하고 있는지 어떤지, 엘리자베스는 전혀 몰랐다. 그러나 리디아는 관심을 조금이라도 주는 사람이 있다면 그에게 쉽게 마음을 주었던 것은 분명했다. 어떤 때는 이 사관, 또 어떤 때는 저 사관을 좋아했으니까. 리디아는 그렇게 아무하고나 사귀었었다. 그녀의 애정은 끊임없이 옮겨 다녔고, 상대가 없던 적은 거의 없었다. 그런 리디아를 제멋대로 행동하도록 그렇게까지 무심하게 내버려뒀다는 생각이 새삼스러워지면서 엘리자베스는 가슴이 미어질 듯 아팠다.

엘리자베스는 한시라도 빨리 집으로 돌아가고 싶어 미칠 것만 같았다. 아버지는 안 계시고, 어머니는 앓아누워 있는 어수선한 집 안에서 종일 신경이 곤두선 채 모든 일을 혼자 도맡고 있을 제인을 생각하니 마음이 조급해졌고, 빨리 돌아가 그녀를 도와야겠다는 생각이 굴뚝같았다. 그리고 비록 리디아에겐 별다른 방법이 없을 거라고 생각하면서도, 외삼촌이 나서 주는 것이 무엇보다도 중요하다는 생각이 들었다. 엘리자베스는 외삼촌이 방에 들어서기만을, 말로 다 표현할 수 없을 만큼 초조한 심정으로 기다렸다.

하인이 전한 말을 들은 가디너 씨 부부는 엘리자베스가 갑자기 병이 난 줄 알고 놀라 황급히 돌아왔다. 엘리자베스는 즉시 그들을 안심시킨 후, 자신이 그토록 다급히 찾은 이유를 열심히 설명했다. 그녀는 큰 소리로 두 통의 편지를 읽었는데, 마지막 부분의 추신을 꼼꼼히 읽을 때는 목소리가 떨렸다. 가디너 부부는 리디아를 특별히 아끼는 것은 아니었지만 큰 충격을 받지 않을 수 없었다. 이 사건이 단순히 리디아 한 사람만의 문제가 아니라 온 가족, 더 나아가 친척들의 체면까지 걸린 문제였기 때문이었다.

가디너 씨는 처음에는 놀랍고 기도 안 찬다고 소리를 질렀지만, 잠시 뒤에는 힘을 다해서 무엇이든 도와주겠다고 흔쾌히 약속했다. 엘리자베스는 외삼촌이 당연히 그러리라고 생각은 했지만 눈물을 흘리며 감사를 전했다. 세 사람은 한마음이 되어 이번 여행과 관련된 일들을 죄다 재빨리 정리했다. 그들은 가능한 한 한시바삐 떠나기로 했다. 이때 가디너 부인이 말했다.

"그렇지만 펨벌리 일은 어떻게 하지? 존의 말로는 우리를 찾으러 보낸 동안 다아시 씨가 왔다던데, 사실이니?"

"네, 그분께 약속을 지킬 수 없게 되었다고 말씀드렸어요. 그 문제는 걱정 안 하셔도 돼요."

"걱정 안 해도 된다고?" 가디너 부인은 짐을 준비하러 방으로 들어가며 혼잣말처럼 중얼거렸다. "두 사람 사이가, 엘리자베스가 그런 이야기까지 할 수 있는 정도였다니! 도대체 어떤 사이인지 알아봐야지!"

그러나 그것은 소용없는 바람이었다. 그래도 덕분에 그다음 한 시간 동안 정신없이 바쁘게 움직이며, 그녀는 오히려 즐거운 기분으로 일할 수 있었다. 만약 엘리자베스에게 시간이 넉넉하고 한가했다면, 자신처럼 슬픔에 잠긴 사람이 이 모든 일을 한다는 건 불가능하다고 생각하며 손을 놓았을지도 모른다. 그러나 그녀는 외숙모와 마찬가지로 자기 몫의 일을 해내야 했고, 그 와중에 램턴에 있는 모든 친구들에게 갑자기 떠나게 된 이유를 적당히 둘러대는 편지를 일일이 써야 했다. 하지만 한 시간 만에 모든 준비가 끝났다. 그동안 가디너 씨가 여관비를 치르자, 이제 떠나는 일만 남았다.

아침 내내 슬픔에 잠겨 있던 엘리자베스는 생각했던 것보다 짧은 시간 안에 마차에 올랐다는 것을 깨달았다. 마차는 롱번을 향해 내달렸다.

47

"엘리자베스, 이 일에 대해 여러 번 생각해 보았는데 말이야." 마차가 마을을 빠져나가면서 가디너 씨가 입을 열었다. "아무리 곰곰이 생각해 보아도 제인의 판단이 맞는 것 같다는 생각이 자꾸만 드는구나. 도대체 어떤 젊은 녀석이, 보호자와 친구들이 있고 더구나 자기 부대장 집에 머물고 있는 소녀에게 그런 음흉한 짓을 꾸밀 수 있겠니? 그러니 나는 두 사람이 정식으로 결혼할 거라고 낙관하고 싶구나. 그는 과연 리디아 주변의 사람들이 나서지 않을 거라고 생각했을까? 또 그렇게까지 포스터 대령을 모욕하고도 다시 부대로 돌아갈 수 있다고 생각했을까? 그런 짓을 하기에는 따르는 위험이 너무 크잖아."

"정말 그렇게 생각하세요?" 엘리자베스의 목소리가 순간 밝아졌다.

그러자 가디너 부인이 말을 이었다.

"정말, 나도 외삼촌과 같은 생각이 드는구나. 위컴이 그런 짓을 한다면 체면과 명예, 현실적인 이익까지 잃게 될 게 너무 많아. 난 위컴이 그렇게까지 나쁜 사람은 아닌 것 같은데. 리지야, 넌 어때? 위컴이 그런 짓을 저지를 정도로 파렴치한 사람이라고 생각하니?"

"아마 자신의 이익만은 소홀히 하지 않겠죠. 하지만 그 외에는 무엇이든 무시해 버릴 수 있는 사람이라 할 수 있어요. 그런데 정말 말씀대로라면 얼마나 좋을까요! 하지만 저는 그러지 않을 것 같아요. 만약에 그렇다면, 그들은 스코틀랜드로 갔어야 하지 않나요?"

"자, 먼저 그들이 스코틀랜드로 가지 않았다는 확실한 증거는 없잖아."

가디너 씨가 이렇게 말하자, 엘리자베스가 반박했다.

"아니에요. 그렇지만 이륜마차를 버리고 마차를 전세 냈다는 것만 보아도 짐작할 수 있잖아요. 게다가 바넷으로 가는 길에서는 아무도 두 사람을 보지 못했다고 하잖아요."

"좋아, 그럼 일단 그들이 런던에 있다고 가정하자. 다른 이유라기보다는, 우선 숨고 보자는 생각이었다면 그럴 수도 있을 테니까. 두 사람 모두 돈이 넉넉하지는 않을 테니, 스코틀랜드보다는 런던에서 결혼하는 편이 당장 할 수는 없지만 돈이 적게 든다는 생각도 했을 법하거든."

"그런데 왜 이렇게 모든 걸 비밀로 하죠? 그렇게 꼭꼭 숨어야 하는 이유가 뭐예요? 결혼을 남몰래 둘이서만 해야 하는 이유가 도대체 뭐죠? 아녜요, 아녜요, 결혼은 안 할 거예요. 언니의 편지에서 봤듯이, 그의 절친한 친구인 데니 씨가 그는 결혼할 의사가 전혀 없다고 하잖아요. 위컴 씨는 돈 없는 여자와 결혼할 사람이 아니에요. 그럴 형편이 못 되니까요. 리디아가 어리고 건강하고 성격이 좋다는 것 말고는, 그가 돈 많은 여자와 결혼할 수 있는 기회를 포기할 만큼 다른 매력이 있는 것도 아니잖아요. 부대 안에서 당할 수치에 대한 두려움이 리디아와의 부끄러운 도주에 얼마나 부담이 될지는 저로서는 알 수 없어요. 그런 행위에 어떤 제재가 따르는지는 저는 아무것도 모르니까요. 그러나 외삼촌의 또 다른 추측은 다시 생각해 볼 필요가 있는 것 같아요. 리디아에게는 이 일에 나설 오빠들이 없어요. 그리고 우리 집에서 일어나는 일에 대해 아버지는 늘 무관심하게 방관만 하신다는 인상을 주셨기 때문에, 위컴 씨는 이번 일에도 아버지께서 전혀 개입하지 않으실 거라고 생각했을 수도 있어요."

"그러면 너는 리디아가 위컴 씨와의 사랑 외에는 다 내팽개치고 결혼도 하지 않은 채 동거까지 하려고 마음먹었다고 생각하는 거니?"

"정말 힘들고 가슴 아픈 일이에요." 엘리자베스는 눈물을 글썽이며 말했다. "이런 부분에서 동생의 도덕관념을 언니로서 의심하지 않을 수 없다는 사실이요. 정말 어떻게 말씀드려야 할지 모르겠어요. 제가 리디아를 오해하고 있을 수도 있겠죠. 어쨌든 그 애는 너무 어려요. 아직은 심각한 문제에 대해 깊이 있게 생각할 줄 몰라요. 또 지난 여섯 달 동안, 아니 1년 동안 리디아는 허영심에 차서 노는 데에만 정신이 팔려 있었어요. 빈둥거리거나 쓸데없는 짓을 하면서 시간을 허비하고, 제멋대로 아무 생각이나 떠들어 대곤 했죠. 부대가 처음 메리턴에 주둔했을 때에는 연애나 노닥거리는 것이나 사관들 말고는 딱히 관심을 두는 게 없었어요. 뭐라 할까요, 리디아는 자기 기분을 사로잡는 일에 대해서는 제멋대로 생각하고 말하다 보면서 자연히 마음이 들뜨던 거겠죠. 그런 데다 위컴 씨는 어떤 여자든 사로잡을 수 있는 외모에 화술까지 갖추고 있다는 건 우리 모두 잘 아는 사실이잖아요."

"하지만 제인은 위컴이 그런 짓까지 저지를 정도로 나쁜 사람은 아닌 것 같다고 하잖니." 외숙모가 끼어들었다.

"언니가 언제 누굴 험담하는 적이 있던가요? 누가 과거에 어떤 짓을 했든, 그 사람이 다시 그런 일을 저질렀다는 것이 밝혀지기 전까지는 그 사람이 그런 짓을 하리라고는 생각하지 않는 게 언니란 말이에요. 그리고 사실 언니도 저와 마찬가지로 위컴 씨가 실제로 어떤 사람인지를 잘 알고 있어요. 정말 말로 표현할 수 없을 만큼 파렴치한 인간이라는 것을 우리는 알고 있어요. 양심이나 부끄러움은 전혀 없는 사람이에요. 말만 번지레하게 잘하는 것이지, 위선적인 데다 사람도 잘 속이죠."

"그럼, 정말 이게 모두 사실이란 말이니?" 가디너 부인은 그들이 어떻게 알았을까 하고 잔뜩 호기심 어린 얼굴로 물었다.

"그럼요. 사실이죠." 엘리자베스가 정색하며 대답했다. "전에도 그가 다아시 씨에게 어떤 악행을 저질렀는지 말씀드렸잖아요. 그리고 지난번에 롱번에서, 자신에게 그렇게 관용과 후의를 베풀어 주었던 그분을 어떤 식으로 말하는지 외숙모께서도 직접 들으셨잖아요. 그리고 입에 담을 수 없는 이야기도 있어요. 사실 말할 가치조차 없지만요. 하지만 펨벌리 가에 대한 그의 거짓말은 정말 끝도 없어요. 다아시 양에 대해 그가 한 말을 들었을

때, 저는 그녀가 아주 오만하고 기분 나쁜 여자일 거라는 생각이
들더군요. 하지만 그 사람은 자기 생각과는 전혀 반대로 이야기
했던 거예요. 우리도 보았듯이, 다아시 양이 상냥하고 겸손한 여
자라는 것을 그도 분명히 알고 있었던 거예요."

"그럼, 리디아는 이런 사실을 전혀 모르고 있단 말이니? 너와
제인은 이렇게 잘 알고 있는 사실을 리디아가 모른다는 게 말
이 되니?"

"네, 맞아요. 무엇보다도 그게 잘못이었어요. 제가 켄트에서 다
아시 씨와 그분의 친척인 피츠윌리엄 대령을 자주 보기 전까지
는 저도 이런 사실을 전혀 몰랐어요. 그리고 제가 집으로 돌아
왔을 때는 1, 2주 내에 부대가 메리턴에서 철수한다고 하더군요.
일이 이렇게 되다 보니, 제 이야기를 다 들은 언니나 저는 우리
가 아는 사실을 가족들에게 이야기할 필요까지는 없다고 생각
했던 거예요. 위컴 씨에 대한 이웃들의 자자한 칭송을 뒤엎는다
고 해서, 그걸로 특별히 득을 볼 사람도 없을 것 같았거든요. 그
리고 리디아가 포스터 부인과 함께 가기로 결정되었을 때도, 리
디아에게 위컴 씨의 본성을 알려 줘야겠다는 생각은 정말 못 했
어요. 리디아가 그런 꾐에 빠져 넘어갈 거라고는 전혀 생각하지
못했죠. 두 분께서는 지금 와서 보면 그럴 수도 있다고 쉽게 생각
하실 수 있겠지만, 저로서는 정말 꿈에도 몰랐는걸요."

"그러니까 부대가 브리턴으로 다 떠나 버리고 난 뒤에는, 리디
아와 위컴 씨가 서로 좋아하고 있다고 생각할 만한 이유가 전혀
없었다는 말이구나."

"전혀 없었죠. 어느 쪽에서도 그런 조짐은 보이지 않았으니까요. 만약 그런 낌새라도 조금 있었더라면, 저희 집에서 그냥 넘어가지는 않았을 거라는 건 잘 아시잖아요. 처음 위컴 씨가 부대에 배속되어 왔을 때, 리디아는 그에게 홀딱 반해 버렸지만, 그건 사실 마을 전체가 그랬어요. 처음 두 달 동안은 메리턴은 물론 인근 마을의 모든 처녀들이 그에게 정신을 못 차렸으니까요. 그렇다고 그가 리디아에게 특별히 관심을 가졌던 것은 아니에요. 그러다 보니, 정신없이 그에게 빠져 있던 시간이 어느 정도 지나자 리디아의 열정도 금세 식어 버렸죠. 그러다 다른 사관들이 자기에게 관심을 보인다 싶으면, 리디아는 다시 그들을 쫓아다녔고요."

이 중대한 문제에 대해 아무리 이야기를 나누고 또 나누어 더이상 새로운 두려움이나 희망 그리고 추측할 것이 없다고 해도, 그들이 여정 중에 잠시라도 이 화제를 두고 다른 이야기를 할 수는 없었을 것이라는 점은 쉽게 짐작할 수 있다. 엘리자베스는 한시도 이 생각이 머릿속을 떠나지 않았다. 말할 수 없이 쓰라린 고통과 자책감에 사로잡혀 잠시도 마음 편할 틈이 없었고, 단 한순간도 이 일이 뇌리에서 지워지지 않았다.

그들은 마차를 있는 힘껏 몰았다. 그렇게 하루는 길에서 밤을 보내고, 그 이튿날 점심시간에 롱번에 도착했다. 엘리자베스는 제인이 너무 오래 기다리다가 지쳐 버리면 어쩌나 걱정했지만 생각보다 일찍 도착해 그나마 마음이 놓였다.

가디너 씨 댁 아이들은 마차가 목장 안으로 들어서자 그것을 바라보느라고 현관 앞 계단에 조르르 서 있다가, 마차가 문 앞에 다다르자 환한 얼굴로 즐거운 탄성을 지르며 온몸으로 어리광을 부리기도 하고 깡충깡충 뛰어다녔다. 그것은 그들이 집으로 돌아오면서 맞이한 첫 번째 열렬한 환영이었다.

엘리자베스는 마차에서 뛰어내려 아이들 하나하나에게 얼른 뽀뽀를 해 주고는 서둘러 현관으로 들어갔는데, 그 순간 어머니의 방에서 아래로 달려 내려오던 제인과 마주쳤다.

엘리자베스와 제인은 서로를 끌어안으며 눈물을 글썽였다. 엘리자베스는 곧바로 리디아에 대한 소식이 없느냐고 물었다.

"아직은 없어. 그래도 이제 외삼촌께서 오셨으니까, 모든 일이 잘될 거야."

"아버지께서는 아직 런던에 계셔?"

"응, 지난번 편지에서 말했던 대로 화요일에 그곳으로 가셨어."

"아버지로부터 소식은 자주 있는 거야?"

"딱 한 번 소식을 받았어. 수요일에 무사히 잘 도착하셨다고 몇 자 적어 보내셨는데, 내가 여기서 해야 하는 일들을 적어 놓으셨어. 그건 내가 아버지께 특별히 부탁드렸던 거거든. 그리고 꼭 전해야 할 중요한 일이 아니면 편지를 쓰지 않겠다고 하셨어."

"참, 어머니는 좀 어떠셔? 그리고 동생들은?"

"어머니는 좀 좋아지신 것 같아. 정신적으로는 충격이 꽤 큰 것 같지만 말이야. 지금 위층에 계시는데, 널 보면 무척 반가워하실 거야. 아직 침실 밖으로는 못 나오셔. 메리와 키티는 건강해. 정말 고맙게도 말이야!"

"그런데 언니는? 언니는 괜찮아? 안색이 창백해 보여. 이번 일을 감당하느라 정말 많이 힘들었지?"

그러나 제인은 자기는 전혀 아무렇지도 않다고 했다. 가디너 씨 부부가 자녀들을 살피는 동안에 나누었던 두 사람의 대화는 그들 일행이 다가오자 중단되었다. 제인은 외삼촌 내외에게 달려가 이렇게 와 줘서 고맙다고 인사하며 반갑게 맞이했는데, 그녀의 웃는 얼굴에는 울먹이는 기색이 비쳐 있었다.

모두 응접실에 모였을 때 엘리자베스가 했던 질문들을 외삼촌과 외숙모가 다시 물었지만, 제인에게서 더 이상 새로운 이야기를 들을 수는 없었다. 하지만 제인은 그녀의 착한 마음에서 나오는 낙관적인 희망을 버리지 않고 있었다. 그녀는 여전히 모든 일이 다 잘 될 거라고 믿었고, 매일 아침마다 리디아나 아버지로부터 그동안의 경과를 알리면서 혹 두 사람이 결혼했다는 소식이 오지 않을까 하고 기다리고 있었다.

그들은 몇 분 동안 이야기를 나눈 뒤 베넷 부인의 방으로 올라갔다. 그녀는 예상했던 그대로의 모습으로 그들을 맞았다. 후회와 한탄의 눈물을 흘리며, 위컴 씨의 야비한 행동에 대해 욕설을 퍼붓고, 자신이 겪고 있는 고통과 설움을 한껏 늘어놓았다. 딸이 이런 일을 저지르게 된 주된 원인이 자기의 어리석은 판단 때문이라고 할 수 있는데도, 어머니는 그런 자신만 쏙 빼고는 누구든 비난을 해댔다.

"내가 주장했던 대로 가족들 모두 브리턴으로 갔더라면 이런 일은 일어나지 않았을 것 아니야. 그렇지 않아서 우리 가엾은 리디아를 돌봐 줄 사람이 없었던 거잖아. 왜 포스터 대령은 아이를 아무렇게나 내버려둔 거야! 그 댁에서 무언가 크게 실수를 하긴 했어. 리디아는 조금만 신경을 써 줬다면 그런 짓을 할 아이가 아니거든. 난 애초에 그 댁에 리디아를 맡기는 게 못마땅했어. 네 아버지가 내 말을 들어 준 적이 있긴 하니? 어이구, 가엾은 리디아! 그리고 너희 아버지는 지금 나가고 없잖아. 어디선가 위컴과 마주치기라도 하면 분명 결투를 신청할 거야. 그러면 네 아버지는 돌아가실 거고, 그러면 우리는 도대체 어떻게 되는 거니? 몸이 무덤 속에서 채 식기도 전에 콜린스네가 우리를 쫓아낼 텐데. 그때 동생네까지 우리를 외면하면 우리는 도대체 어떻게 살라는 거야!"

그 자리에 있던 사람들 모두가 그런 끔찍한 생각을 왜 하느냐며 베넷 부인을 나무랐다. 가디너 씨는 베넷 부인과 가족들 모두에 대한 자신의 애정을 다시 한번 확인시킨 뒤, 이튿날 런던으로 가서 베넷 씨를 도와 리디아를 찾는 데 최선의 노력을 기울이겠다고 말하며 이렇게 덧붙였다.

"쓸데없는 걱정은 몸만 상하게 해요. 최악의 경우까지 염두에 두는 건 필요하겠지만, 그렇다고 미리 단정 지을 필요는 없잖아요. 두 사람이 브리턴을 떠난 지 아직 일주일도 안 됐어요. 며칠만 더 지나면 무슨 소식이 들려올지도 몰라요. 그러니까 두 사람이 결혼하지 않았거나 혹은 결혼할 의사가 전혀 없다는 것이 확실히 밝혀지기 전까지는 일이 다 틀어졌다고 단념해선 안 됩니다. 제가 런던에 도착하는 즉시 매부를 찾아 그레이스처치 가에 있는 집으로 모시겠습니다. 그런 다음 우리가 해야 할 일을 같이 의논해 보지요."

"역시 내 동생이야! 정말 그렇게만 해 준다면 더 바랄 게 없지. 그래, 런던에 가면 그 애들이 어딘가에는 있을 테니까 꼭 찾아야 해. 아직 결혼을 안 했거든, 둘을 결혼시키도록 해. 결혼 예복 때문에 결혼을 미루게 해선 안 되고, 리디아에겐 결혼하고 나면 그것을 살 수 있는 돈을 원하는 대로 듬뿍 주겠다고 이야기를 해 줘. 그리고 무엇보다도 매부가 결투를 하지 않도록 말려야해. 내가 지금 얼마나 걱정하고 있는지 꼭 전해 줘. 너무 놀란 나머지 정신이 하나도 없고, 온몸이 떨리고 속은 울렁거리고, 옆구리는 결리고 머리까지 아프고, 심장이 두근거려서 밤낮으로 한시도 편할 때가 없다고 말이야. 그리고 참, 리디아에게 나를 만날 때까지는 옷을 일절 주문하지 말라고 이야기를 전해 줘. 그 애는 어느 가게가 제일 잘하는지도 모르잖니. 어쨌든 네가 나서 줘서 정말 고마워! 모든 걸 잘 처리해 줄 거라 믿어."

그러나 가디너 씨는 리디아 문제에 있어서는 최선을 다하겠다고 베넷 부인에게 다짐하면서도, 기대를 하든 두려워하든 필요 이상으로 지나치게 하지는 말라고 한마디 하지 않을 수 없었다. 저녁 식사가 준비될 때까지 이런 이야기들을 주고받다가, 딸들이 없을 때 대신해서 시중을 드는 가정부에게 온갖 하소연을 하도록 부인을 내버려두고 모두 방을 나왔다.

가디너 씨 부부는 베넷 부인을 가족들과 따로 떼어놓을 필요까지는 없다고 생각하면서도, 그냥 모른 척 넘기기로 했다. 하인들이 식사 시중을 드는 동안 그들 앞에서 입을 다물고 있을 만한 분별력이 베넷 부인에게 없다 보니, 가장 믿을 만한 가정부 한 사람으로 하여금 그녀의 걱정과 불안을 다 받아 주도록 하는 것이 현명하다고 생각했기 때문이었다.

식당에서 곧 메리와 키티도 자리를 함께했다. 두 사람 모두 각자의 방에서 자기 일에 몰두해 있다가 이제야 나타난 것이었다. 메리는 책을 보다가 나왔고, 키티는 화장을 하던 중이었다. 그러나 둘 다 비교적 평온한 표정이었는데, 아주 가깝게 지내던 동생이 그런 지경에 처한 상황 때문인지 혹은 그 일로 스스로 화가 난 탓인지 키티의 목소리가 평소보다 초조한 듯이 들리는 것 말고는 누구에게서도 눈에 띄게 달라진 모습은 보이지 않았다. 메리는 모두가 식탁에 앉자 곧 심각한 표정을 지으며, 제법 집안을 걱정하는 듯한 말투로 엘리자베스에게 말을 건넸다.

"정말 불행한 일이야. 아마 사람들이 입방아를 찧어대겠지. 하지만 우리는 이 난관을 헤쳐 나가면서, 상처받은 서로의 마음을 자매간의 사랑으로 달래 주어야겠지."

엘리자베스가 아무런 대꾸도 하지 않을 것 같은 눈치이자, 메리는 다시 이렇게 덧붙였다.

"리디아에게는 정말 안된 일이지만, 이번 일로 우리는 몇 가지 유익한 교훈을 얻을 수 있어. 여자는 한 번 정조를 잃으면 돌이킬 수 없다는 것, 즉 한 번 발을 잘못 디디면 영원히 파멸해 버리고 만다는 것과 여자에 대한 평판은 제아무리 훌륭해도 한순간에 깨져 버릴 수도 있다는 것, 따라서 불한당 같은 사내들 앞에서는 아무리 조심하고 또 조심해도 지나치지 않다는 것, 이상이야."

엘리자베스는 메리를 치뜬 눈으로 바라보았지만, 너무 기가 차서 말이 나오지 않았다. 그런데도 메리는 리디아의 불행한 일을 두고 앞서 말한 도덕적 교훈들을 저 혼자서 계속해서 끄집어 내고 있었다.

오후가 되어서야 엘리자베스와 제인은 반 시간 정도 단둘이 있을 수 있었다. 그러자 엘리자베스는 그 기회를 놓치지 않고 여러 가지 질문을 쏟아 냈고, 제인 역시 기다렸다는 듯이 성실하게 대답해 주었다. 두 사람은 이번 사건이 초래할 두려운 결과를 예상하며 한참 비통해했는데, 엘리자베스는 그 결과가 거의 확정적이라 생각했고 제인도 그것을 전적으로 부정하지는 못했다.

엘리자베스는 말을 이었다.

"하지만 아직 나한테 말하지 않은 게 있다면, 모조리 빠짐없이 다 얘기해 줘. 더 자세히 들려줘야 해. 포스터 대령님은 뭐라고 하셨어? 둘이 도망치기 전에 뭔가 이상한 느낌은 없으셨대? 그들과 늘 같이 얼굴을 맞대고 지냈을 텐데 말이야."

"포스터 대령님은 두 사람이 서로 좋아하는 눈치는 자주 느꼈다고 하셨어. 특히 리디아가 더 좋아하는 것 같다고 했는데, 뭐별로 대수롭지 않게 생각하셨대. 그분께는 정말 죄송해. 그분은 정말 깊은 관심과 자상함을 보여 주셨거든. 두 사람이 스코틀랜드로 가지 않았다는 사실을 알기 전부터, 그분도 걱정하고 있다는 것을 보이려고 여기로 오시려고 했지. 그런데 그 사실을 아시고 나서는 더 걱정이 되어서 서둘러 오신 거야."

"그럼 데니 씨는 위컴 씨가 결혼할 생각이 없다는 걸 확실히

알고 있었대? 그들이 도망칠 줄은 알았대? 포스터 대령님이 데
니 씨를 직접 만나셨대?"

"응. 그런데 대령님이 물으시니까, 자기는 아무것도 모른다고
딱 잡아떼면서 자기는 할 이야기가 없다고 했대. 이번에는 그들
이 결혼하지 않을 거라고 주장하지는 않았대. 그런 걸 보면 애초
에 그가 잘못 알고 있었던 게 아닐까 하는 생각도 들어."

"그럼, 포스터 대령님이 직접 오시기 전까지는 두 사람이 결혼
하지 않았을 거라고는 아무도 의심하지 않았던 거네?"

"어떻게 그런 생각을 할 수 있었겠니? 난 그저 걱정스럽고 불
안한 마음밖에 없었어. 위컴 씨처럼 처신이 바르지 못한 사람과
결혼하면 리디아가 불행해질 것 같아서 말이야. 아버지와 어머
니는 그런 사실은 전혀 모르고 계셨어. 단지 너무 경솔하게 결혼
을 치르는 게 마음에 걸리셨을 뿐이지. 그제야 키티가 우리보다
좀 더 많이 아는 게 무슨 큰 자랑이라도 되는 듯이, 리디아가 보
내온 마지막 편지에서 그런 계획을 자기에게 넌지시 내비쳤다고
하더라고. 키티는 두 사람이 서로 좋아하고 있었다는 걸 수주 전
부터 알고 있었던 것 같아."

"그럼 리디아가 브리턴에 가기 전에는 몰랐던 거네?"

"아마 그랬을 거야."

"그럼, 포스터 대령님도 위컴 씨를 그다지 좋게 보지는 않으셨
을 것 같은데? 위컴 씨가 어떤 사람인지 대령님도 알고 계셔?"

"대령님도 예전처럼 좋게 말씀하시진 않았어. 위컴 씨를 경솔
하고 낭비벽이 있는 사람이라고 생각하고 계시더라고. 이번 일

이 있고 난 뒤로는, 위컴 씨가 남의 돈을 잔뜩 빌려 놓고 메리턴을 떠났다는 소문까지 나돌고 있거든. 하지만 난 그게 사실이 아니기를 바라고 있어.”

“아, 제인 언니! 위컴 씨에 대해 우리가 알고 있는 사실을 조금이라도 말했더라면, 이런 일은 벌어지지 않았을 텐데!”

“아마 그게 나았을지도 모르지. 하지만 그 사람이 지금 어떤 생각을 하고 있는지도 모르는 상태에서, 예전의 잘못만 들추는 건 옳지 않다고 생각했잖아. 우리도 나름대로 생각해서 그렇게 결정한 거였잖아.”

“리디아가 포스터 부인에게 남긴 편지 내용을 대령님이 일일이 다 말씀해 주신 거야?”

“우리에게 보여 주시려고 아예 그 편지를 가져오셨어.”

제인은 손가방에서 그 편지를 꺼내 엘리자베스에게 건넸다. 사연은 다음과 같았다.

보세요, 해리엇.

제가 어디로 가는지 아시면 웃음이 나시겠지만, 저도 내일 아침 제가 없어진 것을 알고 놀랄 당신의 모습을 생각하니 웃음을 참을 수가 없네요. 저는 그레트나 그린으로 갑니다. 누구랑 같이 가는지 모르시겠다면, 전 당신을 바보라고 놀릴 거예요. 세상에서 제가 사랑하는 사람은 단 한 분뿐이잖아요. 천사와도 같은 그분 말이에요. 그분 없는 행복은 상상도 할 수 없기에, 이렇게 떠나는 것이 조금도 두렵지 않아요. 원하지 않으신다면 이 사실을 롱번에 알릴 필요는 없어요. '리디아 위컴'이라고 서명을 한 제 편지를 보내는 것이 더더욱 가족들을 놀라게 할 테니까요. 그러면 얼마나 재미있겠어요! 웃음이 나와 이 글도 제대로 못 쓰겠어요. 프래트에게는 오늘 밤 약속한 춤을 함께 못 추게 되어 미안하다고 전해 주세요. 모든 일을 알고 나면 저를 이해할 수 있을 것이라고도 전해 주세요. 그리고 다음에 무도회에서 만나게 되면 기꺼이 함께 춤을 추겠다고 전해 주시고요. 롱번에 가면 제 옷가지를 가지러 사람을 보낼 건데요, 그중 수놓은 모슬린 가운에 조금 찢어진 부분이 있는데 짐을 챙기기 전에 샐리에게 그걸 좀 꿰매 달라고 해 주세요. 그럼, 이만 쓸게요. 대령님께도 안부 전해 주시고, 저희의 행복한 여행에 축배를 들어 주세요.

당신의 다정한 벗, 리디아 베넷

"이럴 수가! 리디아는 철이 없어도 정말 한참 없네!" 편지를 다 읽고 난 엘리자베스는 크게 탄식했다. "그런 와중에도 이런 편지를 다 쓰다니. 그래도 편지 내용을 보면, 적어도 위컴 씨와 함께 떠나는 문제만큼은 심각하게 생각했던 것 같아. 이 파렴치한 계획을 리디아가 꾸몄을 리는 없어. 위컴 씨가 나중에 어떻게 리디아를 구슬렸는지는 모르겠지만 말이야. 아버지께서 얼마나 마음이 아프셨을까! 이 글을 보시고 마음이 얼마나 상하셨을까!"

"그렇게 충격을 받으시는 모습은 난생처음이었어. 십여 분 동안은 말 한마디 못 하셨다니까. 어머니는 곧바로 몸져누웠고, 그러니 집 안 분위기가 이렇게 뒤숭숭해질 수밖에 없지."

"언니, 그러면 집안 하인들도 그날로 사건 전부를 다 알게 되었겠네?"

"모르겠어. 꼭 그런 건 아닐 거야. 하지만 그런 상황에서 입단속을 한다는 게 너무 어려웠어. 어머니는 히스테릭하게 굴고, 나는 있는 힘껏 어머니를 보살피려 했지만 마음처럼 잘해 드리지는 못했던 것 같아. 무슨 일이 일어날 것만 같은 불안감 때문에 뭐 하나 제대로 할 수가 없었단 말이야."

"어머니를 시중드는 일은 정말 힘들었을 거야. 언니 얼굴이 안 좋아 보여. 내가 언니랑 같이 있었어야 했는데! 걱정이란 걱정은 언니 혼자 몽땅 도맡게 내버려두었으니!"

"메리와 키티도 신경을 많이 썼어. 힘든 일은 늘 같이 도우려고 했지만, 그 애들에게는 무리였어. 키티는 너무 연약하고, 메리는 열심히 공부하다가 잠깐 쉬는 그 시간을 뺏을 수가 있어야지. 아버지가 떠나신 뒤엔 필립스 이모가 화요일에 오셔서 고맙게도 목요일까지 함께 있어 주셨어. 정말 큰 위로가 되었고 도움이 많이 됐어. 그리고 루카스 부인도 지금까지 많은 신경을 써 주고 계셔. 수요일 아침에는 일부러 여기까지 걸어오셔서 위로해 주셨는데, 자신이나 딸들이 필요하면 언제든지 도와주시겠다고 하셨어."

"그냥 집에 계시는 편이 나을 텐데." 엘리자베스의 목소리가 커졌다. "호의야 고맙다지만, 이웃이 이런 불상사를 당했을 때는 될 수 있으면 찾아보지 않는 게 훨씬 나아. 도움이 될 것도 없고, 위로한다는 말도 듣기 싫기만 해. 겉으론 안타까운 척하면서 속으론 흐뭇해하는 사람도 있을 테니까. 그냥 뒷짐 지고 강 건너 불구경이나 하라지."

그리고 엘리자베스는 아버지가 런던에서 어떤 방법으로 리디아를 찾겠다고 했는지 계속해서 물었다. 제인은 이렇게 대답했다.

"내 생각엔, 먼저 두 사람이 마차를 갈아탄 엡섬으로 가서 마부들을 상대로 무언가 단서를 찾으시려는 것 같았어. 주된 목적은 클래펌에서 두 사람을 태우고 간 전세 마차의 번호를 알아내는 거였던 것 같아. 그 마차는 런던에서 사람들을 태우고 온 것이었는데, 젊은 두 남녀가 마차를 갈아탔으니 사람들 눈에 띄었을 거라고 생각하신 거지. 클래펌에서 알아보신 다음, 그 마부가 손님을 내려 준 여관을 찾아내면 거기서부터 수소문해 가시려는가 봐. 마차가 선 위치나 마차 번호를 알아내는 게 전혀 불가능한 일은 아니라고 하셨거든. 그 외에 다른 계획이 있는지는 잘 모르겠지만, 아버지께서 너무 서두르시고 경황이 없으셔서 이 정도 알아내는 데도 무척 힘이 들었단다."

- 48 -

다음 날 아침 가족들은 모두 베넷 씨로부터 편지가 오기를 기다렸지만, 우체부는 단 한 통의 편지도 전해 주지 않고 돌아갔다. 베넷 씨가 평소에도 편지를 쓰는 것을 무척 싫어하고 자주 미루는 성격이라는 것은 가족 모두가 잘 알고 있었지만, 상황이 상황인 만큼 이번에는 그가 편지를 보내올 것이라고 기대하고 있었다. 그래서 그들은 결국 편지로 전할 만한 반가운 소식은 없는가 보다 하고 생각할 수밖에 없었지만, 그래도 그런 사실만이라도 속 시원히 알려주면 안 되느냐고 불만을 털어놓았다. 가디너 씨도 출발하기 전까지는 베넷 씨로부터 편지가 오기를 손꼽아 기다리고 있었다.

가디너 씨는 출발할 때, 적어도 일이 어떻게 되어가고 있는지에 대한 소식만큼은 꾸준히 전해 달라는 다짐을 받고 길을 나섰으며, 떠나면서는 베넷 부인에게 매부를 만나면 잘 설득해서 롱번으로 돌려보내겠다고 약속했다. 이에 베넷 부인은 매우 기뻐했는데, 그녀는 그것만이 결투를 막고 남편의 목숨을 구할 수 있는 유일한 길이라고 생각했기 때문이었다.

가디너 부인은 자기가 이곳에 남아 있는 것이 조카들에게 도움이 될 수도 있을 거라고 생각해, 아이들과 함께 하트퍼드셔에 며칠 더 있기로 했다. 그녀는 조카들과 함께 베넷 부인을 돌보았고, 덕분에 그들이 한가한 시간을 가질 수 있어 큰 힘이 되었다. 필립스 이모도 그들을 자주 방문했는데, 조카들을 격려하고 위로하려는 의도였지만 올 때마다 위컴 씨의 낭비벽과 비행에 관한 새로운 이야깃거리를 들고 왔기 때문에 그녀가 돌아가고 나면 모두가 더욱 침울한 기분이 되어 버리곤 했다.

메리턴의 모든 사람들은 석 달 전만 해도 거의 천사처럼 받들던 위컴 씨를 이제는 앞다투어 헐뜯는 것 같았다. 그는 상인들마다 빚을 지고 있었으며, 정말 유혹의 제왕이라고 할 만큼 상인들의 딸들은 죄다 찝쩍거렸다는 이야기까지 나돌았다. 사람들은 하나같이 그를 두고 세상에서 가장 사악한 청년이라 평했고, 예전에는 선량해 보이던 그의 모습에서도 늘 어딘가 미심쩍은 점이 있었던 것 같다고들 했다. 엘리자베스는 그런 이야기들을 절반도 믿지 않았지만, 앞서 우려했던 대로 리디아가 결국 신세를 망치게 될 것이라는 생각은 더욱 확실해졌다. 엘리자베스보다는 낙관적으로 생각하던 제인조차도 거의 절망적인 느낌이 들었는데, 그녀가 희망을 버리지 않고 있는 사실대로 두 사람이 스코틀랜드로 갔다면 지금쯤은 당연히 어떤 소식이라도 있어야 했기에 그녀의 절망감은 더더욱 커졌다.

가디너 씨는 일요일에 롱번을 떠났다. 화요일에 가디너 부인은 그로부터 한 통의 편지를 받았는데, 그 편지에는 다음과 같은 내용이 담겨 있었다. 그가 런던에 도착한 즉시 베넷 씨를 찾았고 그를 설득해 그레이스처치 가로 모셔 왔다는 것, 자신이 도착하기 전에 베넷 씨가 엡섬과 클래펌을 다녀왔지만 만족할 만한 정보는 전혀 얻지 못했다는 것, 두 사람이 런던에 처음 와서 하숙집을 구하기 전에 여관에 투숙했을 가능성이 있다면서 베넷 씨는 이제 런던의 주요 여관들을 샅샅이 다 뒤져 볼 작정을 하고 있으며 자기로서는 이 방법이 별 성과가 없을 것 같지만 매부의 뜻이 워낙 강해서 어쨌든 함께 찾아보기로 했다는 등의 내용이 있었다. 또 덧붙이기를 베넷 씨가 현재로서는 전혀 런던을 떠날 생각이 없는 것 같다면서, 빠른 시일 내에 편지를 다시 보내겠다고 했다. 편지의 추신에서는 다음과 같이 적혀 있었다.

"저는 포스터 대령에게 가능하다면 부대에서 위컴과 친한 사람들로부터 그가 숨어 있을 만한 장소나, 그런 정보를 알고 있을 만한 친척이 있는지 수소문해 달라고 부탁드렸습니다. 만약 그런 단서를 제공해 줄 누군가가 있어 그의 도움을 받을 수 있다면, 그건 아주 큰 수확이 될 겁니다. 지금으로서는 어디서부터 시작해야 할지 막막하군요. 그래도 포스터 대령이라면 그 문제에 대해 최선을 다해 주실 거라고 믿습니다. 그렇지만 또 한편으로는, 위컴에게 어떤 친척들이 있는지에 대해서는 리지가 누구보다 잘 알고 있을 것 같다는 생각이 듭니다."

엘리자베스는 외삼촌이 왜 자신이 더 잘 알 것이라 생각했는지 그 이유를 알고 있었기 때문에 조금도 당황하지 않았다. 하지만 그녀로서는 외삼촌의 기대에 부응할 만한 어떤 정보도 제공할 수 있는 처지가 아니었다.

엘리자베스는 위컴 씨에게 이미 수년 전에 돌아가신 두 분 양친 말고는 다른 친척이 있다는 소리를 들어 본 적이 없었다. 다만 위컴 씨의 부대 동료라면 좀 더 자세한 정보를 얻을 수 있을 것 같았다. 엘리자베스는 비록 큰 기대를 걸 수는 없었지만, 시도해 볼 가치는 있다고 판단되었다.

롱번에서의 하루하루는 걱정의 연속이었다. 그중에서도 가장 신경이 곤두서는 순간은, 편지가 오지 않을까 하고 기다릴 때였다. 매일 아침 초조한 마음으로 편지를 기다리는 것이 하루를 시작하는 가장 큰 행사였다. 좋은 소식이든 나쁜 소식이든 편지를 통해서만 알 수 있었기에, 내일은 또 중요한 소식이 오지나 않을까 하며 날마다 기다렸던 것이다.

그러던 중에 가디너 씨로부터 편지가 다시 오기 전에 전혀 뜻하지 않는 곳에서 편지가 왔는데, 콜린스 씨가 베넷 씨에게 보낸 편지였다. 제인은 아버지가 없을 때 그에게 온 편지를 개봉해 보라는 지시를 받은 터라, 자연스럽게 그녀가 그 편지를 읽었다. 엘리자베스 역시 콜린스 씨의 편지에는 언제나 재미있는 내용이 많다는 것을 잘 알고 있었기에 제인의 어깨너머로 함께 읽어 보았다.

편지의 내용은 다음과 같았다.

존경하는 베넷 씨께
저는 우리 두 사람의 관계와 저의 현재 위치로 볼 때도, 귀하께서 지금 겪고 계신 고통스러운 사건에 대해 위로의 말씀을 드리는 게 당연한 도리라 여겨 이렇게 글을 올립니다.

저희는 어제 하트퍼드셔에서 온 편지를 통해 그 사실을 알았습니다. 제 아내와 저는 지금 마음의 고통을 겪고 있을 귀하와 존경하는 모든 가족분들께 심심한 위로의 말씀을 드립니다. 아무리 시간이 지나도 지워지지 않을 이번 일로 인해, 얼마나 가슴이 아프시겠습니까. 저로서는 어떤 말씀을 드려야 이 혹독한 불행을 조금이라도 덜어 드리고, 누구보다도 부모로서 가장 괴로울 수밖에 없는 일을 당하고 계시는 귀하께 위로가 될지 모르겠습니다. 차라리 따님이 죽었다면 이보다 더 나을지도 모르겠습니다. 제 아내인 샬럿의 말에 따르면, 따님의 이런 방탕한 행동은 어쩌면 부모님의 지나치게 너그러운 교육 방식에서 비롯된 것이 아닐까 생각되며, 이 점은 귀하 내외분께 위로가 되는지도 모르겠습니다.

한편으로는, 따님의 성격이 선천적으로 나빴을 거라는 생각과 또 아직 어린 나이다 보니 그만한 일은 큰 허물이 될 수 없다는 생각도 듭니다. 아무튼 귀하께 안타까운 저의 마음을 전합니다. 제 아내뿐만 아니라 캐서린 부인과 그 따님도 저와 똑같은 심정입니다. 그분들께는 제가 이 사건에 대해 말씀드렸습니다. 그분들은 따님 한 분의 잘못이 다른 따님들에게도 아주 큰 불행을 끼치게 될 거라는 저의 우려에 공감하고 계십니다. 캐서린 부인께서도 정중하게 말씀하시기를, 그런 가정과 인연을 맺고자 할 이가 과연 어디에 있겠느냐는 것이었습니다. 이 생각을 하니, 지난 11월 제가 겪은 일이 더욱 다행으로 여겨집니다. 만약 그때 제가 엘리자베스와 결혼했더라면, 저 역시 지금 이와 같은 슬픔과 수치를 함께 겪고 있을 테니까 말입니다. 그래서 감히 말씀 올립니다만, 될 수 있으면 사랑할 가치도 없는 따님은 영원히 잊어버리시고 자기가 뿌린 가증스러운 죄과를 그대로 받게 내버려두시는 게 마음 편하실 것 같습니다.

콜린스 올림

가디너 씨는 포스터 대령으로부터 답장을 받은 후에야 다시 롱번으로 편지를 보내왔지만, 반가운 소식은 전혀 없었다. 위컴 씨와 조금이라도 교류하는 친척은 단 한 사람도 없었고, 가까운 친척들은 이미 모두 세상을 떠난 게 확실했다. 그의 예전 친구들은 많았지만, 그가 입대한 이후로는 특별히 교분을 유지해 온 친구는 아무도 없는 것 같았다. 따라서 그에 관한 이야기를 해 줄 만한 사람은 단 한 사람도 없었다. 그리고 리디아의 친척들에게 발각되어서는 안 된다는 두려움 외에도 그가 꼭꼭 숨어야 할 또 다른 이유가 있었는데, 그것은 그의 개인적 재정 파탄 때문이었다. 그는 노름을 하다가 상당한 액수의 빚을 진 채 달아났다는 것이 드러났는데, 포스터 대령의 짐작으로는 브리턴에서 진 빚만 해도 천 파운드를 넘는다고 했다. 여기에 런던에서도 막대한 빚을 졌는데, 신용으로 빌린 금액만도 그보다 훨씬 더 많은 액수라고 했다. 가디너 씨는 이러한 사실들을 하나도 숨기지 않고 롱번에 알렸고, 제인은 이 소식을 듣자 거의 까무러칠 정도로 놀랐다.

"노름꾼이라고요? 세상에, 이럴 수가! 전 꿈에도 몰랐어요."

가디너 씨는 편지 말미에, 그다음 날인 토요일에 베넷 씨가 집으로 돌아갈 예정이라고 덧붙였다. 두 사람이 쏟은 모든 노력이 허사로 돌아가자 의기소침해진 베넷 씨는 처남의 간청을 받아들여 리디아를 찾는 일은 전적으로 그에게 맡기고 자신은 집으로 돌아가기로 한 것이었다. 그런데 베넷 부인은 이 이야기를 듣자 그동안 남편의 목숨을 그렇게도 걱정하던 모습과는 전혀 딴판으로 그렇게 반기는 기색이 아니었고, 이를 지켜보던 딸들은 어리둥절할 수밖에 없었다.

"뭐라고? 아버지가 오신다고? 리디아도 안 데리고? 리디아를 찾기 전에는 런던을 떠나면 안 되잖니. 그 양반이 와 버리면 누가 위컴이랑 싸워서 리디아랑 결혼을 시키겠니?"

가디너 부인이 집으로 돌아가기를 원했기 때문에 베넷 씨는 롱번으로 돌아오기로 했고, 동시에 그녀는 아이들을 데리고 런던으로 가기로 했다. 그래서 마차는 먼저 가디너 부인 일행을 런던까지 태워다 준 뒤, 돌아오는 길에 베넷 씨를 태우고 오기로 했다.

가디너 부인은 더비셔에서부터 마음속에 품고 있었던 엘리자베스와 다아시 씨의 관계에 대한 의문을 끝내 해소하지 못한 채 롱번을 떠났다. 엘리자베스는 다아시 씨의 이름을 먼저 꺼낸 적도 없었고, 롱번으로 돌아오면 곧 그에게서 편지가 올 것이라는 일말의 기대도 무산되고 말았다. 엘리자베스는 집에 돌아온 이후 펨벌리로부터는 단 한 통의 편지도 받지 못했다.

현재 가족들이 너무 큰 불행을 겪고 있는 터라, 엘리자베스는 자신의 침울한 기분에 대해 굳이 다른 이유를 들먹일 필요는 없었다. 따라서 누구도 엘리자베스의 모습에서 그런 짐작을 하기는 어려웠겠지만, 다아시 씨에 대한 자신의 감정을 이제는 분명히 알게 된 엘리자베스는 만약 그를 전혀 몰랐더라면 리디아의 어리석은 행동이 초래할 결과를 이렇게까지 두려워하지는 않았을 것 같다고 생각했다. 그렇게만 되었더라면, 매일 밤을 잠 못 이루며 괴로워하지는 않았을 것이다.

　베넷 씨가 롱번으로 돌아왔을 때, 그는 여전히 평소와 다름없이 냉정하고 침착한 모습 그대로였다. 그는 여느 때와 다름없이 거의 말을 하지 않았고, 리디아를 찾으러 떠났던 일에 대해서도 한마디 언급이 없었다. 제법 오랜 시간이 지난 뒤에야 딸들이 용기를 내어 그 문제를 꺼냈다.

　오후에 베넷 씨가 가족들과 함께 차를 마시는 시간이 되어서야 이야기가 나왔는데, 엘리자베스가 과감하게 그 문제를 꺼냈던 것이었다. 그가 겪었을 여러 가지 고초에 대해 엘리자베스가 간단한 위로의 말을 하자, 그는 이렇게 대답했다.

　"그 이야기는 하지 말자꾸나. 모든 게 다 내 탓이니까. 내가 그렇게 만든 거야. 난 괴로움을 느껴 봐야 해."

　"왜 그렇게까지 가혹하게 자책하세요?"

　"그래, 네가 그런 이야기를 하는 것도 당연하지. 사람은 본래 너무 쉽게 그런 자책감에 빠지니까 말이야. 그렇지만 리지야, 나는 내가 얼마나 욕먹을 짓을 했는지 이번에는 한번 절실히 느껴

보고 싶구나. 난 이런 기분에 사로잡히는 게 두렵지는 않아. 얼마 지나지 않아 곧 사라져 버릴 테니까.”

"아버지는 위컴 씨와 리디아가 런던에 있다고 생각하세요?”

"응, 아니면 그렇게 감쪽같이 숨을 수가 있겠니?”

"리디아는 늘 런던에 가고 싶어 했어요.” 키티가 끼어들었다.

"그럼, 지금은 행복하겠네. 그곳에서 제법 오래 있겠어.” 베넷 씨는 냉담하게 말했다.

잠시 침묵이 흐른 뒤 그가 이야기를 계속했다.

"리지야, 지난 5월에 이 아비가 너에게 따끔한 충고를 받았다고 해서 너를 괘씸하게 생각하는 건 아니란다. 지금 사건이 이렇게 되고 보니 네 생각이 무척 깊었다는 걸 알 수 있겠구나.”

제인이 어머니에게 드릴 차를 가지러 들어오는 바람에 이야기가 잠시 중단되었다.

"이건 완전히 누굴 위한 잔치 같구면. 이런 와중에도 찾을 건 다 찾아! 나도 언젠가는 한번 똑같이 해 봐야겠어. 나이트캡을 쓰고 화장용 가운을 덮고 서서 서재에서 투정이란 투정은 다 부려 봐야겠구면. 그렇게 하려면 키티가 도망칠 때까지 기다려야 되나?”

"아버지, 전 도망치지 않아요. 제가 만약 브리턴에 간다고 해도 리디아처럼 굴지는 않을 거예요.” 키티가 샐쭉한 표정으로 말했다.

"뭐, 브리턴에 간다고? 50파운드를 걸고 이스트본까지만 간다고 해도 난 못 보내겠어. 천만에! 키티, 이번 일로 난 적어도 집안

단속을 잘해야 한다는 교훈을 배웠어. 그 결과가 어떤지는 두고 보렴. 다시는 사관 따위들을 집 안에 들여놓지 않을 테니까. 아니 마을도 못 지나가게 할 거다. 언니들과 같이 가지 않으면 무도회는 꿈도 꾸지 말아라. 매일 10분간이라도 정신이 똑바로 박힌 행동을 하지 않으면 문밖에도 못 나간다고 생각해."

키티는 아버지의 이런 엄포가 모두 진심이라고 생각하고 그만 울음을 터뜨렸다.

"그만, 그만, 그렇게 울 것까지는 없잖니. 앞으로 한 10년 착하게 지내면 그때는 열병식閱兵式에는 데려가 줄 테니까."

- 49 -

　베넷 씨가 돌아온 이틀 후, 제인과 엘리자베스가 집 뒤편에 있는 관목 길을 걷고 있는데 가정부가 그들 쪽으로 다가오는 것이 보였다. 또 어머니가 부르시는 줄 알고 두 사람은 그녀 쪽으로 걸어갔는데, 가까이 다가가자 그녀는 뜻밖에도 제인에게 이렇게 말했다.

　"길을 막아 죄송합니다만, 아가씨께서 런던에서 무슨 좋은 소식을 듣지 않으셨나 해서 이렇게 외람되게 여쭈어보는 겁니다."

　"무슨 말이에요, 힐? 런던에서 소식이라뇨?"

　"그럼 가디너 씨로부터 주인님께 속달이 온 걸 모르고 계신단 말이에요? 30분 전에 우체부가 다녀갔는데, 주인님께 그 편지를 전해 드렸어요."

　이야기를 더 들을 새도 없이 두 사람은 정신없이 뛰어갔다. 현관을 지나 식당으로, 또 서재로 바쁘게 찾아보았지만 아버지의 모습은 보이지 않았다. 위층에 어머니하고 같이 계시는가 싶어 올라가려는 순간, 집사와 마주쳤다. 그는 이렇게 말했다.

　"주인님을 찾고 계시는가 보죠, 아가씨? 저기 작은 숲 쪽으로 걸어가고 계실 겁니다."

　이 말을 듣자 두 사람은 곧바로 현관문을 다시 나와 잔디밭을 가로질러 아버지에게로 달려갔다. 아버지는 생각에 잠긴 얼굴로 목장 한편에 있는 작은 숲길을 따라 걷고 있었다.

제인은 엘리자베스보다 몸이 가볍지도 못한 데다 그렇게 많이 뛰어본 적도 없어서 곧 뒤로 처졌지만, 엘리자베스는 숨을 헐떡이며 아버지에게로 달려가 큰 소리로 물었다.

"아버지, 무슨 소식이에요? 어떤 소식이죠? 외삼촌께서 편지를 보내셨다면서요?"

"응, 속달이 왔더구나."

"맞죠! 그럼 어떤 내용이죠? 좋은 소식이에요, 나쁜 소식이에요?"

"좋은 소식이 있을 리 없잖아! 어쨌든 읽어 보고는 싶겠지."

베넷 씨가 주머니에서 그 편지를 꺼내자, 엘리자베스는 얼른 받아들었다. 그제야 제인이 옆에 다가왔다.

"크게 한번 읽어 봐라. 난 무슨 이야기인지 잘 모르겠다."

존경하는 매형께

마침내 리디아의 근황에 대해 다소나마 소식을 전하게 되었습니다. 내용을 보시면 매형께서 대체로 만족하실 것으로 생각됩니다. 토요일에 매형께서 떠나신 직후, 다행히도 두 사람이 런던의 어느 곳에 있는지 알게 되었습니다. 자세한 내용은 직접 만나 말씀드리겠습니다만, 우선 그들을 찾았다는 것만으로도 큰 진전이라 할 수 있겠습니다. 저는 두 사람을 직접 만나 보았습니다.

"그러면, 내가 늘 바랐던 대로 두 사람이 결혼했다는 거잖아!"
제인이 반가운 듯 큰 소리로 말했다. 엘리자베스는 계속 읽어 내려갔다.

저는 두 사람을 직접 만나 보았습니다. 그들은 아직 결혼하지 않았고, 결혼할 의사도 전혀 없는 것 같았습니다. 하지만 제가 외람되게 매형을 대신해서 한 약속을 지키실 의향만 있으시다면, 머지않아 두 사람의 결혼은 이루어지리라고 믿습니다. 매형께 요청드리는 것은, 매형과 누님이 돌아가시면 자녀들에게 돌아가게 되어 있는 상속분 5천 파운드를 균등하게 나누어 그중 리디아 몫을 미리 증여의 형식으로 그 아이에게 지불하겠다는 약속과, 또 매형 생전에 매년 100파운드의 연금을 지급하겠다는 약속을 해 주십사 하는 것입니다.
많은 것을 고려해 본 결과, 이 정도의 조건은 제가 매형을 대신해서 결정할 수 있는 입장이라면 조금도 주저하지 않고 받아들였을 것입니다. 제가 하루라도 빨리 매형의 답을 들어야 하기에 이렇게 속달로 편지를 보냅니다. 이런 사실로 보아 위컴 군의 재정 형편이 세간에서 생각하는 것과는 달리 그렇게 절망적인 상태는 아니라는 것을 쉽게 짐작하실 수 있을 것입니다. 이 문제만큼은 사람들이 잘못 알고 있던 겁니다. 그리고 다행히 위컴 군도 그의 부채를 다 갚고 난 뒤에도 리디아의 재산에 어느 정도 보탤 돈은 있다고 합니다. 저는 매형께서 그러실 것이라고 생각합니다만, 혹시 저에게 이 일에 관한 일체의 권한을 위임해 주신다면, 저는 즉시 해거 스턴 변호사에게 이 사안을 매듭짓도록 지시할 것입니다. 그 렇게 되면 매형께서 다시 런던까지 오실 필요는 전혀 없습니다. 그냥 편안히 롱번에 머무르시면서 제가 어떻게 일을 처리하는지만 지켜보시면 됩니다. 될 수 있는 대로 속히 회신을 주시고, 또 반드시 명확하게 의사를 밝혀 주시기 바랍니다. 저희 부부는 리디아가 결혼식을 올리는 것이 최선이라고 생각하고 있으며, 매형께서도 같은 생각이실 거라 믿습니다. 리디아는 오늘 저희 집으로 오기로 되어 있습니다. 더 결정되는 일이 있는 대로 속히 편지를 다시 올리겠습니다. 그럼, 이만 줄이겠습니다.

그레이스처치 가에서 8월 2일 월요일

에드워드 가디너 올림

"그게 가능할까요? 과연 위컴 씨가 리디아와 결혼하겠어요?"

편지를 다 읽고 난 뒤 엘리자베스가 이렇게 말하자, 제인이 끼어들었다.

"그것 봐요. 위컴 씨는 우리가 생각했던 것만큼 그렇게 형편없는 사람은 아니잖아요. 아버지, 참 다행이에요."

"그럼, 답장은 하셨어요?" 엘리자베스가 물었다. "아니, 빨리 보내기는 해야 하는데."

엘리자베스는 아버지에게 매달리다시피 하여 한시라도 빨리 답장을 쓰라고 졸랐다.

"아, 아버지, 얼른 가서 쓰세요. 지금 일분일초가 얼마나 중요한지 생각 좀 해 보세요."

"쓰기 싫으시면 제가 대신 쓸게요." 제인이 거들었다.

"정말 지긋지긋하다만, 그래도 내가 써야지."

베넷 씨는 이렇게 말하면서 두 딸과 함께 집으로 향했다.

"제 생각이지만, 그 조건은 들어줘야 할 것 같은데요."

엘리자베스가 말하자 베넷 씨가 받았다.

"들어줘야지! 위컴 녀석, 겨우 그 정도 요구밖에 못하다니 내가 다 부끄러워."

"아무튼 그들은 결혼해야 해요. 위컴 씨가 그런 사람밖에 안 되긴 하지만 말이에요."

"그래, 그래. 결혼해야지. 그것 말고는 다른 방도가 없잖아. 하지만 내가 꼭 알고 싶은 게 두 가지가 있는데, 하나는 이 결혼을 성사시키기 위해 너희들 외삼촌이 돈을 얼마나 내놓았느냐는 것이고, 또 하나는 언제나 내가 그 빚을 갚을 수 있을까 하는 거란다."

"돈을 내놓았다고요? 외삼촌이요?" 제인이 놀라서 물었다. "그게 무슨 말씀이세요, 아버지?"

"제정신을 가진 녀석이라면 누가 내 생전에 연금 100파운드와 내가 죽은 뒤의 상속분 5천 파운드라는 보잘것없는 재산에 눈이 멀어 리디아와 결혼하겠다고 나서겠니?"

"정말 그렇군요." 엘리자베스가 말했다. "조금 전엔 왜 그 생각을 못 했을까요? 위컴 씨의 빚을 다 갚고도 조금 남는 돈이 있다고 했잖아요! 아, 그럼 그게 모두 외삼촌께서 부담하신 일이군요. 정말 너그럽고 좋으신 분이에요. 저희들 때문에 경제적으로 어려워진 건 아니실까 걱정돼요. 꽤 큰돈이 들었을 텐데요."

"그럴 거다. 위컴이란 녀석은 만 파운드에서 단 한 푼만 모자라도 안 받을 녀석이지. 이제 막 사위가 되는 녀석을 나쁘게 생각하는 건 좀 그렇긴 하지만 말이다."

"만 파운드라고요? 맙소사! 그 절반만 해도 갚기 어려운 돈이잖아요!"

베넷 씨는 아무 대답도 없었다. 그들은 각자 깊은 생각에 잠긴 채 말없이 집으로 걸어왔다. 아버지는 편지를 쓰기 위해 서재로 들어가고, 제인과 엘리자베스는 식당으로 향했다.

"이젠 정말 둘이 결혼하게 됐네." 둘만 있게 되자 엘리자베스가 입을 열었다. "어떻게 이런 일이 있니? 그래도 이 정도에서 끝난 걸 감사해야 하는 걸까? 행복할 것 같지도 않고, 남자는 파렴치한데도 그런 결혼을 해야 하다니. 우리는 또 어쩔 수 없이 축하해 줘야 하고! 어휴, 리디아도 정말!"

"난 그래도 위컴 씨가 결혼하려는 것을 보면 리디아를 진정으로 사랑하고 있을 거라고 생각하면서 마음을 달래고 있어. 외삼촌께서 고맙게도 그의 빚을 갚아 주셨다고 하지만 만 파운드까지 치르셨을 거라고는 생각되지 않아. 자녀들도 있고, 또 앞으로 얼마나 더 생길지도 모르는데. 만 파운드의 절반이라도 어떻게 댈 수 있으셨겠니?"

제인의 이 말에 엘리자베스가 다시 받았다.

"위컴 씨가 진 빚이 모두 얼마인지, 또 그가 리디아에게 남겨 준 돈이 얼마나 되는지를 알 수 있다면 외삼촌께서 두 사람을 위해 쓰신 돈이 정확히 얼마나 되는지 알 수 있을 텐데. 위컴 씨야 자기 돈이라고는 한 푼도 없을 테니까 말이야. 외삼촌 내외분의 고마움을 어찌 다 갚아야 할지 모르겠어. 리디아를 집으로 데려다가 친히 돌봐 주시고 격려해 주시면서, 리디아의 장래를 위해 감수하시는 희생은 두고두고 감사해도 부족할 것 같아. 지금쯤 리디아는 두 분과 같이 있겠지! 두 분의 그런 보살핌 속에서도 부끄러움을 못 느낀다면, 그 아이는 앞으로 행복할 수 없을 거야. 그런 모습으로 어떻게 외숙모의 얼굴을 뵐 수 있었을까?"

"우리는 이제 두 사람에게 있었던 모든 일을 잊으려고 노력해야 해. 나는 여전히 그들이 행복하길 바라고, 또 정말로 행복해질 거라고 믿고 있어. 위컴 씨가 리디아와의 결혼에 동의한 건 그가 이제 정신을 차렸다는 증거라고 생각해. 두 사람이 서로 사랑한다면 성실하게 살아가게 될 테고, 조용하고 충실하게 지내다 보면 시간이 흐르면서 지난 과오들도 잊히게 되지 않겠니?"

제인이 이렇게 말하자 엘리자베스가 다시 대꾸했다.

"그들이 한 짓은 언니도, 나도, 또 그 누구도 절대 잊을 수 없는 일이야. 그러니 그건 쓸데없는 말이야."

문득 두 자매는 이 일에 대해 어머니는 전혀 모르고 있을 거라는 생각이 들었다. 그래서 둘은 곧장 서재로 달려가 아버지에게 어머니께 이 소식을 알려도 되는지를 물었다. 편지를 쓰고 있던 베넷 씨는 고개도 들지 않은 채 냉담하게 말했다.

"마음대로 하렴."

"외삼촌 편지를 어머니에게 읽어 드려도 괜찮죠?"

"마음 내키는 대로 하라니까. 좀 나가 주겠니."

엘리자베스는 아버지의 책상 위에 있는 편지를 집어 들고 제인과 함께 위층으로 올라갔다. 메리와 키티도 어머니와 같이 있었기 때문에 편지는 한 번만 읽으면 되었다. 제인은 좋은 소식이라고 잠깐 뜸을 들인 뒤, 큰 소리로 편지를 읽었다. 베넷 부인은 기쁨을 감추지 못했다. 가디너 씨의 생각으로는 리디아가 곧 결혼할 것 같다고 하는 대목에 이르자 그녀의 기쁨은 폭발했고, 편지를 읽어 내려갈수록 그 기쁨은 점점 더 커졌다. 얼마 전까지만 해도 놀라고 속이 상해 안절부절못하던 그녀였지만, 이번에는 기쁨에 들떠 스스로를 주체하지 못했다. 베넷 부인에게는 리디아가 결혼한다는 사실 하나만으로도 충분했다. 리디아의 앞으로의 행복을 걱정하면서 마음이 무겁다거나, 그녀의 부끄러운 행실이 수치스럽다거나 하는 생각은 조금도 없었다.

"오, 리디아! 이렇게 기쁠 수가! 그 애가 결혼을 한단 말이지! 리디아를 다시 볼 수 있겠구나! 열여섯에 결혼을 하게 되다니! 고맙고 자상한 내 동생! 난 이렇게 될 줄 알았다니까. 동생이 모든 걸 잘 처리해 줄 거라고 말이야. 리디아가 너무 보고 싶어! 우리 위컴 군도 말이야! 그나저나 옷이 문제잖아. 결혼 예복은 어떻게 한담. 곧 가디너 외숙모에게 편지로 상의를 해야겠구나. 리지야, 빨리 아버지께 가서 리디아에게 돈을 얼마나 주실 건지 여쥐 보고 오렴. 잠깐, 그냥 여기 있어. 내가 직접 가야겠구나. 키티야, 종을 울려서 힐 좀 불러 봐. 지금 곧 옷을 갈아입어야겠다. 오, 리디아! 우리가 다시 만날 때면 얼마나 반갑고 즐거울까!"

제인은 가디너 외삼촌이 그들에게 베풀어 준 은혜를 상기시키며, 이런 어머니의 갑작스러운 호들갑을 조금이라도 진정시켜 보려고 애썼다.

"우리가 지금 이런 기쁜 결과를 보게 된 것은 모두 가디너 외삼촌의 자상하신 배려 덕분이에요. 외삼촌께서 자신의 돈을 들여 위컴 씨를 도운 게 분명해요."

"왜 아니니? 당연한 이야기지. 너희 외삼촌이 아니면 누가 그럴 수 있겠어? 만약 외삼촌에게 자식들이 없었다면, 그 재산은 나와 너희들의 몫이 되었을 거라는 건 너희도 잘 알잖아. 너희 외삼촌으로부터 제대로 도움을 받은 건 이번이 처음이지. 물론 선물을 받은 적은 여러 번 있었지만 말이야. 어쨌든 난 기쁘구나. 잠깐 사이에 딸애 하나를 결혼시키게 되었으니 말이야. 위컴 부인이라! 참 근사하지 않니? 지난 6월에 겨우 만 열여섯이 되었는데. 제인, 가슴이 너무 두근거려서 편지를 제대로 쓸 수가 없구나. 내가 불러 줄 테니 네가 받아 써 주렴. 돈 이야기는 나중에 아버지와 상의하면 되겠지만, 결혼 물품만은 빨리 주문해야 하니까 말이야."

그러면서 베넷 부인은 옥양목이며 모슬린, 흰 리넨 등의 물품을 줄줄이 불러댔다. 만약 제인이 아버지가 한가하실 때 상의한 뒤에 주문하자며 가까스로 말리지 않았더라면, 상당히 많은 액수의 물품을 주문하고 말았을 것이다. 제인은 하루쯤 미룬다고 큰일이 나지는 않는다며 설득했고, 베넷 부인도 너무 기쁜 나머지 예전처럼 고집을 부리지는 않았다. 그러다 베넷 부인은 다른 무슨 생각이 떠올랐는지 이렇게 말했다.

"옷을 갈아입는 대로 메리턴에 다녀올 거야. 필립스 이모에게 이 기쁜 소식을 알려야지! 돌아오는 길엔 루카스 경 부인 댁하고 롱 부인 댁에도 들르면 되겠구나. 키티야, 얼른 마차를 불러다오. 바람을 좀 쐬면 몸에도 좋을 거야. 얘들아, 메리턴 이모 댁에 전할 말은 없니? 오, 힐이 오는구나! 힐, 좋은 소식 들었니? 우리 리디아가 결혼한대. 결혼 축하 기념으로 우리 모두에게 펀치 한 잔씩 만들어 줘."

힐 부인은 즉시 기쁨을 표시했고, 엘리자베스가 여러 사람을 대신해 그 축하를 받았다. 그러자 엘리자베스는 이 어리석은 소란이 신물이 나서, 혼자 조용히 생각해 보려고 자기 방으로 들어와 버렸다.

아무리 생각해 봐도 리디아가 매우 불행한 처지에 놓인 것이 틀림없었지만, 이 정도로 마무리가 된 것만으로도 엘리자베스는 감사하다는 생각이 들었다. 앞으로 리디아가 행복을 제대로 누린다거나 부자로 산다거나 하는 기대는 도저히 할 수 없겠지만, 불과 두 시간 전까지만 해도 불안과 두려움에 떨었던 것을 떠올려 보면 지금 이만한 것도 일이 아주 잘 풀린 거라고 생각할 수밖에 없었다.

- 50 -

베넷 씨는 이번 일이 있기 전부터, 자녀들이나 아내가 자신보다 오래 살 경우를 대비해 수입을 모두 지출하기보다는 매년 저축을 해야겠다는 생각을 종종 해 왔는데, 지금에 와서는 그 어느 때보다도 그 필요성을 절실히 느끼고 있었다. 만약 그가 이런 생각을 실천에 옮겼더라면, 리디아를 위해 명예든 신용이든 어떤 문제라도 쉽게 그 돈으로 해결할 수가 있었을 것이다. 그랬다면 리디아가 외삼촌에게까지 신세를 질 필요도 없었을 것이며, 영국에서 가장 쓸모없는 젊은 녀석이긴 해도 그를 설득해 리디아의 남편이 되게끔 만든 성취감 정도는 자신이 누릴 수 있었을 것이다.

베넷 씨는 별다른 이득도 없는 일을 위해 처남이 혼자서 모든 부담을 감당했다는 사실에 마음 한구석이 찡했다. 그래서 가능하면 가디너 씨가 실제로 얼마를 지출했는지를 알아내서 가능한 한 빠른 시일 내에 그 돈을 갚겠다고 다짐했다.

베넷 씨가 결혼할 당시, 당연히 아들을 낳을 것이라고 생각했기 때문에 재정 문제에 대해서는 전혀 신경을 쓰지 않았다. 아들이 장성하여 성년이 되면 한정상속의 제한은 풀어질 것이고, 그러면 아내와 어린 자녀들의 생활도 보장될 것이라고 믿었던 것이다. 하지만 딸을 다섯이나 두었을 때도 아들에 대한 희망은 버리지 않았고, 베넷 부인 역시 리디아를 낳고 난 이후에도 몇 년 동안은 아들을 낳을 수 있을 거라고 자신했었다. 결국 아들에 대한 기대는 수포로 돌아갔고, 그때는 이미 저축을 시작하기엔 늦어 있었다. 베넷 부인은 원래 절약하는 성격이 아니었는데, 그래도 베넷 씨가 빚을 지는 것을 워낙 싫어하다 보니 겨우 지출이 수입을 초과하지 않고 생활해 왔다.

결혼 서약서에는 5천 파운드가 베넷 부인과 자녀들의 몫으로 명시되어 있었지만, 자녀들에게 어떤 비율로 나누어 주는가 하는 것은 부모가 임의로 결정할 수 있도록 되어 있었다. 리디아에 관해서는 적어도 이 문제가 먼저 해결되어야 했다. 베넷 씨는 눈앞에 제시된 조건을 조금도 망설이지 않고 수락했다. 먼저 처남의 자상한 배려에 감사의 뜻을 전하면서, 모든 조처에 전적으로 동의하며 자신을 대신해 체결한 약속을 기꺼이 이행하겠다고 간결하게 편지를 썼다.

베넷 씨는 이처럼 비교적 간단한 조건으로 위컴으로 하여금 리디아와 결혼하도록 만들 수 있으리라고는 전혀 예상하지 못했다. 매년 그들에게 100파운드를 지급한다고 해도 실제 추가로 지출되는 돈은 10파운드도 채 되지 않을 것이었다. 왜냐하면 리디아에게 들어가는 식비나 용돈 그리고 제 어머니를 통해 흘러가는 돈을 다 합치면, 리디아가 한 해 동안 쓰는 돈이 대략 100파운드는 족히 되었기 때문이다.

베넷 씨에게 있어 또 하나의 뜻밖의 놀라움은 자신은 거의 아무런 수고도 하지 않았음에도, 이 문제가 해결되었다는 사실이었다. 지금 그에게는 이 문제로 골머리를 더 이상 썩이고 싶지 않다는 심정이 강했기 때문이다. 처음에는 격한 분노에 휩싸여 리디아를 찾아 나섰지만, 그 감정이 가라앉은 지금은 예전처럼 다시 무관심한 태도로 돌아가 있었다. 그는 곧바로 편지를 부쳤다. 그는 결정하는 데는 미적거리는 편이었으나 실행은 빨랐다. 그는 가디너 씨가 부담한 금액과 그 세부 사항을 꼭 알려 달라고 부탁했으나, 리디아에게는 화가 난 나머지 단 한 줄도 쓰지 않았다.

리디아가 결혼한다는 소식은 곧 온 집안에 퍼졌고, 이웃 사람들에게도 빠르게 퍼졌다. 이웃들은 조심스러운 태도로, 그 결혼이야 어쩔 수 없는 일 아니냐는 듯이 받아들이는 분위기였다. 만약에 리디아가 마을에서 내쫓기거나, 아니면 그보다는 사정이 나은 형편으로 외딴 농가에 갇혀 있었다면 더 많은 이야깃거리가 생겼을 것이다. 그럼에도 불구하고 리디아의 결혼에 대해서는 여러 말이 오갔다. 메리턴의 짓궂은 노부인들은 결혼한다는 이야기가 있기 전에도 리디아의 장래를 걱정하는 듯한 말을 하곤 했는데, 지금에 와서도 그들의 마음은 크게 달라지지 않았다. 그것은 그런 남편을 만나 봐야 고생은 불 보듯 뻔하다고 여겼기 때문이었다.

베넷 부인이 아래층으로 내려오지 않은 지 2주째 되던 바로 그날에 부인은 아주 기쁜 마음으로 아래층 식당의 식탁 머리에 다시 앉았는데, 너무나 좋아하는 모습이었다. 한껏 가슴이 부푼 나머지 식구들에게 미안해하는 기색은 조금도 없었다. 제인이 열여섯 살이 된 이후로 지금까지, 그녀의 첫 번째 소원이었던 딸의 결혼이 바로 눈앞에 와 있었기 때문이었다. 그녀의 생각과 말은 모두 결혼식에 참석할 우아한 하객들, 멋진 모슬린 옷, 새 마차들과 하인들로 가득 차 있었다. 그녀는 리디아의 신혼집을 물색하느라 온 마을을 분주히 돌아다녔는데, 그들의 수입이 어느 정도인지는 전혀 아랑곳하지 않은 채 집이 작다느니 볼품이 없다느니 하면서 숱한 집들을 마다했다.

"굴딩네만 집을 비운다면 헤이 파크는 쓸 만할 것 같은데. 아니면 스토크에 있는 그 집도 응접실만 좀 더 크다면 괜찮은데, 애쉬어드는 너무 멀어서 안 돼! 여기서 10마일 이상 떨어져서는 안 되니까. 퍼비스 로지는 다락방이 너무 음산해서 싫어."

베넷 씨는 하인들이 옆에 있는 동안에는 아내가 제멋대로 지껄이도록 가만히 내버려두었다. 하인들이 물러가자, 그는 부인에게 말을 꺼냈다.

"여보, 아들이든 딸이든 그 애들에게 집 한 채를 사 주든지, 아니면 몽땅 다 사 주든지 간에 정신부터 제대로 차리고 나서 이야기합시다. 난 그 애들을 이 근방에 절대 들일 생각이 없소. 그 애들을 롱번으로 데려와서 그 뻔뻔스러운 꼴을 내가 어떻게 본단 말이오."

이 말끝에 장시간 언쟁이 벌어졌지만, 베넷 씨의 태도는 단호했다. 여기서 또 다른 논쟁으로 발전했는데, 베넷 부인은 남편이 리디아의 옷 살 돈을 한 푼도 내놓지 않겠다고 하자 아연실색해 버렸다. 그는 어떤 경우에도 리디아에게 절대로 아버지로서의 애정을 베풀지 않겠다고 딱 잘라 말했다. 베넷 부인은 도무지 이해되지 않았다. 남편이 응당 리디아의 몫이라고 할 수 있는 결혼 예복 비용조차 내놓지 않겠다고 하면, 사실상 결혼이 무산되어 버릴 수도 있는데도 못 내놓겠다고 하며 저토록 화를 내는 모습이 그녀로서는 아무리 생각해도 믿기 어려웠다. 그녀는 리디아가 위컴 씨와 도망쳐서 결혼도 하기 전에 2주 동안이나 동거했다는 사실에 대해 수치심을 느끼기보다는, 결혼식에 딸아이의 새 옷이 없어 하객들에게 망신당할 일이 더 마음에 쓰였다.

엘리자베스는 예전에 순간적인 괴로움을 참지 못하고 다아시 씨에게 리디아의 일에 대하여 걱정을 털어놓았던 일을 지금 와서는 몹시 후회하고 있었다. 리디아가 결혼을 하게 되면 그들의 도피 행각도 곧 끝날 테고, 그 불미스러운 사건을 굳이 직접 관련 없는 사람들에게 알릴 필요도 없었겠다는 생각이 들었기 때문이었다.

엘리자베스는 이 소문이 다아시 씨를 통해 더 퍼질 것이라는 걱정은 하지 않았다. 그녀에게는 확실히 믿고 자신의 비밀을 털어놓을 수 있는 사람이 거의 없었지만, 동시에 동생의 부정한 일을 알고 있다고 해서 자신에게 굴욕감을 느끼게 할 사람도 전혀 없었다. 그러나 그 사실로 인해 자신이 부당한 대우를 받을지도 모른다는 두려움 때문은 아니었지만, 어쨌든 다아시 씨와 자기 사이에는 건널 수 없는 큰 골짜기가 생긴 것 같은 기분이었다. 아무리 리디아가 아주 당당하고 명예롭게 결혼식을 올렸다고 해도, 온갖 반대할 만한 요소들이 가득한 것도 모자라 자신이 그토록 경멸하는 위컴 씨와 가장 가까운 친척의 인연을 맺는 가정과는 다아시 씨가 도저히 인연을 맺을 리 없다는 생각이 들었기 때문이었다.

엘리자베스는 다아시 씨가 당연히 이런 관계를 회피할 것이라고 생각했다. 더비셔에서는 그녀의 사랑을 얻고자 하는 그의 마음을 분명히 확인했다고는 하지만, 합리적으로 생각해 보면 그런 마음이라고 하더라도 이같이 엄청난 충격을 도저히 떨쳐 버릴 수는 없을 것 같았다. 엘리자베스는 자신이 초라하게 느껴지면서 무척 슬펐다. 뭔지 모르게 그냥 화도 났다. 더 이상 그의 애정 어린 관심을 바랄 수 없다는 생각이 들자, 그녀는 서글프고 안타까웠다. 이제는 그로부터 아무런 소식도 들을 수 없다는 생각에, 불현듯 그는 지금 무엇을 하고 있을까 하는 생각이 밀려왔다. 이제는 그와 다시는 만날 수 없을지도 모른다고 생각하자, 엘리자베스는 만약 그와 함께할 수만 있다면 틀림없이 행복할 수 있을 거라는 확신이 들었다.

엘리자베스는 4개월 전만 해도 자신이 당당히 퇴짜를 놓았던 그 청혼을 지금은 이렇게 기쁘고 감사한 마음으로 받아들이고 있다는 사실을, 만약 다아시 씨가 안다면 그가 얼마나 의기양양해할까 하는 생각이 자주 들었다. 물론 엘리자베스는 다아시 씨가 더없이 넓은 마음을 가진 남자라는 것을 의심하지 않았지만, 그도 인간이기에 어느 정도의 승리감 같은 것은 분명히 느낄 거라고 생각했다.

엘리자베스는 이제야 다아시 씨가 성격이나 재능 면에서 자신에게 가장 잘 어울리는 사람이라는 생각이 들기 시작했다. 비록 그녀의 성격과는 다른 면이 있었지만, 그녀가 바라던 그런 이해심과 기질을 모두 갖추고 있는 것 같았다. 이 두 사람의 성격이 하나로 어우러진다면 분명 서로에게 유익한 결과를 가져올 것이었다. 엘리자베스의 명랑하고 편안한 기질은 다아시 씨의 성격을 부드럽게 하고 예의범절도 나아지게 했을 것이고, 반대로 다아시 씨의 냉철한 판단력과 지식, 넓은 견문은 엘리자베스에게 틀림없이 훨씬 더 소중한 혜택을 가져다주었을 것이었다.

그러나 아무리 그처럼 행복한 결혼이라고 해도, 결혼을 찬미하는 수많은 사람들에게 부부간의 진정한 행복이 무엇인지를 가르쳐 줄 수는 없을지도 모른다. 행복의 가능성은 애초부터 생각할 수도 없는, 전혀 다른 성격의 결혼이 이제 곧 그들의 가정에서 이루어지려 하고 있었다.

위컴과 리디아가 그들만의 힘으로 어떻게 생활을 지탱해 나갈지에 대해서는 엘리자베스로는 짐작이 가지 않았다. 하지만 도덕심보다는 강한 열정에 이끌려 맺어진 부부가 누릴 수 있는 행복이 얼마나 덧없고 짧을지는 쉽게 추측해 볼 수 있었다.

가디너 씨는 곧 다시 베넷 씨에게 편지를 보냈다. 그는 베넷 씨의 승낙에 간단히 감사 인사를 전하면서, 자신은 가족의 행복을 위해서라면 어떤 수고도 아끼지 않겠다는 다짐과 함께, 자신이 지불한 돈에 대해서는 다시는 언급하지 말아 달라고 간곡하게 부탁하고 있었다. 이번 편지의 주된 목적은 위컴 씨가 의용군을 그만두기로 했다는 사실을 알리기 위한 것이었다. 가디너 씨는 다음과 같은 내용도 덧붙였다.

위컴 군의 결혼이 결정되는 대로 그가 그 부대를 나오는 것은 제가 무척 바라던 바입니다. 위컴 군이 이렇게 하는 것이 그와 리디아 모두를 위해서 무척 바람직하다는 제 생각에 매형께서도 동의하시리라 믿습니다. 위컴 군은 정규군에 입대할 생각을 갖고 있으며, 능력 있는 몇몇 친구들이 기꺼이 그의 입대를 도우려 하고 있습니다. 그는 북부 지역에 주둔하고 있는 모 장군의 부대에서 기수직을 약속받았습니다. 그 부대가 이곳에서 상당히 먼 곳에 주둔하고 있다는 점도 다행이라 생각됩니다. 위컴 군도 상당히 기대하는 점입니다만, 제 생각에도 다양한 사람들 틈에서 품위를 지키며 살다 보면 두 사람 모두 훨씬 더 신중해질 수 있으리라 생각합니다. 저는 포스터 대령에게 우리가 지금 이 일을 처리하고 있는 상황을 설명하고, 브리턴 인근에 있는 위컴 군의 채권자들에게 그의 채무를 조속히 변제하겠다는 보증을 서 달라고 부탁했습니다. 그리고 이 보증에 대해서는 제가 책임을 지겠다고 했습니다. 이에 매형께서도 메리턴에 있는 위컴 군의 채권자들에 대해 같은 방식으로 변제 보증을 서 주실 수는 없을는지요? 채권자 명단은 위컴 군에게 알아봐서 보내드리겠습니다. 위컴 군은 그의 모든 채무 내역을 제출했으며, 적어도 이 부분만큼은 숨기지 않았으리라 봅니다. 해거스턴 변호사에게 지시를 내려 둔 상태라, 일주일이면 정리가 끝날 것입니다. 만약 롱번에서 먼저 초대가 없다면, 두 사람은 곧바로 부대가 있는 곳으로 갈 예정입니다. 제 아내에게 듣기로는, 리디아가 이곳 남부를 떠나기 전에 롱번의 가족들을 무척 만나 보고 싶어 한답니다. 리디아는 건강하며, 매형과 누님께서 변함없는 부모의 관심을 보여 주시기를 간절히 바라고 있습니다.

에드워드 가디너 올림

베넷 씨와 그의 딸들은 가디너 씨와 마찬가지로 위컴 씨가 의용군을 그만두는 것이 여러모로 큰 이득이라는 점을 잘 알고 있었지만 베넷 부인은 그리 탐탁지 않게 생각하고 있었다. 그녀는 두 사람을 하트퍼드셔에 정착시키려는 애초의 계획을 결코 포기하지 않았고 리디아가 이곳에 오면 무척 즐겁고 가슴 뿌듯할 것 같았는데, 그만 리디아가 북부 지방으로 간다고 하니 그녀로서는 실망이 클 수밖에 없었다. 게다가 리디아가 모르는 사람이 거의 없고, 좋아하는 사람들도 많은 그 부대를 떠나야 한다는 사실도 그녀에겐 몹시 안타깝게 느껴졌다.

"리디아는 포스터 부인을 무척 좋아했는데, 그런 아이를 이렇게 멀리 보내야 하다니, 너무나 기가 차! 또 그 애가 무척 따르던 청년들도 제법 되는데, 그 장군 부대의 사관들은 그들만큼 마음에 들지 않을 텐데."

북부 지방으로 떠나기 전에 집에 한 번 다녀가게 해 달라는 리디아의 요청을 베넷 씨는 처음에는 단호히 거부했는데, 그것은 누구나 예상할 수 있는 일이었다. 그러나 리디아의 감정과 자존심을 고려해 볼 때 그녀의 결혼한 모습을 부모님께 보여 드리는 것이 마땅하다고 여긴 제인과 엘리자베스는 두 사람이 결혼하면 곧바로 롱번으로 오게 하자고 아버지를 끈질기게 설득했다. 그들은 매우 합리적인 말과 온순한 태도로 끊임없이 아버지를 졸랐고, 마침내 베넷 씨는 마지못해 다들 마음대로 해 보라고 하면서 허락하고 말았다. 베넷 부인은 리디아가 북부 지방으로 떠나기 전에 이웃들에게 결혼한 모습을 보여 줄 수 있게 되었다고 만족해했다. 이에 따라 베넷 씨는 다시 가디너 씨에게 두 사람이 롱번에 오는 것을 허락한다는 편지를 썼고, 결혼식을 올리는 즉시 두 사람이 롱번으로 오기로 일단락되었다. 그러면서도 엘리자베스는 위컴 씨가 그런 제안을 받아들였다는 것이 의외였다. 만약 그녀가 자신의 감정만을 생각했다면, 위컴 씨만큼은 절대로 만나 보려고 하지 않았을 것이다.

- *51* -

리디아가 결혼하는 날이 되었다. 집으로 돌아오는 리디아의
감회보다도, 그녀를 맞이하는 제인과 엘리자베스의 감회가 아마
더 컸을 것이다. 두 사람을 맞이하기 위해 약속 장소까지 마차를
보냈고, 저녁 시간까지는 도착하기로 되어 있었다. 제인과 엘리
자베스는 그들의 도착을 두려운 마음으로 기다렸다. 특히 제인
은 큰 죄를 저지르고 집으로 들어오는 리디아의 심정을 마치 제
인 자신이 잘못을 저지른 것처럼 느끼며, 동생이 얼마나 견디기
힘들까 하는 생각에 가슴을 졸이고 있었다.
　온 가족이 그들을 맞이하기 위해 식당에 모여 있었고, 드디어
두 사람이 도착했다. 마차가 대문 앞에 다다르자 베넷 부인의 얼
굴에는 환한 미소가 번졌지만, 베넷 씨의 얼굴은 굳을 대로 굳
어 있었다. 딸들은 불안한 마음에 눈치를 보며 안절부절못했다.
　현관에서 리디아의 목소리가 들렸다. 문이 홱 열리며 그녀가
안으로 달려 들어왔다. 베넷 부인이 앞으로 뛰쳐나가 그녀를 얼
싸안으며 반겼고, 너무 기뻐서 뒤로 넘어갈 듯했다. 그 뒤를 따
라 들어온 위컴 씨에게도 그녀가 다정하게 손을 내밀었고, 그는
두 모녀가 오랜만에 만나 기쁘겠다며 인사를 건넸다. 그런 그의
시원스러운 태도에서 두 사람이 꽤 행복해하고 있다는 것을 알

수 있었다.

　그런 다음 두 사람은 베넷 씨에게로 향했는데, 그는 그리 탐탁지 않은 기색으로 그들의 인사를 받았다. 그는 더욱 근엄한 표정을 지은 채 거의 입을 열지 않았다. 마치 아무 일도 없었다는 듯이 굴어대는 어린 딸과 사위 녀석의 모습에 그는 정말 화가 치밀 수밖에 없었다. 엘리자베스도 속이 뒤틀렸고, 제인마저 충격을 받았다. 리디아는 여전히 예전 그대로였다. 제멋대로이고, 부끄러움도 모르며, 버릇없고 수다스럽고 겁도 없었다. 그녀는 언니들을 쫓아다니며 자신들의 결혼을 축하해 달라고 졸라 댔고, 마침내 모두가 자리에 앉았을 때는 방 안을 유심히 두리번거리다 조금 변한 것을 발견하곤 한바탕 웃으며 이곳을 떠난 지 무척 오래되었다고 떠들어 댔다.

　위컴 씨는 리디아보다도 더 태연자약했다. 그는 예전 모습 그대로 지나치게 유쾌한 태도를 보였기에, 만약 그의 인품이나 두 사람의 결혼에 하자가 없었다면 친척으로서 인사를 나누며 지은 그의 미소와 편안한 화술에 모두 즐거워했을 것이다. 엘리자베스는 그가 이렇게까지 뻔뻔스러울 줄은 전혀 예상하지 못했다. 엘리자베스는 자리에 앉으면서 앞으로는 무례한 인간들을 사정 봐가며 생각하지는 않겠다고 다짐했다. 엘리자베스는 낯이 뜨거웠고, 제인도 낯을 붉혔다. 하지만 정작 그들로 하여금 얼굴을 붉히게 만든 두 사람은 안색 하나 변하지 않았다.

　화제가 끊길 리는 없었다. 리디아와 어머니는 둘 다 할 말이 너무 많아서인지 말을 빨리 잇지 못했고, 엘리자베스와 가까이 앉게 된 위컴 씨는 아주 편안한 얼굴로 자기가 아는 이웃들의 안부를 그녀에게 묻기 시작했다. 그러나 대답하는 엘리자베스는 마음이 편치 않았다. 리디아와 위컴 씨는 그동안 두 사람이 함께 보냈던 시간이 세상에서 가장 행복했던 순간인 것처럼 이야기했다. 그들에게서는 지난 일에 대한 후회나 괴로움은 조금도 엿보이지 않았다. 그러던 중, 리디아는 언니들이라면 입 밖에 내고 싶지도 않은 이야기를 아무렇지 않게 스스로 끄집어내고 말았다.

"내가 집을 떠난 지도 벌써 석 달이나 되었다니! 난 겨우 보름쯤 지난 것 같은데 말이야. 그동안 정말 별일이 다 있었지. 참, 집을 떠날 땐 결혼해서 돌아올 줄은 꿈에도 몰랐는데. 그래도 결혼하면 무척 재미있겠다는 생각은 했지."

베넷 씨가 두 눈을 치켜떴다. 제인은 불안한 기색을 감추지 못했고, 엘리자베스는 리디아에게 인상을 찌푸렸다. 그러나 제 기분에 들지 않는 것은 듣지도, 쳐다보지도 않는 성미인 리디아는 오히려 신이 나서 계속 떠들었다.

"엄마, 동네 사람들도 오늘 내가 결혼한 거 알아요? 혹시 모르는 것 아니에요? 오다가 윌리엄 굴딩 씨의 이륜마차를 앞지르게 되었는데, 내가 결혼했다는 걸 알려 주고 싶어서 마차 창을 내리고 장갑을 벗어 창틀에 올려놓았어요. 제 결혼반지를 보라고 말이에요. 그리고 활짝 웃으면서 인사도 했어요."

엘리자베스는 더는 듣고 있을 수 없었다. 그녀는 자리를 박차고 일어나 방을 나가 버렸다. 그러고는 한참 후에 그들이 홀을 지나 응접실로 들어가는 소리를 듣고서야 다시 그들에게로 돌아왔다. 엘리자베스가 응접실로 들어서자, 곧 리디아가 몹시 뽐내는 걸음걸이로 어머니의 오른편으로 가서는 제인에게 이렇게 말하는 소리가 들렸다.

"제인 언니, 이제 그 자리는 내 차지야. 언니는 이제 내 아랫자리야. 난 이제 결혼한 몸이거든!"

리디아는 지금은 이처럼 태평스러웠지만, 시간이 지나면 얼마나 큰 곤경을 겪게 될지에 대해서는 전혀 알지 못했다. 리디아는 점점 더 여유 있고, 기분이 좋아지는 모습이었다. 그녀는 필립스 이모와 루카스네 사람들 그리고 모든 이웃들을 몹시 보고 싶어했고, 무엇보다 그들로부터 '위컴 부인'이라는 소리를 듣고 싶어했다. 식사가 끝나자마자, 리디아는 힐 부인과 두 하녀에게 반지를 보여 주며 결혼한 것을 자랑하고 싶어 방을 나갔다.

"그런데 엄마, 엄마는 위컴 씨를 어떻게 생각하세요? 매력 있지 않나요? 언니들은 틀림없이 모두 나를 부러워할 거예요. 다들 내 반만이라도 행복하면 얼마나 좋겠어요. 언니들도 브리턴에 꼭 가 봐야 해요. 남편감을 고르기엔 딱 안성맞춤이니까요. 이번 여름에 다 같이 안 간 건 정말 아쉬워요. 안 그래요, 엄마?"

"그럼, 왜 아니겠니. 내가 끝까지 주장하지 못해서 그렇게 된 거지. 그런데 리디아야, 네가 그처럼 멀리 떨어져 지내야 한다는 게 엄마는 좀 속이 상하구나. 너도 그렇지 않니?"

"괜찮아요, 엄마. 전 전혀 개의치 않아요. 전 멀리 떨어져 있는 게 무엇보다도 더 좋은걸요. 엄마랑 아버지 그리고 언니들도 꼭 우리를 보러 오셔야 해요. 우리는 겨우내 뉴캐슬에 있을 거예요. 아마 무도회도 제법 열릴 거예요. 언니들에게 멋진 파트너들을 골라 줄게요."

"그렇게만 된다면 더 바랄 게 없지."

"참, 엄마가 집으로 돌아가실 때는 언니들 중 한두 명은 남겨두고 가세요. 그러면 제가 책임을 지고 겨울이 지나기 전에 신랑감 하나씩 골라 줄게요."

"호의는 고맙지만, 네 방식대로 남편을 얻는 건 딱 질색이야." 엘리자베스가 리디아의 말을 받았다.

리디아와 위컴 씨는 롱번에 열흘 이상 머무를 수 없었다. 위컴 씨는 런던을 떠나기 전에 임명을 받았고, 2주일 안으로 부대에 부임하도록 되어 있었기 때문이었다.

베넷 부인을 제외하고는 누구도 그들이 일찍 떠나는 것을 서운해하지 않았다. 그녀는 리디아를 데리고 분주히 이웃을 방문하고 집에서 자주 파티를 열며 아쉬움을 달랬다. 사람들은 파티를 즐겼다. 다른 가족들과는 달리 생각이 많은 제인과 엘리자베스는 사람들과 어울리며 가족들로부터 잠시나마 벗어날 수 있어 다행이라 여겼다.

리디아에 대한 위컴 씨의 애정은, 엘리자베스가 예상했던 대로 리디아가 위컴 씨를 사랑하는 정도에는 미치지 못했다. 이 사실만으로도 그들의 도피는 위컴 씨가 아니라 리디아의 사랑으로 말미암아 감행되었다는 것이 분명했으므로, 다시 확인할 필요조차 없었다. 위컴 씨가 어쩔 수 없이 도망칠 처지였고, 그런 상황에서 누군가와 함께 도망칠 기회를 마다할 인간이 아니라는 생각을 못 했더라면, 그가 리디아를 그렇게 사랑하는 것도 아니면서 왜 그녀와 함께 도피 행각을 벌였는지 엘리자베스로서는 무척 의아해했을지도 몰랐다.

리디아는 위컴 씨를 너무너무 좋아하고 있었다. 그녀는 자나 깨나 위컴 씨를 하늘같이 받들었다. 그를 이길 수 있는 사람은 어디에도 없으며, 그가 하는 모든 일이 세상에서 가장 최고라고 믿고 있었다. 그래서 9월 초에 있을 사냥에서도 리디아는 그가 누구보다도 많은 새를 잡을 것이라고 확신하고 있었다.

그들이 롱번에 도착한 지 며칠 되지 않았을 무렵, 제인과 엘리자베스랑 함께 앉아 있을 때 리디아가 엘리자베스에게 말했다.

"리지 언니, 언니한텐 내 결혼식 얘기 안 했지? 엄마랑 다른 사람들한텐 얘기했는데, 그때 언니는 없었잖아. 어떻게 됐는지 듣고 싶지 않아?"

"아니, 그런 얘긴 될 수 있으면 안 듣는 게 나을 것 같아."

"어머! 언니는 진짜 이상하다니까! 그래도 난 얘기를 해야겠어. 언니도 알다시피 우리는 성 클레멘트 교회에서 결혼했잖아. 위컴 씨 숙소가 그 교구 안에 있었거든. 우리는 다들 11시까지 교회에서 만나기로 했어. 외삼촌이랑 외숙모는 나랑 같이 가고, 다른 사람들은 교회에서 보기로 했었고. 드디어 월요일 아침이 되었는데, 난 진짜 마음이 막 뒤숭숭했어. 혹시 무슨 일이 생겨서 결혼이 연기되는 것은 아닐까, 얼마나 조마조마했는지 몰라. 진짜 그랬으면 난 아마 미쳐 버렸을 거야. 외숙모는 내가 옷을 차려입는 동안 옆에서 마치 설교하듯이 줄곧 얘기를 장황하게 늘어놓으셨지만, 난 정말 열 마디 중 한 마디도 채 귀에 들어오지 않더라고. 그땐 그냥 위컴 씨 생각밖에 없었거든. 위컴 씨가 결혼식에 푸른색 연미복을 차려입고 나올 건지 난 그게 너무너무 궁금하더라고. 그러고 나서, 우린 여느 때와 같이 오전 10시에 아침 식사를 했어. 난 그런 생활이 영원히 계속될 줄로만 알았지. 사실 언니도 차차 알게 되겠지만, 난 외삼촌 댁에 있는 동안 두 분이 너무너무 싫었어. 언니는 안 믿을지도 모르겠지만, 보름 동안 있으면서도 문밖에를 단 한 번도 못 나갔거든. 파티는 물론, 외출이고 뭐고 아무것도 없었다니까. 런던은 확실히 비교적 한산한 편이었지만, 소극장만은 사람들로 붐비더라고. 그건 그렇고, 마차 한 대가 대문 앞에 섰는데 그 지긋지긋한 스톤 씨가 외삼촌을 사업이랍시고 불러내더라니까. 언니, 그 두 사람이 한번 만나면 글쎄 언제 헤어질지 몰라. 그러니까 내가 얼마나 놀랐겠어. 안절부절못했지. 외삼촌이 식장에서 위컴 씨한테 나를 넘겨 주는 들러리 역할을 하기로 돼 있었거든. 사실 난 시간을 넘기면, 그날은 결혼식을 못 하는 줄 알았어. 그런데 다행히 외삼촌이 십 분 만에 돌아오셨어. 그래서 우린 다 같이 식장으로 출발했지. 그런데 나중에 알게 된 일이지만, 우리가 식장에 조금 늦게 갔더라도 결혼식을 미룰 필요까지는 없었대. 왜냐하면 만약 그랬다고 하더라도 다아시 씨가 알아서 잘 처리해 주셨을 테니까."

"다아시 씨가!" 엘리자베스는 깜짝 놀라며 되받았다.

"아, 그럼! 위컴 씨랑 같이 오시기로 했었거든. 아, 참! 내가 깜빡했네. 이 얘긴 절대로 하면 안 되는 건데. 그렇게 단단히 약속해 놓고선 이게 뭐람! 위컴 씨가 알면 뭐라고 하겠어? 이건 정말 비밀이었는데!"

"그게 그렇게 비밀이라면, 그 얘기는 이제 그만하자. 나도 더 이상 묻고 싶진 않으니까."

제인이 이렇게 대꾸하자, 엘리자베스는 몹시 궁금했지만 태연한 듯 말했다.

"그럼! 우린 전혀 알고 싶지 않거든."

"고마워. 사실 언니들이 물으면, 나는 죄다 이야기해 버릴 것 같거든. 그러면 위컴 씨도 무척 화를 내겠지."

그러나 엘리자베스는 어찌나 캐묻고 싶은지 그 충동을 억누르기 힘들어, 결국 자리를 피하고 말았다.

하지만 엘리자베스로는 그런 사실을 모른 척하고 넘어간다는 것은 도저히 불가능한 일이었다. 적어도 무슨 일이 있었는지는 알아보지 않을 수 없었다. 다아시 씨가 리디아의 결혼식에 참석했다는 것은 정말 의외였다. 그것은 하나의 사건이었다. 정말 조금도 참석하고 싶지 않았을 결혼식에서, 조금도 반갑지 않은 사람들과 그가 어울렸던 것이다. 그가 왜 그런 행동을 했을까 하는 의문이 머릿속을 산만하게 맴돌았지만, 뚜렷한 답은 떠오르지 않았다. 엘리자베스로서는 그 이유가 그의 고상한 인격 때문이기를 바라는 마음이 가장 컸지만, 한편으로는 그럴 리 없다는 생각이 점점 더 커져만 갔다. 엘리자베스는 이런 의문을 도저히 참을 수 없었다. 그래서 급히 종이 한 장을 꺼내서 가디너 외숙모에게 리디아가 했던 이야기 중 꼭 지켜야 할 비밀은 빼고라도 자세한 내용을 알려 달라고 짤막하게 편지를 썼다. 그러면서 이렇게 덧붙였다.

외숙모께서는 우리와 아무 관계도 없는 사람이, 비유적으로 말씀드리자면 우리 일가가 아닌 이방인이 어떻게 그런 자리에 참석할 수 있었는지에 대한 저의 이런 의구심을 충분히 이해하실 거라고 생각해요. 즉시 그 자초지종을 편지로 알려 주세요. 만약 리디아의 말처럼 비밀로 남겨 둬야만 하는 합당한 이유가 있다면, 그때는 저도 그냥 모른 채 지내 보려고 노력하는 수밖에 없겠죠.

이렇게 편지를 마무리하면서, 엘리자베스는 혼잣말로 중얼거렸다.

'아니야, 난 절대로 그냥 넘어갈 수 없어. 외숙모가 사실대로 말씀해 주지 않는다면 난 어떤 수단과 방법을 써서라도 알아내고 말 거야.'

제인은 무척 섬세하고 자상했기 때문에, 엘리자베스 앞에서는 리디아가 무심코 내뱉은 그 이야기를 꺼내지 않으려 했다. 엘리자베스는 그러는 편이 더 좋았다. 얼마나 만족스러운 답장이 올지는 알 수 없었지만, 적어도 그 결과가 나올 때까지는 아무와도 그 이야기를 나누지 않는 편이 좋겠다는 생각이 들었기 때문이다.

52

외숙모로부터 생각보다 훨씬 빨리 답장이 도착하자, 엘리자베스는 무척 기뻤다. 그녀는 편지를 받는 즉시, 혼자 조용히 그 편지를 보기 위해 작은 숲으로 달려갔다. 그녀는 벤치에 앉아 들뜬 마음으로 편지를 꺼내 들었다. 편지의 두께로 보아, 외숙모가 자신의 청을 거절하지는 않은 것이 분명해 보였기 때문이었다.

사랑하는 엘리자베스에게

방금 네 편지를 받았단다. 답장을 쓰려면 아침나절이 꼬박 걸릴 것 같구나. 대충 써서는 제대로 이야기를 다 전할 수 없을 것 같아서 말이야. 난 네 편지를 받고 무척 놀랐단다. 네게서 그런 편지를 받을 거라고는 전혀 생각하지 못했거든. 그렇다고 해서 내가 화가 났다는 뜻은 아니란다. 다만, 네가 굳이 그런 청을 할 필요가 있었을까 하는 생각이 들어서 하는 말이야. 이 외숙모의 말이 주제넘게 들린다면 용서해 주렴. 너희 외삼촌도 나만큼 놀랐단다. 너도 그 일에 어느 정도 연관이 돼 있다고 믿고 계셨기 때문에 아마 더 놀라셨던 것 같다. 하지만 네가 정말 아무것도 모른다고 하니, 이제는 나도 숨김없이 이야기해 줘야겠구나.

내가 롱번에서 집으로 돌아오던 바로 그날, 정말 뜻밖의 손님이 외삼촌을 찾아왔단다. 그 사람은 바로 다아시 씨였는데, 두 사람은 문을 걸어 잠그고 몇 시간 동안 이야기를 나누었지. 내가 집에 도착했을 때는 이미 대화가 끝난 뒤였기 때문에, 너처럼 호기심에 시달리는 일은 피할 수 있었단다. 다아시 씨가 외삼촌을 찾아온 건, 그가 리디아와 위컴이 있는 곳을 알아냈고 실제로 그들과 만나기까지 했다는 걸 알리기 위해서였어. 리디아와는 한 번, 위컴과는 여러 차례 이야기를 나누었다고 하더구나. 내가 아는 바로는, 우리가 더비셔를 떠난 바로 다음 날 다아시 씨는 곧장 런던으로 들어가 두 사람을 찾기 시작했단다. 바른 성품을 지닌 여자라면 위컴 같은 인간을 사랑하거나 마음을 주는 일은 절대 없어야 한다면서, 사람 같지 않은 그의 인격이 세상에 더 널리 알려졌어야 했는데 그러지 못한 책임이 자기에게 있다며 그들을 찾아 나섰다는구나.

  그는 모든 일이 자기의 못난 자존심 때문이라고 하면서, 그전까지는 위컴의 사적인 일들을 세상에 알리는 것이 자신에게는 수치스러운 일이라고 믿었다는 거야. 위컴의 위선적인 성격은 언젠가 자연히 드러나리라고 생각했대. 그래서 이번 불행한 일이 자기 탓으로 벌어진 만큼, 반드시 자기가 나서서 결말을 짓겠다는 생각이었단다. 설령 다른 동기가 있었다 하더라도, 그를 비난할 수는 없겠지? 다아시 씨는 런던에 도착한 지 며칠 지나지 않아 두 사람의 행방을 알아냈대. 자신만의 방식으로 찾아낸 모양인데, 우리보다 훨씬 효과가 있었던 것 같아.

그리고 우리 뒤를 따라 런던으로 들어가기로 마음먹은 또 하나의 이유는, 바로 그렇게 될 줄 짐작하고 있었기 때문이라더라. 한동안 다아시 양의 가정교사로 있었던 영 부인이라는 사람이 있었는데, 어떤 이유인지는 말하지 않았지만 얼마 전에 좋지 않은 일로 해고되었단다. 그 부인은 당시 에드워드 가에 커다란 집 한 채를 가지고 있었는데, 해고된 이후로는 그 집에서 하숙을 치며 살고 있다는구나. 다아시 씨는 이 영 부인이 위컴과 친한 사이였다는 걸 알고 있었기 때문에, 런던에 오자마자 그녀를 찾아가 위컴의 행방을 물었다고 해. 하지만 그녀는 2, 3일이 지나서야 그가 있는 곳을 말해 주었대. 내 생각이지만, 그 여자는 애초부터 위컴이 어디 있는지 알고 있으면서도 뇌물 따위를 바라고 순순히 입을 열지 않았던 것 같아.

사실 위컴은 런던에 도착하자마자 그 여자를 찾아갔었다는 거야. 그때 부인이 두 사람을 집에 들여놓을 형편이 되었더라면, 그들은 아마 그 여자의 집에서 지냈을 거라고 하더라. 아무튼 다아시 씨는 결국 원하던 정보를 얻었지. 두 사람은 무슨 가街에서 지내고 있었는데, 그는 곧장 위컴을 만나 보고 리디아도 꼭 봐야겠다고 했대. 다아시 씨의 말에 따르면, 그가 리디아를 만나고자 했던 가장 큰 이유는 무엇보다도 리디아를 그런 수치스러운 상황에서 벗어나게 하려는 것이었어. 집에서 그들을 받아들이겠다고 했을 때, 리디아가 가능한 한 빨리 집으로 돌아갈 수 있도록 설득하려고 했다는 거야. 그리고 자신이 최선을 다해 돕겠다고 말하면서 말이지.

하지만 다아시 씨가 보기에는, 리디아는 애초에 그곳을 떠날 생각이 전혀 없더라는 거야. 가족도, 친구도, 다아시 씨의 도움도 필요 없다고 하면서, 무슨 말을 해도 위컴과는 절대 헤어질 수 없다고 했대. 그 애는 언젠가는 둘이 결혼할 거라는 확신을 가지고 있었고, 그게 언제가 되든 그건 별 중요하지 않다고 하더래. 리디아의 생각이 이 정도였으니, 다아시 씨로서는 두 사람이 가능한 빨리 결혼하는 것 외에는 다른 방도가 없다고 생각했단다. 그래서 위컴에게 결혼 이야기를 꺼냈지만, 첫마디에 위컴이 결혼할 의사가 전혀 없다는 것을 단번에 알 수 있었다고 하는구나. 위컴은 신용으로 빌린 빚에 대한 독촉이 너무 심해서 도저히 견딜 수 없어 부대를 떠날 수밖에 없었다고 고백했단다. 그러면서도, 리디아가 자기와 함께 도망친 건 순전히 리디아 자신이 어리석어서 그런 것이라고 했다는구나. 그는 곧 장교를 사임할 생각을 하고 있었지만, 그 이후의 장래에 대해서는 아무런 계획도 없는 듯 보였대. 뭔가를 하긴 해야겠는데, 어떻게 해야 할지 전혀 모르겠다고 했다고 해. 결국 자기도 앞으로 어떻게 살아가야 할지 알지 못했던 거겠지.

다아시 씨는 위컴에게 왜 즉시 리디아와 결혼하지 않느냐고 물었다고 해. 베넷 씨가 크게 부자는 아니지만, 그래도 결혼을 하면 위컴에게 어느 정도 도움을 줄 수 있을 거고, 그렇게 되면 그의 형편도 분명히 나아질 거라고 다아시 씨가 설득해 봤다는구나. 하지만 다아시 씨는 위컴의 대답에서, 그가 여전히 다른 지방에서 결혼해 더 많은 재산을 얻어 보겠다는 희망을 버리지 않고 있다는 것을 느꼈다고 해. 그러나 위컴 역시 처지가 워낙 어려운 터라, 당장 곤경에서 벗어날 수 있다는 다아시 씨의 제안을 완전히 거절할 수는 없었던 것 같아. 두 사람은 여러 차례 만났고, 그만큼 상의할 일들이 많았던 모양이야. 물론 위컴은 필요 이상으로 욕심을 부리기도 했지만, 결국은 어느 정도 선에서 타협을 보았던 모양이야.

두 사람 사이의 모든 문제가 정리되자, 다아시 씨는 그 사실을 너희 외삼촌에게 알리게 되었던 것이고, 그래서 내가 집에 돌아오기 전날 저녁에 처음으로 그레이스처치 가에 들렀던 거야. 하지만 그날은 외삼촌을 만나지 못했는데, 너희 아버지께서 아직 집에 머물고 계시며 다음 날 아침에 떠나신다는 사실을 하인들에게 물어보고 알았다고 하더구나. 다아시 씨 생각에는 네 아버지보다는 외삼촌과 상의하는 게 더 낫다고 판단해서, 아버지가 떠나신 후 외삼촌을 만나 보기로 마음먹고는 기꺼이 발길을 돌렸다고 하는구나. 그때는 이름도 밝히지 않았기 때문에, 그다음 날까지도 우리는 단지 사업상 찾아온 어떤 신사 한 분으로만 알고 있었지 뭐니.

토요일에 다아시 씨가 다시 찾아왔는데, 그때 네 아버지는 이미 떠난 뒤라 안 계셨고 외삼촌은 마침 집에 계셨어. 그래서 앞서 이야기한 대로, 두 분은 오랜 시간 이야기를 나누게 되었던 거란다. 두 분은 일요일에도 다시 만나셨고, 그때는 나도 다아시 씨를 직접 봤단다. 그리고 월요일이 되어서야 모든 문제가 완전히 해결되었단다. 그렇게 되자 곧바로 롱번으로 속달 편지를 보냈지. 그런데 말이지, 다아시 씨는 고집이 무척 세더구나. 리지야, 그분의 고집은 때로는 인격적인 결함으로까지 비칠 정도였어. 그 고집 때문에 여러 번 실수도 하고 비난도 받고 했는데, 이런 점은 확실히 그의 결점이라 할 수 있을 거야. 그는 자기가 직접 나서지 않는 일은 아예 하지 못하게 했으니까. 내가 보기에는, 너희 외삼촌이 앞장섰다면 아주 쉽게 처리했을 일들이었는데 말이다. 아, 물론 그렇다고 외삼촌이 감사를 받아야 한다는 뜻은 아니란다. 그러니 이 이야기는 이쯤에서 그만하자.

두 분은 이 문제로 오랫동안 다퉜는데, 당사자인 두 남녀에게는 어쩌면 정말로 과분한 일이었지. 그러다 마침내 외삼촌께서 양보하실 수밖에 없으셨단다. 당신의 조카딸을 위해 아무런 도움도 주지 못했으면서도 마치 자기가 한 것처럼 참고 있어야 했으니, 그 성격에 얼마나 답답하고 화가 났겠니. 그래서 아마 오늘 아침 네 편지를 보고는 무척 속이 시원하셨을 거야. 네 편지에 답장을 쓰면서, 다아시 씨가 한 일을 자신이 한 것처럼 생색내야 한다는 부담 없이, 사실대로 이야기할 수 있게 되었으니까 말이야. 하지만 리지, 이 이야기는 너만 알고 있어야 한단다. 제인까지는 괜찮겠지만 말이다.

이제는 너도, 두 사람을 위해 다아시 씨가 어떤 일을 했는지 잘 알고 있겠지. 위컴 씨의 빚을 갚아 주기로 했는데, 내가 알기로는 그 금액이 천 파운드를 훨씬 넘는 데다, 리디아가 집에서 받은 재산에 또 천 파운드를 더 얹어 주었고, 위컴의 장교직까지 사 주었단다. 그 모든 일을 왜 다아시 씨 혼자서 떠맡아야 했는지에 대한 이유는, 내가 앞에서 말한 그대로란다. 세상 사람들이 위컴의 인격을 잘못 알고 있고, 그 결과 지금처럼 평가되고 대우받고 있는 것은 모두 다 다아시 씨 자신이 판단을 잘못해 위컴의 본모습을 제때 사람들에게 알리지 못한 탓이라고 하더구나. 그런 그의 말에도 일리는 있어. 그가 망설였든, 아니면 다른 누군가가 그러했든 그것 때문에 이번 사건을 책임져야 하느냐는 것은 나로서는 잘 모르겠지만 말이야.

지금 하는 이야기가 허울 좋은 변명으로 들릴지 모르겠다만, 아무튼 리지야, 한 가지 분명한 사실은 다아시 씨가 이렇게 하는 데에 또 다른 목적이 있을 거라고 생각하지 않았더라면 외삼촌은 절대로 양보하지 않으셨을 거란다. 이 모든 일이 매듭지어지자 다아시 씨는 친구들이 아직도 기다리고 있는 펨벌리로 돌아갔는데, 결혼식 날 다시 런던에 오기로 약속했고 그때 모든 금전적인 문제를 다 해결하도록 합의가 되었단다.

이제 너에게 들려줄 이야기는 모두 다 한 것 같구나. 네 말대로 정말 놀라운 이야기일 거야. 적어도 네가 이 이야기를 불쾌하게 여기지는 않기를 바란다. 리디아가 우리 집에 와 있었으니, 위컴도 수시로 들락거리도록 허락했었지. 그는 정말 하트퍼드셔에서 봤을 때와 달라진 거라고는 하나도 없더구나. 지난 수요일에 제인이 보낸 편지를 통해서 리디아가 집에 가서도 여기 있을 때와 똑같이 행동한다는 것을 알았는데, 그렇지 않았더라면 리디아가 여기에 머무는 동안 내가 그 아이의 행실 때문에 얼마나 마음이 상했는지는 굳이 말하지 않을 텐데 말이다. 그러니 지금 내가 이런 이야기를 한다고 해서 네가 새삼스럽게 마음 아파하지는 않기를 바란다. 나는 수차례 리디아에게 그 나쁜 행실을 아주 진지하게 지적하면서, 그로 인해 가문에 얼마나 큰 누를 끼치는지 말해 주었단다. 그 아이가 내 말을 조금이라도 귀담아들었다면, 그건 정말 기적일 거야. 내 말엔 전혀 귀를 기울이지 않았으니까. 어떤 때는 정말 화가 치밀어 올랐지만, 그때마다 나는 우리 제인과 엘리자베스를 생각하며 꾹 참았단다.

다아시 씨는 제시간에 맞춰 다시 런던으로 돌아와, 리디아가 말한 대로 결혼식에 참석했단다. 그다음 날에는 우리와 함께 저녁 식사를 했고, 수요일이나 목요일쯤 다시 런던을 떠날 거라고 했어. 리지야, 전에는 감히 생각도 못 했던 말인데, 내가 이 기회를 빌어 다아시 씨가 참 마음에 든다고 이야기하면 넌 내게 화를 낼 거니? 다아시 씨는 더비셔에서 우리가 받았던 것과 똑같이 모든 면에서 우리에게 너무 잘해 주었거든. 난 그분의 이해심과 판단력이 무척 마음에 들더라. 조금만 더 활기가 있었으면 거의 완벽할 것 같았는데, 아마 괜찮은 아내를 맞이한다면 그녀가 잘 이끌어 주겠지. 다아시 씨도 무척 내숭을 떨더구나. 네 이름은 거의 입 밖에도 내지 않았으니 말이야. 그런데 요즘은 그런 태도가 또 유행인 모양이더라. 내가 너무 주제넘은 소리를 했다면 용서해 주렴. 아니면, 나중에 펨벌리에 못 들어가게 하는 일만은 없게 해 줘. 난 꼭 그 공원을 전부 둘러봐야만 직성이 풀릴 것 같단다. 예쁜 조랑말 한 쌍이 끄는 나지막한 사륜마차라면 더할 나위 없겠지? 이제 그만 줄여야겠다. 아이들을 반 시간이나 제들끼리 내버려두었거든.

그레이스처치 가에서

9월 6일 외숙모 씀

　이 편지를 읽고 난 엘리자베스는 가슴이 두근거렸다. 하지만 그것이 기쁨 때문인지, 아니면 속이 상해서인지는 그녀 자신도 알 수 없었다. 다아시 씨가 리디아의 결혼을 성사시키기 위해 했을지도 모른다고 생각했던 일들이 실제로는 자신이 상상했던 것보다 훨씬 훌륭한 일이었기에, 그가 정말 그런 일을 했다는 사실이 오히려 두렵게 느껴졌다. 더불어 그에게 은혜를 입었다는 마음의 부담 때문에 차라리 그것이 사실이 아니었으면 하고 마음을 졸였던 것들이 낱낱이 사실로 드러난 것이었다.

　다아시 씨는 직접 그들을 찾아 런던으로 갔고, 온갖 고생과 수모도 마다하지 않고 결국 그들을 찾아낸 것이었다. 그 과정에서 자신이 증오하고 경멸하던 여자를 찾아가 애원해야 했고, 절대로 얼굴을 마주치고 싶지 않으며 이름만 들어도 속이 뒤틀리는 남자를 만나서, 그것도 수없이 만나서 그를 달래고 설득하며 끝내는 뇌물까지 주어야 했던 것이다. 이 험악한 모든 일을, 애정도 호감도 없는 어린 여자아이를 위해서 했다는 사실이었다. 엘리자베스는 이런 생각을 하면서도, 다아시 씨가 그 모든 일을 한 진짜 이유는 자신 때문이라는 생각이 문득 스쳤다. 하지만 곧, 그건 그저 자신만의 부질없는 바람일 뿐이라는 생각이 들었다.

엘리자베스는 다아시 씨가 과거에 자신의 청혼을 거절했던 여자에게 아직도 애정을 품고 있을 거라고 기대하는 자신이 너무 뻔뻔스럽다고 생각했다. 게다가 위컴 씨와 친척 관계를 맺는 것에 대한 혐오감과 더불어 그때 당연히 그녀에게 느꼈을 그 못지 않은 실망감을 다아시 씨가 참고 이겨 낼 거라고 기대하는 것 또한, 오직 자기 자신만을 생각하는 지나친 허영심이라는 생각이 들었다. 위컴 씨와 동서지간이 된다고? 그의 모든 자존심으로는 도저히 용납할 수 없는 일이라는 생각이 들었다.

다아시 씨가 큰일을 한 것만은 분명했다. 그가 얼마나 많은 일을 감당했는지를 떠올리자, 얼굴이 화끈 달아올랐다. 그에게는 이 일에 개입해야만 하는 이유가 있었고, 그 이유는 명확하고 설득력이 있는 것이었다. 리디아의 사건이 어쩌면 자신의 과오에서 비롯된 것이라는 그의 생각에도 일리가 있었다. 그는 관대한 성품을 지니고 있었고, 그것을 실행에 옮길 수 있는 재력도 있었다. 엘리자베스는 다아시 씨가 그런 행위를 한 것이 순전히 자신 때문은 아니라 할지라도 자신에 대한 애정이 조금이라도 남아 있었기에, 자신이 이 일로 얼마나 가슴 아파할지를 생각해 그런 도움을 주었을지도 모른다는 생각이 들었다. 그러나 그에게 신세를 지고 있지만 그는 일체의 보답을 거절하고 있으니, 그것이 무척 곤혹스러운 일이었다. 리디아가 다시 제자리를 찾게 된 것부터, 그녀의 평판에 이르기까지 모든 것이 다아시 씨 덕분이었다.

엘리자베스는 지난날 다아시 씨에게 자기가 얼마나 무례한 감정을 드러냈고, 또 얼마나 매몰찬 말을 했던가를 떠올리자 가슴 깊이 후회가 밀려들었다. 그녀는 자신의 초라한 모습이 느껴지면서, 다아시 씨가 더욱 자랑스럽게 여겨졌다. 그것은 사사로운 감정을 초월해 행동한 다아시 씨에 대한 동정과 존경심에서 우러나오는 마음이었다. 엘리자베스는 외숙모가 다아시 씨를 칭찬한 대목을 읽고 또 읽었다. 그것만으로는 부족한 칭찬이었으나, 그래도 그녀는 기뻤다. 엘리자베스는 외삼촌 내외가 아직도 다아시 씨와 그녀 사이에 애정과 신뢰가 있다고 굳게 믿고 있다는 사실을 알게 되자, 한편으로는 서글프면서도 기쁜 마음을 어쩔 수 없었다.

누군가가 다가오는 기척에 엘리자베스는 생각에서 깨어나 자리에서 일어섰다. 그녀가 미처 다른 샛길로 접어들기도 전에, 위컴 씨가 뒤따라오고 있었다. 그는 그녀에게 다가오며 말했다.

"혼자 산책하시는 데 방해가 되지는 않았는지 모르겠습니다."

"그런 것 같군요. 하지만 방해가 꼭 기분 나쁘라는 법은 없죠." 엘리자베스가 웃으며 말을 받았다.

"방해가 되었다면 정말 죄송합니다. 그래도 우리는 지금까지 좋은 친구 사이였죠. 지금은 더 가까운 사이가 되었지만요."

"그래요. 다른 분들도 지금 나오는 길인가요?"

"글쎄요. 장모님과 리디아는 마차를 타고 메리턴에 가려는 모양이에요. 그런데 외삼촌 내외분께 들으니, 엘리자베스 양도 직접 펨벌리에 다녀오셨다고 하던데요?"

엘리자베스는 그렇다고 대답했다.

"얼마나 즐거웠을지 제가 다 부러워지는군요. 사실 저로선 그런 즐거움은 과분한 일이죠. 그래도 제가 갔더라면 그 즐거움을 뉴캐슬까지 가지고 갔을 텐데 말입니다. 그럼, 나이 든 가정부도 보셨겠군요. 가엾은 레이놀즈 부인 말입니다. 그녀는 저를 무척 좋아했죠. 그렇지만 물론 제 이름을 거론하지는 않으셨겠지요."

"아뇨, 말씀하시던데요."

"그래요? 뭐라고 하시던가요?"

"위컴 씨가 군대에 들어갔지만, 일이 잘 풀리지 않는 것 같다고만 하시더군요. 그런데 사실 그렇게 멀리 떨어져 있다 보면, 간혹 터무니없는 소문이 돌기도 하잖아요."

"맞습니다."

그는 입술을 지그시 깨물며 대답했다. 엘리자베스는 이제 더는 말을 잇지 않으려는 듯해 보인다고 생각했지만, 그는 곧 다시 입을 열었다.

"지난달에 런던에서 다아시 군을 보고 깜짝 놀랐습니다. 몇 번이나 서로 마주쳤죠. 런던에서 무슨 할 일이 있는지 잘 모르겠습니다."

"아마 드 버그 양과의 결혼을 준비 중이겠죠. 그분이 이 시기에 런던에 계시다는 건, 분명 무슨 특별한 일이 있기 때문일 거예요."

"그럴 겁니다. 램턴에 계시는 동안 다아시 군을 만나셨다지요? 가디너 외삼촌 내외분 말씀에 따르면 만나 보신 걸로 알고 있습니다만."

"네, 만났어요. 여동생에게도 소개해 주시던데요."

"그 친구 여동생은 마음에 드시던가요?"

"네, 아주 좋아요."

"조지아나 양은 최근 한두 해 사이에 몰라볼 정도로 많이 좋아졌다는 이야기를 들었습니다. 제가 마지막으로 봤을 때는 그리 희망적이지는 않았거든요. 그녀를 좋아하신다니, 제가 무척 기쁩니다. 그녀가 잘되기를 바랍니다."

"잘될 거예요. 가장 힘든 시기는 이제 지났으니까요."

"킴프턴이라는 마을을 지나셨습니까?"

"그런 기억은 없는데요."

"왜 여쭙냐 하면, 제가 목사직을 받기로 되어 있던 교회가 바로 그곳에 있었기 때문입니다. 참 살기 좋은 곳이지요! 목사관도 무척 훌륭합니다. 어느 모로 보나 저에게 꼭 어울리는 자리였는데 말입니다."

"어떻게 해서 설교하는 것을 좋아하게 되셨죠?"

"정말 좋아했습니다. 저에게 주어진 사명이라고까지 생각했었습니다만, 그 노력이 물거품이 될 줄은 누가 알았겠습니까? 후회를 해서는 안 되겠지만, 제게는 더할 나위 없이 좋은 자리였던 것만은 분명합니다. 조용하고 평화로운 성직자의 삶을 살았다면, 아마 제가 꿈꾸던 행복을 모두 이룰 수 있었을 겁니다. 하지만 그럴 운명이 아니었던가 봅니다. 켄트에 계실 때, 다아시 군이 이 일에 대해 언급하지 않던가요?"

"믿을 만한 분에게 들은 이야기로는, 목사직 수여는 단지 조건부였고 후원자의 의사에 달려 있었다고 하더군요. 제가 생각해 봐도 그 말에 일리가 있는 것 같았습니다."

"그렇게 들으셨군요. 네, 그런 면도 좀 있었죠. 처음 뵈었을 때부터 제가 그렇게 말씀드렸던 것 같은데, 기억나지 않으십니까?"

"또 이런 말도 들었습니다. 위컴 씨께서 지금과는 달리 설교하시는 것이 적성에 맞지 않다고 여기셔서, 절대로 성직에는 나가지 않겠다고 하는 바람에 그 때문에 일이 그렇게 결정되었다고요."

"그랬나요? 전혀 근거 없는 이야기는 아니지요. 그 점에 대해서도, 우리가 처음 그 얘기를 나눌 때 제가 말씀드렸던 게 기억나실 겁니다."

두 사람은 어느새 집 앞 대문 가까이 이르렀다. 엘리자베스가 위컴을 떼어놓기 위해 걸음을 재촉했기 때문이었다. 리디아를 생각해 그의 심기를 건드릴 것까지는 없다고 생각한 엘리자베스는 상냥하게 웃으며 말했다.

"자, 위컴 씨, 아시다시피 우리 이젠 한 가족이잖아요. 그러니 지나간 일로 다투고 그럴 필요는 없겠죠. 앞으로는 언제나 한마음이 될 수 있을 거예요."

엘리자베스는 손을 내밀었다. 위컴 씨는 어떤 표정을 지어야 할지 잠시 망설였으나, 다정하면서도 정중하게 그녀의 손에 입을 맞추었다. 그리고 두 사람은 함께 집 안으로 들어갔다.

53

위컴 씨는 엘리자베스와의 대화가 더없이 만족스러웠기 때문에, 이후로는 그와 관련된 화제를 다시 꺼내어 스스로 불편해하거나 엘리자베스의 기분을 상하게 하는 일은 없었다. 엘리자베스도 그 대화로 위컴 씨의 입을 막아 버렸다는 사실에 내심 흐뭇했다.

위컴 씨와 리디아가 떠날 날이 금세 다가왔다. 그러자 베넷 부인은 다시 자기 방에 틀어박혀 버렸는데, 가족 모두가 뉴캐슬로 함께 가자는 그녀의 계획을 베넷 씨가 완강히 거절한 데 대한 시위였다. 그녀의 반응은 적어도 열두 달은 이어질 것 같아 보였다.

"리디아! 우리 언제 다시 만날 수 있을까?"

"아, 저도 잘 모르겠어요. 아마 앞으로 2, 3년은 못 볼 것 같아요."

"편지는 자주 해야 한다."

"자주 쓸게요. 하지만 엄마도 아시잖아요, 결혼한 여자는 편지 쓸 시간이 많지 않다는 거. 그러니까 언니들더러 내게 편지하라고 해 주세요. 언니들은 그다지 할 일도 없잖아요."

위컴 씨는 리디아보다 훨씬 다정스럽게 작별 인사를 했다. 줄곧 웃음을 잃지 않고 아주 그럴듯한 인사말을 늘어놓는 그의 모습이 멋져 보이기까지 했다. 베넷 씨는 그들을 떠나보내며, 위컴 씨의 뒤통수에다 이렇게 한마디 던졌다.

"참, 내 생전에 저렇게 넉살 좋은 친구는 처음 봤다니까! 선웃음을 슬슬 지으며 능글능글하고, 아무나 그저 다 좋다고 해대니! 우리 집의 보배 같은 존재라고 해야겠지. 윌리엄 루카스 경에게 어디 위컴보다 더 멋진 사윗감이 있으면 한번 데려와 보라고 해야겠어."

리디아가 떠나고 나자, 베넷 부인은 며칠 동안 내내 풀이 죽어 있었다.

"사위 따라 딸을 떠나보내는 일이 제일 가슴 아픈 거야. 영 마음이 허전해서 견딜 수가 있어야지."

"딸을 결혼시키면 다 그런 거잖아요, 어머니. 어머니 곁엔 아직 시집 안 간 딸이 네 명이나 있는데, 뭐가 허전하다는 거예요?"

엘리자베스가 이렇게 말하자, 베넷 부인이 다시 말을 받았다.

"그런 게 아니지. 리디아는 결혼해서 날 떠난 게 아니라, 하필 남편 부대가 멀리 있어서 그렇게 된 거지. 만약 부대가 좀 더 가까이 있었다면 그렇게 단번에 훌쩍 떠나 버리진 않았을 거 아니니."

그러나 이번 일로 인한 베넷 부인의 우울한 기분은 곧 풀려 버렸다. 마침 그 무렵 들려온 한 소식에 그녀의 귀는 번쩍 뜨였고, 다시 희망에 찬 활기를 되찾았다. 네더필드의 관리인에게 주인인 빙리 씨를 맞을 준비를 하라는 지시가 내려졌다는 것이었다. 빙리 씨가 몇 주간 사냥을 하러 네더필드에 올 예정이며, 하루 이틀 안에 도착할 거라는 소문이었다. 베넷 부인은 도저히 가만히 있을 수 없었다. 제인을 바라보다가, 또 웃다가, 고개를 흔들며 안절부절못하는 모습이었다.

"그래? 정말 빙리 씨가 온다는 거지?"

베넷 부인은 처음 그 소식을 전하러 온 필립스 부인을 붙잡고 이야기하고 있었다.

"그거 참 잘됐네. 뭐, 그렇다고 내가 크게 관심 있는 건 아니지만 말이야. 알다시피, 그 사람은 우리하고 아무 상관도 없고, 나도 다시는 그를 보고 싶지 않거든. 그래도 네더필드가 마음에 들어서 스스로 오는 거라면야 환영할 일이긴 하지. 하긴 또 무슨 일이 어떻게 일어날지 누가 알겠어? 우리야 상관없는 일이겠지만 말이야. 우리, 오래전에 다시는 빙리 씨 이야기는 입에 올리지 않겠다고 약속했던 거 기억나지? 그런데 빙리 씨가 온다는 게 정말 확실하기는 한 거야?"

"틀림없어요. 니콜스 부인이 어젯밤에 네더필드에 왔다니까요. 그녀가 지나가는 게 보여서 밖으로 나가 물어봤더니, 틀림없는 사실이라고 하더라고요. 아무리 늦어도 목요일까지는 도착한다는데, 수요일에 올 가능성이 크다고 했어요. 그날 쓸 고기를 주문하러 정육점에 가는 길이라고 했는데, 손에는 막 잡은 오리 세 마리가 들려져 있더라고요."

제인은 빙리 씨가 온다는 말을 듣자 붉어지는 얼굴을 어찌할 수 없었다. 몇 달 동안 엘리자베스와 단둘이 있을 때에도 빙리 씨 이야기를 꺼내지 않았던 제인이었지만, 단둘이만 있게 되자 얼른 이야기를 꺼냈다.

"리지, 오늘 이모가 빙리 씨 이야기를 꺼냈을 때 내가 얼굴이 붉어졌던 거, 너도 봤지? 나도 내가 좀 당황했다는 걸 알아. 하지만 제발 별다르게 생각하지는 말아 줘. 그냥 네가 그런 눈빛으로 나를 쳐다보니까, 그게 잠깐 어색해서 그런 거였어. 난 빙리 씨가 온다는 소식이 반갑지도 않고, 그렇다고 기분 나쁘지도 않아. 그나마 다행이라고 생각되는 건, 그분이 혼자 온다는 점이야. 그러면 마주칠 기회도 적을 테니까. 난 정말 아무렇지도 않아. 그저 다른 사람들의 수군거림이 좀 신경 쓰일 뿐이야."

엘리자베스는 빙리 씨의 방문을 어떻게 받아들여야 할지 알 수 없었다. 만약 더비셔에서 그를 다시 만나지 않았더라면, 사람들 말대로 그저 사냥하러 오는 것 정도로만 생각할 수도 있었을 것이다. 그러나 엘리자베스는 그가 여전히 제인에게 애정을 품고 있다고 믿고 있었기에, 그가 다아시 씨의 동의를 얻고 오는 것인지 아니면 그런 것 없이 용감하게 혼자서 오는 것인지가 무척 궁금했다. 엘리자베스는 가끔 이런 생각이 들었다.

'빙리 씨가 안쓰럽기도 하지만, 정당하게 임대한 자기 집에 오는 걸 두고 내가 이런저런 생각을 하는 건 좀 이상해. 그냥 내버려두고 지켜보는 수밖에.'

빙리 씨가 온다는 사실에 제인이 자신의 심정을 밝혔고 엘리자베스도 그것을 믿고는 있었지만, 제인의 마음이 흔들리고 있다는 것을 쉽게 느낄 수 있었다. 평소와는 다르게, 제인은 불안하고 긴장된 기색을 감추지 못하고 있었기 때문이었다.

약 1년 전, 베넷 씨와 베넷 부인이 열띤 언쟁을 벌이던 그 모습이 다시금 그대로 재연되고 있었다.

"빙리 씨가 오면, 물론 즉시 찾아가실 생각이시겠죠?"

"천만에 말씀. 작년에도 당신은 나더러 그를 찾아가 보라고 했지 않소. 내가 그를 만나면 우리 딸들 가운데 하나와 결혼할 수 있을 거라고 장담하면서 말이오. 그런데 다 헛수고였지 않소. 난 다시는 그런 어리석은 심부름은 하지 않으리다."

베넷 부인은 네더필드로 돌아오는 빙리 씨에게 마을 유지들이 인사를 건네는 건 당연한 예의라고 강변했다.

"난 그런 겉치레에는 진절머리가 난 사람이오. 그가 우리를 만나고 싶다면, 직접 찾아오라고 해요. 우리가 어디 사는지도 잘 알잖소. 이웃이 오갈 때마다 그들 꽁무니나 쫓아다니는 일에 내 귀중한 시간을 낭비하고 싶지는 않단 말이오."

"됐어요. 나는 당신이 찾아가지 않으면 커다란 결례를 범하는 거라는 것밖에는 모르겠어요. 하지만 그렇다고 해서 빙리 씨를 저녁 식사에 초대하지 못하란 법은 없잖아요. 롱 부인과 굴딩 부인도 모두 초대해야겠어요. 우리 가족까지 합치면 모두 열세 명이니까 딱 한 자리, 빙리 씨 자리만 남게 되겠군요."

베넷 부인은 혼자서 이렇게 마음을 달래고 나니, 남편의 고집도 어느 정도는 참을 수 있었다. 하지만 남편이 방문을 거절함으로써, 이웃 사람들이 먼저 빙리 씨를 만나게 될지도 모른다고 생각하면 속이 쓰렸다. 빙리 씨가 도착할 날이 점점 더 다가오고 있었다.

"빙리 씨가 온다고 하니 어쨌든 기분이 이상해져." 제인이 엘리자베스에게 이렇게 말했다. "그렇지만 난 아무렇지도 않을 거야. 그분을 만나도 아주 태연할 수 있을 것 같아. 그런데 왜 자꾸 그 문제를 두고 이러쿵저러쿵 말씀들을 하시는지, 난 그게 너무 견딜 수가 없어. 물론 어머니는 좋은 뜻으로 그러시는 거겠지만, 그런 말씀들이 나를 얼마나 힘들게 하는지 어머니는 아마 모르실 거야. 아니, 누구도 모를 거야. 빙리 씨가 네더필드 방문을 마치고 떠나가 버리면, 난 오히려 속이 후련할지도 모르겠어."

"언니에게 어떻게 위로의 말을 해야 할지 모르겠어. 하지만 내 힘으로는 도저히 어쩔 수 없다는 건, 언니도 알잖아. 고통받는 사람에게 참으라고만 하는 그 흔한 설교 같은 이야기는 하고 싶지 않아. 언니는 늘 잘 참고 있으니까."

이윽고 빙리 씨가 네더필드에 도착했다. 베넷 부인은 하인들을 동원해 그 소식을 가장 먼저 알아냈다. 그러니 들뜬 마음은 오래도록 초조함 속에 머물 수밖에 없었다. 그녀는 언제쯤 빙리 씨를 초대할 수 있을지 날짜를 세어 봤지만, 아무래도 그 날짜를 당길 수는 없을 것 같았다.

그런데 빙리 씨가 하트퍼드셔에 도착한 지 사흘째 되는 날 아침, 베넷 부인이 화장실 창문으로 밖을 내다보는데 빙리 씨가 말을 타고 목장 안으로 들어서며 집 쪽으로 다가오고 있는 모습이 보였다. 그녀는 반가움에 들뜬 나머지 급히 딸들을 불렀다. 제인은 식탁에 그대로 앉아 있었지만, 엘리자베스는 창가로 다가가 어머니와 함께 기쁨을 나누려 했다. 그러나 그 순간, 빙리 씨와 함께 다아시 씨가 말을 타고 함께 들어오는 모습을 보고는 아무 말 없이 돌아와 제인과 같이 식탁에 앉아 버렸다.

"엄마, 신사 한 분이 같이 오는데, 도대체 누구일까요?" 키티가 말했다.

"뭐 친구이거나 아니면 그냥 알고 지내는 사람이겠지. 나도 누군지 모르겠구나."

"어? 그분, 예전에도 늘 같이 다니던 분 같은데요. 이름이 뭐였더라. 왜 그 키 크고 거만하게 굴던 분 있잖아요."

"그래? 그럼 다아시 씨겠구나! 내 그럴 줄 알았어. 좋아, 빙리 씨 친구라면 누구든지 대환영이지. 사실 빙리 씨 친구만 아니라면 그가 우리 앞에 얼쩡거리는 것조차 딱 질색이지만 말이야."

제인은 놀라면서도 걱정스러운 얼굴로 엘리자베스를 바라보았다. 그녀는 다아시 씨와 엘리자베스가 더비셔에서 만났을 때의 구체적인 내용은 거의 알지 못했기 때문에, 다아시 씨의 장문의 편지를 받은 이후 처음으로 그를 마주하게 되는 엘리자베스의 마음이 편치 않을 것이라고 짐작했다. 제인도 엘리자베스도 모두 마음이 불편했다. 두 사람은 서로를 염려하면서도 각자 자신에 대한 걱정도 안고 있었다. 게다가 어머니는 두 딸의 이야기는 들으려고도 하지 않은 채, 다아시 씨가 싫다느니 단지 빙리 씨 친구로서만 대할 거라느니 하는 이야기만 늘어놓고 있었다.

엘리자베스는 제인이 모르는 걱정거리가 있었다. 그것은 제인에게 가디너 부인의 편지를 아직 보여 주지 못한 것과, 다아시 씨에 대한 자신의 달라진 감정 역시 털어놓지 않은 것이었다. 제인에게 다아시 씨는 여전히 엘리자베스에게 청혼을 거절당한 남자일 뿐이었고, 그의 진면목은 아직 알지 못하고 있었다. 하지만 그를 좀 더 깊이 이해하고 있는 엘리자베스에게 다아시 씨는 그녀의 집안에 처음으로 경제적인 도움을 준 사람이었으며, 비록 완전히 마음을 준 것은 아니라 하더라도 분명 호의적인 감정을 품고 있는 존재였다. 그 감정은 적어도 제인이 빙리 씨에게 품고 있는 것처럼 이성적이고도 건전한 애정이었다.

그가 네더필드에 와서 자발적으로 롱번까지 그녀를 찾아온다는 사실은, 엘리자베스가 더비셔에서 그의 달라진 모습을 처음 보았을 때 느꼈던 것만큼이나 놀라운 일이었다. 자신에 대한 다아시 씨의 애정과 바람이 여전히 변하지 않았을지도 모른다는 생각이 스치자, 엘리자베스의 얼굴은 붉게 물들었고 그 홍조는 잠시 더 짙어졌다. 그녀의 입가에는 엷은 미소가 번졌고, 두 눈은 순간 더욱 반짝였다. 그러나 엘리자베스는 그의 애정을 결코 과신하지는 않았다.

'그가 어떻게 나오는지 두고 봐야지. 속단하기엔 아직 너무 일러.'

엘리자베스는 그렇게 생각하며 침착한 모습으로 자리에 앉아 뜨개질에 열중하고 있었지만, 감히 고개를 들어 앞을 볼 엄두가 나지 않았다. 그러나 하인의 발걸음 소리가 문 가까이서 들려오자 엘리자베스는 걱정 반, 호기심 반의 마음으로 자연스레 제인에게 시선을 돌렸다. 제인은 평소보다 약간 창백해 보였지만, 엘리자베스가 예상했던 것보다는 훨씬 나았다. 두 신사가 방 안으로 들어서자, 제인의 얼굴은 점점 더 붉어졌다. 그러나 그녀는 조금도 긴장되지 않은 표정으로 필요 이상의 친절을 삼간 채, 아주 예의 바르면서도 침착하게 그들을 맞이했다.

엘리자베스는 예의를 갖춰 그들을 맞았지만, 말은 아꼈다. 그러고는 다시 자리에 앉아, 평소와는 달리 유난히 뜨개질에 열중했다. 엘리자베스는 딱 한 번 용기를 내어 다아시 씨를 바라보았다. 그는 여느 때처럼 굳은 표정을 짓고 있었다. 엘리자베스는 다아시 씨가 하트퍼드셔에 올 때마다, 펨벌리에서 보았을 때보다 항상 더 굳은 얼굴을 하고 있다는 생각이 들었다. 그러나 한편으로는 다아시 씨가 어머니 앞에서는 외삼촌이나 외숙모 앞에서처럼 자연스러운 태도를 보일 수 없기 때문일지도 모른다는 생각도 들었다. 그런 생각을 하고 있다는 사실이 싫었지만, 어느 정도 일리는 있는 듯했다.

엘리자베스는 빙리 씨도 아주 잠깐 쳐다보았는데, 그 짧은 순간에도 그는 기뻐하면서도 어딘가 당황해하는 기색이 역력했다. 베넷 부인은 빙리 씨를 극진히 대했지만, 다아시 씨에게는 형식적인 인사만 건넬 뿐 무척 쌀쌀맞게 대했다. 그 태도는 더욱 분명하게 대조를 이루었고, 딸들은 그런 어머니의 모습에 얼굴이 화끈 달아오를 정도로 민망함을 느꼈다.

특히 엘리자베스는 어머니가 가장 아끼는 딸인 리디아를 돌이킬 수 없는 수렁에서 건져 준 장본인이 다아시 씨라는 사실을 알고 있었기에, 어머니의 그런 무지한 차별 대우를 지켜보는 것이 가슴이 찢어질 듯 아프고 고통스러웠다.

다아시 씨는 엘리자베스에게 가디너 부부에 관한 안부를 묻고 난 뒤로는 입을 다물고 있었는데, 그 질문에 엘리자베스는 어떻게 대답해야 할지 당황스러웠다. 그는 엘리자베스 옆에 앉지 않았는데, 아마 이 때문에 그가 입을 다물고 있는지도 몰랐다. 그러나 더비셔에서는 그렇지 않았었다. 그곳에서는 엘리자베스에게 직접 말을 걸 수 없을 때면 가디너 부부에게 이야기를 건네곤 했었다. 그러나 지금 그는 몇 분이 지나도록 말 한마디 하지 않고 있었다. 엘리자베스가 호기심을 이기지 못하고 가끔씩 그를 힐끗 쳐다보았는데, 그는 제인과 자신을 번갈아 바라보거나 아니면 자꾸만 바닥만 내려다보고 있었다. 지난번에 만났을 때보다는 덜 반가워 보이는 그의 표정은 골똘히 생각에 잠긴 듯했다. 엘리자베스는 그런 다아시 씨의 모습에 실망했고, 동시에 그런 실망을 느끼는 자신에게 화가 났다. 그녀는 혼잣말로 중얼거렸다.

"하긴 내가 더 이상 뭘 바라는 거지? 저럴 거면서 여기는 왜 왔을까?"

엘리자베스는 오직 다아시 씨와 이야기하고 싶었지만, 그에게 말을 걸 용기가 나지 않았다. 겨우 조지아나 양의 안부만 묻고는, 더는 아무 말도 떠오르지 않았다.

"빙리 씨, 여기를 떠나신 지 꽤 오래되었네요."

베넷 부인이 먼저 말을 건넸고, 빙리 씨는 선뜻 그렇다고 대답했다.

"전엔 빙리 씨께서 다시는 돌아오지 않으시는 게 아닐까 걱정이 되더군요. 미카엘 제일 때, 빙리 씨가 네더필드를 완전히 떠날 거라는 말이 돌았거든요. 하지만 전 그게 사실이 아니기를 간절히 바랐어요. 빙리 씨가 마을을 비운 사이 참 많은 일이 있었답니다. 루카스 양은 결혼해서 살림을 차렸고, 우리 딸아이 하나도 시집을 갔어요. 소문은 들으셨을 테고, 아마 신문에서도 보셨겠지요.《타임즈》와《쿠리어》지에 나왔답니다. 아주 작게 실리긴 했지만요. 겨우 '최근 조지 위컴 군이 리디아 베넷 양과 화촉을 밝힘'이라는 한 줄뿐이었어요. 신부의 아버지가 누구이며 어디에 사는지에 대한 설명은 한마디도 없더군요. 제 동생인 가디너씨가 문구를 작성한 모양인데, 어쩌자고 그렇게 썼는지 정말 이해가 안 가요. 그 기사 보셨나요?"

빙리 씨는 보았다고 대답하며, 따님의 결혼을 축하한다고 말했다. 엘리자베스는 고개를 들지 못하고 있었기 때문에 다아시 씨의 표정이 어떤지 알 수 없었다.

"딸을 좋은 곳에 시집보낸다는 건 참 기쁜 일이죠. 그러나 빙리 씨, 그와 동시에 그 딸을 멀리 떠나보내야 한다는 건 정말이지 견디기 힘든 일이랍니다. 그 애들은 뉴캐슬로 갔는데, 상당히 북쪽 지방인 것 같아요. 거기서 얼마나 오래 지내게 될지는 저도 모르겠어요. 위컴의 부대가 그곳에 있거든요. 참, 위컴이 그전에 있던 부대를 그만두고 나와 지금은 정규군에 들어갔다는 소식은 들으셨겠죠? 그래도 다행인 건, 그곳에도 위컴의 친구들이 제법 있다는 거예요. 물론, 평소의 그를 생각하면 그리 많은 친구는 아니지만 말이에요."

이 말이 다아시 씨를 겨냥한 것임을 알고 있는 엘리자베스는 그런 어머니의 태도가 부끄러워 도무지 자리에 앉아 있기조차 힘들었다. 그러나 지금까지 단 한 마디도 입을 열지 못하고 있던 엘리자베스였지만, 이것을 계기로 그녀는 말할 용기를 냈다. 그녀는 빙리 씨에게 이번에는 얼마나 머물 계획인지 물었다. 그는 몇 주쯤 머물 예정이라고 대답했다.

"빙리 씨, 네더필드에서 새 사냥을 모두 마치고 나시면 이곳, 베넷 씨 소유의 땅에서도 마음껏 사냥을 하세요. 바깥양반도 빙리 씨께는 틀림없이 흔쾌히 땅을 내주실 테고, 게다가 당신을 위해 가장 좋은 새들을 남겨 놓으실 겁니다."

엘리자베스는 이렇게까지 지나치게 생색을 내는 어머니의 모습에 더욱 참담한 마음이 들었다. 만약 언니와 자신이 1년 전 가졌던 것과 같은 가슴 부푼 기대를 지금 다시 갖게 된다고 해도, 그 기대는 그때와 마찬가지로 모든 것이 곧 수포로 돌아가면서 결국 마음만 상하게 될 것이라는 생각이 들었다. 지금 이 순간 느끼는 이처럼 당혹스럽고 쓰라린 고통은, 언니나 자신이 앞으로 몇 년을 행복하게 지낸다 하더라도 결코 완전히 치유되지는 않을 것만 같았다.

"저 두 사람과 다시는 만나지 않게 된다면, 나는 정말 더 바랄 것이 없을 것 같아." 엘리자베스는 혼자서 중얼거렸다. "그들과 아무리 즐거운 시간을 보낸다 해도, 지금 느끼는 이 고통은 절대로 지워지지 않을 거야. 이제 다시는 누구와도 만나지 않을 거야!"

그러나 수년간의 행복조차도 결코 보상할 수 없으리라고 생각했던 엘리자베스의 그 슬픔도, 제인의 아름다움에 빙리 씨가 다시 열렬한 사랑의 눈길을 보내고 있는 모습을 보고는 서서히 가라앉았다. 빙리 씨는 처음 방에 들어섰을 때 제인에게 거의 말을 걸지 않았지만, 시간이 흐를수록 점차 그녀에게 더 많은 관심을 보이는 듯했다. 그는 제인이 여전히 지난해와 다름없이 아름답다는 것을 새삼 느꼈고, 그녀가 상냥하고 차분하며 말수가 적다고 생각했다. 제인은 자신이 조금도 달라지지 않았다는 것을 보여주려 애를 썼지만, 스스로는 평소보다 말을 더 많이 하고 있다는 느낌을 떨칠 수 없었다. 하지만 마음이 너무 분주한 나머지, 때로는 자신이 조용히 있었다는 사실조차 자각하지 못하기도 했다.

두 사람이 가려고 자리에서 일어서자, 베넷 부인은 미리 마음먹고 있던 인사를 빼놓지 않고 건넸다. 그녀는 며칠 뒤 롱번에서 식사를 하자고 초대했고, 두 사람은 기꺼이 참석하겠다고 약속했다. 그러자 베넷 부인은 이렇게 덧붙였다.

"빙리 씨, 예전에 제 초대에 빚을 지신 적이 있으시죠. 지난겨울 런던으로 가시면서 돌아오는 대로 저희와 저녁 식사를 하기로 약속하셨죠? 전 아직 잊지 않고 있는걸요. 그런데 결국 돌아오시지도 않고, 약속도 지키지 않으셔서 제가 얼마나 실망했는지 모른답니다."

빙리 씨는 마치 기억이 나지 않는 듯 어색한 표정을 지으며, 아마도 사업상 일이 있어 그렇게 된 것 같다고 둘러댔다. 그러고는 두 사람은 돌아갔다.

베넷 부인은 두 사람에게 그날 저녁까지 머물렀다가 식사하고 가라는 말을 무척이나 하고 싶었다. 그러나 집에서도 식단이야늘 훌륭하게 차리는 편이라고 해도, 그토록 대접하고 싶은 빙리 씨에게 걸맞은 대접을 위해서라도 또 한 해 수입이 만 파운드나 되는 다아시 씨의 식성과 자존심을 만족시키려면, 적어도 두 코스 이상의 요리가 준비되어야 할 것 같다는 생각에 일단 그 제안은 마음속으로 접을 수밖에 없었다.

54

두 사람이 돌아가고 나자, 엘리자베스는 기분을 전환해 보려는 듯 곧바로 산책을 나섰다. 하지만 실은 혼자 조용히 생각에 잠기며 마음을 가라앉혀 보려는 의도였다. 엘리자베스는 다아시 씨의 그런 태도가 무척 의외였고, 한편으로는 분노도 느껴졌다.

'그렇게 입을 꾹 다물고 무뚝뚝하게 모른 척할 거라면, 대체 왜 온 거야?'

엘리자베스는 아무리 생각해 봐도 도무지 이해되지 않았다.

'런던에서 외삼촌과 외숙모님을 뵈었을 땐 그렇게 싹싹하고 친근하게 대하더니, 나한텐 왜 그렇게 못하는 걸까? 내가 두렵다면 여기는 왜 오는 거며, 이젠 내게 관심이 없다면 그렇게 입 다물고 앉아 있을 필요는 없잖아? 괜히 사람 마음만 어수선하게 해 놓고! 이제 다신 그를 생각하지 않을 거야.'

엘리자베스가 이런 결심을 다지고 있는데, 제인이 나타나는 바람에 그녀의 생각은 잠시 중단되었다. 제인은 무척 밝은 얼굴로 다가왔고, 엘리자베스와는 달리 방금 있었던 두 사람의 방문이 몹시 즐거웠다는 듯한 표정이었다.

"이렇게 한번 만나고 나니 이젠 마음이 훨씬 편해졌어. 나도 내 담력이 어느 정도인 줄 알게 됐어. 그분이 다시 온다고 해도, 이제는 더 이상 주눅 들지 않을 거야. 화요일에 여기서 오찬을 하신다니 기쁘기도 해. 그때는 사람들도 우리가 특별한 사이가 아니라, 그저 친구로서 만난다는 것을 알게 될 테니까."

"그래, 정말 아무 관계도 아니지. 하지만 언니, 조심해." 엘리자베스가 웃으며 말했다.

"리지야, 넌 아직도 내가 위태롭게 보이는 모양인데, 그럴 필요는 없어."

"내 생각엔, 빙리 씨랑 언니가 예전보다 더 깊이 사랑에 빠져 버릴 가능성이 커 보여서 그래."

두 사람을 다시 만나려면 화요일까지 기다려야 했다. 그날을 기다리며, 베넷 부인은 반 시간도 채 안 된 전번 방문에서 빙리 씨가 보여 줬던 호의와 친절에 크게 고무되어 혼자서 온갖 행복한 상상을 해 댔다.

화요일, 롱번에서는 대규모의 오찬 파티가 열렸다. 그들이 누구보다도 간절히 기다리던 두 사람이 자신들의 영예에 걸맞게 약속 시간에 정확히 맞춰 도착했다. 그들이 식당으로 들어서자, 엘리자베스는 빙리 씨가 예전 파티 때처럼 제인의 옆자리를 선택하는지를 유심히 눈여겨보았다. 눈치 빠른 어머니도 엘리자베스와 같은 생각으로 제인 옆자리를 빙리 씨에게 권하려다 말고 그가 어떻게 하는지 지켜보았다. 안으로 들어서자마자 빙리 씨는 서둘러 자리를 찾는 모습이었고, 마침 제인이 고개를 돌려 그를 바라보며 미소를 지었다. 그것으로 모든 것이 결정되었다. 빙리 씨가 제인 옆에 앉았던 것이다.

엘리자베스는 빙리 씨의 그런 행동에 내심 으쓱해진 기분으로 다아시 씨를 쳐다보았다. 그런데 다아시 씨는 전혀 관심 없는 듯한 태도로 무심히 앉아 있었고, 그 표정이 너무나 태연해서 엘리자베스는 하마터면 다아시 씨가 이미 빙리 씨에게 경계의 눈짓을 보냈다고 생각할 뻔했다. 만약 그랬다면, 빙리 씨가 약간 웃으며 놀란 표정으로 다아시 씨를 쳐다보는 것도 미처 보지 못했을 것이다.

식사를 하는 동안 빙리 씨는 제인을 아주 각별하게 대했다. 엘리자베스는 그런 모습을 지켜보며 지금처럼 주위의 시선이 많은 자리에서도 저 정도라면, 두 사람만 따로 있게 된다면 제인과 빙리 씨의 관계는 금세 깊어지고 행복으로 이어질 것이라는 확신이 들었다. 빙리 씨가 제인에게 청혼하리라 단정할 수는 없었지만, 어쨌든 지금 그가 보여 주는 태도만으로도 엘리자베스는 무척 흐뭇했다. 엘리자베스 자신은 결코 즐거운 마음은 아니었지만, 이런 모습을 보게 되자 온몸에 생기가 도는 것 같았다.

다아시 씨는 엘리자베스와 가장 멀리 떨어진 자리, 베넷 부인의 바로 옆에 앉아 있었다. 그녀는 그 자리 배치가 다아시 씨에게도, 어머니에게도 얼마나 어색하고 불편할지를 잘 알고 있었다. 엘리자베스는 그들과 멀리 떨어져 있어 두 사람의 대화 내용을 들을 수는 없었지만, 그들이 좀처럼 대화를 나누지 않는다는 것과 가끔 말을 주고받을 때에도 무척 쌀쌀맞고 서먹한 분위기라는 것은 쉽게 알아차릴 수 있었다. 그렇게 무례한 태도를 보이는 어머니를 보며, 온 가족이 다아시 씨에게 큰 은혜를 입고 있다는 사실을 알고 있는 엘리자베스는 더없이 곤혹스러웠다. 그러면서도 그녀는 가족 모두가 다아시 씨의 친절을 전혀 알지도 못하고, 감사해하지도 않는다는 사실을 그에게 털어놓고 싶다는 충동을 문득문득 느꼈다.

엘리자베스는 그날 저녁, 다아시 씨와 단둘이 만날 수 있는 기회가 오기를 바라고 있었다. 단순히 손님으로서 맞는 의례적인 인사가 아니라, 그보다 더 깊이 있는 대화를 파티가 끝나기 전에 꼭 나누고 싶었다. 불안하고 초조한 마음 때문이었는지, 빙리 씨와 다아시 씨가 응접실로 들어서기까지의 시간은 짜증이 날 정도로 지루하게 느껴졌는데, 이는 평소와 같이 차분한 엘리자베스의 모습이 아니었다. 그녀는 두 사람이 들어오기를 기다리며, 그날 저녁이 즐거운 시간이 될 수 있을지는 바로 그 순간에 달려 있다는 생각이 들었다.

"만약 다아시 씨가 나에게로 오지 않는다면, 그땐 정말 영원히 그를 단념할 거야!" 엘리자베스는 이렇게 혼잣말로 중얼거렸다.

이윽고 두 사람이 방으로 들어섰고, 엘리자베스는 왠지 다아시 씨가 자신의 기대에 응해 줄 것 같은 예감이 들었다. 그러나 애석하게도 제인이 차를 달이고 엘리자베스가 커피를 따라 내고 있는 테이블 주위에 여자들이 빈틈없이 둘러서 있는 바람에, 엘리자베스 옆에는 의자 하나를 갖다 놓을 만한 틈도 없었다. 게다가 남자들이 다가오자 한 아가씨가 엘리자베스에게 바짝 다가와서 귓속말을 건넸다.

"남자들이 들어와 우리 사이를 끊지 못하게 해야 해. 사내들은 필요 없잖아, 그렇지?"

다아시 씨는 방 저편으로 가 버리고 말았다. 엘리자베스는 그가 다른 사람들과 말을 나누는 모습을 몹시 부러운 눈으로 쳐다보다, 커피를 따르는 일조차 깜빡 잊어버리기까지 했다. 그러고 있는 자신이 너무 한심하게 느껴지면서, 스스로에게 화가 치밀었다.

'내가 한 번 차 버린 남자잖아! 그런 사람의 사랑을 다시 바라고 있는 이 멍청한 내 모습은 도대체 뭐람? 한 번 거절당한 여자에게 다시 청혼할 만큼 줏대 없는 남자가 세상에 과연 있기나 할까? 세상에 그보다 더 모욕적인 일도 없을 텐데 말이야!'

그러나 다아시 씨가 직접 찻잔을 돌려주기 위해 다가왔고, 그 순간 엘리자베스는 기분이 조금 나아졌다. 엘리자베스는 이 기회를 놓치지 않고 말을 건넸다.

"누이동생은 아직 펨벌리에 있나요?"

"네, 크리스마스 때까지는 그곳에 머물 예정입니다."

"혼자서요? 친구들은 모두 떠났나요?"

"엔즐리 부인이 함께 있습니다. 다른 사람들은 지난 3주 동안 스카보로에 가 있습니다."

엘리자베스는 더 이상 할 말이 생각나지 않았다. 하지만 다아시 씨가 이야기를 계속하고자 했다면, 그녀는 기꺼이 받아 줄 참이었다. 그러나 다아시 씨는 그녀 옆에 몇 분간 아무 말도 없이 서 있기만 했다. 그러다 아까 그 젊은 아가씨가 다시 엘리자베스에게 속삭이자, 다아시 씨는 가 버리고 말았다.

찾찬들이 치워지고 카드 테이블이 놓이자, 여자들은 모두 자리에서 일어섰다. 엘리자베스는 다시 다아시 씨와 같이 자리를 함께할 수 있기를 기대했지만, 그가 휘스트 놀이를 할 사람을 끌어모으고 있던 베넷 부인에게 붙들려 잠시 후 다른 사람들과 자리를 함께하는 것을 보자 그녀의 바람은 또다시 수포로 돌아가고 말았다. 엘리자베스는 이제 모든 희망이 사라져 버렸다고 생각했다. 그들은 저녁 내내 서로 다른 테이블에 앉았다. 엘리자베스는 자포자기한 상태였지만 다아시 씨가 카드놀이에 집중하지 못하는지 자꾸만 그녀가 있는 쪽을 바라보는 것이 느껴졌고, 그 시선 탓에 엘리자베스 역시 제대로 게임에 집중할 수 없었다.

베넷 부인은 빙리 씨와 다아시 씨를 저녁 식사 시간까지 붙들어 둘 속셈이었지만, 안타깝게도 두 사람은 다른 사람들보다 먼저 마차를 불렀기 때문에 끝내 붙잡아 두지 못했다.

"그런데 얘들아, 오늘 어땠니?" 손님들이 모두 돌아가고 가족들만 남게 되자, 베넷 부인이 곧바로 입을 열었다. "내 생각엔 오늘 모든 게 정말 멋지게 잘 준비된 것 같아. 식단도 내가 본 것 중에서 가장 훌륭했어. 사슴고기는 아주 적당하게 구워졌고, 다들 그렇게 살찐 허리 부위 고기는 처음 먹어 본다며 감탄했거든. 수프도 지난주 루카스 댁에서 먹었던 것보다 오십 배는 맛있었다니까. 다아시 씨도 자고새 요리가 일품이라고 칭찬했잖니. 내가 보기엔 그분 정도면 프랑스 요리사를 적어도 두세 명은 두고 있을 텐데 말이야. 그리고 제인, 오늘처럼 네가 예뻐 보인 적은 정말 처음이야. 롱 부인도 똑같은 말을 하더라. 네가 예쁘지 않냐고 내가 물어봤거든. 롱 부인이 뭐랬는지 아니? '베넷 부인, 마침내 제인을 네더필드로 시집보내게 되었군요'라고 했단다. 이건 정말이야! 난 아직까지 롱 부인처럼 좋은 분은 못 봤단다. 조카딸들도 아주 얌전한 요조숙녀들이잖아. 그다지 예쁘지 않은 게 흠이긴 하지만 말이야. 아무튼 난 그 애들이 너무 좋더라."

베넷 부인은 한마디로 말해 생기가 넘쳐흘렀다. 그녀는 빙리 씨가 제인에게 보인 태도만으로도, 마침내 제인이 그의 마음을 완전히 사로잡았다고 확신했다. 두 사람이 결혼하게 되면 자기 집안이 얻게 될 이득에 대해 기대가 너무 지나쳤던 나머지, 그 바로 다음 날 빙리 씨가 달려와 제인에게 청혼하지 않는다고 실의에 잠길 정도로 정신을 못 차렸다.

"아주 멋진 하루였어." 제인이 엘리자베스에게 말했다. "파티에 온 사람들도 다 괜찮았고, 서로 잘 어울리는 분위기였던 것 같아. 이런 모임이 자주 있었으면 좋겠어."

엘리자베스는 그저 웃기만 했다.

"리지, 제발 그러지 마. 나를 의심하지 말아 줘. 그러면 정말 억울하단 말이야. 나는 빙리 씨가 편안하고 분별력 있는 사람이라고 생각하고 대화를 나누는 게 즐거웠을 뿐이지, 그 이상의 감정은 정말 조금도 없어. 그분의 태도를 보면 나의 애정을 끌려고 하는 의도는 전혀 없었다는 걸 알 수 있어. 그래서 오히려 마음이 편하더라. 만약 그렇게 보였다면, 그건 아마도 빙리 씨 특유의 부드러운 말씨와 모든 일을 즐겁게 생각하지 않으면 안 되는 유달리 남다른 천성 때문이었을 거야."

"언니는 정말 얄미워. 나더러 웃지 말라고 해 놓고는 정작 자꾸 웃음이 나게 만든단 말이야."

"남을 이해시키는 일이 이렇게 어려운 줄은 몰랐어."

"어쩔 땐 아예 불가능하기도 하지."

"넌 내가 말은 이렇게 하면서도 속으로는 전혀 다른 감정을 품고 있다고 생각하는 거지? 그래서 자꾸 그걸 확인하려는 거잖아. 도대체 왜 그러는 거니?"

"그건 나도 잘 모르겠어. 사람이라는 게, 정작 별로 중요하지도 않은 건 겨우 배우면서도 꼭 남을 가르치고 싶어 하잖아. 용서해, 언니. 하지만 언니가 끝까지 빙리 씨에게 아무 감정도 없다는 식으로 나온다면, 나도 이제 이 얘긴 더 이상 하지 않을게."

55

파티가 있은 며칠 뒤, 빙리 씨가 다시 롱번을 찾았다. 이번에는 혼자였다. 다아시 씨는 그날 아침 일찍 런던으로 떠났고, 열흘 뒤에 돌아올 예정이라고 했다. 빙리 씨는 베넷 씨 가족과 한 시간 이상 함께 머물렀는데, 이날따라 유난히 기분이 좋아 보였다. 베넷 부인은 그에게 함께 식사를 하자고 했으나, 그는 여러 번 유감을 표하며 다른 곳에 선약이 있다고 정중히 사과했다.

그러자 베넷 부인이 말했다.

"다음번에 오실 때에는 반드시 기회를 주셔야만 해요."

빙리 씨야 어느 때가 되든 즐거울 수밖에 없었을 테고, 베넷 부인의 허락만 있다면 빠른 시일 내에 다시 롱번을 찾아오고 싶었을 것이다.

"내일 오실 수 있나요?"

사실 빙리 씨는 다음 날 특별한 약속이 없었기에, 그녀의 초대를 흔쾌히 받아들였다.

다음 날, 빙리 씨는 약속대로 롱번을 찾았다. 그런데 어찌나 이른 시간에 도착했던지, 여자들은 아직 옷도 제대로 갈아입지 못한 상태였다. 베넷 부인은 화장 중이었고 머리도 다 빗지 못한 채, 제인의 방으로 뛰어가며 소리쳤다.

"제인, 빨리 서둘러. 어서 차려입고 아래층으로 내려가야지. 이봐, 사라! 이럴 땐 제인 아가씨부터 도와야지. 옷 입는 것 좀 도와줘. 리지 아가씨 머리는 나중에 봐도 되니까."

"우린 준비되는 대로 곧 내려갈게요. 아마 키티가 제일 빠를 것 같아요. 반 시간 전부터 이층에 올라와 있었으니까요."

"뭐라고? 키티는 안 돼. 그 애가 뭘 안다고! 자, 빨리, 빨리 서두르라니까! 그런데 허리띠는 어디 있는 거야?"

그러나 어머니가 방을 나가자, 제인은 동생 중 한 명이 함께 가지 않으면 혼자서는 내려가지 않겠다고 말했다.

제인과 빙리 씨 두 사람을 단둘이 남겨 두고 싶어 하는 베넷 부인의 속셈은 저녁에도 여실히 드러났다. 차를 마신 뒤, 베넷 씨는 늘 그렇듯 서재로 들어갔고, 메리는 악기가 있는 이층으로 올라가 버렸다. 그리하여 다섯 명의 방해자 중 두 사람이 사라지고, 베넷 부인은 한참 동안 엘리자베스와 캐서린을 바라보며 한참 동안 눈짓을 보냈다. 그러나 두 딸은 아무런 반응을 보이지 않았다. 엘리자베스는 어머니의 눈길을 일부러 피하며 못 본 척했지만, 나중에 상황을 눈치 챈 키티는 멋도 모르고 이렇게 말했다.

"엄마, 도대체 왜 그러세요? 왜 자꾸 저한테 눈을 깜빡거리시는 거예요? 뭘 어떻게 하라는 말이에요?"

"아니야, 얘야. 내가 언제 눈짓을 했다고 그러니?"

베넷 부인은 그렇게 얼버무리고 5분 이상을 잠자코 앉아 있었다. 하지만 이처럼 귀중한 기회를 허비해 버릴 수는 없다는 생각에 자리에서 벌떡 일어나 키티에게 말했다.

"얘, 키티야. 너한테 할 얘기가 좀 있으니 잠깐 나 좀 보자꾸나."

베넷 부인은 이렇게 말하고는 그녀를 데리고 나가 버렸다.

그러자 제인은 곧바로 엘리자베스를 쳐다보았다. 어머니의 의도를 짐작한 듯, 곤혹스러운 표정으로 엘리자베스에게 제발 자리에 있어 달라는 눈빛을 보냈다.

몇 분 뒤, 베넷 부인은 문을 살짝 열고는 엘리자베스를 향해 말했다.

"리지야, 너도 할 얘기가 있으니 나와 보렴."

엘리자베스는 어쩔 수 없이 밖으로 나갔다. 어머니는 그녀를 거의 잡아채듯이 복도로 데리고 나가 이렇게 말했다.

"둘만 남겨 두어야 하지 않겠니? 키티와 나는 이층 내 침실에 가 앉아 있을 테다."

엘리자베스는 어머니에게 한마디 불평도 하지 않았다. 그녀는 어머니와 키티가 사라질 때까지 조용히 기다렸다가 다시 거실로 돌아갔다.

베넷 부인의 이날 작전은 별 성과가 없었다. 아직은 공개적으로 제인의 애인이라고 말할 수 없는 점만 빼고는, 빙리 씨는 모든 면에 있어서 너무나 멋졌다. 편안하면서도 생기 넘치는 그의 태도는 그날 저녁 모임을 더욱 즐겁게 만들었다. 그는 베넷 부인의 주책없는 참견도 잘 참고 넘겼으며, 부인의 얼토당토않은 이야기들을 귀찮은 기색 하나 없이 잘 받아 주었다. 제인은 그런 빙리 씨가 무척 고마웠다.

빙리 씨에게는 기다렸다가 저녁 식사를 하고 가라고 굳이 권할 필요는 없었다. 그는 기꺼이 머물렀고, 떠나기 전에는 다음 날 아침 베넷 씨와 함께 사냥을 하기로 약속까지 잡혔다. 이 약속은 당사자인 베넷 씨는 제쳐두고 전적으로 그와 베넷 부인의 의중에 따른 것이었다.

이날 이후로 제인은 더 이상 빙리 씨에 대해 무관심하다는 말을 하지 않았다. 제인과 엘리자베스는 그에 관한 이야기는 단 한마디도 나누지 않았지만, 엘리자베스는 다아시 씨가 예정보다 일찍 돌아오지만 않는다면 두 사람 사이의 모든 일이 아주 빠르게 결정날 것이라는 행복한 생각을 하며 잠자리에 들었다. 그러면서도 오늘 빙리 씨가 보여 준 적극적인 태도 역시, 틀림없이 다아시 씨의 동의가 있었기 때문이라는 생각이 머릿속을 맴돌았다.

다음 날, 빙리 씨는 약속한 시간에 정확히 맞춰 찾아왔다. 그는 베넷 씨와 전날 약속한 대로 오전 나절을 함께 보냈다. 베넷 씨는 빙리 씨가 예상했던 것보다 훨씬 기분 좋은 모습이었다. 빙리 씨가 주제넘거나 어리석은 짓을 할 사람은 아니었기에, 베넷 씨로부터 조롱을 듣거나 불쾌감을 살 일도 전혀 없었다. 그래서 베넷 씨는 빙리 씨 앞에서 평소보다 훨씬 말을 많이 했고, 특유의 괴팍한 성질도 한결 누그러진 모습이었다.

그날 오후, 빙리 씨는 베넷 씨와 함께 돌아와 점심 식사를 같이했다. 저녁이 되자, 베넷 부인은 또다시 제인과 빙리 씨를 단둘이 남겨 두기 위한 묘책을 실행에 옮겼다. 엘리자베스는 써야 할 편지가 있었기 때문에 차를 마신 뒤 곧바로 식당으로 들어갔다. 다른 사람들은 모두 카드놀이를 하려고 자리를 잡고 있었기에, 그녀는 굳이 어머니의 계획을 방해할 이유가 없다고 생각했다.

그러나 편지를 다 쓰고 거실로 돌아온 엘리자베스는, 어머니가 생각보다 훨씬 주도면밀했다는 것을 알고는 입이 다물어지지 않았다. 거실 문을 여는 순간, 제인과 빙리 씨가 벽난로 옆에 나란히 기대선 채, 무언가 아주 진지하게 이야기를 나누고 있는 모습이 눈에 확 들어왔다. 그 장면만으로는 아직 '혹시' 하는 생각이 들 정도는 아니었지만, 황급히 서로 몸을 돌리며 멀리 떨어지는 두 사람의 얼굴에서 이미 '모든 것'이 끝났음을 알 수 있었다. 두 사람은 순간 무척 난처해했고, 엘리자베스는 특히 제인이 더 민망할 거라는 생각이 들었다. 말 한마디 없이 정적이 흐르는 가운데 엘리자베스가 막 되돌아 나가려는 순간, 제인과 같이 가만히 자리에 앉아 있던 빙리 씨가 갑자기 벌떡 일어나더니 제인에게 뭐라고 몇 마디 속삭이고는 그만 방을 뛰쳐나가 버렸다.

이제 제인은 엘리자베스에게 아무것도 숨길 수 없었다. 어쩌면 이 비밀을 가장 먼저 엘리자베스와 나누고 싶었는지도 몰랐다. 제인은 급히 엘리자베스를 끌어안으며, 가슴 벅찬 목소리로 자신이 이 세상에서 가장 행복한 사람이라고 속삭였다. 그러고는 이렇게 말했다.

"너무 행복해! 마치 꿈만 같아! 내가 이런 행복을 누릴 자격이 있는 걸까? 어쩌면 나 혼자만 이런 행복을 누려도 되는 걸까?"

엘리자베스는 이루 말로 다 표현할 수 없을 만큼 기쁜 마음으로, 따뜻하고 진심 어린 축하를 건넸다. 엘리자베스의 말 한마디 한마디에 제인은 새삼스레 행복에 겨워했다. 하지만 제인은 지금은 엘리자베스와 함께 있고 싶은 마음이 없는 듯, 남은 이야기도 굳이 이어가려 하지 않았다. 제인이 이렇게 말했다.

"어머니께 지금 바로 가 봐야겠어. 아무리 어머니가 그러셔도, 어머니의 애정 어린 관심을 나 몰라라 해서는 안 되겠지. 내가 직접 어머니에게 이 이야기를 들려 드리고 싶어. 빙리 씨는 아마 지금 아버지께 말씀드리고 계실 거야. 리지, 내가 전할 이 이야기를 듣고 온 가족이 기뻐할 걸 생각하니 가슴이 벅차. 정말 너무 행복해서 어쩔 줄 모르겠어."

그러고는 제인은 서둘러 어머니에게로 가 버렸다. 베넷 부인은 일부러 카드놀이를 멈추고, 이층에서 키티와 함께 앉아 있었다.

혼자 남게 된 엘리자베스는 그토록 오랫동안 가족 모두를 긴장 속에 애태우게 했던 일이 이렇게도 쉽고 빠르게 결말이 나 버렸다는 생각에 빙그레 웃음을 지었다. 그러면서 혼잣말로 중얼거렸다.

"다아시 씨가 그렇게도 걱정하며 경계했건만, 또 그의 누이가 온갖 거짓으로 계책을 꾸몄건만, 결국 모든 결과가 이렇게 되고 마는구나. 정말 더없이 행복하고 슬기롭고, 당연한 결말이야."

얼마 지나지 않아 빙리 씨가 들어왔다. 아버지와의 대화는 요점만 간단히 나눈 모양이었다. 그는 문을 열고 들어서자마자 급히 물었다.

"제인 양은 어디 있습니까?"

"이층에 어머니와 함께 있어요. 곧 내려올 거예요."

그러자 빙리 씨는 문을 닫고 엘리자베스에게 다가와, 제인과 자신을 따뜻한 마음으로 축하해 달라고 말했다. 엘리자베스는 머지않아 친척이 될 인연을 진심으로 기쁘게 여긴다고 답했다. 두 사람은 다정하게 악수를 나누었다. 엘리자베스는 제인이 돌아올 때까지, 자신은 세상에서 가장 행복한 남자이며 제인은 너무도 완벽하다는 빙리 씨의 이야기를 듣고 있었다. 엘리자베스로서는 제인이 남다른 이해심과 더할 나위 없이 좋은 성격을 가졌고 두 사람이 감정이나 성품 면에서도 서로 닮은 점이 많았기 때문에, 빙리 씨가 비록 지금 사랑에 취해 그런 말을 한다 해도 그가 제인과의 행복을 이토록 기대하는 것은 너무도 당연한 일이라 생각되었다.

그날 저녁은 가족 모두에게 더없이 기쁜 날이었다. 가슴이 설레는 제인의 얼굴은 생기 어린 홍조로 물들어 그 어느 때보다도 아름답게 빛나 보였다. 키티는 생글생글 웃으며 이제 곧 자기 차례도 올 것이라며 좋아하고 있었다. 베넷 부인은 베넷 씨와 반 시간 넘게 오직 그 이야기만을 나누었는데, 두 사람에게 승낙의 뜻을 전하는 데 있어 그녀가 느끼는 벅찬 감정을 제대로 표현할 적절한 말을 찾지 못할 정도였다.

그리고 저녁 식사를 함께하러 왔을 때의 베넷 씨의 목소리와 태도만 보아도 그가 얼마나 기뻐하고 있는지를 어렵지 않게 짐작할 수 있었다. 그러나 밤이 되어 빙리 씨가 떠나기 전까지, 베넷 씨는 그 일에 대해 단 한마디의 언급도 하지 않았다. 하지만 그가 떠나자마자, 베넷 씨는 제인을 돌아보며 이렇게 말했다.

"제인, 축하한다. 넌 분명히 무척 행복한 아내가 될 거야."

제인은 곧 아버지에게로 달려가 감사의 마음을 담아 입을 맞추었다. 그러자 베넷 씨가 미소를 지으며 말했다.

"넌 참 착한 아이란다. 그래서 이렇게 행복하게 결말이 난 게 나도 무척 기쁘구나. 너희는 틀림없이 아주 다복하게 살 거야. 서로 성격도 참 많이 닮았고 말이지. 다만 너무 서로의 의사를 존중하다 보니, 뭐 하나 제대로 결정이나 할지 모르겠구나. 그러면 하인들이 눈치나 보면서 속이려 드는 일도 생길지 모른단다. 또 씀 씀이가 후하다 보니 언제나 수입을 초과할지도 모르고 말이야."

"그렇지 않을 거예요. 저는 돈 문제에는 경솔하거나 헤프게 쓰는 건 참지 못하는 성격이니까요."

"수입보다 많이 쓴다고요? 여보, 그게 도대체 무슨 말씀이세요? 아니, 빙리 씨는 한 해 수입이 4, 5천 파운드나 된다잖아요. 어쩌면 그보다 더 많을지도 모르고요!" 베넷 부인은 이렇게 발끈하듯 말한 뒤, 다시 제인에게 말했다. "오, 사랑스러운 내 딸 제인, 난 지금 너무 행복하단다! 오늘 밤은 기뻐서 뜬눈으로 밤을 지새울 것만 같아. 난 이렇게 될 줄 알았단다. 이렇게 될 거라고 내가 늘 말했잖니. 네가 이렇게 예쁘게 태어난 데는 다 이유가 있었던 거야. 지금도 그 기억이 생생한데, 작년에 빙리 씨가 처음 하트퍼드셔에 왔을 때 난 그를 보자마자 너희 두 사람이 이렇게 맺어질 거라는 예감이 바로 들었단 말이야. 정말이지, 그는 내가 본 청년들 중에 가장 멋진 남자야!"

베닛 부인에게는 이제 위컴과 리디아는 안중에도 없었다. 지금 이 순간, 제인은 그녀에게 그 누구보다도 사랑스러운 딸이었다. 베닛 부인은 제인 외에는 다른 그 누구도 생각할 겨를이 없었다. 메리와 키티는 제인이 결혼하게 되면 자신들도 그 덕을 볼 수 있으리라는 기대감에 곧 제인에게 매달렸다. 메리는 네더필드의 서재를 이용할 수 있도록 해 달라고 간청했고, 키티는 겨울마다 무도회를 자주 열어 달라고 졸라 댔다.

그때부터 빙리 씨는 매일같이 롱번을 드나들었다. 그의 속마음을 모르는 정말 얄미운 한 이웃이 그로서는 거절하기 어려운 점심 식사 자리에 초대한 경우를 제외하면, 빙리 씨는 거의 늘 아침 식사 전부터 찾아와 저녁 식사까지 하고 밤이 깊어서야 돌아갔다.

엘리자베스도 이제는 제인과 이야기를 나눌 수 있는 시간이 거의 없었다. 빙리 씨가 롱번에 머무는 동안 제인은 다른 사람에게 신경 쓸 겨를조차 없었기 때문이었다. 그러나 가끔 두 사람이 떨어져 있어야 할 때면, 엘리자베스가 그들 사이에서 좋은 조력자가 되어 주고 있었다. 제인이 자리를 비우면 빙리 씨는 늘 엘리자베스 곁으로 와 제인에 관한 이야기를 즐겁게 나누었고, 빙리 씨가 떠난 뒤에는 제인이 엘리자베스를 찾아와 허전한 마음을 달래곤 했다.

어느 날 저녁, 제인은 엘리자베스에게 이렇게 말했다.

"빙리 씨에게 지난봄 내가 런던에 있었다는 사실을 전혀 모르고 있었다는 얘기를 들었을 때 정말 기뻤어. 그분이 그걸 모르고 있었을 거라고는 전혀 생각하지 못했거든.”

“나도 언니랑 똑같이 생각했어. 그런데 왜 그렇게 몰랐던 걸까?”

“누이들이 일부러 숨긴 게 틀림없어. 그들은 분명히 빙리 씨가 나와 가까워지는 걸 탐탁지 않게 생각했거든. 뭐, 그건 당연한 일이었겠지. 빙리 씨는 모든 면에서 나보다 훨씬 나은 배우자를 선택할 수 있었을 테니까. 그렇지만 지금처럼 빙리 씨가 나와 함께 있는 걸 행복해하는 모습을 보면, 그들도 결국 만족하게 될 거라고 믿어. 그러면 예전처럼 우리는 다시 사이가 좋아지겠지. 물론, 예전처럼 완전히 돌아가긴 어렵겠지만.”

“난 다른 건 몰라도 언니의 그 말은 도저히 수긍할 수 없어. 하여튼 언니는 너무 착하단 말이야! 나는 또다시 언니가 빙리 양의 가식적인 호의에 넘어가는 꼴은 눈 뜨고는 못 봐. 그땐 정말 화가 치밀 거야!”

“리지, 지난 11월에 그분이 런던으로 떠날 당시에도 이미 나를 진정으로 사랑하고 있었고, 또 내가 그에게 아무런 관심이 없다는 말만 듣지 않았어도 다시 네더필드로 돌아왔을 거란 그분의 말이 넌 믿어지니?”

“빙리 씨가 약간 실수를 하긴 했지. 하지만 그건 아마 성격이 워낙 유순하다 보니 그랬을 거야.”

엘리자베스의 말에 제인도 덩달아 빙리 씨는 남다른 훌륭한 성품과 자질을 지닌 사람이며, 그러면서도 자신을 과소평가하는 겸손한 인물이라는 찬사를 아끼지 않았다.

엘리자베스는 다아시 씨가 그 일에 개입했었다는 사실을 빙리 씨가 제인에게 말하지 않은 것을 알고 기뻤다. 아무리 제인이 너그럽고 남을 쉽게 용서하는 성격이라 해도, 제인이 만약 그 사실을 안다면 다아시 씨에 대해 편견을 갖지 않을 수 없으리라는 생각이 들었기 때문이었다.

"이 세상에 나만큼 행복한 사람이 또 있을까? 리지, 가족들 중에 왜 나 혼자만 이렇게 축복을 받는 건지 모르겠어. 너도 나처럼 행복해졌으면 좋겠어. 너에게도 빙리 씨 같은 사람이 나타난다면 얼마나 좋을까?"

"난 그분 같은 남자가 마흔 명이 있어도, 언니만큼 행복할 수는 없을 거야. 언니처럼 성품과 덕성을 갖추기 전에는 언니처럼 행복해질 수 없거든. 정말이야. 난 그냥 나대로 내버려둬. 어쩌면 운이 좋으면, 콜린스 씨 같은 사람을 또 한 번 만나게 될지도 모를 테니."

롱번 댁의 경사 소식은 오래 지나지 않아 온 마을로 퍼져나갔다. 베넷 부인이 필립스 부인에게 귓속말로 전한 이야기가, 베넷 부인의 허락도 받지 않은 채 곧바로 메리턴의 이웃들에게 전해진 것이다.

불과 일주일 전만 해도 리디아의 도망 사건으로 인해 가장 불행한 집안으로 손가락질받던 베넷 일가는, 어느새 세상에서 가장 복 많은 집안이라는 말을 듣고 있었다.

56

빙리 씨와 제인이 약혼한 지 일주일쯤 지난 어느 날 아침, 그와 여자들이 식당에 모여 앉아 있던 중이었다. 갑자기 마차 소리가 들려 모두가 일제히 창밖으로 시선을 돌렸다. 네 마리 말이 끄는 마차 한 대가 잔디밭 사이를 가로질러 오고 있었다. 손님이 찾아 오기에는 너무 이른 아침이었다. 게다가 마차의 장식은 인근 마을에서는 본 적 없는 것이었고, 말들은 역마驛馬였으며, 마차와 앞장서 오는 하인의 복장 역시 매우 낯설었다. 아무튼 누군가가 찾아오는 것만은 분명했으므로, 빙리 씨는 제인에게 이렇게 불쑥 찾아오는 거북스러운 손님을 피해 숲길로 산책이나 가자고 제안했고 두 사람은 금세 자리를 떴다. 이렇게 두 사람은 나가 버리고 남은 세 사람이 갖은 추측을 해 봤지만, 손님의 정체는 짐작조차 되지 않았다. 이윽고 현관문이 열리고 손님이 모습을 드러냈다. 그 손님은 다름 아닌, 캐서린 드 버그 부인이었다.

그들은 이른 시각의 예상치 못한 방문자에 어느 정도 놀랄 준비는 하고 있었지만, 막상 캐서린 부인을 마주하자 그 놀라움은 이루 말할 수 없을 정도였다. 그래도 베넷 부인과 키티는 그녀를 처음 보는 터라 엘리자베스만큼 놀라지는 않았다.

캐서린 부인은 평소보다도 더 오만한 태도로 방 안으로 들어섰다. 엘리자베스가 인사를 건네자, 그녀는 고개만 살짝 끄덕였을 뿐 아무런 말도 하지 않고 자리에 앉았다. 엘리자베스는 캐서린 부인이 들어설 때, 어머니가 누구냐고 묻지는 않았지만 미리 귀띔해 두었다.

베넷 부인은 그처럼 지체 높은 귀부인이 자신의 집을 방문했다는 사실에 자랑스러움을 감추지 못했지만, 너무 놀란 나머지 지나치게 공손하게 맞아 거의 비굴해 보일 정도였다. 잠시 침묵을 지키고 앉아 있던 캐서린 부인이 엘리자베스를 향해 아주 딱딱한 목소리로 입을 열었다.

"별고 없겠지요, 엘리자베스 양. 저분은 댁의 어머니 같군요."

엘리자베스는 아주 짧게 그렇다고 대답했다.

"그러고, 저쪽은 여형제인가 보죠?"

"네, 부인."

캐서린 부인과 대화를 나누고 싶었던 베넷 부인이 재빨리 끼어들었다.

"저 애는 끝에서 둘째 딸이랍니다. 막내는 최근에 결혼했죠. 그리고 맏딸은 정원 어딘가에 있을 거예요. 한 청년과 산책 중인데, 곧 저희 집안의 식구가 될 사람입니다."

"댁의 정원은 답답할 정도로 좁군요."

잠시 입을 다물고 있던 캐서린 부인이 베넷 부인의 말을 받으며 말했다.

"로징스에 비하면 아무것도 아니겠지만, 그래도 윌리엄 루카스 경 댁의 정원보다는 훨씬 넓답니다."

"여름 저녁에는 이 거실을 거의 사용할 수 없겠군요. 창문이 모두 서쪽을 향하고 있으니 말입니다."

베넷 부인은 저녁 식사 후에는 이 거실을 거의 쓰지 않는다고 설명하며 말을 이었다.

"한 가지 여쭤 봐도 될까요? 콜린스 씨 부부는 잘 지내고 계신가요?"

"네, 아주 잘 지내고 있습니다. 바로 그저께 저녁에도 만났지요."

엘리자베스는 캐서린 부인이 혹시 샬럿이 보낸 편지를 언급하려는 것이 아닐까 생각했는데, 그것 외에는 부인이 여기까지 찾아올 이유가 없을 것 같았기 때문이었다. 그러나 부인은 편지 이야기를 꺼내지 않았고, 엘리자베스는 그녀의 방문 목적을 짐작조차 할 수 없었다.

베넷 부인은 아주 정중하게 캐서린 부인에게 다과라도 좀 들기를 청했지만, 그녀는 다소 무례하다고 느껴질 정도로 아주 단호하게 아무것도 먹고 싶지 않다고 말했다. 그러고는 자리에서 일어나 엘리자베스에게 이렇게 말했다.

"엘리자베스 양, 저 잔디밭 너머에 아담한 숲이 보이던데, 그곳을 한 바퀴 둘러보고 싶군요. 어때요, 동행해 준다면 무척 고맙겠는데요."

"애야, 그렇게 하렴." 베넷 부인이 곧바로 엘리자베스를 재촉했다. "그리고 부인께 다른 산책로도 구경시켜 드리거라. 정자를 보면 무척 좋아하실 거야."

엘리자베스는 그렇게 하겠다고 대답한 뒤, 서둘러 자기 방으로 달려가 양산을 챙겨 들고는 캐서린 부인을 아래층으로 모시고 내려왔다. 복도를 지나며 캐서린 부인은 식당과 거실의 문을 하나씩 살짝 열어 안을 훑어보았고, 정리 정돈이 잘 되어 있다고 짧게 말한 뒤 곧장 밖으로 나섰다.

부인의 마차는 현관 앞에 대기 중이었고, 그 안에는 시중드는 하녀가 앉아 있는 모습이 보였다. 두 사람은 숲으로 이어지는 자갈길을 따라 말없이 걸었다. 엘리자베스는 캐서린 부인이 오늘따라 유난히 오만하고 불쾌해 보인다는 생각에, 그녀에게 먼저 말을 걸지 않기로 마음먹고 있었다.

'다아시 씨가 어떻게 이런 여자의 조카라고 생각할 수 있겠어?'

엘리자베스는 속으로 생각하며 캐서린 부인의 얼굴을 바라보았다. 그들이 숲으로 접어들자마자, 부인이 입을 열었다.

"베넷 양, 내가 이곳까지 온 이유를 모를 리 없겠지요? 가슴에 손을 얹고 양심에 물어본다면 분명히 알 수 있을 겁니다."

엘리자베스는 무슨 영문인지 모르겠다는 표정으로 부인을 바라보며 말했다.

"전 무슨 말씀을 하시는지 모르겠습니다. 이렇게 직접 찾아오실 줄은 정말 상상도 못 했습니다."

"베넷 양!" 부인이 화가 난 듯 목소리를 높였다. "분명히 말하지만, 이런 식으로 나를 놀리는 건 옳지 않아요. 당신이 아무리 성의 없이 대답한다 해도 그건 당신의 자유이지만, 나는 지금 매우 심각한 일로 이 자리에 왔다는 것을 알아야 합니다. 나는 성격이 솔직하고 담백하다는 평을 받아 왔고, 더구나 이런 중대한 문제에 있어서는 더욱 그래야 하지 않겠어요? 정말 깜짝 놀라 넘어질 만한 소식을 이틀 전에 들었습니다. 아가씨의 언니가 곧 수지맞는 결혼을 하게 될 거라는 이야기도 있었지만, 그보다 더 충격적인 소문은 엘리자베스 베넷 양 당신이 나의 조카 다아시 군과 머지않아 결혼하게 될지도 모른다는 소식이었지요. 물론 말도 안 되는 헛소문이 분명하겠지만, 또 그런 소문을 사실이라 여긴다는 것 자체가 조카를 괴롭히는 일이기도 하지만, 이 문제에 대한 내 감정이 어떤지 당신에게 분명하게 알려 주기 위해 즉시 이곳에 오기로 마음을 먹었던 것이에요.”

“그 소문이 사실일 리 없다고 생각하시면서, 이 먼 길까지 수고스럽게 왜 오신 거죠? 그래서 지금 무슨 말씀을 하시고 싶은 거죠?”

엘리자베스는 놀라움과 모멸감에 얼굴을 붉히며 대꾸했다.

“지금 당장, 전혀 말도 안 되는 그 소문이 사실이 아님을 밝혀야겠지요.”

“결국 롱번에 저와 제 가족을 찾아오신 목적은, 그 소문이 사실인지 아닌지를 확인하시려는 것이었군요. 정말 그런 소문이 존재하는지를 말입니다.” 엘리자베스가 차갑게 말했다.

“뭐라고요? ‘그런 소문이 있는지’라고 했어요? 아주 시치미를 뚝 떼는군요. 당신네들이 열심히 퍼뜨리고 다닌 것 아닌가요? 이런 소문이 널리 퍼진 것을 모른단 말이에요?”

“저는 그런 소문은 금시초문입니다.”

"그렇다면, 그것이 아무런 근거도 없는 소문이라는 사실을 지금처럼 자신 있게 단언할 수 있나요?"

"저는 제 성격이 부인처럼 그렇게 솔직하다고는 생각하지 않습니다. 질문은 마음대로 하셔도 되지만, 제가 꼭 대답해야 할 의무가 있는 건 아니라고 생각합니다."

"이건 정말 참을 수가 없군요. 베넷 양, 다시 묻겠습니다. 그 아이, 내 조카가 당신에게 결혼하자고 했습니까?"

"부인께선 그런 일은 있을 수 없다고 아까 말씀하셨잖습니까."

"그야 당연하지요. 아무렴 그런 일이 있을 수야 없지요. 그 아이가 제정신이라면 말입니다. 하지만 당신의 교묘한 술책과 유혹에 넘어가 버렸다면, 본인의 본분과 가문에 대한 책임감마저 망각해 버렸을 수도 있겠지요. 당신이라면 충분히 그렇게 만들 수 있었을 테니까요."

"제가 정말 그렇게 했다 해도, 제 입으로는 결코 시인하지 않을 겁니다."

"베넷 양, 내가 누군지는 알고 그런 말을 하는 겁니까? 나는 평생 그따위 말을 들어 본 적이 없는 사람이에요. 나는 그 애의 가장 가까운 친척이에요. 그러니 그 아이에 관한 중요한 일들은 죄다 알 권한이 있는 거예요."

"하지만 제 일에 대해서까지 아실 권한은 없으시죠. 더구나 이런 식으로 하신다면, 저는 아무 말씀도 드리고 싶지 않습니다."

"내 말 잘 들어요. 당신이 어떤 기대를 하고 있는지는 모르겠지만, 이 결혼은 절대로 이루어질 수 없어요. 어떤 경우에도 안

됩니다. 다아시 군은 내 딸과 약혼한 사이예요. 자, 이래도 더 할 말이 있나요?"

"이 말씀만 드리죠. 그분이 따님과 약혼한 사이라면, 저에게 청혼을 했을 거라고 생각하시는 부인께서 이상하지 않나요?"

엘리자베스의 말에 캐서린 부인은 잠시 말문이 막힌 듯 머뭇거리다가 대답했다.

"그 아이들의 약혼은 특별한 경우예요. 아주 어릴 적부터 부모들끼리 약속한 일이었지요. 나는 물론이고 다아시의 어머니도 간절히 바랐던 일이에요. 그 아이들이 요람에 누워 있을 때부터 이미 짝지어질 계획이었으니까요. 그런데 이제야 그 애들의 결혼으로 우리 두 집안의 소망이 이루어지려는 이 시점에, 가문으로보나 사회적 지위로 보나 보잘것없는 데다 우리 집안과는 전혀 무관한 아가씨 한 사람 때문에 방해를 받아야 한다는 게 말이나될 법한 소리냐 이거예요. 당신은 다아시 주위 사람들의 바람은 안중에도 없다는 건가요? 다아시와 드 버그 양의 묵인된 약혼을 아예 무시해 버리는 건가요? 무엇이 옳고 그른지도 생각하지 않는 겁니까? 다아시는 아주 어릴 때부터 내 딸애하고 맺어지도록되어 있었다는 말을 전에 내가 한 적도 있잖아요."

"네, 그 말씀은 전에 들은 적이 있습니다. 하지만 그게 저와 무슨 상관이 있나요? 제가 부인의 조카분과 결혼하는 데 다른 어떤 방해 요소도 없다면, 그분의 어머니와 부인께서 드 버그 양과 결혼시키고 싶어 하셨다는 사실을 안다고 해서 제가 반드시 물러나야 할 이유는 없지 않습니까? 두 분께서 아무리 철저히 결혼 계획을 세우셨다 해도, 결혼하고 안 하고는 당사자들 의사에 달린 일입니다. 다아시 씨가 드 버그 양에게 어떤 신의나 애정에 묶여 있지 않다면, 굳이 다른 여자를 선택하지 말아야 할 이유도 없을 것입니다. 그리고 제가 그 선택의 대상이라면, 제가 그분을 받아들여서는 안 될 이유도 없다고 생각합니다."

"명예와 예법을 생각하고 최소한의 분별력이 있다면, 아니 현실적인 이해만 따져 봐도 그런 엄두는 절대로 못 낼 거예요. 그래요, 베넷 양, 현실적으로 생각해 보세요. 다아시 가문 사람들의 바람을 의도적으로 거스르고서도 그들의 인정을 받겠다는 생각을 하는 것은 아니겠죠? 다아시와 관련된 사람들은 하나같이 당신을 비난하고 업신여기며 경멸할 거예요. 그런 결혼에서 남는 건 치욕뿐이에요. 우린 그 누구도 당신의 이름조차 입에 올리지 않을 테니 말입니다."

"엄청난 불행이겠군요. 하지만 다아시 씨의 아내가 되는 사람이라면 그 지위에 걸맞은 행복을 자연히 누릴 수밖에 없겠지요. 그렇게 생각하면, 전체적으로는 그다지 불평할 일도 없는 듯한데요."

"정말 고집스럽고 머리까지 안 돌아가는 아가씨군요. 내가 다 부끄러워질 정도니! 지난봄에 당신에게 베풀었던 호의에 대한 보답이 고작 이것이군요. 정말 배은망덕하군요. 자, 앉아요. 베넷 양, 이건 분명히 알아야 해요. 난 내 뜻을 관철시키겠다고 단단히 마음먹고 이곳에 온 겁니다. 나는 조금도 물러설 생각이 없어요. 지금껏 누구든 내 앞에서 제멋대로 이야기한 적은 없어요. 나 역시 그런 실망을 참고 넘어가는 사람은 아니니까요."

"그러시다면 지금 부인의 입장만 더 난처해지실 것 같은데요. 그리고 저에게는 아무 소용도 없을 테니까요."

"남의 말을 가로막지 마세요. 입 다물고 내 말 들어요. 내 딸과 조카는 천생연분이에요. 그 애들은 외가 쪽으로는 모두 귀족 혈통을 이어받았고, 친가 쪽으로는 비록 작위는 없지만 세상 사람들의 존경을 받는 명망 있고 유서 깊은 집안이에요. 양가 모두 재산도 막대하죠. 그 애들은 양가의 축복 속에 결혼하도록 인연이 맺어져 있단 말입니다. 그런데 무엇이 그들을 갈라놓으려 하고 있죠? 이렇다 할 가문도, 친척도, 재산도 없는 한 어린 여자가 건방지게 자신을 들이밀고 있단 말이에요. 이걸 내가 내버려두고 볼 거라고 생각하나요? 하늘이 무너진다고 해도 도저히 그럴 수는 없지 않겠어요? 자신에게 무엇이 이로운 일인지 조금이라도 생각한다면, 당신 집안의 신분을 망각한 행동은 하지 않겠죠."

"제가 부인의 조카분과 결혼을 한다면, 제 신분을 어찌 잊을 수 있겠어요? 그분이 신사이듯, 저도 신사의 딸입니다. 그 점에선 서로 동등하지요."

"그래요, 당신은 신사의 딸이에요. 하지만 어머니는 어떻고, 또 외삼촌 내외분은 또 어떤 분들이죠? 그들의 신분을 내가 모르는 줄 알아요?"

"제 친척들이 어떤 신분이든 간에, 조카분께서 그분들께 아무런 반감이 없다면 부인께서 상관할 일은 아니지 않습니까?"

"다른 말은 필요 없어요. 그 아이와 약혼했습니까?"

이 질문에 답을 하면 캐서린 부인의 의도에 말려드는 것 같아 망설여졌지만, 엘리자베스는 잠시 생각하다가 결국 대답했다.

"아니요, 약혼하지 않았습니다."

캐서린 부인은 기뻐하는 것 같았다.

"그렇다면 앞으로도 그런 약혼은 하지 않겠다고 약속하세요."

"그런 약속은 드릴 수 없습니다."

"베넷 양, 이건 정말 충격적이군요. 난 그래도 당신이 이렇게까지 생각 없는 여자인 줄은 몰랐어요. 하지만 내가 이쯤에서 물러날 거라고 생각했다면 그건 큰 오산이에요. 나는 원하는 대답을 듣기 전까진 결코 물러서지 않을 테니까요."

"하지만 저도 그런 대답은 드릴 수 없습니다. 그렇게 위협하신다고 해서 제가 말도 안 되는 그런 대답을 할 거라고 생각하시는 건가요? 부인께서 다아시 씨가 따님과 결혼하기를 바라신다는 것은 알지만, 제가 부인께서 원하는 대답을 드린다고 해서 두 사람의 결혼이 더 쉬워질까요? 만약 다아시 씨가 저에게 애정을 품고 있다면, 제가 그분의 손길을 거절한다고 해서 그 손길이 곧장 따님께로 향할까요? 캐서린 부인, 감히 말씀드립니다만 처음부터 이 문제를 오해하신 것처럼, 지금까지 펴신 논리 역시 억지처럼 들리는군요. 이런 식의 설득으로 제 마음을 움직일 수 있을 거라고 생각하셨다면, 저를 잘못 보신 겁니다. 조카분이 자신의 일에 부인께서 간섭하시는 것을 어느 정도까지 용인할지는 모르겠습니다. 그러나 제 일에 대해서까지 부인께서 간섭할 권리는 없습니다. 그러니까 이 문제로 더 이상 저를 괴롭히지 말아 주시길 부탁드립니다.”

“그렇게 서두르지 말아요. 아직 얘기가 끝난 건 아니니까요. 내가 지금까지 반대했던 이유 말고도 또 하나가 더 있어요. 당신 막냇동생이 도망친 그 수치스러운 사건의 내막을 내가 모를 줄 알아요? 속속들이 알고 있어요. 당신 아버지와 외삼촌이 돈을 써가며 그 젊은 친구와 동생을 억지로 결혼시켰더군요. 그래요, 그런 여자가 내 조카의 처제가 된다 이 말이에요? 그런 여자의 남편이, 바로 돌아가신 다아시 어른의 청지기의 아들이 다아시와 동서지간이 된다고요? 말도 안 되는 소리죠! 도대체 우리를 뭐로 보는 거예요? 이런 식으로 펨벌리 가문의 얼굴에 먹칠을 하겠다 이거예요?”

“이젠 더 이상 그런 식으로 말씀하지 마세요.” 엘리자베스는 화를 내며 말했다. “정말이지, 온갖 모욕을 다 주시는군요. 전 이만 집으로 돌아가겠어요.”

이렇게 말한 엘리자베스는 자리에서 일어섰고, 캐서린 부인도 따라 일어났다. 두 사람은 말없이 집 쪽으로 발길을 돌렸다. 부인의 얼굴에는 분노가 역력했다.

“그럼, 내 조카의 명예나 위신 따위는 전혀 안중에도 없다 이 말이군! 자기밖에 모르는 이기적인 여자 같으니! 당신과 결혼하면 온 사람들 앞에서 다아시의 명예가 크게 실추된다는 걸 모른다, 이 말인가?”

“캐서린 부인, 더 이상 드릴 말씀은 없습니다. 제 생각은 이미 충분히 아셨을 테니까요.”

"그럼 기어이 그 애를 차지하겠다는 말이군?"

"전 그런 말씀을 드린 적이 없습니다. 다만 저 스스로 판단해서 제 행복을 추구할 수 있는 쪽으로 행동하겠다는 것뿐이에요. 부인처럼 저와 아무런 관련도 없는 분의 간섭은 사양하겠다는 의미이기도 하고요."

"좋아. 결국 내 말을 따르지 않겠다는 거군. 의무도, 영예도, 은혜도 다 발로 차 버리겠다는 거군. 다아시를 친구들 입에 오르내리게 해서 매장시켜 버리겠다는 심보인가 본데. 세상의 웃음거리로 만들겠다는 심보 말이야."

"지금 저에게는 의무나 영예, 은혜 같은 말들은 아무런 소용이 없어요. 제가 다아시 씨와 결혼한다고 해서 어느 것 하나 그 근간이 손상을 당하는 것도 아니고요. 그분이 저와 결혼한다고 해서 집안사람들이 분노한다느니, 세상 사람들이 손가락질한다느니 하는 것도 저로서는 조금도 개의치 않아요. 사실 세상 사람들도 그런 일에 비난할 만큼 분별력이 모자라지는 않으니까요."

"그게 네 진심이로군! 결국 그렇게 하겠다는 거지! 좋아, 나도 가만있지 않을 거야. 베넷 양, 그런 허황한 꿈은 절대 이루어지지 않을 거야. 사실 오늘 네가 어떤 식으로 나오나 한번 보려고 온 거야. 그래도 말이 통하는 아가씨인 줄 알았는데, 결국 이런 식으로 나오는구나. 좋아, 나도 내 방식대로 하겠어."

캐서린 부인은 계속 이런 투로 말을 이어갔고, 어느덧 두 사람은 마차가 기다리고 있는 현관 앞에 다다랐다. 그러자 부인은 휙 돌아서며 이렇게 내뱉었다.

"작별 인사는 그만둬요, 베넷 양. 어머니에게도 인사하기가 싫군요. 당신에게 그런 자격이 있어야 말이죠. 난 지금 정말 불쾌하답니다."

엘리자베스는 아무런 대꾸도 하지 않았다. 캐서린 부인에게 집에 들어갔다 가라는 말도 하지 않은 채 조용히 혼자 안으로 걸어 들어왔다. 이층으로 올라갈 때 마차가 떠나는 소리가 들렸다. 어머니는 너무 궁금한 나머지 화장실 문 앞까지 나와 그녀를 맞으며, 왜 캐서린 부인이 들어와서 쉬었다 가지 않느냐고 물었다.

"마음이 내키지 않는 모양이죠. 굳이 그냥 가시겠다고 하셨어요."

"참 아름다운 분이더구나! 여기까지 직접 찾아와 주다니, 정말 고마운 일이지 뭐니. 콜린스 내외가 잘 지낸다는 그 소식을 전하려고 일부러 오신 거겠지. 분명히 다른 데 볼일이 있으셨을 거야. 그래서 메리턴을 지나다가 널 만나 보고 싶어 들르신 거야. 뭐, 너한테 특별히 할 말이 있었던 건 아니지, 리지?"

엘리자베스도 이 자리에서는 어쩔 수 없이 거짓말을 했다. 캐서린 부인과 주고받은 이야기는 도저히 털어놓을 수 없었기 때문이었다.

57

전혀 생각지도 못한 캐서린 부인의 방문은 엘리자베스의 마음을 무척이나 휘저어 놓았고, 그녀는 그 상태에서 좀처럼 벗어나지 못했다. 그녀는 몇 시간 동안을 거의 줄곧 그 생각에만 빠져 있었다. 캐서린 부인은 다아시 씨와 자신이 약혼했다고 믿고 오직 그것을 깨뜨릴 목적으로 로징스에서 여기까지 몸소 발걸음을 했던 것이 분명했다. 그것은 확실히 그럴듯한 추측이었다. 그러나 그들의 약혼에 관한 이야기가 어디서부터 흘러나왔는지는 아무리 생각해도 짐작조차 할 수 없었다. 그러다가 마침내 엘리자베스는 제인과 빙리 씨가 결혼하게 되면 모든 사람들이 자신과 다아시 씨의 관계에도 큰 관심을 가질 수 있는 시기이니 만큼, 그가 빙리 씨의 친구이며 자기가 제인의 여동생이라는 사실만으로도 그런 소문이 충분히 나돌 수 있겠다는 생각이 들었다.

엘리자베스는 제인이 빙리 씨와 결혼하게 되면 다아시 씨와 더욱 자주 어울리게 될 것이라는 생각을 전혀 하지 않은 것은 아니었다. 게다가 루카스 댁 사람들은 엘리자베스와 다아시 씨의 결혼을 먼 훗날의 가능성쯤으로 여기는 것이 아니라, 마치 곧 이루어질 일처럼 거의 기정사실로 받아들이고 있었다. 엘리자베스는 그 이야기가 콜린스 씨 댁과 루카스 씨 댁 사이에서 오가는 사이에 캐서린 부인의 귀에까지 들어가게 된 것이라고 결론지었다.

그러나 캐서린 부인의 말을 곱씹어 볼수록, 만약 부인이 악착같이 간섭한다면 그로 인해 어떤 일이 벌어질지 엘리자베스는 은근히 걱정하지 않을 수 없었다. 결혼을 반드시 막고야 말겠다는 부인의 단호한 태도를 생각하면, 그녀가 다아시 씨에게도 틀림없이 비슷한 방식으로 압박을 가할 것이라는 점은 분명해 보였다. 엘리자베스는 부인이 자신과의 결혼에 따른 온갖 불미스러운 점들을 다아시 씨에게 늘어놓았을 때, 과연 그가 어떤 판단을 내릴지 도무지 예측할 수 없었다.

다아시 씨가 부인에 대해서 어느 정도의 애정을 가지고 있는지, 혹은 부인의 판단을 얼마나 존중하는지는 정확히 알 수 없었다. 하지만 엘리자베스가 생각하는 것보다는 부인을 훨씬 더 높이 평가하고 있을 거라고 생각하는 것은 당연했다. 엘리자베스가 생각하기에, 캐서린 부인은 자신의 친척들과 비교도 되지 않는 미천한 배경을 가진 엘리자베스와의 결혼이 초래할 온갖 불행을 낱낱이 들춰내며 다아시 씨가 겪게 될 최악의 경우들만 골라가며 말했을 것이 틀림없었다. 엘리자베스에게는 부인의 그런 말들이 하찮고 우습게 보였지만, 다아시 씨가 사회적 체면을 중요하게 여긴다면 부인의 말이 그에게는 충분한 이유가 되고 설득력을 가질 수도 있다는 생각이 들었다.

엘리자베스는 충분히 그런 가능성이 있을지도 모른다는 생각을 자주 하곤 했다. 만약 다아시 씨가 지금껏 어떻게 처신해야 하는지 오락가락하고 있었다면, 그처럼 가까운 친척인 부인의 충고와 간청은 그의 모든 의구심을 지워 버리고, 그로 하여금 곧바로 조금의 오점도 없는 완전무결한 위엄을 누릴 수 있는 행복을 선택하도록 만들지도 모르는 일이었다. 만약 그렇게 된다면, 그는 다시는 네더필드로 돌아오지 않을 수도 있다. 캐서린 부인은 돌아가는 길에 런던에 들러 그를 만날지도 몰랐다. 그렇게 되면 네더필드로 다시 오겠다는 빙리 씨와의 약속은 물거품이 될 것만 같았다.

엘리자베스는 생각이 꼬리에 꼬리를 물면서, 다시 이런 생각이 들었다.

'그러니까 만약 열흘 안에 다아시 씨가 빙리 씨에게 약속을 어긴 것에 대한 사과의 편지를 보내온다면, 그게 무슨 뜻인지 분명히 알아야 하겠지. 그때는 다아시 씨의 애정이 변함없을 거라는 나의 기대와 소망을 모두 버려야 하는 거야. 내가 이토록 그에 대해 사랑과 애정을 품고 있다 해도, 그가 나를 겨우 아쉬운 여자 정도로만 생각한다면 나도 즉시 그에 대한 미련은 깨끗이 버려야 해.'

찾아왔던 사람이 누구인지 알게 되자, 식구들은 모두 무척 놀랐다. 하지만 고맙게도 그들의 궁금증도 베넷 부인이 가졌던 호기심 정도였고, 더 이상의 추측이나 관심은 이어지지 않았다. 덕분에 엘리자베스는 그 일로 인해 크게 시달리지 않아도 되었다.

다음 날 아침, 엘리자베스는 이층으로 올라가다가 아버지와 마주쳤다. 그는 서재에서 나오며 한 통의 편지를 손에 들고 있었다.

"리지, 마침 너를 찾으려던 참이었단다. 잠깐 서재로 들어오너라."

엘리자베스는 아버지를 따라 방 안으로 들어섰다. 아버지가 무슨 말씀을 하시려는 걸까 하는 호기심은 손에 들고 있는 편지와 필시 어느 정도 관련이 있을 것이라는 생각 때문에 더더욱 커졌다. 문득 캐서린 부인이 보낸 편지일지도 모른다는 생각이 스쳤고, 그렇게 되면 또 뻔한 이야기를 들어야 하겠구나 싶은 마음에 몸에서 힘이 빠지는 것 같았다.

엘리자베스는 아버지를 따라 난로 곁에 가서 앉았다. 그러자 베넷 씨가 이렇게 말했다.

"오늘 아침에 이 편지를 받고, 내가 얼마나 놀랐는지 모른단다. 내용 대부분이 너에 관한 것이니 네게도 알려야 할 것 같아서 불렀어. 우리 딸이 둘이나 한꺼번에 곧 결혼한다는 것을 까마득히 몰랐네. 대단한 남자를 사로잡았더구나. 축하한다, 리지."

그 편지가 캐서린 부인이 아니라 다아시 씨에게서 온 것이 분명하다는 생각이 확 밀어닥치면서, 엘리자베스의 얼굴이 새빨갛게 달아올랐다. 그러면서도 그가 직접 편지를 보낸 것만으로도 크게 기뻐해야 하는 건지, 아니면 자기에게 직접 보내지 않은 것을 나무라야 하는 건지 갈피를 못 잡고 있는데 아버지의 말은 계속 이어졌다.

"넌 벌써 짐작하고 있는 것 같구나. 역시 젊은 여자들은 이런 일에 대단한 직관력을 보이니까. 그래도 우리 딸이 얼마나 총명한지 한번 시험해 볼까? 자, 누가 너를 이렇게 극찬하고 있는지 맞춰 보렴. 이건 콜린스가 보낸 편지란다."

"콜린스 씨요? 그분이 저에 대해 도대체 무슨 할 말이 있을까요?"

"물론 있지. 아주 조리 있게 이야기를 했더구나. 제인의 결혼을 축하하는 말로 시작했는데, 아마 이 소식은 루카스 집안의 순진하고 수다스러운 누군가에게서 들은 모양이야. 괜히 너를 조바심 나게 할까 봐 망설여지지만, 너와 관련된 부분을 읽어 주마. 너하고 관련된 내용은 이렇단다. '이 경사스러운 일에 대해 저와 아내는 진심으로 축하의 뜻을 전하며, 덧붙여 또 다른 소식에 대해서도 언급드리고자 합니다. 이 소식도 같은 사람에게 들었습니다. 그것은 다름이 아니라 귀하의 따님인 엘리자베스 양 역시 맏따님인 제인 양이 베넷 성姓을 내놓고 나면 머지않아 그 성을 내놓게 될 것이라는 소식이었습니다. 그리고 엘리자베스 양이 평생의 반려자로 선택한 사람은 이 나라에서도 손꼽히는 명사 중의 한 분으로 존경받아 마땅한 분이랍니다.' 리지야, 여기서 말하는 이분이 누군지 짐작이 가니? '이 젊은 신사분은 남다른 축복을 받으신 분입니다. 사람들이 부러워하는 모든 것을 다 갖춘 분이랍니다. 막대한 재산은 물론, 귀족 혈통에 광범위한 성직 추천권까지 가지고 계신 분이니까요. 하지만 이 모든 것이 아무리 탐이 난다고 하셔도 그분의 청혼을 성급히 받아들이신다면, 물론 당연히 그러고 싶으시겠지만, 그 선택에 여러 불미스러운 결과가 따를 수 있다는 점을 엘리자베스 양과 귀하께 정중히 경고드리고자 하는 바입니다.' 리지야, 누군지 알겠니? 바로 그 신사 말이야. 자, 이제 곧 드러난단다. '제가 이런 주의를 드리는 까닭은, 그분의 이모님 되시는 캐서린 드 버그 부인께서 두 사람의 결혼을 결코 달가워하지 않으시며, 거기에는 그럴 만한 이유가 있다는 사실을 알게 되었기 때문입니다.' 이젠 알겠지? 바로 다아시 군이야. 자, 리지야, 놀라지 않았니? 콜린스나 루카스 댁 사람들이나 우리가 알고 있는 사람들 중에서 다아시 군 말고 어느 누구를 고른들, 자기들 이야기가 거짓말이라는 것이 더 쉽게 드러나겠니? 다아시 군이라니……! 어떤 여자든 흠을 잡지 않는 법이 없는 데다, 너 정도 되는 여자는 평생 거들떠보지도 않을 거라 생각했었는데, 정말 놀라운 일이야!"

엘리자베스는 즐거워하는 아버지의 익살에 장단을 맞추려 애써 보았지만, 겨우 내키지 않는 억지웃음만 나올 뿐이었다. 엘리자베스는 지금까지 아버지의 장난기 어린 말씀이 이처럼 곤혹스럽게 느껴졌던 적은 단 한 번도 없었다.

"재미없니?"

"아뇨, 재미있어요. 계속 읽어 주세요."

"'지난밤에 부인께 이 결혼의 가능성에 대해 여쭈었더니, 부인은 평소와 다름없이 자상하게 자신의 견해를 피력하셨습니다. 부인께서는 엘리자베스 양 가족의 몇 가지 결함을 지적하시며, 그처럼 불명예스러운 결혼은 결코 용납할 수 없다는 뜻을 분명히 하셨습니다. 저는 이 사실을 최대한 빨리 엘리자베스 양에게 알려 그녀와 그녀의 고귀한 찬미자가 현재 어떤 처지에 있는지 알게 하고, 아직 정당한 승인을 받지 못한 이 결혼이 경솔하게 추진되지 않도록 하는 것이 제 의무라고 생각했습니다.' 콜린스는 또 이런 말도 하고 있단다. '유감스럽게도 리디아 양의 사건이 무사히 수습되었다니 기쁘기 그지없습니다. 다만 결혼 전에 두 사람이 함께 지냈다는 사실이 널리 퍼지지 않았으면 하는 마음입니다. 하지만 저는 제 직분에 따른 의무를 소홀히 할 수는 없는 바, 결혼식을 올리자마자 두 사람을 집에서 받아들였다는 소식을 듣고 적잖이 놀랐다는 말씀을 드리지 않을 수 없습니다. 그것은 악을 조장하는 행위로서, 제가 만약 롱번 교구의 목사였더라면 저는 당연히 강력하게 반대했을 것입니다. 마땅히 기독교인으로서 그들을 용서해야 하겠지만, 그래도 그들을 집으로 들이거나 그들의 이름이 귀에 들리게 해서는 안 될 일입니다.' 이것이 바로 그가 생각하는 기독교적 용서의 개념이군! 나머지는 샬럿이 어쩌고저쩌고하는 이야기뿐인데, 자식을 기대하고 있다는 말도 있더구나. 그런데 리지야, 너 표정이 썩 밝지 않구나. 너무 숙녀 티를 내면서 새침만 떠는 것도 별로 좋지는 않단다. 가끔은 이웃들한테 좀 놀림도 당하고, 또 반대로 우리가 좀 놀려 주기도 하고 그래야 사는 재미가 있는 것 아니겠니?"

"아버지, 정말 재미있어요! 그런데 한편으론 너무 어이가 없어요!"

"그렇지, 바로 그 점이 이 일을 더욱 흥미롭게 만드는 거란다. 만약 그들이 다아시가 아닌 다른 사람을 거론했더라면 아무 재미도 없을 거야. 다아시는 너에게 철저히 무관심했고, 또 너는 그를 분명히 증오한다고 했으니 이 소문은 참으로 우스운 일이란 말이지! 난 원래 편지 쓰는 걸 질색하지만, 어떤 일이 있어도 콜린스에게만은 답장을 꼭 써야겠어. 아, 콜린스 편지를 받고 보니 내가 위컴의 뻔뻔함과 위선을 무척 높이 평가한다만, 위컴보다 콜린스가 마음에 더 쏙 들려고 하는구나. 그런데 리지야, 이 소문에 대해 캐서린 부인은 뭐라고 하던? 동의를 못하겠다고 하더냐?"

이 질문에 엘리자베스는 그저 웃음만 지어 보일 뿐이었다. 뻔히 알고 있으면서도 일부러 묻는 질문이라는 걸 알았기에, 아버지가 몇 번을 물었어도 엘리자베스는 속상하지 않았다. 하지만 엘리자베스는 자신의 감정을 어떻게 숨겨야 할지 몰라 이처럼 곤혹스러웠던 적은 없었다. 차라리 울고 싶었지만, 웃어야만 했다. 다아시 씨가 그녀에게 무관심했다는 아버지의 말에 엘리자베스의 가슴은 찢어질 듯 아팠다. 그러면서 아버지가 왜 저렇게 다아시 씨의 속내를 모르는 건지 이상하다는 생각밖에 안 들었지만, 한편으로는 아버지가 너무 모르시는 것이 아니라 자기가 너무 큰 기대를 했던 것은 아닐까 하는 걱정도 들 수밖에 없었다.

58

엘리자베스는 다아시 씨가 롱번에 오지 못하는 이유를 담은 변명의 편지를 빙리 씨에게 보내올지도 모른다고 생각했었지만, 그런 예상과는 달리, 캐서린 부인이 다녀간 지 며칠 지나지 않아 빙리 씨가 다아시 씨를 데리고 롱번을 찾아왔다. 두 사람은 아침 일찍 도착했다. 엘리자베스는 어머니가 캐서린 부인이 다녀간 이야기를 꺼내면 어쩌나 하고 가슴 졸이고 있었는데, 베넷 부인이 다아시 씨에게 이모님이 다녀갔다는 이야기를 채 꺼내기도 전에 제인과 단둘이 있고 싶은 빙리 씨가 모두 함께 산책을 나가자고 제안했다. 대부분 그 제안에 응했지만, 베넷 부인은 산책을 즐기는 편이 아니었고 메리는 시간이 없었기 때문에 그들을 뺀 다섯 사람만 산책을 나섰다.

그러나 제인과 빙리 씨는 곧 일행보다 뒤처졌고, 두 사람이 뒤에서 꾸물대는 동안 엘리자베스와 키티, 다아시 씨는 즐겁게 앞서서 걸었다. 하지만 서로 이야기는 별로 없었다. 키티는 다아시 씨가 말을 걸까 봐 겁이 나 있었고, 엘리자베스는 마음속으로 아주 중대한 결심을 하고 있었다. 아마 다아시 씨 역시 비슷한 결심을 하고 있었는지도 몰랐다.

일행은 루카스 댁을 향해 걷고 있었다. 키티가 마리아를 만나고 싶어 했기 때문이었다. 엘리자베스는 군이 모두가 마리아를 찾아갈 필요는 없다고 생각했기 때문에, 키티가 루카스 댁으로 들어간 뒤에는 당당하게 다아시 씨와 단둘이 길을 걸었다. 이제 앞서 했던 결심을 실행에 옮길 때였다. 엘리자베스는 마음을 단단히 다잡고는 곧바로 말을 꺼냈다.

"다아시 씨, 저는 정말 이기적인 여자예요. 제 마음의 괴로움을 덜기 위해서라면 당신의 마음이 얼마나 상하든 전혀 개의치 않으니까요. 어리석은 저의 여동생을 위해 베풀어 주신 그 큰 친절에 대해 꼭 감사드려야겠다고 생각했어요. 그 사실을 알고 난 이후부터는 제가 얼마나 감사하고 있는지를 꼭 알려 드리고 싶었어요. 우리 가족 모두가 그 일을 알고 있다면, 물론 저 혼자만 이렇게 감사를 드리지는 않았을 거예요."

"무슨 잘못된 정보가 있었는지는 모르겠습니다만, 그런 불쾌한 사실을 들으셨다니 저로서는 매우 유감스럽군요. 가디너 부인을 믿을 수 있는 분이라 생각했습니다만."

다아시 씨는 놀라면서도 다소 불편한 기색이 느껴지는 목소리로 대답했다.

"외숙모님의 탓은 아니에요. 사실 리디아가 당신이 그 사건에 관여하셨다는 말을 먼저 경솔하게 꺼낸 것이었답니다. 물론 사건의 전말을 알기까지는 한참 애를 썼지만 말이에요. 저희 가족을 대표해서 다시 한번 진심으로 감사의 말씀을 드려요. 두 사람을 찾기 위해서 갖은 수모를 겪으시고, 그 많은 수고를 아끼지 않으신 후덕한 그 마음에 정말 감사드리는 거예요."

"진정으로 저에게 감사를 전하고 싶으시다면, 그 마음만으로도 충분합니다. 제가 그 일에 개입하게 된 데에는, 당신을 기쁘게 해 드리고자 하는 마음이 분명히 있었음을 부인하지 않겠습니다. 그러나 당신의 가족분들께서는 저에게 감사할 하등의 이유가 없습니다. 전 그분들을 모두 존경합니다만, 제 마음을 차지하고 있는 사람은 오직 당신뿐이니까요."

엘리자베스는 너무 놀라고 당황한 나머지 무슨 말을 해야 할지 몰랐다. 잠시 침묵이 흐르고 난 뒤, 다아시 씨가 다시 말을 이었다.

"제 말씀을 가볍게 넘기지는 않으시겠지요. 저에 대한 당신의 감정이 지난 4월처럼 변함이 없다면, 그렇다고 지금 말씀해 주십시오. 저의 애정과 소망은 변함이 없습니다. 그러나 당신이 아니라고 한마디만 하신다면, 앞으로 이 문제는 영원히 단념할 것입니다."

엘리자베스는 다아시 씨가 평소와는 다르게 몹시 어색하고 초조해하는 모습을 보며 지금 이야기하지 않으면 안 되겠다는 생각이 들었다. 그녀는 잠시 머뭇거리긴 했지만 그날 이후 자신의 감정에 중요한 변화가 있었음을 솔직하게 털어놓으며, 지금까지 변함없이 자신을 생각해 준 그의 마음에 깊은 감사와 기쁨을 느낀다고 말했다. 엘리자베스의 대답을 들은 다아시 씨는 지금껏 한 번도 느껴보지 못한 벅찬 행복감에 휩싸였다. 그는 기쁨에 겨워 열정적이면서도 침착하게 자신의 감정을 쏟아 냈다. 그의 모습은 열화와 같은 사랑에 빠져 버린 남자의 바로 그 모습이었다.

엘리자베스가 그 순간 그의 눈을 바라볼 수만 있었다면, 온 얼굴 가득히 가슴 충만한 희열을 내뿜고 있는 그의 모습이 너무나 멋있다고 느꼈을 것이다. 비록 그녀는 그의 얼굴을 쳐다보지는 못했지만 그녀가 그 자신에게 얼마나 소중한 존재인지 토로하는 그의 목소리는 귓전을 울렸고, 그때마다 엘리자베스는 그의 사랑이 더더욱 소중하게 느껴졌다.

두 사람은 어디로 향하는지도 모른 채 계속 걸었다. 생각할 것도, 느낄 것도, 나눌 말도 너무나 많았기에 다른 것을 생각할 겨를이 없었다. 두 사람이 지금처럼 서로를 자연스럽게 이해할 수 있었던 것은 뜻밖에도 캐서린 부인의 노고가 크게 한몫했다는 사실을 엘리자베스는 곧 알게 되었다. 부인은 돌아가는 길에 런던에 들러 다아시 씨를 만나고, 그녀가 롱번을 찾은 이유와 엘리자베스와 나눈 대화 내용을 그에게 모두 전했다는 것이었다. 부인은 엘리자베스가 했던 말들을 낱낱이 들추면서 자기가 보기에는 엘리자베스가 아주 고집이 센 여자라고 특히 강조했다. 부인은 이렇게 말하면, 엘리자베스는 단념하지 않겠다고 버텼지만 다아시 씨는 부인이 바라던 대로 엘리자베스를 좀 더 쉽게 포기할 수 있을 거라고 믿었던 것이다. 그러나 딱하게도 부인이 의도했던 것과는 정반대의 결과가 되어 버린 것이다.

"전에는 전혀 가망이 없다고 생각했지만, 이모님의 말씀을 듣고 처음으로 희망을 갖게 되었습니다. 만약 당신이 저에게 진심으로 확고한 반감을 품고 있었다면, 당신의 성격상 캐서린 부인께 아주 솔직히 그대로 다 말씀드렸을 테지요."

엘리자베스는 얼굴을 살짝 붉히며 웃으면서 대답했다.

"네. 정말 당신은 제 성격을 잘 아시는군요. 당신 면전에서도 그렇게 지독한 말을 했는데, 친척들 앞에서야 주저 없이 당신 욕을 할 수 있겠죠."

"저에겐 말할 가치조차 없다고 하셨다는 말씀도 들었는데, 사실인가요? 그때 당신이 어떤 오해를 하셨다 해도, 제가 보여 드린 태도는 분명히 질책받아 마땅했어요. 정말 용서받지 못할 행동을 했던 거죠. 생각할수록 지금도 제 자신에게 화가 납니다."

"그날 저녁의 잘잘못을 따지자고 하는 이야기는 아니잖아요. 엄밀히 말하면, 우리 둘 다 서로를 탓할 입장은 아닌 것 같아요. 하지만 어쨌든 그 이후로 우리는 예의라는 걸 조금은 알게 되었잖아요."

"전 그렇게 쉽게 제 자신을 용서할 수 없어요. 그때 제가 했던 말과 행동 그리고 태도와 말투를 떠올릴 때마다, 몇 달이 지난 지금까지도 마음이 무척 괴롭습니다. 그날 당신이 하신 따끔한 질책은 평생 잊지 못할 겁니다. '좀 더 신사다운 예의를 갖추고 말씀하셨다면.' 바로 그 말씀 말이에요. 이 한마디가 저를 얼마나 아프게 했는지는 아마 상상도 못하실 거예요. 물론 한참이 지나고 나서야 그 말씀이 옳았다는 걸 깨달았지만요."

"저는 그 말이 그렇게 깊은 상처를 주리라고는 전혀 생각지 못했습니다. 당신이 그렇게까지 느끼셨을 거라고는, 더더욱 생각도 못 했고요."

"그러셨을 겁니다. 그때 당신은 제 성격이 온통 비뚤어져 있다고 생각하셨죠. 그때는 분명히 그랬습니다. 제가 무슨 말로 어떻게 청혼을 하든 절대로 받아들이지 않겠다고 하면서 표정이 변해 버리던 당신의 그때 모습은 평생 잊지 못할 겁니다."

"제발, 그때 제가 한 이야기는 그만하세요. 별로 좋은 일도 아니잖아요. 저도 그때 일에 대해서는 오랫동안 가슴속으로 정말 부끄럽게 생각해 왔으니까 말이에요."

다아시 씨는 조심스럽게 자기가 보냈던 편지 이야기를 꺼냈다.

"그 편지를 보시고 나서, 제가 좀 이해가 되던가요? 편지를 읽으면서 그 내용이 믿기셨나요?"

엘리자베스는 편지를 읽고 나서 그를 이해하게 되었고, 그전에 그에게 가졌던 편견들도 점차 사라지기 시작했다고 말했다.

"제 편지를 읽으시고 마음이 상하셨으리라는 걸 알았지만 그래도 드리지 않을 수 없었습니다. 그 편지는 태워 버리셨겠지요? 특히 편지의 첫 부분은 당신이 다시 읽으시게 될까 두렵습니다. 몇몇 구절은 당연히 저에 대한 증오심을 다시금 불러일으킬 테니까 말입니다."

"그 편지를 없애야만 제 마음이 변하지 않을 거라고 믿으신다면, 당연히 태워 없애 버릴 겁니다. 그렇지만 당신에 대한 제 생각이 절대로 변하지 않는다고 단언할 수는 없지만, 편지 내용에 좌우될 만큼 그렇게 쉽게 변하지는 않을 겁니다."

"그 편지를 쓸 땐 제가 제법 침착하고 냉정했다고 생각했어요. 하지만 지나고 나서 생각해 보니, 속이 무척 상한 상태에서 편지를 썼다는 것을 알았습니다."

"아마 편지의 첫머리는 마음이 상해서 쓰셨겠죠. 하지만 마지막 부분은 그렇지 않았어요. 작별 인사에는 따뜻한 정이 느껴지거든요. 어쨌든, 이제 그 편지에 대해서는 그만 생각하기로 해요. 편지를 쓴 사람도, 받은 사람도 그때와는 전혀 다른 감정 상태잖아요. 그러니 지나간 불쾌한 기억들은 모두 잊어버려야 하지 않겠어요? 제 사고방식에 대해 말씀을 좀 드려야겠어요. 지나간 일은 기쁜 것만 생각하자는 겁니다."

"그건 당신이 그런 사고방식을 가졌기 때문은 아닐 겁니다. 당신은 되돌아봐도 어느 하나 책망할 만한 일이 없기 때문에, 그냥 과거를 생각하다 보면 자연히 그런 즐거움이 느껴진다고 하는 게 더 맞을 겁니다. 하지만 저는 그렇지 못합니다. 떨쳐 버릴 수도 없고 또 떨쳐 버려서도 안 되는 괴로운 기억들이 머릿속을 헤집고 들어옵니다. 저는 지금까지 배워 온 것과는 다르게, 참으로 이기적으로 살아왔습니다. 어릴 적부터 무엇이 옳은지는 배웠지만, 올바른 인격이란 무엇인지에 대해서는 배우지 못했어요. 훌륭한 도덕이 어떤 것인지 알기는 했지만, 오만과 자만심 속에서 제멋대로 행동해 왔습니다. 불행하게도 저는 외아들이었고, 부모님은 그런 저의 버릇을 아주 버려 놓았던 겁니다. 오랫동안 자식이라곤 저 혼자였으니까요. 부모님은 두 분 다 아주 훌륭하신 분들이셨습니다. 특히 아버지는 자상하고 정이 많으셨죠. 그런데도 저의 이기적이고 오만한 행동을 내버려두시고, 또 어떤 면에서는 그 태도를 방조하거나 조장하기도 하셨죠. 우리 가족 외에는 그 누구에게도 관심을 두지 말고, 다른 사람은 모두 나보다 천한 존재라고 여기도록 가르치셨습니다. 적어도 나와 비교해서 그들의 사고와 가치가 미천하다고 생각하라는 것이었습니다. 여덟 살 때부터 스물여덟 살에 이르기까지 전 그런 교육을 받고 그렇게 행동했었습니다. 지금도 저에게 가장 소중한 엘리자베스 당신 이외의 사람들에게는 여전히 그럴지도 모릅니다. 전 당신께 정말 큰 빚을 졌습니다. 당신이 절 깨우쳐 주신 겁니다. 처음에는 무척 힘들었습니다만, 너무도 소중한 교훈이었습니다. 사랑하는 여자를 진정으로 기쁘게 하는 것은 번지레한 온갖 겉치레가 아니라는 것을 가르쳐 주셨습니다."

"그때 당신은 제가 그런 식의 청혼을 받아들일 거라고 믿으셨나요?"

"네, 물론이죠. 지금 생각해 보면 참 어처구니없는 자만이었죠. 당신이 제 청혼을 바라고, 또 기다리고 있을 거라고 굳게 믿었답니다."

"그날 제 태도도 참 나빴어요. 하지만 일부러 그런 건 아니에요. 마음에도 없는 말을 하려던 건 아니었는데, 종종 기분이 상하다 보면 엉뚱한 이야기를 한답니다. 그날 저녁 일로 제가 얼마나 미웠겠어요!"

"미웠다고요! 사실 처음에는 조금 화가 났습니다. 그러다 곧 정신이 들면서 화도 가라앉기 시작하더군요."

"그럼, 펨벌리에서 만났을 때는 저를 어떻게 생각하셨는지 좀 물어봐도 될까요? 혹시 제가 거기 나타나서 불쾌하진 않으셨나요?"

"전혀 아닙니다. 단지 놀랐을 뿐입니다."

"아무리 그래도 당신에게 들킨 저만큼 놀라셨을까요? 솔직히 제 양심으로는 그때 이후 더는 친절을 기대할 수 없었어요. 그런데도 그렇게 과분한 대접을 받을 줄은 정말 몰랐어요."

"제 의도는 최대한의 예의를 갖춰 지나간 일 따위에 연연해하며 기분 나빠하는 속 좁은 남자가 아니라는 걸 당신께 보여 드리고 싶었던 겁니다. 당신이 지적했던 제 부족한 점을 고쳤다는 걸 행동으로 드러내고 싶었어요. 그렇게 해서 당신의 용서를 구하고, 제게 품고 있던 반감도 조금이나마 누그러뜨릴 수 있기를 바랐죠. 그 밖의 다른 생각들은 언제 떠올랐는지 잘 모르겠지만, 당신을 보고 반 시간쯤 뒤였던 것 같습니다."

그리고 다아시 씨는 조지아나가 엘리자베스를 알게 된 것을 무척 기뻐했다는 사실과 갑자기 오빠가 나타나 방해하는 바람에 실망했었다는 이야기를 들려주었다. 그러면서 실망한 조지아나는 자연스레 왜 오빠가 갑자기 나타난 것일까 하는 생각을 하게 되었는데, 오빠는 집을 나서기 전부터 엘리자베스의 여동생을 찾기 위해 더비셔에서부터 엘리자베스를 뒤쫓아 갈 결심을 하고 있었다는 것을 알았다고 하면서, 조지아나가 보기에는 오빠가 그토록 심각하고 진지한 태도를 보였던 이유는 오로지 그런 목적에서 깊은 고민을 하고 있기 때문일 거라는 생각이 들더라는 이야기를 해 주었다.

엘리자베스는 다시 한번 진심을 담아 감사를 전했지만, 그 이야기는 두 사람 모두에게 너무나 고통스러운 기억이었기에 더 이상 말을 잇지 않았다.

이렇게 두 사람은 한가롭게 수 마일이나 걷고 있었지만, 대화에 너무 몰두한 나머지 그렇게 멀리까지 나와 있다는 사실조차 까맣게 잊고 있었다. 마침내 두 사람이 시계를 들여다보았을 때는 벌써 집으로 돌아가 있어야 할 시간이었다.

"참, 빙리 씨와 제인 언니는 어떻게 될까요?"

엘리자베스가 이 말을 꺼내면서 두 사람은 친구와 언니의 일로 화제를 옮겼다. 다아시 씨는 두 사람의 약혼을 무척 기뻐했다. 빙리 씨는 약혼 승낙을 받은 직후, 그 사실을 곧장 다아시 씨에게 알렸던 것이다.

"놀라지는 않으셨어요?" 엘리자베스가 다아시 씨에게 물었다.

"아니요, 전혀요. 얼마 전 제가 롱번을 떠날 때부터 곧 이렇게 될 줄 알았습니다."

"그 말씀은 이미 그전부터 두 사람의 관계를 승인하고 계셨다는 뜻이군요. 저도 그럴 거라고 생각은 했어요."

다아시 씨는 사실이 아니라고 변명하듯 소리쳐 보았지만, 엘리자베스는 틀림없는 사실이었다는 것을 알 수 있었다. 다아시 씨는 이렇게 말했다.

"제가 런던으로 떠나기 바로 전날 밤이었죠. 오래전에 해야 했던 말을 비로소 빙리 군에게 꺼냈습니다. 그동안 있었던 모든 일들을 털어놓으며, 그의 일에 제가 간섭해 왔던 것은 정말 어리석고 주제넘은 일이었다고 인정했지요. 그는 굉장히 놀라더군요. 하긴 그는 조금도 눈치채지 못하고 있었으니까요. 또 제인 양이 자신에게 관심이 없다는 제 판단이 틀렸다는 것도 함께 말했습니다. 그 이야기를 하면서, 저는 제인 양에 대한 빙리 군의 애정이 조금도 식지 않았다는 것을 분명히 느낄 수 있었어요. 그래서 두 사람이 반드시 행복하게 될 거라는 확신이 들었습니다."

엘리자베스는 친구를 생각하는 다아시 씨의 진솔한 태도에 미소를 지을 수밖에 없었다.

"언니가 빙리 씨를 사랑하고 있다는 걸 그분께 말씀하신 건, 당신 스스로 판단하신 건가요? 아니면 지난봄에 제가 드렸던 말씀 때문이었나요?"

"그건 제 판단이었습니다. 제가 최근 두 차례 롱번을 방문했을 때 제인 양의 모습을 유심히 살펴보았죠. 그때 제인 양이 빙리 군을 사랑하고 있다는 확신이 들더군요."

"그럼 당신의 말씀을 듣고 빙리 씨도 그렇게 믿게 되었겠네요."

"그렇습니다. 빙리 군은 본래 성격이 유순하고 조심스러워서, 마음이 불확실한 일에 있어서는 좀처럼 자기 판단을 믿지 못합니다. 그래서 예전에도 모든 일에 있어 저의 판단을 따르는 편이었습니다. 제가 그에게 한 가지 고백해야 하는 일이 있었는데, 그 일로 그는 한동안 상당히 화가 나 있었고, 또 그럴 만도 했습니다. 사실 제인 양이 지난 겨울 석 달간 런던에 머물렀던 일을 저는 알고 있었지만, 그에게는 의도적으로 숨기고 있었거든요. 그는 화를 냈습니다. 하지만 오래가지는 않았습니다. 제인 양이 여전히 자기에 대해 애정을 갖고 있다는 사실을 확인하는 순간, 다 풀어졌으니까요. 지금은 저를 진심으로 용서했어요."

엘리자베스는 빙리 씨가 매우 재미있는 친구이며, 다아시 씨의 말을 너무도 잘 따른다는 점에서 더없이 소중한 친구라는 말을 하고 싶었지만 끝내 입을 열지 않았다. 다아시 씨는 아직 농담조의 말에 익숙하지 않은 듯하여, 그런 말을 하기엔 이르다는 생각이 들었던 것이다. 다아시 씨는 물론 자기보다는 못하겠지만 빙리 씨 역시 분명 행복할 것이라는 생각을 하며, 두 사람은 집에 도착할 때까지 계속해서 대화를 이어갔다. 그리고 현관에 들어서자 두 사람은 자연스레 헤어졌다.

59

"리지, 어디까지 산책하고 온 거니?"

엘리자베스가 방에 들어서자마자 제인이 물었고, 식탁에 앉아 있던 다른 사람들도 모두 같은 질문을 던졌다. 엘리자베스는 다아시 씨와 함께 이리저리 걷다 보니 자기도 모르게 그렇게 먼 길을 다녀오게 되었다고 대답할 수밖에 없었다. 그녀의 얼굴이 약간 발개졌지만, 누구도 두 사람 사이에 있었던 일을 알아차리지는 못했다.

그날 저녁은 특별한 일 없이 조용히 지나갔다. 이미 연인으로 인정받은 제인과 빙리 씨는 스스럼없이 이야기를 나누며 웃음꽃을 피웠지만, 엘리자베스와 다아시 씨는 서로 아무 말도 하지 않았다. 다아시 씨는 행복하다고 해서 감정을 겉으로 드러내는 성격이 아니었고, 엘리자베스 역시 들뜨고 흥분되었지만 행복감을 만끽하기보다는 자신이 행복한 여자라는 사실을 조용히 곱씹는 정도였다. 사실 이런 어려운 자리 말고도 그녀 앞에는 수많은 난관이 놓여 있었기 때문이었다. 다아시 씨와 그런 사이가 되었다는 사실을 가족들이 알게 되었을 때 어떤 반응을 보일지 걱정이 되었다. 제인 말고는 아무도 그를 좋아하지 않았고, 아무리 다아시 씨가 재산이 많고 지위가 높다 하더라도 가족들의 반감을 단번에 거두기는 어려울 것 같았다.

밤이 되어 엘리자베스는 마침내 제인에게 자신의 마음을 털어놓았다. 평소 남의 말을 의심하지 않는 제인조차 이번만은 도무지 믿기지 않는 모양이었다.

"리지, 농담이겠지. 이건 말도 안 돼! 다아시 씨와 약혼을 하겠다니! 제발, 날 놀리지 마. 불가능한 일이라는 것을 내가 뻔히 아는데."

"언니, 처음부터 어떻게 그런 말을 해? 난 언니만 믿고 있는데, 언니가 안 믿어 주면 날 믿어 줄 사람이 아무도 없잖아. 정말이야, 난 진심으로 하는 얘기란 말이야. 또 모두 사실이야. 그분은 여전히 날 사랑하고 있고, 우리는 결혼을 약속했단 말이야."

제인은 믿기지 않는다는 듯한 눈빛으로 엘리자베스를 바라보았다.

"리지, 그럴 리가 없어. 넌 그분을 너무너무 싫어했잖아."

"언니는 아무것도 몰라. 그건 다 지나간 이야기야. 그땐 지금처럼 그분을 사랑하고 있지 않았으니까. 이런 일은 지나간 감정을 붙들고 있어선 안 돼. 이 시간 이후로는 다시는 지난 일을 생각하지 않을 거야."

제인은 아직도 어리둥절한 표정이었다. 엘리자베스는 더욱 진지한 얼굴로 모든 것이 사실임을 제인에게 다시 한번 강조했다.

"이럴 수가! 정말 그렇다는 거니? 이제는 네 말을 믿을 수밖에. 리지, 아무튼 축하…… 아니, 정말 축하해……. 그런데 정말…… 이렇게 물어도 될지 모르겠지만, 너 정말 그분과 행복할 자신이 있어?"

"그건 절대로 염려 마. 우린 이미 세상에서 가장 행복한 부부가 되자고 약속했는걸. 그런데 언니, 정말 기쁘지 않아? 그분 같은 분이 내 남편이 된다는 게 말이야!"

"기쁘고말고. 나랑 빙리 씨에게 이보다 기쁜 일이 어디 있겠니? 우린 그 일이 불가능하다고 생각했고 그렇게 이야기해 오기도 했잖아. 그런데 리지, 정말 결혼할 만큼 그분을 사랑하는 거니? 리지, 절대로 애정 없는 결혼을 해서는 안 돼. 정말로 평생을 함께할 만큼의 사랑이라고 확신하는 거야?"

"그야 물론이지. 그 이상의 감정이라는 것만 알아 둬. 조만간 다 말해 줄게."

"그게 무슨 말이야?"

"그래, 솔직하게 말할게. 사실 난 빙리 씨보다 그분이 더 좋아. 언니가 듣고 좀 화날 수도 있겠지만."

"리지, 제발 농담 좀 그만해. 진지하게 이야기하자니깐. 내가 물으면 솔직하게 대답해 줘야 해. 언제부터 그분을 사랑하게 되었던 거니?"

"그건 나도 잘 모르겠어. 그냥 조금씩 그런 마음이 들었던 모양이야. 하지만 펨벌리에 있는 그분의 아름다운 정원을 처음 구경했을 때부터였던 것 같아."

이렇게까지 이야기를 나눈 후에도 제인은 다시 한번 엘리자베스에게 진지한 대답을 요구했고, 엘리자베스가 곧바로 자신의 애정을 진심으로 입증해 보이자 제인은 그제야 만족스러워했다. 엘리자베스의 말에 신뢰가 가자, 제인은 더 이상 바랄 것이 없었다.

"난 지금 너무 기뻐. 너도 나처럼 행복할 테니까. 난 늘 그분을 높이 평가해 왔어. 너와 사랑하는 사이가 아니었다면, 난 아마 지금도 여전히 그저 우러러보는 분으로 남아 있었겠지. 그런데 이젠 빙리 씨의 친구이자 네 남편이 된다니, 나에게 그분보다 더 소중한 사람이라면 빙리 씨와 너밖에 없어. 그런데 리지, 넌 어쩌면 그렇게 앙큼하게 나한테는 한마디도 하지 않았니? 펨벌리와 램턴에서 무슨 일이 있었는지는 거의 하나도 말해 주지 않았잖아! 모두 다른 사람들한테서 들은 것뿐이란 말이야."

엘리자베스는 비밀로 할 수밖에 없었던 이유를 제인에게 설명해 주었다. 빙리 씨에 대한 이야기를 언니에게 꺼내고 싶지 않았던 것도 있었고, 무엇보다 다아시 씨에 대한 자신의 감정이 정리되지 않은 상태였기 때문에 그의 이름조차 입에 올리기 싫었던 것이라고 설명했다. 하지만 이제는 리디아의 결혼을 성사시키는 데 다아시 씨가 얼마나 큰 역할을 했는지도 더 이상 숨기지 않고 솔직하게 이야기했다. 제인은 마침내 모든 사실을 알게 되었고, 밤늦게까지 두 사람의 대화는 이어졌다.

다음 날 아침, 베넷 부인이 창가에 서서 한숨을 내쉬었다.

"맙소사! 저 기분 나쁜 다아시 씨는 이제 제발, 우리 빙리 씨랑 같이 오지 않았으면 좋겠는데 말이야! 도대체 뭘 하겠다고 매일 같이 지겹게 이 집을 들락거리는 건지 원! 사냥이든 뭐든 좋으니까 제발 나가서 우리 곁에서 좀 떨어져 있었으면 좋겠어. 저 사람을 어쩌면 좋니? 리지야, 네가 또다시 저 사람이랑 산책이라도 다녀와야겠어. 그래야 빙리 씨에게 방해가 안 될 거니까."

엘리자베스는 어머니가 자신도 모르게 귀한 기회를 만들어 주는 게 웃기기도 했지만, 여전히 다아시 씨를 그토록 미워하는 것을 보면서 속도 무척 상했다.

빙리 씨는 다아시 씨와 함께 방에 들어서자마자 베넷 부인을 향해 살짝 미소를 지었다. 이어 그녀의 손을 아주 다정하게 잡는 그의 모습은 분명히 다아시 씨와 엘리자베스의 일을 알고 있는 눈치였다. 그는 잠시 후 큰 소리로 말했다.

"베넷 부인, 이 근처에 오늘도 리지 양이 길을 잃을 만한 산책로는 없을까요?"

"오늘 아침에는 다아시 씨하고 리지 그리고 키티가 오컴산으로 산책을 다녀오면 좋겠네요. 산책하기엔 아주 좋은 길이고, 다아시 씨도 아직 그쪽은 못 가 보셨잖아요."

베넷 부인이 이렇게 말하자, 빙리 씨가 얼른 말을 받았다.

"다른 분들에게는 좋은 산책길 같아 보입니다만, 키티 양에게는 좀 힘들 것 같은데. 안 그래요, 키티 양?"

키티는 그냥 집에 있는 게 나을 것 같다고 했다. 다아시 씨는 산에서 보는 경치가 어떤지 무척 가 보고 싶다고 했고, 엘리자베스는 말없이 고개를 끄덕이며 동의했다. 엘리자베스가 산책 준비를 위해 이층으로 올라가자, 베넷 부인이 뒤따르며 이렇게 말했다.

"리지, 네겐 정말 미안하구나. 저 기분 나쁜 사람을 억지로 너

혼자 떠맡게 해서 말이야. 그래도 넌 이해해 줄 거라 믿는다. 이게 다 제인을 위한 일이잖니. 저 사람에게 네가 말을 걸 필요는 없어, 가끔가다 몇 마디씩만 해. 그러니 너무 힘들게 생각하진 마라."

두 사람은 산책을 하는 동안, 그날 저녁 안으로 베넷 씨의 승낙을 받아 내기로 의견을 모았다. 엘리자베스는 어머니를 맡기로 했다. 하지만 그녀는 어머니가 어떤 반응을 보일지 자신할 수 없었다. 가끔은 다아시 씨가 아무리 재산이 많고 지위가 높다고 해도, 그에 대한 어머니의 반감이 쉽게 사그라들지 않을 것 같은 생각이 들었다. 그러나 어머니가 두 사람의 결혼을 펄쩍 뛰면서 반대를 하든, 아니면 숨넘어갈 듯이 반기든, 어느 쪽이든 볼썽사나운 모습을 보일 것만은 분명하다는 생각이 들었다. 다아시 씨 앞에서 환희에 찬 어머니가 호들갑을 떨며 승낙하는 모습이나, 반대를 하면서 그에게 험악한 악담을 퍼붓는 모습이나 엘리자베스로서는 모두 다 견디기 힘든 일이기 때문이었다.

저녁 무렵, 베넷 씨가 서재로 들어간 뒤 잠시 후 다아시 씨가 자리에서 일어나 그를 따라 들어가는 모습을 엘리자베스는 지켜보았다. 그 순간 엘리자베스의 가슴은 설렘으로 가득 찼다. 아버지가 특별히 반대하실 거라고는 생각하지 않았지만, 아버지가 몹시 마음이 상하지는 않을까 걱정되었다. 더구나 아버지가 무척이나 아끼는 딸의 선택이 아버지를 괴롭게 하고 딸을 시집보내는 아버지의 마음을 걱정과 회한으로 가득 차도록 만든다고 생각하니 너무도 가슴이 아팠다. 엘리자베스는 다아시 씨가 밖으로 나올 때까지 침울한 심정으로 앉아 있었는데, 서재에서 나온 다아시 씨의 얼굴에 웃음이 떠오른 것을 보고는 다소 마음이 놓였다. 잠시 후, 다아시 씨가 키티와 함께 앉아 있는 엘리자베스의 테이블로 다가와서 그녀의 뜨개질 솜씨를 칭찬하는 척하며 그녀의 귀에다 대고 속삭였다.

"아버님께 가 보세요. 서재에서 찾으십니다."

엘리자베스는 곧바로 방을 나갔다.

베넷 씨는 수심이 가득한 얼굴로 방 안을 왔다 갔다 하고 있었다.

"리지야, 도대체 왜 이러는 거니? 네가 정말 제정신이긴 하니? 어떻게 그 친구의 청혼을 받아들일 수 있지? 네가 늘 그렇게 미워하던 사람이었잖아?"

아버지의 말을 듣는 순간, 엘리자베스는 자신이 예전에 다아시 씨의 인품에 대해 보다 신중하게 판단하지 못하고 함부로 말했던 일이 너무도 후회되었다. 그랬더라면 이토록 민망한 변명과 고백을 하지 않았어도 되었을 것이지만, 지금은 어쩔 수 없이 해명을 해야만 했다. 엘리자베스는 아버지에게 자신이 다아시 씨를 사랑하고 있다는 것을 분명하게 밝혔고, 이 말을 듣는 베넷 씨는 어리둥절해질 수밖에 없었다.

"그러니 네 말인즉슨, 그 친구를 받아들이기로 한 거구나. 그래, 돈도 많고 하니 제인보다 더 좋은 옷을 입고 더 멋진 마차를 타게 되겠지. 하지만 리지야, 그것만으로 정말 행복할 수 있겠니?"

"그럼, 아버지께서 반대하시는 이유는 오직 제가 그분을 사랑하지 않을 거라고 생각하시기 때문인가요?"

"그렇단다. 그가 거만하고 기분 나쁜 인간이라는 것은 우리 모두가 다 알잖니. 하지만 네가 그를 진정으로 사랑하고 있다면, 그런 건 아무런 문제가 되지 않겠지."

"전 그분이 너무 좋단 말이에요." 엘리자베스는 눈물을 글썽이며 말했다. "아빠, 전 그분을 사랑해요. 그분은 절대로 거만하지 않아요. 아주 자상한 분이에요. 아버지께서는 그분이 정말로 어떤 분인지 잘 모르고 계세요. 그러니 그렇게 말씀하시면, 전 정말 너무 괴로워요."

"리지야, 그 친구에게는 이미 허락을 했단다. 사실 그렇게 정중하고 격식 있게 그가 청하면 나로서야 도저히 거절할 수 없는 그런 지위의 사람 아니겠니? 네가 그 사람을 받아들이기로 마음먹고 있다면 너한테도 허락하마. 하지만 그래도 다시 한번 생각해보는 게 어떻겠니? 리지야, 이 아비는 네 성격을 잘 안단다. 넌 네가 진심으로 존경하고 우러러볼 수 있는 남편이 아니라면 절대로 만족하지 못하고 결코 행복할 수 없다는 것도 알고 있다. 너의 뛰어난 재능으로 보아 어울리는 결혼이 아니라면 아주 위험할 수도 있어. 그렇게 되면 비참하고 불행한 수렁에 빠질 수밖에 없는 거야. 얘야, 난 네가 남편을 존경할 수 없는 그런 불행을 보고 싶지는 않단다. 넌 지금 네가 무슨 짓을 하고 있는지 잘 모르고 있어."

엘리자베스는 한층 더 감동한 표정으로, 진지하고 엄숙한 모습으로 대답했다. 그녀는 다아시 씨를 자신이 신중하게 선택했으며, 그에 대한 감정과 평가는 오랜 시간에 걸쳐 서서히 변화해 온 것임을 거듭 아버지께 말씀드렸다. 또한 그의 애정 역시 하루아침에 생긴 것이 아니라 수개월 동안의 시험을 거치면서 분명히 확인한 사실이라는 점도 설명했다. 거기다 그의 훌륭한 인품을 하나하나 자세히 설명함으로써, 아버지가 갖고 있던 모든 의문을 풀어 드리고 마침내 결혼에 대한 승낙을 받아냈다.

"알았단다. 더 이상 무슨 말을 하겠니." 베넷 씨가 대답했다. "내 말이 사실이라면 그가 네 배필이 맞구나. 리지야, 사실 그보다 못한 사람에게 너를 시집보낼 수는 없을 것 같구나."

엘리자베스는 아버지가 다아시 씨에 대해 더욱 확실한 호감을 가지도록, 그가 리디아의 사건을 해결하기 위해 자진해서 나섰던 일들을 모두 이야기해 드렸다. 그 이야기를 들은 베넷 씨는 무척 놀랐다.

"오늘 밤은 정말 놀라운 일이 많구나! 그래, 다아시 군이 그 모든 일을 다 했다는 말이지! 두 사람을 결혼시켜 주고, 돈도 마련해 주고, 위컴의 빚까지 대신 갚아 주고, 장교 자리까지도 사 주었고 말이지! 정말 잘됐구나. 나도 덕분에 골치 아픈 돈 문제에서 벗어나게 되었으니 얼마나 다행인지 모르겠구나. 만약 그게 너희 외삼촌이 한 일이었다면 나는 반드시 갚아야 했을 것이고, 또 사실 갚으려고 했지. 그런데 너희 젊은 연인이 알아서 모든 일을 처리해 버렸구나. 내일 아침에 다아시 군에게 그 돈을 갚겠다고 하마. 그러면 그는 무슨 소리냐며 펄쩍 뛰고, 너를 사랑한다느니 어쩐다느니 하면서 한바탕 소동을 벌이겠지. 그러면 그걸로 이 문제는 끝나는 거니까 말이다."

그러면서 베넷 씨는 며칠 전 콜린스 씨의 편지를 읽어 줄 때 엘리자베스가 당황해하던 모습이 떠올랐다. 그는 잠시 엘리자베스를 미소 지으며 바라보다가, 이제 나가 보라고 말했다. 그녀가 문을 나설 때, 베넷 씨는 뒤에서 이렇게 덧붙였다.

"메리나 키티를 달라고 오는 청년이 있거든 언제든지 들여보내거라. 난 무척 한가하니 말이다."

엘리자베스는 이제 무거운 마음의 짐을 내려놓은 것 같았다. 자기 방에서 반 시간 정도 조용히 생각을 정리한 후에는 가족들과도 차분한 마음으로 어울릴 수 있었다. 하지만 가족들과 이 기쁨을 함께 나누기에는 아직 이른 듯하여, 그날 밤은 조용히 지나갔다. 이제는 더 이상 두려워할 것도, 망설일 것도 없었다. 앞날에는 오직 평온하고 안락한 기쁨만이 기다리고 있을 것만 같았다.

밤에 어머니가 침실로 올라가자, 엘리자베스는 방으로 따라 들어가 이 중요한 이야기를 털어놓았다. 베넷 부인의 반응은 실로 대단했다. 이야기를 듣는 순간 그녀는 마치 얼어붙은 듯 아무 말도 하지 못하고 꼼짝 않고 있었다. 그것이 가족들에게 얼마나 큰 이득이 되는 일인지, 또 가족 중 한 사람이 그 결혼을 통해 어떤 혜택을 얻게 되는지 모를 정도로 정신이 없었던 것은 아니었지만, 엘리자베스가 전한 이야기의 의미를 베넷 부인이 제대로 깨닫는 데에는 제법 시간이 걸렸다. 베넷 부인은 마침내 모든 것을 이해한 듯, 의자에 앉았다 일어섰다 하면서 탄성을 내지르며 성호를 그어대는 등 안절부절못했다.

"맙소사! 오, 하나님! 이럴 수가! 복도 많지, 다아시 씨라니! 누가 꿈인들 꾸었겠니? 이게 꿈이니 생시니? 오, 귀여운 내 딸, 리지! 넌 이제 어마어마한 재산에, 높은 지위까지 갖게 되겠구나! 용돈이든, 보석이든, 마차든 네 마음대로 다 가질 수 있겠지! 제인은 비교도 안 돼. 그래 정말 아무것도 아니지. 이렇게 기쁘고 행복할 수가! 그처럼 매력 있고, 잘생긴 남자라니! 키도 크고 말이야! 얘, 리지야, 전에 내가 그 사람을 미워했던 거 네가 대신 사과를 좀 해 주렴. 물론 그분도 대수롭지 않게 여기겠지만 말이야. 우리 귀여운 리지, 런던에 집도 생기는구나! 모든 게 완벽해! 딸을 셋이나 시집보내게 되다니! 게다가 해마다 만 파운드의 수입이라니! 오, 하나님! 내가 왜 이러지? 어지러워 죽을 것만 같아."

이 정도면 베넷 부인의 승낙은 받은 것이나 다름없었다. 잠시 후, 엘리자베스는 어머니의 이런 호들갑을 혼자서 들은 것이 오히려 다행이라는 생각을 하며 방을 나왔다. 그러나 그녀가 자기 방으로 들어간 지 3분도 채 안 되어 어머니가 따라 들어와서는 또 이렇게 말했다.

"얘야, 다른 건 생각할 필요도 없단다. 일 년에 만 파운드가 어디니! 어쩌면 그보다 더 될지도 모르지. 이 정도면 제후諸侯도 부럽지 않아. 이건 아주 특별한 경우야. 그래, 이건 정말 너무너무 특별하고 대단한 결혼이야! 그런데 리지야, 다아시 씨가 특별히 좋아하는 음식이 뭐니? 내일은 그 음식을 대접해야겠다."

베넷 부인의 말을 들으며 엘리자베스는 앞으로 어머니가 다아시 씨에게 어떻게 행동할지 짐작이 되어 마음이 씁쓸해졌다. 엘리자베스는 비록 다아시 씨가 자신을 진심으로 사랑하고 있다는 확신과 그의 친척들 역시 두 사람의 결혼에 동의할 것이라는 믿음이 있었지만, 아직 그것만으로는 부족하다는 생각이 들었다. 하지만 다음 날은 생각보다 훨씬 만족스럽게 지나갔다. 다행히도 베넷 부인은 장래 사위가 될 다아시 씨에게 일종의 경외심을 품고 있었기에 함부로 말을 건네지 못했고, 기껏해야 그에게 관심을 내보이고 그의 말에 경의를 표하는 정도에 그쳤기 때문이었다.

엘리자베스는 아버지가 다아시 씨와 가까워지려고 애쓰는 모습을 보며 흐뭇한 마음이 들었다. 잠시 후, 베넷 씨는 엘리자베스에게 다아시 씨가 보면 볼수록 너무 마음에 든다고 말했다.

"사위 셋이 모두 마음에 든단 말이야. 그중에서 위컴이 제일인 것 같은데, 제인의 남편도 마찬가지고 네 남편도 무척 마음에 들 것 같구나."

60

그로부터 얼마 후 엘리자베스는 다시 명랑한 기분을 되찾았고, 다아시 씨에게 자신을 어떻게 사랑하게 되었는지 이야기해 달라고 했다.

"어떻게 그런 마음이 들었어요? 일단 시작되고 난 뒤에는 당신이 정말 멋있게 이끌어 왔다는 건 알아요. 그런데 처음 저를 사랑하게 된 동기는 뭐였어요?"

"언제, 어디서 처음 그런 감정을 느꼈는지, 또 그때 내 표정이 어땠으며 무슨 말을 했는지는 솔직히 잘 모르겠어요. 너무 오래 전의 일이어서 말입니다. 단지, 한참이 지나서야 제가 사랑에 빠져 있다는 것을 알았으니까요."

"당신은 처음에 제 외모에는 전혀 관심 없으셨죠. 게다가 제 태도를 보면, 특히 당신에게 대할 때는 예의라고는 없다시피 했죠. 당신에게 말을 할 때는 늘 당신 마음을 좀 상하게 하고 싶었답니다. 진솔하게 대답해 주세요. 제가 그렇게 무례하게 굴었는데도, 그런 저를 왜 좋아하시게 된 건가요?"

"당신의 그 명랑한 성격 때문이었답니다."

"그게 바로 버릇이 없다는 말씀이잖아요? 결국 같은 뜻이니까요. 사실 당신은 사람들이 예의를 갖추고 경의를 표하며 지나치게 관심을 보이는 데 염증을 느끼고 있었던 거예요. 당신은 당신의 마음에 들기 위해 한시도 쉬지 않고 당신을 생각하며, 말을 걸고 쳐다보는 여자들에게 진절머리가 났던 거죠. 그럴 때 제가 나타나 당신의 눈길을 끌었던 거예요. 저는 그런 여자들과는 전혀 달랐으니까요. 당신이 정말로 온화한 성격이 아니었다면, 그런 저를 미워했겠죠. 당신은 자신을 감추기 위해 애를 썼지만 당신은 언제나 고상하고 올바른 감정을 지니고 계셨어요. 그리고 마음속으로는, 당신을 열렬히 떠받드는 사람들을 철저히 경멸하셨죠. 아, 제가 당신 대신 설명을 다 해 버렸네요. 그래도 이래저래 생각해 보면, 꽤 설득력 있는 얘기 아닌가요? 저에 대해서는 틀림없이 많이 알지는 못하셨겠지만, 사랑에 빠지면 누구나 다 그런 거에는 별로 신경 쓰지 않는 거 아니겠어요?"

"제인 양이 네더필드에서 아팠을 때, 당신이 보여 준 자상한 행동으로 충분하지 않았을까요?"

"제인 언니 말씀이시군요! 그러면 언니에게 그 정도도 안 해요? 어쨌든 그것도 미덕이라고 해 두죠. 당신 덕분에 저는 착한 여자가 되고, 또 한껏 치켜세우실 작정이신 것 같네요. 좋아요, 그럼 당신을 꿇리고 토닥일 기회를 만드는 건 제 몫이겠네요. 그러니 전 이렇게 노골적으로 먼저 여쭐게요. 마지막 순간까지 결론을 내리는 것을 왜 주저하셨던 거죠? 처음 이곳에 오셨을 때도, 그다음 이곳에서 식사하실 때도 왜 저에게 아무 말씀도 안 하셨나요? 절 만나러 오셨다면서 어쩌면 그렇게 저에게 무심한 척하실 수 있었던 거예요?"

"그땐 당신의 표정이 어두웠고 말도 없으셔서, 저로서도 용기가 나지 않았어요."

"하지만 전 어떻게 해야 할지 몰랐어요."

"저도 마찬가지였답니다."

"식사하러 오셨을 때는 저와 좀 더 이야기를 나눌 수 있었던 거 아니에요?"

"당신을 의식하지 않았다면, 아마 그럴 수 있었겠죠."

"당신은 이성적으로만 대답하시고 저도 이성적으로만 받아들이고 있으니, 정말 재미라고는 없군요. 그런데 이런 생각이 들어요. 당신을 그냥 내버려두었더라면 도대체 얼마나 오래 끌었을까 하고 말이에요. 또 제가 먼저 말을 걸지 않았더라면, 과연 당신이 제게 먼저 말을 걸긴 했을까 싶고요. 제가 마음을 내어 리디아 일에 대해 감사 인사를 드린 게 분명 큰 효과가 있었어요. 전 너무 두려워요. 이런 말씀을 드려서는 안 되겠지만, 혹시 우리가 파혼을 하면 마음은 편안해질지 몰라도 그 뒤의 도덕적인 문제는 어떻게 되는 걸까요? 물론 절대 그런 일은 없겠지만요."

"그렇게까지 고민하실 필요 없어요. 도덕적인 문제 같은 건 아예 생각하지도 마세요. 캐서린 부인은 우리 두 사람을 떼어놓으려고 도리에 어긋나는 행동을 하셨지만, 오히려 저에게는 모든 의문이 풀리는 계기가 되었어요. 지금 제가 행복한 건 당신이 저에게 열심히 감사하고 있어서가 아닙니다. 저는 당신께 그런 감사를 받고 싶은 마음은 조금도 없었습니다. 이모님께 그 이야기를 들었을 때 저는 희망을 품게 되었고, 곧바로 모든 것을 확인해 봐야겠다고 마음먹었던 것입니다."

"그럼 캐서린 부인께서는 저희에게 끊임없이 도움을 주고 계신 셈이네요. 하긴, 그분도 기쁘시겠죠. 남 돕는 일을 워낙 좋아하시니까요. 그런데 그때 네더필드에는 무슨 일로 오셨던 거예요? 그냥 말을 타고, 당황해하시려고 롱번에 오셨던 건가요? 아니면 보다 더 중요한 일이 있으셨던 건가요?"

"진짜 목적은 당신을 만나기 위해서였습니다. 그리고 가능하다면, 당신의 사랑을 얻을 수 있을지를 가늠해 보기 위해서였죠. 그리고 겉으로는, 아니 사실은 혼자 속으로 마음을 먹었던 것이지만 제인이 여전히 빙리 군을 사랑하고 있는지 알고 싶었고, 만약 그렇다면 빙리 군에게 전하려고 했습니다. 실제로 그 뒤에 얘기를 했고요."

"앞으로 일어날 일을 캐서린 부인에게 정말 알릴 수 있겠어요?"

"용기보다는 시간이 필요할 것 같아요, 엘리자베스. 하지만 당연히 알려야 할 일이니, 편지지 한 장만 준비해 준다면 지금 당장 편지를 쓰겠습니다."

"저에게 편지 쓸 곳이 없다면 옛날에 어떤 젊은 여자가 그랬던 것처럼 당신 곁에 앉아서 그 훌륭한 문체에 감탄하고 있겠지만, 저도 너무 오랫동안 외숙모님에게 소식을 못 드렸으니 편지를 드려야겠어요."

다아시 씨와의 사이를 외숙모가 지나치게 부풀려 생각하고 있다는 점을 굳이 들추기 싫었기 때문에, 엘리자베스는 가디너 부인이 보내온 긴 편지에 대해 아직 답장을 하지 않고 있었다. 그러나 이제는 그들의 축하를 받을 만한 이야깃거리가 생긴 데다, 외삼촌 내외분에게 이 기쁜 소식을 사흘이나 미루고 있다는 미안한 마음이 들자 엘리자베스는 즉시 다음과 같이 편지를 썼다.

외숙모님, 그렇게 자세하고 긴 편지를 보내 주신 친절에 대해 마땅히 감사의 말씀을 진작 드렸어야 했으나, 지금에서야 이렇게 글을 올립니다. 솔직히 말씀드리면, 그동안 저는 신경이 너무 예민해져 있어서 편지를 쓸 여유가 없었어요. 그때 편지를 읽었을 때는 외숙모님의 상상이 너무 지나치다는 생각이 들었답니다. 그런데 이제는 마음껏 상상하셔도 좋아요. 이제는 상상의 날개를 활짝 펼치시고 마음껏 날아올라 보세요. 제가 실제로 결혼을 했다고 생각지만 않는다면, 어떤 상상을 하시든 크게 틀리지는 않을 테니까요. 외숙모님, 곧장 다시 편지를 보내 주시겠죠. 지난번보다도 훨씬 더 많이 그분을 칭찬하시면서 말이에요.

호수 지방을 여행하지 않으신 데 대해선 다시 한번 깊이 감사드려요. 그토록 가고 싶어 하셨던 걸 떠올리면, 저도 그때 참 어리석었어요, 그렇죠? 외숙모님이 말씀하셨던 조랑말이 이끄는 마차 이야기는 정말 근사했어요. 우리는 그 마차로 매일같이 펨벌리 공원을 둘러보겠죠.

전 지금 세상에서 가장 행복한 여자예요. 이렇게 말한 사람이 이전에도 있었겠지만, 지금의 저만큼 가식 없는 행복을 느꼈던 사람은 아무도 없었을 거예요. 저는 제인 언니보다도 더 행복하답니다. 언니가 미소 지을 정도라면, 저는 소리 내어 웃고 있을 정도니까요. 다아시 씨가 제게 주고도 남은 사랑은 모두 외삼촌 내외분에게 드린다고 해요. 크리스마스에는 두 분이 함께 펨벌리로 꼭 오셔야 해요. 그럼 이만 줄이겠어요.

다아시 씨가 캐서린 부인에게 보내는 편지는 사뭇 분위기가 달랐다. 그리고 베넷 씨가 콜린스 씨에게 보낸 답장 역시 이들 편지와 또 달랐다.

콜린스 군에게

축하를 받기 위해 다시 한번 폐를 끼치게 되었군요. 엘리자베스는 곧 다아시 군의 아내가 된답니다. 캐서린 부인을 극진히 위로해 주기 바랍니다. 그러나 만약 내가 당신의 입장이라면, 나는 다아시 군의 편에 서겠습니다. 그게 더 큰 이익이 될 테니까요.

그럼, 이만.

다가오는 오빠의 결혼에 대해 빙리 양은 애정 어린 축하를 했지만, 진심에서 우러나오는 것은 아니었다. 그녀는 제인에게도 두 사람의 결혼을 기뻐한다는 편지를 썼는데, 예전과 조금도 다름없는 애정과 관심을 표현하고 있었다. 제인은 그 내용에 속지는 않았지만, 그래도 감동은 되었다. 제인은 빙리 양의 말이 그리 믿을 만한 것은 아니라는 것을 알고 있었지만, 그녀에게는 과분하다는 걸 알면서도 그녀의 편지보다 훨씬 더 친절한 답장을 써 보냈다.

오빠의 결혼 소식을 접한 다아시 양 역시, 오빠인 다아시 씨 못지않게 진심으로 기뻐하는 편지를 보내왔다. 그녀의 기쁨과 올케언니의 사랑을 받고 싶다는 간절한 소망을 모두 다 적기에는 넉 장의 편지마저도 모자랄 정도였다.

콜린스 씨로부터는 아직 아무런 답신이 없었고, 샬럿에게서도 엘리자베스를 축하하는 편지가 오지 않은 상황에서 콜린스 내외가 루카스 로지에 와 있다는 소식이 롱본으로 전해졌다. 그들이 이렇게 갑자기 오게 된 이유는 곧 밝혀졌다. 캐서린 부인은 다아시 씨로부터 편지를 받고 무척 진노하고 있었기에, 두 사람의 결혼이 더없이 반가웠던 샬럿으로서는 캐서린 부인의 성화가 가라앉을 때까지 잠시 떠나와 있고 싶었기 때문이었다. 이런 시기에 친구가 찾아왔다는 것은 엘리자베스로서는 정말 기쁜 일이었다.

하지만 그들이 서로 만났을 때, 엘리자베스는 이런 만남의 기쁨에는 또 그만한 대가가 따른다는 것을 실감하게 되었다. 콜린스 씨가 다아시 씨에게 민망할 정도로 아부하는 모습을 보였기 때문이었다. 하지만 다아시 씨는 아주 침착하게 이를 참아 냈다. 그는 윌리엄 경의 말까지도 경청해 주었는데, 윌리엄 경은 다아시 씨가 이 고장의 가장 아름다운 보물을 훔쳐 간다며 아주 점잖은 체 인사를 건넨 뒤 성 제임스 궁에서 자주 볼 수 있기를 바란다고 했다. 윌리엄 경이 자리를 뜨고 눈앞에 보이지 않을 때까지, 다아시 씨는 조금도 불쾌한 기색을 내비치지 않았다.

필립스 부인도 무례한 언동을 보였는데, 아마 다아시 씨로서는 이것이 가장 참기 힘들었을 것이다. 필립스 부인은 언니인 베넷 부인과 마찬가지로 마음씨 좋은 빙리 씨와는 친근하게 대화를 나눴지만, 다아시 씨에게는 감히 말을 걸지 못했다. 사실 그녀의 말투는 언제나 상스러웠다. 다아시 씨에 대한 경외감 때문에 평소보다는 조용히 있었지만, 그렇다고 해서 전혀 품위가 있어 보이진 않았다.

엘리자베스는 다아시 씨의 시선이 두 사람에게 자주 가지 않도록 갖은 노력을 했다. 그러면서 그의 시선과 관심이 자신이나, 가족 중에 그가 불쾌감을 느끼지 않고 대화를 나눌 수 있는 사람들에게 머물도록 부단히 애를 썼다. 이 모든 것에서 오는 불편한 감정은 결혼을 앞둔 두 사람의 기쁨을 적잖이 빼앗아 가기는 했지만, 한편으로는 앞날에 대한 희망을 더욱 크게 했다. 엘리자베스는 이처럼 달갑지 않은 사람들과 떨어져, 펨벌리에서 그들만의 안락하고 우아한 파티를 즐길 그날을 즐거운 마음으로 그려 보고 있었다.

61

가장 소중한 두 딸을 시집보내던 그날, 베넷 부인은 어머니로서 만감이 교차하면서도 기쁜 마음을 감출 수는 없었다. 그녀가 빙리 부인이 된 제인을 방문할 때나 다시 부인이 된 엘리자베스 대해 이야기할 때, 얼마나 기쁘고 자랑스러워했을지는 쉽게 짐작할 수 있을 것이다. 자신의 여러 딸들이 번듯한 살림을 차리기를 바랐던 소망이 이루어지자 베넷 부인이 지각 있고 인자하며 교양 있는 부인으로 거듭나 나머지 생을 보냈다고, 이야기를 매듭짓고 싶은 마음이 없는 것도 아니다. 이렇게 하는 것이 그녀의 가족들에게도 좋을 것이다. 다만, 이처럼 특별한 집안의 경사에도 별다른 즐거움을 느끼지 않았을지도 모르는 베넷 씨만은, 아내가 가끔 신경질을 부리고 멍청한 이야기를 늘어놓는 편이 오히려 더 행복할지도 모르겠지만 말이다.

베넷 씨는 둘째 딸이 너무도 그리웠다. 엘리자베스가 보고 싶을 때면 그는 집을 자주 떠났고, 펨벌리를 찾아가는 일을 큰 즐거움으로 여겼다. 특히 아무도 예상하지 못한 때 불쑥 찾아가는 것을 더 좋아했다.

빙리 씨와 제인은 겨우 열두 달 동안만 네더필드에서 지냈다. 그토록 유순한 성격의 빙리 씨와 더없이 다정다감한 성격의 제인으로서도 그녀의 어머니와 메리턴의 친척들이 너무 가까이 있다는 것은 감내하기 어려운 일이었다. 빙리 씨는 사랑스러운 처제들의 소망을 들어주었는데, 더비셔와 인접한 주에 땅을 샀던 것이다. 그러지 않아도 더없이 행복에 겨운 제인과 엘리자베스는 서로 30마일 거리 안에 살게 된 것을 더욱 기뻐했다.

키티는 대부분의 시간을 두 언니의 집에서 보냈는데, 그녀에게는 아주 큰 공부가 되었다. 평소에 접하던 환경보다 훨씬 고상한 사회와 어울리게 되면서 그녀는 눈에 띄는 성장을 이루었다. 그녀는 리디아만큼 제멋대로인 성격은 아니었고, 그런 영향을 줄 리디아도 곁에 없었기 때문에 적절한 관심과 가르침을 통해 신경질적인 면도 줄었고, 지식도 쌓였으며, 성격도 훨씬 밝아졌다. 물론 리디아로부터 더 이상 나쁜 행실을 배우지 못하도록 통제를 받았다. 리디아는 가끔 무도회도 열리고 젊은 청년들을 소개시켜 줄 테니 와서 놀다 가라며 키티를 초청하곤 했지만, 베넷 씨는 절대로 허락하지 않았다.

메리만 혼자 집에 남아 있었다. 그러나 좀처럼 혼자 앉아 있지 못하는 베넷 부인이 자꾸 그녀를 불러내는 바람에 메리는 자신의 취미생활조차 마음껏 즐기지 못했다. 메리는 결국 전보다 더 자주 사람들과 어울릴 수밖에 없었지만, 여전히 그녀는 도덕적인 신념을 지켜 나갔다. 그리고 그녀는 이제 자매들의 아름다움과 자신을 비교하며 속상해하지도 않았고, 베넷 씨가 보기에는 메리가 큰 거부감 없이 변화에 잘 적응해 가는 듯 보였다.

위컴 씨와 리디아는 제인과 엘리자베스의 결혼을 보고도 성격상 별다른 변화는 없었다. 위컴 씨는 엘리자베스가 이제는 자신의 파렴치하고 위선적인 면모를 모두 알게 된 게 틀림없다고 생각했다. 그러나 어찌 되었든 간에 다아시 씨가 경제적으로 자신을 도와줄 것이라는 희망을 완전히 버리지 않고 있었다. 리디아가 엘리자베스의 결혼을 축하하며 보낸 편지를 보면, 위컴 씨는 아닐지 몰라도 적어도 리디아는 그런 희망을 품고 있다는 것을 알 수 있었다. 그 편지의 내용은 다음과 같았다.

리지 언니에게
결혼 축하해!
내가 위컴을 사랑하는 것 반만큼만 언니가 다아시 씨를 사랑해도, 언니는 틀림없이 행복할 거야. 언니가 그렇게 대단한 부잣집에 시집가게 됐다니 정말 다행이야. 그리고 한가할 때는 우리 생각도 좀 해 줘. 위컴은 궁중에서 아무 자리라도 좋으니 취직하고 싶어 해. 지금 우리 경제 형편으로는 남의 도움 없이는 살기가 너무 힘들거든. 그저 한 해에 3, 4백 파운드 정도만 되면 어떤 일이든 상관없어. 그런데 형부에게는 말하지 않는 게 나을 것 같다 싶으면 안 해도 돼.
그럼 안녕히.
리디아로부터

엘리자베스는 남편에게 이야기하지 않는 것이 당연하다는 생각이 들었기 때문에 이런 식의 간청이나 기대는 일절 하지 말라고 어렵게 답장을 써 보냈다. 그렇지만 그녀는 자신의 개인 지출을 줄여 가며, 힘닿는 데까지 리디아에게 금전적인 도움을 주었다. 엘리자베스는 리디아 부부가 장래에 대한 계획 같은 것은 모르는 성미인 데다, 쏨쏨이까지 헤퍼서 지금 그들의 수입으로는 생활을 해 나가기에 턱없이 부족하다는 것을 언제나 잘 알고 있었다. 그리고 그들이 숙소를 옮길 때마다 제인이나 엘리자베스는 집세를 보태 달라는 요청을 매번 받았다. 전쟁이 끝나고 다시 평화가 찾아와 군인들이 고향으로 돌아간 뒤에도, 두 사람의 생활은 여전히 불안정했다. 그들은 늘 값싼 집을 찾아 이곳저곳을 옮겨 다니면서도, 분수에 넘치는 지출을 일삼았다. 리디아에 대한 위컴 씨의 애정은 곧 시들어 곧 그녀에게 무관심해졌다. 리디아의 사랑은 그래도 조금 더 오래 지속되었다. 철없고 버릇없는 리디아였지만, 그래도 아직은 자신의 결혼에 대해 자부심을 조금도 버리지 않았다.

다아시 씨는 위컴 씨가 펨벌리에는 절대로 발을 들이지 못하도록 했지만, 엘리자베스를 생각해 그가 일자리를 얻는 데는 많은 도움을 주었다. 리디아는 남편이 런던이나 바스에 놀러 나가고 없을 때면 가끔씩 펨벌리를 찾아오곤 했다. 그러나 빙리 씨 집에는 리디아 내외가 자주 방문했는데, 너무 늦게까지 돌아가지 않아 그 성격 좋은 빙리 씨조차도 견디지 못하고 그들에게 돌아가 달라는 눈치를 넌지시 내비친 일이 한두 번이 아니었다.

빙리 양은 다아시 씨의 결혼에 무척 울분을 느꼈다. 그러나 계속해서 펨벌리를 찾아볼 수 있는 게 낫겠다고 생각한 그녀는 그런 마음을 떨쳐 버렸다. 그녀는 조지아나에게 예전보다 더 다정하게 대했고, 거의 예전과 다름없이 다아시 씨에게 호의적으로 대했으며, 엘리자베스에게는 뒤늦게나마 깍듯한 예의를 내보였다.

펨벌리는 이제 조지아나의 집이 되었다. 그리고 다아시 씨가 바라던 대로, 시누이와 올케는 서로를 진심으로 좋아하고 아꼈다. 조지아나는 엘리자베스를 세상에서 가장 멋진 여성이라고 생각했다. 처음에는 엘리자베스가 자기 오빠에게 명랑하고 장난기 섞인 말투로 대하는 모습을 보고, 어떻게 저럴 수 있을까 싶어 꽤 놀란 적도 있었다. 하지만 그 모습을 통해, 늘 근엄하고 존경의 대상이었기에 자신의 애정을 표현하기 어려웠던 오빠도 저렇게 농담을 주고받을 수 있는 사람이라는 사실을 처음으로 깨달았다. 조지아나는 전에는 생각하지 못했던 사실을 알게 되었다. 그녀는 엘리자베스의 행동을 보며 여자가 결혼을 하면 남편과 저렇게 스스럼없이 대화할 수 있다는 것을 알게 되었는데, 그런 대화를 오빠가 자신처럼 열 살도 더 차이 나는 여동생과 나누기는 어려운 것이라는 사실도 깨달았다.

조카인 다아시 씨의 결혼에 대한 캐서린 부인의 분노는 이루 말할 수 없었다. 그녀는 성격이 지나치게 솔직하다 보니, 결혼 소식을 전해 온 편지에 대한 답장을 쓰면서 아주 험한 악담을 담아 보냈다. 특히 엘리자베스에 대해 너무 심한 욕을 했기 때문에 한동안 두 집안 간의 교통은 완전히 단절되어 버렸다. 그러나 결국 엘리자베스의 권유를 받아들인 다아시 씨는 그 모욕을 너그럽게 넘기고 화해를 요청하게 되었다. 캐서린 부인은 처음에는 몇 차례 고집을 부리며 거부하는 듯했지만, 오래 지나지 않아 화해를 받아들였다. 조카에 대한 애정 때문이었는지, 아니면 엘리자베스가 어떻게 처신하는지 보고 싶어서였는지는 모르겠지만 아무튼 부인은 몸소 펨벌리까지 그들을 보러 찾아왔다. 엘리자베스처럼 신분이 낮은 여자가 펨벌리의 안주인이 되었을 뿐만 아니라 그녀의 외삼촌 내외까지 다녀가 펨벌리의 숲이 더럽혀졌다고 생각했던 그 캐서린 부인이, 결국 스스로 그곳을 찾아온 것이었다.

그들은 가디너 외삼촌 내외와 언제나 가장 가깝게 지냈다. 다아시 씨 역시 엘리자베스와 마찬가지로 두 분을 진심으로 좋아했고, 엘리자베스를 더비셔로 데려옴으로써 그들 두 사람을 맺어 준 이들에 대해 그들 부부는 따뜻하고 깊은 감사의 마음을 영원히 간직하였다.

제인 오스틴에 대하여

제인 오스틴은 1775년 겨울, 목사인 아버지와 어머니 사이에서 둘째 딸로 태어났다. 그녀는 아버지가 근무하던 작은 마을에서 어린 시절을 보냈으며, 그녀의 부모님은 모두 책을 좋아했다. 아버지는 소설에 관심이 깊었고, 어머니는 시나 동화에 많은 관심을 보였다. 이렇게 문학적 성향이 짙은 가정에서 자라난 제인 오스틴이 소설을 쓰게 된 것은 어쩌면 우연이 아닌지도 모른다.

하지만 그녀는 사교성이 부족하여, 어려서부터 가족과 친척들 사이에서만 생활하는 아주 좁은 대인관계를 맺으며 살아왔다. 여행을 한다거나 작가로서 대중에게 알려지는 일 없이 독신으로 살아갔던 것이다. 이러한 소극적인 그녀의 성격은 자신의 소설을 모두 익명으로 출간하는 데 결정적인 역할을 했다. 그녀가 사망한 후에야 비로소 몇몇 작품들이 그녀의 저작임이 밝혀졌을 정도다. 그녀의 한정된 생활 방식은 그녀의 소설을 특징짓는 데 중요한 요소로 작용한다. 대화가 중심이 되는 서술 방식 등의 소설적 특징들이 그것이다.

제인 오스틴은 1787년인 12세부터 습작을 하다가 『수잔』이라는 서간체 소설을 필두로 하여 서간체 소설에 열중하기 시작한다. 그리고 1796년에서 1797년 사이에 『첫인상』을 집필한 후 출간하고자 했으나, 출판을 거절당한다. 이후에 그녀는 이 작품의 제목을 『오만과 편견』으로 바꾸어 출간한다. 그리고 그 이듬해인 1798년에는 『노생거 사원』을 완성한다. 제인 오스틴은 이성의 시대와 낭만주의 시대인 감성의 시대를 걸쳐 살면서 비감성적인 소설만을 고집했다. 이 『노생거 사원』의 고딕 소설에 대한 풍자적 요소가 그것을 말해 준다.

그녀가 자라난 그 작은 마을은 그녀의 소설에 충분한 자양분이 되었지만, 1801년에 아버지가 목사직을 은퇴하고 거처를 바스로 옮긴 후 1805년 그곳에서 사망하게 된다. 아버지의 죽음으로 인해 겪어야 했던 그녀의 정신적 고통은 그녀의 작품 성향에 상당한 변화를 가져오는 계기가 된다. 1809년에 사우샘프턴에서 촐턴으로 이주하여 여생을 그곳에서 보내게 된다. 이후 그녀는 집필을 다시 시작하여 『이성과 감성』과 『오만과 편견』을 출판하게 되고, 1814년에는 『맨스필드 파크』를 출간한다. 그 이듬해인 1815년에는 『엠마』가 출판되고, 『설득』과 『노생거 사원』이 계속해서 수정 출판된다.

오스틴 소설의 배경은 시간의 흐름이 없는 닫힌 사회가 대부분이다. 따라서 브론테가 오스틴에게 탁 트인 전망이나 천국과 지옥으로 향하는 황야도 없이 답답한 남녀 이야기나 썼다고 한데는 일리가 있다. 그러나 오스틴의 소설은 18세기 후반의 중류 계급에서 일어나는 일상생활 가운데 남녀의 결혼을 둘러싼 문제를 극적이고 사실적으로 서술하는 데 중점을 두었다는 것을 상기해야만 한다. 비록 사회 문제나 빈민 문제, 산업혁명 이후 영국 사회가 당면한 상황 등에 대한 통찰은 없으나 영국 사회의 지극히 작은 부분을 정확하고 밀도 있게 구사하고 있는 것이다. 이것은 곧 한 개인이 자신의 주위 세계를 어떻게 인식하고 있는지를 보여 주는 역할을 한다. 따라서 오스틴은 디킨스나 톨스토이 등과 같은 사회 문제를 다룬 작가들과는 다른 역할을 했다고 할 수 있다. 그녀의 소설에서 제시된 제한된 사회 그 자체가 풍자의 역할을 한 것이다.

이를 반증이라도 하듯이, 오스틴 소설의 강력한 내적 갈등은 여주인공들의 개성과 야망이 사회적 도덕률에 의해 압박받는 데서 생긴다. 그 사회에서 여성은 하나의 다소곳한 아내와 어머니로서 정착되고, 그들의 생애는 사회가 규정하는 이상적인 여성상에 의해 제약받는 것이다. 각 소설의 여주인공은 자아를 깨닫기 시작하고, 다른 사람들과의 관계에서 자아를 성취한다. 하지만 사회의 요구에도 순응해야 하는 그들의 숙명은 자아 성취를 위해 그들 자신과 싸워야 한다. 오스틴은 이와 같이 지주 계급 생활의 뒷전에서 그들의 생활을 통해 억압되는 사회를 간접적으로 보여 준다. 오스틴의 여섯 편의 소설 모두가 이러한 주제를 다루고 있다.

따라서 그녀의 작품 세계를, 사회 문제를 전면적으로 다룬 작가들의 그것과 비교해서는 안 될 일이다. 그녀를 별 의미 없는 노처녀 작가라고 치부해 버리는 것은 큰 잘못이다. 오스틴의 소설은 사회 구성원에게 지극히 한정적인 역할만을 요구하는 한 사회의 여성과 남성을 동시에 다루고 있는데, 그것은 또한 어느 시대에서도 일어날 수 있는 역사적 사실인 것이다.

평생을 글쓰기에만 몰두한 제인 오스틴은, 42세였던 1817년 일곱 번째 소설인 『샌디턴』을 집필하던 중 중병을 앓아 이 소설을 완성하지 못하고 그해 7월 18일에 생을 마감한다. 그녀가 홀로 살아가면서 작업한 작품에서 평생 추구한 것은, 해방되고 싶고 이탈하고 싶지만 그렇게 할 수 없게 만드는 사회적 억압을 고발한 것이었다. 따라서 그녀의 세계에 대한 관점은 냉정한 사실에 입각해 있는 것이다.

작품 줄거리 및 해설

✝

　『오만과 편견』은 메리턴 무도회에서 엘리자베스가 별로 예쁘
지 않으므로 같이 춤출 마음이 다아시에게는 없다고 함으로써,
그녀의 자존심에 손상을 입히며 시작된다. 그 후부터 그녀는 다
아시에 대해 편견을 갖고 적대감을 키우게 된다. 반면 다아시는
그녀에 대해 차츰 감탄하게 되고, 그녀의 재치와 기지에 매혹당
해 그녀를 마침내 사랑하게 된다. 다아시의 청혼과 그에 대한 엘
리자베스의 거절은 두 사람이 서로 길러 온 오만과 편견을 절정
에 다다르게 한다. 그 후 다아시는 겸허한 태도를 보이고 엘리자
베스는 다아시에 대한 편견을 없앰으로써, 그들은 서로 존중하
고 사랑하게 된다.

　이 이야기에서 엘리자베스는 작가의 윤리적 설교에 걸맞게 설
정되어 있다. 엘리자베스의 독립성은 다아시의 청혼을 거절하는
데 중요한 역할을 한다. 이는 이 시대의 물질주의적이고 출세주
의적인 결혼관에 대한 거부로 받아들여진다. 엘리자베스에게 감
화를 받은 다아시는 다른 인물과는 도덕적 차원 아래 존재하게
된다. 다아시는 그녀가 계급이나 부유함에 흔들리지 않는 여성
임을 알게 되고, 엘리자베스의 기준에 자신이 훨씬 못 미침을 깨
닫고 스스로 놀란다. 그리하여 다아시는 그녀에 대한 자신의 태
도를 다시 한번 생각하게 되고, 그녀를 더욱 높게 평가하게 된다.

이러한 과정을 통해 두 사람은 함께 성숙해지고 사랑과 신뢰로 자신을 발견하면서 결혼에 이르는데, 이들의 결혼은 결혼 상대자를 고르는 일에 따르는 위험과 교훈을 가르쳐 준다. 다아시와 엘리자베스 두 사람은 각기 그들의 선택을 방해하거나 또는 큰 영향을 줄 수 있는 사회 통념을 거부했던 것이다.

또한 이 작품에서 간과해서는 안 될 것은, 이러한 도덕적 교훈을 전달하는 기법이다. 오스틴은 지극히 일상적이고 평범한 결혼의 과정을 풍자와 반어적 기법을 통해 전달하고 있다. 『오만과 편견』이라는 제목이 시사하듯이, 이 소설에서 오스틴은 결국 두 주인공이 외양과 실체의 차이를 미처 깨닫지 못한 채 오만과 편견을 고집할 때 그 두 사람 사이에 반어적 현상을 보여 줌으로써 독자로 하여금 두 주인공의 자기 발견의 과정을 꿰뚫어 보게 한다. 이 소설에서 다양성을 소유한 두 주인공은 이러한 분별력을 행사함으로써 자기 발견이라는 변화를 경험하는 것이다.

이 소설은 문명과 사회 그리고 사회적 존재로서의 인간의 자아실현을 둘러싼 여러 가지 문제에 대한 비판, 풍자, 선도의 기능을 수행한다.

18세기의 영국 사회는 예술에서부터 학문, 정치에 이르기까지 '발전'이라는 용어가 적용되었던 시기다. 하지만 이 발전의 이면에는 허영, 사치, 위선 등이 도사리고 있었다.

따라서 제인 오스틴의 소설에 면면히 흐르는 회의적이고 냉소적인 아이러니는, 발전이라는 화려함에 의해 감추어진 퇴폐적인 치부를 드러내고 벗겨 내는 데 그 목적을 둔 것이다. 그녀는 시골 지주 계급의 사고와 행동 양식을 통해 이 시대를 구체적으로 조망하려고 했던 것이다. 즉 이 소설에 등장하는 몇몇 집안은 그 시대 영국 사회의 표상으로, 시대상에 대한 오스틴의 냉소적 비판의 일면을 보여 준다. 오스틴은 일반 민중의 비참한 일상생활을 직접 묘사하기보다는, 지주 계급의 행동 양식을 풍자적으로 들추어냄으로써 그 시대의 사회상을 제시하고 있다.

역자 후기

✝

　남녀 사이의 연애戀愛와 애증愛憎 심리에 대한 묘사와 분석에 있어서 가히 백미白眉라고 일컬어지는, 그리고 공동체 속에서 사회적 생존을 위해 절묘한 적응과 변신을 보여 주는 다양한 인간 유형을 슬쩍슬쩍 메모해 둔 개인 수첩을 몰래 펼쳐 보는 듯한 짜릿한 재미를 주는, 영문학의 불후의 고전이자 명작인 제인 오스틴의 '오만과 편견Pride and Prejudice'을 번역할 수 있는 기회가 있었다는 사실만으로도 역자는 흐뭇함을 넘어서 뿌듯한 마음을 금할 길 없으나, 지적인 내면과 분석적인 사고 그리고 작중 인물과 성격에 대해서는 얄밉다 못해 속이 쓰릴 정도로 비판적인 통찰력을 가지고, 다소는 우월한 자의식과 지성을 넌지시 내비치며, 한편으로는 고지식한 느낌마저 들게 하는 '싱글'의 전형인 여류 작가가 꼼꼼히, 그리고 도도하게 펼쳐내는 약간은 나무라는 듯한 느낌마저 들게 하는 필치와 문체를 따라가느라 허덕대던 번역 작업 역시 그리 쉽지 않은 즐거움이었음을 실토해야겠다.

　역자가 쓴 방금 전의 한 문장만큼이나 길게 돌고 돌아가면서, 자신의 지적인 내면을 한껏 즐기다시피 하는 오스틴의 그 '잘난' 문체의 묘사들은 원어로 음미하기에도 상당한 내공이 필요한데, 가뜩이나 길지 못한 영어와 거의 사오정에 가까운 여성 심리에 관한 지식으로 그것을 적절한 우리말로 옮겨 내는 작업이, 역자에게 있어서는 마치 수십 년 전 첫 미팅에서 뜻하지 않게 절세 미녀와 마주앉게 된 더벅머리 숫총각의 묘한 기분의 어질증 같은 느낌이었다고나 할까?

재력 있고, 인물 좋고, 가문 좋은, 소위 '오만'할 수 있는 객관적인 조건을 두루 갖춘 데다, 소설 후반부에는 과묵하면서도 사려 깊은 캐릭터로 묘사되고 있는 더할 나위 없이 완벽한 남성으로서의 조건을 갖춘 다아시와 생기발랄하고 지적이며, 넘치지 않는 미모에 분석력과 이해심까지 갖추고 있는, 그러나 무도회장에서 자신을 비하하는 다아시의 단 한마디에 숙명적인 '편견'에 빠져들고 마는 엘리자베스…….

어쩌면 '백마 탄 왕자'와 '신데렐라' 같은 아주 유치하고 통속적이라고까지 할 수 있는 연애소설의 전형적인 두 남녀 주인공을 내세우고 펼쳐지는 이야기인데도 불구하고 2백여 년가량을 수많은 독자들의 사랑을 끊임없이 받고 있는 것은, 아마도 이런 '유치'와 '통속'이 사랑과 연애라는 열병을 반드시 한 번은 치르고 넘어가는 우리 모두에게, 특히 이상형인 이성의 짝을 찾아 부단히 경쟁하고 연구하는 다아시와 엘리자와 같은 세대에게 있어서는 그 무엇보다도 소중하고 아름다운 '가치'이자 '삶'이기 때문이리라. 뒤집어 보면 세상 그 무엇이든 아름답고 소중할 수밖에 없는 나이는 찾아오고, 그 나이가 되면 누구든 사랑에 빠지는 것이며, 그래서 또 사랑은 그렇게도 아름답고 소중할 수밖에 없을 것이리라.

아무튼 오만과 편견이라는 각자의 성격적 결함과 상대방에 대한 몰이해를 진실한 사랑을 통해 치유해 가며, 궁극적으로는 보다 완성도 높은 한 인격으로 승화되어 두 남녀가 이상적인 부부로 맺어진다는 이야기인데, 다아시를 시샘하는 남자들의 입장을 대변하는 역자로서는 그들의 결혼 후의 생활이 무척 궁금해지며 한 번쯤 훼방을 놓고 싶은 기분이다. 그리고 요조숙녀인 양 이건 이렇고 저건 저래야만 된다고 너무 꼬치꼬치 따지고 있는 듯한 오스틴에게도 잠시 투정을 부려 보고 싶다. 일전에 서평으로 잠깐 썼던 이야기를 옮겨 보고자 한다.

"난 엘리자베스가 싫어, 아니 무서워!"
이 소설이 끝나고 상상으로 이어지는 그들의 결혼 생활의 비하인드 스토리에서는 다아시가 이렇게 빙리에게 주절거릴 법도 하겠다. 부부 싸움을 하고 난 뒤 빙리 집에서 위스키 한 잔을 나누면서…….
"다아시가 저렇게도 멋대가리 없는 남자인 줄은 몰랐어, 완전히 고집불통이야!"
엘리자베스가 위로하러 온 제인을 붙잡고 푸념 섞인 하소연을 하고 있을지도 모르겠고…….
아무튼 그 공포와 환희가 뒤범벅된, 아직도 뭐가 뭔지 그 누구도 제대로 알지 못하는—그래서 옛 성인들조차도 다들 그곳으로부터 도망쳐 버렸던 것인지는 잘 모르겠지만—그 '결혼'에 이르기까지, 오만을 상징하는 다아시와 편견의 모델인 엘리자베스를 통해 펼쳐 보이는 청춘 남녀들의 그 끼와 내숭 그리고 솔직한 애정과 음흉한 자존심 사이에서의 갈등은 동서와 고금을 통해 조금도 다르지 않다는 것을 다시 엿볼 수 있는데, 특히 이 작품의 재미와 완성도를 더욱 높여 주는 것은 결혼 고참인 베넷 씨 부부를 통해서 훔쳐볼 수 있는, 어쩌면 다아시와 엘리자베스 그리고 빙리와 제인조차도 결코 절대적으로 예외일 수 없을 어수선하면서도 심각할 수밖에 없는 그 '현실'의 물감 자국들을 마치 캔버스에 아무런 생각 없이 슬쩍 뿌려 버리는 듯한 필체로 그려내는 오스틴의 밉상스러운 질투일지도 모르겠다.

"그래 어디 한번 살아보라고⋯⋯."

그런데 과연 오스틴은 정말 찐한 사랑을 해 본 적이 있었을까? 그랬더라면 리디아를 그렇게까지 가여운 존재로 만들어 버리지는 않았을 것 같은데⋯⋯. 리디아가 이렇게 우쭐대고 있을 것 같다.

"내가 아니었으면 리지 언니는 다아시 형부하고 어림도 없었어!"

소설 중에 영화의 '카메오'처럼 등장하는 인물이 있다. 누굴까? 카메오로 등장한 제인 오스틴, 그건 바로 메리일 것 같다.

개인적으로는 오만과 편견에서 최고의 대사를 꼽으라면, 메리가 말한 바로 이 대목이다.

"(⋯⋯) 자존심이란 자기 자신에 대한 스스로의 평가라고 한다면, 허영심은 남들로 하여금 자신을 자기 생각대로 평가해 주기를 바라는 욕구인 거죠."

전원의 한 다락방 서재에 앉아 묵묵히 잉크를 찍고 있는 오스틴의 모습이 스쳐 지나간다.